KB195118

눈물을 만드는 사람

* * *

This work has been translated with the contribution of the Centre for Books and Reading of the Italian Ministry of Culture.

이 작품은 이탈리아 문화부 책과독서 센터의 지원을 받아 번역되었습니다.

눈물을 만드는 사람

에린 둠Erin Doom 장편소설

김희정 옮김

레드스톤

차례

일러두기

---

1. 이 책은 Erin Doom, 『Fabbricante di lacrime』, Magazzini Salani, 2021을 저본으로 삼았다.
2. 원서에서 과거를 회상하거나 표현을 강조하기 위해 이탤릭체로 쓴 부분은 이탤릭체로 표시했다.

처음부터, 그리고 끝까지
믿어준 사람들에게

프롤로그

우리는 그레이브*에서 많은 이야기를 들었다.

비밀 이야기, 잠자기 전의 동화…… 촛불 아래서 속닥이는 전설. 가장 많이 알려진 건 눈물을 만드는 사람의 이야기였다.

머나먼 외딴곳의 이야기……

아무도 우는 법을 모르고, 사람들이 공허한 영혼으로 감동 없이 살던 세상. 그러나 그곳에는 어둠에 둘러싸인 작은 남자가 모두의 눈을 피해 한없는 고독 속에서 살고 있었다. 창백하고 구부정한 은둔의 장인, 그는 유리처럼 맑은 눈에서 수정 눈물을 만들어 냈다.

사람들은 그를 찾아가 울 수 있게 해달라고, 조금의 감정이라도 느끼게 해달라고 빌었다. 눈물에는 사랑과 이별의 가장 애틋한 감정이 있기 때문이다. 그것은 기쁨이나 행복보다도 더, 우리가 진정한 인간이라고 느끼게 하는 영혼의 깊은 확장이다.

장인은 그들의 부탁을 들어주었다.

그는 자신의 눈물과 그 안에 담긴 것을 사람들의 눈에 넣었다. 그래서 그들은 분노와 절망, 고통과 고뇌로 울게 되었다.

격렬한 열정, 환멸, 그리고 눈물, 눈물, 눈물…… 장인은 순수한 세상을 더럽히며 가장 친밀하고 고단한 감정들로 물들였다.

---

* 역주. grave 무덤

"명심해. 넌 눈물을 만드는 사람을 속일 수 없어." 그들은 이야기 끝에 이렇게 말하곤 했다.

그들은 모든 아이가 착해질 수 있고, 착해야 *한다*는 것을 가르치기 위해 우리에게 그 이야기를 해주었다. 아무도 악하게 태어나지 않기 때문에 악은 우리의 본성이 아니라고 했다.

하지만 나에게는……

나에겐 그렇지 않았다.

내게 그것은 단순히 전설이 아니었다.

그는 어둠에 싸여 있지 않았다. 유리처럼 맑은 눈을 가진 창백하고 구부정한 남자가 아니었다.

아니다.

나는 눈물을 만드는 사람을 알고 있었다.

1
새로운 집

고통의 옷을 두른 그녀는
세상에서 가장 아름답고 찬란한 존재였다.

"널 입양하려는 사람이 있어."

내 인생에서 그런 말을 들으리라곤 기대하지 않았다.

어렸을 때부터 간절히 원했던 말이기에, 내가 꿈꾸고 있는 게 아닐까 하는 생각이 잠시 들었다. 정말로.

그러나 그것은 꿈속의 목소리가 아니었다. 우리에게 아낌없이 퍼붓던 경멸의 빛이 들어간, 프리지 부인의 투박한 목소리였다.

"저요?" 나는 믿기지 않는다는 듯 작은 목소리로 물었다.

그녀는 윗입술을 비죽거리며 나를 쳐다보았다.

"너."

"확실해요?"

그녀는 통통한 손가락으로 펜을 움켜쥐었다. 나는 그녀의 눈빛을 보자마자 어깨가 움츠러들었다.

"갑자기 귀머거리가 된 거야?" 그녀가 짜증스럽게 쏘아댔다. "아니면 내가 그렇단 거니? 바람이 네 귓구멍을 막기라도 한 거야?"

나는 놀라서 휘둥그레진 눈으로 재빨리 고개를 저었다.

그 일은 가능하지 않았다. 그럴 수 없었다.

어떤 양부모도 십 대 청소년을 원하지 않는다. 다 자란 아이를 원하는 사람은 없다. 어떤 이유로도 절대…… 그것은 확실했다. 동물보호소와 비슷하다고 볼 수 있다. 누구든 강아지를 데려가려고 한다. 귀엽고 순진하고 훈련하기가 쉽기 때문이다. 오랫동안 거기 갇혀 있던 큰 개를 원하는 사람은 없다.

그 지붕 아래서 자란 나로선 믿기 힘든 일이었다. 적어도 어린아이 때는 사람들이 눈길을 주었다. 그러나 점차 자라면서 그 시선은 덧없는 곁눈질이 되었고, 그들의 연민은 사면의 벽 안에 나를 영원히 가두었다.

그런데 지금…… *지금*……

"밀리건 부인이 너를 잠시 보고 싶어 해. 아래층에서 기다리고 있을 거야. 부인에게 시설을 안내해 줘. 망치지 않게 조심하고. 멍청하게 굴지 말고 정신 바짝 차려. 운 좋으면 여기서 나갈 수 있을 거야."

나는 머릿속이 윙윙거렸다.

나는 내가 가장 아끼는 원피스가 무릎을 스치는 감촉을 느끼며 아래로 내려갔다. 수많은 내 환상 중 하나일지 모른다는 의심이 또다시 들었다.

그것은 꿈이었다. 계단을 내려가자 외투를 품에 안은 중년 여성이 다정한 얼굴로 나를 반겼다.

"안녕." 부인은 미소를 지으며 내게 인사했다. 그녀는 내 눈을 *똑바로* 쳐다보았다. 오랫동안 내게 없던 일이었다.

"안녕하세요……" 나는 희미한 목소리를 냈다.

그녀는 얼마 전에 보육원의 철문을 들어서다 정원에 있던 나를 보았다고 했다. 나무 사이로 스며든 빛줄기와 무성한 풀밭 가운데서 내가 눈에 띄었다고 했다.

"나는 안나라고 해." 우리가 걷기 시작하자 그녀는 자신을 소개했다.

세월의 온화함이 묻어나는 부드러운 목소리였다. 나는 소리에 감동의 전율이 일어나 듣자마자 매료되는 목소리가 있을 수 있다는 것에 의아해하며 홀린 눈으로 그녀를 바라보았다.

"너는? 네 이름은 뭐니?"

"니카." 나는 그 순간의 감정을 억누르며 대답했다. "저는 니카라고 해요."

그녀는 호기심 가득한 눈으로 나를 쳐다보았고, 나는 그녀의 시선을 붙잡고 싶어 우리가 어디로 가고 있는지도 보지 않았다.

"아주 특이한 이름이네. 처음 들어 봐."

"네……" 나는 부끄러워서 눈빛이 흐려지며 떨렸다. "부모님이 지어 주셨어요. 그들은…… 음, 둘 다 생물학자였어요. 니카는 나비 이름이에요."

나는 엄마와 아빠에 대한 기억이 거의 없었다. 아주 뿌연 유리창을 통해 보는 것처럼 희미했다. 눈을 감고 가만히 있으면 나를 내려다보던 그들의 아득한 얼굴을 떠올릴 수 있었다.

부모님이 세상을 떠났을 때 나는 다섯 살이었다. 어렴풋한 기억으로 떠오르는 그들의 사랑이 간절하게 그리웠다.

"정말 예쁜 이름이야. *니카*……" 그녀는 어떤 소리가 나는지 시험해 보려는 듯 내 이름을 웅얼거렸다. "니카." 또렷하게 한 번 더 발음하고는 살며시 고개를 끄덕였다.

그녀가 내 얼굴을 쳐다보자 나는 환해지는 느낌을 받았다. 맞닿은 시선이 따뜻한 빛이 된 듯 그녀의 눈앞에서 내 피부는 금빛으로 물든 것 같았다. 이건 나에게 사소한 일이 아니었다.

우리는 보육원 시설을 돌아다니며 시간을 보냈다. 그녀는 내게 여기서 얼마나 있었는지 물었고, 나는 거의 이곳에서 자랐다고 대답했다. 날씨가 화창했기에 우리는 담쟁이덩굴 옆을 따라 정원을 거닐었다.

"그때 뭘 하고 있었니? 내가 널 처음 봤을 때……" 대화 중간에 그녀는 야생 에리카 덤불이 우거진 한쪽 구석을 가리키며 물었다.

그녀가 가리키는 곳으로 얼른 눈을 돌렸을 때, 나도 모르게 손을 숨기고 싶은 충동이 들었다. 그 순간 '멍청하게 굴지 말라'는 프리지 부인의 경고가 머릿속을 스쳤다.

"저는 바깥에 있는 게 좋아요." 나는 천천히 말했다. "여기에 사는 생물들을 좋아해요."

"여기 동물들도 있니?" 그녀가 약간 순진하게 물었고, 나는 내가 잘 설명하지 못했다는 생각이 들었다.

"네, 작은 생물들……" 나는 귀뚜라미를 밟지 않게 주의하면서 모호하게 대답했다. "우리 눈에 잘 보이지 않는 것들요……"

그녀와 눈을 마주치자 나는 얼굴이 약간 붉어졌다. 그녀는 더 묻지 않았고, 우리는 어치들의 지저귐과 창가에서 우리를 지켜보던 아이들의 수군거림 가운데서 잠시 침묵을 나누었다.

그녀는 남편이 곧 도착할 거라고 말했다. *나를 알아가기 위해서*라며 넌지시 암시했다. 나는 날아갈 듯이 마음이 가벼워졌다. 우리가 다시 안으로 들어가는 길에 나는 그 기분을 병에 담아 영원히 간직하고 싶었다. 베갯잇에 숨겨 두고, 밤의 어둠 속에서 진주처럼 빛나는 그것을 지켜보고 싶었다.

나는 그 같은 행복감을 오랫동안 느껴보지 못했다.

"진, 로스, 뛰지 마." 나는 장난스럽게 말했다. 두 아이가 내 치맛자락을 펄럭이며 우리 사이를 지나갔다. 아이들은 낄낄대면서 낡은 판자가 삐걱거리는 계단을 뛰어 올라갔다.

나는 밀리건 부인과 다시 눈을 마주쳤는데, 그녀는 나를 빤히 쳐다보고 있었다. 거의 감탄하는 듯한 표정으로 내 두 눈동자를 번갈아 응시했다.

"니카, 넌 정말 아름다운 눈을 가졌어." 그녀가 느닷없이 말했다. "알고 있니?"

나는 쑥스러워서 얼굴을 붉히며 할 말을 잃고 말았다.

"그런 소리 많이 들었겠지." 그녀는 은근히 나를 치켜세웠지만, 사실 그레이브에서 내게 그런 말을 한 사람은 없었다.

어린애들은 다른 사람들처럼 색이 보이는지 순진하게 묻곤 했다. 내 눈동자가 희끄무레하고 얼룩덜룩한 회색이기 때문에 그들은 '울고 있는 하늘 색'이라고 말했다. 사람들이 특이하게 여긴다는 건 알았지만, 아름답다고 말해 준 사람은 없었다.

나는 그 칭찬에 손가락이 미세하게 떨렸다.

"저는…… 아니요…… 여하튼 고맙습니다." 내가 어색해하며 말을 더듬자 그녀가 웃었다. 나는 몰래 내 손등을 꼬집었고 그 약간의 아픔이 무한한 기쁨으로 느껴졌다.

그것은 진짜였다. 모두 현실이었다.

그 부인은 정말 거기에 있었다.

가정, *가족*, 나에게…… 그곳 밖에서, 그레이브를 벗어나 다시 시작하는 삶……

나는 더 오랫동안 그 벽들 안에 갇혀있을 거라 생각했다. 열아홉 살이 되기까지, 2년은 더. 그때는 이변이 없는 한 앨라배마에서 법적으로 성인이 되는 나이다.

하지만 이제 상황이 달라진다. 성인이 될 때까지 기다릴 필요가 없다. 게다가 나를 데려갈 누군가를 보내 달라고 기도하지 않아도 된다.

"이게 뭐지?" 밀리건 부인이 갑자기 물었다.

그녀는 고개를 들어 황홀한 표정으로 허공을 바라보았다.

그 순간 내 귀에도 들렸다. 아름다운 멜로디. 그곳 벽의 갈라진 틈과 벗겨진 석회 사이로 그윽하고 조화로운 음악이 울려 퍼졌다. 세이렌의 노래처럼 유혹하듯이 천사의 음악이 그레이브의 벽으로 퍼져나갔고, 나는 온몸의 신경이 오그라드는 느낌이 들었다.

밀리건 부인은 매료되어 소리가 나는 쪽으로 걸어갔고, 나는 쭈뼛거리며 그 뒤를 따라갈 수밖에 없었다. 그녀는 우리가 거실로 쓰는 방의 아치문 앞으로 갔고 거기서 발걸음을 멈췄다.

그러곤 마법에 걸린 듯 가만히 그 보이지 않는 경이로움의 근원을 응시했다. 업라이트 피아노는 낡고 오래되고 조율이 필요했지만 여전히 소리를 내고 있었다.

무엇보다도 그 손…… 새하얀 두 손과 탄탄한 손목이 가지런한 건반을 따라 부드럽고 유연하게 날아다녔다.

"누구지……" 잠시 후 밀리건 부인이 입을 뗐다. "저 남자아인 누구니?"

나는 옷자락을 움켜잡으며 머뭇거렸고, 그가 저쪽 구석에서 연주를 멈추었다.

팔의 동작이 천천히 그치자 떡 벌어진 어깨의 윤곽이 반듯하게 벽에 드리웠다.

그런 다음 그는 예상이라도 한 듯, *이미 알고 있다*는 듯 서두르지 않고 뒤를 돌아보았다.

그가 고개를 돌리자 까마귀 날개처럼 까맣고 풍성한 머리카락이 후광처럼 비쳤다. 핼쑥한 얼굴과 날카로운 턱선에 석탄보다 더 짙은 가느다란 두 눈이 선명하게 드러났다.

그에겐 치명적인 매력이 있었다. 창백한 입술과 정교하게 조각한 듯한 이목구비. 내 옆의 밀리건 부인은 그의 매혹적인 아름다움에 말을 잃고 말았다.

그는 어깨 너머로 우리를 쳐다보았고, 도드라진 광대뼈와 아래로 향한 반짝이는 시선 위로 머리카락이 드리워져 있었다. 순간의 떨림 속에서 나는 얼핏 그의 미소를 보았다고 확신했다.

"그는 리젤이에요."

나는 그 무엇보다도 가족을 간절히 원했다. 저 밖에 나를 위한 누군가가 있기를, 기꺼이 나를 데려가서 내가 가져보지 못한 기회를 줄 누군가가 있기를 기도했다. 그건 현실이 되기에는 너무나 멋진 일이었다. 만약 내가 그 간절한 마음을 접었다면 여전히 이루지 못했을 것이다. 절대로.

"괜찮니?" 밀리건 부인이 나에게 물었다.

자동차 뒷좌석에서 그녀는 내 옆에 앉아 있었다.

"네……" 나는 애써 미소를 지으며 대답했다. "다…… 좋아요."

나는 무릎 위로 주먹을 꽉 쥐었지만, 그녀는 눈치채지 못했다. 그녀는 이따금 고개를 돌리며 풍경이 스쳐 지나가는 창문 밖의 한 지점을 내게 가리켰다. 하지만 나는 그녀의 말을 거의 듣지 않고 있었다.

나는 앞 거울에 비친 장면을 찬찬히 뜯어보았다. 밀리건 씨의 옆 조수석에는 검은 머리카락이 머리 받침대를 뒤덮고 있었다. 그는 팔꿈치를 차 문에 얹고 주먹으로 이마를 받친 채 무심히 창밖을 바라보고 있었다.

"저쪽 끝에 강이 있어." 밀리건 부인이 말했지만, 그 검은 눈은 그녀가 가리키는 곳으로 향하지 않았다. 짙은 속눈썹 아래 두 눈동자는 풍경을 덤덤히 바라보았다.

그러다 문득 내 목소리를 듣기라도 한 듯 그는 나와 눈을 마주쳤다. 거울 속에서 꿰뚫어보는 듯한 그의 눈을 보자 나는 얼른 고개를 숙였다. 나는 다시 안나의 말을 들으며 눈을 깜박이고 미소를 짓고 고개를 끄덕였다. 하지만 차량 내부를 관통하며 계속해서 나를 주시하는 그의 시선이 느껴졌다.

몇 시간 뒤 자동차의 속도가 느려지면서 우리는 녹음이 우거진 동네로 접어들었다. 밀리건 씨 가족의 집은 벽돌로 지은 평범한 주택이었다. 우체통이 딸린 흰색 울타리가 있고 치자나무 사이로 바람개비가 끼워져 있었다.

뒷마당의 작은 정원에는 살구나무 한 그루가 있었다. 나는 순진한 관심으로 목을 길게 빼서 올려다보며 그 초록빛의 한구석을 관찰했다.

"무겁니?" 몇 가지 소지품이 담긴 종이 상자를 집어 들자 밀리건 씨가 물었다. "도와줄까?"

나는 그의 친절에 고마워하며 고개를 저었고, 그는 우리를 안으로 안내했다.

"이쪽으로 와. 오, 마당길이 좀 울퉁불퉁해. 저쪽 바닥을 조심해. 뒤어나와 있으니까. 혹시 배고프니? 먹고 싶은 거 있어?"

"우선 애들이 물건을 정리하게 해 줘." 안나가 침착하게 말하자 그는 코 위로 안경을 밀어 올렸다.

"아, 그래, 그래…… 피곤하겠지? 자, 들어오세요."

그는 현관문을 열었다. 나는 현관 매트에 적힌 'Home'이라는 글자를 보고서 심장이 빠르게 뛰었다.

안나는 머리를 부드럽게 기울이며 말했다. "어서 들어와, 니카."

나는 한 걸음 내디뎠고 좁은 입구로 들어섰다.

가장 먼저 냄새가 인상적이었다. 그레이브의 방에서 나는 곰팡내가 나지 않았다. 그곳 석고 천장에 얼룩을 남긴 습기의 눅눅함도 없었다. 독특하고 충만하고 친밀함이 밴 냄새가 났다. 거기에는 특별한 뭔가가 있었는데, 나는 문득 안나에게도 그런 냄새가 난다는 걸 깨달았다.

나는 눈빛을 반짝이며 실내를 둘러보았다. 약간 낡은 벽지, 여기저기 벽에 걸린 액자들, 열쇠를 올려두는 접시, 탁자와 그 위의 레이스 깔개. 모든 것이 일상과 관련되고 너무나 사적이어서 나는 발걸음을 떼지 못하고 문가에 잠시 서 있었다.

"집이 좀 작아." 밀리건 씨가 머리를 긁적이며 난처한 표정을 지었지만, 나는 전혀 그렇지 않았다.

세상에, 그 집은…… 완벽했다!

"방은 위층에 있어." 안나는 좁은 계단을 올라갔고, 나는 그 기회를 틈타 리젤을 힐끗 훔쳐보았다. 그는 한쪽 팔에다 상자를 끼고 고개를 숙인 채 주위를 둘러보고 있었다. 그의 눈은 아무런 감정도 드러내지 않고 좌우를 훑었다.

"클라우스는?" 밀리건 씨가 누군가를 찾으며 말했다. "어디로 갔을까?" 나는 우리가 위층으로 향할 때 그가 분주하게 움직이는 소리를 들었다.

우리는 각자 자기 방에 자리를 잡았다.

"여기는 원래 작은 거실이었어." 안나가 내 침실이 될 방의 문을 열면서 말했다. "그러다 손님방이 되었지. 알다시피, 어떤 친구가 멀리서 오게 되면……" 그녀는 하던 말을 잠시 멈추고 머뭇거렸다. 그러다 눈을 깜빡이며 미소를 지어 보였다. "상관없어…… 어쨌든, 이제 네 방이야. 맘에 드니? 혹시 바꾸거나 옮기고 싶은 게 있으면……"

"아니요." 나는 드디어 *나만의 것*이라고 부를 수 있는 방의 입구에서 중얼거렸다.

이제 공용 침실이나 새벽빛을 가르는 덧문은 없었다. 먼지 쌓인 차가운 바닥도 칙칙한 쥐색의 벽도 없었다. 이곳에는 근사한 나무 바닥과 구석에는 철제 테두리로 장식된 기다란 거울이 딸린 아늑한 방이 있었다. 열린 창문으로 바람이 불어와 리넨 커튼을 부드럽게 부풀렸고, 깨끗한 침대보는 따뜻한 진홍색 이불과 대조되어 아주 새하얗게 빛났다. 나는 여전히 상자를 겨드랑이에 낀 채 침대로 다가가서 흰색 모서리를 쓰다듬었다. 그리고 밀리건 부인이 다른 쪽으로 가는 것을 보고 얼른 몸을 기울여 냄새를 맡았다. 빨래한 직물의 상쾌한 향기가 코끝에 닿았고 나는 숨을 깊이 들이마셨다.

그 향기가 얼마나 좋았던지……

주위를 둘러보았다. 그곳이 온전히 나만의 공간이라는 사실이 실감나지 않았다. 나는 침대 옆 탁자에 상자를 놓고 열어서 바닥을 헤집었다. 그리고 약간 잿빛을 띤 낡은 애벌레 인형을 꺼내 베개 한가운데에 두었다. 그 인형은 나에게 남은 부모님의 유일한 정표였다.

나는 눈빛을 반짝이며 베개를 응시했다.

나의 것……

나는 내가 가진 몇 가지를 정리하는 데 시간을 들였다. 티셔츠들과 올이 울퉁불퉁한 스웨터, 바지를 하나하나 옷걸이에 걸었다. 양말을 확인하고 구멍이 많이 난 것은 눈에 띄지 않게 서랍 뒤쪽으로 밀어 넣었다.

내 침실 문을 한 번 더 바라본 뒤 아래층으로 내려가면서 그 방의 냄새가 곧 나에게도 스며들지 않을까 하는 기대를 품었다.

"너희들 정말 안 먹을 거야?" 이후 안나가 걱정스레 우리를 바라보며 물었다. "뭐 간단한 거라도……"

나는 그녀에게 고맙지만 괜찮다고 말했다. 여기로 오는 길에 우리는 패스트푸드점에 들렀고 나는 아직도 배가 불렀다. 그러나 그녀는 어찌할 바를 몰라 했다. 나를 잠시 바라보다가 내 어깨 너머로 시선을 옮겼다.

"넌 어때, 리젤?" 안나가 머뭇거렸다. "내가 제대로 발음한 거니? 리젤, 맞아?" 그녀는 쓰인 대로 소리 내면서 조심스럽게 이름을 되뇌었다.

그는 고개를 끄덕이고는 나와 같은 말로 제안을 거절했다.

"알았어……" 그녀는 마지못해 받아들였다. "어쨌든 비스킷이 좀 있고 우유는 냉장고에 있어. 이제 가서 쉬고 싶으면…… 아, 우리 방은 복도 저쪽 끝에 있어. 무엇이든 필요한 게 있으면……"

그녀는 걱정했다.

*그녀가 걱정한다*는 걸 깨닫자 가슴이 가볍게 떨렸다. *그녀는 나를 걱정했다. 내가 먹었는지, 먹지 않았는지, 필요한 것이 있는지……*

그녀는 정말로 마음을 썼다. 프리지 부인과는 달랐다. 원장은 사회복지과에서 방문할 때마다 우리가 모두 깨끗하고 배부르게 보이는지만 신경 썼다.

전혀 달랐다. 안나는 진심으로 염려했다.

나는 계단 난간을 손으로 쓸며 위층으로 올라갔다. 그러다 문득 한밤중에 내려와 주방 조리대에서 비스킷을 먹어야겠다는 생각이 들었다. 프리지 부인이 텔레비전을 보다 안락의자에서 잠들었을 때, 우리가 문틈으로 훔쳐본 영화에 그런 장면이 있었다.

발걸음 소리가 들려 뒤돌아보았다. 리젤이 계단에 나타났다. 그는 나에게서 등을 돌렸지만 어쩐지 그가 나를 분명히 본 것 같았다. 여기 곱게 수놓은 그림 속에 그도 같이 있다는 생각이 잠시 스쳤다. 새로운 현실은 아주 아름답고 탐나지만, 달콤하고 따뜻하고 경이로운 것만 있지 않았다. 담뱃불에 덴 화상 같은 검은 자국이 언저리에 있었다.

"*리젤*"

나는 저절로 입술에서 튀어나온 것처럼 단숨에 그의 이름을 불렀다. 그는 적막한 복도 한가운데 멈춰 섰고, 나는 머뭇대며 우물거렸다.

"이제…… 이제 우리는……"

"이제 우리는…… *뭐야?*" 은근히 비꼬는 그의 말투는 나를 잠깐 주저하게 했다.

"이제 우리가 여기 함께 있으니," 나는 그의 등을 바라보며 말을 이었다. "나는…… 다 잘되면 좋겠어."

나는 이곳에 그가 있고 내가 할 수 있는 게 없을지라도 모든 것이 잘되기를 바랐다. 설령 그가 검정 숯일지라도 그 고운 자수를 망치지 않길 기도했다. 나는 꿈으로 뜬 레이스가 풀리지 않기를 간절히 소망했다.

그는 잠시 가만히 있다가 아무런 말도 없이 다시 발걸음을 뗐다. 그가 자기 방문 앞으로 걸어가자 내 어깨가 축 늘어졌다.

"리젤……"

"내 방에 들어오지 마." 그가 날카롭게 쏘아붙였다. "지금도, 앞으로도."

나는 좋은 의도에서 한 말이 무너지는 것을 느끼며 초조하게 그를 바라보았다.

"위협하는 거야?" 그가 문손잡이를 돌릴 때 나지막하게 물었다.

그는 문을 열었지만 마지막 순간에 멈칫거렸다. 그러곤 턱을 돌려서 어깨 너머로 나를 노려보았다. 나는 그가 문을 닫기 직전에 그의 입가에 매섭게 일그러진 미소를 보았다.

나를 향한 비난의 웃음이었다.

"그건 충고야, 나방아."

2
잃어버린 동화

때때로 운명은
알아볼 수 없는 길이다.

우리 보육원의 이름은 서니크리크 홈(Sunnycreek Home)이었다.

주(州) 남부에 있는 작은 마을의 잊힌 변두리, 폐허가 된 막다른 도로 끝에 솟아있었다. 그 시설은 나처럼 불행한 아이들을 수용했는데, 아이들이 그곳을 진짜 이름으로 부르는 걸 들어본 적이 없었다.

모두가 그곳을 무덤, '그레이브(Grave)'라고 불렀고 그 이유를 깨닫는 데는 오래 걸리지 않았다. 그곳에 온 사람은 누구나 그 도로처럼 *폐허가 되고 막다른 길*에 다다를 운명을 선고받은 것 같았다.

그레이브에서 나는 감옥의 창살 뒤에 사는 기분이었다. 그 세월 동안 나는 누군가 와서 나를 데려가기만을 바라며 나날을 보냈다. 누군가 내 눈을 보며 그곳에 있던 다른 아이들 가운데서 다름 아닌 나를 선택해 주기를 바랐다. 내가 그저 그런 아이일지라도 있는 그대로 나를 원하는 누군가가 있기를 바랐다. 그러나 아무도 나를 선택하지 않았다. 나를 원하거나 알아주는 사람은 없었다. 나는 항상 보이지 않았다.

나는 리젤과 달랐다.

우리 대부분과 다르게 그는 부모를 잃지 않았다. 그가 어렸을 때 불행한 사건이 가족에게 일어나지 않았다. 그는 보육원 정문 앞에서 고리버들 바구니에 담긴 채 발견되었다. 쪽지도 이름도 없이, 위대한 거인들은 잠들고 별들만 지켜보는 밤에 버려졌다. 태어난 지 일주일밖에 되지 않았을 때다.

사람들은 그에게 *리젤*이라는 이름을 붙여주었다. 리젤은 오리온자리에서 가장 밝은 별이다. 그날 밤 그 별자리는 검은 벨벳 침대 위의 다이아몬드 거미줄처럼 빛나고 있었다. 그리고 와일드(Wilde)라는 성으로 신분증의 공백을 채워주었다.

우리가 보기에 그는 거기에서 태어났다. 그의 외모도 그것을 숨기지 못하는 것 같았다. 그는 그 밤의 달처럼 창백한 피부를 지녔고, 눈동자는 어둠을 두려워하지 않는 사람처럼 음울하고 흔들림이 없었다.

어린 시절부터 리젤은 그레이브에서 특출한 존재였다. 프리지 부인 이전의 원장은 그를 '별들의 아들'이라고 불렀다. 그녀는 그를 무척 좋아해서 피아노 연주를 가르쳐 주었다. 우리에게는 한 번도 가져본 적 없는 인내심을 보여주면서 몇 시간씩 그와 함께 있었고, 한 음 한 음 거듭하며 시설의 회색 벽 안에서 눈에 띄는 완벽한 소년으로 그를 만들었다.

착하고 영리한 리젤, 가지런한 치아, 항상 좋은 성적, 저녁 식사 전에 원장이 그에게 몰래 건네는 사탕. 모두가 원할 만한 아이였다.

그러나 나는 그가 보기와 다르다는 것을 알고 있었다. 그의 미소와 창백한 입술에 가려진 *이면*, 그가 사람들 앞에서 썼던 완벽한 가면의 안쪽을 볼 수 있었다. 그는 마음속에 밤을 품었고, 사람들이 그를 거둬줘서 벗어날 수 있었던 어둠을 영혼의 주름 안에 숨기고 있었다.

리젤은 항상 나를 *이상하게* 대했다. 나는 그의 태도가 도저히 이해되지 않았다.

마치 내가 그런 일을 당할 만하거나 그가 어릴 때부터 조용히 멀리서 나를 지켜본 것 같았다. 정확히 언제인지는 기억나지 않지만, 그 모든 일은 평범한 어느 날 시작되었다. 그가 옆을 지나가면서 넘어뜨리는 바람에 내 무릎이 까지고 말았다. 나는 몸을 굽혀 다리에 묻은 잔디를 털어낸 뒤 고개를 들었다. 그는 미안해하는 기색 없이 금이 간 담벼락의 그늘에 서서 나를 똑바로 쳐다보고 있었다.

리젤은 내 옷을 휙 잡아당기거나 머리채를 낚아채거나 땋은 머리를 묶은 리본을 풀었다. 리본은 죽은 나비처럼 그의 발 위에 널브러졌다. 나는 그가 달아나기 전 잔인한 미소로 일그러진 그의 입술을 젖은 속눈썹 사이로 보았다.

그러나 그는 내 몸에 손을 대지는 않았다. 그 세월 동안 단 한 번도 그의 손이 직접 닿은 적은 없었다. 옷자락, 천, 머리카락…… 나를 밀치고 잡아당겨 내 옷소매가 헐렁해졌지만, 그는 자기 죄의 증거를 남기지 않으려는 듯 내 피부에는 어떤 흔적도 남기지 않았다. 아니 어쩌면 내 주근깨가 역겨웠거나 나를 너무나 경멸해서 만지고 싶지 않았을 것이다.

리젤은 혼자서 많은 시간을 보냈고 다른 아이들과 함께 있는 적은 드물었다. 그런데 한번은 이런 일이 있었다. 우리가 열다섯 살쯤 그레이브에 새로운 원생이 왔다. 그 금발머리 사내애는 몇 주 뒤에 위탁 가정으로 가게 돼 있었다. 그는 오자마자 자기보다 더 불량한 리젤과 어울렸다. 그들은 허물어진 담벼락에 기대어 있곤 했다. 리젤은 팔짱을 낀 채 입술을 비죽거리고 엉큼한 즐거움으로 눈동자를 반짝였다. 나는 그들이 어떤 이유로든 싸우는 걸 본 적이 없었다.

그러다 여느 때와 다름없는 어느 날, 그 애가 눈 아래 멍이 들고 광대뼈가 부어오른 얼굴로 저녁 식사 시간에 나타났다. 프리지 부인은 그를 노려보더니 고함을 치며 무슨 일이 있었는지 물었다.

"아무 일도 없었어요." 그는 접시에서 눈을 떼지 않은 채 중얼거렸다. "학교에서 넘어졌어요."

나는 '아무 일도 없다'는 그의 말이 사실이 아닐 거로 생각했다. 내가 리젤을 힐끗 쳐다보았을 때, 그는 다른 사람들에게 표정을 숨기느라 고개를 숙였다. 그는 웃고 있었다. 완벽한 가면에 금이 난 것처럼 희미한 비웃음이 새어 나오고 있었다.

리젤은 자라면서 외모가 더 수려해졌지만, 나는 인정하고 싶지 않았다. 그의 아름다움은 달콤하거나 부드럽거나 온화하지 않았다. 그렇지 않았다……

리젤은 그를 보는 사람의 눈에 불을 질렀다. 그는 불타는 집의 뼈대나 길가에 나동그라진 자동차의 잔해처럼 눈길을 끌었다. 잔인하게 아름다웠고, 외면하려 할수록 그 뒤틀린 매력은 눈으로 파고들었다. 그리고 피부 아래로 스며들어 반점처럼 살 속으로 퍼졌다.

그는 매혹적이고 고독하고 음흉했다.

당신의 가장 은밀한 꿈들로 휘감긴 악몽이었다.

다음 날 아침 나는 동화 속에서 깨어난 기분이었다.

깨끗한 침대보와 좋은 냄새, 스프링 소리가 나지 않는 매트리스. 더 바랄 게 없었다.

나는 잠이 덜 깬 몽롱한 눈으로 일어나 앉았다. 온통 나를 위한 그 방의 안락함은 처음으로 내가 행운아라고 느끼게 해주었다.

그러다 이내 먹구름이 일 듯, 내가 사는 이 동화가 반쪽짜리에 불과하다는 생각이 떠올랐다. 내가 어떤 방법으로도 제거할 수 없는 어두운 구석, 화상 자국이 있었다.

나는 힘없이 고개를 저었다. 그 생각을 지우기 위해 손목으로 눈을 거칠게 비벼댔다.

나는 그를 떠올리고 싶지 않았다. 그리고 그는 물론이고, 다른 누구도 동화 같은 현실을 망치게 하고 싶지 않았다.

나는 그 절차가 어떻게 진행되는지 잘 알고 있었다. 그래서 내가 마지막 정착지를 찾았다고 자신을 속일 수 없었다.

대개 사람들은 입양이 행복한 결말로 이어지는 만남이라고 생각한다. 몇 시간 후 새로운 가족의 집으로 옮겨지면 저절로 그들의 일원이 될 거로 믿는다.

전혀 그렇지 않다. 그건 애완동물에게만 해당하는 얘기다.

실제 입양은 훨씬 더 긴 과정이 필요하다. 먼저 새 가족과 함께 머물며 동거할 수 있는지, 서로 원만한 관계를 유지하는지 알아보는 시간을 가진다. 이를 '사전 위탁'이라고 한다. 이 단계에서 가정의 화목을 방해하는 불화나 갈등이 생기기도 한다. 입양 여부를 최종 결정하는 데에 그 기간은 매우 중요했다. 모든 것이 순조롭게 진행되고 문제가 없다는 게 확인되어야 부모는 마침내 입양 절차를 마무리할 수 있었다.

그래서 나는 아직 이 가족의 정식 일원이라고 할 수 없었다. 내가 처음 맞은 동화 세상은 무척 아름답지만 깨지기 쉬웠다. 자칫 잘못하면 내 손에서 유리처럼 산산조각이 날 수 있었다.

'*잘할 거야.*' 나는 스스로 다짐했다. '*나는 잘할 것이고, 모든 것이 잘 될 거야.*' 나는 잘될 수 있도록 최선을 다할 것이다. 최선을……

나는 어떤 사람도 내 기회를 망치게 두지 않겠다고 결심하고 아래층으로 내려갔다.

집이 작아서 주방을 쉽게 찾을 수 있었다. 그곳에서 흘러나오는 목소리를 듣고서 주뼛거리며 다가갔다.

문턱에 이르렀을 때 나는 말을 잃고 말았다.

밀리건 부부는 여전히 잠옷 차림에 약간 해진 실내화를 신고 식탁에 있었다.

안나는 김이 나는 잔을 손으로 감싼 채 웃고 있었고, 밀리건 씨는 얼굴에 졸린 미소를 지으며 사기그릇에 시리얼을 붓고 있었다.

그리고 그들 가운데에 리젤이 있었다.

그의 검은 머리카락이 주먹처럼 날아와 내 동공에 멍을 남긴 것 같았다. 나는 예상치 못한 그 장면을 이해하기 위해 눈을 깜빡거렸다. 그는 얼굴을 감싼 헝클어진 머리칼과 편안한 자세, 부드러운 어깨로 무언가를 얘기하고 있었다.

밀리건 부부는 반짝이는 눈으로 그를 바라보다가 어떤 말을 듣고는 갑자기 동시에 웃음을 터트렸다. 경쾌한 웃음소리는 내가 그들과 멀리 떨어진 딴 세상에 있는 것처럼 귓가에서 윙윙거렸다.

"오, 니카" 안나가 외쳤다. "좋은 아침이야!"

순간 나는 어깨를 움츠렸다. 그들의 시선이 나에게로 향했고, 어쩐지 나는 자신이 예비 부품처럼 느껴졌다. 그들 사이에 내가 아니라 그가 앉아 있다.

리젤의 검은 눈동자가 나를 올려다보았다. 그의 눈은 이미 알고 있다는 듯 단번에 나와 시선을 맞추었고, 나는 얼핏 그의 입가가 싸늘하게 일그러지는 모양을 본 것 같았다. 그는 고개를 갸우뚱하며 천사 같은 미소를 지었다.

"좋은 아침이야, 니카."

얼음에 피부가 닿은 듯 오싹한 느낌이 들었다. 나는 꼼짝하지 않았다. 점점 더 그 차가운 당혹감에 사로잡혀 인사에 대답할 수 없었다.

"잘 잤니?" 밀리건 씨가 나에게 의자를 빼주었다. "이리 와서 아침 먹어!"

"우리는 서로 조금 알아가는 중이었어." 그들이 말했고, 나는 다시 리젤을 보았다. 그는 이미 밀리건 부부 사이에서 완벽한 그림의 일부인 것처럼 나를 쳐다보았다.

나는 마지못해 자리에 앉았다. 밀리건 씨는 리젤의 잔을 채워주었고, 리젤은 그에게 아주 편안한 웃음을 지어 보였기에 나는 가시방석에 앉은 기분이 들었다.

'*잘할 거야.*' 나는 맞은편의 밀리건 부부가 서로 얘기하는 모습을 보면서 조금 전의 다짐이 붉은 번개처럼 머릿속에 번뜩였다. '*나는 잘할 거야. 맹세코……*'

"니카, 첫날 기분이 어때?" 이른 아침인데도 안나의 목소리는 부드러웠다. "긴장되니?"

나는 스멀스멀 밀려드는 두려움을 깊은 구석으로 밀어내려 했다.

"아, 아니오." 애써 마음을 편히 가지려고 했다. "두렵지 않아요. 학교 가는 건 항상 좋았거든요."

그것은 사실이었다.

학교는 우리가 그레이브를 벗어날 몇 안 되는 기회 중 하나였다. 나는 학교로 걸어갈 때 고개를 치켜들고 구름을 바라보면서 나도 남들과 같다고 스스로를 속이곤 했다. 마음속으로 비행기를 타고 머나먼 자유의 세계로 날아가는 꿈을 꾸었다.

그 순간은…… 내가 평범한 삶을 사는 사람이라고 느낄 수 있었다.

"학교 행정실에 전화해 뒀어." 안나가 설명해 주었다. "도착하면 바로 교장 선생님과 면담이 있을 거야. 학교에서 너희들의 등록을 확인했고, 즉시 수업에 참석할 수 있다고 했어. 알아, 모든 게 너무 빠르다는 걸…… 그래도 잘 적응했으면 해. 그리고 너희가 원한다면 같은 반에 들어갈 수 있대."

나는 확신에 찬 그녀의 표정을 보면서 불편함을 감추려 애썼다. "오, 네…… 감사합니다."

그러다 나를 지켜보는 시선이 느껴졌다. 고개를 돌리자 리젤이 나를 쳐다보고 있었다. 아치형 눈썹 아래 깊고 가느다란 눈이 나를 똑바로 보고 있었다.

나는 불에 덴 것처럼 시선을 다른 데로 돌렸다. 그 자리를 떠나야 할 필요성을 본능적으로 느꼈고, 나는 옷을 입으러 간다는 핑계로 일어나 주방을 나갔다.

문밖으로 돌아서자 배에서 무언가 꼬이는 느낌이 들었고, 그의 시선이 떠올라 머릿속이 어지러웠다.

"잘할 거야." 나는 주문을 외듯 혼잣말로 속삭였다. "*나는 잘할 거야. 맹세코……*"

그는 세상에서 가장 멀리하고 싶은 사람이었다.

내가 그를 무시할 수 있을까?

새 학교는 사각형의 회색 건물이었다.

밀리건 씨가 자동차를 세웠고, 몇몇 학생이 차 앞을 지나 서둘러 학교로 들어갔다. 그는 큼지막한 안경을 코 위로 밀어 올리고는 손을 어디에 두어야 할지 몰라 하며 어색하게 운전대를 잡았다. 나는 그의 표정을 살피는 게 좋았다. 유순하고 수줍은 성격의 그를 보고 있으면 마음이 편안해졌다.

"안나가 나중에 너희를 데리러 올 거야."

나를 집으로 데려가기 위해 누군가가 저 밖에서 기다린다니, 생각만 해도 가슴이 설레었다. 나는 낡은 배낭을 무릎에 얹은 채 뒷좌석에서 고개를 끄덕였다.

"감사합니다, 밀리건 씨."

"음, 괜찮다면…… 나를 노먼이라고 불러도 돼." 그는 우리가 자동차에서 내릴 때 귀가 약간 빨개진 채 말했다. 나는 내 뒤에서 발소리가 들릴 때까지 길 끝으로 사라지는 차를 지켜보았다.

뒤를 돌아보니 리젤이 홀로 입구를 향해 걸어가고 있었다.

나는 그의 매끈한 몸과 여유롭고 당당하게 움직이는 넓은 어깨를 눈으로 좇았다. 그의 동작은 항상 최면에 걸린 듯 자연스러웠고, 마치 땅바닥이 그의 발걸음에 맞춰지듯 단호한 걸음으로 성큼성큼 나아갔다.

나는 리젤의 뒤를 이어 정문을 통과했지만, 가방 끈이 문손잡이에 걸렸다. 그래서 그 순간 내 뒤로 들어오던 누군가를 등으로 밀치고 말았다.

"에이, 뭐야?" 나는 투덜대는 소리를 들으며 돌아보았다. 두세 권의 책을 든 한 남학생이 짜증스럽게 팔을 내저었다.

"미안해." 나는 작은 목소리로 사과했고, 뒤에 있던 친구가 그의 옆구리를 슬쩍 찔렀다.

나는 머리카락을 귀 뒤로 넘겼다. 그는 나와 시선이 마주치자 새로운 눈으로 나를 보는 것 같았다. 그의 얼굴에서 짜증이 사라졌다. 그리고 내 눈에서 나온 불꽃을 맞은 것처럼 꼼짝하지 않고 그 자리에 서 있었다.

그러다 그는 들고 있던 책들을 갑자기 바닥에 떨어뜨렸다.

그가 가만히 있기만 하자 나는 몸을 구부려 그 책들을 주웠다.

나는 그를 밀친 것에 미안해하며 책을 건넸고, 그는 나를 뚫어지게 쳐다보고 있었다.

"고마워……" 그가 천천히 미소를 지었다. 나를 자세히 살피는 그의 눈빛에 나는 얼굴이 붉어졌고, 그는 그런 내 모습이 재미있거나 어쩌면 흥미롭다고 여기는 것 같았다.

"새로 왔니?" 그가 물었다.

"가자, 롭." 그의 친구가 재촉했다. "너무 늦었어."

그러나 그는 가고 싶어 하지 않는 것 같았고, 나는 뭔가가 내 목덜미를 찌르는 것 같았다. 내 뒤에 허공을 가르는 바늘이 있는 것처럼 따끔거리는 느낌이었다.

나는 그 예감을 떨쳐버리려고 애썼다. 한 걸음 뒤로 물러나 고개를 숙인 채 더듬거리며 말했다. "나는…… 가봐야 해."

조금 더 가서 사무실에 도착했다. 이미 열려 있는 문을 들어서면서 직원을 기다리게 하지 않았기를 바랐다. 문턱을 넘어서자마자 한쪽에 있던 윤곽의 존재를 알아보았다.

나는 약간 움찔거렸다.

리젤은 벽에 기대어 팔짱을 끼고 있었다. 한쪽 다리를 구부려 신발 바닥을 벽에 대고 얼굴을 약간 숙인 채 눈을 내리깔고 있었다.

그는 항상 다른 아이들보다 키가 훨씬 더 컸고 아주 더 위협적으로 보였지만, 그런 이유에서 내가 움찔대며 뒤로 물러섰다고 할 순 없었다. 외모든 내면이든 그의 모든 것은 나를 두렵게 했다.

대기실 한편에 의자가 줄지어 있는데도, 그는 왜 문 옆에 서 있었을까?

"교장 선생님 면담이 있겠습니다."

교장실에서 나온 직원의 소리에 나는 얼른 정신을 차렸다.

"들어오세요."

리젤은 벽에서 떨어져 나를 쳐다보지도 않고 지나쳤다. 우리는 교장실로 들어갔고 문이 닫혔다. 교장 선생님은 근엄하면서도 매력적인 젊은 여성이었다. 우리에게 책상 앞의 의자에 앉으라고 권했다. 그녀는 우리의 서류를 확인하고 이전 학교의 교과 과정에 대해 몇 가지 질문했다. 그리고 리젤의 서류를 보면서 거기에 쓰인 내용에 매우 관심을 가지는 것 같았다.

"나는 여러분이 있던 시설에 연락해 학업 성적에 관해 물었어요. 와일드 군에 대한 정보를 듣고 기분 좋게 놀랐지요." 그녀는 웃으면서 서류를 넘겼다. "높은 성적, 올바른 품행, 한 치의 빈틈도 없네요. 정말 모범생이에요. 선생님들이 거듭해서 칭찬의 말만 하더군요." 그녀는 만족스러운 표정으로 고개를 들었다. "여기 버나비에서 우리와 함께하게 되어 정말 기뻐요."

나는 그녀가 자신의 생각이 틀렸고 그들의 칭찬이 진실과는 다르다는 걸 깨닫는 날이 올지 의문이었다. 선생님들은 다른 사람들과 마찬가지로 *이면*을 볼 줄 몰랐기 때문이다.

나는 용기 내어 사실을 말하고 싶었다.

그러나 리젤은 천연덕스럽게 웃고 있었고, 나는 어째서 사람들이 그 차가운 눈빛을 눈치채지 못하는지 의문스러웠다. 그의 눈빛은 어둡고 불투명한 빛으로 날카롭게 번뜩였다.

"밖에 있는 두 학생이 여러분을 각자의 교실로 안내할 거예요. 하지만 원한다면 내일부터 같은 반에 들어갈 수 있어요."

나는 마지막 그 말이 나오지 않기를 바랐다. 나는 의자의 양옆을 붙잡고 몸을 앞으로 내밀었는데 그가 먼저 말을 꺼냈다.

"아니요."

나는 눈을 깜빡이며 그를 쳐다보았다. 리젤은 미소를 짓고 있었고, 머리 다발이 검은 눈썹으로 흘러내렸다.

"그럴 필요 없습니다."

"확실해요? 나중에는 바꿀 수 없어요."

"아, 네. 우리는 함께 있을 시간이 많을 겁니다."

"좋아요. 그럼 그렇게 해요." 내가 아무 말이 없자 교장 선생님이 마무리 지었다. "이제 교실로 갈게요. 나를 따라오세요."

나는 리젤에게서 눈을 거두었다. 그리고 자리에서 일어나 배낭을 메고 그녀를 따라 교장실 밖으로 나갔다.

"친구들이 앞에서 기다리고 있어요. 좋은 하루 보내세요."

그녀는 교장실로 다시 들어갔고, 나는 뒤돌아보지 않고 곧장 사무실을 가로질렀다. 그에게서 멀어져야 했다. 마지막 순간 충동에 휩싸이지 않았다면 그랬을 것이다. 나는 생각할 틈도 없이 그를 향해 갑자기 돌아섰다.

"무슨 뜻이야?" 나는 입술을 깨물었다. 쓸데없는 질문이었고, 그것을 깨닫기 위해 그가 눈썹을 치켜 올리는 것을 볼 필요도 없었다. 하지만 나는 그의 의도가 미심쩍었고 그가 나를 괴롭힐 기회를 거절한 것이 의심스러웠다.

"왜?" 리젤은 나를 내려다보았다. 그의 우뚝한 존재감이 나를 더욱 하찮아 보이게 했다. "*정말로* 그렇게 생각하진 않겠지? 내가 너와 함께 있고 싶어 한다고……"

나는 물어본 것을 후회하며 입술을 오므렸다. 그의 강렬한 시선에 뱃속이 울렁거렸고, 가시 돋친 빈정댐에 피부가 화끈거렸다.

나는 대답하지 않고 나가려 했지만 그가 막아섰다.

리젤이 내 어깨 너머로 한 손을 내밀어 문을 붙잡았다. 순간 나는 얼어붙었다. 문짝을 거머쥔 그의 가느다란 손가락이 보였고, 내 뒤에 있는 그의 존재를 느끼며 갑자기 척추의 모든 신경이 곤두섰다.

"내게서 멀리 떨어져, *나방아*." 그의 뜨거운 숨결이 내 머리카락을 간질였고, 나는 뻣뻣하게 굳었다. "알아들었어?"

그의 몸이 다가오며 일으킨 긴장감은 나를 오싹하게 했다. 그는 '*내게서 떨어져*'라고 말했지만, 뒤로 바짝 다가와서 문을 붙잡고 나가지 못하게 막은 것은 오히려 그였다.

리젤이 나를 지나쳐 갔고, 나는 꼼짝하지 못한 채 놀란 눈으로 그가 지나가는 모습을 지켜보기만 했다.

내 뜻대로 할 수 있다면……

그럴 수 있다면 나는 그를 지워버렸을 것이다. 그레이브와 프리지 부인과 내 어린 시절의 고통과 함께 그를 기억에서 영원히 지웠을 것이다. 나는 그와 같은 가족이 되고 싶지 않았다. 그것은 나에게 엄청난 불행이었다. 과거의 짐을 계속 짊어지고 진정으로 자유로울 수 없는 벌을 받은 것 같았다.

그를 이해시키려면 내가 어떻게 해야 할까?

"안녕!"

나는 나도 모르게 어느새 사무실에서 나왔다. 고개를 들어보니 환한 미소가 나를 반겼다.

"난 너와 같은 반이야. 버나비에 온 걸 환영해!"

복도를 따라 걸어가는 리젤이 보였다. 자신만만한 발걸음에 검은 머리카락이 흔들거렸다. 그와 같이 가는 여학생은 발이 어디로 향하는지 거의 의식하지 못하는 것 같았다. 마치 그녀가 전학생인 것처럼 홀린 듯 리젤을 쳐다보았고, 그들은 이내 모퉁이를 돌며 사라졌다.

"나는 빌리야." 반 친구가 자신을 소개했다. 그녀는 해맑게 웃으며 손을 내밀었고 우리는 악수했다. "네 이름은 뭐니?"

"니카 도버"

"마이카?"

"아니, *니카*" 나는 첫음절을 강조하며 다시 말했고, 그녀는 집게손가락을 턱에 갖다 댔다.

"오, 니키타의 줄임말!"

나는 웃으며 고개를 저었다. "아니, 그냥 니카."

빌리의 호기심 어린 시선은 좀 전의 그처럼 나를 불편하게 만들지 않았다. 그녀는 황금빛 곱슬머리에 둘러싸인 순진한 얼굴에 반짝이는 두 눈에는 열정이 가득했다.

우리가 걸어가면서 그녀는 흥미로운 눈빛으로 나를 힐끔거렸다. 그리고 우리의 시선이 다시 마주쳤을 때 나는 그 이유를 이해했다. 그녀도 내 눈동자의 독특한 색깔에 매료되었다.

"네 눈 때문이야, 니카." 내가 왜 그렇게 이상한 눈으로 쳐다보느냐고 물었을 때, 보육원의 아이들은 그렇게 말했다. "*니카의 눈은 울고 있는 하늘의 색이야.*" "*커다랗게 빛나는 회색 다이아몬드 같아.*"

"손은 어떻게 된 거야?" 그녀가 물었다.

나는 반창고에 감긴 손끝을 내려다보았다.

"아," 나는 어색하게 손을 등 뒤로 숨기며 말을 더듬었다. "아무것도……"

나는 화제를 다른 곳으로 돌리려고 미소를 지었고, 그 순간 프리지 부인의 말이 다시 떠올랐다. "멍청하게 굴지 마."

"그래야 손톱을 물어뜯지 않아." 내가 불쑥 내뱉자 그녀는 이해한다는 듯 자랑스럽게 손을 들어 나에게 손끝을 보여주었다.

"그게 뭐 어때서? 나는 이제 거의 뼈까지 닳을 지경이야!" 그런 다음 그녀는 손을 뒤집어 자세히 살펴보기 시작했다. "우리 할머니는 내가 겨자소스에 손가락을 담그고 있어야 한대. 그래야 입에 넣고 싶은 생각이 사라질 거라고. 그러나 그렇게 해본 적은 없어. 소스에 손가락을 담근 채 오후 한때를 보낸다고 생각해 봐…… 그러다 혹시 택배 아저씨가 노크라도 한다면 어떻겠니?"

3
생각의 차이

몸짓은 보이지 않는 규칙에 따라
행성처럼 움직인다.

빌리는 내가 적응할 수 있게 도와주었다.

학교는 규모가 컸고, 학생이 선택할 수 있는 활동이 아주 많았다. 그녀는 나에게 다양한 과목이 진행되는 교실들을 보여주었고, 수업마다 같이 다니며 선생님들에게 나를 소개했다. 나는 그녀에게 귀찮은 짐이 되어 부담을 주고 싶지 않았다. 그러나 그녀는 나와 함께 있어 기쁘다고 말했다. 그 말에 나는 이전에 느껴보지 못한 기쁨으로 가슴이 벅차올랐다. 빌리는 이전에 살던 곳에서는 좀처럼 보기 힘든 두 종류의 태도, 친절과 배려가 있었다.

종소리가 수업의 끝을 알리자 우리는 함께 교실을 나왔다. 그녀는 긴 가죽끈을 목에 두른 다음 곱슬머리를 풀어 늘어뜨렸다.

"그거 카메라야?" 나는 빌리의 목에 걸린 물체를 호기심 어린 눈으로 살폈고, 그녀는 기뻐하며 밝은 표정을 지었다.

"폴라로이드야. 처음 보니? 오래전에 부모님이 준 선물이야. 나는 사진을 좋아하고, 내 방은 사진으로 가득해! 할머니는 벽 채우기를 그만하라고 잔소리해. 하지만 벽 먼지를 털 때면 언제 그랬냐는 듯 휘파람을 불어."

나는 그녀의 이야기에 귀 기울이면서 사람들과 부딪히지 않으려고 애썼다. 나는 그처럼 분주하게 오가는 군중이 익숙하지 않았지만, 빌리는 개의치 않는 것 같았다. 그녀는 여기저기 사람들과 부딪혀가며 쉴 새 없이 재잘거렸다.

"나는 사람들 찍은 걸 좋아해. 필름에 담긴 표정을 보는 게 흥미로워. 미키는 내가 사진을 찍으려고 할 때마다 얼굴을 가려. 예쁜 얼굴을 찍지 못해서 아쉽지만 그 앤 좋아하지 않아. 오, 저기 봐! 바로 저기 있어!" 그녀가 반갑게 손을 흔들었다. "미키!"

나는 빌리가 오전 내내 이야기했던 그 미지의 친구를 힐끗 보려했지만 그럴 겨를이 없었다. 빌리가 배낭의 어깨끈을 잡고 사람들 사이로 나를 끌어당겼다.

"이리 와, 니카! 소개해 줄게!"

나는 허둥대며 그녀를 따라가다가 내 발을 밟고 말았다.

"오, 분명 네가 좋아할 거야." 그녀는 들뜬 목소리로 말했다. "미키는 정말 다정해. 아주 섬세한 아이야! 내가 가장 친한 친구라고 말했지?"

내가 고개를 끄덕이려는 순간 빌리는 발걸음을 재촉하며 다시 나를 끌어당겼다. 우리가 사람들을 뚫고 그녀에게 가까이 갔을 때 빌리는 마지막 구간을 달려가더니 깡충 뛰어 친구 뒤에 멈춰 섰다.

"어이!" 빌리가 경쾌하게 외쳤다. "수업은 어땠어? 다른 반과 체육 수업은 했어? 얘는 니카야!"

그녀가 나를 앞으로 밀었고, 나는 열린 사물함 문에 거의 코를 박을 뻔했다.

미키가 황급히 그 문을 밀었다.

빌리는 그녀가 *다정*하다고 말했기에 나는 웃을 준비를 했다.

내 앞에는 약간 각이 진 매력적인 얼굴에 검고 풍성한 머리카락, 짙은 눈 화장을 한 여학생이 있었다. 헐렁한 후드티를 입고 왼쪽 눈썹에 피어싱을 한 그녀는 껌을 씹고 있었다.

미키는 심드렁하게 나를 잠시 훑어보더니 배낭을 어깨에 걸멨다.

그리고 옆에 있던 내가 깜짝 놀랄 정도로 세차게 사물함의 문을 닫았다. 그녀는 우리에게서 등을 돌려 복도로 걸어갔다.

"오, 걱정하지 마. 잰 항상 이런 식이야." 휘둥그런 눈으로 얼어붙은 나에게 빌리가 종알거렸다. "새 친구 사귀는 걸 잘 못해. 하지만 마음속은 아주 부드러운 친구야."

마음속이…… 부드럽다고?

나는 약간 겁먹은 표정으로 빌리를 쳐다보았지만, 그녀는 아랑곳하지 않고 나를 재촉하며 서둘러 걸어갔다. 우리는 학생들의 혼돈 속에서 문으로 향했고, 입구에 다다랐을 때 미키가 있었다. 그녀는 안뜰의 시멘트 바닥에 일렁이는 구름의 그림자를 유심히 보며 생각에 잠긴 듯 담배를 피우고 있었다.

"아주 좋은 날씨야!" 빌리는 즐거운 감탄사를 터뜨리며 카메라를 손가락으로 두드렸다. "니카, 집이 어디니? 네가 좋다면 할머니가 태워주실 거야. 오늘 할머니가 미트볼을 만들 건데, 미키가 우리 집에서 같이 먹기로 했어." 그녀는 미키를 향해 돌아보았다. "너 오는 거 맞지?"

미키가 담배 한 모금을 빨며 내키지 않는 듯 고개를 끄덕이자 빌리는 행복한 미소를 지었다.

"그러니 우리랑 같이……"

그때 누군가가 그녀를 툭 치며 지나갔다.

"야!" 빌리가 어깨를 문지르며 항의했다. "이런 매너 없는! 아야!"

그런데 다른 학생들이 연이어 우리 앞을 지나갔고, 빌리는 미키 쪽으로 몸을 움츠렸다.

"무슨 일이야?"

뭔가 잘못되었다. 핸드폰을 꺼내 들거나 잔뜩 긴장한 표정을 지은 학생들이 안으로 뛰어 들어갔다. 무언가로 인해 격앙된 분위기였다. 나는 열광하는 군중에 놀라서 벽에 바짝 붙어 섰다.

"이봐!" 미키가 흥분하여 달려가는 남학생을 막아서며 물었다. "도대체 무슨 일이야?"

"싸움이 벌어졌어!" 그가 핸드폰을 꺼내며 소리쳤다. "사물함 있는 데서!"

"싸우다니? 누가?"

"펠프스와 전학생! 새로 온 애가 흠씬 패주고 있대! *펠프스를!*" 그는 고래고래 소리를 질렀다. "영상을 찍어야 해!"

남학생은 메뚜기처럼 뛰어갔고, 나는 벽에 기대어 팔이 뻣뻣해지고 눈이 휘둥그레진 채 허공만 바라보았다.

새로 온 아이?

빌리는 애착 인형을 붙잡듯 미키의 팔을 꼭 쥐었다.

"폭력은 안 돼, 제발! 난 보고 싶지 않아. 펠프스와 싸우다니, 대체 누가 그런 미친 짓을? *무모할 뿐이지*…… 야아!" 빌리가 놀라서 눈을 크게 떴다. "니카! 어디 가는 거야?"

나는 아무 소리도 들리지 않았다. 그녀의 목소리는 학생들의 물결 속으로 사라졌다. 나는 식물 줄기의 미로에 휩쓸린 나비처럼 사람들의 어깨와 등을 지나쳐 앞으로 나아갔다. 숨이 막힐 정도로 공기에 긴장감이 감돌았다. 주먹으로 치고 금속이 부딪치고 무언가가 땅에 떨어지는 소리가 분명하게 들렸다.

나는 관자놀이가 화끈거리는 비명을 들으며 앞으로 나아갔다. 그리고 누군가의 팔 아래로 머리를 내밀어 마침내 그 장면을 볼 수 있었다.

격한 분노에 휩싸인 두 남학생이 바닥에서 뒹굴고 있었다. 격렬한 몸부림 속에서 누가 누군지 분간하기 어려웠지만, 나는 그들의 얼굴을 확인할 필요가 없었다. 새까만 머리카락이 잉크 자국처럼 눈에 띄었다.

리젤이 거기 있었다. 그는 다른 소년의 셔츠를 사납게 움켜쥐었고, 분홍색의 잔인한 손가락 관절로 바닥에 있는 상대의 몸을 후려쳤다. 그의 눈은 뼈가 떨리고 피가 얼어붙는 광기로 번뜩거렸다. 그는 살벌한 분노로 가득한 주먹을 가차 없이 날렸다. 상대방은 가슴을 때리며 반격하려 했지만 리젤의 눈에는 자비가 없었다. 비명과 아우성과 고함이 어지럽게 뒤엉킨 가운데 연골이 부서지는 소리가 들렸다.

그러다 모든 것이 갑자기 뚝 멈췄다.

선생님들이 군중을 가르고 나타나 그들에게 달려들어 떼어놓았다. 한 선생님은 리젤의 멱살을 틀어잡아 끌어냈고, 다른 선생님들은 바닥에 있는 학생을 단단히 붙들었다. 그는 매서운 눈으로 리젤을 노려보았다.

나는 그를 보자마자 알아보았다. 아침에 정문에서 내가 부딪혔던, 책을 든 남학생이었다.

"펠프스, 넌 바로 오늘 정학에서 돌아왔어." 선생님이 소리쳤다. "이번이 세 번째 싸움이야! 도가 지나쳤어!"

"쟤가 그랬어요!" 펠프스가 발악하듯 외쳤다. "난 아무것도 안 했어요! 저 자식이 이유 없이 나를 때렸어요!"

선생님은 리젤을 한 걸음 뒤로 잡아끌었다. 나는 고개를 숙인 그의 얼굴을 보았다. 흐트러진 머리카락 아래로 입가에 비웃음이 그려졌다.

"저 자식이 그랬어요! 그렇다니까요!"

"됐어, 그만해! 둘 다 교장실로 가! 직진!"

선생님들은 그들의 어깨를 밀쳤고 리젤은 순순히 앞장서 걸어갔다. 그는 얼굴을 돌려 아무렇지도 않게 분수에 침을 뱉었고, 그의 뒤에서 다른 학생은 선생님에게 팔이 붙잡힌 채 절뚝거리며 따라갔다.

"그리고 너희들, 모두 밖으로 나가!" 선생님이 큰 소리로 꾸짖었다. "그 핸드폰들 치워! 오코너, 당장 여기서 안 나가면 쫓겨날 줄 알아! 너희들 다 나가! 무슨 구경거리가 났다고!"

학생들은 터벅터벅 출구 쪽으로 걸어갔다. 구경꾼들은 재빨리 흩어졌지만 나는 멍하니 흐느적대며 그 자리에 그대로 있었다. 그의 그림자가 여전히 눈앞에 어른거렸고, 두 눈을 *얻어맞은 것처럼* 계속해서 잔상이 떠올랐다.

"니카!"

빌리가 미키의 가방끈을 끌어당기면서 달려왔다.

"세상에, 깜짝 놀랐잖아! 너 괜찮니?" 그녀가 놀라서 휘둥그레진 눈으로 나를 쳐다보았다. "믿을 수가 없어. 그러니까 네 형제인 거잖아!"

나는 이상한 떨림을 느꼈다. 한 대 찰싹 맞은 것처럼 말을 잃고 그녀를 쳐다보았다. 나는 잠시 어리둥절하다가 그녀가 리젤을 말하고 있다고 걸 깨달았다.

그래, 빌리는 상황이 어떤지 몰랐다. 우리의 성이 다르다는 것을 몰랐고, 교장이 알려준 정보만 갖고 있었다. 그녀의 눈에는 우리가 한 가족으로 보였겠지만, 그녀의 말은 손톱으로 칠판을 긁는 소리처럼 소름이 끼쳤다.

"그는, 그는 아니야……"

"사무실로 가봐야 해." 빌리가 걱정하며 내 말을 가로막았다. "그를 기다리러! 맙소사, 펠프스와 싸우다니…… 상태가 안 좋을 거야!"

나는 상태가 안 좋은 쪽은 리젤이 아닐 거로 확신했다. 선생님들이 리젤의 손을 떼어냈을 때 다른 학생의 부은 얼굴이 떠올랐다.

그러나 빌리는 초조한 표정으로 나를 재촉했다. "가보자!" 그리고 나는 두 사람과 함께 사무실 입구에 도착했다. 나는 손을 비틀고 있었다. 내가 방금 목격한 장면을 잊고 그를 걱정하는 것처럼 연기할 수 있을까? 나는 그의 눈에서 너무도 선명하게 타오르던 광기를 떠올렸다. 터무니없는 상황이었다.

큰 소리가 문밖으로 흘러나왔다.

혐의를 받는 학생은 미친 듯이 소리 지르며 자신을 변호했고, 선생님은 그보다 더 큰 소리를 질렀다. 펠프스의 목소리에는 과도한 흥분 상태가 느껴졌는데, 아마도 그는 여러 싸움에 휘말려 왔기 때문일 것이다. 그런데 교장 선생님의 발언은 내 귀를 의심할 정도로 충격이었다. 그녀는 리젤이 매우 훌륭하고 완벽한 학생이라 그런 일을 할 부류가 아니라고 말했다. '그처럼 심각한 일을 할 리가 없다'라고 했다. 다른 학생은 자신이 절대 싸움을 걸지 않았다고 맹세하며 더 크게 항의했다. 그러나 리젤은 침묵으로 결백을 주장하려는 듯 자신을 적극 변호하려는 의지가 없어 보였다.

삼십 분 후 문이 열리고 펠프스가 복도로 나왔다.

그는 입술이 찢어졌고 얼굴 곳곳에 붉은 멍이 들어 있었다. 그는 나를 알아보지 못한 채 멍하니 쳐다보았다. 그러다 내가 누군지 갑자기 생각난 것처럼 다시 나를 돌아보았다. 그러나 내가 그의 표정을 살피기도 전에 그는 선생님에게 이끌려 자리를 떠야 했다.

"이번에는 퇴학당할지도 몰라." 복도 끝으로 사라지는 그를 보면서 빌리가 중얼거렸다.

"진즉에 그랬어야지." 미키가 거들었다. "1학년 여학생들 사건 때 돼지우리에 던졌어야 했어."

문이 다시 열렸다.

리젤이 문밖으로 나오자 빌리와 미키는 입을 다물었다. 팔뚝에 불끈 솟은 핏줄, 그의 매혹적인 얼굴은 말을 잃게 했다. 그의 외모는 어느 한 곳도 빠짐없이 시선을 사로잡았다.

그제야 그가 우리를 알아차렸다.

아니, *우리가 아니다*.

"*너* 여기서 뭐 해?"

나는 그의 또렷한 목소리에서 당황하는 기색을 놓치지 않았다. 그는 나를 빤히 쳐다보았고, 그 순간 나는 어떻게 대답해야 할지 몰랐다. 나는 내가 무엇을 하고 있는지도 모른 채 정말로 그를 걱정하는 듯 기다리고 있었다.

리젤은 나에게 멀리 떨어지라고 했고, 그 으르렁대는 목소리가 아직도 머릿속에서 메아리치고 있었다.

"니카는 네가 괜찮은지 보려고 왔어." 빌리가 끼어들며 그의 관심을 끌려고 했다. 그녀는 어색하게 웃으며 한 손을 들었다.

"안녕……"

그는 대답하지 않았고, 빌리는 그의 시선 아래서 움츠러드는 것 같았다. 그녀는 그 검은 눈의 노골적인 매력에 당황하여 이내 뺨을 붉혔다.

그리고 리젤은 알고 있었다. 오, *분명히 알고 있다*.

그는 완벽하게 알았다. 가면을 어떻게 쓰는지, 그가 쓴 가면이 얼마나 매력적인지, 그것이 다른 사람들에게 어떤 반응을 불러일으키는지 알고 있었다. 그는 거만하고 도발적으로 그 가면을 과시했다. 그 사악한 매력을 지님으로써 자신을 온통 고혹적이고 모호한 빛으로 감쌀 수 있다고 믿는 듯했다.

그는 매혹적이고 비열한 미소를 지었고, 빌리는 거의 오그라드는 것처럼 보였다.

"내가 괜찮은지……" 그는 나를 슬쩍 보며 빈정거리는 말투로 말했다. "보러 왔다고?"

"니카, 우리에게 네 형제 소개도 안 할 거야?" 빌리가 칭얼거렸고, 나는 그에게서 시선을 돌렸다.

"우리는 친족이 아니야." 누군가가 나를 대신해 말하는 것처럼 그 말이 터져 나왔다. "나와 리젤은 입양될 예정이야."

빌리와 미키가 나를 돌아보았고, 나는 용감하게 리젤의 눈을 정면으로 마주 보았다.

"내 형제가 아니라고."

그는 사나운 표정으로 나를 빤히 쳐다보았고 내 용기가 가소롭다는 듯 피식 웃었다.

"내가 형제가 아니라서 다행이지, 니카?" 그가 빈정대며 말했다. "안도하듯이 그 말을 하네."

그래, *맞아*. 나는 그에게 눈빛으로 생각을 전했고, 그는 검은 눈동자로 불태우듯 나를 내려다보았다.

갑자기 전화벨 소리가 울렸다. 빌리는 주머니에서 핸드폰을 꺼내 화면을 보더니 눈이 동그래졌다.

"우린 가봐야 해. 할머니가 밖에서 기다려. 좀 전에도 전화했어."

그녀가 나를 쳐다보았고 나는 고개를 끄덕였다.

"그럼…… 내일 봐!"

나는 그녀와 미소를 주고받으면서도 여전히 나를 쳐다보는 리젤의 시선이 느껴졌다. 그리고 그 순간 미키가 그를 유심히 보고 있다는 걸 깨달았다. 후드티 모자의 그늘에서, 그녀의 찌푸린 눈은 주의 깊게 그를 살피고 있었다.

곧이어 그녀도 돌아섰고, 그들은 복도를 따라 나란히 걸어갔다.

"한 가지는 네 말이 맞아."

우리만 남게 되자 그의 목소리가 서걱거리는 비단처럼 느리고 가늘게 흘러나왔다. 나는 그를 향해 턱을 낮추며 눈을 치켜떴다.

그는 두 명이 방금 사라진 지점을 응시하고 있었지만 얼굴에는 웃음기가 가셨다. 그의 날카로운 눈빛이 천천히 나를 겨냥했다.

그 예리한 시선이 내 피부를 뚫고 들어와 박히는 것 같았다.

"그래, 난 네 *형제*가 아니야."

그날 나는 리젤과 그의 말과 난폭한 시선을 내 머릿속에서 지우려고 애썼다. 생각을 딴 데로 돌리기 위해 밤늦게까지 책을 읽었다. 침대 옆 테이블 스탠드는 방안에 부드럽고 편안한 빛을 비추어 내 불안감을 없애 주었다.

아름다운 삽화가 있는 그 백과사전을 빌릴 수 있는지 물었을 때 안나는 놀라워했다. 내가 그런 주제의 책에 관심이 있다는 걸 신기하게 여겼다. 나는 그 책에 매료되었다. 삽화 속 곤충의 작은 더듬이와 수정처럼 투명한 날개를 훑어보면서, 색색의 반창고에서도 엿보았던 그 밝고 다채로운 세상으로 빠져드는 게 내게 얼마나 행복한 일인지 깨달았다. 그것이 사람들의 눈에는 이상하게 보일 것이다.

나는 내가 다르다는 걸 알고 있었다. 사람들이 이해하지 못한다는 걸 알기에, 나는 혼자만 들어갈 수 있는 비밀의 정원처럼 나의 이상함을 키웠다. 나는 집게손가락으로 무당벌레의 곡선을 따라 그렸다. 어렸을 때는 내 손바닥에서 날아가는 무당벌레들을 보며 수도 없이 소원을 빌었다. 그들이 자유로이 하늘로 날아가는 모습을 지켜보며 나도 그럴 수 있기를 무기력하게 바랐다. 은빛 날개를 펼치고 그레이브의 담 밖으로 훨훨 날아가기를 바랐다.

문뜩 소음이 들려왔다. 나는 문 쪽으로 고개를 돌렸다. 잘못 들은 줄 알았는데 이내 다시 들렸다. 무언가로 나무를 긁는 듯한 소리였다. 나는 조심스럽게 백과사전을 덮고 침대에서 내려왔다. 천천히 문으로 걸어가 손잡이를 돌린 뒤 머리를 밖으로 내밀었다. 어둠 속에서 무언가 움직이는 게 보였다. 그림자가 빠르고 은밀하게 바닥으로 미끄러졌고, 그러다 잠시 멈추더니 내가 어떻게 할지 지켜보는 것 같았다. 그것은 곧 계단 아래로 사라졌는데, 나는 호기심에 이끌려 따라갔다.

폭신한 꼬리를 본 것 같았지만 너무 빨라서 따라잡지 못했다. 나는 조용한 아래층에 혼자 있었고 그 그림자는 어디에도 보이지 않았다. 한숨을 내쉰 뒤 위층으로 돌아가려는 순간 주방의 불이 켜진 것을 보았다. 안나가 아직 깨어있는 걸까? 나는 확인하기 위해 주방으로 갔는데, 그러지 않았다면 좋았을 것이다. 주방문을 열었을 때 내 눈은 이미 나를 응시하고 있던 눈과 마주쳤다. 리젤이었다.

그가 거기에 앉아 있었다. 팔꿈치를 탁자 위에 올리고 머리를 약간 숙인 자세였다. 대범하고 정확한 붓놀림 같은 머리카락이 그의 얼굴을 가리고 있었다. 한 손에 무언가를 들고 있었는데, 잠시 후 얼음이라는 걸 알았다.

거기서 그를 보자마자 나는 몸이 굳어버렸다. 나는 언제든 그와 마주칠 수 있다는 사실에 익숙해져야 했다. 우리는 이제 그레이브에 있지 않았고, 여기엔 그곳처럼 공간이 많지 않았다. 우리는 작은 집에서 함께 살았다. 그러나 그에게 익숙해지는 것은 불가능하다는 생각이 들었다.

"여태 깨어 있으면 안 되지." 고요 속에서 더 크게 울린 그의 목소리에 등골이 오싹했다.

우리는 겨우 열일곱 살이지만, 그에게는 이상하고 설명하기 어려운 뭔가가 있었다. 누구라도 사로잡을 수 있는 강박적인 아름다움과 지능. 그건 터무니없었다. 사람들은 그에게 조종당하는 실수를 저질렀다. 리젤은 사람을 금속처럼 구부리고 제 마음대로 휘어잡기 위해 태어난 것 같았다. 나는 그가 우리 또래 아이들과 달랐기 때문에 두려웠다.

잠시 어른이 된 그를 상상해 보았다. 치명적인 매력과 밤보다 더 어두운 눈을 지닌 두려운 남자의 얼굴이 떠올라 얼른 생각을 거두었다.

"계속 날 지켜볼 셈이야?"그는 멍이 든 목에 얼음을 대며 빈정거렸다. 이제 그는 느긋해 보였지만 나를 달아나게 하는 위압적인 태도는 여전했다. 나는 제정신을 차리고 그에게서 달아나기 전에 입을 열었다.

"왜 그랬던 거야?"리젤이 눈썹을 치켜올렸다.

"그게 뭔 소리야?"

"왜 선택받으려 했던 거지?"그는 생각을 읽으려는 듯 내 눈을 빤히 들여다보았다.

"그게 내 뜻이었다고 믿는 거야?" 그는 나를 한참 뜯어보면서 천천히 질문했다.

"그래." 나는 조심스럽게 대답했다. "네가 그렇게 되도록 했어. 피아노를 연주했어." 내가 말하는 동안 그의 눈은 억척스러울 정도로 강렬하게 타올랐다. "너는 항상 모두가 원하는 아이였지만 떠나지 않았잖아."

그레이브를 찾아온 가족은 많지 않았다. 그들은 진열장 속의 나비를 보듯 아이들을 관찰했고, 귀엽고 예쁜 어린아이들에게 가장 관심을 보였다. 그러나 깨끗한 얼굴과 공손한 태도의 그를 보자마자 다른 아이들은 다 잊는 것 같았다. 그들은 검은 나비에 시선을 빼앗겼고, 갸름한 눈매와 벨벳처럼 아름다운 날개, 특히 우아한 동작에 매료되었다. 리젤은 수집가들이 탐내는 진귀한 명품이었다. 그저 그런 다른 고아들과는 확연히 달랐다. 그는 잿빛의 옷에 둘러싸여 그만의 매력을 발산했다.

그러나 누군가가 그를 입양하고 싶다는 의사를 밝힐 때마다 그는 온갖 방법을 써서 일을 망치려고 한 것 같았다. 소란을 피우고 도망치고 버릇없이 굴었다. 그래서 결국 사람들은 그의 손이 하얀 건반 위에서 만들어 낸 선율을 듣지 못하고 떠나 버렸다.

하지만 그날은 아니었다. 그날 그는 피아노를 연주했고, 밀어내기보다는 관심을 끌려고 했다. *왜일까?*

"잠이나 자러 가시지, 나방아." 그는 은근히 비꼬는 투로 말했다. "졸려서 정신을 못 차리고 있군."

그럼 그렇지…… 그는 나를 말로 *꼬집었다*. 항상 그런 식이었다. 그는 나를 도발하고 웃음으로 뭉개버리면서 내 확신에 의혹을 심었다.

나는 그를 무시했어야 했다. 그의 성격과 외모, 모든 것을 망쳐버리는 방식을 경멸했어야 했다. 그랬어야 했는데…… 내 일부는 그러지 못했다.

나와 리젤은 서로의 성장을 보았고, 같은 감옥의 창살 안에서 살았기 때문이다. 나는 어렸을 때부터 그를 알았다. 그를 너무 많이 보았기 때문에 이제 내 영혼의 일부는 내가 원하는 냉정한 분리를 시도할 수 없었다. 나는 이상하게도 그에게 익숙해졌고, 아주 오랫동안 무언가를 공유해 온 사람에 대한 공감이 커졌다.

그런 배경이 있었기에 그를 진정으로 미워할 수 없었다. 어쩌면 모든 것에도 불구하고 나는 이것이 내가 원했던 동화 같은 이야기가 될 수 있기를 여전히 바랐을 것이다.

"오늘 그 애와 무슨 일이 있었지?" 나는 물었다. "왜 싸운 거야?"

리젤은 내가 왜 아직 그 자리에 있는지 의아해하며 천천히 얼굴을 기울였다. 그가 내 속마음을 살피고 있다는 인상을 받았다.

"생각의 *차이*. 너하곤 아무 상관 없어."

그는 그만 가라는 듯이 나에게 눈짓했지만, 나는 그러지 않았다. 그러고 싶지 않았다.

처음으로…… 나는 물러나지 않고 한 걸음 앞으로 나가려 했다. 내가 더 나아갈 마음이 있다는 것을 그에게도 보여주고 싶었다. 그걸 *시도*하고 싶었다. 그리고 그가 얼음으로 눈썹을 누를 때 아파서 이마를 찡그리는 모습을 보자 오래전의 목소리가 내 안에서 들렸다.

"부드럽게, 니카, 언제나 부드럽게, 그걸 명심해." 다정한 목소리가 들렸다.

나는 나도 모르게 앞으로 걸어갔다. 리젤은 주방 안으로 들어서는 나를 빤히 쳐다보았다. 나는 싱크대로 가서 키친타월 한 장을 가져다 찬물을 약간 적셨다. 나를 뚫어져라 쳐다보는 그의 시선이 등 뒤로 느껴졌다. 나는 그에게 다가가 거리낌 없이 그를 보며 종이 타월을 건넸다.

"얼음은 너무 딱딱해. 이걸 상처에 붙여."

그는 내가 달아나지 않은 것에 놀란 것 같았다. 그리고 경계하는 야수처럼 머뭇대며 타월을 살펴보았다. 그가 가만히 있자 나는 더 용기를 내어 직접 붙여주려고 했다. 그러나 내가 다가가기도 전에 그는 나를 쏘아보며 홱 뒤로 물러섰다. 검은 머리카락이 이마로 흘러내렸고 그는 눈을 부라리며 노려보았다.

"하지 마." 그가 위협적인 표정으로 나에게 경고했다. "감히 날 만지지 마."

"아프지 않을 거야." 나는 고개를 저으며 다시 팔을 뻗었지만 그는 내 손을 밀어냈다. 나는 손을 거두고 그와 눈이 마주쳤을 때 가슴이 철렁했다. 그의 눈은 열기가 아닌 냉기로 타오르는 별빛처럼 이글거렸다.

"멋대로 내게 손대지 마. *절대!*"

나는 주먹을 꽉 쥔 채 그가 응징하듯 퍼붓는 그 시선을 견뎠다. "그러지 않으면?"

의자 끄는 소리가 거칠게 들렸다.

리젤이 갑자기 내 위로 우뚝 솟았고, 나는 깜짝 놀라 움찔거렸다. 나는 살갗 아래서 울리는 수천 개의 경보음을 느끼며 뒷걸음질로 물러나야 했다. 그러다 주방 조리대에 부딪히고 말았다. 나는 두 손으로 대리석 모퉁이를 잡은 채 고개를 들었다.

그의 눈은 어두운 구석으로 나를 가두었다. 그의 몸이 가까이 다가

오자 나는 전율이 일었고 그의 그림자에 완전히 휩싸인 채 간신히 숨을 쉬었다. 그리고 리젤이 내 쪽으로 몸을 굽혔다. 그가 얼굴을 기울이자 그의 숨결이 내 귀에서 독처럼 타올랐다.

"*그렇지 않으면*…… 난 멈추지 않아."

그가 빠르게 옆을 지나가면서 일으킨 바람에 내 머리카락이 흩날렸다. 탁자 위로 얼음이 떨어지는 소리가 들렸고 그의 발걸음 소리가 점차 사라졌다. 그사이 나는 대리석에 기대어 굳은 조각상처럼 꼼짝도 하지 않고 있었다.

방금 무슨 일이 있었던 거지?

4

반창고

감성은 가장 순수한 영혼이다.

태양은 나무 사이로 빛의 끈을 엮었다. 봄날 오후였고, 꽃향기가 공기를 가득 채웠다.

그레이브는 거대한 조형물처럼 내 뒤로 솟아 있었다. 나는 풀밭에 누워서 하늘을 바라보았다. 하늘을 껴안으려는 듯 두 팔을 활짝 펴고 있었다. 뺨이 붓고 아팠지만 더는 울고 싶지 않았다. 구름에 몸을 맡긴 채 저 위의 광활한 공간을 바라보았다.

나는 자유로워질 수 있을까?

부스럭대는 소리가 들렸다. 고개를 들어보니 움직이는 무언가가 풀밭에 있었다. 나는 일어나서 머리채를 부여잡고 조심스럽게 다가갔다. 그것은 참새였다. 얄따란 발톱으로 먼지를 긁고 있었고 작은 눈은 검은 구슬처럼 빛났지만 한쪽 날개가 부자연스럽게 뻗어 있었다. 날지 못하는 것 같았다. 내가 무릎을 꿇었을 때 참새는 날카롭고 불안한 울음소리를 냈다. 나를 두려워하는 것 같았다.

"미안해." 나는 참새가 내 말을 알아듣기라도 하는 것처럼 재빨리 속삭였다. 나는 참새를 해치고 싶지 않았고, 오히려 돕고 싶었다. 그의 절망이 내 것인 것처럼 느껴졌다. 나도 날 수 없었고, 나도 달아나고 싶었

고, 나도 연약하고 무력했다.

우리는 같았다. 세상에 던져진 무방비 상태의 작은 존재였다. 나는 그를 구하기 위해 뭐라도 해야겠다고 느끼며 손을 뻗었다. 나는 어린아이에 불과했지만 그 행위가 내게도 와 닿을 수 있는 것처럼 그의 자유를 되돌려주고 싶었다.

"두려워하지 마……" 나는 그를 안심시키기 위해 계속해서 말했다. 나는 그때 참새가 내 말을 이해할 수 있다고 믿을 만큼 아주 어렸다. 내가 어떻게 해야 하나? 내가 그를 도울 수 있을까? 참새가 겁에 질려 움찔거릴 때 나는 기억 속에서 무언가가 되살아나는 것을 느꼈다.

"부드럽게, 니카," 속삭이는 엄마의 목소리가 들려왔다. "부드럽게, 언제나…… 그걸 명심해." 엄마의 다정한 눈빛이 내 기억에 새겨졌다.

나는 참새가 다치게 않게 두 손으로 부드럽게 감쌌다. 참새가 내 손을 쪼고 발톱으로 손끝을 긁어도 놓아주지 않았다. 나는 그를 가슴에 안고서 적어도 우리 중 하나는 자유를 되찾게 하겠다고 결심했다.

나는 시설로 돌아와서 나보다 나이가 많은 아델린에게 도와달라고 했다. 그리고 원장에게는 비밀로 해달라고 부탁했다. 나는 그녀의 잔인함이 제일 두려웠기 때문이다. 우리는 쓰레기통에서 구한 아이스크림 막대로 부목을 댔고, 식사 때마다 음식 부스러기를 챙겨 참새를 숨겨 둔 곳으로 헐레벌떡 달려갔다. 참새가 손가락을 여러 번 쪼았지만 나는 절대 포기하지 않았다.

"내가 널 꼭 낫게 할 거야." 나는 가슴의 깃털을 헝클어뜨리는 참새에게 붉어진 손끝의 아픔을 참아가며 약속했다. "걱정하지 마……"

나는 그를 겁주지 않기 위해 조금 떨어진 곳에서 몇 시간 동안 지켜보며 머물렀다.

"넌 날아오를 거야." 나는 혼잣말을 속삭였다. "언젠가는 날아오를 거고 자유로워질 거야. 조금만 더…… 조금만 더 기다려……"

내가 날개를 확인하려고 하면 참새는 쪼아댔다. 그는 나를 멀리하려고 했다. 그러나 나는 매번 부드러운 태도를 유지했다. 풀과 나뭇잎으로

보금자리를 만들어 주고, 잘 견디라며 격려해 주었다.

그리고 참새가 회복되어 내 손에서 날아오른 날, 나는 내가 불결한 존재이고 꺼져가는 불꽃과 같다는 생각을 덜 수 있었다. 조금 더 생생해진 느낌이었다.

조금 더 자유로워지고,

다시 숨 쉴 수 있을 것 같았다.

나는 내 안에 없다고 생각했던 희망의 색을 발견하게 되었다.

손가락을 감싼 알록달록한 반창고를 보면서 내 존재도 암울한 회색으로만 보이진 않았다.

나는 천천히 테이프를 떼어냈다. 파란색 반창고를 걷어낸 집게손가락은 아직 약간 부어 있고 붉은 기가 돌았다. 며칠 전 거미줄에 걸린 말벌을 구해 주었다. 나는 가느다란 그물망이 끊어지지 않도록 조심했지만 재빠르지 못해 말벌에 쏘이고 말았다.

"니카는 작은 동물들과 있어." 우리가 어렸을 때 아이들이 말하곤 했다. "걘 늘 저기 꽃밭에서 그들과 함께 있어." 아이들은 나의 다름에 익숙했는데, 어쩌면 우리 시설에서 다름은 평범함보다 더 흔했기 때문일 것이다.

나는 작고 이해받지 못하는 모든 것에 남다른 공감을 느꼈다. 모든 생명체를 보호하려는 본능은 아주 어릴 때부터 생겨나 내 안에 늘 머물렀다. 그것은 나만의 색으로 물들인 작고 이상한 세계를 만들었고, 그 속에서 나는 자유롭고 생기 있고 가벼운 마음이 들었다.

안나가 첫날 나에게 한 질문이 떠올랐다. 정원에서 무엇을 하고 있었냐고 물었다. 안나는 어떻게 생각했을까? 나를 이상하게 여겼을까?

나는 생각에 잠겨 거실을 서성이다 인기척이 나서 무심결에 뒤돌아보았다. 그러곤 깜짝 놀라 빠른 걸음으로 그곳을 벗어나려 했다. 리젤은 내가 머리칼을 휘날리며 빠르게 움직이는 모습을 눈으로 좇았다. 나는 지난밤의 만남에서 놀란 마음이 아직 진정되지 않았기에 휘둥그런 눈으로 그를 쳐다보았다. 그는 내 반응에 동요하지 않았다. 입가에 비릿한 미소가 희미하게 보일 뿐이었다.

그는 나를 지나쳐 주방으로 들어갔다. 안나가 그에게 인사하는 소리를 들으며 나는 어깨를 떨었다. 그가 가까이 다가올 때마다 전율이 일었지만, 이번에는 그럴 만했다. 하루 종일 전날 밤에 있었던 일을 되새겨 보았지만, 생각하면 할수록 더 알 수 없는 그의 말이 나를 괴롭혔다.

*'멈추지 않겠다'*는 *말은 무슨 뜻일까? 멈추지 않는다…… 뭘?*

"왔구나, 니카." 내가 조심스럽게 주방으로 들어서자 안나가 인사를 건넸다. 나는 여전히 생각에 잠겨있었는데, 갑자기 강렬한 보랏빛이 폭발하듯 내 눈을 한가득 채웠다. 탁자 가운데에 커다란 꽃다발이 있었다. 부드러운 꽃봉오리들이 크리스털 꽃병에 가득 차 있었다. 나는 그 찬란한 장면에 압도되어 황홀한 눈빛으로 바라보았다.

"아름다워요……"

"마음에 드니?"

나는 안나에게 고개를 끄덕였고 그녀가 미소를 지었다. "오늘 가게에서 가져온 거야."

"가게요?"

"내 가게."

나는 아직도 적응하려고 노력 중인 그녀의 순수한 미소를 바라보았다.

"안나는…… 꽃을 파나요? 플로리스트세요?"

괜한 질문이었다! 나는 빰을 살짝 붉혔지만 그녀는 단순하고 솔직하게 고개를 끄덕였다.

나는 꽃 주변에 사는 생물들을 사랑하는 것만큼 꽃을 사랑했다. 손끝으로 꽃잎을 스치자 시원한 벨벳이 닿은 느낌이 들었다.

"가게는 여기서 몇 블록 떨어진 곳에 있어. 약간 구식이고 외졌지만, 찾는 손님들이 있어. 꽃 사는 걸 여전히 좋아하는 사람들을 보면 마음이 뿌듯해."

안나는 나를 위한 선물 같은 사람이 아닐까 하는 생각이 들었다. 그 전에 우리가 교감을 나눈 적은 없지만 그날 그녀가 나에게서 우리를 하나로 묶는 무언가를 본 것은 아닐까. 나는 그렇다고 믿고 싶었다. 그녀가 화사한 꽃다발 사이로 나를 바라본 순간 나는 정말 그렇게 믿고 싶었다.

"좋은 저녁!"

밀리건 씨가 특이한 옷차림으로 주방에 들어왔다. 노먼은 먼지투성이의 파란색 유니폼을 입고 있었다. 작업용 면장갑이 주머니에서 튀어나와 있고, 가죽 벨트에는 다양한 도구가 매달려 있었다.

"식사 때에 늦지 않게 왔네." 안나가 말했다. "오늘 하루 어땠어?"

나는 분명 노먼이 정원사일 거로 짐작했다. 허리띠에 달린 전지가위를 비롯해 그의 복장은 온통 그것을 암시하는 것 같았다. 그래서 그들이 더할 나위 없이 완벽한 커플이라고 생각했다. 내 기대가 한껏 부풀었을 때 안나가 그의 어깨에 손을 얹고 다음 말을 하기 전까지는.

"노먼은 해충방제 전문가야."

순간 나는 목구멍에 침이 걸렸다.

밀리건 씨가 쓰고 있던 모자의 챙에 표식이 있었다. 접근금지 표시 아래 뻣뻣하게 죽은 커다란 바퀴벌레가 한눈에 보이게 그려져 있었다. 나는 콧구멍을 벌렁거리며 얼어붙은 눈으로 그것을 바라보았다.

"해충방제요?" 잠시 후 나는 한숨을 내쉬며 물었다.

"오, 그래." 안나가 그의 어깨를 토닥이며 말했다. "이 근처 정원에 얼마나 많은 벌레가 들끓는지 너흰 모를 거야! 이웃집은 지난주 지하실에서 쥐 두 마리를 발견했어. 노먼이 가서 그 침략을 막아내야 했지."

이제 그의 가위가 마음에 들지 않았다. 나는 독약을 삼킨 것처럼 다리를 접고 움츠린 바퀴벌레 그림을 빤히 쳐다보았다. 두 사람의 시선이 내게로 향하자 나는 손을 숨기고 싶은 충동을 느끼며 가까스로 굳은 표정을 풀려고 했다. 리젤은 꽃병 너머 방 저편에서 나를 주시하고 있었다.

얼마 뒤 우리 넷은 모두 식탁에 앉았다. 노먼의 일 얘기를 들으면서 나는 불편한 마음이 들었다. 그러한 기색을 감추려고 했지만 리젤이 옆에 있어서 더 긴장되었다. 그는 자리에 앉아서도 위압적인 기세였고, 나는 그와 가까이 있는 것이 익숙하지 않았다.

"우리가 서로를 조금 알아가는 중이니…… 너희 얘기 좀 해봐." 안나가 웃으며 말했다. "너희는 안 지 오래됐니? 원장에게 들은 말이 없어서…… 시설에서 친하게 지냈니?"

나는 놀라서 들고 있던 빵 조각을 수프에 떨어뜨렸다. 리젤도 갑자기 동작을 멈추었다.

이보다 더 곤란한 질문이 있을까?

나는 안나와 눈이 마주쳤고 그녀가 진실을 읽을 수 있다는 두려움에 속이 울렁거렸다. 내가 그와 가까이 있기조차 힘들다는 것을 알면 그녀는 어떻게 반응할까? 우리의 관계는 위협적이고 불명확했으며 가족과는 거리가 멀었다. 그들이 그 사실을 알고 한 가족이 되기에 불가능하다고 판단한다면? 그들은 마음을 바꾸게 될까?

나는 당황하여 어쩔 줄 몰랐다. 그래서 리젤이 뭐라고 말하기 전에 엉뚱한 말을 해버렸다.

"물론이죠." 나는 거짓말에 혀가 굳어 얼른 미소를 지었다. "나와 리젤은…… 늘 사이좋게 지냈어요. 사실 우리는 거의 형제 같은……"

"정말로?" 안나가 놀라워하며 되물었고, 나는 제 발이 저려 마른침을 삼켰다. 분명히 리젤은 내 말을 반박하기 위해 무엇이든 할 것이다.

그의 굳어진 턱을 보고서 내 실수를 깨달았다. 나는 그를 *형제*라고 불렀다. 내 입에서 나온 말이 상황을 꼬이게 하고 *그와의 관계를 더 악화*시킬 것이라며 후회했다.

리젤은 어색하지만 침착하게 얼굴을 들어 밀리건 부부와 눈을 맞추었다. 그리고 가식적인 미소를 지으며 말했다. "네, 그래요. 나와 니카는 무척 친해요. 아주 *가까운 사이*라고 할 수 있어요."

"와, 놀라워!" 안나가 소리쳤다. "반가운 소식이야. 그럼, 여기 같이 있어서 좋겠구나. 노먼, 정말 다행이지 않아? 아이들이 서로 잘 지낸다니!"

그들은 흐뭇해하며 말을 나누었고, 그러는 사이 내 무릎으로 냅킨이 떨어졌다.

그런데 *내* 냅킨은 식탁 위에 있었다. 리젤은 그의 것을 되찾기 위해 내 허벅지 쪽으로 팔을 뻗었고 그의 손이 내 무릎을 억눌렀다. 나는 몹시 당황했다. 그 손길은 맨살에 닿는 느낌이었다.

나는 바닥 끄는 소리를 내며 의자에서 벌떡 일어섰다. 심장이 심하게 두근거렸다. 밀리건 부부가 놀란 눈으로 나를 쳐다보았다. 숨이 턱 막혔다.

"저기…… 화장실에 가야겠어요."나는 고개를 숙인 채 얼른 주방을 빠져나왔다.

복도의 어둠으로 들어가서 모퉁이를 돌자마자 벽에 기댔다. 뛰는 심장을 진정시키려고 했지만 나는 감정을 잘 다스리는 것과는 거리가 멀었다. 그의 손가락이 내 몸에 낙인을 남긴 것처럼 느낌이 잊히지 않았다. 여전히 그의 손길이 느껴졌다.

"그렇게 도망치면 안 되지." 내 뒤에서 목소리가 들렸다. "우리의 예비 부모님이 걱정하실 테니까."

결국 이야기를 짜는 사람은 리젤이었고, 그는 이곳의 거미였다. 나는 벽에 기대어 있는 그를 보았다. 그의 유독한 매력은 감염성이 있다. 그는 감염성 자체였다.

"이게 너에겐 놀이니?" 나는 떨면서 소리쳤다. "이게 재밌어?"

"다 네가 한 일이야, *나방아*." 그가 고개를 갸우뚱하며 대꾸했다. "그걸로 그들의 승인을 얻으려고 한 거야? 거짓말로?"

"저리 떨어져." 나는 덜덜 떨며 뒤로 물러나 우리 사이의 거리를 더 벌렸다. 심연과 같은 그의 검은 눈은 나에게 형언할 수 없는 힘을 행사했다. 나를 두렵게 했다.

리젤은 턱을 당겨 빤히 내려다보며 내 반응을 살폈다.

"*그게 바*로 우리 관계지……" 그가 나지막하게 쏘아붙였다.

"날 좀 가만히 내버려 둬!" 나는 떨면서 감정을 터트렸다. 나는 내 모든 울분을 그에게 쏟았고, 그의 눈에 언뜻 어두운 기운이 스쳤다. "만약 안나와 노먼이 안다면…… 그들이 안다면…… 네가 날 얼마나 무시하는지…… 넌 내게서 달아나기만 하고…… 그들이 생각하는 것만큼 네가 완벽하지 *않다*는 걸 안다면…… 그들이 마음을 바꿀 수도 있겠지?"

그가 내 생각을 읽기라도 하는 것처럼 눈을 동그랗게 뜨고 나를 쳐다보았다. 나는 발가벗겨진 기분이 들었다. 리젤은 나를 잘 알고 있었고, 나의 단순한 영혼을, 그가 가져본 적 없는 순수한 마음을 꿰뚫어 보았다.

나는 단지 기회를 원했을 뿐이다. 그렇지만 그들이 진실을 알고 우리가 함께 사는 게 불가능하다고 판단한다면…… 그들은 우리를 돌려보낼 수 있다. 어쩌면 우리 중 한 명이 예전으로 돌아갈지도 모른다. 그 의혹은 나를 괴롭혔고 내 생각을 갉아먹었다. 그들은 누구를 *선택할까?*

소용이 없겠지만, 나는 스스로 부정하려 애썼다. 마치 안나와 노먼이 그를 바라보는 황홀한 눈빛이나, 거실에 놓인 놀라울 정도로 정성스럽게 닦인 아름다운 피아노를 눈치 채지 못한 것처럼. 그리고 그가 항상 선택받는 사람이라는 걸 모르는 것처럼.나는 벽에 기대어 몸을 움츠렸다. '*가까이 오지 마!*'라고 소리치고 싶었지만, 의심이 나를 압도하고 심장이 뛰기 시작했다.

난 잘할 거야. 마음속으로 외쳤다. *난 잘할 거야, 잘할 거야*…… 무슨 일이 있어도 나는 그곳으로 돌아가고 싶지 않았다. 절규의 메아리가 울려 퍼지는 그 벽에 다시 갇히고 싶지 않았다. 나는 내 생애 처음으로 나를 선택해 준 그들의 미소와 시선이 필요했다. 다시 돌아갈 수 없었다. 그럴 수 없었다. 절대로……

"언젠가 그들은 네 본모습을 알게 될 거야." 나는 얼굴을 숙인 채 속삭였다.

"아, 그래?" 그는 재미있다는 듯이 물었다. "그럼 난 누군데?"

나는 주먹을 쥐고 못마땅한 표정으로 그를 노려보았다. 그리고 내 몸을 흔드는 모든 분노를 담아 그의 눈을 똑바로 보며 거칠게 내뱉었다. "넌 눈물을 만드는 사람이야."

긴 침묵이 흘렀다.

그러고 나서…… 리젤은 고개를 뒤로 젖히며 웃음을 터뜨렸다. 그의 어깨가 웃음으로 심하게 요동쳤고, 나는 그가 이해했다는 것을 알았다.

눈물을 만드는 사람은 매혹적인 입술과 반짝이는 치아를 드러내며 *나를 비웃었다*. 그의 웃음소리는 복도를 걸어가는 동안에도 나를 따라왔고, 벽돌 벽으로 막힌 내 방에 홀로 들어섰을 때도 귓가에서 울렸다. 그리고 그곳의 기억이 생생하게 떠올랐다.

"아델린…… 울었니?"

갈라진 석회벽 앞으로 그녀의 작은 금발 머리가 보였다. 그녀는 슬플 때마다 작은 몸을 웅크린 채 구석에 앉아 있었다. 그녀는 아니라고 대답했지만 눈은 여전히 붉었다.

"거짓말하지 마. 눈물을 만드는 사람이 널 데려갈지도 몰라."

그녀는 작은 팔로 무릎을 끌어당겼다. "그건 우리를 겁주려고 하는 얘기잖아……"

"넌 믿지 않는 거야?" 그레이브의 모든 아이가 그 말을 믿었다. 아델린은 걱정스러운 표정을 지었고, 나는 그녀도 예외가 아니라는 것을 알았다. 나는 아델린을 언니처럼 따랐지만 그녀는 나보다 겨우 두 살 위였고 작은 일에도 겁을 먹는 어린아이일 뿐이었다.

"오늘 학교에서 어떤 아이와 얘기했는데, 걘 여기에 살지 않아. 그가 거짓말을 해서 내가 한마디 해주었어. 눈물을 만드는 사람 앞에서는 거짓말할 수 없을 거라고. 그런데 무슨 말인지 모르는 거야. 그런 소리를

들어본 적이 없다고 했어. 그 비슷한 것은 알고 있는데, 검은 유령이라고 부른대."

나는 의아한 표정으로 그녀를 쳐다보았다. 우리는 둘 다 아주 어렸을 때부터 그레이브에 있었기에 그녀도 분명 학교 친구의 말이 당황스러웠을 것이다.

"그럼 그 검은 유령이 널 울리는 거야? 그 유령이 널 절망하게 만드는 거야?" 나는 물었다.

"아니…… 하지만 그가 무서워. 그도 아이들을 데려간대. 너무 끔찍해."

나는 나에게 무서운 것이 무엇인지 생각해 보았다. 그리고 어두운 지하실이 떠올랐다.

나는 무엇이 나를 두렵게 하는지 생각해 보았다. 그리고 그녀가 생각났다.

그래서 이해했다. 그녀는 나와 아델린, 그리고 많은 아이들에게 검은 유령과 같았다. 그런데 시설에 살지 않는 아이가 그런 말을 했다면 세상에는 그 같은 존재가 많이 있다는 뜻일 거다.

"검은 유령은 많이 있어." 내가 말했다. "근데 눈물을 만드는 사람은 단 한 명뿐이야."

나는 항상 동화를 믿었다.
나는 그 이야기 속에서 살고 싶었다.
그리고 지금…… 나는 그 안에 있다.
나는 페이지 사이를 걸었고, 종이의 오솔길들을 통과했다.
그러다 잉크가 엎질러졌다.
나는 잘못된 동화 속으로 떨어졌다.

5
검은 백조

마음에도 그림자가 있다.
가는 곳마다 따라다닌다.

나는 땀을 흘리고 있었다. 관자놀이가 욱신거렸다. 그 방은 좁고 먼지가 수북했고 숨이 막혔다. 그리고 어두웠다. 항상 어두웠다.

나는 팔을 움직일 수 없었다. 허공을 향해 허우적댔지만 아무도 내 말을 듣지 못했다. 살갗이 타는 듯했고 손을 뻗으려고 했지만 그럴 수가 없었다. 문이 닫혔고 어둠이 내게 달려들었다.

나는 깜짝 놀라 잠에서 깼다. 내 주변의 어둠은 악몽 속의 어둠처럼 느껴졌다. 전등 스위치를 찾는 데 한참이나 걸렸다. 나는 여전히 이불을 움켜쥐고 있었다. 불빛이 방을 가득 채우고 새 보금자리의 윤곽을 드러냈다. 심장이 계속 두근거렸다.

나쁜 꿈이 다시 시작되었다. 아니다…… 사실 악몽은 내 곁을 떠난 적이 없었다. 새 침대에서 자는 걸로는 사라지게 할 수 없었다.

나는 손목을 세게 비벼댔다. 손가락에 반창고가 있었고 알록달록한 색으로 나를 안심시켜 주었다. 내가 자유롭다는 것을 상기시켜 주었다. 반창고를 볼 수 있으니 어둡지 않았다. *어둡지 않았고 나는 안전했다.*

나는 마음을 진정시키려 애쓰며 숨을 깊이 들이쉬었다. 그러나 그 감각은 여전히 내 피부에서 스멀거렸다. 눈을 감으라고 속삭이며 어둠 속에서 도사리고 있었다. 그것은 거기서 나를 기다리고 있었다.

나는 진정 자유로울 수 있을까?

나는 이불을 젖히고 침대에서 일어났다. 맨손으로 얼굴을 문지르고는 방에서 나와 욕실로 향했다. 불빛은 깨끗한 흰색 타일을 비추었다. 밝은 거울과 구름처럼 포근한 수건은 내가 그 악몽으로부터 멀리 있다고 알려주었다. 모든 것이 달랐다. 이것은 다른 삶이었다.

나는 세면대의 수도꼭지를 틀고 찬물로 손목을 적시며 천천히 마음의 안정을 되찾았다. 거기서 한참을 머무는 동안 생각이 맑아지고 빛이 나의 가장 어두운 구석들을 채워나갔다.

다 괜찮을 것이다. 나는 그 기억 속에서 더는 살지 않았다. 이제 두려워할 필요가 없었다. 나는 멀리 떨어져 있고 무사하고 안전했다. 나는 자유로웠다. 그리고 행복한 삶의 기회를 얻었다.

욕실에서 나왔을 때는 이미 아침이 밝았다.

그날 첫 수업은 생물학이기 때문에 늦지 않게 수업에 가야 했다. 생물학을 가르치는 크릴 선생님은 참을성이 없는 사람으로 유명했다.

그날 아침도 학교 앞 보도는 학생들로 붐볐다. 나는 사람들 속에서 "니카!"라고 외치는 소리를 듣고 깜짝 놀랐다. 빌리가 정문 앞에 있었다. 경쾌한 팔의 움직임에 그녀의 곱슬머리가 흔들거렸다. 그녀는 환하게 웃고 있었고, 나는 그런 관심이 익숙하지 않아 얼떨떨한 채 그녀를 바라보았다.

"안녕." 나는 수줍게 인사를 건넸다. 그녀가 많은 사람 가운데 나를 알아보았다는 사실이 얼마나 기쁜지 내색하지 않으려 애썼다.

"학교에서 첫 주가 어때? 벌써 자살 충동이 느껴지니? 크릴이 널 미치게 만들지?"

나는 뺨을 긁적였다. 사실 나는 무척추동물의 분류에 관한 그의 수업에 매료되었지만, 다른 사람들이 말하는 걸 들어보면 그가 교실에서 독재자로 군림하는 것 같았다.

"실은," 나는 머뭇거리며 말했다. "그렇게 나쁘진 않았어."

그녀는 내가 농담한 것처럼 웃음을 터뜨렸다.

"그러셔?!" 그녀는 장난스럽게 내 가슴팍을 쿡 찔렀고 나는 펄쩍 뛰었다.

함께 걸어갈 때, 나는 그녀의 배낭 지퍼에 뜨개질로 만든 작은 카메라가 달린 것을 보았다. 잠시 후 그녀의 얼굴이 환해졌다. 그리고 곧장 앞으로 달려가 누군가를 뒤에서 와락 껴안았다.

"좋은 아침이야!" 그녀는 미키의 배낭을 두 팔로 감싼 채 기뻐하며 외쳤다. 미키는 얼빠진 표정으로 돌아섰다. 잠에서 덜 깬 듯한 얼굴에는 눈 그늘이 가득했다.

"일찍 왔구나!" 빌리가 재잘거렸다. "기분은 어때? 오늘은 어떤 수업이 있지? 나중에 집에 같이 갈래?"

"아침 여덟 시밖에 안 됐어." 미키가 항의했다. "내 뇌를 괴롭히지 마."

그녀는 나도 거기에 있다는 걸 알아차렸다. 나는 한 손을 들어 인사했지만, 그녀는 대답하지 않았다. 그녀의 배낭에도 뜨개질한 인형이 달려 있었다. 그것은 눈 주위에 커다란 검은 반점이 있는 판다의 머리였다.

그 순간 여학생 몇 명이 들뜬 비명을 지르며 우리 옆을 지나가더니 교실 앞에 모여 있던 무리에 합류했다. 그들 중 일부는 목을 길게 빼서 안을 들여다보고 있었고, 다른 일부는 주체할 수 없는 미소를 숨기느라 손으로 입을 가렸다. 그들은 마치 사마귀 떼처럼 보였다.

미키는 심드렁하게 그 작은 무리를 쳐다보았다. "왜 저리 유난을 떠는 거야?"

"가보자!"

우리는 함께 그쪽으로 향했다. 미키가 앞서고 빌리는 배낭의 어깨끈을 잡아 유쾌하게 나를 이끌며 그 뒤를 따라갔다. 우리는 여학생들의 무리에 끼어들었고, 나도 호기심에 이끌려 교실 안을 기웃거렸다.

그곳이 음악실이라는 걸 그제야 알았다.

나는 몸이 굳어버렸다.

리젤이 거기 있었다. 그의 옆모습은 한 폭의 그림 같았다. 교실을 가득 채운 빛이 그의 매력적인 얼굴을 감싼 검은 머리카락을 속속들이 비추었다. 그의 가느다란 손가락은 피아노 건반을 스치며 침묵 속으로 사라지는 선율의 파도를 만들어 냈다.

굉장했다.

나는 가까스로 그 생각을 밀어내려 했지만 금방 포기하고 말았다. 그는 검은 백조 같았다. 천상의 신비로운 소리를 발산하는 저주받은 천사 같았다.

"저런 남자애가 정말 존재하는 거야?" 한 여학생이 속삭였다.

리젤은 곡을 연주하지도 않았다. 그의 손은 단순한 화음을 냈지만 자기 마음대로 거침없이 구사할 수 있었다.

"정말 멋져……"

"재 이름이 뭐지?"

"잘 모르겠어. 특이한 이름이었어."

"싸움질하다 걸렸는데 가벼운 처벌로 끝났다고 들었어!" 그들은 당혹감과 흥분으로 수군거렸다. "정학을 받지 않았대!"

"저런 애라면 나라도 그랬을 거야……"

그들은 큰 소리로 킥킥거렸고 나는 속이 울렁거렸다. 그들은 그가 마치 신인 것처럼 우러러보았다. 그가 늑대라는 사실은 모르고 동화 속 왕자라고 착각했다. 결국 악마는 천사들 가운데 가장 아름답지 않았는가? 왜 아무도 그걸 모를까?

"쉿, 이러다 재가 듣겠어!"

리젤은 고개를 들었다.

그리고 그들은 입을 다물었다.

보고도 믿기지 않았다. 그의 모든 것이 완벽했다. 깨끗하고 섬세한 이목구비와 그 눈빛. 말 그대로 영혼에 불을 질렀다. 숨 멎게 하는 그의 얼굴에서 꿰뚫어 보는 듯한 예리한 검은 눈이 유독 반짝거렸다.

그는 사람들이 있는 걸 깨닫고는 자리에서 일어나 우리 쪽으로 걸어왔다.

나는 몸을 움츠린 채 바닥을 보며 중얼거렸다. "늦었어. 수업에 가야 해."

하지만 빌리는 내 말을 듣지 않았다. 그녀는 자신도 모르게 여전히 내 배낭끈을 잡고 있었고, 뒤에 있는 여학생들도 내가 지나갈 수 있게 비켜주지 않았다.

리젤이 온몸에 매력을 발산하며 문으로 다가왔다. 여학생들은 그의 폭력적인 아름다움이 내뿜는 신비스러운 힘에 압도되어 꼼짝도 하지 않았다. 그들은 홀린 것 같았다. 리젤은 문을 닫으려 했지만 한 여자애가 대담하게 팔을 내밀며 막았다.

"네가 이러면 큰 실례인 거야." 그녀가 웃으며 말했다. "늘 그렇게 잘 연주하니?"

리젤은 문을 열어젖힌 손을 무심하게 바라보았다.

"아니." 그는 반어법을 쓰며 덤덤하게 대꾸했다. "가끔은 진지하게 연주해."

그는 그녀를 빤히 쳐다보며 한 걸음 앞으로 나갔고, 이제 그녀는 한 걸음 뒤로 물러나야 했다. 그는 그녀를 지나치기 전에 길게 한 번 쳐다보고는 그 자리를 떠났다.

남아 있던 사람들 사이에서 암시적인 시선이 오갈 때, 나는 그 무리의 흥분된 분위기를 거부하며 얼굴을 돌렸다.

집에서 일이 있던 그날 이후, 나는 그레이브에서 늘 그랬던 대로 그를 멀리하기 시작했다. 그의 웃음이 내 머릿속에서 지워지지 않았다. 나는 그것에서 벗어날 수 없었다.

"네 형제는 다른 별에서 온 것 같아."

"그는 내 형제가 아니야." 나는 입술이 타는 듯 퉁명스럽게 말했다.

둘 다 나를 쳐다보았고 나는 뺨이 따끔거렸다. 그렇게 대답하는 건 나답지 않지만 어떻게 그와 내가 친족이라고 생각할 수 있단 말인가? 우리는 완전히 달랐다.

"미안해." 빌리가 머뭇거리며 말했다. "네 말이 맞아, 내가…… 깜빡했어."

"괜찮아." 나는 그녀의 기분을 풀어주기 위해 경쾌한 목소리로 말했다. 빌리의 표정이 다시 밝아졌고 그녀는 벽에 걸린 시계를 흘끗 보았다.

"맙소사, 어서 가야 해. 늦으면 크릴에게 쫓겨날 거야!" 그녀는 눈을 크게 뜨고 소리쳤다. "미키, 나중에 보자. 수업 잘 받고! 가자, 니카."

"또 봐, 미키." 나는 빌리를 따라가기 전에 중얼거렸다. 그녀는 대답하지 않았지만, 우리가 함께 가는 모습을 바라보는 그녀의 시선이 느껴졌다.

그녀는 나를 침입자로 여기는 걸까?

"미키와 어떻게 알게 되었니?" 나는 교실로 들어서면서 물었다.

"재미있는 이야기야. 우리 이름 때문에." 빌리가 즐거워하며 대답했다. "나와 미키의 이름이 조금…… 특이하기 때문이야. 초등학교 입학 첫날 나는 미키에게 내 이름이 이상하다고 얘기했는데, 미키는 자기 이름이 더 이상할 거라고 했어. 지금 우리는 별명만 불러. 어쨌든 그날 이후로 우린 절친한 친구가 되었어."

나는 미키가 매우 까다로운 사람이라고 느꼈다. 그녀를 잘 알지는 못하지만 빌리에 대한 애정은 각별한 것 같았다. 그녀의 태도는 무뚝뚝했지만 서로 이야기를 나눌 때는 애정 어린 눈빛이 살아 있었다. 그들의 우정은 평생을 함께해온 바지처럼, 자신감과 친밀감으로 가득 차 있었다.

그날 수업을 마친 뒤 나는 피곤했지만 만족스러웠다.

"금방 갈게, 할머니!" 빌리가 핸드폰에 대고 말했다. 학생들이 활기차게 수다를 떨며 안뜰로 쏟아져 나오는 동안 우리는 밖으로 나갔다.

"얼른 가야 해. 할머니는 이중 주차를 했고 또 벌금을 물게 되면 이번엔 폭발할 거야. 아, 맞다…… 네 번호 좀 알려 줘."

나는 걸음 속도를 늦추어 멈췄고, 그녀도 멈췄다. 그녀는 허공에 손을 내저으며 낄낄거렸다. "알아, 알아. 미키는 내가 성가시다고 하지만 그 말을 믿는 건 아니지? 내가 7분짜리 음성 메시지를 보낸 적이 있는데 그걸로 수다쟁이라 그러는 거야……"

"나는 핸드폰이 없어." 담담하게 대답했지만 이내 가슴이 뭉클해져서 말문이 막혔다. 나는 그녀가 말이 많아도 상관없다고, 이대로 좋다고 말하고 싶었다. 그녀가 나를 친근하게 대해주어서 내가 남다르고 이상하다는 느낌을 덜 수 있었기 때문이다. 내가 *평범하다*고 느낄 수 있었다. 그건 멋진 일이었다.

"핸드폰이 없다고?" 그녀가 놀라워하며 물었다.

"없어." 나는 우물거리다가 갑자기 울린 자동차 경적에 깜짝 놀랐다.

커다란 지프차의 창문으로 검은 선글라스를 쓴 할머니가 보였다. 그녀는 뒤에 있는 남자에게 뭐라고 소리를 질렀고, 그 남자는 기분이 상해서 입을 크게 벌리고 있었다.

"세상에, 할머니가 싸우고 있어……" 빌리는 곱슬머리를 손으로 싸쥐었다. "미안, 니카, 난 가야 해! 내일 봐, 알았지? 안녕!"

그녀는 곤충이 날아가듯 빠르게 사람들 사이로 사라졌다.

"안녕……" 나는 손을 흔들며 속삭였다. 마음이 아주 가벼웠다. 나는 깊이 숨을 들이쉰 뒤 미소 띤 표정으로 집을 향해 걸었다.

긴 하루였지만 벅차오르는 행복감이 느껴졌다.

밀리건 부부는 학교로 매일 우리를 데리러 올 수 없는 것에 미안해했다. 노먼은 저녁까지 일했고 안나는 계속 가게에 있어야 했다.

하지만 나는 걷는 것을 좋아했다. 게다가 지금은 리젤이 방과 후에 남는 처분을 받았기 때문에 오후에 집은 완전히 내 차지가 되었다.

나는 보도를 건너는 개미들의 행렬을 밟지 않도록 조심했다. 그들이 잔치를 벌이고 있던 사과 심지를 넘어 우리 동네로 접어들었다. 하얀 울타리가 내 눈을 가득 채웠다. 우편함에는 '밀리건'이라고 적혀 있었고, 나는 그쪽을 향해 기쁘고 평온하면서도 떨리는 마음으로 다가갔다. 돌아갈 곳이 있다는 게 어쩌면 나에겐 영원히 낯선 일일 수도 있었다.

집으로 들어가자 포근한 정적이 나를 반겼다. 나는 모든 것을 담아두려고 했다. 아늑한 공기, 좁은 복도, 그리고 한때 사진을 끼워두었을, 현관 옆 탁자 위의 빈 액자……

나는 주방으로 가서 블랙베리 잼 한 스푼을 살며시 덜어 싱크대 앞에서 먹었다.

나는 잼을 미친 듯이 좋아했다. 그레이브에서는 방문객이 있을 때만 잼을 먹을 수 있었다. 시설 운영자들은 손님에게 아이들이 잘 지낸다는 인상을 주려 했다. 그래서 우리는 가장 좋은 옷을 입고 돌아다니며 그것이 일상인 것처럼 연기해야 했다.

나는 콧노래를 부르며 샌드위치를 만들 재료를 챙겼다. 학교에서는 이미 친구를 사귀었고, 집에서는 인자한 두 사람이 내게 가족이 되자며 손을 내밀었다. 모든 것이, 내 머릿속까지도 환하고 산뜻하게 느껴졌다.

샌드위치가 완성되었을 때, 나는 꼬마 손님이 들어왔다는 걸 알아챘다. 도마뱀붙이 한 마리가 컵 선반 뒤쪽의 벽에 붙어 기웃거리고 있었다. 냄새에 이끌려 열린 창문으로 들어왔을 것이다.

"안녕." 주위에 보는 사람이 없었기 때문에 나는 스스럼없이 말했다. 아마 다른 사람이 봤다면 나보고 미쳤다고 생각할 것이다. 그러나 그건 내게 정상이었다. 비밀스럽지만 자연스러운 행동이었다. 혼잣말을 하는 사람도 있지만 나는 동물들과 이야기했다. 아주 어릴 때부터 그래왔다. 때때로 나는 동물이 사람보다 나를 더 잘 이해할 수 있다고 믿었다. 생물과 이야기하는 게 혼잣말을 중얼거리는 것보다 더 낫지 않을까?

"미안해, 네게 줄 게 없어." 나는 손끝으로 입술을 만지며 말했다. 그의 납작한 손가락이 익살맞고 무해한 느낌을 주었다. "어쩜 이리 자그마한지……"

"아," 내 뒤로 목소리가 들렸다. "니카!"

노먼이 주방문으로 들어왔다.

"안녕하세요, 노먼." 나는 그가 점심을 먹으러 집에 들른 것에 놀랐다. 이따금 그와 마주치기도 했지만 그런 경우는 아주 드물었다.

"간단히 요기하러 들렀는데…… 누구랑 얘기하고 있었니?" 그는 가죽 벨트를 만지작거리며 물었고 나는 미소를 지었다.

"아, 그냥……" 나는 말문이 막혔다. 죽은 바퀴벌레 그림이 내 눈에 확 들어왔기 때문이었다.

나는 내 옆에 있는 작은 생물을 슬쩍 곁눈질했고, 그가 머리를 기울여 나를 돌아보는 모습에 얼굴이 창백해졌다. 나는 노먼이 보기 전에 잽싸게 도마뱀붙이를 잡아 등 뒤로 숨겼다.

"아무것도……"

노먼은 어리둥절해하며 나를 쳐다보았고, 나는 겸연쩍은 미소를 지으며 어깨를 으쓱했다. 도마뱀붙이는 작은 뱀장어처럼 손바닥 안에서 퍼덕거렸고, 내 손가락을 깨물었을 땐 손목이 뻣뻣해졌다.

"음…… 그래." 노먼이 말을 더듬으며 다가오자 내 눈은 탈출구를 찾아 이리저리 정신없이 오갔다.

"큰 작업을 앞두고 있어. 오늘 아침에 고객이 전화했거든. 나는 창고로 가서 중포를 챙겨야 해. 무슨 말인지 이해할지 모르겠지만…… 핀치 부인이 미치기 직전이야. 말벌 집이 있대."

"오, 이런!" 나는 그의 뒤편을 가리키며 극적으로 외쳤다. "뭐가 있어?" 노먼이 돌아섰고 나는 그 순간을 이용했다. 한 손으로 도마뱀붙이를 쥐고 창밖으로 던졌다. 그는 공중에서 팽이처럼 빙빙 돌다가 정원의 부드러운 풀밭 어딘가로 내렸다.

"저기 램프가……"

노먼이 다시 돌아섰고, 나는 그를 향해 활짝 웃었다. 그는 머뭇거리며 나를 쳐다보았다. 그가 의아한 표정을 지었지만, 내 속임수를 눈치채지 않았기를 바랐다. 노먼은 내게 괜찮은지 물었고, 나는 그가 다시 나갈 때까지 짐짓 태연한 기색을 드러내며 안심시켰다. 현관문이 닫히는 소리가 들리자 나는 약간 낙담한 채 숨을 내쉬었다.

내가 좋은 인상을 줄 수 있을까? 내 방식이 조금 이상하고 평범하지 않더라도 사랑받을 수 있을까?

나는 손에 붙은 반창고를 보며 한숨을 쉬었다. 그 악몽들이 떠올랐지만, 그것이 모든 걸 망치기 전에 깊숙한 곳으로 밀쳐 냈다.

나는 손을 씻고 차분하게 먹었다. 그 평범한 집에서 보내는 평범한 한때를 매 순간 음미하면서. 식사를 즐기면서 주방 한 구석에 놓인 작은 그릇을 물끄러미 바라보았다.

지난 며칠 동안 문밖에서 긁는 소리가 계속 들렸다. 그 사실을 안나에게 말했을 때 그녀는 손을 내저으며 말했다.

"아, 걱정하지 마. 클라우스가 그런 거야. 조만간 내키면 나타날 거야. 혼자 있기 좋아하거든."

그가 언제 모습을 드러낼지 궁금했다.

나는 설거지를 마친 뒤 안나가 한 것처럼 모두 잘 정돈되었는지 확인했다. 그러곤 내 방으로 올라가 공부하면서 오후 시간을 보냈다. 내가 대수 방정식과 왕위 계승전에 관한 숙제를 끝냈을 때는 이미 저녁이었다. 기지개를 켜다가 도마뱀붙이에게 물린 손가락이 붉게 변하고 약간 욱신거리는 걸 알았다. 반창고를 붙어야 했다. *그와 같은 녹색의* 반창고가 좋겠다고 생각하며 방을 나섰다.

나는 생각에 잠긴 채 욕실로 가서 손잡이를 향해 손을 뻗었다. 그러나 내가 잡기도 전에 손잡이가 아래로 내려가면서 잠금이 풀렸다. 내가 고개를 든 순간 문이 열렸다. 나는 검은 두 눈동자와 맞닥뜨렸고 그것의 흡인력에 깜짝 놀라 황급히 뒤로 물러섰다.

리젤이 침착한 모습으로 문 앞에 나타났다. 막 샤워를 끝냈는지 그의 어깨에서 수증기가 모락거렸다.

그의 존재는 또다시 나에게 본능적인 불편함을 느끼게 했다. 나는 그에게 무심할 수 없었다. 그의 깊은 눈동자는 빠져나올 수 없는 심연 같았다. 그것은 눈물을 만드는 사람의 눈이었다. 전설에서처럼 밝은 눈이 아니어도 상관없었다. 리젤의 눈은 그와 달리 어두웠지만 위험했다.

그는 문틀에 어깨를 기대 비스듬히 섰다. 밖으로 나오지 않고 팔짱을 끼면서 나를 쳐다보았다.

"지나가야 해." 나는 퉁명스럽게 말했다.

그의 주위를 계속 맴도는 수증기는 그가 지옥의 문을 지키는 매혹적인 악마처럼 보이게 했다. 나는 그 안개로 들어가 향기에 휩싸여 사라지는 상상을 하며 몸서리쳤다.

"들어가." 그가 움직일 기미를 보이지 않고 말했다.

나는 그의 태도를 비난하는 차가운 눈빛으로 그를 빤히 쳐다보았다.

"왜 이러는데?"

나는 장난치고 싶지 않았다. 그가 장난을 멈추고 나를 평화롭게 놔두길 원했다.

"뭘 어쨌다고?"

"네가 아주 잘 알 테지." 나는 강하게 말하려고 했다. "항상 그래왔잖아."

내가 그에게 이처럼 대놓고 맞선 것은 처음이었다. 우리 관계는 언제나 침묵과 회피, 냉소와 외면, 할퀴거나 물러나는 것으로 일관되었다. 나는 그의 행동을 이해하기 위해 시간을 낭비하지 않았고 항상 그를 피하는 쪽을 택했다. 엄밀히 말해 그것은 관계라고도 할 수 없었다.

그는 입꼬리를 올리며 조롱하듯 웃었다.

"그럴 만하니까."

나는 주먹을 꽉 쥐었다.

"넌 해내지 못할 거야." 나는 내가 할 수 있는 한 가장 단호한 말로 쏘아댔다. 내 목소리는 크고 또렷하게 들렸고 그의 표정이 흐려졌다.

"무엇을?"
"알잖아!" 나는 발끈했다.
나는 거의 발끝으로 서 있듯 긴장했고 강렬한 감정이 불타올랐다. 그건 고집일까, 아니면 절망일까?
"가만있지 않을 거야, 리젤. 네가 망치게 두지 않을 거야. 내 말 알겠니?"
나는 작았고 손은 반창고투성이였지만, 반드시 내 꿈을 지켜야 한다고 생각했기에 그를 똑바로 쳐다보았다. 나는 내가 부드럽고 선한 영혼을 지녔고 다정한 목소리로 조용하게 행동하는 사람이라고 믿었지만 리젤은 전혀 다른 나의 모습을 끌어냈다. 전설에 나오는 그대로였다.
그 순간 그의 표정이 변했다. 웃음기를 거두었고 검은 눈으로 내 입술을 빤히 보았다.
"다시 말해봐." 그가 조용히 중얼거렸다.
나는 단호하게 잘라 말했다.
"넌 못 할 거야."
리젤이 나를 뚫어지게 바라보았다. 그의 시선이 내 몸을 따라 흘렀고 나를 관통하는 떨림은 자신감이 꺾이게 했다. 그의 차분한 눈길이 나를 *만지는 것처럼* 느껴져 속이 뒤틀렸다. 잠시 후 그는 팔짱을 풀고 움직였다.
"다시." 그가 속삭이며 나에게 한 발짝 다가섰다.
"넌 망치지 못할 거야." 나는 불안해하며 쏘아붙였다.
그가 한 발 더 다가왔다. "다시."
"너는 못할 거야……"
내가 대답할 때마다 그는 더 가까이 다가왔다.
"다시." 그는 집요하게 계속했고, 나는 경직되고 혼란스럽고 당혹스러웠다.
"넌 망치지 못할 거야. 못해……"나는 입술을 깨물며 한 걸음 물러났다.

이제 그는 내 앞에 서 있었다.

나는 턱을 들어 두근대는 심장으로 그의 날카로운 시선을 마주했다. 그의 눈은 나에게 고정되었다. 석양의 역광은 그의 눈에 묻힌 빛의 부스러기에 불과했다.

리젤은 끝까지 고집을 부리듯 한 걸음 더 앞으로 내디뎠다. 나는 또다시 물러났지만 내 뒤에는 벽이 있었다. 휘둥그레진 눈으로 그가 나를 향해 몸을 숙이는 것을 보았다. 그가 내 귀에 가까이 다가오자 나는 몸이 굳어졌고 그의 깊은 목소리가 머릿속에서 울렸다.

"네 소리가 얼마나 연약하고 순진하게 들리는지 모르지?"

나는 떨지 않으려 했지만 리젤 앞에서 내 영혼은 발가벗겨진 느낌이었다. 그는 나를 건드리지 않고도 떨게 만들 수 있었다.

"넌 다리가 후들거려. 나와 가까이 있는 것도 못 참겠지?"

나는 손을 뻗어 그를 밀어내고 싶었지만 그 충동을 억눌렀다. 그를 만져선 안 되었기 때문이다. 내가 그를 밀치기 위해 그의 가슴에 손을 댄다면 우리 사이의 거리를 심각하게 훼손하는 것이었다.

우리에게는 보이지 않는 경계가 있었다. 그리고 리젤의 눈은 항상 나에게 그 선을 넘지 말라고, 그런 실수를 저지르지 말라고 경고했다.

"네 심장이 미친 듯이 뛰고 있어." 그는 심장 박동이 고동치는 내 목의 경동맥을 향해 중얼거렸다. "설마 내가 무섭니, *나방*아?"

"리젤…… 제발 그만해."

"오, 안 돼, 니카." 그가 꾸짖듯이 쯧쯧 혀를 차며 나지막이 으르렁댔다. "*너*야말로 그만해. 약해빠진 지저귐…… 상황을 악화시킬 뿐이야."

그런데 내가 그를 어떻게 밀어냈는지 모르겠다. 내가 아는 건 리젤이 거기 있었고, 그의 유독한 숨결이 내 피부에 닿았고, 어느 순간 그가 눈살을 찌푸린 채 내 앞에서 몇 걸음 떨어진 곳에 있었다는 것이다.

내가 그런 게 아니었다. 무언가가 그의 발을 스쳐 쏜살같이 지나가며 그를 뒤로 물러나게 했다. 어둠 속에서 두 개의 노란 눈이 파충류처럼 가느다란 동공으로 우리를 응시하고 있었다.

고양이는 귀를 내린 채 그에게 쉿쉿 소리를 내더니 번개처럼 계단으로 달려갔다. 그러다 안나를 넘어뜨릴 뻔했다.

"클라우스!" 그녀가 소리쳤다. "부딪칠 뻔했잖아! 고양이 어르신, 드디어 나타나기로 한 건가요?"

그녀는 층계참에 이르렀고 거기서 우리를 보고 놀랐다.

"오, 리젤, 그 애는 항상 네 방에 숨어 있어. 그 침대 밑으로 피신하는 버릇이 있어서……"

나는 그 틈을 타 빠져나와야 했기에 다른 말은 더 듣지 못했다.

나는 서둘러 욕실로 몸을 숨겼다. 나에게서, 세상에서, 모든 것에서 그의 유해한 존재를 차단할 수 있기를 바랐다. 단단한 문에 이마를 기대고 눈을 감았지만, 그는 여전히 거기에 있었다. 매력적인 목소리와 파멸의 기운을 발산하며 어딘가에 박혀 있었다.

나는 그를 떼어내려 했지만, 수증기가 나를 감싸고 그의 향기가 내게 스며들었다. 뱃속까지 배어들었다. 숨을 깊이 들이쉬어도 소용이 없고 익사하는 기분이었다.

해독제가 듣지 않는 독소가 있다. 어떤 독은 당신의 영혼으로 들어가 냄새로 당신을 해치고 가장 아름다운 눈을 달고 있다. 그 독이 퍼지면 치료가 불가능하다.

어떤 것으로도.

6
친절

영혼에 봄이 있는 사람은
꽃이 핀 세상을 만끽할 것이다.

리젤은 나를 혼란에 빠뜨렸다.

그 후 이틀 동안 나는 그 느낌을 지울 수 없었다. 그 느낌은 내 피에 뒤섞인 것 같았다. 가끔 나는 그에 대해 모든 것을 알고 있다고 확신했다. 다른 때에는 그를 둘러싼 어둠의 영역이 너무 많아서 그에 대해 아는 게 없다는 생각이 들었다.

리젤은 아름다운 망토를 걸친 야수 같았다. 겉으로는 우아해 보이지만 속으로는 거칠고 예측할 수 없는 영혼을 숨기고 있었다. 때로는 무섭게 돌변해서 누구도 접근하지 못하게 했다.

그는 항상 이해할 수 없는 행동만 일삼았다. 그는 내가 가까이 다가가면 그날 저녁 주방에서 그랬던 것처럼 말로 나를 *할퀴고* 멀리 떨어지라며 으르렁댔다. 그리고 어떤 때는 터무니없고 모순적인 태도를 보여서 나는 그를 도무지 이해할 수가 없었다. 그는 나를 혼란스럽게 했다. 내 마음을 뒤흔들었다. 그는 사악했고, 나는 그의 경고를 따르며 그에게서 멀리 떨어져 있는 편이 나을 것이다.

하지만 그와의 관계를 제외하고는 다 괜찮았다. 나는 나의 새로운 가족을 사랑했다. 노먼은 쑥스러워하면서도 다정했고, 안나는 매일매일 내가 어릴 적 수없이 꿈꿨던 이상과 같았다. 그녀는 따뜻하고 신중하고 세심했으며, 내가 잘 먹고 있는지, 건강은 괜찮은지 항상 걱정해 주었다. 나는 매우 마른 편이었고, 또래의 다른 여자 애들처럼 건강한 혈색이 아니어서 더 마음을 쓰는 듯했다.

안나는 진짜 엄마였다. 그녀에게 말할 용기는 내지 못했지만, 이미 '나의' 엄마인 것처럼 사랑하는 마음이 커졌다. 하늘을 껴안으며 자신을 자유롭게 해줄 누군가를 꿈꾸었던 어린 소녀가 이제 황홀한 눈으로 그 현실을 바라보고 있었다.

나는 이것을 지킬 수 있을까?

오후에 숙제를 마치고 방을 나왔다. 요즘 나는 공부를 열심히 했다. 좋은 성적을 받고 싶었기 때문이다. 그리고 안나와 노먼을 기쁘게 해주고 싶었다.

놀랍게도 복도에서 누군가와 마주쳤다.

고양이 클라우스였다. 그는 이제 낯을 가리지 않기로 결심한 모양이다. 나는 동물을 사랑했고 그들과 교감하는 게 좋았기 때문에 방 밖에서 그를 보게 되어 무척 기뻤다.

"안녕." 나는 미소를 지으며 속삭였다. 클라우스는 정말 아름다운 고양이었다. 먼지투성이 회색 털은 솜사탕처럼 부드럽고 폭신했고, 동그랗고 노란 두 눈은 무척 사랑스러웠다. 안나는 그가 열 살이라고 했는데, 그 나이의 자부심과 위엄을 한껏 드러내고 있었다.

"얼마나 예쁜지……" 나는 쓰다듬으려고 슬며시 손을 내밀었다. 그가 의심스러운 눈으로 나를 살폈다. 그런 다음 꼬리를 꼿꼿이 세우고 어디론가 걸어갔다. 나는 열정적인 눈빛으로 어린아이처럼 그를 따라갔지만, 그는 찌푸린 표정을 지으며 내 행동이 싫다는 뜻을 비쳤다. 그리고 이내 창문을 통해 지붕 위로 뛰어내렸고, 나를 복도에 홀로 남겨두었다. 그는 정말로 고독을 좋아하는 고양이었다.

내가 자리를 뜨려는데 어떤 소리가 들렸다. 바로 알아차리지는 못했지만, 옆방에서 헐떡이는 소리가 들려왔다. 그곳은 리젤의 방이었다. 그의 숨소리라는 걸 깨달았다. 나는 그의 방에 들어가면 안 되고 멀리 떨어져 있어야 했지만, 그 수상한 소리에 다짐을 잊고 말았다. 조금 열려 있는 방문으로 안을 들여다보았다. 그의 늠름한 형체가 보였다. 그는 등을 돌린 채 방 한가운데 서 있었다. 문틈으로 그의 빳빳한 팔에 솟은 핏줄과 꽉 쥔 주먹을 볼 수 있었다.

호기심이 일었다. 손가락 관절이 한껏 튀어나왔고 으스러질 듯한 손가락은 핏기가 없었다. 긴장된 근육이 어깨까지 뻗쳐 있었다. 무슨 상황인지 이해가 가지 않았다.

분노하는 걸까?

더 자세히 보려는데 바닥에서 삐걱거리는 소리가 났다. 그가 돌아보았고 나는 움찔하며 본능적으로 뒷걸음질을 쳤다. 그리고 잠시 후 문이 쾅 닫히면서 염탐은 끝이 났다.

그의 방문을 바라보면서 복잡한 생각이 머릿속을 맴돌았다. 내가 거기 있는 걸 그가 본 걸까? 아니면 그냥 누군가가 있었다고 생각할까? 그런 걱정을 하다가 문뜩 가슴을 찌르는 굴욕감이 느껴졌다. 나는 입술을 깨물며 뒤로 물러나 빠르게 걸어갔다. 아래층으로 내려가면서 신경 쓰지 말자고 마음을 먹었다. 리젤은 나와 상관없는 사람이었다. 완전히……

"니카," 안나가 나를 불렀다. "나 좀 도와줄래?"

그녀는 세탁한 직물이 담긴 바구니를 들고 있었다. 나는 걱정을 접고 즉시 그녀에게 다가갔다. 그녀가 나에게 말을 걸 때마다 느끼는 들뜬 기분으로.

"물론이죠."

"고마워. 아직 할 일이 더 있는데, 네가 이것 좀 해주면 좋겠어. 어디에 두는지 알겠지?"

나는 향기로운 바구니를 받아 들었고, 그것들을 갖다 놓을 자리를 찾을 수 있다고 자신 있게 말했다.

집은 그다지 크지 않았고, 나는 집안 곳곳을 돌아다니며 서랍과 수납장을 채웠다. 물건의 제자리를 찾아다니면서 그 집의 구석구석을 더 자세히 알 수 있었다. 나는 내 옷을 다시 방에 갖다 놓으면서 안나가 낡고 해진 옷들을 봤을 거란 생각을 하니 부끄러웠다.

내 방을 나왔을 때 바구니에는 반소매 티셔츠 두 장만 남아있었다. 남자 옷이었다. 나는 조심스럽게 만져보았다. 노먼이 그렇게 허름한 옷을 입지 않을 거라는 생각이 들었다. 그것은 리젤의 옷이었다.

나는 그의 방을 향해 몸을 돌렸다. 조금 전 그런 일이 있었는데도 그쪽으로 다시 가야 한다니, 차마 발이 떨어지지 않았다. 그가 날 봤는지는 확실하지 않지만, 그의 방에 들어갈 권한이 내게 없다는 것은 잘 알고 있었다. 리젤이 분명하게 경고했다.

하지만 나는 안나를 돕고 있다. 그녀는 나에게 많은 것을 해주었는데, 이 사소한 일을 어떻게 거절할 수 있겠는가? 나는 잘할 수 있다고 호기롭게 말했고, 내가 한 말을 지키고 싶었다.

나는 잠시 망설이다가 결국 문 앞에 섰다. 침을 삼키고는 용기 내어 가볍게 노크했다. 대답이 없었다. 너무 약하게 두드렸나? 그가 방에 없을지 모른다는 생각이 들자 겁이 나지 않았다. 리젤은 들어가지 말라고 했고 나는 그의 말을 따르려 했지만, 그가 없는 틈을 타면 마주칠 일 없이 옷을 두고 나올 수 있을 것이다.

나는 문손잡이를 잡고 돌렸다. 손에서 금속 손잡이를 떼자마자 깜짝 놀라고 말았다. 문이 열리고 내 예상이 깨졌다. 나는 그 검은 눈동자의 마법에 사로잡혔다. 그가 바로 내 앞에 있었고, 나는 다리가 후들거렸다.

열일곱 살의 눈빛이 어찌 저리도 강렬할까?

"여기서 뭐 하는 거지?" 그는 차가운 말투로 느리게 말했다. 표정이 굳어 있었다. 내 시선은 빨래 바구니로 떨어졌고 그의 시선도 재빨리 뒤따랐다.

"그러니까……" 나는 말을 더듬었다. "이건 네 거야. 난 그저 갖다 놓으려고 했을 뿐이야."

"뭐야," 리젤이 다시 나를 쳐다보며 쏘아붙였다. "내 방에 들어오지 말라고 했을 텐데?"

나는 침을 삼켰고 그의 눈에서 뿜어져 나오는 격렬한 분노에 압도되었다.

"안나가 부탁한 거야." 나는 어떤 관심도 아닌 그저 의무감에 이끌린 상황이란 걸 분명히 해야 했다. 그러나 거짓말처럼 들렸다는 걸 뒤늦게 깨달았다. "그녀가 도와달라고 부탁했고 나는 호의를 베풀고 있을 뿐이야."

"호의는 네 자신에게나 베풀어."

리젤은 갑자기 내 손에서 바구니를 낚아챘다. 그의 눈동자는 나를 할퀴고 질책하면서 꼼짝하지 못하게 했다.

"내 앞에서 사라져, 니카."

그는 내게 으르렁거릴 때만 나방이 아니라 니카라고 불렀다. 마치 내 이름을 부르면 말에 더 단호한 의미가 담기기라도 하는 듯이.

그가 문을 닫으려 하자 나는 손가락의 반창고를 구기며 주먹을 불끈 쥐었다.

"그냥 친절일 뿐이야." 나는 그의 태도에 공연히 맞서며 나무라듯 말했다. "그게 이해하기 어려운 거니?"

그가 동작을 멈추었다.

나에게 고정된 그의 검은 눈에서 어두운 기운이 스쳤다. 그는 믿을 수 없을 정도로 침착하게 중얼거렸다. "*친절*이라고?"

나는 굳어졌다. 리젤이 문을 더 열자 내 근육이 긴장하기 시작했다.

그가 큰 키에 위협적인 모습으로 걸어 나왔고, 내 머리 위의 문틀에 손목을 얹고 차가운 눈으로 나를 내려다보았다. 나는 마른침을 삼켰다.

"나는 원치 않아…… 네 *친절!*" 그의 말은 입술에서 느리고 위협적으로 떨어졌다. "내 앞에서 꺼져줬으면 해."

그의 무거운 목소리는 나의 깊은 곳을 스쳤다. 그것은 내 피에 주입되었다. 나는 움찔하며 뒤로 물러섰고 그의 눈은 내 동작을 정확하게 뒤쫓았다.

나는 그가 내 안에 불러일으킨 반응에 놀라서 그를 쳐다보았다. 내 인생에서 한 번은 그의 태도에 대한 분노나 경멸, 증오를 느끼고 싶었지만, 내 가슴은 날카로운 무언가에 찔린 듯 쓰라렸다.

그는 곧바로 문을 닫았고, 침묵이 다시 나를 삼켰다. 나는 입술을 깨물고 주먹을 꽉 쥐면서 그 감정을 쫓아내려고 애썼다. 왜 그렇게 상처받았을까? 그는 항상 그랬다. 그것은 우리 사이에 있던 많은 갈등 중 하나에 불과했다. 다른 것을 기대했던 내가 바보였다.

리젤은 평생 나를 *할퀴어* 댔고, 내가 그를 만지거나 가까이 다가가거나 이해하려고 노력하는 걸 원하지 않았다. 그는 나에게 아무것도 바라지 않았지만, 나를 괴롭히는 방법을 잘 알았다. 그는 나를 사로잡았다. 때로는 나를 망치고 싶어 하는 것 같았고, 어떤 때는 내가 주변에 있는 것조차 싫어했다.

그는 음흉하고 불가사의하고 어두운 짐승이었다. 늑대 같았다. 그는 밤의 매력을 지녔고, 그의 눈은 그의 이름을 딴 별처럼 아득하고 차가웠다. 그러니 나는…… 상황이 바뀔 수 있다는 기대를 접어야 했다.

나는 안나에게 돌아가 애써 아무렇지 않은 척하며 일을 끝냈다고 말했다. 그녀는 활짝 웃으며 고맙다고 했다. 안나가 나에게 차를 마시겠냐고 물었고, 나는 기쁜 마음으로 받아들였다. 우리는 따뜻한 찻잔을 앞에 두고 소파에 앉아 이야기를 나누었다. 나는 안나에게 그녀의 가게에 관해 물었고, 그녀는 가게에서 조수로 일하며 도와주는 착한 청년, 칼에 대해 얘기해 주었다. 나는 사소한 것 하나도 놓치지 않으려고 애쓰며 그녀의 말을 귀담아들었고, 그녀의 미소에서 번지는 환하고 따뜻한 빛에 또다시 매료되었다. 안나의 목소리는 다정한 손길 같았고, 나를 따뜻하게 보호해 주는 장갑 같았다. 그녀의 밝은 머리카락과 부드러운 얼굴은 나만 볼 수 있는 빛을 띤 것처럼 내 눈앞에서 환하게 빛났다.

내 눈에 안나는 동화의 빛을 지녔고, 그녀는 그것을 알지 못했다. 때때로 그녀를 바라보면 어린 시절 나에게 다정한 눈빛으로 속삭이던 엄마가 생각났다. "부드럽게, 니카, 언제나 부드럽게, 그걸 명심해."

나는 그녀를 많이 좋아했다. 내 안에서 절실하게 애정을 갈망하고 항상 따뜻한 미소나 손길을 꿈꿔왔기 때문만은 아니었다. 그녀는 내가 지금까지 만난 그 누구보다도 세심하고 사려 깊었기 때문이다.

나는 안나와 이야기를 나누고 나서 내 방으로 올라가 그녀가 빌려준 백과사전을 가지고 내려왔다. 아래층에는 사방이 책장으로 둘러싸인 방이 하나 있었다. 나는 커다란 책을 가슴에 안고 서재로 들어갔고 그 공간을 채운 빛을 보며 감탄했다. 하루의 마지막 햇살이 하얀 커튼을 물들이며 따스하고 아늑한 분위기를 연출했다. 그랜드 피아노가 방 한가운데서 왕이 없는 왕좌처럼 은은하게 빛나고 있었다.

나는 책을 들고 벽장으로 다가가 백과사전을 제자리에 놓았다. 선반이 좀 높아서 발끝으로 서 있다가 책이 손에서 떨어질 뻔했지만 결국 잘 버텼다.

나는 뒤돌아서자마자 심장이 덜컥하고 두근거렸다.

리겔은 한쪽 어깨를 문틀에 기댄 채 나를 바라보고 있었다. 그의 당당한 자태는 나를 감싸고 있던 따스한 빛을 깨뜨리고, 거침없는 감각이 순식간에 내 피부에서 스멀거리게 했다. 갑작스러운 그의 등장으로 나는 스스로를 통제할 시간이 없었고, 심장은 빠르게 뛰었으며 내 입술은 벌어졌다. 하지만 그와 눈을 마주친 것에 비하면 아무것도 아니었다. 그의 눈빛은 날카롭고 깊어서 마치 사냥감을 노리는 야생 고양이 같았다.

나는 그의 존재에 그런 식으로 반응하지 않기를 바랐다. 내가 느낀 불안감은 그의 얼굴 구석구석에서 나오는 걷잡을 수 없는 매력과 같았을 뿐이다. 오뚝한 코, 얼굴과 완벽한 균형을 이루는 입술, 섬세한 이목구비를 강조하는 날렵한 턱선, 그리고…… 그의 눈빛. 아치형 눈썹 아래 도드라진 예리한 눈은 불안정하고 도발적인 자신감을 내뿜었다.

"영원히 이러겠지, 그렇지?"

먼저 입을 뗀 건 나였다. 나는 그 사실을 인정하면서 더 이상 우울한 기색을 숨길 수 없었다.

"우리 관계는…… 여기 있는 지금도 변하지 않을 거야."

그 순간 나는 팔짱을 낀 그가 체스터턴의 책을 들고 있는 걸 보았다. 지난 며칠 동안 그 책을 읽는 것을 보았는데, 다 읽었기 때문에 여기 온 것으로 짐작했다.

"그래서 섭섭하단 듯이 말하네." 그가 빈정대며 대꾸했다.

그는 멀찍이 있었지만 나는 그의 말투가 거슬렸기에 약간 뒤로 물러났다.

리젤은 천천히 얼굴을 기울이며 나를 유심히 바라보았다. "달라지길 바라니?"

"네가 적대적이지 않았으면 좋겠어." 나는 서둘러 말했고, 어째서 내 목소리가 거의 기도처럼 들렸을 수도 있겠다 생각했다. "항상 그런 식으로…… 날 대하지 않으면 좋겠어."

"그런 식으로……?" 리젤이 되풀이했다. 그는 늘 그렇게 했다. 내 말을 질문으로 바꾸고 느리고 뒤틀린 말투로 강조하며 꼬투리를 잡았다.

"그런 식으로." 나는 고집스럽게 말을 이어갔다. "철천지원수를 대하듯 나를 대해. 넌 친절을 몰라서 누군가 네게 그걸 베풀어도 알지 못해."

인정하고 싶지 않지만 그것은 나를 아프게 했다.

그가 그런 식으로 말할 때 마음이 아팠다.

그가 으르렁거릴 때 마음이 아팠다.

그가 우리 관계를 개선할 기회를 주지 않을 때 마음이 아팠다.

그러는 동안 나는 그 관계에 익숙해졌다. 그를 두려워하고 그냥 뒀어야 했는데…… 나는 단지 모든 것이 나아지기를 바랐다. 나는……

나는 그랬다.

"친절은 알아. 하지만 위선적이라고 생각해." 리젤은 생각에 잠긴 얼굴로 진지하게 나를 쳐다보았다. "학습된 행동, 무의미한 가식이야."

"네가 틀렸어." 나는 반박했다. "친절은 진심이야. 아무 대가도 요구하지 않아."

"그래?" 가늘게 뜬 그의 눈이 반짝거렸다. "나는 네 생각과 달라. 친절은 강제적이야. 특히 다수의 사람에게 향할 때는."

나는 그의 말속에 다른 게 숨어있다는 느낌이 들었지만, 그가 한 말에만 집중했다. 우선은 그 말이 무슨 의미인지 이해되지 않았다.

"무슨 말인지 모르겠어." 나는 솔직하게 말했다. 그의 논리를 이해하려고 노력했지만, 리젤은 섬뜩한 눈으로 영혼을 꿰뚫어 보듯 나를 응시했다.

나는 심장의 박동을 몸 구석구석에서 느끼기 시작했고, 이 모든 것이 오로지 그의 시선 때문이라는 것을 깨닫고 공포감을 느꼈다.

"너한테 난 눈물을 만드는 사람이야." 그가 외쳤다. "우리 둘 다 그게 무슨 뜻인지 알고 있어. 넌 내가 망치지 못할 거라고 했어. 나는 동화 속의 늑대잖아, 그렇지? 그러니 니카, 말해봐, 사라지길 바라는 누군가에게 베푸는 친절을 뭐라고 부를 수 있겠어? 위선이 아니라면?"

나는 그의 냉소적인 태도에 어안이 벙벙했다. 나에게 친절은 미덕이었고 다정한 표현이었지만, 그는 겉보기엔 논리적일지 몰라도 뒤틀린 사고로 모든 것이 꼬여 있었다. 리젤은 빈정대고 깔보고 빈틈없지만, 그것이 그토록 신랄한 세계관 때문일 수 있다는 생각은 하지 못했다.

"내가 어떻게 되길 바라니?" 그의 목소리가 나를 깨웠다.

나는 그가 문에서 떨어져 나에게 다가오는 것을 보고 깜짝 놀랐다. "우리 *관계*는…… 어때야 하지?"

나는 책이 등에 닿을 때까지 뒷걸음질을 쳤다. 그의 목소리는 부드러웠지만 항상 쉭쉭거림과 으르렁거림 사이에 있었기에 때때로 나는 그가 분노를 억누르는 건지 더 오싹하게 하려는 건지 판단하기 어려웠다.

"가까이 오지 마." 나는 당혹감을 숨기지 못한 채 그에게 경고했다. "나보고 멀리 떨어지라고 말하고선…… 그런데……" 말을 더 잇지 못했다. 리젤은 이제 압도적인 존재감으로 우뚝 서서 내 눈을 내려다보았다. 해 질 녘 그의 검은 머리카락은 독기를 반사하고 있었다.

"계속해. *들어보자.*" 그가 얼굴을 살짝 숙이며 차갑게 속삭였다. 나는 거의 그의 가슴에 닿았고, 공기는 마치 살아있는 것처럼 우리 사이에서 들썩거렸다. "이것 봐…… 내 목소리도 두려워하잖아."

"네가 뭘 원하는지 모르겠어, 리젤. 이해가 안 가. 한순간 으르렁대다가 다음 순간……" '*내 숨통을 조여*'라고 말하고 싶었지만, 심장이 말문을 막았다. 그가 얼마나 가까이 있는지 알려주는 경고가 목구멍에서 느껴졌다.

"왜 동화가 '영원히'로 끝나는지 알아, 니카?" 그가 무자비하게 속삭였다. "영원할 운명에 있는 것들을 기억해주기 위해서야. 변하지 않는 것들. 결코 바뀌지 않는 것들. 그것들이란 본질적으로 그렇게 존재하는 것이며, 그렇지 않으면 이야기 전체가 성립되지 않아. 자연의 질서를 뒤흔들 수는 없지, 그렇지 않으면 결말이 뒤틀리게 돼. 그리고 너는, 꿈만 꾸지…… 끊임없이 *희망*하고…… 넌 그리도 행복한 결말에 집착하는데, 늑대가 *없는* 동화를 상상할 용기나 있니?"

그의 목소리는 사납고 깊은 속삭임이 되어 나를 두렵게 했다.

나는 그 앞에서 몸을 떨었고, 긴 속눈썹 아래 리젤의 눈은 무한한 순간처럼 내 눈을 깊이 들여다보았다. 그의 말은 내 안에 혼란을 일으켜 헤아릴 수 없는 은하계의 먼지처럼 소용돌이치게 했다.

그러다 그가 한 손을 들더니 내 얼굴에 가까이 댔다. 나는 갑작스러운 행동에 놀라서 본능적으로 눈을 감았다. 그는 팔을 앞으로 뻗었다. 그리고……

아무 일도 없었다. 나는 여전히 벌렁거리는 가슴으로 눈을 크게 떴다. 리젤은 이미 문을 넘어 방을 나가고 있었다. 나는 직감적으로 뒤돌아보았고, 그가 내 뒤의 선반에 책을 다시 꽂았을 뿐이라는 사실을 확인했다.

나는 놀랐던 가슴이 진정되었지만, 너무 당황하고 혼란스러워서 생각을 제대로 정리할 수 없었다. 그의 몸짓을 어떻게 해석해야 하나? 그리고 그 말은 무슨 의미일까?

나는 그가 다 읽고 돌려놓은 책에 책갈피가 끼워져 있는 것을 발견했다. 그 부분을 펼쳐보았다. 한 구절이 내 눈을 사로잡았다. 누군가가 연필로 밑줄을 그어 놓았다. 그 구절을 읽으며 내 마음은 무겁게 안개의 우주 속으로 가라앉아 사라져 버렸다.

"당신은 악마입니까?"

"나는 남자입니다." 브라운 신부가 엄숙하게 대답했다. "그러니 내 마음에는 온갖 악마가 깃들어 있습니다."

7
작은 걸음으로

별똥별을 본 적 있니?
그녀가 그랬어.
희귀하고, 작고 강하고,
무너져 내릴 때도
빛나는 미소를 띠었어.

그날 아침은 바람이 불었다.

바람은 풀잎을 구부리고 하늘을 깨끗하게 닦았다. 레몬 향 세제처럼 공기가 맑고 산뜻했다. 우리 지역의 2월은 언제나 포근하고 따뜻했다.

내 앞에 있는 리젤의 그림자는 납으로 만든 표범이 녹아내리듯 아스팔트를 미끄러져 갔다. 나는 한 발 한 발 정확하게 내딛는 그의 발걸음을 지켜보았다. 그는 걸음걸이조차 압도적인 기세를 발산했다. 우리가 집을 나선 이후로 나는 그와 거리를 두었고, 그가 뒤돌아보지 않고 앞으로 나아가는 동안 조심스럽게 뒤따라 걸었다.

전날 저녁의 사건 이후로 나는 계속 마음이 뒤숭숭했다.

잠자리에 들 때조차도 그의 목소리가 머릿속에서 뱅뱅거렸고, 뱃속에서 다시 느끼며 일어났다. 아무리 없애려 해도 그의 냄새가 피부에서 느껴졌다. 어긋난 음정의 노래를 이해하려 애쓰듯이 책의 구절과 그의 말을 곱씹어 생각했다. 그러나 그의 몸짓을 움직이는 선율을 이해하려고 하면 할수록 모순에 빠져들었다.

잠시 후 나는 그의 등에 부딪혀 눈을 찡그리며 헉 소리를 냈다. 그가 걸음을 멈춘 것을 몰랐다. 나는 코에 손을 갖다 대었고, 그는 어깨 너머로 짜증스럽게 나를 쳐다보았다.

"미안해……" 나도 모르게 말이 튀어나왔다. 나는 입술을 꾹 다문 채 시선을 돌렸다. 어젯밤 이후로 그를 외면하고 있었는데, 실수로 말을 내뱉은 것이 어이없기만 했다.

리젤은 다시 걷기 시작했고, 그가 몇 걸음 앞서 나가기를 기다렸다가 나도 출발했다.

몇 분 후에 우리는 강을 가로지르는 다리를 건넜다. 다리는 오래 되었고, 마을에 지어진 최초의 건축물 중 하나였다. 이곳에 처음 도착한 날, 나는 멀리서 그 다리만 알아볼 수 있었다. 몇 사람이 공사 현장을 점검하고 있었다. 노먼은 다리 주변에 매일 차가 막힌다고 불평했는데, 그 이유를 이해할 수 있었다.

교문에 도착했을 때 나는 길가에서 무언가를 발견했다. 그것은 내 심금을 섬세하게 울리며 어린아이 같은 영혼을 휘저었다. 작은 달팽이 한 마리가 순진하고 무모하게 아스팔트로 기어가고 있었다. 자동차들이 거대한 맹수처럼 휙휙 소리를 내며 달려들었지만 달팽이는 아무것도 모르는 것 같았다. 그 느린 움직임은 자동차 바퀴로 향했기에 나는 생각할 것도 없이 그쪽으로 뛰어들었다. 순간 내가 무엇에 사로잡혔는지 모르지만, 아마 가장 나다운 모습이었을 것이다. 이렇게 작은 존재들을 돕는 것은 나에게 절실하고 순수한 본능이었다.

나는 보도에서 내려와 참변을 당하기 전에 달팽이를 집어 들었다. 머리카락이 얼굴로 흐트러졌지만 아무 탈 없이 멀쩡한 달팽이를 보자 입가에 미소가 저절로 번졌다.

"내가 널 구했어." 나는 속삭였고, 이내 무모한 행동이었다는 걸 깨달았다. 내 뒤로 빠르게 달려오는 자동차의 엔진 소리가 들렸다. 심장이 쿵쾅거렸다. 그런데 내가 돌아설 겨를도 없이 누군가가 나를 세게 잡아당겼다. 나는 눈을 동그랗게 뜬 채 보도에 있었고, 자동차의 맹렬한 경적 소리가 쏜살같이 지나갔다.

한 손이 내 스웨터의 어깨를 잡아 단단히 움켜쥐고 있었다. 나를 내려다보던 그 시선을 부딪친 순간 숨이 탁 막혔다. 리젤은 어금니를 악물고 칼날처럼 날카로운 눈으로 나를 쏘아보고 있었다. 그는 거의 몸서리를 치듯 갑자기 손을 놓았고, 늘어난 스웨터 한쪽이 다시 내 어깨로 떨어졌다.

"젠장," 그가 나지막하게 으르렁거렸다. "대체 머리는 어디에 쓰는 거야?"

나는 입을 열었지만 말이 나오지 않았다. 믿기지 않았고 당혹스러웠다. 내가 어찌할 바를 모르고 있을 때 그는 내게서 등을 돌려 교문을 향해 걸어갔다.

나는 모아 쥔 두 손에 달팽이를 든 채 멀어져가는 리젤을 바라보았다. 그가 지나가는 모습을 보며 주변의 여학생들이 쑥덕거렸다. 첫날의 싸움 이후 남학생들은 조심스럽게 그에게 길을 내주었고, 여학생들은 그가 좀 더 가까이 지나가기를 바라는 듯 눈으로 그를 갈구하는 모습이었다.

"니카!"

빌리가 내 쪽으로 걸어오고 있었다. 나는 그녀가 오기 전에 서둘러 달팽이를 관목 근처의 낮은 담장 위 안전한 곳에 내려놓았다.

"안녕." 빌리가 잔뜩 들뜬 1학년 여학생들을 지나칠 때 나는 인사했다. 그날은 평소보다 더 소란스러웠다. 모두가 더 시끄럽고 어수선하고 활기차 보였다. 뭔가 이상한 분위기가 느껴졌고, 내가 이해할 수 없는 어떤 흥분감이 감돌았다.

"조심해." 빌리가 나에게 주의를 주었다. 흥분한 또 다른 무리가 우리 옆으로 급히 달려갔다.

"그런데…… 무슨 일이지?" 나는 친구와 걸으면서 물었다. 여느 때와 다름없는 금요일인데, 왜 이렇게들 마음이 들떠 있는지 이해할 수 없었다.

"월요일이 무슨 날인지 모르니?" 빌리는 내가 대답할 시간을 주면서 정문 앞의 미키에게 한 손을 들어 인사했다. 나는 내가 놓치고 있는 게 무엇인지 잠시 생각해 보았다.

"음…… 14일이야." 나는 여전히 영문을 모른 채 중얼거렸다.

"그게 다야?"

나는 그저 얼떨떨하기만 했는데, 주위를 둘러보니 내 또래의 여자라면 누구나 월요일이 무슨 날인지 잘 알고 있는 것 같았다. 마땅히 알아야 하는 날인 것처럼. 하지만 나는 내 또래 아이들과 달랐다. 아주 평범한 일도 내게는 생소한 사건이 되게 하는 특별한 환경에서

있었기 때문이다.

"오, 어서! 1년 중 가장 달달한 날이야." 그녀가 노래하듯 말했다. "커플이 서로 축하하는 날."

나는 갑자기 떠오른 생각에 뺨이 붉어졌다. "아, 연인들의 기념일…… 발렌타인 데이."

"빙고!" 빌리는 미키의 얼굴에 바짝 대고 소리쳤다. 미키가 후드티 모자 아래로 그녀를 흘겨보았고, 담배 연기가 바람에 날렸다.

"아침에 또 뭘 잘못 먹은 거야?" 그녀가 쌀쌀맞게 쏘아댔다.

"안녕, 미키." 나는 기어들어가는 목소리로 그녀에게 인사했다.

그녀의 눈이 나와 마주쳤고, 나는 거슬리지 않도록 살며시 한 손을 들었다. 그녀는 담배를 천천히 들이마셨지만, 여느 때처럼 아무 대답도 하지 않았다.

"이 친구에게 다들 왜 이리 흥분해 있는지 설명하려던 참이었어." 빌리가 그녀를 팔꿈치로 치며 말했다. "어쨌든 가든 데이(Garden Day)는 1년에 한 번뿐이잖아!"

나는 고개를 갸우뚱했다.

"가든 데이? 그게 뭐야?"

"오, 학생들이 가장 기대하는 이벤트야!" 빌리는 나와 미키 사이에서 팔짱을 끼며 대답했다. "모두가 열광하는 축제!"

"짜증나는 날." 미키가 반박했지만 빌리는 그녀의 말을 무시했다.

"매년 밸런타인데이에 축제 위원회는 *장미꽃*으로 꾸민 특별관을 마

련해! 전교생은 원하는 사람에게 익명으로 장미 한 송이를 줄 수 있는데, 꽃 색깔마다 의미가 달라! 오, 그게 어떤지 네가 봐야 하는데…… 갖가지 색깔이 돌아다녀! 인기 있는 여학생에게, 축구단 선수에게…… 어느 해에는 윌러 코치의 사물함도 가득 채워졌어. 교장이 몰래 그리로 가는 걸 봤다는 사람도 있어."

빌리는 깔깔대며 깡충깡충 뛰었고, 미키는 하늘을 올려다보았다.

"오, 드라마 같은 날이야! 깜짝 고백과 실연의 아픔이 있는…… 그게 가든 데이야!"

"근사한 것 같아." 나는 엷은 미소를 띠며 호응했다.

"정신병이 걸린 하루지." 미키가 투덜거리자 빌리는 그녀를 살짝 밀었다.

"그만 투덜대시지? 오, 쟤 말은 듣지 마, 니카." 그녀가 한 손을 내저었다. "작년에 미키는 네 송이나 되는 예쁜 장미를 받았어. 활활 타는 빨강으로만……"

빌리는 미키의 갈비뼈를 팔꿈치로 쿡 찌르고는 킬킬거렸다. 미키는 담배꽁초를 손가락 사이에 끼웠다가 튕겨냈다. 꽁초는 조금 전 내가 달팽이를 놓아준 낮은 담 가까이에 떨어졌다.

그 순간 나는 바로 그 자리에 한 남학생이 앉아 있는 것을 보았다. 나는 멈춰 서서 그를 잠시 바라보았고, 내가 본 장면에 내가 놀라서 눈이 조금 커졌다.

미키와 빌리는 서로 놀리면서 계속 티격태격했다. 나는 그들에게서 등을 돌리고 잠시 머뭇거리다 어수선한 틈을 타 그들이 보기 전에 헐레벌떡 뛰어갔다. 안마당을 건너 모르는 남학생에게 다가갔다. 뒤편의 나무들이 바람에 흔들리며 그에게 그림자 얼룩을 드리웠다.

"음…… 미안하지만……" 나는 조심스럽게 말을 걸었다.

그는 내 말을 듣지 않았다. 핸드폰을 내려다보며 계속 음악만 듣고 있었다. 나는 조금 더 앞으로 나아가 손을 뻗었다. "저기…… 미안하지만……"

그는 이마를 찌푸리며 얼굴을 들었다. 햇빛에 부신 눈을 가늘게 뜨고 귀찮다는 표정으로 나를 쳐다보았다.

"무슨 일이지?" 그가 물었다.

"달팽이……"

"뭐?"

나는 턱 밑에 두 손을 모으고 눈을 약간 크게 떴다.

"저, 그러니까…… 내가…… 바지에서 달팽이를 떼어내도 될까?"

그는 콧구멍을 살짝 넓히고 눈을 깜빡이며 나를 쳐다보았다.

"미안, 뭐라고?"

"달팽이를 집고 싶은데……"

"*내 달팽이*를 잡고 싶다고?"

"그래, 하지만…… 천천히 할게." 그가 당황스러운 눈으로 나를 바라보자 나는 서둘러 말했다. "길에 있던 달팽이를 여기다 두었어. 네가 가만히 있으면 안전한 곳에 놓아주려는 것뿐이야."

"대체 뭐라는 거야…… *오, 젠장!*"

그는 청바지에서 끈끈한 점액질을 발견하고는 헤드폰을 떨어뜨렸다. 그리고 넌더리를 내며 벌떡 일어섰다. 나는 그가 달팽이를 내치려 하자 몸을 앞으로 기울였다.

"잠깐만!"

"떨어져, 저리 꺼져!"

"제발!"

나는 그가 땅에 떨어뜨리거나 발로 밟기 전에 달팽이를 떼어냈다. 그는 잔뜩 찡그린 얼굴로 내 손의 달팽이를 보며 뒤로 물러섰다.

"에잇! 하필이면 여기 있을 게 뭐람! 징그러워, 제길!"

달팽이가 껍질 속으로 숨었고, 나는 그를 향해 약간 불쾌한 표정을 지었다. 나는 달팽이 껍질이 깨지지 않았는지 확인하고 손바닥으로 따뜻하게 감쌌다.

"얘가 부끄러워해……" 나는 입술을 약간 삐죽거리며 중얼댔다. 내

심 그가 내 말을 듣지 못했기를 바랐지만 그의 귀에 들어가고 말았다.

"뭐라고?" 그가 발끈하고 나섰다.

"일부러 네 바지에 올라간 게 아니라고." 나는 조곤조곤한 목소리로 변호했다. "달팽이가 알고 그랬겠어? 그렇지 않니?"

그는 혼란스럽고 불쾌하고 의심스러운 눈으로 나를 쳐다보았다. 나는 스스로 위축되어 유치하고 작고 이상하게 느껴졌다. 다른 사람들이 이해 못하는 이상한 세상에 갇힌 어린아이 같았다.

"달팽이는 징그럽지 않아." 나는 스스로를 변호하려는 듯 조용히 말을 이어갔다. "매우 연약한 생물이야. 겨우 자신을 방어할 수만 있어. 아무것도, 누구도 해치지 않아."

나는 머리를 약간 기울인 자세였고 머리카락이 옆얼굴에 스쳐 간지러웠다. "이따금 비가 오면 밖으로 나와. 큰비나 폭풍우가 온다는 징조야. 그걸 느끼거든. 다른 누구보다도 먼저……"

나는 달팽이를 가슴 가까이에 안고 천천히 구석으로 향했다. "껍질 안에서는 안전해. 그의 집이니까." 나는 아무도 가지 않는 풀밭의 나무 아래에서 몸을 굽혔다. "하지만 금이 가거나 깨지면…… 파편이 안으로 박혀 달팽이를 찌르면 살아남지 못할 거야. 그땐 어쩔 도리가 없어. 껍질은 그의 피난처, 그가 가진 유일한 피난처니까. 너무 슬픈 일이야." 나는 씁쓸하게 중얼거렸다. "그를 보호하던 것이 가장 큰 상처를 줄 수도 있어."

나는 나무뿌리 가까이에 달팽이를 조심스럽게 내려놓았다. 그는 여전히 껍질 속에 숨어 있었다. 겁을 먹고 나오지 못하는 것 같았다. 나는 달팽이에게 좋은 환경을 만들어 주기 위해 땅바닥을 파서 촉촉한 흙이 드러나게 했다.

"됐어……" 나는 슬며시 웃으며 속삭였다. 내 행동에는 엄마가 가르쳐준 부드러움이 가득했다. 나는 머리카락을 천천히 귀 뒤로 넘기며 일어섰다. 고개를 들어 보니, 그가 나를 계속 지켜보고 있었다.

"니카, 어이!" 빌리가 문 앞에서 한쪽 팔을 들었다. "뭐 하는 거야?

어서 와, 늦었어!"

"갈게!" 나는 두 손으로 배낭끈을 꼭 쥔 채 주눅이 든 표정으로 그를 쳐다보았다. "안녕." 달려가기 전에 나지막이 인사했다.

그는 대답하지 않았지만, 내가 건물로 들어갈 때까지 나를 뒤쫓는 그의 시선이 느껴졌다.

"오늘 우리 집에서 점심 먹을래?" 수업이 끝나고 빌리가 물었다.

나는 배낭에 넣고 있던 필통을 떨어뜨렸고, 뺨을 붉힌 빌리를 보면서 얼른 그것을 다시 집었다. 준비가 안 된 나에게 그 제안은 너무나 갑작스러웠다.

"할머니가 너무너무 원해. 저번에 학교 앞에서 널 보곤 엄청 충격 받았어! 너무 말랐다고…… 몇 가지 요리를 했고 네가 꼭 오길 바라고 있어. 물론 네가 괜찮다면 말이야."

"정말…… 정말이니?" 교실에서 나올 때 나는 머뭇거리며 물었다. 뭐라고 대답해야 할지 몰랐다. 내가 불청객이라는 두려움은 항상 내 안에서 들썩였다. 모두가 결국엔 나를 진심으로 원하지 않고 떼어내려 한다는 느낌이 들게 했다.

하지만 빌리는 남을 헤아릴 줄 알았다. 그녀는 손을 흔들며 상냥한 미소를 지어 보였다.

"확실해! 아침에 할머니는 거의 침대에서 떨어뜨릴 기세로 나를 깨웠어. 그러곤 손가락을 내게 겨누며 말했지. '네 친구에게 오늘 우리 집에 오라고 전해!' 네가 할머니표 감자 파이를 맛본 적이 없을 거랬어. 너무하셔!" 그녀는 깔깔대며 나를 슬쩍 쳐다보았다. "그러니까 올래?"

"먼저 허락을 받아야 해. 괜찮은지 확인해 보고……"

"물론이지!" 내가 안나의 전화번호가 적힌 쪽지를 꺼내자 그녀가 말했다.

나는 교무실로 가서 집으로 전화를 해도 되는지 공손하게 물었다.

직원이 고개를 끄덕이자 행복하고 우쭐한 기분이 들었다.

안나는 벨이 세 번 울린 후 전화를 받았다. 차분히 허락했을 뿐만 아니라 내가 친구가 있다는 사실에 기뻐했다. 그리고 내가 원할 때까지 놀다가 편히 돌아오라고 했다. 나는 그녀에 대한 고마운 마음이 더욱 커졌다. 안나는 온화하고 관대했고 나를 믿어 주었다. 그녀는 나를 걱정했지만 숨 막히게 하지는 않았다. 내 자유를 존중했다. 그것은 나에게 매우 의미 있는 일이었다.

"완벽해, 할머니에게 알릴게!" 빌리는 메시지를 보내면서 명랑하게 외쳤다.

나는 마음이 한결 가벼워졌다. 좋은 시간을 함께 보낼 기회를 마련한 그녀가 무척 고마웠다. 나는 다소 과장된 표정으로 함박웃음을 지으며 고맙다고 말했다.

그러자 그녀는 웃으며 이마를 찡그렸다. "무슨 소리야? 고마운 건 우리지!"

"초대를 받은 건 처음이야……"

그녀는 갑자기 중요한 뭔가가 생각난 듯 눈을 껌빽이며 내 눈을 쳐다보았지만, 흥분한 여학생들이 옆을 지나가는 바람에 우리는 한쪽으로 비켜서야 했다. 나는 복도에서 학생들이 사물함을 비우고 자물쇠를 채우지 않은 채 돌아가는 모습을 보았다.

"가든 데이가 코앞이야." 빌리가 미소 지었다. "체육관에 장미 별관을 설치하고 있고, 월요일에 축제 위원들은 교내를 돌아다니며 학생들에게 장미를 나눠 줄 거야."

"그런데 왜 다들 사물함을 비우는 거지?" 나는 이해하지 못한 채 물었다. "그리고 왜 잠그지 않지?"

"오, 그건 일종의 관행이야! 어떤 사람은 공개적으로 직접 장미를 전달해. 가장 대담한 사람들이지. 아니면 관심병자일 수도 있어. 그런데 사물함이 열려 있으면 누구라도 거기다 장미를 넣을 수 있어. 한마디로 말해 용기가 없는 사람들에게 좋은 대안인 셈이지! 게다가 사물함을 열었을 때 누군가가 놓고 간 장미를 발견하는 건 즐거운 일이야. 머리를 짜내가며 이런저런 추리를 하지. 누가 당신을 생각하는지, 어떤 색으로 당신을 떠올리는지, 당신을 사랑하는 사람은 누구인지…… 그인지 그녀인지……"

"너는 이 행사를 정말 좋아하는 구나?"

빌리는 키득대며 어깨를 으쓱했다. "누군들 그러지 않겠어? 모두 취한 것 같아! 여자애들은 더 많은 장미를 얻으려고 모두가 미쳐있고, 잘생긴 남자애들은 한마디로 전쟁이야 전쟁. 마치 독수리 다큐멘터리를 보는 것 같아!"

나는 눈썹을 치켜 올렸고 그녀는 웃음을 터뜨렸다. 우리가 출구를 향해 걸어가는 동안 빌리는 계속해서 가든 데이에 대한 일화를 들려주었다.

"잠깐만." 나는 걸음을 멈추며 주머니를 뒤졌다. "안나 전화번호가 적힌 쪽지를… 사무실에 두고 왔나 봐."

나는 아직 안나의 번호를 외우지 못했기 때문에 그 쪽지가 있어야만 그녀와 연락할 수 있었다. 나는 부주의한 행동에 부끄러워하며 빌리에게 사과했다. 그리고 금방 돌아오겠다고 말한 뒤 발걸음을 돌렸다. 친구를 오래 기다리게 하고 싶지 않아서 재빨리 교무실로 갔고 다행히 접수대 아래에서 종잇조각을 발견했다. 얼른 주머니에 넣고 안도하며 밖으로 나왔다.

그런데 복도에서 누군가가 나를 밀치고 지나갔다. 남학생이었고 제정신이 아닌 듯했다. 그는 난폭하게 씩씩대며 나아갔고, 그의 몸에서 발산되는 팽팽한 분노로 인해 나를 비롯한 주위 사람들의 시선을 끌었다. 나는 갑자기 속이 찌릿하고 아팠는데 그의 뒷모습에서 노골적인 분노가 느껴졌기 때문이었다. 폭력을 예고하는 격렬하고 긴장된 분노의 감정은 나를 항상 두렵게 했다.

"*너!*" 그가 고함을 질렀다. "내 여자 친구에게 뭐라 지껄인 거야?"

그는 음악실 문 앞에서 멈춰 섰다. 나는 장이 꼬이는 듯한 불길한 예감과 함께 그곳이 어디인지 알아차렸다. 그 시간에는 비어 있어야 하지만 교실에 누가 있는지 짐작할 수 있었다. 여러 사람이 그 광경에 이끌려 모여들었고, 나도 알 수 없는 힘에 밀려 가까이 다가갔다. 그리고 리젤이 있는 것을 확인했다.

그는 조용히 초연한 모습으로 의자에 앉아 있었다. 피아노는 그에게 이해하기 어려운 이상한 매력을 가했다. 그것은 단순히 열정이라기보다는 그가 피할 수 없는 소명과 같은 것이었다.

"내 말 안 들려? 너한테 말하잖아!"

리젤은 분명히 들었겠지만 별로 개의치 않는 것 같았다. 그는 고개를 한쪽으로 기울이고 아주 침착하게 그를 위아래로 훑어보았다.

"네가 그 앨 괴롭히는 걸 봤어." 그는 더 가까이 다가가 위협했다. "주제넘게 끼어들지 마, 알겠니?"

리젤의 표정은 아무 공격도 받지 않은 것처럼 무덤덤했다. 그러나 나는 마음을 놓을 수 없었다. 검은 천사의 날개가 사람들 눈에 보이지 않게 그의 몸을 휘감고 있었고, 나는 그가 날개를 펼쳐서 사납고 악한 모습을 드러내지 않을까 두려웠다.

"전학생이라고 봐줄 것 같아? 여기선 네 멋대로 할 수 없어."

"그럼 누가 멋대로 하는데?" 리젤이 빈정대며 물었다. "너야?"

리젤은 그를 빤히 쳐다보며 자리에서 일어났다. 리젤은 그보다 키가 더 컸지만 냉혹한 눈빛이 가장 위협적이었다. 상어의 홍채를 닮은 차가운 눈동자는 살갗을 아리게 했다.

"내가 너라면 *다른 걸* 걱정할 거야. 네 여자 친구에게 물어 봐. 왜 그렇게 내 시간을 뺏으려 했는지……"

리젤은 시선을 거두었고, 어리둥절하고 분노에 찬 남학생은 주먹을 꽉 쥐었다.

"뭐라고 했어?" 리젤이 등을 돌려 피아노에서 악보를 집어 들자 그가 으르렁거렸다. "어딜 가? 아직 안 끝났어!" 그가 악을 쓰며 소리쳤다. "내가 말할 땐 나를 봐, 개자식아!"

그가 팔을 뻗었다. 나는 제발 그러지 않기를 바랐지만, 그는 난폭하게 리젤의 어깨를 움켜쥐었다. 다음 순간 리젤의 손이 그의 목을 휘감더니 무지막지하게 그의 얼굴을 피아노 건반에 내리쳤다. 소음이 폭발했다. 나는 놀라서 가슴이 조마조마했고, 주위에는 숨 막히는 정적이 감돌았다.

리젤이 그의 머리카락에 손톱을 박고 두피를 짓누르자 그가 비명을 질렀다. 나는 심장이 미친 듯이 뛰었다. 리젤은 자신의 조용하고 차가운 분노를 모조리 그 학생의 두개골에 새겼다. 그러고는 그를 붙잡았을 때처럼 갑자기 그를 놓아주었다. 상대방은 일어서지도 못한 채 바닥에 털썩 주저앉았다. 나는 리젤이 재빠르고 강력하게 제압하며 폭력을 가하는 장면을 지켜보며 소름이 끼쳤다.

리젤은 몸을 굽혀 천천히 바닥에 떨어진 악보를 주워 모았다. 모두가 숨죽인 채 가만히 있었다.

"네 여자 친구가 함부로 내 사진을 찍었어." 리젤이 느릿느릿 말했다. "그녀가 그런 얘긴 아마 안 했겠지. 네가 왔으니 하는 말인데, 다시는 그러지 말라고 전해."

그는 내가 거기 있다는 사실을 깨닫고는 나를 똑바로 쳐다보았다.

"친절하게, 아무렴……" 그가 빈정대며 덧붙였다.

리젤은 선생님이 도착하기 전에 교실을 나갔다. 나는 심장의 박동을 손목에서 느끼며 서 있었다. 주위를 둘러보니 여학생 몇 명이 그의 뒷모습을 지켜보고 있었다. 그녀들은 두려워하면서도 그를 휘감은 불가사의하고 강압적인 매력에 이끌렸다. 그는 방금 폭력적이고 냉정하고 무모한 모습을 드러냈다. 그런데도 여학생들은 그의 눈에서 발산되는 위험한 신비에 기꺼이 빠져들려고 했다.

나는 몸을 떨며 밖으로 나오는 동안 입안에서 이상한 맛이 느껴졌다. 아직도 그 장면이 눈앞에서 펼쳐지는 것 같았다.

"여기 있었네!" 빌리가 웃으면서 다가왔다. "그건 찾았어?"

나는 심란한 마음을 그녀에게 내비치지 않으려고 눈을 깜빡였다.

리젤은 깊고 불안하고 알 수 없는 감정을 나에게 불러일으켰다.

"응." 나는 나지막하게 짧은 대답을 하고는 입술을 깨물었다. 그리고 그녀의 눈을 피하고자 시선을 돌렸다.

"어서 가는 게 좋겠어." 빌리가 재촉했다. 커다란 지프차가 붐비는 도로 한가운데 있었고, 화난 운전자들과 줄을 선 스쿠터들이 보였다. "상황이 썩 좋아 보이진 않네."

"잠깐, 미키를 기다리지 않고?"

"오, 아니야. 걘 오지 않아." 그녀는 침착하게 대답했다. "오늘 올 수 없대."

셋이 다 같이 있을 거로 예상했는데 아니었다.

우리는 정문을 통과해 차로 달려갔다. 차문을 열자 빌리의 할머니가 선글라스 낀 눈으로 우리를 힐끗 쳐다보았다.

"안녕, 할머니! 오늘 허리는 어때?"

"인사는 됐고 타기나 해" 그녀는 권위 있게 명령했고 우리는 거기에 따랐다. 나는 뒷좌석에 앉아 동그란 눈으로 그녀를 바라보았다.

"얘가 니카야." 할머니가 차에 시동을 걸자 빌리가 나를 소개했다. 나는 수줍게 한 손을 들었고, 그녀는 백미러로 나를 바라보았다. 혹시나 그녀가 나를 좋아하지 않을까 본능적인 두려움이 내 마음을 찔렀다. 그리고 무엇이 됐든, 내가 그녀의 기대에 부응하지 못할까 봐 걱정되었다.

"안녕, 니카!" 할머니가 상냥하게 인사를 건네자 나는 긴장을 풀 수 있었다.

나는 편안한 마음으로 미소를 지었다. 그리고 이 순간을 즐기기로 마음먹고 리젤에 대한 생각을 멀리 밀어냈다.

빌리의 집은 학교에서 그리 멀지 않은 조용한 동네에 있었다. 지프차가 간신히 통과하는 좁은 길이 있는 강 근처였다. 우리는 몇 개의 계단을 올라 예쁜 빨간 현관문에 다다랐다. 그 옆으로 놋쇠 우산 꽂이가 보였다.

그들의 아파트는 작지만 아늑했다. 벽에 약간 비뚤어진 사진과 그림이 잔뜩 붙어 있었다. 천장에는 나무 들보가 드러나 있고, 눈에 띄게 낡은 마룻바닥은 실내에 친근한 분위기를 더해 주어 따뜻하고 포근한 느낌이 들었다. 그리고 입안에 침이 고이는 구이 냄새가 공기 중에 떠돌았다. 나는 아주 배불리 음식을 먹었고, 빌리의 할머니는 약간 무뚝뚝하게 표현하지만 실제로는 깊은 애정과 모성을 지녔다는 사실을 알 수 있었다.

그녀는 내가 파이를 먹었는지 확인하고는 이곳에 산 지 얼마나 되었냐고 물었다. 나는 얼마 전 보육원에서 왔다고 대답했다. 내가 기대에 부푼 미소를 지으며 입양 절차를 밟고 있다고 말하자 그녀는 그윽하고 다정한 눈빛을 띠었다.

나는 안나를 처음 본 날, 우리가 계단 아래에서 만나 화창한 오후의 정원에서 산책했던 이야기를 들려주었다. 빌리의 할머니는 내 말을 끊지 않고 주의 깊게 들었다. 그리고 내가 말을 마치자 일어나서 식탁 위로 몸을 뻗으며 나에게 파이 한 조각을 더 건넸다.

점심 식사 후에 빌리는 자기 방을 보여주었다. 내가 방에 들어가기 전에 그녀는 블라인드를 내리고 불을 켰다. 벽면에서 수많은 불빛이 폭발하듯 반짝거렸고, 나는 숨을 죽였다. 작은 전구들의 불빛이 벽을 타고 구불거리며 사진들의 미로를 만들었다.

"오, 이건……"

그 순간 플래시가 터지면서 잠시 시야가 흐려졌다. 나는 깜짝 놀라 눈을 깜빡이며 카메라 뒤에서 웃고 있는 빌리를 보았다.

"네 얼굴이 너무 귀여웠어." 그녀는 킥킥거리며 카메라를 내리더니 인화지를 꺼냈다. 그것을 공중에서 몇 번 흔들고는 나에게 내밀었다.

"자, 받아."

나는 작은 흰색 사각형을 들고서 거의 마술처럼 표면에 색깔이 나타나는 것을 보았다. 그 안에는 꿈꾸는 듯한 눈으로 입가에 옅은 미소를 띤 내가 있었다. 내 눈동자는 나를 둘러싼 반딧불 우주가 반사되어 빛으로 가득 찬 거울처럼 빛났다.

"가져! 내 선물이야."

"정말?" 나는 시간을 가두고 색을 포착하는 아름다운 선물에 매혹되어 중얼거렸다. 그건 인생의 한 장면을 손안에 지니는 마법 같은 일이었다.

"물론이지. 나는 많이 있으니 걱정하지 마!" 그녀는 사진의 은하계를 가리켰다. "동쪽은 일출, 서쪽은 일몰 사진. 책상 근처에 하늘 사진을 두었지. 이러면 공부할 때 마음이 한결 가벼워져. 그리고 침대 주변에 사람들 사진을 두니까 잠이 오지 않는 밤에 외롭지 않아. 그들의 미소를 보다가 어느새 잠이 들곤 해."

"어떻게 사진을 좋아하게 됐니?" 나는 그 모든 얼굴을 빠르게 훑으면서 물었다.

"부모님의 영향이야."

그녀는 부모님이 몇 달째 출장 중이라고 말했다. 그들은 '내셔널지오그래픽'과 '론리플래닛' 같은 세계적인 잡지사와 일하는 유명한 사진가이기에 지구 곳곳의 이국적인 풍경과 장면을 찍기 위해 계속해서 전 세계를 돌아다녀야 했다. 부모님이 집에 없는 날이 많기 때문에 할머니는 빌리를 돌보기 위해 이곳으로 오게 되었다.

"정말 근사해, 빌리." 나는 놀라운 사실에 매료되어 속삭이듯 말했다. 나는 그녀의 부모가 그랜드캐니언과 마야 피라미드, 그리고 나비들이 너울대는 고대의 붉은 가죽 텐트 안에 있는 사진들을 보았다. "부모님이 무척 자랑스럽겠구나."

빌리는 고개를 끄덕이며 사진 속의 부모님을 흐뭇하게 바라보았다. "그래. 때때로 엄마 아빠는 마을도 없고 신호도 잡히지 않는 외딴 곳으로 가기 때문에 전화를 할 수 없어. 마지막으로 통화한 게 나흘 전이야."

"부모님은 네가 많이 보고 싶을 거야."

빌리는 두 사람이 웃고 있는 사진을 우울하게 바라보고는 손으로 쓰다듬으며 인사를 건넸다. 나는 그녀의 그리움이 내 감정인 것처럼 느껴졌다.

"언젠가 나도 부모님처럼 될 거야. 엄마 아빠와 함께 떠나 다 같이 있는 사진으로 내 방을 채울 거야. 두고 봐." 빌리는 간절한 바람을 조용히 되뇌었다. "내가 어른이 되면 바로 저기 있을 거야. 지금 우리를 떼어 놓은 저 반질반질한 표지 뒤에……"

행복한 시간이었다. 나는 거리를 따라 걸어가는 내내 그 생각을 했다.

너무나 평화로웠다. 나는 오후에 *친구* 집에서 점심을 먹고 *집*으로 돌아가고 있었다. 자기가 평범하다고 느끼는 것보다 더 근사한 느낌이 있을까? 그것은 *받아들여진* 기분이었다.

나는 편안한 마음으로 학교 앞을 지나갔다. 학교 앞 보도에 사람이 없는 풍경은 생소했다. 그런데 얼핏 어떤 움직임이 보였다. 출입문 옆에서 검은 머리카락을 휘날리며 서 있는 누군가의 뒷모습이 보였다. 내가 아는 사람인 것 같았다.

"미키?" 나는 그녀의 뒤에서 불렀다.

미키가 화들짝 놀라며 갑자기 몸을 돌렸다. 그 바람에 셔츠가 문짝에 끼어 찢어지고 말았다. 나는 인사하려고 내밀었던 손을 거두고 눈이 휘둥그레졌다. 숨죽인 채 그녀의 찢어진 소맷자락을 바라보았다.

"저, 저기…… 정말 미안해." 나는 당황하여 어쩔 줄 몰랐다.

미키는 뜯겨 나간 옷소매를 내려다보며 이를 악물었다.

"잘됐군. 가장 아끼는 셔츠였어." 그녀가 딱 잘라 말했다.

나는 절망감에 주먹을 꽉 쥐었다. 무슨 말을 하려고 했지만 그녀가 틈을 주지 않았다. 나를 쳐다보지도 않고 자리를 떴다.

"미키, 잠시만." 나는 말을 더듬었다. "미안해, 그럴 의도가 아니었어…… 우연히 너를 봤고, 그냥 인사하고 싶었을 뿐이야."

그녀는 내 말에 대답하지 않았다. 계속 걸어가기만 했고 나는 충동적으로 앞으로 나가 가로막았다.

"내가 고칠 수 있어!"

나는 그녀가 그렇게 가버리는 걸 원치 않았다. 미키가 소수의 사람만 신뢰하고, 내성적이고 의심이 많고 신중한 성격이라는 걸 알았지만, 그녀가 나를 미워하지 않기를 바랐다. 뭔가 하고 싶었고, 계속 노력하고 싶었고, *간절히 그러고 싶었다.*

"나는 바느질을 잘해. 원한다면 수선해 줄게. 내겐 쉬운 일이야." 나는 애원하는 눈빛으로 그녀를 바라보았다. "나는 이 근처에 살아. 오래 걸리지 않을 거야. 몇 분이면 돼."

미키는 걸음을 멈췄다. 나는 한 걸음 더 나아가 진심 어린 목소리로 조그맣게 말했다.

"미키, 제발…… 내가 고치게 해 줘."

나에게 기회를 줘. 나는 그녀에게 간청했다. *딱 한 번만, 그게 내가 바라는 전부야.*

미키가 천천히 고개를 들었다. 그녀는 내 얼굴을 바라보았고, 나는 그녀의 눈에서 희미한 희망을 보았다.

"다 왔어." 잠시 후에 나는 흰색 울타리를 가리키며 말했다. "저기가 우리 집이야."

미키는 내 옆에서 말없이 걷고 있었다. 그녀가 그렇게 가까이 있는 게 이상했다. 나는 그녀의 손에 들린 바이올린 케이스를 곁눈질했고, 궁금한 마음을 입 밖에 내기 전에 호기심을 억눌렀다.

"자, 이리 와." 나는 그녀를 들어오게 했다. 미키는 조금 조심스럽게 주위를 둘러보았다. "주방에 가 있어. 내가 곧 갈게."

나는 배낭을 벗은 뒤 안나가 바느질 도구를 보관하는 오래된 쿠키통을 가지러 갔다. 미키에게 돌아갔을 때 그녀는 젖소 모양의 주전자를 보고 있었다. 나는 양철 상자를 내려놓고 그녀에게 가까이 오라고 했다.

"여기에 앉아."

나는 그녀의 팔이 편안한 자세가 되게 주방 조리대 옆에 앉게 했다. 내가 적당한 색의 실패를 찾는 동안 그녀는 가죽 재킷을 벗었다. 나는 흑색에 가까운 어두운 회색 실을 발견했고, 셔츠의 솔기가 약간 퇴색되었기에 잘하면 감쪽같을 것 같았다. 나는 고개를 끄덕인 다음 바늘에 실을 꿰었다. 미키의 시선에서 약간 긴장하는 빛이 느껴졌다.

"걱정하지 마." 나는 또렷한 목소리로 그녀를 안심시켰다. "찌르지 않을게."

나는 몸을 구부려 천의 양쪽 가장자리를 살짝 잡고서 조심스럽게 바느질을 시작했다. 그녀의 피부에 바늘이 닿지 않게 하려고 천 아래에 내 손가락을 두었다. 내 손끝이 실수로 피부를 스쳤을 때 그녀가 움찔하며 물러났지만 나는 기분이 상하지 않았다. 그 순간 미키가 나에게 준 것은 내게 큰 의미가 있었다. 잠시 후에 그녀의 시선이 나에게 집중되어 있다는 걸 알아차렸다.

"거의 다 됐어." 나는 나직한 목소리로 그녀를 달랬다. 미키는 바늘이 천 아래로 사라졌다가 곧 다시 나타나는 정확한 동작을 유심히 살폈다.

"바느질은 어디서 배웠어?" 그녀는 무덤덤한 어조로 물었다.

"아, 항상 해오던 거야. 내가 시설에 있을 때 그걸 해주는 사람이 없었기 때문에 내 옷을 직접 수선했어. 처음에는 계속 손가락이 찔리고 난리도 아니었어. 그러다 시간이 지나면서 익숙하게 됐지. 옷이 찢어진 채로 돌아다니고 싶지 않았거든." 나는 얼굴을 들고 말했고 그녀와 눈이 마주치자 슬며시 웃었다. "깔끔하고 단정한 모습이고 싶었어."

미키는 내 얼굴을 바라보았고 내 시선은 다시 아래로 향했다. 그녀는 내가 작업을 마무리할 가위를 꺼내기 위해 상자로 손을 뻗을 때도 나를 쳐다보았다.

"다 됐다! 끝났어."

그녀는 소매를 내려다보며 촘촘하고 깔끔한 바느질을 살펴보았다. 그러다 순간 멈칫거렸다.

"근데 *이게 뭐지?*"

그녀가 이전에 없던 것을 발견했을 때 나는 입술을 꾹 다물었다. 바느질이 끝난 자리에 판다의 얼굴이 수놓아졌다.

"음…… 그 부분에 옷감이 망가졌어." 나는 잘못을 저지른 것처럼 말을 더듬었다. "네가 판다를 좋아하는 걸 알아. 배낭에 달린 열쇠고리를 보고 그럴 거라고 생각했어. 귀여워 보였어……"

그녀는 고개를 들었고, 나는 손바닥을 펼쳐 들며 말했다. "하지만 언제든 뗄 수 있어! 가위 끝으로 자르고 실을 잡아당기면 풀려. 금방이야."

전화벨이 울려서 나는 더듬대던 말을 중단했다.

"아, 집에 왔구나!" 안나는 내 목소리를 듣자 반갑게 소리쳤다. 그녀는 내가 돌아왔는지 아직 밖인지 확인하고 싶었다. 나를 걱정하고 있다는 걸 새삼 깨닫고는, 언제나 그랬듯 마음이 설레었다. 안나는 점심시간이 어땠냐고 물었고, 그녀도 일찍 들어올 거라고 알려주었다.

내가 전화를 끊었을 때 미키는 재킷을 다시 입고 바이올린 케이스를 들고 있었다. 나는 바이올린에 대해 물어보고 싶었지만 너무 참견하지 않는 게 좋을 것 같았다.

나는 웃는 얼굴로 그녀에게 문을 열어 주었고, 그 순간 무언가가 집 안으로 쓱 들어왔다.

"오!" 나는 유쾌하게 외쳤다. "안녕, 클라우스."

늙은 고양이는 나에게 부루퉁한 표정을 지었다. 미키를 지나가게 한 뒤 내가 충동을 누르지 못하고 손을 뻗어 쓰다듬으려 하자 클라우스는 몸을 홱 피하며 나를 할퀴려고 했다. 나는 손을 가슴 쪽으로 당겼다. 허락 없이 만지려고 한 것이, 어쩌면 미키가 보는 앞에서 그처럼 단박에 거절을 당한 것이 창피했다. 나는 그녀를 흘끗 보았고, 그녀는 나를 지켜보고 있었다.

"오늘은 기분이 별로인가 봐." 나는 약간 초조한 마음에 멋쩍은 웃음을 지었다. "평소엔 장난꾸러기잖아. 그렇지, 클라우스?" 클라우스는 이빨을 드러내며 사납게 하악질을 하고는 슬그머니 도망쳤다. 나는 다소 실망한 채 계단으로 사라지는 고양이를 바라보았다.

"가끔 좀 성질을 부리기도 해." 나는 중얼거렸다. "하지만 마음속은…… *깊은* 마음속은…… 한없이 착할 거야."

"고마워." 미키가 나지막하게 말했다.

나는 놀라서 얼굴을 들었지만 미키는 이미 등을 돌린 뒤였다. 그녀는 문을 지나 조금도 지체 없이 걸어 나갔다.

"부드럽게, 니카." 엄마의 목소리가 들렸다.

나는 그것 말고는 세상과 소통하는 다른 방법을 몰랐다.

그런데 어쩌면……

어쩌면 세상이 나를 이해하기 시작하는 것 같았다.

8
그 같은 하늘빛

강한 자는 타인의 연약함을
부드럽게 어루만질 줄 안다.

언젠가 읽은 푸코의 글에 이런 말이 있었다. '당신의 정당한 이상함을 키우세요.'

나는 항상 나의 이상함을 키웠다. 비밀리에. 사람들은 평범한 것을 더 잘 받아들인다는 걸 자라면서 배웠기 때문이다.

나는 말할 수 없는 동물들에게 말을 걸었다. 사람들의 눈에 띄지 않는 작은 생물들을 구했다. 남들이 하찮게 대하는 것을 소중히 여겼다. 아마도 그건 나 같은 아주 미약한 존재도 소중하다는 것을 보여주고 싶었기 때문일 거다.

나는 손을 들었다. 나는 집 정원에 있었고, 태양이 살구나무의 무성한 잎사귀에 달콤하게 입 맞추고 있었다. 나는 나무줄기로 손을 뻗어 연두색 애벌레가 나무껍질로 올라가게 도왔다. 창문을 통해 침실로 들어온 애벌레에게 자유를 돌려주고 있었다.

"됐어." 나는 작은 목소리로 속삭였다. 그리고 애벌레가 나무줄기의 갈라진 틈으로 기어들어 가자 미소를 지었다. 나는 손깍지를 끼고서 조용하고 평화롭게 그 모습을 지켜보았다.

거대한 힘으로만 세상을 바꿀 수 있다는 말을 자주 들었다. 나는 세상을 바꾸고 싶지는 않았지만, 변화를 불러오는 건 거창한 몸짓이나 위력의 과시가 아닐 거로 생각했다. 작은 일, 일상의 행동, 평범한 사람들이 베푸는 단순한 친절이 변화를 일으킬 수 있다고 믿었다. 아무리 작은 존재일지라도 누구나 자신의 일부를 이 세상에 남길 수 있다.

집안으로 돌아왔을 때 나는 빙긋이 미소 지었다. 토요일 아침이었고, 볶은 커피 향이 주방을 가득 채우며 진하게 풍겨 왔다. 황홀한 기분으로 눈을 감고 그 구수한 향을 깊이 들이마셨다.

"괜찮아?" 다정한 소리가 들렸다.

안나의 목소리였다. 그런데 눈을 떴을 때 내게 묻는 말이 아니란 걸 알았다. 그녀의 손은 리젤의 머리에 얹혀 있었다.

리젤은 나를 등지고 앉아 있었다. 검은 머리카락은 헝클어져 있었고, 한 손으로 커피잔을 쥐고 있었다. 그는 보일락 말락 고개를 까딱거렸다. 나는 그의 손가락과 팔뚝의 핏줄에 시선을 빼앗겼다.

그 손은…… 가차 없는 공격성을 드러내면서도 천상의 선율을 연주했다. 억센 관절과 질긴 인대는 남을 제압하기 위해 만들어진 것 같았지만, 손가락은 믿을 수 없을 정도로 섬세하게 건반을 어루만졌다.

리젤이 일어섰을 때 나는 퍼뜩 정신을 차렸다. 그가 몸을 꼿꼿이 세우자 커피 향기가 잠시 희미해졌다. 그는 문 쪽으로 향했고 나는 한 걸음 뒤로 물러났다. 그 몸짓을 알아차린 그가 나를 빤히 쳐다보았다.

나는 그것을 설명할 수 없었다. 리젤이 두려웠지만, 그의 무엇이 나를 두렵게 하는지 알지 못했다. 어쩌면 깊은 곳으로 파고들어 내면을 침해하는 그의 눈빛이나 또래보다 너무 어른스러운 목소리 때문일 것이다. 어쩌면 그가 얼마나 폭력적일 수 있는지 알고 있기 때문일 것이다. 아니 어쩌면…… 그가 가까이에서 숨 쉴 때마다 내게 일으킨 그 격정적인 전율 때문일 것이다.

"내가 물까 봐 겁나니, *나방*아?" 그는 내 옆을 지나가면서 귀에 대고 속삭였다.

나는 재빨리 물러섰지만, 어느새 그는 당당한 걸음으로 사라지고 없었다.
"안녕, 니카!"
나는 깜짝 놀라며 나를 보며 웃고 있는 안나에게 고개를 돌렸다.
"커피?"
나는 긴장한 채 고개를 끄덕였고, 그녀가 우리의 짧은 대화를 알아차리지 못했다는 것을 확인하고 안도했다. 나는 식탁으로 가서 그녀와 함께 아침을 먹었다.
"오늘 우리 데이트할래?"
나는 비스킷을 우유에 떨어뜨렸다. 그리고 눈썹을 치켜 올린 멍한 표정으로 그녀를 올려다보았다. *안나가 나랑 시간을 보내려 한다고?*
"당신과 나?" 나는 확인하려고 물었다. "단둘만?"
"남자가 없는 여자들만의 오후…… 싫으니?"
나는 컵을 꼭 움켜쥐며 재빨리 고개를 저었다. 순간 내 마음이 밝아졌고 내 모든 생각은 그 빛에 반사되어 빛났다.
안나는…… 오후에 한 시간 산책하면서 *나와 함께 있길 원했다*. 시간이 얼마나 되는지는 중요하지 않았다. 그녀가 나에게 제안했다는 사실만으로도 내 영혼은 한낮처럼 빛났다.
그녀가 내 주위에 있을 때 동화는 향기로웠다. 동화 속에서 그녀의 머리카락은 반짝이고 미소는 눈부셨다. 그녀가 따뜻한 눈빛으로 웃음을 터트렸다. 나는 그 안에서 영원히 살고 싶었다.

"니카, 이거? 아, 아니, 잠깐만…… 이건 어때?"
나는 어리둥절하기만 했다. 의류 매장이 엄청나게 컸다. 나는 이미 많은 옷을 입어 보았지만 안나는 또 다른 옷을 들고 와서 내 상체에 대 보았다. 나는 그 셔츠를 보는 대신 멀뚱히 그녀를 쳐다보았다. 가까이 있는 그녀에게서 집 냄새가 났고, 나는 꿈꾸는 것만 같았다. 내가 정말로 여기 있다는 게 믿기지 않았다. 내 발치에 쇼핑 가방이 여러 개 있는 데도 더 많은 것을 사주려는 사람이 내 옆에 있었다. 내가 보답할 수 없다는 걸 알면서도 *나에게* 돈을 쓰려고 했다.

안나가 함께 시간을 보내자고 제안했을 때, 나는 그녀가 내 티셔츠와 치마, 속옷 등을 사러 갈 거라고는 생각하지 못했다. 나는 그것이 모두 사실인지 확인하기 위해 내 손을 꼬집어야 했다.

"맘에 드니?"

나는 꿈꾸는 듯한 눈으로 그녀를 바라보았다.

"네, 무척……" 내가 얼떨떨한 표정으로 대답하자 그녀가 크게 웃었다.

"니카, 매번 그렇게 말했잖아." 그녀는 내가 좋아하는 그 눈빛으로 나를 바라보았다. "네 취향이 있을 거잖아!"

나는 부끄러워서 뺨이 따끔거렸다. 모두 다 좋다는 말은 사실이었다. 과장되어 보이고 믿기 어려울 수도 있겠지만, 그건 진심이었다.

나는 안나에게 설명하기 위한 적절한 말을 찾고 싶었다. 그녀가 제안하는 모든 것이 나에게는 소중하고 놀랍다는 사실을 이해시키고 싶었다. 지금까지 나에게 그런 시간을 내어준 사람은 없었다.

열망과 환상 속에서만 사는 사람은 아주 작은 것들에 기뻐하는 법을 배운다. 우연히 발견한 네잎클로버, 식탁 위의 잼 한 방울, 누군가의 따뜻한 눈빛…… 그리고 취향……

취향은 내가 결코 감당할 수 없는 특권이었다.

"나는 색이 좋아요." 나는 아이처럼 머뭇대며 중얼거렸다. "여러 가지 빛깔이 있는 것……" 나는 행복한 벌들이 그려진 잠옷을 들어 올렸다. "이것 같은!"

"내 생각에…… 그건 아동복으로 보여." 안나가 눈을 깜박이며 반대했다.

나는 재빨리 라벨을 확인했고 입을 벌린 채 얼굴을 붉혔다. 안나는 웃음을 터뜨리고는 내 팔에 한 손을 얹었다.

"이리 와, 양말 매장에서 같은 무늬를 봤어."

한 시간 후에 나는 새 양말을 잔뜩 들고 있었다.

나는 이제 더는 겨울밤의 외풍을 느끼지 않을 것이고, 가시가 발바닥의 낡은 천을 찌르는 아픔도 느끼지 않을 것이다. 안나가 가게를 나서자 나는 황홀한 행복감으로 양손 가득 쇼핑 가방을 들고 뒤따라 갔다.

"오, 여보!" 그녀는 핸드폰을 받았다. "응, 우린 아직 여기 있어…… 그럼, 별일 없지. 다 좋아." 그녀는 웃으면서 내 손에 들린 가방 몇 개를 가져갔다. "몇 가지 사소한 일…… 아니야…… 아니, 칼이 도와줄 테지만 월요일 아침은 내가 문을 열어야 해. 어디야?" 그녀는 밝은 얼굴로 걸음을 멈췄다. "정말? 어느 입구지? 당신이 여기 있는 줄 몰랐어! 그런데 어째서…… 뭐라고?"그녀는 주의 깊게 듣다가 눈을 크게 뜨면서 손을 입으로 가져갔다.

"오, 노먼!" 안나는 몹시 흥분했다. "장난 아니지? 어쨌든…… 대단해, 당신!" 그녀가 크게 웃었다. "정말 좋은 소식이야! 내가 뭐랬어, 올해는 운이 좋을 거랬지? 분명히 회사에 좋은 홍보가 될 거야!"

나는 그녀가 무슨 말을 하는지 이해하지 못한 채 옆에서 듣고 있었고, 그녀는 연신 축하하며 노먼에게 기쁜 마음을 전했다.

"좋은 소식이 있나요?" 안나가 통화를 마치자 물었다.

"맞아! 사실 대단한 건 아니지만, 노먼이 몹시 기다리던 소식을 방금 받았어. 그의 회사가 연례회에 참가하게 됐어. 몇 군데 회사가 선정되었는데, 정말 특별한 기회야. 그는 오랫동안 이 순간을 기다려왔어!" 그녀는 미소를 지으며 나에게 손짓했다. "가자, 노먼도 여기에 있대! 모임 날짜가 일주일밖에 남지 않아서 노먼은 거의 포기하고 있었거든…… 내일 구이 요리를 준비해야겠어! 일요일이기도 하니 근사한 식사로 축하해야 하지 않겠어?"

나는 몹시 흥분한 그녀를 보며 기쁜 마음으로 고개를 끄덕였다.

우리는 쇼핑센터를 가로질러 갔고, 안나는 업계 전문가들의 권위 있는 행사인 연례회에 대해 계속 이야기했다.

우리가 두 번째 입구에 이르렀을 때 안나는 또 다른 의류 매장을 가리켰다.

"이 근처에 있을 텐데…… 노먼! 여기!"

그는 손을 흔들며 우리에게 다가왔다.

"오, 정말 기뻐!" 안나가 그의 품으로 뛰어들자 노먼이 얼굴을 붉혔다.

"그래, 음…… 당신이 말한 대로야. 당신은 틀리는 법이 없어…… 안녕, 니카." 그는 나에게 수줍은 미소를 지었고, 나도 미소로 인사했다. 안나는 노먼의 재킷 어깨를 매만졌다.

"기꺼이 같이 갈 거야! 자세한 건 나중에 얘기해…… 그런데 어떻게 여기에 있지? 오늘은 집에 있을 줄 알았는데!"

"여기 리젤하고 같이 왔어. 걔도 몇 가지 물건이 필요했고." 노먼이 대답했다.

순간 알 수 없는 느낌이 살갗을 스쳤고, 내 눈은 그를 찾기 시작했다.

"매장을 다니다 그를 놓친 것 같아……" 노먼이 머리를 긁적였고 안나가 웃었다.

"니카, 둘러볼래?" 그녀가 매장의 진열대를 가리켰다. "마음에 드는 게 있을지 몰라. 가서 한번 살펴보는 게 어때?"

나는 잠시 주저했지만 그들이 이야기할 시간을 주는 게 좋을 것 같아 조심스럽게 주위를 둘러보며 안으로 들어갔다. 옷 구경에 집중하려고 했지만 그럴 수 없었다. 그가 심연 같은 눈빛과 압도적인 존재감으로 여기 어딘가에 있었다.

진열대 사이를 돌아다니다가 손에서 가방 하나가 미끄러져 바닥에 떨어졌다. 나는 그것을 줍기 위해 몸을 구부리다가 누군가와 부딪쳤다. 욕설을 내뱉는 남자 목소리가 들렸고 나는 눈을 크게 떴다.

"죄송합니다……" 나는 말을 더듬었다. "가방을 떨어뜨리는 바람에……"

"조심하세요." 남자는 떨어뜨린 스웨터를 집어 들며 투덜거렸다.

내가 서둘러 짐을 챙기자 그는 나에게 가방을 내밀었다. 내가 고맙다고 중얼거리며 손을 뻗었을 때 그가 가방을 살짝 잡아당겼다.

"저기, 네가 누군지 알아."

나는 고개를 들었고 그는 눈을 깜빡였다. 그의 얼굴은 조금 낯익어 보였다.

"달팽이 소녀." 그는 내 눈을 강렬하게 쳐다보았다. "너, 맞지?"

나는 깜짝 놀랐다. 그는 전날 학교 담장에서 만난 남학생이었다. 그가 나를 기억하고 있다는 사실이 놀라웠다. 보통은 그러지 않았다.

"웬 가방이 이리 많아?" 그가 불쑥 물었다. "너도 그 쇼핑 중독자니?"

"아," 나는 퍼뜩 정신을 차렸다. "아니, 그게, 나는……"

"그러니까 사치스러운 여자구나." 그는 억지 미소를 지으며 내 눈을 바라보았다.

"이건 정말 특별한 경우야."

"그래, 다들 그렇게 말하지. 하지만 문제를 극복하는 첫걸음은 그걸 인정하는 것이 아닐까?"

나는 반박하려 했지만 그가 다시 내 말을 가로막았다. "오, 걱정하지 마. 네 비밀은 지켜 줄 테니까." 그가 우쭐대며 말했다. "버나비 학생은 아닌 것 같지만, 어쨌든……"

"얼마 전에 전학 왔어." 나는 대답했다. 그리고 그가 왜 여기서 나와 얘기하고 있는지 잠시 의아한 생각이 들었다.

"졸업반이니?"

"응."

"음…… 그렇담 환영해." 그는 천천히 중얼거렸고, 입술을 오므리며 나를 주의 깊게 살폈다.

"고마워……"

"어이 달팽이 소녀, 내 이름을 알아야 하지 않겠니? 그래야 다음번에 기어 다니는 생물에 대해 알려주고 싶으면 나를 어떻게 부를지 알게 될 테니까." 그는 손을 내밀며 자신 있게 웃었다. "네 편의를 봐주려는 거야. 나는……"

"*길을 막고 있네.*"

공기를 가르는 싸늘한 목소리가 들려왔고, 나는 그 자리에서 얼어붙었다.

그도 뒤돌아보며 가까이 다가오는 존재를 확인했다.

리젤의 검은 눈동자가 그를 노려보았고, 그가 입을 벌리고 나를 힐끗 돌아보는 작은 움직임을 일일이 뒤쫓았다.

"아, 음…… 미안해." 그가 놀라서 말을 더듬었다. 그리고 리젤이 지나갈 수 있게 선반에 몸을 바짝 붙이며 옆으로 비켜섰다.

리젤은 그에게서 눈을 떼지 않았다. 그리고 불편한 자세를 취한 상대에게 보여야 하는 서두름이나 배려도 없이 천천히 정확한 걸음으로 지나갔다. 뜻밖에도 리젤은 내 뒤에 멈춰 섰고, 너무 가까이 있어서 무시할 수 없었다. 그의 육체는 견딜 수 없고 강렬하고 불안한 기운을 발산했다. 그의 몸에서 나오는 끌림은 거부할 수 없을 만큼 강렬하고 불안정한 기운을 발산했다.

"아……" 소년은 우리를 보며 중얼거렸다. "너희…… 같이 있는 거야?"

리젤은 침묵했고 나는 불편해하며 약간 몸을 움직였다. 나는 그의 의도를 살피기 위해 눈을 보고 싶은 충동을 억누르며 어색하게 두 손을 맞잡았다.

"어떻게 보면……" 나는 대답했다.

그는 다소 난감한 표정을 지으며 리젤을 쳐다보았다.

"안녕……" 그가 애매하게 인사했고, 내 뒤의 리젤은 아무 말도 없었다.

나는 리젤이 여전히 그를 노려보고 있다고 확신했다. 그때 갑자기…… 내 머리를 스치는 그의 손길이 느껴졌다. 나는 난데없이 물벼락을 맞은 듯 그 자리에 얼어붙었다. 다리가 굳어버려 움직일 수 없었다.

뭘 하고 있는 거지?

리젤이…… 나를 만진다고?

설마…… 손끝의 감촉이 정확하게 느껴졌다. 아니, 나는 그 손가락의 윤곽을 느낀 거였다. 그의 손가락이 내 머리카락 사이로 들어와서, 부드럽게 쓸어내렸다. 그 손가락이 느리게 얽히며 움직였고, 나는 고개를 돌려 그를 올려다보았다.

아치형 눈썹 아래 리젤의 눈동자는 한참 그를 쳐다보다가 내게로 향했다. 그의 눈이 긴장하고 당황한 내 눈과 마주쳤고, 나는 잠시 그의 손가락이 내 머리를 세게 조이는 느낌이 들었다.

"우린 간다." 리젤의 굵고 낮은 목소리가 들렸다.

그가 그렇게 가까이 있지 않았다면 나는 그의 뒤에 있는 안나를 더 빨리 알아차렸을 것이다. 그녀는 우리에게 오라고 손짓했고, 나는 정신을 차렸다.

"오……" 나는 불안스레 리젤을 슬쩍 쳐다보고는 쇼핑 가방을 움켜쥐며 그 남학생에게 말했다. "가봐야 해……"

"그래." 그는 주머니에 손을 넣으며 고개를 끄덕였다.

"그럼 안녕." 나는 한 손을 들어 인사한 뒤 자리를 떴다.

리젤은 내 머리에서 손을 떼더니 돌아서서 앞서 걸어갔다. 나는 그의 넓은 어깨를 보면서 목이 칼칼한 느낌이 들었다. 그리고 여전히 머리에서 그의 손길이 느껴졌다.

그에게 무슨 일이 있었나?

"찾은 거 있어?"

나는 노먼의 목소리에 고개를 들었다. 두꺼운 안경을 쓴 그는 부엉이처럼 보였다.

"아, 아니요……" 나는 두 손을 들어 올리며 대답했다. "이미 너무 많이 샀어요."

그는 나보다 더 쑥스러워하며 고개를 끄덕였다. 나는 어색한 분위기를 바꿔 보려고 노먼에게 축하 인사를 전했고, 그는 당황하여 말을 더듬었지만 미소를 머금고 있었다.

노먼은 그 순간을 아주 오랫동안 기다려 왔다고 말했다. 유망한 회사들만 연례회에 초대되었고, 해당 분야에서 가장 열띤 주제인 쥐약, 혁신적인 살충제, 기생충에 대한 유형별 분석과 전략에 관한 토론이 열릴 것이다.

그의 이야기를 듣다보니 머리가 무거워졌다. 노먼이 시중에 나온 최신 살충제에 대해 열정적으로 얘기하는 동안 나는 쇼윈도 앞을 지나가면서 내 창백한 안색을 살필 겨를이 없었다. 그러다 몸이 좋지 않다는 느낌이 들었다.

"어, 괜찮아?" 그가 내 얼굴을 보고 의아해하며 물었다. "얼굴빛이 푸르스름해."

"니카!"

안나가 몇 미터 앞에서 환하게 웃으며 손을 흔들었다. 그녀가 우리의 대화를 방해한 게 너무나 다행이었다.

"와서 이 옷 좀 봐!"

부티크 앞에 도착했을 때 그녀의 눈길을 사로잡은 옷이 보였다. 쇼윈도에 파스텔톤의 예쁜 원피스가 걸려 있었다. 단순한 디자인에 부드러운 원단이 가슴과 엉덩이를 감싸는 드레스였다. 얇은 어깨 끈이 달렸고, 가슴 부위에 자개단추가 줄지어 있었다. 치마는 허리에서 톱니바퀴 모양의 주름이 물결치듯 부드럽게 흘러내렸다. 하지만 가장 마음에 들었던 건 원단의 색상이었다. 내가 어렸을 때 덜 칙칙하게 보이기 위해 옷에 문지르곤 했던 물망초 꽃잎처럼 밝은 하늘빛이었다.

나는 보육원 정원에서 구름을 올려다보던 순간처럼 황홀했다. 하늘색은 그 순간들을 떠올리게 했고, 자유를 꿈꾸며 하염없이 바라보던 하늘처럼 부드럽고 깨끗한 느낌을 주었다.

"정말 예쁘지 않니?" 안나가 내 손목을 스치며 말하자 나는 천천히 고개를 끄덕였다.

"들어가서 입어 볼래?"

"아니요, 안나, 난…… 이미 너무 많은 것을 샀어요."

그러나 그녀는 이미 문을 열고 점원에게 다가갔다.

"안녕하세요. 저기 저 옷을 입어보고 싶어요." 그녀가 유리창의 구석을 가리키자 판매원의 얼굴이 밝아졌다.

"네, 그러세요." 판매원은 우리를 친절하게 맞이했다. "얼른 가져다 드릴게요!" 그녀는 뒤쪽으로 사라졌다.

나는 안나의 소매를 슬며시 잡아당겼다.

"안나, 정말 그럴 필요 없어요."

"그러고 싶은데?" 그녀가 웃으며 대답했다. "네 모습이 어떤지 보고 싶어. 내 요구를 거절하려는 건 아니지? 어차피 오늘은 우리가 함께하는 날이니까."

내가 망설이며 무슨 말을 하려는데 판매원이 다시 매장으로 불쑥 들어왔다.

"아, 재고가 없네요!" 그녀는 손등으로 이마를 닦으며 외쳤다. "진열된 상품뿐이네요!"

그녀는 유리창으로 다가가서 마네킹이 입은 옷을 조심스럽게 벗겼다.

"마지막 하나 남았어요! 여기 있습니다." 그녀는 옷을 내 품에 안겨주었고, 나는 잠시 넋을 잃고 그것을 바라보았다. "탈의실은 저쪽이에요. 이리 오세요!" 안나는 나에게 따라가자는 손짓을 하곤 내 손에 들린 가방들을 내려주었다. 그때 문으로 들어서는 노먼이 보였다. 그 뒤를 따라 리젤도 들어오고 있었다.

우리는 판매원을 따라 매장 뒤편의 구석에 있는 탈의실로 갔고, 나는 그중 가장 안쪽 방으로 들어갔다. 커튼이 잘 닫혔는지 확인한 다음 옷을 벗었다. 머리 위에서 원피스를 내리다가 머리카락이 엉켜버렸다. 나는 옷을 입을 때면 허둥대기 일쑤였는데, 아마 그레이브에서 항상 헐렁하거나 좀 늘어진 옷만 입었기 때문일 것이다. 어쩌면 좋은 옷을 입는다는 행복감에 너무 들떠있었기 때문일 거다.

원피스는 가슴에서 허리까지 딱 맞게 흘러내렸다.

나는 가슴 윤곽선이 드러나고 다리가 많이 보이는 내 모습에 당황했다. 고개를 잘 들지 못한 채 옷을 바라보았다. 뒤쪽에 달린 지퍼를 잠그려는데 손이 닿지 않았다.

"안나……?" 나는 머뭇거리며 그녀를 불렀다. "안나, 지퍼를 잠글 수 없어요."

"오, 걱정 마." 바로 옆에서 그녀의 목소리가 들렸다. "이리 와, 내가 도와줄게."

그녀는 손을 뻗어 지퍼를 끌어올렸다. 그리고 내가 마음의 준비를 할 새도 없이 커튼을 열어젖혀서 깜짝 놀라게 했다.

"*우와!*" 그녀는 나를 보자마자 황홀한 미소를 지었다. "너한테 아주 잘 어울려! 오, 니카, 정말 예뻐!"

그녀가 눈빛을 반짝이며 놀라워하자 나는 움츠러들었다.

"너를 위해 만들어진 옷 같아! 네가 얼마나 예쁜지 봤니? 여기 봐, 네가 어떤지 좀 봐!"

그녀가 내 옆으로 다가왔고, 나는 부끄러워서 얼굴이 붉어졌다.

"어떠세요?" 잠시 후 판매원이 물었고 멈칫하며 나를 바라보았다. "오!" 그녀는 입을 벌린 채 감탄하며 다가왔다. "천사 같아요! 부인, 정말 근사해요!"

안나는 그녀를 돌아보았다. "그렇죠?"

"날개만 있으면 돼요!" 판매원은 농담을 했다. 나는 다른 사람들이 매장으로 들어오는 소리를 듣고 움찔하고는 바닥을 보며 뺨을 긁었다.

"아, 난……"

"어때?" 안나가 나에게 물었다.

"마음에 드세요?"

"니카, 어떻게 안 들 수 있겠니? 널 봐!"

나는 거울을 보았다. 얼굴을 들어, 내 모습을 바라보았다. 정말 그랬다. 그리고 수줍어하는 눈에는 내게서 볼 수 없다고 여겼던 광채가 감돌았다. 내 눈에는 나도 설명할 수 없는 무언가가 있었다.

생기가 넘치고,

부드럽고,

빛이 났다.

내가 있었다.

내가 늘 갈망했던 하늘을 입은 내가 있었다. 내면에서 빛나는 내가 있었다. 마치 내 꿈 중 하나가 피부에 꿰매진 것처럼, 더러워진 느낌을 덜기 위해 이제는 몸에 꽃을 문지르지 않아도 되는 것처럼……

"니카?" 안나가 나를 불렀고 나는 고개를 숙였다.

눈이 따끔거렸다. 내가 옷자락을 쥐며 코를 훌쩍이는 소리를 그녀가 듣지 않았기를 바랐다. 나는 가느다란 목소리로 겨우 말했다. "좋아요…… 너무 좋아요. 감사합니다."

안나가 내 어깨에 손을 얹었다. 나는 부드러운 손길을 받으면서 매일 그녀를 가까이에서 느끼고 싶었다. 그녀는 나에게 많은 것을 주고 있었다. 나처럼 마음이 여린 사람에게는 너무나 벅찬 일이었다. 나는 이제 그녀를 잃게 되는 경우를 생각할 수 없었다. 그러나 입양 과정에서 문제가 생기면 그녀를 다시는 볼 수 없을 것이다.

"이거 살게요." 안나가 선언하듯 말했다.

나는 다시 탈의실로 들어갔다. 원피스의 옷감과 가슴의 곡선을 따라 늘어선 작은 흰색 단추들을 손가락으로 스쳤다.

얼마나 예쁜지……

그런데 옷을 벗으려다가 지퍼에 손이 닿지 않았던 게 기억났다.

"안나, 미안한데 나 좀 도와줄래요?" 나는 출구를 향해 큰 소리로 물었다.

그리고 뒤돌아보지 않고 등이 드러날 정도로만 커튼을 열었다.

나는 한참 기다렸지만 그녀의 목소리가 들리지 않았다. 그러나 뒤편 어디에선가 그녀가 아직 있다는 게 느껴졌다. 나는 방해가 되지 않게 등 뒤의 머리카락을 모아 한쪽 어깨로 넘겼다.

"안나, 지퍼 좀……" 나는 머뭇거리며 한 번 더 말했다. "미안해요. 손이 닿지 않아서요. 좀 도와주세요."

내 뒤에서 긴 침묵이 흘렀다.

그러다가 잠시 후…… 나를 향해 걸어오는 발소리가 들렸다.

서두르는 기색 없이 다가와서는 내 뒤에 멈췄다.

그리고 한 손은 옷깃을 단단히 쥐고, 다른 손은 지퍼의 금속 손잡이를 잡아 천천히 끌어내렸다. 지퍼가 내려가는 거칠고 미세한 소음이 들렸다.

"오케이, 고마워요." 나는 어깨뼈 부근까지 내려갔을 때 말했다.

하지만 멈추지 않았다. 지퍼는 계속해서 천천히 내려갔고 척추 위로 미끄러지는 게 느껴졌다.

"안나, 이제 됐어요……" 나는 조심스럽게 말했지만, 그 손가락은 옷깃을 붙잡은 채 지퍼를 계속 아래로 내렸다. 등을 지나 그 아래 허리까지 내려갔다. 원피스가 열려 딱정벌레 날개처럼 펼쳐지자 나는 다급한 목소리로 불렀다.

"안나!"

탁.

옷감의 이음새에 달린 금속이 부딪치는 소리가 났다. 지퍼가 끝까지 내려간 것이다. 나는 옷을 부여잡은 채 흉부를 팔로 감싸고 거울에 비친 내 모습을 바라보았다.

이제는 아무 문제없이 옷을 한 번에 벗을 수 있었다. 나는 눈을 깜박이며 입가에 미소를 지었다.

"아, 어…… 고마워요……" 나는 중얼거리며 커튼을 닫았다.

머리를 흔들며 원피스를 아래로 미끄러뜨리자 속옷 차림이 되었다. 나는 내 옷을 다시 입고 밖으로 나왔다.

탈의실 앞에는 아무도 없었다.

안나를 찾았으나 보이지 않았고, 매장으로 돌아왔을 때 카운터 근처에서 핸드폰을 들고 있는 그녀가 보였다. 노먼은 밖에서 쇼윈도를 들여다보고 있었다.

"괜찮니?" 그녀가 물었다.

"네, 감사합니다……" 나는 옷을 꽉 쥐며 미소를 지었다. "도와주지 않았다면 벗지 못했을 거예요."

안나는 한 손을 가슴에 얹고 미안하다는 표정을 지었다. "아, 미안해, 니카, 전화가 와서 잊어버렸어! 많이 힘들진 않았지? 열 수 있었지?"

나는 여전히 입가에 미소를 머금은 채 그녀를 바라보았다. 하지만 이해할 수 없었다.

"네…… 고마워요." 나는 다시 말했다.

나를 바라보는 그녀의 혼란스러운 표정에 더욱 의아한 마음이 들었다. 이상한 느낌이 들었고, 갑자기 불길한 예감에 휩싸였다.

나는 시선을 밖으로 옮겼다.

리젤은 팔짱을 낀 채 기둥에 기대어 있었다. 날카로운 눈으로 지루한 듯 주위를 둘러보고 있었다.

아니야…… 내가 무슨 생각을 한 거지?

"여기 있군요!"

판매원이 다가와서 기쁘게 나를 바라보았다. "그럼 이걸 사기로 한 거죠? 최고의 선택이에요." 그녀가 웃었다. "정말 잘 어울려요!"

"감사합니다." 나는 조금 부끄러워하며 얼굴을 붉혔다. 그녀는 열의에 찬 표정으로 나를 보았다.

"그리고 어떤 것과도 잘 매치할 수 있어요. 원하면 더 캐주얼한 스타일도 가능한데…… 보세요." 그녀는 옷걸이에서 뭔가를 집어 들었다. "이것 하나로도…… 귀엽지 않나요?"

나는 그게 허리띠라는 걸 그제야 깨달았다.

그녀는 그것을 내 몸에 둘렀고, 허리띠의 가죽이 내 팔 피부를 스쳤다.

한순간에 벌어진 일이었다.

나는 그것을 내 살에서 느꼈다.

그것의 마찰을 느꼈다.

그것이 나를 누르고 죄고 휘감아서 꼼짝 못 하게 동여매는 것을 느꼈다.

나는 난폭하게 허리띠를 떼어냈다. 그리고 휘둥그레진 눈으로 부들부들 떨며 뒤로 물러났다. 판매원은 여전히 두 손을 뻗은 채 어리둥절한 표정으로 나를 쳐다보았고, 나는 계속 뒷걸음질 치다 카운터에 부딪혔다. 몸이 움찔거렸다. 멀리서 차가운 기운이 심장을 찔러대며 터트릴 듯 위협했다. 나는 진정하려고 했지만 손이 마구 떨려 왔고, 현실을 붙잡기 위해 아무거라도 움켜쥐려고 했다.

"무슨 일이야?" 노먼을 찾으러 갔던 안나가 돌아오며 물었다. 그녀는 떨고 있는 나를 보며 걱정했다. "니카, 무슨 일이야?"

피부가 뻣뻣하게 굳어갔다. 나는 진정해야 했고, 그 감각들과 싸워서 제압해야 했다. 나는 안나의 얼굴을 보면서 그녀가 이런 나를 보지 않길 바랐다. 불과 몇 분 전 그녀가 감탄을 금치 못했던, 예쁜 원피스를 입은 완벽한 소녀로만 보길 바랐다.

같이 있고 싶은 소녀.

성가시거나 짜증나게 하지 않는 소녀.

"아무것도 아니에요." 나는 태연한 척하며 대답했지만, 목소리가 내 마음과는 다르게 나왔다. 마른침을 삼키며 몸의 반응을 통제하려고 노력했지만 헛수고였다.

"몸이 안 좋니?" 안나가 걱정스러운 눈빛으로 나를 살피며 물었다. 그녀가 가까이 다가오자 그녀의 눈은 마치 돋보기를 쓴 것처럼 거대하고 압도적으로 보였다.

상황은 더 나빠졌다. 나는 내 몸을 감추고, 그녀의 시선에서 멀리 달아나 사라지고 싶은 본능적이고 병적인 욕구를 느꼈다.

나를 보지 마세요. 내 안의 무언가가 기도하고 있었다. 통제할 수 없는 불안은 내 피부를 낱낱이 벗겨내었고, 자신이 잘못되고 하찮고 더

럽고 죄를 지은 존재로 느껴지게 했다. 심장이 맹렬하게 뛰었고, 나는 안나의 시선을 부여잡으며 내 두려움 속으로 곤두박질쳤다.

그녀는 나를 버릴 것이다.

그녀는 나를 쓰레기통에 던져버릴 것이다. 나는 그래야 마땅하기 때문이다.

내가 있어야 할 곳은 거기였다.

나 같은 사람들은 그곳을 벗어날 수 없었다.

나는 그 동화를 이뤄내지 못할 것이다.

나는 결코 행복한 결말을 얻지 못할 것이다.

그 이야기에는 공주가 없었다.

요정도 인어도 없었다.

여자아이 한 명만 있었다.

그 소녀는 결국 *잘 해*내지 못했다.

9
장미와 가시

장미가 왜 그리 아름다운지 아니?
가시 때문이야.
다가갈 수 없는 것보다
더 빛나는 건 없으니까.

열기와 흥분에 의한 현기증. 기절할 듯한 느낌.

나는 쇼핑센터에서 일어난 일을 그렇게 설명했고 최대한 무덤덤하게 반응하려고 했다. 나는 내 몸이 보내는 불안의 신호를 억제하기 위해 온 힘을 다했다. 그리고 내가 안심되는 말을 여러 번 한 끝에 안나는 내 말을 믿게 되었다.

그녀에게 거짓말하고 싶지 않았지만 어쩔 수 없었다. 진실을 얘기한다는 생각만으로도 속이 메스껍고 숨이 막혔다. 그럴 수 없다는 것, 그게 다였다.

나는 그 감각의 원인이 무엇인지 그녀에게 말할 수 없었다. 그것은 나조차도 들어가고 싶지 않은 깊은 곳에서 왔기 때문이었다.

"니카?" 월요일 아침에 안나가 불렀다.

안나는 내 방 입구에 서 있었다. 그녀의 눈은 하늘 조각처럼 항상 맑았다. 나는 그날 오후에 나를 보던 그녀의 눈빛을 다시는 보고 싶지 않았다.

"무얼 찾고 있니?" 내가 책상을 뒤지는 모습을 지켜보며 그녀가 물었다. 안나는 내 말을 믿었지만, 그것이 나에 대한 걱정을 멈추게 하지는 못했다.

"아, 아무것도 아니에요. 그냥…… 사진이에요." 그녀가 가까이 다가오자 나는 중얼거렸다. "저번에 친구가 준 사진이 있는데…… 못 찾겠어요."

믿을 수 없었다. 빌리가 얼마 전에 줬는데 내가 그걸 벌써 잃어버렸단 말인가?

"식탁을 살펴봤니?"

나는 머리카락을 귀 뒤로 넘기며 고개를 끄덕였다.

"찾을 수 있을 거야. 잃어버린 건 분명히 아닐 거야."

나는 고개를 기울이며 어깨로 흘러내린 머리카락을 정리했다. 그녀와 눈이 마주친 순간 가슴에서 애정의 빛이 번득였다.

"네게 줄 게 있어." 그녀는 내 눈앞에 작은 상자를 내밀었다.

나는 정신을 차리고 그것을 받았지만 무슨 말을 해야 할지 몰랐다. 그러다 뚜껑을 열었을 때 내 눈을 믿을 수 없었다.

"조금 오래된 것이긴 해." 내가 상자 속의 물건을 꺼내자 안나가 말했다. "확실히 최신 모델은 아니지만…… 뭐, 이걸로 너와 리젤이 어디에 있는지 내가 항상 알 수 있어. 리젤에게도 하나 줬어."

핸드폰. 안나는 나에게 핸드폰을 주고 있었다. 나는 아무 말도 하지 못한 채 그녀를 쳐다보았다.

"심 카드가 이미 들어 있고 연락처에 내 번호가 입력돼 있어." 그녀가 차분하게 설명했다. "언제든 내게 연락할 수 있어. 거기에 노먼의 번호도 있어."

나는 너무나 중요한 것을 손에 들고서 그 순간의 감정을 말로 표현할 수 없었다. 내가 상상했던 여러 장면이 머릿속에 떠올랐다. 친구와 전화번호를 교환하고, 누군가가 나를 찾거나 나와 이야기하고 싶어 하고, 어딘가에서 울리는 벨소리를 듣고……

"안나, 난…… 모르겠어요. 어떻게 감사해야 할지……" 나는 우물거렸다. 그리고 감격에 겨워 어쩔 줄 몰라 하며 그녀를 바라보았다. "고맙습니다."

현실이 아닌 것 같았다. 나는 그 애벌레 인형 외에는 내 것을 가져본 적이 없었다.

안나는 왜 나에게 그토록 마음을 쓸까? 왜 나에게 옷과 속옷과 이런 근사한 물건을 줄까? 나는 착각해선 안 되고, 결정된 건 아직 아무것도 없다는 사실을 알고 있었다. 그러니 나는 *희망하는* 수밖에 없었다.

그녀가 나를 옆에 두기를 희망하기.

우리가 함께 지낼 수 있기를, 내가 그녀를 좋아하는 만큼 그녀도 나를 좋아해 주길 희망하기.

"네 또래 여자애들은 다 최신 모델을 갖고 있겠지만……"

"완벽해요." 나는 기쁨을 감추지 못하고 속삭였다. "정말 완벽해요, 안나. 감사합니다."

그녀는 다정하게 웃더니 내 머리에 손을 얹었다. 마음이 따뜻해졌다.

"아, 니카…… 지난번에 산 옷들은 왜 안 입니?" 그녀는 약간 아쉬운 표정을 지었다. "이제는 별로니?"

"아니요." 나는 다급하게 대답했다. "그 반대예요…… 정말 마음에 들어요!"

사실 지나치리만큼 마음에 들었다.

나는 새로 산 옷들을 정리할 때 낡은 옷들과 같이 한 서랍에 두고 싶지 않았다. 그래서 가방에 따로 넣고 말끔하게 정돈해서 보물처럼 보관했다.

"새 옷을 입을 적절한 때를 기다리고 있어요. 함부로 입고 싶지 않아서요." 나는 조용히 중얼거렸다.

"하지만 그건 옷이잖아." 안나가 지적했다. "입으려고 산 거잖아. 우리가 함께 고른 알록달록한 양말들은 신고 싶지 않니?"

나는 마치 어린아이가 된 듯한 기분으로 힘차게 고개를 가로저었다.

"그럼 뭘 기다리니?" 그녀는 내 머리를 쓰다듬었고 나는 얼굴을 숙였다.

안나는 나에게 자신을 조금 더 내어주었고, 나는 그녀와의 대화에서 행복감에 젖어들었다. 그녀는 내가 늘 꿈꿔왔던 평범함의 기쁨을 또다시 몇 방울 선물했다.

그날 아침 나는 혼자 학교에 도착했다.

옷을 갈아입느라 늦어버렸고, 리젤은 나를 기다리지 않았다.

그게 더 나았다. 나는 그에게서 멀어지기로 다짐했으니까.

지난 금요일에 빌리가 가든 데이에 대해 이야기했을 때 나는 그저 낭만이 있는 하루 정도로만 상상했다. 나는 발렌타인 데이가 은밀하고 개인적인 기념일이며 노골적인 행동은 필요 없는 날이라고 생각했다. 결국 사랑은 보이지 않는 몸짓에 있기 때문이다. 그런데 내 예상은 완전히 틀려버렸다.

학교 안뜰은 개미집처럼 붐볐다. 들뜨고 열기 가득한 분위기에서 다들 메뚜기처럼 가만히 있지 못했다. 곳곳에서 노란색, 분홍색, 파란색, 흰색 장미가 풍성하게 어우러져 모자이크를 만들었다. 하나같이 아름답고 화려한 장미들은 가시가 없고 의미가 가득했다.

어떤 학생들은 꽃다발 바구니를 들고 돌아다니며 거기 라벨에 적힌 이름을 읽었다. 그가 한 무리의 소녀들에게 다가가자 모두 숨을 죽였다. 그러다 이름이 불린 여학생은 꽃을 받으며 환호성을 질렀고, 나머지는 실망한 얼굴빛을 띠거나 조바심을 내며 한숨을 쉬었다.

나는 흥미진진한 장면들을 애써 외면하며 건물 입구로 향했다. 빌리의 말에 동의할 수밖에 없었다. 한마디로 드라마 같은 날이었다. 여학생들은 우정의 상징으로 분홍 장미를 서로 교환했고, 다른 이들은 그녀들을 보며 비아냥거렸다. 질투심이 많은 여자 친구는 손에 든 꽃은 감사할 줄 모른 채 남자친구가 몰래 다른 여자들에게도 주홍 장미를 보냈다고 비난했다.

나는 같은 반 남학생을 알아보았다. 그가 갈색 피부의 소녀에게 달려가 뒤에서 껴안고 꽃다발을 내밀자 그녀는 미소를 지었다. 그들을 흐뭇하게 바라보고 있는데 흥분한 치어리더가 나를 밀쳤다. 그녀는 몹시 화가 나 있었다.

"분홍색? *분홍색?* 우리가 함께한 모든 게 너에겐 고작 이거였다고? 그냥 친구라고?" 난처해하며 머리를 긁는 건장한 남학생에게 그녀가 소리쳤다.

"흠…… 글쎄, 카렌…… 어떤 의미에서는……"

"*친구* 따위 집어 치워!" 그녀는 그에게 꽃을 내던지며 외쳤다. 나는 약간 겁에 질린 눈으로 슬그머니 자리를 떴다.

내가 잘 알고 있는 금발의 곱슬머리가 저 멀리서 얼핏 보였다.

"어이, 빌리!" 나는 그녀에게 다가가기 위해 낑낑거렸다. "미안, 얘들아, 좀 지나갈게……"

내가 그녀 앞에 불쑥 나타나자 빌리가 환하게 웃었다.

"니카, 딱 맞게 왔어! 드라마가 막 시작했어."

나는 미키가 선홍빛 장미 두 송이를 자기 사물함에 넣는 것을 보았다.

"오늘이 정말 싫어." 그녀는 던지다시피 꽃을 밀어 넣으며 침울한 분위기로 투덜거렸다.

"좋은 아침이야, 미키." 나는 그녀에게 다정하게 인사했다. 그녀는 매일 아침 그랬던 것처럼 나를 무심하게 슬쩍 쳐다보았지만, 이번에는 그녀의 눈에서 약간의 다정함이 느껴졌다.

"벌써 빨간 장미 두 송이, 아직 하루 시작도 전인데!" 내가 사물함을 여는 동안 빌리가 그녀를 놀렸다. "장담하는데, 더 많이 받을 거야…… 니카, 어떻게 생각해?"

그녀가 팔꿈치로 찌르며 나를 돌아보더니 눈빛을 반짝거렸다.

"야, 너 오늘 정말 화사해!" 그녀가 내 몸을 훑으며 말했다.

나는 입고 있던 블라우스의 소매를 만지작거렸고, 칙칙한 옷을 벗어버린 게 기뻐서 웃음이 저절로 나왔다.

"안나가 새로운 걸 많이 사줬어." 내가 대답하자 미키가 나를 흘깃 쳐다보았다.

"아, 이 색깔이 다 마음에 들어! 누가 알겠어, 혹시 너도 *불타는* 붉고 아름다운 장미를 받을지……"

"교실에 들어가자." 미키가 보통 때의 이른 아침과는 달리 활기찬 목소리로 으름장을 놓았다. "한마디만 더 했다간 내가 널…… *이런!* 그거 당장 놔!"

빌리는 장난스럽게 자물쇠를 낚아챘고, 내가 미처 깨닫기도 전에 재빨리 손을 뻗어 내 사물함의 자물쇠도 가져갔다.

"이것들은 내가 보관할게! 야호!" 그녀는 의기양양하게 외쳤다. "자자, 가든 데이는 모두를 위한 날이야!"

"내 손에 죽고 싶진 않겠지." 미키가 노려보며 으르렁거렸다.

"에이, 난 단지 소심한 팬들을 응원할 뿐이야! 수업이 끝나고 얼마나 많은 꽃이 있을지……"

"내가 잘못 봤군. 넌 정말 *끔찍한* 최후를 바라는구나!"

빌리의 발랄한 웃음소리가 내 귓가를 가득 채웠고, 교무실 앞에서 낯익은 존재가 내 시선을 끌었다.

리젤이 문밖으로 나와 복도로 걸어갔다. 그는 마치 물길을 가르듯 군중 속을 나아갔고 단호한 시선으로 정면만 바라보았다. 나는 나도 모르게 리젤을 쳐다보았다. 그는 세상을 알면서도 일부러 무시하는 것 같은 오만한 자신감을 늘 발산했다. 시선을 받는다는 사실을 알면서도 그 시선을 돌려주지 않았다. 그는 누구에게도 관심이 없었지만, 그가 내딛는 모든 발걸음은 다른 모두에게 자신의 존재를 알리는 것처럼 보였다.

그가 사물함 앞에 멈춰 섰을 때, 나는 기다란 녹색 줄기가 문고리에 끼어 있는 것을 보았다.

나는 어느새 숨을 죽이고 있었다.

그것은 눈부신 하얀 장미였다. 그가 받아주기를 바라며 누군가가 거기에 놓고 간 것이었다. 참 아름다웠다. 나는 조용히 그 장미를 바라보았고, 리젤이 사물함을 열자 바닥에 떨어졌다. 그가 쳐다보지도 않고 자리를 떠나자 장미는 먼지와 껌 포장지 사이에서 뒹굴었다.

"그가 받지 않았어." 여학생 몇 명이 속삭이는 소리가 들렸다. "그 애 것도 받지 않았어!"

나는 어리둥절하여 돌아보았고, 그녀들은 강렬한 눈으로 그의 뒷모습을 쫓고 있었다.

"내가 말했지, 그가 수지의 장미도 받지 않았다고." 한 여학생이 말했다. "수지는 직접 가져갔어. 나는 그가 당연히 받을 거로 생각했는데, 그냥 못 본 척 지나쳐 갔어."

"어쩌면 여자 친구가 이미 있을지도……"

나는 듣지 않으려고 애썼다. 그런 소리를 듣는 게 불편했다. 여학생들은 마치 그가 이름 모를 동화에 나오는 어둠의 왕자인 것처럼, 닿을 수 없는 존재인 것처럼 그를 갈망했다. 어쨌건 리젤이 보기 드물고, 칼날처럼 예리하고 치명적인 아름다움을 지닌 것은 사실이었다. 그는 지나갈 때도 항상 소곤거림의 긴 여운을 남겼다.

"난 교실로 갈게." 나는 가슴 한가운데를 누르는 묵직한 느낌을 떨치면서 중얼거렸다.

나는 그것이 무엇인지 몰랐지만 그냥 싫었다.

하지만 그걸 알아내려는 생각은……

더 싫었다.

하루가 정말 후다닥 지나갔다.

수업 중간에 축제 위원 두 명이 교실 문을 두드렸다. 고리버들 바구니를 든 그들은 손짓만으로도 기쁨과 눈물을 주는 자의 느긋한 미소를 띠며 들어왔다.

나는 한 소녀가 아주 희귀한 파란 장미를 받는 것을 보고 놀랐다.

"누가 보냈는지 금방 알 수 있어." 빌리가 내 옆에서 속삭였다. "파란색은 지혜를 상징해. 누군가가 그녀의 지능을 흠모하고 있어. 그러니 어떤 스포츠 깡패가 준 건 분명 아닐 거야. 저길 봐, 지미 너트의 얼굴이 빨개졌어!"

나는 역사 교과서 뒤로 얼굴을 숨기는 그를 보며 미소를 지었다.

그때 한 위원이 우리 앞에 멈춰 섰다.

그는 라벨에 적힌 이름을 읽고 나서 장미 한 송이를 꺼내 들었다. 나는 눈을 동그랗게 뜬 채로 그 모습을 지켜보다가 고개를 옆으로 돌렸다.

내 옆의 빌리는 차분하게 웃고 있었다.

"내 건가?" 그녀는 짧게 물었다.

그 학생은 고개를 끄덕였고, 빌리는 장미를 건네받았다.

"하얀색이야." 나는 환하게 웃으며 말했다. "순수한 사랑의 상징이지?"

"매년 받고 있어." 그녀는 고백하듯 나에게 털어놨다. "나는 꽃을 많이 받은 적은 없어. 사실 거의 아무도…… 하지만 가든 데이마다 이걸 받아." 그녀는 감탄하는 표정으로 조심스레 꽃을 돌려보았다. "매년 하얀색으로…… 한번은 내 사물함 근처에서 어떤 남자애의 그림자를 본 적이 있는데…… 누가 보냈는지는 전혀 모르겠어."

나는 그녀의 뺨을 따뜻하게 데운 부드러운 감정을 느꼈고, 그녀가 왜 가든 데이를 그토록 좋아하는지 이해했다.

"물에 담가야 해." 나는 부드럽게 웃었다. "수업 끝나고 같이 갈게."

우리가 수업을 마치고 교실에서 나올 때 빌리는 여전히 꽃을 꼭 쥐고 있었다.

"시들고 있어." 빌리는 웃으면서 내게 말했다. "봐!"

"다시 싱싱해질 거야." 나는 살짝 처진 꽃잎을 살펴보았다. "식수대에 가자."

식수대는 말할 것도 없이 참새들의 물그릇보다 더 붐볐다. 꽃을 자랑스럽게 흔들며 주변에 자랑하는 여학생들의 긴 줄이 있었다.

"뒤뜰에도 수도가 있어." 빌리가 제안했다. "얼른 가보자."

우리는 방향을 돌려 인파의 흐름을 거슬러 나아갔다. 학교 뒤편으로 향하는 동안 빌리는 다시 신나게 떠들기 시작했다.

"아, 그런데 내 사진, 잘 갖고 있지?" 그녀가 유쾌하게 물었다.

나는 속이 뒤틀리는 느낌이 들었다.

그것을 잃어버렸다는 생각에 마음이 괴로웠다. 빌리는 자신의 열정을 나와 공유했고, 나는 그녀의 선물이 너무나 고마웠지만 어쨌든 지금은 잃어버리고 말았다. 나는 빌리가 오해하게 되는 걸 원치 않았다. 내가 그것을 별로 중요하지 않게 여겼다고 생각할까 봐 거짓말을 해야 했다.

"응." 나는 마른침을 삼켰다. 그녀가 웃는 모습을 보면서 집에 돌아가자마자 다시 찾아보겠다고 다짐했다. 사진이 그냥 사라질 리가 없었다. 내가 정말로 잃어버렸을 리가 없었다.

우리는 학교 뒤편의 콘크리트 마당으로 갔다. 그곳의 철망 울타리 근처에 농구대가 설치되어 있는데, 바로 그 옆에 수도꼭지가 있었다.

"잠깐만!" 빌리가 손바닥으로 이마를 쳤다. "교실에 물병을 두고 왔어!"

그녀의 눈이 휘둥그레졌다. "관리인이 아직 안 왔어야 할 텐데!"

그녀는 잠시 기다리라고 말한 뒤 곧바로 달려갔다. 나는 그 사진이 어디에 있는지만 곱씹어 생각하고 있었다. 그러다 어떤 소리가 들렸다.

발소리가 들렸지만 어디서 나는지 알 수 없었다. 1층 교실 안에서 나는 소리 같았다. 나는 창문을 둘러보았고, 그중 한 교실의 창문이 열려 있었다.

"여기서 널 보는 게 놀랍지도 않네."

나는 순간 얼어붙었다.

그 목소리.

나는 뻣뻣하게 옆으로 비켜서서 비스듬히 교실 안쪽을 살폈다.

교실에 리젤이 있었다. 책을 읽느라 늦게까지 교실에 앉아 있던 것 같다. 뒤돌아 앉은 자세로 배낭에 책을 넣고 있었다. 그리고 윤기 나는 긴 머리카락의 그녀가 그의 옆에 서 있었다.

나는 단번에 그녀를 알아보았다. 리젤이 피아노를 친 날, 음악실 문을 막아섰던 여학생이었다. 그녀는 정말 근사했다. 날씬하고 부드러운 몸매는 요정처럼 보였다. 그녀의 아주 잘 관리된 손이 보였다. 가느다란 손가락에 옅은 색의 매니큐어가 손톱에 발려 있었다. 긁힌 자국과 반창고투성이인 내 손과는 너무나 달랐다. 그리고 그녀의 긴 손가락이 잡고 있던 건……

빨간 장미.

"내가 그걸 받길 바라니?" 리젤은 조롱을 담아 무심하게 물었다. 그는 머리카락 한 올도 움직이지 않았지만, 그 눈빛은 누구라도 제압할 만큼 위협적이었다.

"글쎄…… 그러면 좋겠는데."

그 속삭임을 듣자 나는 이상하게도 못마땅한 기분이 들었다. 리젤은 배낭의 지퍼를 닫고 의자에서 일어났다.

"난 좋은 사람이 아니야."

그는 그녀를 지나쳐 복도로 나가려 했지만 그녀는 손을 뻗어 그의 배낭끈을 붙잡았다.

"그럼 넌 어떤 사람인데?" 그녀는 관심을 끌려고 그가 한 말을 되받아쳤다. 그러나 그가 등을 돌린 채 아무 대답도 없자 그녀는 그의 넓은 등을 향해 한 걸음 다가섰다.

"나는 너에 대해 알고 싶어. 피아노 앞에 앉은 너를 처음 봤을 때부터. 우리가 서로를 더 잘 알아가면 좋겠어." 그녀가 부드러운 목소리로 말했고, 리젤이 천천히 몸을 돌렸다.

그녀는 장미를 들어 올리며 그의 눈을 똑바로 쳐다보았다.

"이걸 받아…… 그리고 너에 대해 말해 줘. 아직 모르는 게 너무 많아, 리젤 와일드." 그녀가 유혹적으로 말했다. "예를 들어…… 넌 어떤 타입이니?"

리젤은 이제 문을 향하고 있지 않았다.

그는 거기 서서 장미를 내려다보고 있었다. 완벽한 얼굴선과 또렷한 이목구비를 감싸는 검은 머리카락, 그리고 그의 눈에서는…… 아무것도 빛나지 않았다.

냉담하고 무감각했다. 감정이 전혀 없는 두 눈동자.

죽은 별처럼 공허하고 차갑고 까마득했다.

그는 눈을 들어 그녀를 쳐다보았다. 나는 그가 가면을 보여주려고 한다는 걸 알았다. 리젤은 한쪽 입꼬리를 치켜올리며…… 웃었다. 요염한 야수의 매혹적인 웃음이었다. 그 비뚤어진 미소는 숨을 멎게 하고 사악함으로 휘어잡아 그의 매력에 빠져들게 했다. 그리고 누구도 접근하지 못하게 했다.

그는 한 손을 들어 그녀가 보는 앞에서 꽃을 감싸더니 손가락을 천천히 오므렸다. 꽃봉오리가 짓눌려 으스러지고 꽃잎 조각들이 죽은 나비 한 줌처럼 바닥에 뚝뚝 떨어졌다.

"나는 *난해한* 타입이야." 그가 그녀의 질문에 퉁명스럽게 대답했다.

그의 낮고 거친 목소리가 공기를 가르며 날아와 척추에 전율이 일게 했다.

그리고 그는 돌아서서 교실을 나갔다. 그의 발소리가 문 너머로 사라졌다. 하지만 나는 그가 아직 거기 있는 것처럼 느껴졌다. 그의 목소리는 내 안에 작은 길을 새겼다. 그것은 허공에 새겨진 멍 자국처럼 격렬하고 조용하게 남아 있었다.

그때 내 어깨에 손이 닿자 나는 화들짝 놀랐다. 홱 돌아보니 빌리가 당황하며 나를 바라보았다.

"내가 놀라게 했니?" 그녀가 낄낄 웃었다. "미안해! 내 병을 찾았어. 관리인과 말다툼했지만 결국 가져올 수 있었어!" 그녀는 의기양양하게 물병을 보여 주었고, 나는 그것을 초점 없는 눈으로 멍하니 쳐다보았다.

우리는 물병에 수돗물을 채운 다음 돌아왔다. 빌리가 다시 수다를 떨기 시작했지만 나는 그녀의 말에 주의를 기울일 수 없었다. 내 생각은 리젤에게로 향했다.

본색을 숨기는 예의 바른 가면. 자신에게 다가오려는 그 시도가 재미있고 불쌍하다는 듯, 냉소적이고 건방진 미소. 그는 어떻게 했나? 어떻게 그렇게 매혹적일 수 있을까? 그는 어떻게 그 눈에 빠져들게 하고, 다음 순간 겁에 질리게 할 수 있을까? *리젤은 무엇으로 만들어졌을까? 육체인가, 악몽인가?*

빌리는 사람들 사이에서 미키를 발견하고는 해바라기처럼 환한 얼굴로 그쪽을 향해 달려갔다.

"미키! 이것 봐! 올해도 받았어!"

미키는 그날 하루가 피곤했는지 멀뚱히 장미를 바라보았고, 빌리는 웃으며 말했다. "보이지? 하얀색이야!"

"매년 그렇듯이……" 미키가 사물함을 열며 중얼거렸다. 빨간 장미 한 송이가 떨어졌지만, 그녀는 신경 쓰지 않고 나뭇잎과 줄기가 뒤얽힌 사이로 책을 밀어 넣었다.

빌리는 몸을 굽혀 떨어진 꽃을 주었고 행복한 미소를 지으며 그녀에게 내밀었다. 미키가 멈칫거렸다. 그녀는 잠시 그 꽃을 쳐다보다가 천천히 받아서 들었다. 그리고 눈을 깜박이더니 사물함에 집어넣었다.

"음…… 근데 이 물이 괜찮을까? 너무 많지 않을까? 익사하는 건 아니겠지? 니카, 어떻게 생각하니?" 빌리가 나를 돌아보며 물었고, 나는 꽃이 놀라운 일을 많이 하지만, 그중에 익사하는 건 없다고 대답했다.

"확실해? 잘못되게 하고 싶지 않아. 너무 연약해 보여."

"저기……" 낯선 목소리가 끼어들었다.

미키 뒤에 한 남자애가 서 있었다. 그는 자신이 들고 있는 게 새빨간 폭탄이라는 사실을 전혀 모르고 있었다.

"실례 좀 할게." 그는 자신만만한 미소를 지었고, 빌리와 나는 그가 미키의 어깨를 툭툭 치는 모습을 지켜보았다. 미키가 눈에 불꽃을 튀기며 돌아섰을 때 그의 얼굴이 갑자기 창백해졌다.

"*무슨 일이지?*" 그녀는 아무리 좋은 의도라도 무시하겠다는 듯 성난 황소처럼 나지막하게 으르렁거렸다.

"나는 그저……" 남학생은 곤란한 표정을 지었다. 그는 장미를 만지작거렸고, 미키의 눈은 더 날카롭게 변했다.

"뭐라고?"

"아, 아니…… 아무것도." 그는 꽃을 등 뒤로 숨기며 급히 물러섰다. 그리고 초조하게 웃더니 발바닥에 불이 붙은 것처럼 재빨리 달아났다.

그가 줄행랑치는 모습을 지켜보는 동안 잠시 침묵이 흘렀다.

"이건 꼭 말해야겠다." 빌리가 잠시 후에 말했다. "넌 사람을 홀리는 성적 매력이 있어."

미키가 두 손을 들었고, 빌리는 즐겁게 작은 비명을 질렀다.

그들은 물뱀처럼 몸을 비틀며 격렬한 말다툼을 벌였다. 나는 웃음을 참으며 사물함을 열었다.

다음 순간…… 세상이 멈췄다.

내 미소는 사라졌고, 모든 소리는 블랙홀에 빠지듯 열린 사물함 속으로 빨려 들어갔다.

이게 어떻게?

검은색.

달빛 없는 밤처럼 검은색.

이렇게 섬세한 것에는 상상할 수 없는 검은색.

잉크처럼 검은색.

나는 너무 큰 충격에 숨을 쉴 수 없었다. 손을 뻗어 사물함에서 그것을 꺼냈다. 내 눈앞에 검은 장미가 시커먼 멍처럼 나타났다. 뻣뻣하고 거친 장미, 꽃잎에는 짙은 비애가 배어 있었다. 다른 장미처럼 줄기가 매끄럽고 섬세하지 않았다. 가시가 가득해서 내 손가락에 붙은 반창고에 걸렸다.

나는 헛것을 보듯이 그것을 쳐다보았다. 그리고 이번에는 의심의 여지가 없었다. 분명한 인식이었다.

심장이 빠르게 뛰었고, 머릿속에서 불빛이 번뜩였다. 나는 오래전에 알았어야 하는 사실을 깨달았다. 가시 가득한 줄기를 손에 쥔 채 뒤로 물러서자 책들이 바닥에 떨어졌다.

그 사진을 잃어버린 게 아니었다.

절대 아니었다.

내 안에서 확신이 커질수록 나는 장미를 쥔 손에 힘을 주며 모든 망설임을 쫓아냈다.

나는 돌아서서 달리기 시작했다. 내가 억제할 수 없는 본능에 이끌려 복도와 안뜰과 정문을 지나는 동안 내 주변의 세상이 흐릿해졌다. 사람들은 내가 들고 있는 꽃을 보고 놀란 표정을 지으며 소리치거나 수군거렸다. "검은색이야……" "검은 장미는 처음 봐……" "정말 아름다워!"

나는 '*검정, 검정, 검정*'만 머릿속에서 되뇌며, 뒤돌아보지 않고 한달음에 집으로 달려갔다.

나는 급하게 열쇠를 자물쇠에 밀어 넣었고, 배낭을 계단 아래에 떨어뜨렸고, 재킷은 계단 꼭대기에 떨어뜨렸다. 그리고 공격적인 내 몸짓은 그의 문 앞에서 멈췄다.

가시가 반창고 틈으로 파고들어 피부를 찔렀다. 나는 놓치지 않으려는 듯 장미를 움켜잡고 있었다. *마치 그것이 증거인 것처럼*. 이제 그 의혹은 확신이 되어 자신의 이름을 외치고 있었다.

그것은 미친 짓이고 무의미했다. 엉뚱하고 터무니없었다.

그가 그랬을까? 그가 사진을 가져갔을까?

자기 방에 들어오지 말라고 그는 나에게 말했다.

나는 힘차게 문손잡이를 돌려 안으로 들어갔다.

그가 방에 없다는 것을 알고 있었다. 그날 오후에 방과 후 남는 처분을 받았기 때문이다. 나는 등 뒤로 문을 닫고 주위를 둘러보았다. 그 낯선 공간을 찬찬히 살펴보았다. 모든 것이 정확히 제자리에 있었고,

잘 다려진 커튼에 침대도 정리되어 있었다. 그의 방은 작위적인 느낌이 들 정도로 깔끔하게 정돈되었다. 침대 옆 탁자에 그의 책들과 서랍 안에 그의 옷들이 있는데도, 리젤이 그곳에서 잠을 잔 적이 없는 것 같았다.

그가 대부분의 시간을 여기서 보내고 있는데도……

아니야.

나는 마른침을 삼켰다.

이곳은 그의 방이었다. 리젤은 여기서 자고 공부하고 옷을 입었다. 의자 등받이에 놓인 티셔츠와 옷장에서 삐져나온 수건은 리젤의 것이었고, 책상 위에는 우아한 손 글씨로 가득 찬 그의 노트들이 있었다.

공기에서도 리젤의 냄새가 났다. 이상한 불안감이 나를 엄습했다. 장미 가시가 반창고를 찔러대며 서두르라고 재촉하는 것 같았다. 나는 조심스럽게 책상 앞으로 다가갔다. 종이 더미를 뒤지고, 책 몇 권을 옮겨 보고, 옷장과 서랍장, 재킷 주머니까지 살펴보았다.

나는 모든 곳을 샅샅이 뒤지고, 원래 있던 그대로 정확하게 돌려놓았다. 그리고 침대 옆 탁자의 서랍을 일일이 열어보았지만, 거의 반쯤 비어 있고 사진은 보이지 않았다.

없다.

거기엔 없었다……

나는 방 한가운데 서서 손목으로 이마의 땀을 닦았다.

나는 모든 곳을 살펴보았다.

잠깐만, 아니다. 모든 곳은 아니었다.

나는 침대 쪽으로 몸을 돌렸다. 베개, 주름 없이 모서리가 말끔하게 정리된 침대 시트, 그리고 매트리스.

나는 방문객들이 준 초콜릿을 몰래 먹기 위해 침대 스프링 아래에 숨겼던 일이 생각났다. 원장의 눈을 피해 그곳에다 아이스크림 막대를 모아두기도 했다.

나는 그의 말을 들었어야 했다.

어쩌면 매트리스를 들어 올려 비어 있는 걸 확인하기 전에 깨달았어야 했다.

어쩌면 손에 장미를 그렇게 꽉 쥐고 있지 않았다면, 적어도 그의 냉기를 먼저 느꼈을 것이다.

"내가 *말했잖아*…… *내* 방에 들어오지 말라고."

나는 함정에 빠졌다.

겁에 질린 내 눈이 그에게로 향했다.

리젤은 열린 문 앞에 서 있었다. 그일 수밖에 없는 어둡고 두려운 형체가 보였다.

견딜 수 없는 존재. 다른 말로는 표현할 수 없었다.

그의 눈동자가 나를 노려보고 있었다. 맹수처럼 날카로운 검은 눈은 나를 삼키기 직전의 심연처럼 번뜩였다.

나는 움직일 수 없었다. 심장까지 얼어붙은 것 같았다.

그 순간 그는 무서울 정도로 키가 크고 끔찍해 보였다. 경직된 어깨와 냉혹한 눈빛은 악몽의 파수꾼을 보는 것 같았다.

그리고 나는 방금 그의 영역을 침범했다……

내가 여전히 어찌할 바를 모르고 있을 때 그가 한 발도 움직이지 않고 천천히 팔을 들어 올려 열린 문에 손을 갖다 댔다. 그리고 문을 뒤로 밀었다.

자물쇠가 길게 딸깍이는 소리에 나는 돌처럼 굳어버렸다. 그는 방금 등 뒤로 문을 닫았다.

"나는……" 나는 침을 삼켰다. "난 그냥……"

"*그냥?*" 그가 위협적으로 쏘아붙였다.

"……그냥 뭔가를 찾고 있었어."

그의 눈빛은 무섭도록 차가웠다. 나는 달리 붙잡을 게 없어서 장미를 꼭 움켜쥐었다.

"뭔가를…… 내 방에서?"

"사진을 찾고 있었어."

"그런데 그걸 찾았니?"

나는 입술을 떨며 머뭇거렸다.

"아니."

"아니라고?" 그는 눈을 살짝 가늘게 뜨며 차갑게 몰아붙였다.

그가 발산하는 무시무시한 기운에 나는 그곳에서 최대한 멀리 도망치고 싶었다.

"니카, 늑대 굴에 제 발로 들어와선 온전하게 나가길 바라는 거야?"

그가 가까이 다가오자 나는 긴장했다. 물러서고 싶은 충동이 머리끝까지 차올랐지만 나는 굴복하지 않았다.

"그거 너였지?" 나는 검은 장미를 들어 올리며 다급히 쏘아붙였다. "네가 이걸 나한테 줬니?"

리젤이 멈춰 섰다. 차갑고 무표정한 눈으로 꽃을 보더니 눈썹을 치켜떴다.

"내가?" 그는 즐거워하는 기색을 숨기지 못한 채 나지막한 목소리로 말했다. 심술궂은 표정으로 입술을 실룩이며 비웃었다. "꽃을 줬다고…… *너한테?*"

그의 말은 나를 *찔렀고*, 이전에 가졌던 확신은 의혹만 남긴 채 무너져버렸다. 나는 시선을 내리며 그의 앞에서 머뭇거렸고, 그는 그런 나의 모습을 즐기듯 바라보았다. 그의 입가에는 칼처럼 날이 선 미소가 번뜩였다.

그는 성큼성큼 다가와서는 내 손에서 장미를 낚아챘다. 그가 꽃을 높이 들어 꽃잎을 떼어내기 시작하자 내 입이 딱 벌어졌다. 검은 꽃잎이 눈앞에서 비처럼 떨어졌다.

"안 돼! 안 돼! 이리 줘!" 나는 그것을 되찾기 위해 몸부림쳤다. 그것은 내 것이었다. 어쨌거나 그 장미는 내 것이었다! 장미는 잘못이 없었고, 리젤이 그렇게 조롱한 이상, 나는 반드시 그것을 지켜야 했다.

나는 있는 힘을 다해 그의 옷소매를 긁었지만, 그는 내 손이 닿지 않게 팔을 더 높이 들어 올렸다. 그는 꽃잎을 하나하나 뜯어냈고, 나는 절망에 빠진 채 발끝으로 서서 버둥거렸다.

"리젤, 그만해!" 나는 그의 가슴을 움켜잡았다. *"그만해, 제발!"*

나는 균형을 잃었다. 본능적으로 리젤을 부여잡았지만, 그는 나의 갑작스러운 몸짓을 예상하지 못했다. 나는 등에 매트리스의 반동을 느끼면서 침대 위로 넘어졌다.

정신을 차릴 겨를도 없었다…… 내 위로 무언가가 떨어졌고, 반쯤 감은 눈 사이로 천장이 어렴풋하게 보였다. 잠시 흐릿한 점 조각이 보이다가 시야가 흐려져서 눈을 질끈 감았다.

머리카락과 목에 무언가가 살포시 떨어졌다. 그것들이 꽃잎이라는 걸 간신히 확인하는 동안 내 몸에 실렸던 무게가 가벼워지는 느낌이 들었다.

눈을 깜빡이며 초점을 맞추는데……

숨이 턱 막혀왔다.

리젤의 얼굴이 내 눈앞에 있었다.

그의 몸이 내 위에 있었다.

너무나 갑작스러운 상황에 놀란 심장이 쿵쿵거렸다. 그의 무릎이 내 허벅지 사이에 있었고, 바지 천이 내 살에 스쳤다. 그의 축축하고 가쁜 숨결이 내 입을 불태웠고, 두 손은 독수리의 발톱처럼 내 얼굴 옆면을 움켜쥐었다.

나는 그와 눈을 마주치자 몸이 떨리기 시작했다. 그의 눈에서는 이전에 한 번도 본 적이 없는 무언가, 갈증이 일게 하는 광채가 번뜩였다.

나는 그의 눈동자에 비친 내 모습을 보았다. 벌어진 입술, 벌렁거리는 가슴, 불그레한 뺨…… 우리는 너무 가까워서 내 심장의 박동 소리는 그의 것인 것 같았다.

내가 놀란 것은 그가 놀란 것이었다.

내 숨결은 그의 숨결이었다.

모두 그의 것이었고, 심지어 내 영혼도 그의 것이었다.

나는 몸을 부들부들 떨기 시작했다. 내 마음은 미친 듯이 비명을 질러댔고, 나는 어디서 그런 힘이 나왔는지 모르게 그를 갑작스럽게 밀어냈다. 나는 침대에서 일어나 도망치는 토끼처럼 방에서 빠져나왔다. 비틀거리며 복도를 걸어 내 방으로 들어가 문을 닫고는 등을 문에 기댄 채 바닥에 주저앉았다.

심장이 갈비뼈에 닿아 아플 정도로 세차게 뛰었고 몸이 심하게 떨렸다. 그의 존재감이 온몸에 각인된 것처럼 피부에서 여전히 그를 느끼고 있었다.

그가 나한테 무슨 짓을 한 거지?

나에게 무슨 독약을 먹인 거지?

나는 호흡을 진정시키려 했지만, 내 안에서 불타오르는 무언가가 광기처럼 꿈틀거렸다.

그는 내 귀에 속삭였고 제멋대로 심장이 뛰게 하고 내 생각을 헤집었다.

그는 내 감정을 마음껏 즐기고 전율을 남겨 놓았다.

그는 무분별했다.

그는 한계를 몰랐다.

그리고…… 부드러움조차 없었다.

10
책

순수함은 잃는 것이 아니다.
순수함은 어떠한 고통에도
존재하는 것이다.

나는 움직일 수 없었다. 다리가 떨리고 앞이 보이지 않았다. 어둠이 너무 짙었다. 내 눈동자는 누군가가 오기를 바라며 사방을 두리번거렸다. 발작하듯 손톱으로 격렬하게 금속을 긁어대도 나는 벗어날 수 없었다. 그곳에서 절대 나올 수 없었다.

아무도 나를 구하러 오지 않았다. 아무도 내 울부짖음에 대답하지 않았다. 관자놀이가 욱신거리고 목이 따끔거리고 가죽에 맞은 피부가 쓰라렸다. 나는 혼자였다…… 혼자였다……

혼자……

나는 질식할 듯 흐느끼며 눈을 떴다.

방이 빙글빙글 돌고 배가 뒤틀렸다. 가쁜 숨을 내쉬며 몸을 일으켜 진정하려 했지만 등에 차가운 땀이 흐르면서 피부에 소름이 돋았다. 끈적끈적한 전율이 내 몸을 휘감았고, 심장이 터질 듯이 두근거렸다.

나는 침대 머리판에 등을 기댄 채, 어릴 때처럼 엄마 아빠가 내게 준 애벌레 인형을 꼭 껴안았다. 나는 안전했다. 그곳은 다른 방이었고, 다른 장소, 다른 삶이었다……

하지만 그 느낌은 남아있었다. 그것은 나를 쭈그러들고 굽어들게 했다. 그리고 나는 그곳, 그 어둠 속으로 돌아갔다. 나는 다시 어린아이가 되었다.

어쩌면 나는 아직도 어린아이였다.

어쩌면 나는 계속 거기에 머물러 있었다. 내 안의 뭔가가 오래전에 부서져서, 작고 유치하고 천진하고 겁먹은 채로 남아 있었다. 성장이 멈추었다.

그리고 나는 그것을 알고 있었다…… 내가 다른 사람들과 다르다는 것을. 자라면서 어그러진 내 일부는 여전히 어린아이였기 때문이다.

나는 여전히 그 같은 눈으로 세상을 보았다. 그때와 똑같이 순진하게 반응했다. 어렸을 때 그녀에게서 헛되이 구했던 빛을 다른 사람들에게서도 찾고 있었다.

나는 사슬에 묶인 나비였다.

그리고 어쩌면……

영원히 그러할 것이다.

"니카, 괜찮아?"

빌리가 얼굴을 기울이며 나를 빤히 쳐다보았다. 그녀의 덥수룩한 머리카락은 뒤로 묶여 있었다.

나는 악몽에 빠지지 않으려고 거의 뜬눈으로 밤을 지새웠고, 그 흔적이 얼굴에 남아 있었다.

어둠은 나를 불안하게 했다. 어떤 날은 침대 옆 탁자에 불을 켜두기도 했지만 그것을 본 안나는 내가 깜박 잠든 거라고 여기며 방으로 들어와 불을 껐다. 나는 어린아이처럼 작은 등불을 켜둔 채 자는 게 좋다고 그녀에게 말할 용기가 나지 않았다.

"응." 나는 짐짓 아무렇지 않은 듯 대답했다. "왜?"

"모르겠어…… 평소보다 더 창백해 보여." 그녀가 나를 주의 깊게 살폈다. "피곤해 보이는데…… 잠을 잘 못 잤니?"

불안감이 내 몸을 에워쌌다. 내 안에서 부당한 동요가 일기 시작했다. 나는 그 같은 반응에 익숙했는데, 나의 가장 연약하고 순진한 구석을 자극하는 지나친 불안감에 자주 공격을 받았다. 그럴 때마다 나는 항상 몸에서 일어나는 동요를 견뎌야 했다. 손에 땀이 났고, 심장이 찢어질 듯 죄어들었다. 그 순간에 아무도 나를 보지 않기만을 바랐다.

"다 괜찮아." 나는 가느다란 목소리로 대답했다. 내가 잘 둘러댔는지는 모르겠지만, 빌리는 내 말을 그대로 믿는 것 같았다.

"원하면 마음을 편하게 해 주는 레시피를 보내줄게." 그녀가 조언했다. "어렸을 때 할머니가 해주곤 했는데…… 이따가 네 핸드폰으로 보낼게!"

내게 핸드폰이 생기자 빌리는 곧장 나에게 번호를 교환하자고 했고 몇 가지 사용 팁을 알려주었다.

"네겐 나비를 달아줄게." 빌리는 주소록에 내 이름을 저장하면서 말했다.

"이것들은 이모티콘이야." 그녀가 활기차게 설명했다. "보다시피 할머니는 밀방망이야. 미키에게는 판다를 붙였는데, 그 배은망덕한 소녀는 그럴 자격이 없어. 걘 날 똥 모양으로 저장해 놨거든……"

나는 배워야 할 게 너무 많았고, 아직 문자 메시지를 보내는 데도 쩔쩔매기 일쑤였다.

"너희들, 언제까지 수다만 떨 거야?" 화난 목소리가 울려 퍼졌다. "여기 놀려고 온 줄 알아? 지금은 엄연한 수업 시간이야! *조용!*"

잡담 소리가 사라졌다. 크릴 선생님은 실험실을 채운 학생들을 차례차례 살펴보았다. 그는 우리에게 보호 안경을 쓰라고 말했고, 누구든 도구를 함부로 다루다 걸리면 처벌하겠다고 엄포를 놓았다.

"왜 교과서 표지에 집 주소를 적어놨어?" 책상에 놓인 내 생물 교과서를 보고 빌리가 소곤거렸다.

나는 내 이름과 과목, 학년 등이 적힌 라벨을 보았다.

"왜? 이상해?" 나는 집 주소를 적으며 얼마나 행복했는지를 떠올리며 조심스럽게 물었다. "그래야 잃어버려도 누구 건지 알지 않을까?"

"이름으로도 충분하잖아?" 그녀가 낄낄거렸고 나는 얼굴을 붉혔다.

어쩌면 혼동할지도……

"모두 준비됐니?" 크릴 선생님이 소리치자 학생들의 시선이 그에게로 향했다.

나는 머리카락을 귀 뒤로 넘기며 보호 안경을 착용했다. 실험실 수업은 처음이었기에 약간 흥분되었다. 나는 비닐장갑을 끼고 손가락에 닿는 촉감을 느껴 보았다.

"저번처럼 장어 배를 가르는 일은 없어야 할 텐데!" 내 뒤에서 한 학생이 중얼거렸다. 나는 애매한 미소를 지으며 눈살을 찌푸렸다.

배를 가른다고?

"좋아." 선생님이 소리쳤다. "이제 탁자 위에 재료를 올려놓으세요."

나는 실험 기록을 위한 클립보드를 찾기 위해 몸을 옆으로 굽혔다. 그걸 손에 쥐었을 때 선생님이 덧붙여 말했다. "그리고 명심해, 메스는 뼈를 자르지 않아."

"메스가 자르지 않는다…… 무얼?" 나는 탁자 위를 보기 전에 아무 생각 없이 혼잣말을 했다.

오싹한 경련이 일며 피부에 소름이 끼쳤다. 죽은 개구리가 금속 도마 위에 널브러져 있었다. 나는 공포에 질려 개구리를 쳐다보았고, 내 얼굴에서는 핏기가 사라졌다.

갑작스러운 장면이 눈앞에 펼쳐졌다. 두 남학생이 정육점 주인처럼 능숙하게 여러 크기의 메스들을 살폈다. 잠시 뒤 한 여학생이 찰싹 마찰음을 내며 장갑을 꼈다. 문 가까이에서 몸을 구부린 학생은 그 앞의 개구리에게 인공호흡을 하고 있는 건 분명히 아닌 듯했다.

악, 도와주세요!

몸을 돌리니 크릴 선생님이 고문실처럼 보이는 곳에서 나오고 있었다. 그 안의 벽장에는 나비, 딱정벌레, 지네, 매미 등이 다양한 모양의 유리병에 들어 있었다.

나는 속이 뒤틀렸다.

빌리가 메스를 들어 올리며 웃었다.

"네가 먼저 자를래?" 그녀는 마치 구이 요리를 앞에 둔 것처럼 말했다.

그때 몸이 좋지 않은 느낌이 들었다.

나는 탁자를 붙잡았고 클립보드가 손에서 미끄러져 떨어졌다.

"니카, 왜 그래? 괜찮아?" 빌리가 물었다.

내 앞의 누군가가 나를 돌아보았다.

"나는…… 아니야." 나는 창백한 얼굴로 침을 삼켰다.

"얼굴이 파랗게 질렸어……" 그녀는 나를 자세히 살피며 말했다. "니카, 개구리가 무서운 거니? 걱정하지 마, 죽은 거잖아! *완전히 죽었잖아!* 여기, 보이지? 자, 봐!" 그녀는 겁에 질린 내 눈앞에서 메스로 개구리를 쿡쿡 찔러댔다.

호흡이 가빠져서 고글에 뿌연 김이 서렸다. 나는 내 생애 처음으로 교실에서 내쫓기는 벌을 받게 해달라고 빌었다.

개구리와 메스…… 아니, 이건 아니다. 나는 그걸 할 수 없었다. 나는 정말 할 수 없었다……

"믿을 수가 없군." 내 뒤에서 목소리가 들렸다. "달팽이들의 보호자께서 개구리를 무서워하다니……"

나는 담장과 쇼핑센터에서 만났던 학생을 우리 뒤편의 탁자에서 알아보았다.

그는 미소를 지으며 고글을 머리 위로 끌어올렸다.

"안녕, 달팽이 소녀님."

"안녕……" 나는 숨을 내쉬었다. 그는 무슨 말을 하려는 듯 내 눈을 쳐다보았지만, 곧 이어 실험에 집중하라는 선생님의 날카로운 질책이 들렸다.

"걱정하지 마, 니카. 내가 알아서 할게." 빌리는 클립보드를 방패처럼 부여잡고 있는 나를 보며 안심시켰다. "넌 실험실 수업이 분명 처음일 테지! 그러나 부끄러워할 것 없어. 어린애들 놀이 같은 거야. 내가 자를 테니까 넌 보면서 기록해."

나는 간신히 고개를 끄덕이고는 동정 어린 시선으로 개구리를 힐끔거렸다. 빌리가 웃으며 메스를 잡자 바로 후회했다.

"좋아! 그렇다면…… 액체가 튀는 걸 조심해!"

역겨운 소음이 귀를 찌르자 나는 목을 잔뜩 움츠렸다. 그리고 하얀 종잇장만 보일 정도로 기록철을 얼굴 가까이로 가져갔다.

"다 됐다! 이게 심장이야! 아님 허파인가? 아, 정말 질척거려…… 색깔이 참 이상해! 이것 좀 봐…… 니카, 잘 적고 있니?"

나는 경련을 일으키듯 갈겨쓰면서 뻣뻣하게 고개를 끄덕였다.

"오, *이런*……" 빌리가 중얼거렸다.

나는 긴장되어 떨리는 손길로 종잇장을 넘겼다.

"아, 너무 끈적끈적해…… 끈적이는 소리를 들어 봐…… *우웩*……"

아마도 그것은 섭리였을 것이다. 운명이거나 구원이었을 것이다.

그게 무엇이고 간에 그것은 종이쪽지를 가장하여 나에게 왔다. 나는 그것을 내 앞의 탁자에서 발견했다. 떨리는 몸짓으로 쪽지를 펼쳐 보니 몇 글자만 짧게 적혀 있었다.

"흐흠."

누군가가 목을 가다듬었고 나는 돌아보았다. 그 남학생은 등을 돌리고 있었지만, 나는 그의 기록철에서 모서리가 찢어진 종잇장을 언뜻 보았다. 나는 입을 벌린 채 어리둥절해하다가 고함 소리에 화들짝 놀랐다.

"도버!" 선생님이 소리쳤고, 내 눈이 휘둥그레졌다. "거기 무슨 일이야?"

학생들의 시선이 나에게 쏠렸다.

아, 안 돼!

"도…… 버? 뭐야, 내가 다 봤어!"

그가 빠르게 다가왔고, 나는 불안한 눈빛으로 주위를 초조하게 둘러보았다. 덜컥 겁이 났다. 내가 학교에서 딴짓한 걸 알면 안나와 노먼이 뭐라고 생각할까? 손에 쪽지를 들고 있는 게 발각된다면?

나는 어쩔 줄 몰랐다. 생각할 수 없었다. 선생님이 나를 향해 돌진하는 걸 보고는 황급히 그에게서 등을 돌려 쪽지를 입에 넣었다. 나는 미치광이처럼 씹었고, 내 고난의 인생에서 벌어질 수 있는 일이라는 듯 대담하게 받아들였다. 부끄러움에는 한계가 없는 듯했다. 나에게 쪽지를 준 남학생은 당혹스러운 눈으로 그것을 삼키는 나를 쳐다보고 있었다.

어쨌든 나는 적어도 위기를 피할 수는 있었다.

크릴 선생님은 내 손에 아무것도 없는 것을 확인하곤 불만스러운 표정을 지었다. 나에게 의심스러운 눈초리를 던지고는 한눈팔지 말고 수업에 집중하라고 말했다.

나는 마치 배가 아픈 듯 팔로 몸을 감싸며 보도를 빠르게 나아갔다. 지금 내 모습을 크릴 선생님이 본다면 뭐라고 생각할까?

충분히 멀리 왔을 때 뒤쪽을 슬쩍 돌아보았다. 나는 다리 근처에 있었다. 그곳의 풀밭은 강기슭까지 이어져 있었다. 나는 땅바닥에 무릎을 꿇고 점퍼의 지퍼를 내렸다. 유리병을 꺼냈고, 그 안에서 딱정벌레가 버둥거리고 있었다. 나는 얼굴 옆으로 흘러내린 머리카락 사이로 그를 살펴보았다.

"걱정하지 마." 나는 우리의 비밀을 털어놓듯 소곤거렸다. "내가 거기서 널 꺼내왔어."

마개를 열고 유리병을 바닥에 내려놓았다. 딱정벌레는 겁에 질렸는지 밖으로 나오지 않았다.

"어서 가. 누가 보기 전에……"

유리병을 뒤집었더니 풀밭으로 떨어졌지만 여전히 움직이지 않았다. 나는 딱정벌레를 가만히 바라보았다. 작고 특이하게 생겼다. 많은 사람들은 역겹고 징그럽다고 여기겠지만 나는 가엾게만 보였다. 어떤 사람은 그가 보잘것없어서 알아보지 못할 것이고, 다른 사람은 너무

흉하게 생겼다며 죽일 것이다.

"여기 있으면 안 돼…… 해코지 당할 거야." 나는 씁쓸하게 속삭였다. "사람들은 이해하지 못해…… 그들은 두려워해. 네가 눈에 띄면 그냥 밟아버릴 거야."

세상은 우리처럼 다른 존재들을 보는 것에 익숙하지 않았다. 우리를 시설에 가두고 먼지 가득한 먼 곳으로 보내 현실에 우리가 있다는 사실을 잊으려 했다. 그렇게 하는 게 더 편했기 때문이다. 아무도 우리 주위에 있으려 하지 않았고, 우리를 보는 것만으로도 불편해했다. 나는 그것을 너무나 잘 알았다.

"어서 가……" 나는 그의 작은 다리 근처의 땅을 살짝 긁었고, 그 순간 그가 날개를 펼쳤다. 그리고 공중으로 날아올라 내 눈앞에서 사라졌다. 나는 뿌듯한 마음으로 안도의 한숨을 내쉬었다. "잘 가……"

"오, 이런…… 혼잣말은 미친 사람들의 특권이 아닌가 봐."

나는 얼른 유리병을 숨겼다. 거기에 나 혼자만 있던 게 아니었다. 여학생 두 명이 불쌍하다는 눈으로 나를 쳐다보며 비웃었다. 나는 그중 한 명을 알아보았다. 리젤에게 빨간 장미를 준 그 소녀였다. 윤기 나는 머리카락과 단정한 손은 내가 창문 너머로 본 것과 똑같았다.

그녀가 나를 보고 딱하다는 표정으로 억지 미소를 지었다.

"그 정도로 해서 비둘기가 놀라겠니?"

순간 수치심으로 속이 따끔거렸다. 그들은 내가 실험실의 생물을 풀어준 걸 봤을까? 나는 아니기를 바랐다. 그들이 봤다면 정말 큰일이다.

"아무것도 안 하고 있었어." 나는 황급히 말했다. 내 목소리가 가늘고 날카롭게 새어 나와서 그들은 웃음을 터뜨렸다.

그들은 내가 한 일이 아니라 나를 재밌어한다는 걸 즉시 깨달았다. 나를 비웃고 있었다.

"난 아무것도 안 했어." 다른 소녀가 우스꽝스럽게 나를 흉내냈다. "몇 살이니? 초등학생처럼 어려 보여." 그들은 내 손의 컬러 반창고를 쳐다보았고, 나는 어렸을 때처럼 불안감이 차올랐다.

그들 말이 맞았다. 그들 앞에서 나는 스스로 어린아이로 느껴질 정도로 위축되어 있었다. 긁힌 자국이 손에 가득하고, 오랫동안 갇혀 있던 작은 괴물처럼 칙칙하고 생기 없는 피부를 가진 멍청하고 기이한 생물이었다. 게다가 나의 작은 세계로 들어간 그 순간에 그들이 나를 봤기 때문에 나는 그 어느 때보다도 더욱 의기소침해졌다.

"저쪽 길로 가면 어린이집 아이들이 있어. 아마 거기 가면 대화가 잘 통할 거야." 그들은 조롱했다. "주스도 나눠 마실 수 있겠지. 단 싸우진 말고! 자, 얼른 친구들에게 가!" 장미 소녀가 내 배낭을 걷어찼다.

내가 깜짝 놀라서 배낭을 끌어당기자 그녀가 내 손을 밟았다. 나는 아픈 손을 얼른 거두었고, 그녀의 행동이 이해되지 않아 당황스러운 눈으로 쳐다보았다. 그녀는 위에서 나를 내려다보며 비참한 기분이 들게 했다.

"아마 그 아기들이 가르쳐줄 거야. 엿듣는 건 나쁘다고. 네 부모님은 그게 실례란 걸 알려주지 않았니?"

"니카!"

어떤 목소리가 끼어들었다. 그들 뒤에는 키가 적당히 큰 여자가 주먹을 쥔 채 경계하듯 우리를 보고 있었다.

미키였다.

"뭐 하고 있는 거야?" 그녀가 당차게 물었다.

장미 소녀는 미키에게도 비아냥거렸다. "오, 여기 새로운 인물이 오셨군. 괴짜들 모임이 있는 줄 몰랐네." 그녀는 매니큐어가 발린 손톱을 입술에 갖다 댔다. "이 고운 손으로 차라도 한 잔 내올까?"

"더 좋은 생각이 있어." 미키가 대꾸했다. "둘 다 여기서 당장 꺼지는 게 어때?"

장미 소녀는 언짢은 표정을 지었고 눈을 치뜨며 친구에게 바짝 다가섰다.

"뭐라고 했어? 이게 어디 주둥이를 놀려?"

"야, 그냥 가자……" 친구가 나서며 말렸다.

"어디, 피 맛 좀 볼래?"

"그럴까?" 미키가 대차게 맞섰다. "마침 나한테 면도칼이 있는데, 네 피 맛부터 보자!"

"어서 가자." 친구가 장미 소녀의 소매를 슬쩍 당기며 재차 말렸다. 소녀는 불쾌한 표정을 지으며 미키를 머리부터 발끝까지 훑어보았다.

"정말 재수 없어." 그녀는 넌더리를 내며 한마디 던지고는 돌아섰다. 그리고 친구와 함께 뒤도 돌아보지 않고 걸어갔다. 그들이 어느 정도 멀리 갔을 때 미키가 나를 내려다보았다.

"걔들이 널 밀었니?"

나는 땅에서 일어나며 고개를 들었다.

"아니야." 나는 가냘픈 목소리로 대답했다.

그녀는 마음을 읽으려는 듯 찬찬히 내 눈을 살폈다. 그녀가 내 눈빛에서 굴욕감을 발견하지 않기를 바랐다.

"그런데 여긴 어쩐 일이야?" 나는 그녀의 관심을 돌리려고 물었다. "집으로 가는 버스를 타려는 거야?"

미키는 머뭇거리다 20미터가량 떨어진 교차로를 힐끗 보았다.

"저쪽 끝에서 버스 타." 그는 마지못해 대답했다. 나는 그녀의 시선을 따라갔다.

"아…… 어째서?"

나는 너무 참견하는 소리로 들리지 않기를 바랐다. 사실 그 순간은 내가 너무 부끄러워서 그런 말이라도 하지 않을 수 없었다.

"나는 그러는 게 더 좋아."

아마도 미키는 집에 갈 때 누가 데리러 오거나 버스 타는 모습을 다른 사람들에게 보이고 싶지 않았을지도 모른다. 나는 미키를 불편하게 한 것 같아 말이 없는 그녀에게 더는 묻지 않았다.

"가봐야 해." 주머니에서 핸드폰이 울리자 미키가 말했다. 그녀는 잠금을 풀지 않고 화면만 쳐다보았고, 나는 머리카락을 귀 뒤로 넘기며 고개를 끄덕였다.

"그럼 내일 보자." 나는 인사했다. "잘 가."

미키는 별다른 인사 없이 나를 지나쳐 자기 길을 걸어갔다. 나는 그녀가 보도를 따라 멀어지는 모습을 지켜보다가 소리쳤다.

"미키!"

그녀가 돌아서서 나를 바라보았다.

나는 잠시 그녀를 바라보았다. 그런 다음…… 나는 미소를 지었다. 나는 부드럽고 평온한 눈빛으로 미소 지었고, 바람이 내 머리칼을 날리고 있었다.

"고마워."

미키는 아무 말 없이 나를 한참 바라보았다. 마치 처음 보는 것처럼 나를 바라보았다. 우리가 만난 이후, 마침내 그녀는 나를 볼 수 있게 되었다.

잠시 후 집에 도착했다.

매일 그렇듯 현관의 온기가 나를 반겨주었다. 나는 포근하고 아늑하고 안전하다고 느껴졌다.

현관 옷걸이에 걸려 있는 리젤의 재킷을 보는 순간 움찔했다. 그에 대한 생각이 갑자기 밀려오자 나도 모르게 가슴 한구석이 따끔거렸다. 이제 그는 학교에서 처벌 기간을 다 채웠기에, 나는 오후에 그와 한집에 있는 것에 익숙해져야 했다.

오전 내내 그에 대한 생각을 떨치려고 노력했다. 내 입에 닿은 그의 숨결을 떠올리면 알 수 없는 전율이 일었다. 그가 나에게 미친 영향은 정상이 아니었다. 아직도 그 느낌이 남아 있는 것은 정상이 아니었다. 그의 목소리가 내 피를 끓게 하는 것은 정상이 아니었다. 정상적인 것은 아무것도 없었고, 그런 적은 전혀 없었을 것이다. 나는 그를 잊고 싶었다. 그를 씻어내고 내게서 털어내고 싶었다. 하지만 어느새 그 감각에 다시 빠지곤 했다.

갑자기 초인종이 울렸고 나는 흠칫 놀라며 생각에서 깨어났다. 이 시간에 누가 온 것인지 의아해하며 현관문으로 향했다. 안나는 가게에 있었고, 노먼은 집에 들르지 않을 게 확실했다. 그는 연례회가 얼마 남지 않아서 회의 준비로 쉴 틈이 없었다.

나는 물결무늬 유리창을 내다보고는 문을 열었다. 문 앞에는 전혀 생각지 못한 인물이 서 있었다.

"안녕……" 그가 한 손을 들어 인사했다.

그 남학생이었다. 실험실, 쇼핑센터, 달팽이.

나는 놀라서 조금 휘둥그레진 눈으로 그를 쳐다보았다. 그가 왜 여기 있는 걸까?

"갑자기 찾아와서 미안해…… 음…… 내가 귀찮게 했니?" 그가 목을 긁적이며 물었다.

나는 예상치 못한 방문에 당황하며 고개를 가로저었다.

"다행이야. 나는…… 너에게 이걸 주려고 온 것뿐이야." 그가 나에게 뭔가를 내밀며 말했다. "성가시게 굴고 싶진 않지만…… 네가 이걸 실험실에 놓고 갔더라고."

그것은 내 생물 교과서였다. 나는 의아해하며 두 손으로 조심스럽게 받아들었다. 내가 그걸 잊어버렸다고? 어떻게 그럴 수 있지? 나는 실험실에서 나올 때 탁자가 비어있는 것을 확인했다. 유리병을 급하게 들고 나오느라 정신이 없었던 걸까?

"위에 적힌 주소를 봤어. 근데 우연히 이 근처를 지나게 되어서……"

내게 무슨 일이 벌어지고 있는지 도통 알 수가 없었다. 지금까지 나는 내 물건을 잃어버릴 정도로 산만하게 지내는 사치를 부린 적이 없었다.

이전에는 사진, 지금은 책……

"고마워." 나는 책을 꽉 쥐며 대답했다. 우리의 시선이 마주치자 그가 멈칫거렸다. 나는 고개를 숙이며 검지로 코끝을 만졌다. "요즘 걸핏

하면 흘리고 다녀." 나는 생소하고 미심쩍은 최근의 상황을 아무렇지 않게 여기려고 애쓰면서 약간 긴장한 채 농담했다. "정말 모르겠어. 내가 어디에다가 그걸……"

"나는 라이오넬이야."

내가 얼굴을 들자 그가 부끄러워하는 것 같았다. 잠시 눈동자를 아래로 내렸다가 나를 다시 쳐다보았다.

"내 이름은 라이오넬이야. 그러고 보니 우리가 아직 자기소개도 하지 않았어."

그의 말이 맞았다. 나는 두 팔로 책을 꼭 쥐고 수줍은 표정을 지었다.

"나는 니카야."

"응, 알고 있어."

그는 살짝 미소를 지으며 책 표지에 내 이름이 적힌 라벨을 가리켰다.

"아, 그렇지……"

"음, 분명 한발 나아간 거야. 그렇지? 이제는 적어도 내 이름을 부르며 주의를 주겠지. 옆에 달팽이가 있으면……"

그가 웃었고, 나는 코에 주름을 지으며 그를 따라 활짝 웃었다. 그의 친절은 신선한 바람처럼 나에게 닿았다. 책 한 권을 가져다주려고 내가 살고 있는 곳까지 찾아온 그가 무척 고맙게 느껴졌다.

라이오넬은 숱이 많은 금발 머리에 시원한 웃음을 지었다. 그 웃음은 소탈해 보이는 밝은 갈색 눈동자에도 깃들어 있어 편안한 마음이 들었다.

그런데 갑자기 그의 눈빛이 바뀌었다. 그가 시선을 위로 옮겨 내 뒤편을 보았다. 그리고 어딘가 불편하고 어색한 분위기가 감돌았다.

바로 다음 순간, 내 머리 위의 문짝에 가느다란 손가락이 얹혔다. 굵고 탄탄한 손목과 창백한 그 손을 보자 내 머릿속에서 경보음이 울렸다. 나는 얼어붙었고, 피부 구석구석이 그의 존재에 반응했다.

"길을 잃었니?"

맙소사, *그의 목소리.* 거칠고 은근한 그 목소리는 바로 옆에서 내 귓속까지 울려 퍼지며 뜨거운 전율이 일게 했다.

나는 그가 즉시 내게서 멀어지기를 바라며 책을 꽉 쥐었다.

"아니, 나는…… 사실 이곳을 지나가고 있었어. 라이오넬이라고 해." 그는 꺼림칙한 눈초리로 리젤을 쳐다보았다. "나도 버나비에 다녀."

리젤은 아무 말이 없었고, 나는 내 피부에 스멀거리는 그 침묵이 불편해서 볼살 안쪽을 깨물다가 불쑥 말했다. "라이오넬은 내가 놓고 온 책을 가져왔어."

내 뒤통수에서 리젤의 못마땅한 시선이 느껴졌다.

"정말 *친절해.*"

라이오넬은 목을 약간 움츠린 채 그를 주의 깊게 보았다. 리젤의 등장은 항상 설명하기 어려운 불안감, 이상한 혼란을 사람들에게 불러일으켰다.

"음, 그러니까 우리 반과 니카의 반은 크릴 선생님의 실험 수업을 같이 받아. 난 니카의 실험실 친구야." 라이오넬은 뭔가 듣고 싶은 말이 있는 듯 리젤을 쳐다보았다. "그런데…… 넌?" 그가 주머니에 손을 넣은 채 물었다.

'그렇다면 넌? 넌 누구니?'라고 묻는 것 같았다.

리젤은 문에 손목을 기대고 있었다. 그는 짙은 눈썹 아래로 라이오넬을 쳐다보았고, 입가에 건방진 미소를 띠며 오만한 자신감을 풍겼다. 그제야 나는 그가 후드 티나 스웨터를 입고 있지 않다는 것을 알았다. 검은 머리의 후광 아래 탄탄한 가슴 근육이 드러나는 얇은 티셔츠만 입고 있었다.

"보면 모르겠니?"

리젤은 그다운 방식으로, 의혹을 더해가는 영악한 방식으로 말했다. 그와 내가 같은 집에 있다는 사실은 갖가지 추측을 불러일으키게 하는 듯했다.

그들은 내가 이해할 수 없는 눈빛을 주고받았다. 곧이어 리젤이 그 상황을 마무리하겠다는 듯 단정적인 표정으로 나에게 말했다.

"안나가 전화했어. 너와 얘기하고 싶대."

우리의 시선이 마주치자 나는 그가 너무 가까이 있다는 생각이 스쳤다. 한 발짝 비켜서서 그와 거리를 두며 거실을 슬쩍 보았다. 안나가 나랑 얘기하려고 전활 했다고?

"오늘 고마워. 정말……" 나는 라이오넬에게 우물거렸고, 무슨 말을 더 해야 할지 몰랐다. "이제 전화 받으러 가야 해. 잘 가!"

나는 서둘러 인사한 뒤 전화기를 향해 달려갔다. 내 쪽으로 몸을 기울이는 그가 무슨 말을 할 것 같은 인상을 받았지만, 리젤의 목소리가 먼저 들려왔다.

"또 보자, 레너드."

"내 이름은 라이오……"

순간 문이 쾅 닫히는 소리가 났다.

11
하얀 나비

우리는 저마다 신비로움을 품고 있다.
그것이 우리가 누구인지에 대한 유일한 대답이다.

나는 리젤이 달과 같다고 항상 생각해왔다.

누구도 볼 수 없게 얼굴을 숨기고, 어둠 속에서 빛나는 검은 달.

그러나 나는 틀렸다.

리젤은 태양과 같았다.

그는 무한하고 불타오르고 범접할 수 없었다.

그는 피부를 태웠다.

그는 눈빛으로 낙인을 찍었다.

그는 내 생각을 발가벗겨 드러내고, 내 안을 검은 그림자로 온통 휘감았다.

집에 돌아왔을 때 그의 재킷은 항상 거기에 있었다. 나와는 상관없다고 말하고 싶지만, 그건 나 스스로를 속이는 것과 같다. 그가 주변에 있을 때는 *달랐다*. 내 눈은 그를 찾았다. 가슴이 조마조마했다.

머릿속은 계속 혼란스러웠다. 그 도발적인 시선을 피하는 유일한 방법은 저녁이 되어 안나와 노먼이 집에 돌아올 때까지 줄곧 내 방에서만 머무는 것이었다. 나는 그를 피해 숨었지만, 사실 그의 날카로운 눈빛이나 냉담하고 예측할 수 없는 성격보다 나를 더 위협하는 무언가가 있었다. 그가 벽돌 벽을 사이에 두고 나와 떨어져 있을 때도 내 가슴 속에서 꿈틀대는 무언가가 있었다.

어느 날 오후, 나는 갑갑한 방에서 나와 정원에서 햇살을 즐기기로 했다. 이곳의 2월은 온화하고 흐리고 시원했다. 혹독한 겨울 추위는 없었다. 나처럼 앨라배마 남부에서 태어나고 자란 사람은 이처럼 포근한 계절이 낯설지 않았다. 앙상한 나무들과 젖은 길, 하늘의 흰 구름, 그리고 새벽에는 이미 봄 내음이 풍겼다.

나는 풀밭에서 맨발로 있는 것을 좋아했다. 태양은 잔디밭에 빛 그림자를 드리웠고, 나는 살구나무 그늘에서 공부하며 약간의 평온함을 찾았다.

그러다 어느 순간 시끄러운 소리가 들렸다. 나는 궁금한 마음에 자리에서 일어나 다가갔다가 소리의 정체를 확인하고는 실망했다. 그것은 말벌이었다. 한쪽 다리가 진흙에 푹 빠져 있었고, 날갯짓을 할 때마다 요란한 소리가 울려 퍼졌다. 나는 평소와는 다르게 반응했다. 나도 모르게 겁에 질린 눈으로 말벌을 보면서 어려움에 처한 작은 생물 앞에서 주저하고 있었다. 다리가 통통하고 가슴에 잔털이 있는 꿀벌은 정말 귀여웠지만, 말벌은 두려운 마음이 앞섰다.

몇 년 전에 말벌에 쏘인 적이 있었다. 며칠 동안 몹시 아팠고, 다시는 그 고통을 겪고 싶지 않았다. 그러나 그는 절박하고 헛된 날갯짓을 계속 해대며 나의 여린 마음을 자극했다. 나는 두려움과 연민 사이에서 머뭇대며 가까이 다가갔다. 나는 긴장한 채 막대기로 그를 꺼내주려고 했지만, 말벌이 더 큰 소리로 윙윙거리는 굉음을 내자 비명을 지르며 달아났다. 그리고 겁을 잔뜩 먹고 가슴을 조이며 다시 그를 도우려고 다가갔다.

"나를 쏘지 마, 제발." 막대기가 진창에서 부러질 때 나는 애원했다. "나를 쏘지 마……"

그를 구해 낸 순간, 마음이 턱 놓였고 잠시 빙긋이 웃음이 새어 나왔다. 말벌이 공중으로 날아올랐다. 그리고 나는 얼굴이 하얗게 질려 버렸다.

나는 막대기를 내팽개치고 미친 듯이 달렸다. 두 손으로 얼굴을 가리고 부끄러움도 잊은 채 어린아이처럼 소리를 질러댔다. 그러다 마당 길의 바닥타일에서 발걸음이 꼬여 넘어질 듯 휘청거렸다. 그 순간 누군가의 손이 내 몸을 받쳐주었고 나는 간신히 버틸 수 있었다.

"뭐야……" 뒤에서 소리가 들렸다. "제정신이야?"

나는 그 손을 붙잡은 채 당황하여 돌아보았다. 그가 놀란 눈으로 나를 쳐다보았다.

"라이오넬?"

왜 여기에 있는 거지?

"오해하지 마." 그가 수줍게 말했다. "널 미행한 게 아냐."

라이오넬은 나를 일으켜 세웠고, 나는 얼떨떨한 표정으로 옷에 묻은 약간의 흙을 털어냈다. 그는 길을 가리켰다.

"나는 이 근처에 살아. 몇 블록 떨어진 곳에…… 집을 가고 있었는데 네 비명이 들렸어. 정말 깜짝 놀랐지 뭐야." 그는 비난하듯 나를 슬쩍 흘겨보았다. "무슨 일인지 알 수 있을까?"

"아니, 아무것도 아니야. 곤충이 있었거든……" 나는 눈으로 말벌을 찾으며 얼버무렸다. "그래서 놀랐어."

그는 눈썹을 찡그리며 나를 쳐다보았다.

"그렇다면…… 비명을 지르는 대신 잡으면 됐잖아."

"당연히 안 되지. 내가 놀란 게 그의 잘못은 아니잖아?" 나는 약간 짜증이 나서 눈살을 찌푸렸다.

"그럼…… 이제 괜찮은 거야?" 그는 내 맨발을 내려다보며 물었다.

나는 천천히 고개를 끄덕였고, 그는 더 할 말을 찾지 못한 것 같았다.

"알았어……" 그는 중얼거리고는 허공의 어느 지점을 막연하게 바라보았다. 그러다 갑자기 고개를 들어 나를 쳐다보았다. "그럼…… 잘

가."

그가 돌아선 순간 나는 그에게 감사 인사조차 하지 않았다는 걸 깨달았다. 라이오넬은 내가 넘어지지 않게 잡아주었고, 서둘러 내가 괜찮은지 확인했다.

그는 나에게 늘 친절했다……

"잠깐만!"

라이오넬이 돌아섰다. 나는 그를 향해 몸을 한껏 기울였다.

"저기…… 하드 먹을래?"

그는 다소 당황한 표정으로 나를 쳐다보았다.

"이 겨울에?" 그가 되물었지만 나는 태연한 얼굴로 고개를 끄덕였다.

그는 잠시 내 얼굴을 살피더니 진심으로 한 말이라는 걸 이해한 것 같았다.

"좋아."

"2월의 얼음과자." 내가 행복하게 하드를 베어 물자 라이오넬이 말했다.

우리는 보도에 앉아 있었고, 나는 그에게 초록사과 맛을 건넸다. 나는 아이스캔디를 좋아했다. 그 사실을 안 안나는 동물 모양의 젤리가 든 하드를 잔뜩 사주었다. 그때 나는 기쁨의 탄성도 제대로 지르지 못했다.

나는 라이오넬과 잠시 이야기를 나눴다. 그가 어디 사는지, 그도 일꾼들이 크게 소리치는 다리를 건너는지 등을 물었다. 나는 그와 대화하는 게 편했다. 가끔 그가 내 말에 끼어들었지만 그다지 신경 쓰지 않았다. 그는 내가 언제 이사 왔는지, 이곳이 마음에 드는지 물었고, 내가 대답하는 동안 곁눈질로 나를 흘끔거렸다.

그러다 리젤에 대해서도 물었다. 나는 그 이름이 나올 때마다 늘 그랬듯 신경이 곤두서는 느낌이 들었다.

"그가 네 형제인 줄 몰랐어." 리젤은 우리 가족이라고 내가 막연하게 설명하자 그가 말했다. 그리고 손바닥에 올린 악어 젤리를 쳐다보았다.

"그럼 누구라고 생각했니?" 나는 그가 부른 호칭을 마음에 담아두지 않으려고 애썼다. 리젤을 형제라고 부르는 소리를 들을 때마다 나는 소름이 돋고 손톱으로 무언가를 긁고 싶은 충동이 일었다.

라이오넬은 머리를 흔들며 코웃음을 쳤다. "그건 잊어버려." 그가 침착하게 말을 돌렸다.

그는 내 유년기에 대해 아무것도 묻지 않았다. 그리고 나는 어떤 식으로든 그레이브에 관해 언급하지 않았다. 집 안에 있는 그가 내 친형제가 아니라는 사실도 밝히지 않았다. 한 번쯤은 그냥 평범한 척하고 싶었다. 보육원도, 원장도, 삐거덕대는 낡은 매트리스도 없는 삶. 그냥…… 니카.

"잠깐, 버리지 마!" 라이오넬이 하드 막대를 부러뜨리려고 하자 나는 갑자기 그를 막았다. 내가 그의 손에서 막대를 빼내자 그가 당황한 표정을 지었다.

"왜?"

"내가 가질게." 나는 작은 목소리로 말했다.

그는 재미와 호기심이 뒤섞인 눈빛으로 나를 보았다.

"왜? 혹시 취미로 모형을 만드니?"

"아니야. 다른 데 쓸 데가 있어."

그는 내가 일어나 청바지 뒷면의 먼지를 터는 모습을 생각에 잠긴 듯 말없이 지켜보았다.

"저기, 니카……"

"으음?" 나는 그를 향해 돌아서며 미소를 지었다. 내 홍채가 은빛 바다처럼 그를 덮쳐 꼼짝 못 하게 했다. 나는 그의 눈을 가득 채우며 반사되는 커다란 내 눈동자를 보았고, 라이오넬은 잠시 말을 잊은 듯했다. 그는 입을 벌린 채 정신이 나간 것처럼 멍하니 나를 보았다.

"너는…… 네 눈은……" 그가 알 수 없는 말을 중얼거렸고 나는 눈썹을 찡그렸다.

"뭐라고?" 나는 고개를 기울이며 물었다.

그가 얼른 머리를 흔들었다. 그리고 한 손을 얼굴에 얹으며 내게서 시선을 거두었다.

"아무것도 아니야."

나는 그가 잘 이해되지 않았지만, 작별 인사를 할 때가 되었다. 아직 끝내야 할 숙제가 남아 있었다. "내일 학교에서 봐."

그는 잠시 망설이다가 얼굴을 들었다.

"핸드폰 번호를 교환하지 않을래?" 그는 한참 혀끝에 머금던 말인 것처럼 불쑥 내뱉었다.

나는 눈을 깜박거렸고, 그는 목소리를 가다듬었다.

"음…… 내가 학교를 빠지면 너한테 숙제 물어보려고."

"우린 같은 반이 아니잖아." 나는 순진하게 지적했다.

"어…… 그건 그래. 하지만 실험실에서는 한 반이잖아." 그는 억지를 부렸다. "어쩌면 내가 *중요한* 생체해부를 놓칠지도 모르고…… 또 누가 알아…… 크릴이 그걸 안다면…… 근데 상관없어. 네가 원하지 않으면 괜찮아…… 그냥 말해 본거야……"

그는 계속 손짓을 써가며 횡설수설했고, 나는 그가 조금 이상하다는 생각이 들었다. 나는 고개를 저어 그의 말을 멈추게 하고는 미소를 지었다.

"그래, 좋아."

그날 저녁 안나는 평소보다 일찍 돌아왔다. 해충방제 회의가 이틀 뒤로 다가왔고, 안나는 자신의 부재에 대비해 필요한 것이 있는지 내게 물었다.

"우리는 당일치기로 다녀올 거야." 그녀가 설명했다. "새벽에 출발할 거고, 비행시간은 한 시간 반이야. 밤에 돌아올 텐데, 아마 자정쯤이면 집에 도착할 거야. 네 핸드폰은 잘 되지? 문제가 있으면 전화해. 뭐든지……"

"우린 괜찮을 거예요." 나는 노먼이 수년 동안 기다려온 그 중요한 행사가 무사히 끝나길 바라며 부드러운 목소리로 그녀를 안심시켰다. "우리는 스스로 할 수 있어요. 안나, 이런 것까지 걱정할 필요 없어요. 나와 리젤은……"

순간 말문이 막혔다. 그의 이름은 유리조각처럼 내 목구멍에 박혔다. 나는 그제야 하루 종일 그와 단둘이 집에 있어야 한다는 생각이 들었다. 집안은 그의 존재만으로도 침묵에 잠겼다. 그의 발소리와 눈빛만으로도 소음이 일었다.

아… 어쩌지? 나는 퍼뜩 정신을 차렸다.

"가서 리젤을 좀 불러올래?" 안나는 토마토 퓌레가 든 병들을 조리대에 놓으며 말했다. "그에게도 말해야겠다."

나는 긴장한 채로 가만히 있었다. 그를 찾아가 다가가거나 다시 그의 방문 앞에 서 있을 생각을 하니 머리부터 발끝까지 몸이 굳어졌다.

그녀가 얼굴을 들어 나를 쳐다보았고, 나는 입술을 오므렸다.

나는 잘할 거야. 마음속으로 가만히 속삭였다.

안나는 나와 리젤의 위태로운 관계에 대해 전혀 몰랐다. 그리고 계속 그래야 했다. 그렇지 않으면 그녀를 잃을 수도 있었다…… 나는 거의 기계적으로 돌아서서 아무 말 없이 그녀가 시킨 일을 처리하러 갔다.

리젤은 방에 없었다. 문이 조금 열려 있었고 그는 안에 없었다. 나는 집안을 돌아다니며 까치발을 하고 방마다 흘끔거렸지만 그를 찾을 수 없었다. 밖에 있는 것 같았다.

일몰의 마지막 햇살이 치자나무 봉오리를 붉게 물들였다. 아름다운 하늘의 혈관 같은 주황빛 노을 속에서 검은 가지들이 도드라져 보였다. 나는 현관을 지나 맨발로 나무 바닥을 걸어갔다. 내 시선이 그에게 닿는 순간 멈춰 섰다. 그는 뒷마당의 정원에 있었다.

등지고 선 그의 몸은 황혼에 젖어있었고, 검은 머리카락은 야릇한 핏빛으로 불탔다. 나는 그의 얼굴에서 아주 가느다란 초승달만 보였다. 그는 완전한 고요 속에 잠겨 있었다. 내가 마치 그를 방해하는 침입자 같았다. 나는 언제나 그랬듯이 멀리서 그를 바라보았고, 그가 왜 거기에 있는지 궁금한 마음이 들었다.

그래, 바로 거기. 그 고요 속에서, 바지 주머니에 넣은 한 손, 목둘레가 넓은 스웨터, 부드러운 어깨와 손목을 어루만지는 가벼운 바람……

넌 그를 너무 바라보고 있어. 내 안의 일부가 나에게 경고했다. *너무 주의 깊게 보고 있어. 그렇게 해서는 안 돼.*

그러나 시선을 돌리려는데 공중에서 펄럭이는 게 눈에 띄었다. 정원에서 흰나비 한 마리가 여기저기 춤추며 날아다녔다. 나뭇가지 사이로 미끄러지더니 갑자기 리젤의 스웨터 위에 내려앉았다. 나비는 순진하고 용감하게 가슴 부근에 매달렸다. 어쩌면 나비는 제정신이 아니거나 절망에 빠졌을 것이다.

나는 불안하고 다급한 마음으로 다시 그의 얼굴을 쳐다보았다.

리젤은 고개를 숙여 아래를 내려다보았다. 그의 속눈썹은 매끈한 광대뼈를 향해 드리웠고, 햇살을 모으려 연약한 날개를 펼친 나비는 그의 시선을 알아채지 못했다. 그는 팔을 들어 올렸다. 나비는 날아가지 못하고 그의 손아귀에 들어갔다. 리젤은 손가락을 구부렸다.

나는 가슴이 먹먹해졌다. 긴장된 마음으로 그를 지켜보았다. 그가 나비를 으스러뜨릴 것이라고, 그레이브에서 다른 아이들이 그랬듯이 짓이겨 질식시키리라 생각했다. 너무 긴장한 나머지 그가 *나*를 움켜쥐고 있는 것 같았다. 참혹한 장면을 기다리고 또 기다렸다……

리젤이 손을 펼쳤다.

그리고 거기에 나비가 있었다. 나비는 천진하고 태평한 모습으로 그의 손에서 한참 머뭇거렸다. 그는 일몰의 풍경 속에서 나비를 바라보았고, 바람이 불어와 그의 머리카락을 날렸다. 나비가 날아올랐고, 그의 시선도 하늘로 향했다. 태양은 경이로운 그림을 내 눈앞에 펼쳐

놓았다.

나는 따뜻하고 순수한 빛에 둘러싸인 그를 보았다. 그에게 빛은 어울리지 않는다고 믿어 왔다. 그는 그림자와 블랙홀, 멍 자국, 어둠과 어울렸다. 그것과 거의 일치했고 그럴 수밖에 없었다. 나에게 그는 추방된 천사, 영원히 천국을 저주해야 하는 운명의 루시퍼였기 때문이다.

그런데 지금……

노을빛의 하늘을 바라보는 그, 선명하고 부드럽고 따뜻한 빛깔에 잠긴 그의 모습은 이루 말할 수 없이 아름다웠다.

너무 쳐다보고 있어. 마음의 소리가 들렸다. *넌 항상 그 사람을 너무 바라봤어. 그는 너를 해치고 할퀴고 꼼짝 못 하게 해. 그는 눈물을 만드는 사람이고, 슬픈 동화를 짜내는 잉크야. 쳐다보지 마. 그러지 마.* 나는 내 손을 잡았고 팔도 잡았다. 그를 바라보며 부서지기 전에 내 몸을 꽉 붙들었다.

"리젤."

그가 눈꺼풀을 내렸다. 고개를 돌렸고, 그의 깊은 눈동자가 어깨 너머로 나를 쳐다보았다. 그리고 그 눈빛은 허락도 없이 내 안으로 날아들어 깊이 파고들었다. 내 피부가 달아올랐고, 나는 그를 지켜보았던 모든 시간을 후회했다. 그 눈빛의 마성을 알면서도 피하지 않은 걸 후회했다.

"안나가 널 찾아."

넌 항상 그를 너무 많이 봤어.

나는 도망치듯 서둘러 그 자리를 벗어났다. 그러나 나의 일부는 계속 거기에 남아서 그 순간에 영원히 갇혀 있는 것 같았다.

"그가 곧 올 거예요." 나는 안나에게 말한 뒤 주방을 나왔다.

나는 어떻게 떨쳐내야 할지 모르는 막연한 감정의 희생자였다. 나는 그가 장미를 망가뜨리고, 자기 방에서 나를 쫓아내고, 가까이 다가오지 말라고 경고했던 일을 떠올리려고 했다. 그의 눈에서 자주 보았던 조롱과 냉담과 경멸의 표정을 기억했지만, 그럼에도 나를 불안하게 하는 그 감각이 두려웠다.

나는 그를 무시하고 싶었다. 내 눈앞에서 사라지기를 바랐다. 그런데…… 그런데도…… 나는 계속 빛을 찾고 있었다. 나는 단념할 수 없었다. 리젤은 불가사의하고 냉소적이고, 악마처럼 사람을 유혹했다. 그걸 얼마나 더 많이 겪어야 내가 단념할 수 있을까? 나는 이런저런 생각들로 괴로워하며 남은 하루를 내 방에서 보냈다.

저녁 식사 후에 안나와 노먼이 동네를 산책하자고 제안했지만 나는 그냥 집에 있겠다고 했다. 머릿속이 복잡해서 그들과 함께 태연하게 웃으며 즐길 수 없을 것 같았다. 나는 집을 나서는 그들의 모습을 우울하게 바라보았다.

내 방으로 돌아가기 위해 계단으로 향했다. 계단을 오르는데 갑자기 아름다운 선율이 울려 퍼졌다. 나는 숨을 죽이며 걸음을 멈추었다. 매혹적인 선율이 등 뒤에서 생생하게 들려왔고, 악보의 음표처럼 심장이 고동치기 시작했다.

나는 피아노가 있는 곳으로 향했다. 내 몸은 보이지 않는 거미줄에 묶인 것 같았다. 나는 정신을 차리고 위층으로 돌아가야 했지만, 내 발은 그 방의 입구로 나를 이끌었다.

그의 뒷모습이 보였고, 스탠드의 불빛에 검은 머리카락이 번들거렸다. 피아노 위에는 안나가 꽃다발을 꽂아둔 아름다운 크리스털 꽃병이 놓여 있었다. 나는 마법의 주문을 뿌리는 새하얀 손이 건반 위에서 매끄럽고 능숙하게 움직이는 것을 보았다. 그는 내가 문 앞에 있는 걸 알지 못했기에 나는 넋 놓고 그를 바라보았다.

리젤은 연주를 통해 무언가를 말하려 한다는 인상을 받았다. 그것은 침묵하면서 말하는 그만의 방식이었다. 그의 음악에는 내가 해석할 수 없는 무언의 언어가 있었다. 그런데 이번에는…… 그 음표들의 속삭임을 내가 이해할 수 있기를 바랐다.

나는 그가 즐겁고 유쾌한 곡을 연주하는 걸 들어본 적이 없었다. 그의 선율에는 항상 가슴을 찢는 고통의 비애가 있었다.

순간, 클라우스가 피아노 위로 뛰어올랐다. 그리고 리젤에게 다가가 그를 안다는 듯 머리를 숙여 냄새를 맡았다. 손가락이 천천히 멈췄다. 리젤은 고양이를 향해 얼굴을 돌리더니 손을 뻗어 목덜미를 잡았다. 그런데 갑자기 그의 어깨가 굳어지면서 손가락이 털 속으로 난폭하게 박혔다. 클라우스는 하악질을 하며 버둥거렸지만 벗어날 수 없었다. 리젤은 벌떡 일어나 그를 내던졌고, 그 바람에 피아노 건반이 울리고 꽃병이 바닥에 떨어졌다. 귀청을 찢는 듯한 소음과 함께 크리스털이 산산조각으로 깨졌다.

나는 눈앞에서 벌어진 폭력적인 장면에 심장이 두근거렸다. 공포가 엄습했다. 그 평화의 순간은 맹목적인 분노로 증발해 버렸고, 나는 충격을 받아 비틀거리며 뒷걸음질을 쳤다. 그리고 조금 전과는 다른 배경 속에서 계단을 뛰어 올라갔다.

겁에 질리고 놀라서 정신이 없는 가운데 갑자기 희미한 옛 기억이 머릿속에 떠올랐다.

"무서워."

"누가?"

피터는 대답하지 않았다. 그는 수줍음이 많고 깡마른 체구에 뭐든 다 무서워했다. 그러나 이번에는 그의 눈에서 다른 무언가가 느껴졌다.

"그 애……"

나는 어린아이였지만 그가 누구를 말하는지 이해했다. 많은 아이들이 그를 두려워했다. 리젤은 우리 같은 아이들 사이에서도 특이하게 보였기 때문이다.

"걔는 뭔가 잘못되었어."

"무슨 말이야?" 나는 주저하며 물었다.

"폭력적이야." 피터가 몸을 떨었다. "재미로 싸움을 벌이고 상처를 입혀. 한두 번이 아니야…… 풀을 한 움큼씩 뽑아 버려. 정신이 나간 것 같아. 짐승처럼 마구 뜯어대. 사납고 화를 내고 나쁜 짓밖에 할 줄 몰라."

나는 땋은 머리의 풀린 가닥들 사이로 그를 보며 침을 삼켰다.

"겁낼 것 없어." 나는 작은 목소리로 그를 안심시켰다. "넌 개한테 아무 짓도 안 했잖아……"

"근데 넌? 넌 무슨 짓을 했는데?"

나는 뭐라고 대답해야 할지 몰라 반창고의 이음새를 물어뜯었다. 리젤은 나를 울리고 절망하게 했지만, 나는 그 이유를 몰랐다. 날이 갈수록 우리가 잠들기 전에 들은 동화와 점점 더 비슷해진다는 것만 알 수 있었다.

"네가 못 봐서 그래." 피터가 유령 같은 목소리로 속삭였다. "못 들어서 그래. 하지만 나는…… 그와 같은 방에 있어." 피터는 나를 돌아보았고, 나는 그의 표정에 소름이 돋았다. "이유 없이 얼마나 마구 부서대는지 넌 모를 거야. 한밤중에 일어나 나한테 꺼지라고 소릴 질러. 그가 가끔 어떻게 웃는지 봤니? 그 비웃음이 어떤지? 다른 사람들과 달라. 제정신이 아니고 잔인해. 사악해, 니카…… 우린 모두 그에게서 멀리 떨어져야 해."

12
자제력을 잃다

으르렁거리고, 쉭쉭거리고, 할퀴는 사람은
가장 연약한 영혼의 소유자다.

폭력적이고 잔인하다. 이것이 그에 대한 정의였다. 그가 동전의 양면처럼 사람을 홀리고 조정하는 것은 끔찍했다.

리젤은 누군가에게 폭력을 행사할 때의 살벌한 눈빛과 손에 묻은 피, 얼굴의 상처를 내게 보여주었다. 그는 나에게 멀리 떨어지라고 으르렁거렸지만, 조롱이 담긴 그의 음울한 미소는 그 반대의 말을 하는 것 같았다.

그는 왕자가 아니었다. 늑대였다. 늑대들은 모두 멋지고 잘생긴 왕자의 모습을 하고 있을 것이다. 그러니 빨간 망토 소녀가 속아 넘어갔을 테지. 나는 그걸 받아들여야 했다.

빛은 없었다.

희망이 없었다.

리젤 같은 사람에게는.

나는 왜 그를 이해할 수 없었나?

"우리 준비됐어." 노먼이 외쳤다. 그들이 출발하는 날이 너무 빨리 다가왔다. 나는 계단 밑에 큰 가방을 내려놓으면서 말로 표현할 수 없는 이상한 슬픔을 느꼈다. 나는 안나와 시선을 주고받았고, 늦은 시간까지 그녀를 볼 수 없다는 사실에 서운함이 북받쳤다. 나의 애착이 지나치다는 걸 알면서도, 그들이 떠나는 것을 보며 버림받는 느낌이 들었다. 다시 어린아이가 된 것 같았다.

“너희들 괜찮겠지?” 안나가 걱정스럽게 물었다. 온종일 우리를 혼자 두는 것이 그녀는 마음에 걸렸다. 특히 입양 절차에 민감한 시기라서 더욱 그랬다. 그녀는 집을 비우는 게 적절치 않다고 여겼지만, 나는 오늘 밤이면 돌아와서 다시 만날 거라며 그녀를 안심시켰다.

“도착하면 전화할게.” 그녀는 스카프를 여몄고, 나는 애써 웃음 지으며 고개를 끄덕였다. 리젤은 나보다 조금 뒤에 서 있었다.

“클라우스 식사 챙겨줘.” 노먼이 우리에게 당부했다.

그 말에 나는 얼굴이 환해져서 슬며시 고양이를 내려다보았다. 그는 매서운 눈초리로 나를 한번 흘겨보고는 우리에게 알은체도 하지 않고 꼿꼿한 자태로 지나갔다. 안나는 한 손을 올려 리젤의 어깨를 꽉 잡았고, 머리카락을 귀 뒤로 넘겨주며 나에게 미소 지었다.

“오늘 밤에 봐.” 그녀가 다정하게 말했다.

나는 그들이 문으로 향하는 모습을 지켜보았다. 그들이 문밖으로 나갈 때까지 계단 앞에 서서 손을 흔들었다. 자물쇠가 찰가닥 잠기는 소리가 고요한 집안에 울려 퍼졌다.

잠시 후 뒤에서 발소리가 들렸고, 나는 위층으로 사라지는 리젤의 뒷모습만 볼 수 있었다. 그는 나에게 눈길 한 번 주지 않고 자리를 떴다. 나는 그가 사라진 곳을 바라보다가 돌아섰다. 현관문을 보자 가느다란 한숨이 새어 나왔다.

그들은 곧 돌아올 거야……

나는 그들이 금방이라도 다시 나타날 것처럼 입구에 머물렀다. 나도 모르게 어느새 책상다리를 한 채로 바닥에 앉아 있었다. 나무의 홈을 따라 손가락으로 바닥을 두드리다가 클라우스가 어디로 갔는지 궁금해졌다. 나는 거실 쪽으로 고개를 돌렸고, 그가 카펫 한가운데서 발을 핥고 있는 것을 발견했다. 작은 머리가 위아래로 움직이는 모습이 너무 귀여웠다.

놀고 싶어 하지 않을까?

나는 벽 뒤에 쪼그리고 앉아 그를 엿보았다. 그러다가 살금살금 기어서 다가갔다. 클라우스는 작은 발을 내리고 나를 돌아보았다. 나는 즉시 동작을 멈추고 작은 스핑크스처럼 그를 쳐다보았다. 고양이는 나를 째려보며 꼬리를 휙휙 흔들었다.

그가 고개를 돌렸고, 나는 다시 그를 향해 기어가기 시작했다. 그가 또 나를 돌아보자 나는 다시 멈췄다. 그러면서 우리는 일종의 '*무궁화 꽃이 피었습니다*' 게임을 시작했다. 그는 날카로운 시선을 던졌고, 나는 딱정벌레처럼 앞으로 나아갔다. 내가 카펫의 가장자리에 도달했을 때 클라우스는 불안하게 울어댔고 나는 게임을 멈추었다.

"놀고 싶지 않아?" 나는 그가 다시 돌아보기를 바라며 조금 실망한 채 물었다. 그러나 클라우스는 꼬리를 두어 번 휘두른 뒤 다른 곳으로 가버렸다. 나는 아쉬워하며 무릎을 꿇고 앉아 있다가 내 방에 올라가 공부해야겠다고 생각했다.

나는 안나와 노먼이 언제 공항에 도착할지 궁금해하며 위층으로 올라갔다. 생각에 잠겨있는데 갑자기 이상한 느낌이 들었다. 나는 돌아서서 복도 중앙을 바라보았다. 리젤이 머리를 약간 숙인 채 움직이지 않고 있었다. 손으로 벽을 짚고 몸이 움츠러든 자세였다.

뭐지…… 뭐 하고 있지?

나는 없는 친밀감을 억지로 끄집어냈다.

"리젤?"

그의 손목 근육이 미세하게 실룩이는 것을 본 듯했지만, 그는 움직이지 않았다. 나는 그의 얼굴을 보려고 낡은 판자가 발밑에서 삐걱대는 소리를 내며 다가갔다. 가까이 갔을 때 그가 눈을 찡그리고 있는 것 같았다.

"리젤." 나는 조심스럽게 그를 다시 불렀다. "너…… 괜찮니?"

"*괜찮아.*" 그의 등이 사납게 으르렁댔고, 이빨을 가는 듯한 그 소리에 나는 놀라서 펄쩍 뛸 뻔했다.

나는 얼어붙은 듯 가만히 서 있었다. 그의 적대적인 말투 때문에 긴장해서 그런 게 아니었다. 그의 거짓말에 무장 해제되어 자리를 뜰 수 없었다.

나는 그를 향해 한 손을 뻗었다.

"리젤……"

내 손이 닿기도 전에 그는 팔을 홱 뿌리쳤다. 그는 내게서 몸을 피하며 고개를 돌려 나를 빤히 쳐다보았다.

"내가 *몇 번이나* 말했지? 만지지 말라고!" 그가 위협적으로 쉭쉭거렸다.

나는 뒷걸음질을 치며 서운한 표정으로 그를 바라보았다. 그의 반응은 내 가슴을 할퀴듯이 아프게 했다.

"나는 그저……" 나는 왜, *왜* 같은 실수를 반복하는지 모르겠다. 후회했다. "네가 괜찮은지 확인하고 싶었을 뿐이야."

그 순간 나는 그의 동공이 약간 커진 것을 보았다. 다음 순간 그의 표정이 바뀌었다.

"왜?" 그의 입이 부자연스럽게 보일 정도로 심하게 일그러졌다. "아, 그렇지." 그는 표정을 가다듬으며 예의 그 빈정대는 말투로 나를 할퀴려 들었다. "넌 그런 사람이니까. 그게 네 본성이니까."

나는 손이 떨렸다. "그만해."

그러나 그는 나에게 한 발짝 다가섰다. 그는 잔인하고 매서운 웃음을 지으며 내 위에 우뚝 솟아 있었다.

"그렇지, 너는 강하잖아? 나를 돕고 싶니?" 그는 바늘처럼 뾰족한 눈빛으로 집요하게 속삭였다. "나를…… *고치고* 싶니?"

"그만해, 리젤!" 나는 황급히 물러섰다. 주먹을 꽉 쥐었지만 나는 항상 너무 연약하고 겁이 많고 무력했다. "넌 기를 쓰는 것 같아. 그러기 위해……"

"그러기 위해?" 그가 따져 물었다.

"널 증오하게 만들기 위해."

내가 널 증오하게, 이 말을 내뱉고 싶었다. *나만, 오직 나만, 날 벌주는 것처럼.*

그 모욕을 받아도 마땅한 짓을 내가 한 것처럼.

가슴을 찌르는 말은 처벌이었고, 매서운 눈초리는 경고였다. 이따금 나는 그가 그런 눈빛으로 내게 무언가를 말하려다가 따가운 가시 아래 그 말을 묻어버린다는 인상을 받았다. 그리고 그가 던진 어둠에 휩싸인 채 내가 그를 바라볼 때면, 그의 눈에서 광채가 번뜩였다. *그 아래에는 무언가가*, 내가 한 번도 본 적 없는 무언가가 빛나고 있었다.

"그래서 내가 싫어?" 그의 목소리가 내 귀를 가득 채웠다. 그가 가까이 있어서 소리가 더 크게 들렸고, 그는 내 키에 맞추어 얼굴을 약간 기울이고 있었다. "나를 미워하니, *나방*아?"

나는 좌절한 채 그의 두 눈동자를 번갈아 보며 물었다. "그게 네가 바라는 거니?"

리젤은 천천히 턱을 닫고는 나를 뚫어지게 쳐다보았다. 그러다 내게서 시선을 거두고 내 어깨 너머를 차갑게 바라보았다. 나는 그의 마지막 한마디를 들을 필요가 없었다. 그 자신에게 알리기라도 하듯 천천히 내뱉은 그 가혹한 답변을 들을 필요가 없었다.

"그래."

그가 계단 아래로 사라졌고, 나는 그의 존재로부터 풀려날 수 있었다.

리젤이 현관문 소리를 내며 집밖으로 나갈 때까지 나는 그 말의 메아리와 함께 그대로 머물렀다.

나는 하루 종일 혼자서 보냈다. 집은 외딴 성지처럼 조용했다. 빗소리만이 정적을 깨뜨렸다. 창문에 맺힌 물방울이 마룻바닥과 내 다리에 반사되어 영롱한 자국을 남겼다. 나는 바닥에 앉아 허탈한 표정으로 창문 밖을 바라보았다.

내 감정을 설명할 말이 있다면 좋았을 것이다. 내 안에서 그 말들을 꺼내어 모자이크 조각처럼 바닥에 죽 늘어놓고 어떻게든 서로 들어맞는지 확인하고 싶었다. 나는 비어 있었다.

내 안의 일부는 상황이 잘 돌아갈 수 없다는 걸 이미 알고 있었다. 그것을 처음부터 알고 있었다. 내가 그레이브 밖으로 첫발을 내디딘 때부터. 잠시 동안 어릴 적처럼 희망을 품었건만. 나는 결국 그렇게 살아가는 법밖에 몰랐으니까, 기껏 반짝이고 매끄럽게 만드는 것이 전부였지.

사실 나는 그 이상은 볼 수 없었다. 아무리 봐도 그 검은 반점은 절대 사라지지 않았다. 리젤은 눈물을 만드는 사람이었다.

그는 나에게 항상 전설의 중심이었다. 그는 현실이 된 전설이었고, 어렸을 때 수없이 나를 괴롭히며 울렸다. 눈물을 만드는 사람은 사악했다. 그 자는 고통을 주고 지독하게 괴롭혀서 울게 만들었다. 거짓말하고 절망하게 만들었다. 그레이브에서 우리는 그렇게 배웠다.

그런데 아델린은 그같이 보지 않았다. 다른 관점에서 해석할 수 있다고 했다. 눈물이 감정의 대가라면 그 안에는 사랑과 애정, 기쁨과 열정도 있기에 모든 것이 나쁜 것만은 아니라고 했다. 고통이 있지만 행복도 있다고.

"그건 우리를 인간답게 만드는 거야." 그녀는 무언가를 느끼려면 고통이 따른다고 말했다.

하지만 나는 그녀처럼 생각할 수 없었다. 리젤은 모든 것을 깨뜨렸다. 그는 왜 자신을 내보이지 않을까? 나는 왜 나답지 않게 그를 대했을까? 나는 그가 마음 상하지 않게 침착하고 *부드럽게* 대할 수 있었다. 나를 보는 그의 눈빛으로는 상상하기 힘들지만, 우리는 지금과 다른 관계일 수 있었다.

우리는 늑대와 상처와 두려움이 없는 동화 속에서 살 수도 있었다.

한 가족으로……

책상 위의 핸드폰에서 메시지 도착을 알리는 소리가 들렸다. 나는 한숨을 내쉬며 몸을 웅크렸다. 분명 라이오넬이 보냈을 것이다.

최근에 그는 내게 자주 메시지를 보냈고, 우리는 많은 이야기를 나눴다. 그는 취미와 즐겨하는 운동, 그가 우승한 테니스 대회 등 자신에 대해 많은 이야기를 들려주었다. 자랑거리를 허물없이 얘기하기도 했는데, 내가 빌리를 귀찮게 하지 않고 누군가 이야기할 상대가 있어서 좋았다.

하지만 그날 오후는 다르게 돌아갔다. 나는 라이오넬과 메시지를 주고받으면서 리젤에 대해 말하지 않을 수 없었다. 그날의 일은 목구멍에 가시가 걸린 것처럼 불편하게 남아 있었다. 나는 그에게 우리가 친형제가 아니라는 사실을 밝혔다. 우리가 조금도 혈연관계가 아니라고 말하자 그는 오랫동안 답장하지 않았다. 어쩌면 나는 내 이야기를 그렇게 많이 하지 말아야 했다. 어쩌면 나는 그가 마지막으로 우승한 경기에 대해 말할 때 화제를 돌려 그를 싫증나게 했을지도 모른다.

비가 내리기 시작했고, 내 머릿속에는 그가 저 밖에서 우산도 없이 빗속에 있을 거라는 생각만 가득했다. *결국 나는 다르게 사는 법을 몰랐기 때문이다. 내가 갈고 닦을수록 모서리가 더 많이 드러났지만 그렇게 사는 것밖에는 몰랐다.*

전화벨 소리가 집 안에 울려 퍼졌다. 찬물 한 바가지를 끼얹은 것처럼 정신이 번쩍 들었다. 나는 방을 나갔다가 재빨리 돌아와서 핸드폰을 챙겨 다시 나갔다. 거실로 내려와서 전화를 받기 위해 달려갔다.

"여보세요?"

"니카." 따뜻한 목소리가 들렸다. "안녕. 별일 없니?"

"안나." 나는 기뻤지만 조금 당황했다. 그녀는 점심시간쯤에 전화해서 그들이 도착했고 그곳에 눈이 내리고 있다고 알려주었다. 나는 그녀가 다시 전화할 거라고 기대하지 않았다. 안나의 목소리가 어딘가 다르게 들렸고, 전화의 연결 상태가 좋지 않다는 걸 알았다.

"공항에서 전화하고 있어. 여기 날씨가 더 나빠졌어. 눈이 엄청나게 내려. 오후 내내 이랬는데 내일 아침까지도 상황이 나아질 것 같지 않대. 우리 모두 줄을 서 있지만…… 오, 노먼, 그분이 지나가게 비켜 줘. 그의 가방이…… 죄송합니다! 니카, 내 말 들려?"

"네, 듣고 있어요." 나는 어수선한 잡음을 들으며 침을 삼켰다.

"탑승구가 다 닫혔어." 전화기에서 삑삑거리는 소음이 들렸다. "항공편이 결항되었고 우리는 대체 편을 기다리고 있는데 기상 악화로 비행이 취소됐다는 녹음 방송만 계속 들리고 있어. 아, 잠깐만…… 니카…… 니카?"

"들려요, 안나." 나는 양손으로 전화기를 부여잡았지만, 그녀의 목소리는 멀리서 이중으로 메아리쳤다.

"내일 아침까지는 비행편이 없을 거래." 나는 간신히 알아들었고, 누군가와 말다툼을 벌이는 노먼의 목소리가 내 귀에 닿았다. "아니면 적어도 눈보라가 멈출 때까지." 나는 고요한 집안에서 그 말을 되새기며 가만히 서 있었다. "오, 니카, 얘야, 정말 미안해…… 이런 일은 상상도 못했는데…… 미안합니다, 줄이요? 줄 서 있는 거 안 보이세요? 저 사람이 내 스카프를 밟고 있어! 우리가 약속했는데…… 니카? 오늘 밤에 돌아간다고 했는데……"

"괜찮아요." 나는 혼란스러운 그녀를 진정시키려고 대뜸 말했다. "안나, 걱정할 필요 없어요. 음식도 충분해요."

"비가 많이 온다고 했지? 난방기는 켰지? 너랑 리젤은 잘 있니?"

나는 목이 타는 느낌이 들었다. "우린 괜찮아요." 나는 천천히 말했다. "집은 따뜻하니 걱정하지 마세요. 그리고 클라우스는 밥을 먹었어요." 나는 방 뒤쪽에서 쉬고 있는 고양이를 돌아보았다. "밥을 다 먹고 지금은 안락의자에서 졸고 있어요." 반대편에서 걱정스러운 목소리가 들리자 나는 애써 웃음을 지었다. "정말이지, 안나…… 걱정하지 마세요. 하룻밤이잖아요…… 비행기 문제는 곧 해결되겠지만, 그동안…… 걱정하지 마세요. 우리는…… 여기서 기다리고 있을 게요."

우리는 좀 더 이야기를 나눴다. 안나는 현관문을 어떻게 잠그는지 아냐고 물었고 무슨 일이 있으면 바로 전화하라고 당부했다. 전화를 끊을 때까지 그녀는 걱정하는 마음으로 나를 챙겼다. 통화를 마쳤을 때 나는 저녁의 어둠에 싸여 있었다.

"너랑 나 둘이, 응?" 나는 클라우스에게 미소를 지으며 중얼거렸다. 그는 한쪽 눈을 뜨고 나를 째려보았다.

나는 조명을 켜고 탁자 위에 올려두었던 핸드폰을 집어 들었다. 아직 라이오넬의 메시지를 확인하지 않았다. 그는 나에게 사진을 보냈다. 미간을 찡그리며 확인하는데 창문 밖으로 번개가 내리쳤다. 나는 이후에 일어날 일에 대해 준비가 되어 있지 않았다. 그것을 감지했어야 했다. 폭풍이 닥치기 전에 비 냄새를 맡는 것처럼. 무언가를 만지기 전에 붕괴의 조짐을 느끼는 것처럼 재난의 기운을 감지했어야 했다.

찬바람이 몰아치며 갑자기 현관문이 벌컥 열렸고, 나는 핸드폰을 손에서 놓칠 뻔했다. 리젤은 빗물이 떨어지는 주먹을 꽉 쥐고 머리카락을 앞으로 늘어뜨린 채 들어섰다. 그의 신발은 진흙투성이가 되었고 걷어 올린 소매 아래로 빨갛게 부은 팔꿈치가 보였다. 그의 모습은 끔찍했다. 추위로 입술은 파랗게 질렸고 옷은 흠뻑 젖어 있었다. 그는 나를 쳐다보지도 않은 채 문을 닫았고, 나는 충격에 휩싸여 얼어붙은 채 그를 바라보았다.

"리젤……"

그때 그가 나를 돌아보았다. 그의 얼굴 상태를 보자 가슴이 미어지는 것 같았다. 입술에 난 상처는 내 뺨을 맞은 것처럼 충격적이었다. 붉은 피가 빗물에 섞여 하얀 턱으로 흘러내렸고, 창백한 안색에 찢어진 눈썹이 뚜렷이 드러났다. 내 눈은 겁에 질려 상처들을 쫓으며 그의 얼굴을 살폈다.

"리젤." 나는 이름을 불렀지만 다음 말을 잇지 못했다. 그가 거실을 향해 걸어오자 나는 눈으로 그를 따라갔다.

"무슨…… 무슨 일이 있었니?" 나는 그의 처참한 모습에 마음이 너무 아팠고, 그가 내 옆을 지나갈 때에야 손가락 관절이 찢어진 것을 눈치챘다. 그것은 내 걱정을 예감으로 바꾸었지만 곧장 이해하지는 못했다. 핸드폰에 또 다른 메시지가 표시되자 내 시선은 즉시 그리로 향했다.

나는 혈관 속의 피가 얼어붙어 뼈에 박히는 가시와 유리 파편이 된 것 같았다. 순간 숨이 막혔다. 머릿속이 어지러워지고 눈앞의 세상이 깜깜하게 변해 사라진 것 같았다.

상처와 피로 얼룩진 라이오넬의 얼굴이 전화기에 나타났다. 그의 머리카락은 엉망이었고, 피부는 주먹으로 맞은 자국이 선명했다. 나는 다리가 풀려 비틀거리며 한 발 뒤로 물러났다. 그리고 그가 쓴 메시지의 글자 하나하나가 바늘처럼 내 눈동자를 찔렀다. '그가 그랬어.'

"무슨 짓을 한 거야……" 나는 얼굴을 들었고, 그 이미지의 유령이 여전히 어른대는 내 눈동자가 리젤의 등에 부딪쳤다. "무슨 짓을 한 거야……" 내가 더 크게 말하자 그가 멈춰 섰다.

리젤은 주먹을 꽉 쥐고 나를 돌아보았다. 그는 실핏줄이 터진 눈으로 나를 보다가 곧바로 내 손에 쥔 핸드폰에 시선을 고정했다. 그는 입술 한쪽을 일그러뜨리며 어색한 웃음을 지었다.

"아, 양이 늑대가 왔다고 외쳤나 보군." 그는 짓궂게 빈정거렸다.

머릿속에서 뭔가가 폭발하는 느낌이 들었다. 그것은 동맥을 따라 발산되어 모든 피를 태우며 나를 불타오르게 했다. 온 신경이 떨렸고 관자놀이가 욱신거렸다. 휘둥그레진 눈에서 흘러내린 눈물이 시야를 가렸다. 그때 리젤은 몸을 돌려 자리를 뜨려고 했다.

나는 자제력을 잃었고 모든 것이 빨려 들어갔다.

뜨거운 열기만 남았다.

한 번도 느껴본 적 없는 격렬한 분노만 남았다.

그리고 무언가가 솟구쳤다.

나는 앞으로 튀어나가 그를 세게 쳤다. 젖은 옷, 팔꿈치, 어깨, 손이 닿는 곳 어디든 할퀴었다. 리젤은 예상치 못한 공격에 뒷걸음질 쳤고,

내 얼굴은 눈물범벅이 되었다.

"왜?" 나는 그를 붙잡으려고 하면서 울부짖었다. "*왜?* 내가 너한테 어떻게 했길래? 무슨 짓을 했다고?"

그는 나를 뒤로 밀어내며 계단으로 가려고 했다. 내가 그를 할퀴려고 반창고가 붙은 손을 허우적대는 동안 그는 마치 거미인 것처럼 내 손가락을 떼어냈고 그의 시선은 고집스럽게 앞을 향했다.

"내가 뭘 어쨌다고 이런 일을 당해야 해?" 나는 목이 아프도록 소리쳤다. "뭘 어쨌다고! *말해!*"

"내 몸에 손대지 마." 그는 쉭쉭거렸고, 나는 그가 더는 보이지 않았다.

나는 나를 모질게 밀어내는 손과 싸웠다. 내가 격렬하게 공격하자 리젤이 으르렁거렸다. "하지 말라고 *했잖아*……"

그러나 나는 멈추지 않았다. 그의 팔뚝을 잡고 아주 세게 잡아당겼다. 내 몸짓의 폭력성이 폭발했다.

잠시 내 손가락이 그의 *드러난* 맨살에 파묻혔고 나는 있는 힘을 다해 그에게 매달렸다.

내가 유일하게 본 것은 그가 나를 홱 뿌리칠 때 그의 검은 머리카락에 투영된 분노였다.

마지막 순간에 두 손이 내 어깨를 힘껏 붙들어 잡았다.

그리고 입의 윤곽이…… 나에게 밀려와 내 입술을 덮었다.

13
후회의 가시

그가 그녀를 처음 본 건 다섯 살 때였다.

어느 날 그녀는 다른 아이들처럼 이곳에 왔다. 그녀도 어미 없는 새끼 오리처럼 길을 잃었다. 그녀는 갈색 머리카락과 끈 풀린 가죽 신발을 휘감은 그 가을 풍경 속에서 혼란스러운 모습으로 철문 앞에 서 있었다.

그것 이상은 없었다. 그가 기억하는 그녀의 첫 모습은 길가의 흔한 돌처럼 무의미했다. 생기 없는 영혼, 가느다란 어깨, 나방의 칙칙한 빛깔, 그가 매번 다른 얼굴에서 보았던 조용한 울음의 침묵.

그러다가 나뭇잎이 흩날리더니 그녀가 돌아섰다.

그를 향해 돌아섰다.

그리고 격렬한 소동이 땅을 흔들고 심장을 요동치게 했다. 그는 이전에 본 적 없는 눈빛에 압도되었다. 은빛 눈동자가 수정보다 더 찬란하게 빛났다. 리젤은 눈물 가득한 그 눈동자와 유리처럼 투명한 홍채를 보면서 다른 세상을 보는 듯한 전율을 느꼈다. 그는 자신을 향한 그녀의 시선을 느끼며 얼어붙었다.

눈물을 만드는 사람의 눈이 그를 바라보고 있었다.

사람들은 그에게 진정한 사랑은 끝나지 않는다고 말했다.

언젠가 리젤은 사랑이 무엇인지 원장에게 물었고, 그녀는 그같이 대답했다. 리젤은 그 말을 어디서 들었는지도 기억하지 못했지만, 어린 시절에 정원과 나무의 텅 빈 몸통, 다른 아이들의 주머니에서 사랑을 찾으며 오전을 보냈다. 그는 가슴속을 뒤지고 신발을 뒤집으며 그 대단한 사랑을 찾았지만 나중에서야 그것은 동전이나 호루라기 이상의 어떤 것이라는 걸 깨달았다.

그보다 나이가 많고, 그것을 직접 경험한 소년들은 가장 무모하거나 어쩌면 가장 미친 짓일 뿐이라고 말했다. 그들은 볼 수도 만질 수도 없는 어떤 것에 취한 사람처럼 그것에 대해 이야기했고, 리젤은 그들이 상실감에 혼란스러워하면서도 행복해 보인다고 느꼈다. 난파되어 떠돌지만 사이렌의 노래에서 위안을 얻었다. 그들은 그에게 진정한 사랑은 끝나지 않는다고 했다. *그들은 진실을 말했다.*

떼어내려고 해도 소용없었다. 그것은 꿀을 구한 적 없는 그에게 꽃가루처럼 영혼의 벽에 달라붙어서 아무데도 달아나지 못하게 그를 얽어매고 얼룩지게 했다. 꿀과 독이 뚝뚝 떨어지는 형벌이었다. 생각과 숨결과 말이 방울방울 떨어져 그의 눈꺼풀과 혀와 손가락을 마비시켰다.

그녀는 한 번의 눈길로 그의 가슴에 파고들어 눈 깜짝할 사이에 찢어버렸다. 그의 가슴에 눈물을 만드는 사람의 눈을 생생하게 새겼고, 리젤은 붙잡을 새도 없이 심장이 찢기는 것을 보았다. 니카는 한숨에 그의 마음을 빼앗았고, 그의 가슴 한가운데는 불타는 갈망의 벌레만 남게 되었다. 그녀는 대지를 굽히는 그 무자비한 우아함과 나방의 칙칙한 빛깔, 부드러운 미소의 흔적으로 그를 만지지 않고도 문가에서 피 흘리게 했다.

사람들은 그에게 진정한 사랑은 끝나지 않는다고 말했다. 그러나 그들은 진정한 사랑이 마음속에 뿌리를 내려 옭아맬 때는 뼈까지 찢어버릴 것이라고 말해주지 않았다.

* * *

그는 그녀를 보면 볼수록 눈을 뗄 수 없었다. 니카의 가벼운 움직임에는 경쾌함이 느껴졌고, 순진한 성격에는 유치하고 사소하고 진실한 구석이 있었다. 그녀는 쇠창살을 붙잡고 철책 너머의 세상을 보면서 바라고 *갈망했다*. 그는 그런 적이 없었다.

그는 그녀가 풀이 무성한 들판에서 맨발로 뛰어다니는 모습을 보았다. 참새 알을 품에 안아 감쌌고, 옷에다 꽃을 문질러 잿빛을 감추려고 했다. 리젤은 그렇게 연약하고 시시한 존재가 어떻게 자신을 그토록 아프게 하는지 의아해했다. 그는 어린아이의 오만함과 고집으로 그 감정을 거부했고, 그것을 자신의 피부와 장기 속에 묻어두고 씨앗이 싹을 틔우지 못하게 했다.

그는 그것을 받아들일 수 없었다. 받아들이고 싶지 않았다. 보잘 것 없고 무지한 그녀가 당돌하게 들어와 영혼과 마음을 해치게 할 수는 없었다. 그 심연은 통제할 수 없었고 주변의 모든 것을 삼키고 찢었다. 어떤 장치로도 제어할 수 없는 무서운 공격성을 지녔다. 그리고 리젤은 그것을 숨겼다. 아마도 결국엔 두려웠기 때문일 것이다. 그것을 인정하는 건 그가 받아들일 준비가 안 된 필연성을 부여하는 것이었기 때문이다.

그러나 그 벌레는 더 깊이 파고들어 정맥을 어지럽히며 뿌리내렸다. 그것은 그를 그녀 쪽으로 밀어붙이는 것 같았고, 그러면서 그는 자신도 몰랐던 신경을 건드렸다. 리젤은 처음 그녀를 밀었을 때 손이 떨리는 느낌을 받았다. 넘어지는 그녀를 보았고, 그 확신을 삼키고 탐욕스럽게 마시기 위해 그녀의 상태를 더 볼 필요는 없었다. 그는 도망가는 그녀를 보며 *동화는 피 흘리지 않는다*고 다급하게 확신했다. *동화는 무릎에 생채기를 내지 않는다.* 그것으로 그녀에 대한 모든 의혹과 전율, 그림자를 제거하기에 충분했다.

그녀는 눈물을 만드는 사람이 아니었다. 그녀는 그가 펑펑 울게 하지 않았고, 그의 눈꺼풀 아래에 수정 방울을 꿰지도 않았다. *그러나 그녀를 볼 때마다 심장이 아팠다.*

그는 아마도 그녀가 다른 것, 기쁨과 슬픔보다 훨씬 더 고통스러운 독을 그에게 꿰었을지도 모른다고 생각했다. 불태우고 살을 저미고 중독이 되는 독소. 그의 벌레는 이제 싹을 틔우고 이빨 같은 꽃잎을 내서 그녀가 웃을 때마다 뇌 속의 발톱과 영혼 속의 송곳니가 되어 그를 옥죄었다.

그래서 리젤은 그녀를 밀치고 당기고 머리채를 낚아채서 그녀가 웃지 않게 했다. 그녀가 겁에 질려 눈물 가득한 눈동자로 그를 보는 순간, 그는 잠시 만족감을 느꼈다. 세상을 울려야 하는 그 눈이 절망하는 것을 보는 역설이 그를 웃게 했다. 그러나 그 만족감은 얼마 가지 않았다. 그녀가 도망가는 것을 볼 때까지만 지속되었다. 고통은 야수처럼 맹렬한 기세로 달려들어 할퀴어 댔고, 그는 그녀가 돌아오기만을 기도해야 했다.

아, 그녀는 항상 웃었다.

웃을 이유가 없는데도. 그가 그녀의 무릎에 상처를 냈는데도. 벌을 선 다음날 아침, 원장이 가한 형벌의 흔적이 어깨 위로 풀어헤친 머리카락과 손목에 남아 있는데도. 그녀는 미소를 지었고, 그녀의 눈은 너무나 깨끗하고 순수해서 리젤은 자신의 어둠과 충돌하는 것을 느꼈다.

"왜 계속 그들을 돕는 거지?" 몇 년이 흘렀을 때 한 아이가 니카에게 물었다.

리젤은 위층 창문에서 그녀를 지켜보았다. 그녀는 새끼사슴처럼 얇은 다리를 수풀에 파묻은 채 앉아 있었다.

그녀가 작은 동물들 사이에서 고개를 들었다. 그녀는 남자아이들이 꼬챙이로 찌르려는 도마뱀을 구하다가 오히려 그 파충류에게 물리고 말았다.

"너는 얘들을 도와주지만…… 얘들은 너한테 해를 끼치기만 해."

니카는 눈꺼풀을 깜박여서 더 맑아진 시선으로 그 아이를 쳐다보았다. 그녀가 입술을 오므렸을 때 햇빛처럼 찬란한 빛을 발했다. 그리고 컬러 반창고가 가득한 두 손을 펼쳐들었을 때 그의 벌레도 침묵하며 수그러들었다.

"그래……" 니카는 따뜻하고 진실한 미소를 지으며 속삭였다. "……*하지만 아름다운 색깔을 봐.*"

그는 항상 자신이 무언가 잘못되었다는 걸 알고 있었다. 그런 인식을 가지고 태어났다.

리젤은 기억할 수 있는 때부터 그것을 느꼈다. 그리고 자신에게 문제가 있어서 버려졌다고 생각했다. 그는 다른 사람들처럼 행동하지 않았고, 다른 사람들과 달랐다. 그는 그녀를 보았고, 바람이 *그녀의 긴 갈색 머리를 날릴 때 등에서 갈색 날개가 보였다. 그것은 잠시 반짝이다가 곧 없었던 것처럼 사라졌다.*

방문객이 리젤을 입양하고 싶다고 했을 때 원장은 늘 반대했다. 리젤은 그녀의 눈빛이나 고개를 가로젓는 모습을 볼 필요도 없었다. 그는 정원에 숨어 방문객들을 지켜보았고, 그들의 얼굴에는 그가 구한 적 없는 연민이 가득했다.

그는 자신에게 뭔가 문제가 있다는 걸 항상 알고 있었고, 커갈수록 그 벌레는 점점 더 기괴하게 모든 혈관 속으로 퍼져 나가고 있다는 것을 깨달았다. 그는 분노와 완고함에 갇힌 채 원망하며 그것을 숨겼다. 그리고 점점 더 심술궂게 변했고 가시는 더욱 무성해졌다. 아무도 그에게 말해주지 않았기 때문이다. 사랑은 그렇게 송두리째 삼켜버리는 것이라고. 살 속으로 파고들어 바싹 죄이며 *끝도 없이 갈망하*는 것이라고. 눈길을 바라면 *또다시 그 눈길*을 바라고, 한 자락의 미소와 두근거리는 심장을 바란다는 걸.

"눈물을 만드는 사람을 속일 수 없어." 밤이면 아이들이 수군거렸다. 그들은 잡혀가지 않으려고 착하게 행동했다.

그리고 리젤은 알고 있었다. 모두가 알고 있었다. 눈물을 만드는 사람을 속이는 건 자신을 속이는 것과 같았다. *그 사람은 모든 것을 안다. 떨리는 감정과 감각에 휘둘린 모든 호흡을 알고 있다.*

"눈물을 만드는 사람을 속일 수 없어." 그 말이 메아리처럼 울려 퍼지자 리젤은 숨기고 참았다. 때로는 그녀가 그 눈으로 자신을 *볼까 봐* 두려웠다. 그녀를 만지고 싶고, 그녀의 피부에서 따뜻함을 느끼고 싶은 갈망을 들킬까 봐 두려웠다. 니카가 한눈에 그에게 각인된 것처럼, 그도 그녀에게 각인되고 싶었다. 그녀를 만진다는 생각만으로도 미칠 지경이고, 그녀의 살을 손으로 느낀다는 생각만으로도 그 안에 있던 벌레가 꿈틀거렸지만 간절한 마음은 어쩔 수 없었다.

그리고 그는 자신이 품고 있는 끔찍한 질병을 그녀가 알기라도 하는 것처럼, 그녀가 맑고 순수한 영혼의 눈으로 자신을 어떻게 바라보는지 알고 싶지 않았다. 리젤에게 사랑은 나비가 나풀거리듯 설레거나 달콤한 세계가 아니었다. 그에게 *사랑은 극성스러운 나방 떼, 파괴적인 암 세포*, 생채기 같은 부재였다. 그리고 *그녀의* 눈에서 받아 마신 눈물이었다. 그것은 느린 죽음이었다.

어쩌면 리젤은 그녀에 의해, 그녀가 주입한 그 잔인한 독에 의해 그저 파괴되고 싶었을 지도 모른다. 때로는 그 감정에 굴복하여 더는 아무것도 느끼지 못할 때까지 잠식되고 싶기도 했다. 뼈가 꺾일 정도로 섬뜩하고 잔인한 떨림이 없었더라면, 그녀가 도망가는 대신 그를 향해 달려오는 꿈을 상상하는 것이 그렇게 고통스럽지 않았더라면.

"무섭지?" 어느 날 참혹한 어둠이 깔린 하늘을 보며 한 아이가 중얼거렸다.

하늘을 쳐다본 적이 없던 그도 올려다보았다. 그리고 그 광대함 속에서 잿빛 구름과 불그스름한 번갯불을 보았다. 폭풍이 몰아치는 바다를 보는 것 같았다.

"*그래……*" 그는 그녀가 마음속에서 자라는 것을 느끼며 눈을 감았다. "*……하지만 아름다운 색깔을 봐.*"

리젤이 열세 살이 되자 소녀들은 그의 내면에 깃든 탐욕스러운 괴물을 알지 못한 채 태양을 보듯 그를 바라보았다. 그가 열네 살이 되자 그녀들은 해바라기가 되었다. 흠모하는 눈빛과 커져가는 열망으로 그가 가는 곳마다 따라다녔다. 아델린은 나이가 더 많았지만 그에게 헌신적으로 사랑을 구했다. *그러는 동안 리젤은 갈색의 긴 머리카락과 결코 그런 열망으로 그를 본 적이 없는 회색 눈을 바라보았다.* 그가 열다섯 살 때, 탐욕의 괴물이 된 것은 그녀들이었다. 그들은 그의 손에서 부드러운 꽃처럼 싹텄고, 리젤은 그녀의 느낌과 반짝임과 향기를 지닌 그들과 함께 그 벌레를 키웠다.

그것은 재앙을 가져올 뿐이었다. 사랑이 격렬하게 사로잡아 불태우고 자신의 것이 아닌 심장 소리와 뒤섞일 땐 감정을 숨길 수 없다. 그녀에 대한 욕망이 더욱더 견딜 수 없게 되자 리젤은 그 생각을 산산조각내고 가슴속의 가시를 날카롭게 세우는 분노에 휩싸였다.

그래서 그는 니카에게 자신의 좌절감을 터뜨렸고, 그녀가 그에게 끼친 영향을 깎아내리려는 듯 *나방*이라 부르며 조롱했다. 그는 날카로운 말로 할퀴며 그녀의 생각 속에 자신의 자리를 파고 그녀가 매일 가한 해악의 일부라도 되갚아주려 했다. 그녀는 그를 망쳤고, 이해하지 못했고, *결코 이해하지 못할 것이기에.* 그녀는 너무나 순수하고 평온해서 그의 마음속 혼란스럽고 더러운 그곳에는 머물지 않을 것이기에.

리젤은 세월이 흐를수록 더욱 아름다워지는 그녀를 보며 가슴이 찢기는 아픔을 느꼈다. 그는 잠 못 이루는 밤을 보냈고 욕망을 억누르며 시트를 부여잡았다. 니카가 커갈수록 그는 애달픈 욕망으로 불타올랐고, 그녀가 울어도 이빨과 송곳니의 가시나무는 더 이상 웃지 않았다.

그 무렵 그레이브에 새로운 남자아이가 들어왔다. 리젤은 괴롭고 버거운 사랑과 싸우느라 그를 상대할 여유가 없었다. 하지만 그 소년은 제정신이 아니었고 겁도 없이 그에게 다가올 정도로 미친놈이었다. 어쨌거나 리젤은 그런 부류의 사람들을 꺼리지 않았고 그들의 무모함을 즐거워했다. 리젤은 주의를 딴 데로 돌릴 수 있었다.

어쩌면 그가 자신과 닮지 않았다면 친구가 될 수 있었을 것이다. 어쩌면 그의 억지웃음과 빈정대는 눈빛에서 자신의 모습을 보지 않았더라면 그를 중요하게 여겼을지도 모른다.

"아델린이 네게 한 걸 나한테도 해줄까?" 어느 날 오후 그가 히죽거리며 물었다.

리젤은 아무런 감정도 일지 않았다. 자신의 입가에도 스민 사악한 웃음만 느낄 뿐이었다.

"왜 꼬드겨 보려고?"

"안될 것 없잖아? 아니면 카미유…… 둘 중 아무나."

"카미유는 벼룩이 있어." 리젤은 가슴속의 불꽃이 타오르기 전에 저질스러운 조롱으로 말을 돌렸다. 그의 벌레는 상처와 한숨을 가둔 정맥의 미로 속에서 졸고 있었다.

"아, 그럼 니카! 그 애의 순진한 얼굴은 *자꾸만* 집적거리고 싶게 해. 내가 무슨 짓을 하고 싶은지 넌 상상도 못 할 거야. 그녀가 꿈틀거릴 것 같니? *아*, 그거 재미있겠다…… 내가 허벅지에 손을 집어넣으면 걔는 날 밀어낼 힘조차 없을 거야."

리젤은 자신의 주먹이 뻗어나간 것을 느끼지 못했다. 공기를 사납게 가르며 화창한 오후를 무너뜨린 난폭한 손의 공격을 느끼지 못했다. 그러나 머리칼을 잡고 그를 패대기치고 나서 손톱 밑에 남은 붉은 피는 영원히 기억할 것이다.

운명의 씁쓸한 장난 앞에서 리젤은 웃음이 나왔다. 그는 자신이 정말로 문제가 있다는 생각에 웃음이 나왔다. 결국 그는 항상 자신이 무언가 잘못되었다는 것을 알고 있었다.

노먼 부부가 그들을 함께 데려갔을 때 리젤은 심장을 조이는 가책을 느꼈다. 어쨌든 그녀와 함께 있는 것이 떠나보내는 고통보다 훨씬 나았다. 영혼의 끈에 달린 니카는 거기서 벗어나는 첫걸음으로 인식하지 못한 채 부드럽게 그 끈을 떼어냈을 것이다. 피아노를 연주한 건 절박하고 극단적인 몸짓이었고, 그녀와 함께 있기 위한 마지막 시도였다.

그리고 이제 그는 영원한 형벌에 처해지리란 걸 알았다. 가장 고통스러운 악몽에서도, 한 집에서 갈등하며 공존하는 것보다 더 괴로운 지옥은 상상할 수 없을 테니까. 만약 그가 그녀를 형제로 느낄 수 있다면, 결코 사라지지 않는 독소처럼 그녀가 피 속에 있었기 때문이다.

"봤어? 걔가 날 어떻게 보는지?"

"아니…… 널 어떻게 봤는데?"

리젤은 돌아보지 않았다. 그는 그들의 대화를 들으면서 새 교과서들을 사물함에 계속 넣기만 했다.

"내게서 다른 걸 간절히 구하듯이…… 그녀가 얼른 몸을 숙이는 거 봤지? 내 책을 주우려고!"

"롭, 신입생 사건을 반복하고 싶진 않겠지?" 옆 사물함에 있던 그의 친구가 말했다.

"믿어 봐, 걔는 얼굴에 쓰여 있어. 눈으로 외치고 있었다고. 순진해 보이는 여자들이 사실은 더 엉큼해."

그들의 대화가 계속 이어졌다. "오, 시간이 얼마나 걸리는지 보자." 롭은 즐거워하며 내기를 걸었다. "난 일주일이라고 봐. 그 안에 다리를 벌려주면 다음번 술은 네가 사."

리젤은 자신의 뺨에 칼처럼 스며든 미소에 놀라지 않았다. 그는 닫힌 사물함 문에 비친 자신의 얼굴을 가로지르며 치아 위의 입술이 얇아지는 것을 보았다. 소년의 눈에 그 모습이 비치어 번쩍였을 때도 그는 미소를 멈출 수 없었다. 바닥에 고꾸라지는 그를 보는 만족감이 주체할 수 없을 정도로 너무나 컸다.

그는 자신을 보던 그녀의 표정을 영원히 기억할 것이다. 때때로 그녀의 부드러움을 통해 빛나던 그 불굴의 힘과 함께, 치욕 속에서도 그녀의 눈을 천사의 빛깔로 물들였던 그 용기와 함께.

"언젠가 그들은 네 본모습을 알게 될 거야." 그녀는 기억이 닿는 때부터 그의 머릿속을 어지럽혔던 그 목소리로 속삭였다. 그는 그녀와 가까이서 얘기한 적이 없었기에 호기심과 두려움을 억누를 수 없었다.

"아, 그래?" 그는 그녀를 자극했다. "그럼 난 누군데?"

그는 니카에게서 눈을 뗄 수 없었다. 그리고 그녀가 최종 판결을 내리려는 그 순간에 자신이 숨 쉬고 있다는 것을 깨달았다. 그 희미한 빛 속에서도 그녀는 정신을 못 차리게 할 정도로 진실하고 투명한 빛을 반사했기 때문이다.

"넌 눈물을 만드는 사람이야." 그녀가 비난하듯 말했다.

리젤은 해일이 밀어닥치는 깊은 진동을 느꼈다. 그리고 벌레가 턱을 열고 크게 웃었다. 심장이 혈액을 펌프질하듯 입에서 웃음이 터져 나왔다.

그는 가슴이 옥죄어왔고, 그 아픔이 너무나 컸기에 쓰라린 고통 속에서 오히려 안도감을 느꼈다. 그리고 언제나 그랬듯이 고통을 비웃음으로 숨기며 패배자의 거만한 체념으로 삼켰다.

눈물을 만드는 사람이라고?

아, 그녀가 알았더라면.

그녀가 제발 알았더라면…… *그것이 그를 얼마나 떨게 하고 괴롭히고 절망하게 했는지…… 그녀가 조금의 의혹이라도 품었더라면……* 어쩌면 그것은 약간의 위안이었을 것이다. 습기와 송진 사이에서 불붙었다가 이내 차가운 공포에 휩싸여 꺼져버린 따뜻한 불꽃이었을 것이다.

그는 불에 덴 것처럼 그 희망에서 물러섰다. 어둡고 뾰족하고 극단적인 감정으로 얼룩진 그녀의 깨끗한 눈을 보는 것보다 리젤에게 더 큰 공포는 상상할 수 없었기 때문이다.

그는 너무 늦게 그녀를 사랑하고 있다는 것을 깨달았다. 검고 불명예스러운 사랑, 천천히 죽이고 마지막 숨결까지 쇠약하게 만드는 사랑. 그는 그것이 자신을 밀어붙이며 속삭이는 소리를 느꼈다. 말해야 할 말들과 감히 해야 할 행동들이 속삭여졌고, 때때로 그는 간신히 참을 수 있었다.

그녀는 망가뜨리기엔 너무나 소중했다. 그는 그녀가 떠나는 모습을 지켜보았고, 그 뒤로 남은 침묵 속에서 또 다른 심연, 그녀가 결코 그에게 허락하지 않았던 마지막 눈빛의 절망을 느꼈다.

"그게 너였니?"

가시. 가시나무와 가시.

"네가 이걸 줬니?"

가시 돋은 꽃과 이빨, 이빨, *이빨*. 그는 자신의 나약함을 인정하는 증거를 내려다보았고, 그가 그녀에게 주고만 한 송이 장미는 이제 귀청이 찢어져라 그의 잘못을 부르짖고 있었다.

그는 검은색이 종말의 색이라는 걸 발견했다. 고뇌와 슬픔, 빛을 보지 못할 운명의 사랑. 슬프게도 그 상징은 너무나 잘 들어맞았기에 리젤은 검은 장미가 자기 마음속 고통의 토양에서 자란 것이 아닐까 생각했다.

그러나 그것은 어리석은 충동이었고, 그녀를 항상 멀리하려고 했던 고집에 균열이 생긴 것이었다. 그는 자신의 방에서 그 비난의 상징물을 손에 든 그녀를 본 순간 그것을 후회했다.

그는 재빨리 가면을 썼고, 위협적이고 부자연스러운 웃음을 지으며 냉정을 되찾으려 했다.

"내가?" 그는 손목에서 뚜렷하게 드러난 긴장감을 그녀가 알아채지 않기를 바랐다. "너한테 꽃을 줬다고?"

그는 최대한 역겨운 표정을 지으며 말했다. 건방진 태도로 빈정대며 그 말을 내뱉었고, 그녀가 그대로 믿기를 간절히 바랐다.

니카는 시선을 내렸고, 그녀를 향한 그의 두려운 눈빛을 볼 수 없었다. 순간 리젤은 그녀가 알아챘을까 봐 두려웠고 그 의혹은 영혼을 갉아댔다. 그는 떨림과 거짓으로 지탱하던 삶이 산산이 무너지는 것 같았다. 그래서 리젤은 자신이 할 줄 아는 유일한 방법, 두려움을 떨치는 단 하나의 대책에 매달렸다. 의심이 뿌리 내기기 전에 물어뜯고 공격하여 부스러뜨리는 것이다.

리젤이 그녀의 손에서 장미를 낚아챘을 때 그녀의 눈 속에서 조금씩 죽어가는 자신을 보았다. 그는 그녀 앞에서 그 꽃을 갈가리 찢었다. 꽃잎 하나하나를 떼어내는 좌절감 속에서, 리젤은 그가 품은 감정으로 가득 찬 그 꽃과 함께 자기 자신도 허물어지길 바랐다.

하지만 그들이 침대에 쓰러졌을 때 모든 것이 얼어붙었다. 리젤은 몸속 혈관이 비명을 지르고 맥박이 격렬하게 진동하며 뿌리와 싹을 파헤치는 느낌이 들었다.

그는 처음으로 그녀의 눈에 비친 자신의 모습을 보았다. 그리고 진을 빼는 욕망의 공포가 시야를 흐리며 적나라하고 맹목적인 희망을 자극했다. 그는 경악했다. 니카의 머리카락 아래, 니카의 손, 니카의 눈, 니카의 입술. *니카*는 숨결이 닿는 거리에서, 그가 상상으로만 감히 탐할 수 있던 대로 그의 육체에 제압되었다.

리젤은 뿌리가 뽑힌 듯했고, 그 광기 속에서 매일 밤 그녀를 보았다고, 꿈속에서 그들은 여전히 어린애였으며 그녀는 완벽하게 만드는 빛에 항상 둘러싸여 있었다고 말하고 싶었다.

그녀는 완벽*했다*. 그는 그보다 더 순수한 것을 상상할 수 없기 때문이다. 그는 그녀를 미워한다고 말하고 싶었다. 그녀가 친절해서, 항상 누구에게나 미소를 지어서, 그를 포함해 누구도 예외 없이 걱정하는 마음을 지녀서, 단순히 모두에게 그러는 것뿐인데 *자신을 걱정한다*는 *기대를 품게 해서*.

리젤은 혀끝으로 한꺼번에 밀려드는 많은 것을 그녀에게 말하고 싶었다. 두근거리는 혼돈, 말과 감정의 파도, 고동치는 두려움과 불안. 입안의 가시와 잇속의 사랑, 거기서 불타오르는 모든 것.

그런데 그는 아무 말도 하지 못한 채 밀쳐졌다. 그리고 모든 것이 산산이 깨졌고, 그의 일부와 함께 무너져 부서져 버렸다. 리젤은 조금의 희망이라도 품은 것에 대한 대가를 후회로 치렀다.

그는 그녀가 결코 원하지 않을 것이란 걸 알았다. *알고 있었다*. 마음 깊이, 항상 알고 있었다. 그렇게 만든 건 그였다. 그러나 적어도 도망가는 그녀를 보는 극심한 고통은 피하기 위해 그는 눈을 감았다.

그는 그곳에서 나가야 했다. 그녀에게서, 그 집에서 멀어져야 했다. 만약 그녀의 목소리를 다시 듣거나 복도에서 자신을 향해 뻗었던 그 손길을 다시 느낀다면 미칠 것만 같았다.

갑자기 내리는 비가 그의 옷과 모든 감정을 흠뻑 적셨다. 리젤은 주먹을 꽉 쥐고 이를 악문 채 보이지 않는 창살에 갇힌 야수처럼 앞뒤로 서성거렸다.

"너!"

폭풍우를 뚫고 고함이 들렸다.

리젤은 화난 모습의 누군가가 자신을 향해 다가오는 것을 보았다. 쏟아지는 빗속에서도 쉽게 그를 알아볼 수 있었다. 그 형체가 자신에게 다가오자 그는 벌레를 뒤로 밀어냈다.

"레너드?" 그는 눈썹을 치켜 올리며 무심한 표정으로 말했다.

"*라이오넬.*" 이제 몇 걸음밖에 떨어지지 않은 곳에서 상대가 으르렁거렸다.

리젤은 그의 이름이 라이오넬이건 레너드건 상관없다고 생각했다. 두 이름 모두 짜증이 치밀었다. 그에 관한 건 무엇이든 다 못마땅했다.

"그런데 *라이오넬*, 이 동네를 미치광이 변태처럼 돌아다니는 이유라도 있나?"

"변태?" 라이오넬은 분노로 표정이 굳어진 채 그를 쳐다보았다. "내가 *미치광이 변태*라고? 어디서 그딴 말을?" 그는 팽팽한 긴장감 속에서 리젤에게 다가왔다. "여기 변태가 있다면 바로 너야!"

리젤은 입가를 일그러뜨리며 조롱하는 표정을 지었다.

"그래? 안타깝네. 내가 여기 살고 있어서." 그는 상대방의 눈에서 번뜩이는 광채를 보았다. "알겠고, 그럼 이제 *내 앞에서 꺼지시지.*"

리젤은 모두에게 그런 것처럼 그를 할퀴었지만, 더 비꼬고 최대한 멸시하는 태도를 보였다. 리젤은 이빨을 박고 *아프게* 쑤셔댔고, 라이오넬은 발끈해서 주먹을 그러쥐었다.

"네 장난질은 통하지 않아." 흠뻑 젖은 그가 으르렁거렸고, 리젤은 그 모습이 우스꽝스럽다 못해 짜증이 끓어올랐다. "내가 모를 줄 아니? 그녀가 말 안 해줬을 것 같아? 넌 형제가 아니야! 넌 아무것도, 전혀 아무것도 아니야. 넌 마치 그녀에 대한 권리가 있는 것처럼 근처에서 어슬렁거렸어!"

벌레가 할퀴어 대며 손목을 점령했고, 분노에 찬 리젤은 주먹을 불끈 쥐었다.

그렇다면 넌? 네 놈은 어떤 권리가 있는가? 니카와 나의 관계에 대해 알고나 있을까? 도대체 자기가 뭘 안다고 저러는 걸까?

"그럼 넌?" 리젤은 그녀가 소유물처럼 취급되는 게 화가 나서 몸을 앞으로 기울였다. "고작 하루 알고 지낸 *네*가 그녀에 대한 권리가 있다는 거야?"

"그래, 난 있어." 라이오넬은 강조해서 말했고, 쏟아지는 빗줄기 속에서 웃음기를 드러냈다. "리카는 온종일 나한테 문자를 보냈어. 더는 너를 보고 싶지 않다고 했어. *그녀는 나를 필요로 해.*" 그는 얼굴에 던지듯 대놓고 말을 퍼부었고, 리젤은 뺨이나 심장을 얻어맞은 것처럼 얼얼했다. 속이 메스껍고 몸이 화끈거렸지만, 그 말이 얼마나 괴로운지 들키지 않기 위해 애써야 했다.

라이오넬은 승자의 의기양양한 미소를 지었다. "그녀는 나를 찾으며 네가 견딜 수 없다는 말만 해. 너와 함께 살고 매일 봐야 하는 게 싫대. 널 몹시 싫어해! 그리고……"

"아, 나에 대해 그렇게 말을 많이 한다고?" 리젤은 교묘하게 비꼬았다. "그것 참 안 됐네. 너에 대해선 얘기한 적이 없거든." 그는 쯧쯧 혀를 차며 말을 이었다. "전혀!" 그는 두 음절을 또박또박 발음했다. "네가 존재하긴 하니?"

라이오넬은 울분을 토하며 그에게 소리쳤다. "*분명히 존재하지!* 그녀는 항상 나를 찾아! 그리고 마침내 네가 사라지면……"

리젤은 고개를 뒤로 젖히고 웃음을 터뜨렸다. 그는 분노와 경멸에 찬 쉰 목소리로 낄낄거렸다. 고통, 진을 빼는 검은 고통의 웃음이었다. 그의 말이 지옥처럼 아팠기 때문이다. 그녀의 증오와 이 소년과의 친밀은 그를 영원히 괴롭히고도 남을 분명한 진실로 진동했기 때문이다. 그리고 가시는 또 다른 가시를 낳고, 그녀의 착하고 깨끗한 영혼과 비교해 자신이 지닌 것은 너무 더럽고 초라하다는 것을 늘 알고 있었기 때문이다.

리젤은 항상 그것을 알고 있었지만, 그 말을 직접 듣는 것은 남아있는 모든 순수함을 산산이 부수는 것이었다. 그리고 그것은 어리석고 역설적이었다, 그렇게 환멸을 느낀 그가 여전히 가시덤불 속에서 희망의 첨탑을 찾는다는 것은. 그것들이 떨어질 때 더 큰 상처를 주겠지만.

잔해 속에서 그에게 남은 유일한 빛은 그녀였다. 그 찬란한 빛은 그가 잠 못 이루는 밤을 보내게 했고, 그의 기억 하나하나에 스며있었다. 그녀는 밤하늘의 별처럼 반짝였고 끔찍한 외로움 속에서 그를 위로했다. 그런 순간에도 환하게 빛났다.

항상 미소 짓던 그녀, 그녀는 따뜻한 등불이었다. 리젤은 그 불을 꺼버리며 자신의 거친 사랑으로부터 그녀를 해방시키고 싶었다. 할 수만 있다면 그렇게 했을 것이다. 그러나 자신의 감정이 깃든 그 부드러운 빛을 결코 해칠 수 없었다. 그래서 그는 온 힘을 다해 그것을 부여잡았고, 절대 놓아줄 수 없다는 절박한 심정으로 매달렸다.

"네가 사라지면……"

"그래." 그는 니카에 대한 생각을 마음속 깊이 파묻으며 비아냥댔다. "기다려 봐, 희망을 갖고."

첫 번째 주먹이 날아와 리젤의 입술을 터트렸다. 리젤은 빗물에 섞인 피의 맛을 느꼈고, 어쨌든 육체의 고통이 조금 전에 느낀 실의보다

났다는 생각이 들었다.

두 번째 주먹은 빗나갔고, 그는 화난 야수의 맹렬한 분노로 라이오넬에게 덤벼들었다. 폭풍우도 가르는 불길한 굉음과 함께 그의 턱을 후려쳤다. 리젤은 상대방이 반격해서 눈썹이 잘리는 느낌이 들었을 때도 멈추지 않았다. 손마디가 까지고 젖은 머리카락이 눈에 들어가 핀처럼 찔러대도 멈추지 않았다. 그는 라이오넬이 일그러진 얼굴로 땅바닥에 널브러지고 자기만 혼자 서 있게 되자 비로소 멈추었다.

리젤은 상대를 내려다보고는 머리 위의 검은 바다와 번갯불을 올려다보았다. 그리고 아스팔트 바닥에다 진득한 피를 뱉었다. 이제 그는 그녀가 자신을 어떻게 바라볼지 상상하고 싶지 않았다.

"또 보자, *레너드.*" 리젤은 자리를 뜨면서 으름장을 놓았다. 그가 자신의 실수를 후회하며 몸부림치도록 빗속에 남겨 두었다.

그리고 잠시 후 지옥과 극심한 고통을 보았다. 그것은 항상 빛나던 니카의 눈동자 속에서 씻을 수 없는 오점처럼 느껴졌다. 그녀가 핸드폰에서 얼굴을 들어 비난의 시선을 던졌을 때, 리젤은 마음을 뒤흔들던 그 순수하고 아름다운 눈동자에서 이전에 보지 못한 검은 얼룩을 보았다.

그는 죽을 것 같은 그 순간을 평생 잊지 못할 것이다. 리젤은 그녀에게서 눈물을 만드는 사람의 눈을 보며 속일 수 없다는 것을 알았다. 그녀가 손의 상처와 피를 보았고 라이오넬이 이미 말했기 때문에 부정할 수 없었다. 그 순간 리젤은 그녀의 실망한 표정이 모든 거짓말에 대한 고통스러운 대가라는 것을 깨달았다. 침묵하고 숨은 것, 그녀가 이해하기 전에 항상 멀리 밀어냈던 것에 대한 대가.

그는 가시의 미소를 지어보였지만, 가슴을 옥죄는 날카로운 고통으로 자신이 시들어가는 것을 느꼈다. 그는 그녀가 기대했던 것만 그녀에게 주었고, 자신이 만든 가면을 쓰고 그녀를 대했다. 그리고 늘 하던 대로만 했다. 그녀가 자신을 하찮고 구제불능인 존재로만 본다는 것을 절실히 알고 있었기 때문이다.

"아, 양이 늑대가 왔다고 외쳤나 보군."

그 이후에 무슨 일이 일어났는지, 리젤은 끊어진 필름처럼 드문드문 기억할 뿐이었다. 혼란스럽고 흐릿한 단편들. *그녀의 눈, 그녀의 빛, 그녀의 손, 머리카락과 향기, 입술*. 그 입술은 움직이며 말하고 있었지만, 그는 그녀가 태양처럼 발산하는 열기를 피하느라 그 말이 들리지 않았다.

*손과 반창고*가 그의 팔에 얽혔고, 벌레가 으르렁거리며 갈망했고, *너무 가까이, 너무 가까이서 크게 화내고 있는 그녀*가 그를 떨게 했다. 그리고 리젤은 그 필사적인 손길과 그녀를 떼어내려는 절박한 몸부림 속에서도, 분노와 절망으로 타오르는 그 순간의 니카가 여전히 아름다웠다.

닳은 손가락에 반창고가 붙어 있어도 니카는 마음이 아플 정도로 아름다웠다. 그가 준 아픔을 되갚아 주려고 그녀가 때리고 할퀴어도 리젤의 눈에 니카는 가장 아름다운 존재로 비쳤다.

그리고 그가 제때 멈출 수 없었던 건 어쩌면 그녀의 잘못이었다. 자신도 모르게 그녀가 갖고 있던 그 마력 때문이었다. 그녀는 너무 가까이 다가갔고, 그가 그녀를 밀어냈을 때 벌레가 그를 앞으로 끌어서 그녀의 입으로 쓰러뜨렸다.

그리고 처음으로…… 그의 인생에서 *정말* 처음으로, 그 모든 아름다움과 고통에 자신을 내맡기는 것 같았다. 침략 당하게 내버려두고, 지쳐버린 위안으로 죽어가고, 가시덤불에서 보낸 삶을 마치고 심연으로 뛰어들어 장미 꽃잎 위에 착륙하는 것 같았다.

다른 것은 느껴지지 않을 때까지 그 열기에 빠져드는 것이었다.

아니면 단순히 그녀에게 항복하는 것이었다. 그의 가슴 속에서 아주 감미로운 평화의 소리를 울리며 끝없는 유격전의 온 구석을 비추었던 그 빛에 항복하는 것이었다.

아마도 우리의 가장 큰 두려움은
있는 그대로 우리를 사랑할 수 있는
누군가를 진심으로 받아들이는 것이다.

* * *

나는 쓰러질 듯 뒤로 비틀거렸다.

내가 내 몸을 맹렬하게 끌어당겨서 방이 빙글빙글 돌았다. 핸드폰이 바닥에 떨어졌고, 나는 충격에 휩싸여 휘둥그레진 눈으로 뒷걸음질쳤다.

숨이 막혔다. 떨리는 손으로 내 입술을 만졌고 몸에서 전율이 일었다.

나는 넋이 나간 사람처럼 내 앞에 있는 얼굴을 바라보았고, 아픈 입에서 피 맛이, *그의 피* 맛이 느껴졌다. 나는 내 입술에 작은 상처가 난 것을 느꼈다.

그가 나를 물었다. *리젤은 나를 정말로 물었다.*

나는 거칠게 진동하는 그의 숨결과 반짝이는 붉은 입을 바라보았다. 그가 입술에서 피를 닦는 움직임과 흐릿한 눈을 보았다. 그의 눈빛에서 얼핏 강렬한 빛이 스치는 것 같았다.

그가 나를 바라보는 눈빛에서 얼마 전의 기억이 잠깐 떠올랐다.

그날 저녁 나는 조용히 비난하는 그 눈빛을 보았다.

"언젠가 그들은 네 본모습을 알게 될 거야."

"아, 그래? 그럼 난 누군데?"

"넌 눈물을 만드는 사람이야."

리젤은 턱을 꽉 깨물었다. "눈물을 만드는 사람은 너야. 내가 아니라."

그의 갈라진 목소리는 가까스로 탈출한 것처럼 힘겹게 나왔지만, 오랫동안 입 속에 머금고 있던 독처럼 내던져졌다.

그가 재빨리 몸을 돌려 계단 위로 사라졌을 때, 나는 전율과 충격에 휩싸인 채로 남아 있었다.

14
무장 해제

어떤 사랑은 기르지 않는다.
그 사랑은 야생 장미와 같다.
꽃은 거의 피지 않고
가시가 돋쳐 있다.

나는 엄마를 기억했다.

곱슬곱슬한 머리, 제비꽃 향기, 겨울 바다 같은 회색 눈동자. 엄마가 따뜻한 손길과 정겨운 미소를 지녔고, 연구한 표본을 늘 나에게 보여주었기에 기억할 수 있었다.

"살살해." 기억 속에서 엄마가 속삭였고, 아름다운 푸른 나비가 그녀의 손에서 내 손으로 미끄러져 들어왔다.

"부드럽게, 니카." 엄마가 내게 말했다. "부드럽게, 언제나…… 그걸 명심해."

나는 그 말을 깊이 새겼다고 엄마에게 말할 수 있기를 바랐다. 내 마음에 쌓아올린 벽돌처럼 가슴 깊이 새겼다고. 엄마의 따뜻한 손길이 사라지고, 내 손이 내게 남은 유일한 색인 반창고로 덮여 있어도 항상 기억하고 있었다고. 악몽 속에서 철썩이는 가죽 소리가 울려 퍼질 때도.

그런데 그 순간에는…… 때로는 부드러움만으로는 충분하지 않다고 엄마에게 말하고 싶었다. 모든 사람이 다 나비인 것은 아니었고, 나는 얼마든지 부드러울 수 있지만 사람들은 조심스럽게 대하려 하지 않았다고. 항상 물리고 긁히는 일이 있었고, 나는 치유할 수 없는 상처를 입게 되었다고.

그것이 진실이었다.

내 방의 어둠 속에서 나는 까마득히 잊힌 인형처럼 느껴졌다. 공허한 시선으로 무릎을 팔로 감싼 채 가만히 있었다. 핸드폰 불빛이 다시 켜졌지만 나는 자리에서 일어나지 않았다. 새 메시지를 읽을 용기가 없었다. 어떤 내용인지 이미 알고 있었다. 라이오넬의 메시지는 하나같이 비난의 연속이었다.

"그가 무슨 짓을 했는지 봐."

"나는 그만하라고 말했어."

"그가 시작했어."

"걔 잘못이야."

"아무 이유 없이 날 때렸어."

나는 그런 일을 너무 많이 봐왔기 때문에 그 말이 사실인지 의심할 기운이 남아 있지 않았다.

결국 리젤은 항상 그랬다.

피터는 그가 폭력적이고 잔인하다고 했다. 그리고 내가 그를 좀 더 다른 현실 속에 끼워 넣으려 얼마나 애썼든, 그는 그것을 받아들이지 않았다. 그는 결코 거기에 없었다. 그는 항상 나를 제압하고 파괴할 것이고, 나는 날마다 내 일부를 조금씩 잃어갈 것이다.

그 순간 나는 안나와 노먼이 집을 비운 것이 못내 아쉬웠다. 고칠 수 없는 것은 없다고 말해 주는 안나가 있었더라면……

'어차피 일어났을 거야.' 머릿속에서 속삭이는 소리가 들렸다. '그들이 있든 없든…… 조만간 무슨 일이 벌어졌을 거야.'

나는 한숨을 쉬며 생각을 떨쳐 냈다. 침을 삼켰고, 목이 타듯이 말랐다.

일어나기로 마음먹었다. 몇 시간 동안이나 거기 있었고, 밖은 늦은 밤이었다. 나서기 전에 복도가 비어 있는지 확인했다. 나는 리젤과 마주치는 일만은 피하고 싶었다. 어둠 속에서 계단을 내려갔다. 이제 비는 그쳤고, 구름 너머 밝은 달이 가구의 윤곽을 비춰주어서 나는 어렵지 않게 움직일 수 있었다.

아래층은 짙은 어둠에 잠겨 있었다. 어느새 주방으로 들어섰는데 갑자기 뭔가에 걸려 넘어질 뻔했다. 입에서 외마디 소리가 나왔다. 나는 벽을 붙잡고 눈을 깜빡이며 바닥을 보았다.

뭐지……

내 손은 즉시 전등 스위치를 찾았다. 불빛에 눈이 부셨다. 잠시 후 나는 거칠게 숨을 들이켜며 반사적으로 물러섰다. 리젤이 머리칼을 아무렇게나 흩뜨린 채 바닥에 엎어져 있었다. 하얀 손목이 나무 바닥 위에서 도드라졌고, 얼굴은 헝클어진 머리카락에 덮여 있었다. 그는 움직이지 않았다.

그의 모습이 너무 충격적이었기에 나는 온몸을 떨며 한 걸음 더 물러났다. 머릿속이 텅 빈 것같이 느껴졌다. 그 광경은 내가 아는 리젤의 이미지, 그의 힘, 그의 포악함, 그의 확고한 권위와 충돌했다.

나는 눈을 크게 뜨고 소리도 내지 못한 채 그를 쳐다보았다. 분명 그였다. 거기 바닥에서 꼼짝도 하지 않았다. 그였다……

"리젤." 나는 간신히 소리를 냈다.

갑자기 심장이 갈비뼈에 부딪히면서 현실감이 한꺼번에 들이닥쳤다. 격렬한 전율이 나를 뒤흔들어 얼어붙은 몸을 깨뜨렸다. 나는 숨을 헐떡이며 그를 향해 몸을 굽혔다.

"리젤." 순간 나는 내 앞에 사람이 쓰러져 있다는 사실을 깨달으며 숨을 몰아쉬었다. 내 눈동자는 황급히 그를 훑었지만, 손은 어디로 가야 할지 몰라 그를 만지지도 못한 채 떨고 있었다.

맙소사, 그에게 무슨 일이 일어난 걸까?

나는 극심한 공포에 휩싸였다. 온갖 생각이 머릿속을 덮쳤고, 몹시 흥분하여 가쁜 숨을 내쉬며 그를 바라보았다.

어떻게 해야 하지? *어떻게?*

나는 그의 관자놀이에 손가락을 갖다 댔다. 반창고가 붙은 손끝으로 만져보고는 화들짝 놀랐다. 뜨거웠다. 맙소사, 달궈진 다리미처럼 펄펄 끓었다……

나는 그에게 한 번 더 시선을 던지고는 거실로 달려갔다. 그리고 고양이처럼 안락의자로 기어 올라가 전화기를 붙들었다. 바닥에 쓰러져 있는 누군가를 본 건 처음이었다. 나는 두렵고 무서웠거나 단순히 어떻게 대처해야 할지 몰라서였을 수도 있지만, 그 긴급한 순간에 떠오르는 단 한 사람의 전화번호를 떨리는 손으로 눌렀다.

그녀는 내가 도움을 청할 수 있는 유일한 사람이었다. 평생 의지할 곳이 없던 내가 떠올릴 수 있는 단 한 사람이었다.

"안나!" 그녀가 말하기도 전에 나는 외쳤다. "일이 생겼어요…… 일이, 그게…… *리젤이요!*" 나는 수화기를 꽉 잡았다. "리젤에게 문제가 있어요!"

천이 바스락거리는 소리 속에서 그녀가 희미하게 웅얼거렸다.

"니카……" 안나가 자다 깬 목소리로 대답했다. "무슨……"

"늦었다는 걸 알아요." 나는 서둘러 말했다. "죄송해요. 하지만…… 급한 일이에요! 리젤이 바닥에 있는데…… 그, 그는……"

안나의 숨소리가 즉시 가까워졌다.

"리젤?" 그녀의 목소리가 미세하게 떨리는 게 느껴졌다. "바닥에? 어째서 바닥에? 리젤이 아프니?"

나는 한숨에 말을 늘어놓았고, 아래층에 내려왔을 때 그가 바닥에 누워 있는 걸 발견했다고 설명했다.

"열이 펄펄 나는데, 어째야 할지…… 안나, 어떻게 해야 할지 모르겠어요!"

안나는 몹시 당황했다. 나는 그녀가 후다닥 이불을 걷고 노먼을 깨우면서 버스든 뭐든 타고 집으로 가야겠다고 말하는 소리를 들었다.

나는 나의 무능함으로 그녀를 놀라게 한 것이 후회스러웠다. 내가 더 침착하게 대처했더라면 구급차를 불렀거나 리젤이 의식을 잃은 건 고열로 인한 현기증일 거로 판단했을 것이다. 그러나 나는 당황한 나머지 몇 마일이나 떨어져 있고 아무것도 할 수 없는 그녀에게 전화를 걸었다. 내 어리석음에 손을 물어뜯고 싶을 지경이었다.

"세상에, 우리가 돌아가야 했어. 그래야 했어." 그녀의 목소리가 떨렸다. "그러면 리젤은 지금 침대에 있을 거고, 어쩌면, *어쩌면*……"

안나는 정신이 없어 보였다. 그녀의 걱정이 너무 지나친 것 같다는 생각이 들었지만, 지금껏 자신을 걱정해준 사람이 없던 나로서는 그런 반응이 당연한 것인지 가늠할 수 없었다. 어쩌면 지나친 걱정이 아닐 수 있고, 다른 집에서도 그럴는지 모른다. 내가 조금만 더 침착했더라면……

"안나, 내가 열을 내려 볼게요. 할 수 있어요." 나는 무엇이든 해내서 내 실수를 바로잡고 싶었다. 당황하는 그녀를 진정시켜야겠다는 생각이 들었다. "그를 위층으로 데려가서 침대에 눕힐게요……"

"냉찜질이 필요해." 그녀가 헐떡이며 내 말을 가로막았다. "맙소사, 바닥에서 얼마나 추웠겠어! 그리고 약! 욕실에 해열제가 있어. 거울 옆 수납장에 흰색 마개 약병! 오, 니카……"

"걱정하지 마세요." 나는 애태우는 기색이 역력한 그녀에게 말했다. "이제…… 이제 제가 할게요, 안나! 제가 어떻게 해야 할지 자세히 알려만 주면……"

나는 그녀가 속사포 같이 나열한 지시 사항을 곧바로 머릿속에 새겨 넣었다. 그리고 그녀에게 잘 알겠다고, 다시 연락하겠다고 말한 뒤 전화를 끊었다.

나는 복도로 돌아가 리젤에게서 1미터 떨어진 곳에 멈춰 섰다. 짧게 한숨을 내쉬었다. 지체할 시간이 없었다. 그를 어깨에 메고 의젓하게 계단을 오르면 좋을 텐데…… 전혀 그럴 것 같지 않았다. 우선 예상치 못한 첫 난관은 그의 몸에 손대는 일이었다. 리젤은 내 손이 닿거나 가까이 다가가는 것조차 허용하지 않았기에, 그의 어깨 끝에 머뭇거리며 한 손을 얹었을 때 손가락이 떨렸다.

"리젤……" 나는 얼굴을 가까이 댔고 내 머리카락이 그의 등으로 흘러내렸다. "리젤, 이제…… 이제 네가 날 좀 도와줘야 해……"

나는 그의 몸을 뒤집을 수 있었다. 그를 끌어올려 앉히려 했지만 되지 않았다. 목뒤로 팔을 넣어 머리를 들어 올렸다. 바닥에 널브러져 있던 그의 검은 머리카락이 내 팔뚝에 올려졌다. 그의 머리가 뒤로 젖혀졌고 하얀 목의 팽팽한 피부가 내 눈앞에 그대로 드러났다.

"리젤……"

무방비 상태로 있는 그의 모습을 보니 가슴이 먹먹해졌다. 나는 침을 삼키며 계단을 향해 걱정스러운 눈초리를 던지고는 다시 그를 쳐다보았다. 그와 함께 바닥에 앉아 아주 가까이에서 그를 보는 동안, 나는 그를 지탱하는 데 필요한 힘보다 더 세게 안고 있다는 사실도 깨닫지 못했다.

"우리 올라가야 해." 나는 부드럽고 나직하지만 단호한 목소리로 말했다. "리젤, 그냥 계단만, 계단만……" 나는 입술을 오므리면서 그의 상체를 들어 올렸다. "앞으로!"

그런데…… 지금 상황에서 앞으로 나가는 건 힘겨운 도전일 것이다. 요컨대 나는 다친 참새나 덫에 걸린 생쥐 등 크기가 작은 생물들만 치료하고 돌보았다. 그에게 힘내라고 격려했지만 리젤은 내 말을 들을 수도 없는 것 같았다. 그래서 그를 바닥으로 끌고 가기 시작했다. 마룻바닥에 발이 미끄러지면서 내 머리가 산발이 되었지만 어떻게든 우리는 계단 아래에 도달했다.

나는 리젤의 셔츠를 잡고 끌어올려 벽에다 그의 등을 기대게 했다. 그는 키가 크고 체격이 건장했고, 나는 그에 비해 너무 작았다.

"리젤…… 제발……" 나는 기진맥진해서 목소리가 작아졌다. "일어서!"

나는 그 엄청난 일을 해냈다. 신음소리를 내며 그의 배에 내 머리를 받쳐서 그가 바닥에 미끄러지는 것을 막았다. 그의 어깨 무게에 짓눌려 몸이 구부러졌고 다리가 후들거렸다.

나는 힘에 겨워 이를 악물었다.

그를 간신히 일으켜 세운 자세로 우리는 힘겹게 계단을 올라갔다. 그의 팔이 내 목에 감겨 흔들거렸고, 그의 턱이 내 관자놀이에 닿았다.

위층에 도달했을 때 나는 안도의 숨을 쉬었지만, 안타깝게도 마지막 층계에서 미끄러졌다. 눈을 크게 떴지만 너무 늦었다. 벽이 빙글빙글 돌고 우리는 귀청을 찢는 듯한 굉음과 함께 바닥에 쓰러졌다.

나는 계단 모서리에 골반을 부딪치면서 혀를 깨물었다.

"아, 맙소사……" 나는 파르르 떨면서 침을 삼켰다. 입안에서 금속 같은 피 맛이 느껴졌다.

어떻게 이렇게 처참할 수 있지?

나는 기어서 리젤에게 다가갔다. 골반에서 날카로운 통증이 느껴졌다. 나는 그 부위에 한 손을 짚은 채 그가 머리를 부딪치지 않았는지 확인했다.

그를 일으켜 세울 수가 없었다.

나는 절뚝거리며 그를 방으로 끌고 갔다. 그리고 초인적인 마지막 힘을 짜내어 그를 매트리스에 올리고 이불을 덮어 주었다.

나는 이마의 땀을 손목으로 닦으며 호흡을 가다듬었다. 리젤의 팔은 침대 아래로 늘어뜨려졌고, 베개 위의 머리카락은 아무렇게나 흩어져 있었다.

나는 녹초가 된 몸을 이끌고 욕실로 달려가 유리잔에 물을 채웠다. 그리고 수납장을 열어 필요한 약을 찾았다. 약병에서 알약 한 알을 꺼내 매트리스 가장자리에 앉았을 때 스프링이 삐걱거리는 소리가 났다. 나는 그의 머리를 들어 올려 내 팔꿈치 안쪽에 뉘었다.

"리젤, 이걸 먹어야 해……" 나는 그가 내 말을 알아듣고 한 번만이라도 도와주기를 바라며 헛되이 시도했다. "먹으면 편안해질 거야……"

그는 움직이지 않았다. 얼굴이 놀라울 정도로 창백했다.

"리젤," 나는 그의 입술 끝에 알약을 갖다 대면서 다시 시도했다. "어서……"

그의 머리가 내 옆구리 쪽으로 휘어졌다. 그의 이마가 내 가슴 아래의 갈비뼈에 닿자 나는 손에서 알약을 놓치고 말았다.

몸의 신경이 타는 듯이 느껴졌고, 나는 발작을 일으키듯 이불의 주름 속에서 알약을 찾아 집어 들었다. 그리고 다급한 마음에 마지못해 그의 입으로 약을 밀어 넣었다. 알약을 누르는 내 손가락의 힘에 그의 입술이 부드럽게 벌어졌다. 약이 입 속으로 사라질 때 검지가 그의 입술에 닿을 뻔했다.

물컵을 잡은 내 손은 떨리고 있었다.

나는 그에게 물을 조금 마시게 할 수 있었다. 리젤은 목이 뻣뻣해지더니 마침내 알약을 삼켰다. 나는 그의 머리를 베개에 뉘이고 황급히 일어섰다. 내 뺨은 성가실 정도로 뜨거웠다.

주방으로 내려가서 안나가 일러준 대로 얼음주머니를 준비한 다음 다시 올라가서 그의 뜨거운 이마에 올려놓았다. 나는 침대 옆에 서서 가만히 생각을 가다듬었다.

잊어버린 게 있나?

안나가 지시한 내용을 곰곰이 더듬고 있는데 갑자기 어디선가 내 핸드폰이 울리는 소리가 들렸다. 나는 리젤을 힐끗 쳐다본 뒤 전화를 받으러 달려갔다. 핸드폰 화면에는 안나의 이름이 번쩍거렸다.

이제 상황이 진정되자 그녀의 동요가 더 크게 느껴졌다. 나는 그녀가 일러준 모든 것을 하나도 빠짐없이 다했다고 말했다. 커튼을 닫고 따뜻하게 담요를 덮어줬다고도 얘기했다. 안나는 그들이 곧 버스를 탈 텐데 새벽 일찍 집에 도착할 거라고 했다.

"최대한 빨리 갈게." 그녀가 걱정하는 목소리로 굳은 약속을 하듯 말했고, 나는 불안한 상황에서도 이상하게 위안을 느꼈다.

"니카, 무슨 일이든……"

나는 감격스러운 마음에 고개만 끄덕이다 그녀가 나를 볼 수 없다는 생각이 퍼뜩 떠올랐다.

"걱정하지 마세요, 안나…… 무슨 일이 생기면 바로 전화할게요."

그녀는 내가 리젤을 보살펴 준 데 대해 고마워했고, 몇 마디 당부를 더하고는 곧 보자는 말과 함께 전화를 끊었다. 나는 방으로 돌아갔고 온기가 빠져나가지 않게 문을 닫았다.

조용히 침대로 다가갔다. 침대 옆 탁자 위에 핸드폰을 내려놓고 천천히 눈을 들어 리젤의 얼굴을 바라보았다.

"그들이 돌아오고 있어." 나는 그에게 속삭였다.

그는 매끄러운 석고상처럼 꼼짝도 하지 않았다. 그를 지키는 경호원처럼 나도 침대 옆에 가만히 머물렀다.

내가 얼마나 그렇게 서 있었는지 모른다. 나는 불안하게 머뭇거리며 한참 그를 바라보다가 침대 위에 앉았다. 혹시 그가 깰까 봐 살며시 매트리스 가장자리에 앉았다.

잠시 나는 그의 맹렬한 반응을 상상할 수 없었다. 내가 그의 방에 또다시 들어왔을 뿐만 아니라 겁도 없이 침대에 앉아 보고 있다는 사실을 그가 알았다면…… 그는 으르렁거리며 나를 쫓아냈을 것이다. 칼날 같은 경멸의 눈빛으로 나를 찔렀을 것이다.

"넌 눈물을 만드는 사람이야."

나는 쓰라린 고통을 막연하게 느끼며 그의 비난을 떠올렸다. 내가? 어떻게 내가? 그는 무슨 말이 하고 싶었던 걸까?

나는 결코 이해할 수 없는 대상을 향한 체념의 시선으로 야수를 몰래 관찰하듯 그의 잠든 얼굴을 물끄러미 바라보았다.

그런데…… 그런데 그 순간 그를 보면서…… 뭔가 설명할 수 없는 평화로운 분위기가 느껴졌다. 잘생긴 얼굴은 편안해 보였고, 긴 속눈썹이 우아한 광대뼈와 차분한 입술을 향해 늘어져 있었다. 그의 오만한 얼굴에는 내가 한 번도 본 적 없는 평온함이 가득했다. 그는 나에게 이런 모습을 보인 적이 없었다. 항상 입술을 비틀며 비웃었고 오싹한 기분이 드는 음울한 눈빛을 보였다.

나는 침을 삼켰다. 알 수 없는 감정이 내 마음을 사로잡았다. 부드럽고 깊게 움직이는 넓은 가슴과 심장 박동에 따라 일렁이는 목선을 보면서 나는 그가 그렇게 아름다울 수가 없었다.

홀쭉한 볼과 눈꺼풀 아래의 그림자는 그의 얼굴의 조화를 망치지 않고 오히려 타락한 청춘의 퇴폐적인 매력을 더해주었다. 그의 창백한 얼굴과 상처마저 매혹적이었다.

평화로운 그의 모습은 너무나 아름다웠다. 어떻게 그런 광채에 어둡고 이해할 수 없는 것이 숨겨져 있을까? 두렵기만 한 늑대가 어떻게 이렇게 섬세한 모습일 수 있을까?

리젤은 갑자기 거친 숨을 내쉬며 입을 살짝 열었다. 그의 머리가 약하게 움직이자 얼음주머니가 옆으로 미끄러졌다. 나는 그것을 바로잡느라 아무 생각 없이 그의 몸에 기대었다. 숨이 턱 막혔고, 불안한 내 눈은 얼른 그의 얼굴로 향했다. 하지만 그는……

그는 내 바로 옆에서 가만히 있을 뿐이었다. 나는 그가 한 번도 나에게 허락하지 않은 친밀한 거리에서 그를 쳐다보았다. 눈물을 만드는 사람이 아닌, 그를 바라보았다.

그저, 리젤은……

다른 사람들처럼 마음과 영혼을 지니고, 잠들어 있는 아픈 청년일 뿐이었다. 형언할 수 없는 슬픔이 밀려오면서 패배감이 느껴졌다. 실망감과 무력감이 느껴졌다. 내 안에는 그가 손 하나 까딱하지 않고 남긴 멍이 가득 차 있었다.

난 네가 싫어. 나는 나답지 않게 불만을 터트리고 싶었다. *네가 싫어, 네 침묵과 내게 한 말 하나하나가 견딜 수 없어.*

너의 그 비웃음이, 나를 멀리 떼어놓으려 물어뜯고 할퀴는 네 방식이 싫어.

네가 아름다운 것들을 죄다 망쳐서, 무언가를 빼앗기라도 하는 것처럼 내게서 난폭하게 달아나는 게 싫어.

난 네가 싫어…… 어찌할 도리가 없게 만들었기 때문에.

하지만 내 입에서는 아무 말도 나오지 않았다. 그 생각은 드러나지 못하고 마음속에서 녹아버렸다. 체념이 내 안의 모든 것을 비웠고, 갑자기 깊은 피로가 밀려왔다.

그건 사실이 아니었기 때문이다. 나는 리젤을 싫어하지 않았다. 절대 그를 미워하지 않을 것이다. 그를 이해하기만을 바랐다. 나는 그저 다른 사람들과 마찬가지로 그의 마음속에도 무언가가 깃들어 있는 걸 보고 싶었다. 세상이 틀렸다는 걸 확인하고 싶었을 뿐이다.

"왜 항상 나를 밀어내는 거지?" 나는 괴로워하며 속삭였다. "왜 내가 널 이해하게 놔두지 않지?"

나는 그 질문에 대한 답을 결코 찾지 못할 것이다. 그는 나에게 절대 답을 주지 않을 것이다. 결국 내가 할 수 있는 모든 건…… 그가 항상 나에게 주었던 걸 돌려주는 것이었다. 그것은 느리고 기나긴 한숨이었다.

정신이 점점 흐려지면서 내 몸이 서서히 매트리스 위로 내려앉았다. 그리고 어둠이 나를 삼켰다.

15
뼈까지

사랑을 할퀴고 부정하고 심장에서 떼어낼 수 있다.
그러나 사랑은 늘 알고 있을 것이다.
어디서 널 찾을 수 있는지.

그의 주위가 다 불타버렸다.

부드럽고 뜨거운 감옥이었다.

어디에 있을까? 그는 알 수 없었다. 아무 소리도 들리지 않았다. 온몸에서 통증만 느껴질 뿐이었다. 열기로 인해 뼈와 살이 휘어지는 것 같았다.

하지만 강제된 깊은 잠 속에서도 그녀는 마치 꿈처럼 그에게 나타났다.

안개가 낀 듯 주변이 온통 흐릿해서 다른 사람이라면 알아보지 못했을 것이다. 머릿속에 그녀를 속속들이 새기고 있는 리젤은 니카를 알아보았다. 그는 고열로 의식이 혼미한 상태에서도 그녀를 완벽하게 떠올릴 수 있었다. 심지어 그녀가 바로 옆에서 따뜻한 기운을 발산하는 것 같았다.

아, 꿈의 경이로움이여……

두려움이나 구속이 없었다. 그는 주저하거나 숨거나 물러설 필요가 없었다. 그곳에서 그는 거리낌 없이 다가가서 그녀를 만지고 느낄 수 있었다. 그리고 리겔은 그 비현실적인 세상을 사랑할 수도 있었을 것이다. 만약 그가 매일 밤 만나는 그 짧은 행복이 그의 마음에 그렇게 깊은 상처를 남기지 않는다면.

니카의 부재는 불타오르듯 아팠다. 그것은 그녀가 그에게 주었던 부드러운 애정처럼, 똑같은 섬세함으로 상처를 남겼다. 그리고 그는 그 상처들을 하나하나 느꼈다. 아침에 빈 침대에서 일어날 때, 그녀가 없는 그곳에서.

그런데 그 순간에는…… 그녀를 만질 수 있는 것 같았다. 그녀의 잘록한 허리를 손으로 스치고 팔로 휘감아 품 안에 안는 느낌이 들었다.

그는 움직일 수 있었다. 정신이 혼미했지만 그는 깨어있었다. 그 느낌이 사실이었을까? 아니, 그건 불가능하다. 그는 꿈속에서만 그녀 옆에 있을 수 있었다. 그런데도 그녀는 너무나 현실적이었다…… 그는 매일 밤 그랬던 것처럼 그녀를 끌어안고 그녀의 머리카락에 얼굴을 묻었다.

그는 그녀의 향기 속에서 불타오르고, 그 영원하고 달콤한 고통 속에서 위안을 찾고 싶었다. 달아나지 않고 언제나 그의 곁에 있겠다고 약속하는 니카의 품에서.

그리고 그것은 마치…… 아, 그것은 마치…… 정말로 그 자그마한 몸이 옆에서 숨 쉬며 그에게 숨결을 전하는 것 같았다.

* * *

뭔가가 내 턱을 간지럽혔다.

나는 시원한 베개에 얼굴을 파묻었다. 새들이 지저귀는 소리가 들렸다. 문밖의 세상은 생기 있게 움직였지만, 나는 눈을 뜨기까지 시간이 좀 걸렸다. 이마를 움찔거리며 살며시 눈을 떴다. 얇은 빛줄기가 시선을 흐렸다. 잠이 덜 깬 눈을 깜빡였고 내 주변의 현실이 천천히 모습을 드러내는 것 같았다. 몽롱한 의식을 가다듬으면서 뭔가 부자연스러운 느낌이 들었다. 따뜻함이 느껴졌지만 몸이 움직이지 않았다.

나는 내 방의 윤곽이 보일 거라고 예상했지만 흐릿하기만 했다. 검은 장막이 내 눈앞을 가리고 있었다. 머리카락이었다.

머리카락?

나는 눈을 크게 뜨며 깔꾹질했다.

리젤이 내 몸을 완전히 덮고 있었다. 그의 가슴은 살과 근육으로 이루어진 뜨거운 벽이었다. 넓은 어깨가 내 몸통을 감싸고, 팔이 내 허리에 부드럽게 감겨있었다. 그의 얼굴은 내 목덜미에 파묻힌 채 숨겨져 있었다. 그의 따뜻한 숨결이 내 피부에 닿는 것을 느꼈다. 우리의 다리는 얽혀 있고, 시트는 언제 걷어찼는지 매트리스 한쪽에 말려 있었다. 숨이 막혔다. 어떻게 숨 쉬는지도 잠시 잊어버렸다.

나는 숨을 헐떡거리며 두 팔을 앞으로 뻗었다. 한 팔은 그의 목을 스쳤고, 다른 팔은 그의 검은 머리카락을 부드럽게 지나쳤다.

머리가 뒤죽박죽 혼란스러웠다. 갑자기 답답한 느낌에 목이 막혀왔고 심장이 터질 듯이 뛰었다.

어쩌다 우리가 이렇게 됐지?

언제? 내가 언제 침대에 누웠지?

그리고 담요는? 담요…… 담요도 있지 않았나?

그의 손이 내 아래에 있었고, 매트리스와 내 몸 사이에 끼어 섬세하고 단단하게 나를 붙잡고 있었다. 리젤…… 리젤은 나를 안고 있었다. 내 옆에서 숨 쉬고 있었다.

자기 몸에 닿는 손길을 거부했던 그가 내 목에 얼굴을 댄 채, 서로의 몸이 구분되지 않을 정도로 나를 끌어안고 있었다. 도저히 믿기지가 않았다.

나는 몸을 꿈틀거렸고, 그 순간 그의 머리카락 향기가 콧속으로 훅 밀려들었다. 그의 향기는 강렬하게 일렁이는 그림자처럼 나를 사로잡았다. 나는 그것을 설명할 수 없었다. 그것은…… 그처럼 활기차고 은밀하고 거칠었다. 비와 천둥과 흠뻑 젖은 풀, 무거운 잿빛 구름, 굵은 빗방울 소리를 머금고 있었다.

리젤은 폭풍우를 떠올리게 하는 냄새를 풍겼다. 폭풍우는 어떤 냄새일까?

나는 얼굴을 옆으로 돌려 그 감각을 피하려 했지만 그럴 수 없었다. 그것이 좋았다. 그의 냄새가 좋았다…… 너무나 친숙해서 거부할 수 없었다. 그것이 *내 것*이라는 비극적인 느낌이 들었다. 나는 그 빗속에서 옷이 흠뻑 젖을 때까지 머물렀고, 그 바람 속에서 자유를 만끽했고, 그 하늘을 수없이 품으며 미친 듯이 도취되었다.

그건 사실일 수 없었다. 그것은 광기였다.

나는 늘 도망치던 그의 팔 안에서 떨지 않으려고 눈을 감았다. 거기서 벗어나려고 하는데 그의 머리카락이 내 반창고에 드리워졌다. 나는 몸이 얼어붙었다.

리젤은 계속 깊은 잠에 빠져 있었다. 나는 리젤의 머리카락을 쓸어올리며 그의 목덜미에서 섬세하게 울리는 심장의 박동을 느꼈다. 나는 그의 머리를 살며시 어루만졌다. 그리고 그가 움직이지 않는 걸 확인하고는 머리카락 속으로 천천히 손을 넣었다. 포근하고 보드랍고 기분 좋은 느낌이었다.

나는 떨리는 가슴으로 어느새 그를 유심히 쳐다보고 있었다. 모든 호흡과 모든 접촉은 새로우면서도 극도로 불안정했다. 그 순간은 내 기억에 영원히 각인되었다.

내가 아주 조심스럽게 그를 만졌을 때 그가 부드러운 한숨을 내쉬는 것 같았다. 그의 숨결은 보이지 않는 따뜻한 파도처럼 내 살갗으로 밀려와 평온함을 전해 주었다. 눈앞의 현실은 천천히 흐릿해지고 리젤의 심장 소리만 들려왔다. 느긋하고 편안하고 섬세한 울림이었다.

그 심장에는 무엇이 있을까?

그토록 부드럽게 울리는 것을 왜 야수처럼 가두어 두었을까?

나는 그를 쓰다듬듯이 그의 심장을 어루만지고 싶은 충동이 일었다. 그의 고동이 내 뱃속까지 울려 퍼졌고, 나는 무장 해제된 패배자가 되어 그의 머리에 뺨을 갖다 댔다.

나는 졌다…… 그렇게 섬세한 것에 맞서 싸울 힘이 없었다.

나는 눈을 감고 지친 한숨을 내쉬며 내가 유일하게 멀리해야 하는 남자의 품에 몸을 맡겼다. 그의 심장 소리에 내 마음을 달랬다.

잠시만…… 잠시만 그의 옆에서, 우리가 있던 세상을 떠나…… *서로의 심장을 맞대고, 그저 잠시만. 우리가 영원히 이대로 있을 순 없을까*……

나는 핸드폰 진동 소리에 눈을 떴다. 어리둥절해 하며 눈을 깜박였고, 내 눈 속에서 방이 흔들거렸다. 나는 리젤의 품에서 몸을 뒤로 비틀며 팔을 뻗었다. 손이 닿지 않았다.

"리젤." 나는 무슨 말을 해야 할지 몰라 하며 조용히 속삭였다. "핸드폰…… 안나 전화일 거야……"

그는 내 말을 듣지 못했다. 내 옆에서 얼굴을 파묻은 채 여전히 깊이 잠들어 있었다. 그의 어깨에 한 손을 얹고 나를 감싼 그의 팔을 풀어보려고 했지만 소용없었다.

"리젤…… 받아야 해!"

진동 소리가 갑자기 끊어졌다.

나는 낮게 한숨을 쉬며 베개에 머리를 기댔다. 안나가 전화했을 것이다. 아마 곧 도착할 거라고 나에게 알리려 했을 것이다. 맙소사, 그녀가 무척 걱정할 텐데……

나는 침대 안쪽으로 다시 몸을 돌렸다. 리젤의 숨결은 내 피부를 따뜻하게 어루만졌고, 나는 나도 모르게 그의 머리에 한 손을 얹으며 맑고 부드러운 목소리로 말했다. "리젤, 이제 난 일어나야 해."

나의 일부는 그가 잠에서 깰까 봐 두려웠다. 그가 어떤 반응을 보일지 불안했다. 그가 다시 나를 밀어낼까 봐 두려웠다.

"리젤." 나는 마음과 다르게 중얼거렸다. "리젤, 날 놔 줘, 제발……" 나는 그의 귀에다 다정하게 속삭였고, 나의 부드러운 목소리가 어떻게든 그에게 닿기를 바랐다.

무슨 일이 일어났다.

내 목소리가 그의 꿈과 뒤섞이는 것 같았다. 리젤은 내 목에 숨을 내쉬며 낮게 중얼거리더니 바짝 더 다가왔다. 그의 향기는 매혹적인 장갑처럼 나를 휘감았다.

"리젤." 그의 근육이 시트를 바스락거리며 미끄러지듯 움직이는 동안 나는 작은 목소리로 다시 불렀다. 그는 나를 더 꽉 안았고 몸이 뜨거워졌다.

리젤이 내 피부에 코를 비비는 게 느껴졌다. 나는 배가 조이고 뺨이 화끈거렸다. 나는 그가 어떤 꿈을 꾸고 있다고 생각했다. 그는 아주 느리게 움직이면서 더 단단히 다가오고 있었다.

어쩌면 나는 더 느슨하게 말해야 했다. *부드럽게*……

나는 입술을 더 가까이 댔다. 그의 머리카락을 살며시 귀 뒤로 넘기고는 숨결보다 더 부드럽게 속삭였다. "*리젤*……"

하지만 상황이 더 나빠진 것 같았다. 그가 입술을 벌리고 호흡이 가빠졌기 때문이다. 숨 쉬는 게 힘에 겨운 것처럼 길고 느리고 깊어졌다.

그러다가 갑자기…… 그의 각진 턱이 나를 향해 기울어졌다. 그리고 그의 입술이 내 목에 닿았다. 나는 놀라서 숨이 턱 막혔다. 전율이 내 몸 전체로 퍼져 나갔고, 내 손은 황급히 그의 어깨를 부여잡았다.

나는 귀가 먹먹해졌고, 그의 팔이 나를 점점 더 끌어안는 것만 느껴졌다. 리젤은 내 목에 댄 입술을 벌리며 부드럽게 움직였고, 나는 몸을 비틀어 꼬았다. 믿을 수 없는 이 상황에 너무 긴장하고 충격을 받아서 항의할 목소리조차 나오지 않았다. 그리고 미친 감각이 내부에서부터 나를 삼키고 피부에서 불꽃이 피어올랐다. 나는 몸부림치며 급히 그의 가슴에 내 팔뚝을 밀어 넣었다.

"*리젤.*"

그의 입이 열리고 혓바닥이 나른하게 내 살을 핥았다. 나는 리젤이 잠자고 있는 게 아니라 고열로 인한 반의식 상태라는 것을 깨달았다. 섬망, 그는 섬망에 빠져 있었다.

그가 살짝 물었을 때 나는 신음을 내뱉었다. 나는 그의 턱을 밀면서 그만하라고 사정했다. 그의 혀, 입, 물고 핥기, 모든 *게* 미친 짓이었고, 전율의 폭풍은 너무나 강렬해서 견딜 수 없을 것 같았다. 내가 감당할 수 없는 것이었다.

현관문이 닫히는 소리와 집안으로 들어오는 발소리가 들렸을 때 상황은 최악으로 치달았다. 나는 공포에 휩싸였다. *안나와 노먼.*

"니카!" 안나가 나를 찾고 있었고, 나는 리젤의 어깨를 밀쳤다.

오, 맙소사, 안 돼, 안 돼, 안 돼……

"리젤, 날 보내줘야 해." 내 심장은 성난 벌떼처럼 뛰었다. "당장!"

그의 입이 나를 정신없게 만들었다. 나는 몸이 뻣뻣하고 화끈거리고 허둥거렸다. 그의 무릎이 내 다리 사이로 미끄러지자 나는 근육이 잘게 떨리면서 경직되었다. 나는 반사적으로 허벅지를 모았고, 그는 깊고 거친 숨을 내쉬었다.

"니카!" 안나가 나를 다시 불렀고, 나는 숨이 넘어갈 듯 헐떡거렸다. 문을 향해 불안한 시선을 던졌다. 그녀가 가까이 다가오고 있었다. 점점 더…… 나는 몹시 당황하여 리젤의 머리카락을 꽉 움켜잡고는 거칠게 떼어냈다.

그가 낮은 신음을 내며 매트리스 위로 떨어졌고, 나는 얼른 침대에서 빠져나왔다.

안나가 문손잡이를 잡으려고 손을 앞으로 뻗은 순간, 내가 벌컥 문을 열었다. 그녀는 일그러지고 불그레한 내 얼굴을 놀란 눈으로 쳐다보았다.

"니카?"

"지금은 많이 나아졌어요." 나는 당황하여 말을 더듬었고, 리젤은 내가 그의 머리로 던진 베개 아래서 잠자고 있었다.

나는 한 손으로 목을 누른 채 도망치듯 머리카락을 휘날리며 그녀의 옆을 지나쳤다. 후들거리는 다리로 그 방에서 나왔지만, 정신은 아득하고 마음은 리젤의 입술이 깊이 각인되어 계속 타오르는 거기에 갇혀 있었다.

몇 시간이 지나서도 여전히 그 감각을 떨칠 수 없었다.

피부 위를 스멀거리며 기어갔다.

화끈거렸다.

붙어서 떨어지지 않았다.

보이지 않는 멍 자국처럼 온몸에서 욱신거렸다.

나는 계단을 내려가면서 손끝으로 목을 어루만졌다. 거울을 보니 목에 약간의 붉은 자국이 있었고, 머리카락을 늘어뜨려 감출 수 있기를 간절히 바랐다. 하지만 그 자국을 숨기더라도 정작 나를 괴롭히는 것은 표면이 아니라 속마음에 있었다. 내 안에서 무언가가 폭풍에 휩싸인 배처럼 떠돌았고, 나는 그런 자신을 어떻게 구해야 할지 몰랐다.

어느덧 늦은 오후가 되었다. 나는 물을 가지러 주방으로 갔다. 그런데 입구에서 걸음을 멈추고 말았다. 리젤이 식탁에 앉아 있었다.

그는 목둘레가 약간 헐렁한 파란색 스웨터를 입고 있었고, 얼굴은 아직도 좀 생기가 없었지만 여전히 매력적이었다. 헝클어진 풍성한 머리가 오후의 햇살 속에서 도드라져 보였다. 그의 시선이 내게로 향했다. 나는 심장이 덜컥 내려앉으며 목이 메었다.

"나는…… 아." 나는 당황해서 혀를 깨물었다. 그리고 내 손에 든 작은 상자를 내려다보았다. "안나가 네게 약을 갖다 주라고 했어." 어색한 침묵을 어떻게든 채우려고 설명했다. "그래서, 여기… 물을 가지러 왔어." 나는 그의 손에 있는 유리잔을 발견하고 입술을 움츠렸다. "그럴 필요 없는 것 같네……"

나는 머뭇거리며 천천히 고개를 들었고, 내 얼굴을 빤히 쳐다보고 있는 리젤의 눈빛에 빨이 얼얼했다. 그 눈빛은 믿을 수 없을 만큼 생생하게 빛났고, 피곤함도 그의 그윽한 시선을 가리지 못하는 것 같았다. 홍채는 안색과 대비되어 검은 다이아몬드처럼 돋보였다.

"몸은…… 좀 어떠니?" 나는 망설이다 물었다.

리젤은 짙은 눈썹을 찌푸리며 시선을 옆으로 돌리더니 입가에 냉소적인 표정을 지었다.

"놀라운 일이군……" 그가 천천히 읊조렸다.

나는 무안해하며 들고 있던 상자를 만지작거렸고, 그와 같은 방향으로 시선을 돌렸다.

"너는…… 어젯밤 일을 기억하니?"

그는 나보다 강했다. 하지만 나는 알아야 했다. 그가 기억하는 게 있는지 알아야 했다. 사소하고 별일 아닌 것이라도……

그 순간 내 영혼의 일부는 그가 기억하고 있기를 간절히 바랐다. 마치 세상의 운명이 달린 문제인 것처럼 나는 온통 그 질문에 얽매여 있는 듯했다.

왜냐면…… 나에게는 뭔가가 바뀌었기 때문이다.

나는 처음으로 연약한 리젤을 보았고, 그를 만지고 쓰다듬고 가까이 다가갔다. 나는 그를 돌보았다. 무장 해제된 인간의 모습을 보았고, 내 안에 있는 어린아이도 그가 눈물을 만드는 사람이라는 확고한 생각을 버리고, 있는 그대로의 그를 봐야 했다.

세상을 거부했던 소년. 누구에게도 마음을 내주지 않았던 외롭고 거칠고 난해한 소년.

"무슨 일이 있었는지 기억나는 게 있니?" 나는 다시 물었고, 그는 내 시선을 회피하려는 것 같았다.

뭐든지…… 뭐라도 좋아…… 나를 항상 쫓아내던 늑대로 돌아가지만 않는다면……

리젤은 난처한 표정으로 마지못해 나를 쳐다보았다.

그는 의자에 등을 기댔고 위압적인 기세가 다시 차올랐다.

"아, 뭐…… 누군가가 나를 방으로 옮겼겠지." 그의 시선은 잠시 방 안을 떠돌다가 거만한 태도로 다시 내게 향했다. "내 어깨에 멍이 든 건, 네게 감사해야 할 일이군."

우리가 계단에서 넘어지는 장면이 머릿속에 번뜩 떠올랐다. 나는 가슴이 뜨끔했고 미안한 마음에 말문이 막혔다.

그러나 나는 꿈쩍하지 않았다. 방금 리젤은 우리 사이에 여전히 경계가 존재한다는 사실을 분명히 했지만, 나는 포기하지 않았다. 뒤로 물러서지도 머리를 숙이지도 않았다. 약상자를 보며 주방 입구에 그대로 서 있었다. 내 안에서 희미하게나마 빛나는 무언가가 고동치고 있었기 때문이다. 그것은 희망이었다. 어렸을 때부터 내 안에 품고 있던 또렷하고 흔들리지 않는 희망은 지금 굴복하지 않고 그를 겨냥했다.

알 수 없는 힘이 나를 안으로 밀어 넣었다.

나는 주방을 가로질러 그가 앉아 있는 식탁으로 다가갔다. 그리고 상자를 열어 약병에서 알약을 하나 꺼냈다.

"두 번을 먹어야 해." 나는 다정하게 말했다. "지금 하나, 오늘 밤 하나."

리젤은 하얀 알약을 쳐다보고는 천천히 시선을 나에게로 향했다. 그의 눈에서 뭔가 알 수 없는 것이 느껴졌다. 그것은 아마 그의 비아냥거림에도 내가 다가갔다는 것에 대한 인식일 것이다. 아니면 내가 그를 두려워하지 않는다는 사실을 깨달은 것이다.

순간 그가 나를 쫓아낼 것이라고 생각했다.

잠시 나는 그가 나를 우롱하고 또다시 할퀼 것으로 예상했다.

그런데 리젤은 얼굴을 기울였고 시선을 아래로 향했다.

그러곤 아무 말도 없이 가만히 손을 뻗어 약을 집었다.

그가 물컵을 들어 올렸을 때 가슴이 따뜻해지는 것을 느꼈다. 나는 행복감에 취해 몸을 앞으로 숙였다. "잠깐, 물이 더 필요해."

내 손가락이 그의 손을 스쳤다.

순식간에 분위기가 뒤집혔다.

그는 손을 홱 빼며 벌떡 일어섰다. 의자 끄는 소음이 공기를 갈랐고, 바닥에 떨어진 물컵이 깨져 사방으로 유리가 튀었다. 나는 그의 돌발 행동에 놀라서 비틀거리며 뒤로 물러섰다.

나는 숨죽인 채 그의 얼굴을 바라보았다. 그 접촉을 내친 그의 몸부림에 내 마음이 유리 조각처럼 부서졌다. 곧이어 그와 눈을 마주쳤을 때 실망감이 밀려왔다. 그 감정은 방금 전 희망이 빛나던 곳에서 죽은 나무의 뿌리처럼 내 안에 퍼져나갔다.

그리고……

희망이 시들어가는 것 같았다.

* * *

타올랐다.

숨결이 *불타올랐다*.

그는 침착해야 했지만, 그 예상치 못한 접촉은 심장까지 떨리게 했다. 리젤은 신열보다 훨씬 더 강렬한 열기를 느꼈다. 그는 간신히 감정을 억제했다. 당황하며 자리를 박찼을 때 느낀 전율을 그녀가 알아차렸을지 궁금했다.

그러나 용기를 내어 눈을 들었을 때 그는 공허감을 느꼈다. 놀란 그녀의 눈에는 실망의 빛이 가득했고, 그는 영혼 구석구석까지 황폐해지는 고통을 맛보았다.

니카는 천천히 머리를 숙였고, 그 작은 움직임의 매 순간이 피부 속에 박힌 파편 같았다.

그녀는 바닥으로 몸을 굽혔고, 그 작은 손으로 이제는 오후 햇살 속의 보석처럼 반짝이는 유리조각들을 주워 담았다. 리젤은 자기 마음의 파편들을 그녀에게 보여준다면, 그녀가 그것도 주워 담아줄지 궁금했다.

그것들이 검고 더러울지라도. 그가 항상 그녀에게 던지는 모든 절망이 뚝뚝 떨어져 내릴지라도. 그것들이 자르고, 할퀴고, 상처 낼지라도. 그 파편 하나하나가 그녀의 은빛을 띠고, 조각 하나하나는 그가 그녀의 입술에서 꺼버린 미소일지라도.

그는 그저 고맙다고 말해야 한다는 걸 알고 있었다. 짐작할 수 있는 것보다 그녀에게 훨씬 더 많은 빚을 졌다. 그걸 알고 있었지만, 물고 할퀴는 데에 너무 익숙해져서 이제는 그게 본능이 되었다. 어쩌면 그는 자신 안에 꿰매 놓은 나쁜 본성 자체가 되어 버렸을 것이다.

그는 그토록 순수하고 깨끗한 그녀가 절망에 빠진 자신의 감정을 알게 될까 봐 두려웠다.

"리젤……" 그녀가 조용히 속삭였다.

그는 *그녀의* 입에서 자신의 이름을 들을 때마다 돌처럼 굳어져 꼼짝할 수 없었다.

"너…… 정말 아무 기억이 없는 거야?"

의혹이 천천히 파고들었다.

무엇을 기억해야 하지? 기억해야 할 것이 있나?

아니, 그냥 이렇게 두는 게 나쁘지 않다고 그는 급히 생각했다. 그녀가 위층으로 데려다 줄 때 몸에 그녀의 손길이 닿았다는 생각만으로도 정신이 아득해졌다.

그러나 아무런 기억이 없다는 사실은 더 나빴다.

"그게 어떻든 무슨 상관이야?" 그는 의도와는 다르게 퉁명스럽게 말했다. 막을 겨를도 없이 그 말이 입에서 튀어나왔고, 그녀가 움찔하며 물러서자 즉시 후회했다.

니카는 얼굴을 들어 그의 눈을 바라보았다. 그녀의 눈빛은 부드러웠고, 곱고 온화한 얼굴에서 주근깨가 빛났고, 입술은 금지된 열매처럼 도드라졌다. 천진한 요정이나 숲속의 새끼사슴 같은 그녀의 순수한 시선에 그는 숨이 막혔다.

문득 리젤은 그녀가 자기 앞에서 무릎을 구부리고 있다는 걸 깨달았다. 그는 다시 불타는 느낌이 들었고, 이번에는 가슴 깊숙한 곳에서 타올랐다.

리젤은 얼른 시선을 돌렸다. 괴로운 마음에 입술을 굳게 다물었고, 그 장면에서 벗어나야 한다고 느꼈다. 그는 아무 말 없이 이를 악문 채 그녀 옆을 지나쳤다.

그녀가 용기를 내지 않았더라면, 그는 곧장 자리를 떴을 것이다. 그녀가 그 순간에 그의 이름을 다시 부르며 멈춰 세우지 않았다면, 그는 그대로 가버렸을 것이다.

그녀가 한 말을 그는 절대 잊지 못할 것이다.

"리젤…… 난 널 미워하지 않아."

* * *

나는 방금 그에게 진심을 말했다.

내가 몇 번이나 달아났는지는 상관없었다.

그가 나를 얼마나 많이 할퀴었는지도 상관없었다.

그가 나를 멀리하려고 얼마나 시도했는지 중요하지 않았다.

아무것도 중요하지 않았다……

나는 평생 우리를 묶고 있던 그 가느다란 실을 끊을 수 없었다.

그리고 나는 이전으로 돌아갈 수 없었다…… 그가 내 품에 무력한 자신을 내맡긴 이후로는. 나에게 그 감각이 피부 속까지 깊이 각인된 그날 아침 이후로는.

나는 그를 *보았다*.

눈물을 만드는 사람이 아니라 처음부터 그저 소년이었던 그를 보았다.

"그래서 내가 밉니?" 그와 복도에서 나눈 대화가 생각났다. "*나를 미워하니, 나방아?*"

아니……

리젤은 고개를 꼿꼿이 세웠다.

그것은 예견되고, 계획되고, 괴로우리만치 불변하는 어떤 결말을 보는 것과 같았다.

그러나 그것이 고통을 덜어주진 않았다.

그는 나를 잠시 뚫어지게 쳐다보더니 미소를 지었다.

"니카, 눈물을 만드는 사람한테 거짓말을 하는 거야?" 그는 천천히 씁쓸하게 말했다. "그러면 안 되는 거 알잖아."

우리 사이에는 다시 경계선이 그어졌다. 나는 그레이브의 여자아이로, 그는 눈물을 만드는 사람으로 돌아갔다.

우리가 어렸을 때의 그 출발점으로 돌아갔다.

이야기는 되풀이되게 돼 있었다.

규칙은 항상 똑같았다. 숲 속에서 길을 잃고 늑대를 물리쳐야 한다.

그래야만 행복한 결말에 이를 수 있다.

동화는 결국 '영원히'로 끝난다.

우리에게 예외가 있을까?

16

유리창 너머

침묵하는 사랑은 닿기 힘들지만
그 사랑의 이면에는
진실하고 놀라운 우주가 빛난다.

그는 온 힘을 다해 붙잡았다.

많이 아프지는 않았다.

손톱이 연약한 피부로 파고들어 상처를 냈지만 리젤은 손을 놓지 않았다.

"내가 달라고 했잖아." 그는 누구든 놀라게 하는 그 말투로 쉭쉭거렸다.

"싫어! 내 거야!"

다른 아이는 들개처럼 버둥거렸다. 그는 손톱으로 할퀴며 밀어내려고 했다. 리젤이 그의 머리카락을 세게 잡아당기자 그 아이는 고통과 분노로 훌쩍거렸다. 리젤은 있는 힘을 다해 그를 넘어뜨리려 했다.

"내놔!" 리젤은 그의 두피에 손톱 끝을 박으며 으르렁거렸다. "당장!"

다른 아이는 굴복했다. 그가 손을 놓았고 무언가가 땅에 떨어졌다. 그 순간 리젤은 그를 밀치며 놓아주었다. 그 아이는 먼지 속에서 손을 할퀴며 땅바닥에 굴렀다. 그는 겁에 질린 표정으로 리젤을 노려보더니 재빨리 일어나 도망갔다.

리젤은 무릎이 까진 채 숨을 헐떡이며 그의 뒷모습을 바라보았다. 그

리고 몸을 굽혀 자신의 전리품을 집어 들었다. 무릎에 난 상처가 쓰라렸지만 개의치 않았다. 멀리서 그녀를 보는 것만으로도 상처가 낫는 것 같았다.

저녁 무렵 그녀는 공동 침실의 문턱에 나타났다. 며칠 동안 멈추지 않는 눈물을 손으로 훔치고 있었다. 갑자기 니카는 눈을 들어 가장 구석에 있는 자신의 침대를 바라보았다. 그리고 그 소녀의 얼굴이 밝아졌다.

세상은 그녀의 얼굴빛으로 빛났고, 모든 것이 갑자기 더 환해진 것 같았다. 니카는 침대로 달려갔고, 리젤은 창문을 통해 그녀가 베개 위로 뛰어드는 것을 지켜보았다. 니카는 부모님과의 유일한 추억으로 남은 애벌레 인형을 집어 들었다. 리젤은 그제야 인형이 얼마나 낡고 망가졌는지 깨달았다. 다른 아이와 싸우는 중에 솔기가 찢어져서 솜이 거품처럼 밖으로 튀어 나왔다.

그러나 그녀는 눈꺼풀을 가늘게 뜨고 눈물을 흘리며 미소 지었다. 세상에서 가장 소중한 물건인 것처럼 그 인형을 가슴에 끌어안았다.

리젤은 작은 보물을 품에 안고 어르는 그녀를 조용히 지켜보았다. 그는 정원 모퉁이에 숨어 한동안 가만히 서 있었다. 그 무한한 안도감 속에서 그의 가시밭에도 싹이 돋아나는 것을 느꼈다.

* * *

"몸은 괜찮니?"

커튼 사이로 햇살이 쏟아져 내렸다.

안나는 나에게 등을 보이며 서 있었고, 그녀만의 다정한 목소리로 물었다. 그녀 앞의 탁자에 앉은 리젤은 눈을 마주치지 않고 고개만 끄덕였다. 그는 열이 내리지 않아 이틀 동안 학교를 빠졌다.

"정말로?" 그녀가 더 부드러운 말투로 물었다.

안나는 걱정스러운 눈으로 그의 앞머리를 넘겨 눈썹의 상처를 드러냈다.

"오, 리젤……" 그녀는 안타까움에 한숨을 내쉬었다. "이 상처는 어쩌다 생긴 거니?"

리젤은 줄곧 옆만 바라본 채 아무 말도 하지 않았다. 이해할 수 없는 침묵이 그들 사이에 흘렀고, 안나는 더 묻지 않았다.

내가 왜 우두커니 서서 그들을 보고 있는지 알 수 없었다. 안나의 행동이 내 마음을 사로잡았는데, 그처럼 어머니다운 모습에 매료되었다. 그러나 그녀와 리젤이 말하는 걸 볼 때마다 내가 무언가 놓치고 있다는 인상을 받았다.

"피부색이 흉하게 변했어." 안나는 다시 눈썹을 살폈다. "감염될 수 있어. 소독 안했지?" 그녀는 얼굴을 살짝 기울였다. "해야 하는데…… 오, 니카!"

그녀가 나를 발견했을 때 나는 퍼뜩 정신이 들었다. 도둑처럼 몰래 그들을 지켜보고 있었던 게 부끄러웠다.

"부탁이 있어. 위층 욕실에 소독약과 탈지면이 있는데, 그것 좀 가져다줄래?"

나는 리젤의 눈을 피하면서 고개를 끄덕였다. 나는 지난번 대화 이후로 그와 말을 안 하고 있었다. 내가 그를 쳐다보는 일이 갑자기 너무 많아졌고, 더 나쁜 건 그것을 깨닫지도 못했다는 것이다. 우리 사이에 해결되지 않은 문제가 남아 있었고, 그 생각이 내 머리에서 떠나지 않았다.

잠시 후 나는 안나가 부탁한 것을 가지고 돌아왔다. 안나는 냅킨으로 그의 상처 부위를 가볍게 닦고 있었다. 나는 그녀의 다음 말을 예상하고 솜뭉치에 소독약을 묻혔다. 내가 젖은 솜뭉치를 내밀자 그녀는 한쪽으로 조금 물러나서 상처를 계속 살펴보았다. 나는 그녀가 내게 자리를 내준 것이라는 걸 깨닫고는 머뭇거렸다.

안나는 내가 하길 바라는 걸까?

나는 주저하며 앞으로 나아갔다. 안나의 옆을 지나 리젤 앞에 섰다.

아주 짧은 순간 그의 눈이 나에게로 향했다. 그의 시선은 내 손, 머리카락, 얼굴, 어깨를 훑고는 재빨리 다른 쪽으로 날아갔다.

나는 가까이 다가가면서 무심코 그의 무릎을 스쳤고, 그의 턱 근육이 움찔하는 걸 본 것 같았다. 안나가 그를 향해 얼굴을 더 바짝 기울였다.

"여기, 바로 여기야……" 그녀가 상처 부위를 가리켰다.

리젤은 평소와 달리 나와의 접촉을 거부하지 않으려고 애쓰는 것 같았다. 그는 손길을 피하지 않았지만, 그 상황은 그에게 엄청난 자제력을 요구한다는 것을 짐작할 수 있었다.

나는 조심스럽게 그의 눈썹을 문질렀다. 긴장을 늦출 수 없었다. 리젤을 아프게 할까 봐 겁나기도 했고 그와 너무 가까운 거리에 있었기 때문이다.

리젤은 목을 움츠리고 있는 것 같았다. 고집스럽게 옆쪽을 바라보았고, 무릎에 얹은 손은 피부가 찢어질 듯이 주먹을 꽉 쥐고 있었다. 나는 그 모든 관심이 그를 짜증나게 할 뿐이라는 걸 알고 있었다. 그는 걱정과 보살핌을 좋아하지 않고 성가셔했다. 누구나 예쁨을 받고 싶어하는 어린아이 때도 리젤은 그런 애정에 관심을 보인 적이 없었다. 사랑받기 위해 무엇이든 내주려 하는 나와는 달랐다.

갑자기 집 전화가 울렸다.

안나가 거실을 향해 급히 몸을 돌리자, 나도 따라서 고개를 돌렸다.

"아…… 잠시만 계속하고 있어. 니카, 금방 올게."

나는 그녀에게 애원하는 눈빛을 던졌지만 소용없었다. 안나는 나와 리젤만 남겨 둔 채 자리를 떴다. 나는 안나가 알려준 것을 놓치지 않고 꼼꼼히 해나가려고 했지만, 자꾸만 리젤의 손이 내 눈에 들어왔다. 그의 손가락은 그 친밀한 거리와 접촉이 견딜 수 없다는 듯 살을 파고들었다.

나는 심장 박동이 느려졌다.

내가 옆에 있는 게 그렇게도 싫은가?

몸서리가 날 정도로? *왜?*

슬픔이 차올랐다. 나는 상황이 바뀔 수 있기를 진심으로 바랐지만, 우리 사이에는 심연이 있었다. 메울 수 없는 깊은 골이 있었다.

그리고 내가 간절히 바라고 노력한다고 해서 달라지는 건 없었다. 그 벽은 여전히 거기에 있었고, 영원히 사라지지 않을 것이다.

그는 계속 나를 쫓아낼 것이다.

모든 희망을 깨뜨릴 것이다.

그는 항상 닿지 않는 먼 곳에 있을 것이다.

나는 마지막으로 리젤을 내려다보았다. 그 슬픔의 발톱이 확실하게 파고드는 것을 느끼기 위해서였다. 어쩌면 나는 마음을 접고 모든 희망을 꺼버릴 수 있을 만큼 상처받고 싶었다. 그래야만 받아들일 수 있을 것 같았다……

그런데 순간 심장이 멎는 듯했다.

리젤의 어깨는 이제 긴장을 풀고 있었다. 무릎 위의 손은 너무 오랫동안 꽉 쥐고 있다가 마침내 포기한 듯 힘없이 늘어져 있었다. 그리고 그의 얼굴은……

차분한 표정에, 고집이 아니라 *체념*의 눈빛으로 옆을 바라보고 있었다. 내 손길 아래 그의 나른한 눈동자는 안도감을 주는 고통으로 가득 차 있었다.

진이 빠지고 굴복하고 고갈된 느낌이었다.

나는 내 눈을 의심할 수밖에 없었다. 그는 완전히 다른 사람처럼 보였다.

나는 그 환영 앞에서 정신이 멍해지고 몸이 떨려 왔다. 심장은 내 통제를 벗어나 가슴이 아플 정도로 세차게 뛰었다. 리젤은 아무 내색도 하지 않으려는 듯 입술을 다문 채 한숨을 쉬었고, 나는 내 몸이 산산이 부서지는 느낌이 들었다.

그것만이 아니었다. 나는 알 수 있었다. 그래서 그에게 억지로 그럴 필요 없다고, 그가 원하기만 하면 우리는 다른 동화가 될 수 있다고 속삭이고 싶었다.

나는 그를 이해하고 싶은 마음에서 말없이 그윽한 눈길로 그를 바라보았다. 그리고 충동적으로…… 내 손가락이 그의 피부 위로 미끄러져 관자놀이를 천천히 쓰다듬었다. 그의 괴로운 표정이 너무나 안쓰러웠기에 나는 내 행동을 미처 깨닫지 못했다.

리젤은 흠칫 놀랐다. 그는 나에게 시선을 던졌고, *내가 그를 줄곧 쳐다보고 있었다는 것*을 깨닫고는 얼어버렸다.

그는 내 소매를 내치더니 급하게 일어섰다.

나는 엉겁결에 팔을 머리 위로 올렸고, 나를 내려다보는 그의 시선에 압도되었다. 나는 숨죽인 채 그의 휘둥그런 눈을 응시했고, 그 안에서 알 수 없는 감정이 번쩍이는 것을 보았다. 그의 따뜻한 숨결이 닿은 내 뺨이 금세 붉어졌다.

"리젤……" 나는 겁이 나서 작은 목소리로 불렀다.

그가 천천히 내 소매를 움켜쥐었다. 그의 손가락이 천을 으스러뜨렸고, 그의 시선이 내 입술로 떨어졌다. 나는 목이 말랐다. 내 모든 힘이 그에게 빨려 들어갔고, 갑자기 기운이 빠졌다.

그 순간의 정적은 고동치는 수많은 파편에 휩싸였고, 내 심장은 떨리다 못해 쿵쾅거리며 고통스러운 비명을 질러댔다.

리젤은 곧 나를 놓아주었다.

나는 너무 갑작스러워서 발밑의 땅이 꺼진 듯 비틀거렸다. 그리고 이내 귀가 먹먹해지는 혼란 속에서 발소리가 들려왔다.

"친구가 전화했어. 물어볼 게 있다고……"

안나는 입구에 멈춰 섰다. 그리고 리젤이 그녀를 지나쳐서 밖으로 나가자 눈을 깜박거렸다. 그녀는 나를 향해 걸어왔다.

"괜찮니?" 그녀가 물었다.

나는 대답할 말이 없었다.

그 이후 공부를 하려고 했지만 머릿속이 어지러웠다. 내 생각은 벌떼처럼 리젤에게 몰려가서 공부에 집중할 수 없었다. 그 생각을 떨치려고 눈을 깜빡였지만, 오랫동안 주시한 강렬한 빛의 흔적처럼 사라지지 않았다.

핸드폰에서 알림음이 울렸다. 연필을 내려놓고 확인해 보니 빌리가 보낸 메시지가 도착했다. 새끼 염소들의 동영상이었다. 최근에 그녀는 그런 종류의 영상을 자주 보냈다. 염소가 왜 그렇게 소리를 지르는지는 모르겠지만, 한번 보기 시작하면 멈출 수가 없었다. 바로 전날에도 빌리는 행복하게 뛰노는 라마의 동영상을 보내주었고, 나는 그걸 보느라 공부에 손을 놓고 오후의 절반을 흘려버렸다.

나는 옅은 미소를 지으며 숨을 내쉬었다. 그 영상들은 유치했지만 마음을 편안하게 해주었다. 나는 빌리의 배려가 고마웠다. 그녀는 내게 정말 소중한 사람이었다. 나를 생각해 주고, 용건이 없어도 메시지를 보내고, 솔직한 마음을 털어놓는 친구였다. 그 모든 것이 내게는 새로웠다.

갑자기 핸드폰이 울렸다. 나는 번쩍이는 화면을 보며 머뭇거리다가 받았다.

"여보세요? 아…… 안녕, 라이오넬."

지난 며칠 동안 그는 핸드폰으로 연락하거나 학교에서 쉬는 시간에 찾아오는 일이 많았다. 그런데 이상하게도 그를 보는 게 불편했다. 그를 밀어내고 싶지는 않았지만, 리젤과의 사건이 있은 이후로 그의 얼굴을 볼 때마다 그날의 일이 떠오르는 것 같았다. 내 일부는 그 기억을 지우고 아무 일도 없었던 것처럼 행동하고 싶었다. 그러나 내가 피하는 기색을 보이자 라이오넬은 더 집요하게 메시지를 보내기 시작했다.

그는 리젤이 거짓말을 해대며 자신을 변호하려고 했는지 물었다. 내가 아니라고 대답하자 그는 안심하는 것 같았다.

"창밖을 봐." 나는 라이오넬의 재촉에 못 이겨 밖을 내다보았고 그가 그 아래에 있는 것을 보고 놀랐다.

그는 나에게 손을 흔들며 인사했고, 나는 머뭇거리다 손을 흔들었다.

"동네를 걷고 있어." 그가 활짝 웃으며 말했다. "내려올래? 산책하러 가자."

"그러고 싶지만 숙제를 끝내야 해서……"

"아, 어서, 햇볕이 좋아. 화창한 날씨야." 그가 밝은 목소리로 보챘다. "이런 날 집에 틀어박혀 있을 거야?"

"하지만 금요일에 물리 시험이 있어."

"그냥 한 바퀴 도는 거야. 자, 내려와."

"라이오넬, 나도 그러고 싶은데……" 나는 양손으로 핸드폰을 잡고 말했다. "정말로 공부해야 해."

"나도 마찬가지야. 그냥 산책일 뿐이야. 그렇지만 정말로 가기 싫다면……"

"가기 싫어서가 아니야." 나는 재빨리 말했다.

"그럼 뭐가 문제야?"

나는 창밖으로 그를 내다보면서 그가 또 기어이 고집을 부린다는 생각이 들었다. 어쩌면 단순히 내가 평소보다 더 피하고 있는 것인지도……

"알았어." 나는 결국 그의 말에 따랐다. 어쨌든 딱 한 바퀴라고 했으니까.

"준비해서 금방 나갈게."그가 미소를 지었다.

나는 재빨리 재킷을 입고 운동화를 신었다. 그리고 거울을 보면서 목의 붉은 자국이 눈에 띄지 않는지 확인했다. 그 흔적은 사라지고 싶지 않은 기억처럼 여전히 거기에 있었다. 리젤의 입술이 그랬다고 생각하니 피가 끓어올랐다. 나는 목에 진녹색 스카프를 두른 뒤 아래층으로 내려갔다. 나는 안나에게 외출한다고 알리고는 멈칫 걸음을 멈추고 발걸음을 돌려 주방에 들렀다.

"안녕." 나는 집 대문에서 라이오넬에게 인사했다. 그리고 머리카락을 귀 뒤로 넘기며 그의 앞으로 다가가 한 손을 뻗었다. "여기."

라이오넬은 내가 내민 하드를 쳐다보았다. 그가 눈을 들어 나를 보았고, 나는 살짝 미소 지었다. "안에 악어가 있어."

그는 감격한 듯 나를 바라보았다. 그리고 의기양양한 표정을 지었다.

그의 말이 옳았다. 날씨가 정말 좋았다.

우리는 하드를 먹으며 거리를 걸었다. 나는 라이오넬의 아버지가 최근에 산 자동차에 관한 이야기를 귀담아들었다. 그는 새 자동차가 마음에 들지 않는 것 같았다. 아주 비싼 고급차인 듯했지만, 그는 그 모델을 선택한 것에 대해 여러 번 불평했다.

한참 후에야 나는 나무가 늘어선 길이 끝났다는 것을 깨달았다.

"어, 잠깐만……" 나는 당황하며 주위를 둘러보았다. "우리가 너무 멀리 왔어. 여기가 어딘지 모르겠어."

그는 내 말을 듣지 못한 것 같았다. "라이오넬, 우리는 동네를 벗어났어." 나는 걸음을 멈추며 그에게 다시 알렸다. 그는 앞서 가다가 뒤늦게 내가 따라오지 않는다는 걸 알아차렸다.

"뭐하니?" 그가 돌아보며 묻고는 담담하게 덧붙여 말했다. "오, 걱정하지 마. 나는 이 지역을 잘 알고 있으니까. 어서 와."

나는 의아하다는 듯이 그를 쳐다보았고, 그는 내 눈빛을 알아챘다.

"뭐야? 동네 한 바퀴 돌자고 했는데……"

우리가 너무 멀리 가고 있다는 걸 그는 언제 깨달았을까?

"조금 더 걸었을 뿐이야." 내가 천천히 다가가자 그가 대답했다. 그는 내 눈을 바라보다가 이내 고개를 숙였다. "사실 난 이 근처에 살아……" 그는 돌멩이를 발로 찼다. "5분 거리에 있어." 그는 나를 힐끗 쳐다본 다음 자신의 발을 보았다. "여기까지 온 김에…… 잠깐 들르지 않을래?"

나는 쑥스러워하는 그의 태도에 마음이 누그러졌다. 라이오넬은 나에게 그의 집을 보여주고 싶었던 것이다. 나도 약간의 자부심과 선의에서 미키를 선뜻 우리 집에 데려갔었다. 그도 그런 마음이었을 거로 짐작했다.

나는 긴장을 풀고 웃었다. "그러자."

라이오넬은 기뻐했다. 그는 생기 넘치는 눈으로 나를 보더니 몸을 꼿꼿이 펴며 코를 긁었다.

그의 가족이 사는 집은 아주 잘 관리된 전원주택이었다. 차고는 자동식이었고 반질반질 윤이 나는 손잡이가 문에 달려 있었다. 고르게 깔린 조약돌 바닥이 카펫처럼 건물 뒤편까지 이어졌고, 뒷마당에는 농구 골대와 빨간색의 최신형 잔디 깎는 기계가 있었다. 정원의 제비꽃 무리는 아주 가지런히 정확한 길이로 줄지어 있었다. 우리 집 울타리를 장식하는 활기차고 자유분방한 치자나무와는 너무나 달랐다.

집안으로 들어서자 대리석 바닥이 깔린 넓고 깨끗한 공간이 눈앞에 펼쳐졌다. 하얀 커튼이 그늘을 드리운 실내는 온통 고요하기만 했다. 아름다운 집이었다.

라이오넬은 재킷을 안락의자 위에 놓았고, 내가 현관 매트에 신발을 깨끗이 닦는 모습을 신기해하며 바라보았다.

"난 목이 말라…… 걱정하지 마, 이 시간에는 아무도 없어."

그는 문 뒤로 사라졌고, 그를 따라가 보니 그곳은 주방이었다.

라이오넬은 냉장고에서 물병을 꺼내 들고 유리잔의 물을 크게 꿀꺽 마시고 있었다.

그는 물병을 다시 냉장고에 넣으려던 순간에야 내가 보고 있다는 걸 알아챘다.

그는 눈을 깜빡이며 나를 잠시 쳐다보더니 말했다. "아, 맞다…… 너도 마실래?"

나는 그 말에 반가워하며 귀 뒤로 머리카락을 넘겼다. "오, 고마워."

그는 뿌듯한 미소를 지으며 나에게 잔을 건넸고, 나는 물을 마시며 목구멍으로 퍼지는 시원한 느낌을 기분 좋게 즐겼다. 더 마시고 싶었지만 라이오넬은 이미 물병을 치워버렸다.

그는 집안을 두루 보여주었다.

여기저기 탁자와 선반과 진열대에 놓인 다양한 액자가 눈에 띄었다. 라이오넬은 거의 모든 사진 속에서 나이가 다른 모습으로 아이스크림이나 장난감 자동차를 손에 쥐고 있었다.

"이건 지난달에 딴 거야." 그는 최근에 참가한 테니스대회의 트로피를 보여주며 자랑스럽게 말했다. 내가 칭찬하자 그는 무척 흐뭇해했다. 그는 메달들도 보여주었는데, 내가 감탄을 거듭할수록 그는 더 신나게 어깨를 으쓱거렸다.

"보여주고 싶은 게 있어." 그가 능청스러운 미소를 지었다. "놀랄 만한 거야…… 이리 와 봐."

나는 그를 따라 집안을 가로질렀다. 라이오넬은 아름다운 거실을 지나 닫힌 문 앞에 멈춰 섰다. 그가 나를 향해 돌아섰고, 나는 호기심 어린 맑은 눈으로 그를 쳐다보았다.

"눈을 감아." 그는 슬며시 웃으면서 나에게 말했다.

"이 방에는 뭐가 있지?" 나는 멋진 마호가니 문을 보며 물었다.

"아빠의 서재야. 어서 눈 감아." 그가 웃었다.

나도 덩달아 웃으면서 재미있는 일이 벌어질 것 같은 기대감으로 눈을 감았다. 문을 여는 소리가 들렸다. 그가 나를 앞으로 이끌었고 우리는 함께 방으로 들어갔다. 그는 내 어깨를 잡고 방의 한 지점으로 향하게 했다. 그리고 나를 놓기 직전에 어떤 인상을 남기고 싶은 하는 것처럼 어깨를 잡은 손에 힘을 꽉 주었다.

"좋아…… 이제 눈을 떠."

나는 눈을 떴다.

정말 근사한 서재였다. 그런데 나는 그 자리에 얼어붙고 말았다.

내 앞의 벽에는 다양한 크기와 형태의 액자가 잔뜩 걸려 있었다.

그 액자들의 유리 안에는 *어마어마한* 수의 곤충이 박제되어 있었다.

반짝이는 딱정벌레 수십 마리, 황금빛 풍뎅이, 번데기와 유충, 벌, 알록달록한 잠자리, 사마귀, 심지어 달팽이 껍질까지 모두 깔끔하게 배열되었다.

나는 누군가가 내게도 방부처리를 한 것처럼 굳어져서 수집품을 바라보았다.

"보이지?" 라이오넬이 자랑스럽게 말했다. "가까이 가서 봐!"

그는 나비 액자 앞으로 나를 끌었다. 나는 핀에 꽂혀 있는 그 작은 사체들을 휘둥그레진 눈으로 쳐다보았고, 라이오넬은 아래에 있는 한 표본을 가리켰다. "여기 뭐라고 적혀 있는지 좀 봐."

'니카 플라빌라' 그는 밝은 주황색의 가냘픈 나비 옆에 적힌 우아한 필체의 글자를 읽었다.

"너랑 이름이 같아!" 그는 내가 솔깃해할 놀라운 소식을 발표한 것처럼 의기양양한 미소를 지었다.

나는 얼굴에서 핏기가 가시는 느낌이 들었다. 내 눈에 보이는 건 쭉 펼쳐진 날개와 핀이 꽂힌 몸통뿐이었다. 라이오넬은 내 침묵을 오해했다.

"정말 근사하지 않니? 아버지는 여가 시간에 많은 걸 모으지만, 특히 이 수집품을 자랑스러워해. 그가 직접 손으로 만들었다는 걸 생각하면…… 어이, 니카…… 괜찮니?"

나는 책상 한쪽에 몸을 기대며 입술을 꽉 다물었다. 대리석 바닥에 다 아이스크림을 토해낼 것 같았다.

"어디 아프니? 왜 그래?"그는 잇따라 물었고, 나는 가슴뼈 안쪽에서 울렁거리는 느낌이 들어 자꾸 마른침을 삼켰다.

"여기서 기다려, 알겠지? 물을 좀 가져 올게. 금방 돌아올게."

그는 서재를 나갔고, 나는 진정하려고 애썼다. 충격이 가라앉지 않아 숨을 깊이 들이쉬었다. 내가 지나치게 예민한 건 알고 있지만, 가장 감당하기 힘든 장면을 보고 말았다.

라이오넬이 서둘러 물병을 들고 돌아왔다. 그는 물병을 나에게 건네다가 잔을 챙겨오지 않았다는 것을 깨달았다.

"잠깐만." 그가 다시 사라지자 나는 눈을 감고 숨을 들이켰다.

방이 회전을 멈췄다. 잠시 후 라이오넬이 잔을 가지고 돌아왔고, 나는 그에게 고맙다고 말했다.

"좀 괜찮니?" 내가 물을 마시자 그가 물었다.

나는 그를 안심시키려고 고개를 끄덕였다. "잠시 그랬을 뿐이야…… 이제 괜찮아."

"감동이 지나치면 어쩔 땐 해로울 수 있어." 그가 즐겁게 웃었다. "이런 서프라이즈는 예상 못했겠지?"

나는 초조하게 웃다가 다른 이야기로 넘어갔다. 그에게 아버지의 직업이 무엇인지 물었고, 그는 공증인이라고 대답했다. 우리는 잠시 더 이야기를 나눴다.

"시간이 늦었어." 어느 순간 나는 밖을 바라보며 말했다. 해야 할 숙제가 아직 많이 남아있었다.

우리는 서재에서 나왔고, 라이오넬은 집까지 데려다 주겠다며 고집을 부렸다. "가기 전에 화장실을 쓰고 싶으면, 저기에……"

나는 발걸음을 멈췄다. 라이오넬은 내 시선이 향한 곳을 확인하고는 미소를 지었다.

"여긴 엄마 물건이 있어." 그는 방문을 밀며 설명했다. 문이 활짝 열리자 매끄러운 리본이 달린 긴 막대들이 보였다.

"엄마는 리듬체조 강사야." 나는 홀린 듯 방안으로 들어갔다.

커다란 거울이 뒷벽을 가득 채웠고, 그 앞에는 아주 얄따랗게 생긴 이상한 볼링핀들이 놓여 있었다.

"그건 곤봉이야." 라이오넬이 알려 주었다. "전성기 때 엄마는 메달을 많이 땄어…… 유능한 선수였지. 하지만 지금은 가르치기만 해."

나는 초롱초롱한 눈으로 사진들을 바라보았다. 얼마나 화려하고 우아한지! 그녀는 부드럽고 황홀한 매력을 발산하는 화사한 백조 같았다.

"정말 아름다워." 나는 탄성을 질렀다. 나는 그를 향해 눈을 반짝이며 미소를 지었다.

라이오넬은 감격한 표정으로 잠시 나를 쳐다보았다. 그리고 우승컵을 든 사진 속에서처럼 흡족한 눈빛으로 나를 향해 빙긋이 웃었다. 그가 막대를 하나 집어 들었고, 이내 긴 리본이 분홍색 빛을 퍼트리며 공중에서 나부꼈다. 나는 그 역동적인 비행을 감탄하며 지켜보았고, 라이오넬이 내 머리 위에서 나선형을 그리며 리본을 빙글빙글 돌릴 때는 웃음을 터트렸다.

나는 리본을 눈으로 좇으며 제자리에서 잇따라 돌았고, 그 비단 자락 너머로 미소 짓는 라이오넬의 모습이 흐릿하게 보였다.

그러다 어느 순간 리본이 몸을 휘감기 시작했다. 갑자기 들러붙는 느낌이 들자 내 얼굴이 일그러졌다.

"라이오넬……" 나는 다급하게 그의 이름을 불렀다.

내 팔이 천에 묶이자 본능적인 공포가 덮쳐 왔다. 나는 숨이 막혔다. 몸이 뒤틀리고, 심장 박동이 빨라지고, 비명이 터져 나왔다.

막대가 딸깍 소리를 내며 바닥에 떨어졌다.

나는 라이오넬의 놀란 눈을 보며 뒷걸음질 쳤다. 그리고 필사적으로 숨을 헐떡이고 격렬하게 몸을 떨면서 내 몸에 감긴 리본을 찢듯이 떼어냈다. 관자놀이가 불끈거렸고, 머릿속에서 아직도 생생한 악몽이 되살아나 어둠의 파편과 닫힌 문, 칠이 벗겨진 천장의 장면이 현실과 뒤섞였다.

"니카?"

나는 두 팔로 몸을 감싸며 움츠린 채 힘겹게 숨을 내쉬었다. "나는…" 나는 부들부들 떨며 간신히 소리를 냈다. "미안해…… 나…… 나는……"

북받치는 무력감에 눈물이 흘러내렸다. 숨고 싶은 충동이 역겨울 정도로 긴박하게 밀려들었고, 라이오넬의 시선이 내 복부를 갉아먹었다. 나는 공포에 휩싸여 다시 어린아이가 되었다.

내 모습을 보이면 안 되었다.

나는 투명망토처럼 팔로 몸을 덮어 사라지고 싶었다. 그의 시선을 떼어내기 위해 내 피부를 벗겨내고 싶었다.

'다른 사람에게 말하면 어떻게 되는지 알지?'

소리치고 싶었지만 목이 막혀 아무 소리도 나오지 않았다. 몸을 돌려 급히 방 밖으로 뛰쳐나갔다. 나는 화장실을 발견하고 안으로 들어가 문을 잠갔다. 메스꺼운 느낌이 치밀어서 얼른 수도꼭지를 틀었다. 금속에서 쏟아지는 차가운 물줄기에 두 손목을 담갔다.

잠시 그 상태로 있었고, 라이오넬은 끈질기게 문을 두드리며 열어달라고 했다.

어떤 상처는 피가 멎지 않는다.

어떤 날은 상처가 터져서 반창고로도 덮을 수 없다. 그런 날이면 옛날과 다름없이 내가 어리고 어수룩하고 연약하다는 것을 깨달았다.

나는 몸만 자란 어린아이였다. 나는 삶에서 느낀 환멸을 스스로 인정할 수 없었기 때문에 희망의 눈으로 세상을 보았다.

나는 평범해지고 싶었지만 그렇지 못했다.

나는 달랐다.

다른 모든 사람들과 달랐다.

결국 집에 도착했을 때는 늦은 시간이었다. 나무 사이로 비친 석양빛을 받아 아스팔트 바닥이 검게 빛났다. 라이오넬은 울타리까지 데려다주었고, 오는 내내 침묵을 지켰다.

나는 한참 만에 화장실에서 나온 뒤에 여러 번 사과했다. 그 일을 무마하기 위해 온갖 방법을 다했다. 그저 놀랐을 뿐이고 아무 일도 아니며 걱정할 필요 없다고 말했다. 내 변명이 얼마나 터무니없는지 알았지만, 그가 그대로 믿어주기만을 바랐다. 라이오넬은 계속 당혹스러워했고, 자신이 뭔가 잘못한 게 아닐까 초조해했다. 나는 이제 괜찮아졌고 아무렇지 않다고 잘라 말했다. 나는 그의 눈을 똑바로 쳐다보지 못했고, 그는 더 묻지 않았다. 나는 그의 기억에서 그 순간을 지울 수만 있다면 무엇이든 하고 싶었다.

"같이 와줘서 고마워." 나는 고개를 숙인 채 집 앞에서 중얼거렸다.

"천만에." 그는 짧게 대답했지만, 아직 불안해 한다는 걸 목소리에서 알 수 있었다.

나는 용기를 내 얼굴을 들었다. 그리고 천천히 겸연쩍은 미소를 지어 보였다. 그도 나에게 미소를 지으려다가 넌지시 시선을 돌려 집을 바라보았다. 뭔가가 그의 주의를 끈 것 같았다. 나는 라이오넬에게 인사했다.

"잘 가." 그가 갑자기 내 몸을 잡았다. 그리고 내가 정신 차릴 새도 없이 몸을 기울여 내 뺨에 입을 맞추었다.

나는 눈을 깜박였고 그가 입꼬리를 올리며 미소 짓는 모습을 보았다.

"또 보자, 니카."

나는 뺨에 손을 대고 어리둥절한 채 그의 뒷모습을 보다가 집으로 들어갔다.

집 안은 고요 속에 잠겨 있었다. 나는 재킷을 벗어 옷걸이에 걸고 현관을 지나쳤다. 위층으로 향하다가 인기척이 느껴져 발걸음을 멈추었다. 어스름한 저녁 빛 가운데 책장이 있는 방에서 누군가가 조용히 앉아 있었다.

리젤이 피아노 앞에 있었다.

그의 주위로 적막감이 감돌았다. 그는 한 손가락으로 소리 없이 건반을 스쳤고, 그의 존재는 전율을 일으키는 몽롱하고 우아한 매력을 발산했다.

잠시 후 그가 고개를 돌려 어깨 너머로 나를 보았다.

내 영혼이 소스라치게 놀랐다. 그의 그런 눈빛은 한 번도 본 적이 없었다. 차갑기도 하고 뜨겁기도 한 설명하기 힘든 눈빛이었다. 매섭고 격렬하고 충격적이었다.

리젤은 내게서 시선을 거두고 일어섰다. 하지만 그가 자리를 뜨기 전에 내 입에서 말이 흘러나왔다.

"라이오넬과 무슨 일이 있었지?"

나는 절대 포기하거나 물러서지 않았다. 그건 나답지 않았다. 나는 앞으로 한발 나아갔다. "어쩌다 싸우게 된 거지?"

"걔한테 물어 봐." 리젤은 가슴이 뜨끔할 정도로 모질게 쏘아댔다. "그가 이미 말했겠지, *그렇잖아?*"

"너한테 듣고 싶어." 나는 더 누그러진 목소리로 말했다.

리젤은 매력적인 얼굴을 기울이며 입가에 얼핏 미소를 띠었지만 눈빛은 여전히 매서웠다.

"왜? 내가 어떻게 그를 *묵사발* 냈는지 자세히 알고 싶니?" 그는 이상하리만치 적대적으로 쏘아붙였다.

나는 마음 한구석이 꺼림칙했다. 순간 내 시선은 집 앞이 훤히 내려다보이는 창문으로 향했다.

라이오넬을 봤을까?

그가 돌아서 걸어갔고, 나는 생각보다 행동이 앞섰다.

이번엔 안 돼.

용기를 내어 그의 앞을 가로막았다. 그리고 그를 올려다보았을 때 가녀린 내 몸에 진동이 일었다. 석양에 타오르는 리젤의 머리가 내 위로 우뚝 솟아 있었다. 곧바로 나는 경솔한 행동을 후회했다.

그는 날카로운 눈으로 나를 노려보았고 불쑥 쉰 목소리를 뱉었다. "비켜."

"대답해 줘." 나는 기어들어가는 목소리로 애원했다. "제발."

"비켜, 니카." 그는 나를 꾸짖듯 또박또박 강조해서 말했다.

나는 손을 움직였다. 내가 왜 항상 모든 사람과 접촉하려고 하는지 알 수 없지만, 그의 앞에서 자제할 수 없었다. 리젤을 보살핀 그날 밤 이후 나는 그 한계가 더는 두렵지 않았다. 그것을 깨고 싶었다.

내 몸짓에 그가 즉시 반응했고, 나는 쓰라린 실망감을 느꼈다. 리젤은 내가 아무것도 못하게 막았다. 그는 내 손길을 피했고 차갑고도 뜨거운 시선으로 나를 쳐다보았다. 그는 거칠게 숨을 쉬었다. 그의 반응은 거의 본능적인 반사작용처럼 보였지만 그런 천진한 몸짓일지라도 뿌리치는 행위는 내 마음에 상처가 되었다.

그는 안나의 손길을 거부하지 않았다. 노먼도 *거부하지 않았다. 게다*

가 자신을 도발한 사람에게 서슴지 않고 손을 대기도 했다. 그는 아무도 그렇게 쫓아내지 않았다. 나만 그랬다.

"내가 만지는 게 그렇게도 불쾌하니?" 내 손이 떨리고 있었다. 고통스러운 마음이 차올랐다. "네가 열이 났을 때 누가 널 보살폈니?"

"너한테 부탁한 적 없어." 그가 단호하게 대꾸했다.

리젤은 내가 그를 몰아붙인 것처럼 반응했고, 그 말에 내 눈이 휘둥그레졌다. 나는 그를 부축해서 힘겹게 계단을 올라갔고 밤새 노심초사하며 그의 옆에서 간호했다. 그것이 그에게 단지 성가신 일이었나?

리젤은 주먹을 쥐고 턱을 굳게 다물었다. 그리고 상대하고 싶지 않다는 듯 나를 지나쳐 갔다. 그 순간, 알 수 없는 감정이 치밀어 오르며 내 몸이 심하게 떨렸다.

"나는 널 만져선 안 되고, 너는 그래도 된다는 거야?" 나는 강렬하게 번뜩이는 눈빛으로 그를 올려다보았다. 그리고 참았던 울분을 터트리며 목에서 스카프를 풀었다. "이건 아무것도 아니라는 거지?"

그의 시선이 내 목으로 떨어졌다. 리젤은 붉은 자국을 쳐다보았고, 나는 입술을 오므렸다.

"*네*가 그랬어." 나는 불쑥 말했다. "열이 났을 때. 넌 기억도 못 하지만."

한 번도 본 적이 없는 일이 일어났다. 그의 눈에 당황하는 기색이 드러났고, 나는 처음으로 리젤의 자신감이 내 앞에서 무너지는 것을 보았다.

아름다운 가면이 흔들렸다. 그의 눈빛이 차가워졌고, 두려움과 비슷한 것이 얼굴에 나타났다. 그러나 내가 착각했다고 생각할 정도로 그 낌새는 빠르게 스쳐 지나갔다. 그의 눈 속에서 무언가가 빠져나갔고, 그 어떤 연약함도 휩쓸어버릴 잔인함으로 채워진 그의 억지 미소가 순식간에 돌아왔다.

나는 즉시 그것을 이해했다. 리젤은 *나를 할퀴려고* 했다.

"내가 그랬다고 장담할 수 없어……" 그는 나를 위아래로 훑으며 이

죽거렸다. 비웃음을 던지며 혀를 찼다. "내가 *너한테* 그러고 싶어 할 것 같아? *정말* 믿는 건 아니지? 물론 네가 방해하기 전엔 좋은 꿈을 꾸고 있었지. 그러니 니카, 앞으론 날 깨우지 마."

그는 요사스러운 악마처럼 웃으며 나에게 경멸적인 표정을 지었다. 그는 늘 그런 식으로 몰고 가며 우리 사이의 경계를 확인시켰다. 그가 자리를 뜨려고 나에게 등을 돌렸을 때, 예상치 못한 말이 내 입에서 흘러나왔다.

"네 그 독설은 갑옷처럼 느껴져." 나는 가느다란 목소리로 말했다. "상처 받아서 그것 말고는 자신을 방어할 줄 모르는 것 같아."

그가 걸음을 멈췄다. 내 말이 그의 정곡을 찔렀다.

나는 이제 그의 가면을 믿지 않았다.

리젤은 속마음을 더 드러내고 싶지 않을수록 더 두꺼운 가면을 썼다.

그는 거칠고 비꼬고 복잡하고 예측할 수 없었다. 누구도 믿지 않았다.

하지만 그는 그 이상이었다.

어쩌면 언젠가 그 영혼의 복잡한 내면을 이해할 수 있을지 모른다.

언젠가 그의 모든 몸짓에 담긴 미스터리를 풀 수 있을지도 모른다.

그러나 한 가지는 확실했다.

그가 눈물을 만드는 사람이든 아니든…… 그처럼 내 가슴을 떨리게 한 존재는 없었다.

17
소스

다른 사람들은 바로 알아볼 수 있다.
그들의 세상은 타인들의 눈 속에 있다.

그날 우리는 손님을 맞이할 예정이었다. 노먼과 안나의 오랜 친구들이 도시 외곽으로 점심을 먹으러 왔다.

그 사실을 알았을 때, 내 안에서 무언가가 고동치며 다른 생각들을 밀어냈다. 나는 좋은 인상만을 남기고 싶었다. 나는 옷매무새를 가다듬었다. 내가 입은 깔끔한 흰색 원피스는 어깨를 드러내는 짧은 소매와 가슴에 주름 장식이 있었다. 복도에 있는 작은 은색 거울에 내 모습을 비춰보았다. 어색해서 배가 조이는 느낌이 들었다. 나는 인형처럼 산뜻하게 꾸민 내 모습을 보는 게 낯설기만 했다. 손가락의 반창고와 진주 빛깔 눈동자가 없었다면 나를 알아보지 못했을 것이다. 땋은 머리카락이 목 옆면을 잘 가리고 있는지 확인했다. 지난 며칠 동안 흔적이 희미해졌지만, 그래도 조심하는 게 좋았다.

"아, 오늘은 너무 더워!" 현관에서 여자 목소리가 들렸다. "진작 알았더라면…… 여긴 바람 한 점 없네!" 오터 씨 부부가 도착했다.

부인은 아름다운 짙은 파란색 외투를 입고 있었다. 안나는 그녀가 재단사라고 했다. 그들은 친근하고 막역하게 친구의 두 뺨에 뽀뽀했다.

"저기 진입로에 차를 뒀는데 괜찮아? 방해가 되면 조지가 옮길 거야……"

"전혀 문제없어. 걱정하지 마." 안나는 친절하게 모자를 받아들고 그녀를 안으로 들였다.

그들은 팔짱을 끼고 걸었고, 오터 부인은 안나의 손목에 한 손을 얹었다. "안나, 어떻게 지냈어?" 그녀가 걱정스럽게 물었다.

안나는 손에 힘을 살짝 주는 것으로 대답했다. 그들이 걸어가는 동안 안나는 내가 있는 것을 보았고, 오터 부인은 안나의 눈을 살피느라 나를 알아채지 못했다. 마침내 그들이 내 앞에 섰을 때 안나가 미소를 지으며 말했다. "달마, 얘는 니카야."

이제 시작이구나……

나는 떨리는 마음을 억누르며 미소 지었다.

"안녕하세요."

오터 부인은 대답하지 않았다. 그녀는 입을 벌리고 혼란스러운 눈으로 나를 바라보기만 했다. 믿을 수 없다는 표정이었다. 그러다 눈을 깜박이더니 안나를 향해 돌아섰다.

"그러니까 나는……" 그녀는 말을 잃은 듯했다. "어떻게……"

나도 그녀만큼이나 당황한 채 안나의 시선을 찾았다. 그러나 이내 오터 부인은 완전히 새로운 표정으로 나를 보았다. 소개한 이유를 그제야 이해한 것 같았다. 안나는 여전히 그녀의 손을 잡고 있었다.

"미안해……" 부인은 다시 입을 뗐지만 숨이 차는 듯했다. "너무 놀랐거든." 그녀가 조금 의아한 표정으로 수줍은 미소를 지었다. 그리고 진심 어린 인사를 했다. "안녕, 반가워……"

지금껏 나에게 그런 인사를 한 사람은 없었다. 그녀는 손대지 않고도 나를 쓰다듬은 것 같았다. 그 같은 시선 아래 있는 건 황홀한 기분이었다. 나는 단정한 흰 옷을 입고 있어서 괜찮은 인상을 준 것 같다고 생각하며 기뻐했다.

"조지!" 오터 부인이 손을 뒤로 흔들며 불렀다. "이리 와."

그녀의 남편은 노먼이 연례회에 참석한 일을 축하하고 있었다. 안나가 나를 소개했을 때 그도 아내 못지않게 놀라워했다.

"세상에!" 그는 풍성한 콧수염을 실룩이며 감탄사를 터트렸고, 안나와 노먼은 웃었다.

"서프라이즈야." 노먼은 늘 그렇듯 쑥스럽게 중얼거렸고, 오터 씨는 나에게 악수를 청했다. "만나서 반가워."

나는 그들의 외투를 받아서 옷걸이에 걸었고, 그들은 고마워했다. 달마는 안나의 팔을 가까이 당기며 말했다. "언제…… 언제부터야?"

"사실 얼마 안 됐어. 지지난번 통화한 거 기억하지? 그 주에 얘들이 집에 왔어."

"얘들?"

"아, 그래. 니카만 있는 게 아니라…… 둘이야. 노먼, 얘가 어디에……"

"아직 옷 갈아입고 있어." 그가 재빨리 대답했다.

손님들은 주저하는 눈빛을 서로 교환했지만 아무 말도 하지 않았다. 이번에는 안나가 그들에게 물었다.

"아시아는?"

나는 미세하게 이마를 찡그렸다.

아시아?

현관문이 다시 열렸다. 나는 놀라서 눈을 깜박였고 누군가 집안으로 들어오는 게 보였다.

역광 속에서 뿌연 형체가 나타났다. 한 손에는 핸드폰을, 다른 손에는 가방을 들고 있었다.

"죄송해요, 전화를 받느라." 방금 들어온 여자가 말했다. 그녀는 현관 매트에 발을 닦고 자동차 열쇠를 접시에 놓고는 웃었다.

"안녕하세요."

순간 모두가 나에게서 등을 돌렸다.

안나가 환한 미소로 두 팔을 벌리며 그녀에게 다가갔다. 나는 어리둥절하기만 했다.

"아시아, 어머 얘!"

안나는 그녀를 꽉 안았고 그녀도 안나를 껴안았다. 그녀는 키가 매우 컸고, 입고 있는 옷은 맞춤옷인 것 같았다. 나와 리젤보다 몇 살 더 많아 보였다.

"좋아 보여요, 안나…… 잘 지내요? 노먼, 안녕하세요!" 그녀는 그도 껴안았고, 그의 뺨에 입을 맞추었다. 지금까지 노먼에게 최대의 신체 접촉은 등을 토닥이는 것만 보아 왔는데……

이제 모두의 미소는 그녀를 향해 있었다. 나는 범접할 수 없는 친밀감으로 둘러싸인 그들을 물끄러미 바라보았다. 안나는 오터 부부에게 딸이 있다는 사실을 내게 말해주지 않았다.

"이리 와." 안나는 무언가를 찾으며 두리번대는 그녀에게 말했다.

"클라우스는 어디 있어요? 그 늙은 고양이에게 인사하고 싶은데……"

"아시아, 여기는 니카야."

그녀는 나를 바로 알아차리지 못했다. 잠시 눈을 깜박였다가 시선을 내리며 나를 쳐다보았다. 나는 한 손을 들어 그녀에게 인사했다.

"안녕. 만나서 반가워요." 나는 안나의 따뜻한 시선 아래 눈을 찡긋거리며 기쁨의 미소를 지었다. 그리고 그녀의 얼굴을 보며 인사에 대한 답례를 기다렸다.

그러나 아시아는 꿈쩍도 하지 않았다. 눈도 깜빡이지 않았다. 그 같은 그녀의 반응에 나는 마음이 불편해지기 시작했다. 박제된 나비 표본이 된 기분이었다.

그러다 그녀는 안나를 돌아보았다. 딸이 엄마를 보듯 안나를 향해 못마땅한 표정을 지었다.

"이해가 안 돼요." 그녀는 눈앞의 상황이 믿기지 않는다는 듯 딱 잘라 말했다.

"니카는 여기서 우리랑 살아." 안나가 부드러운 목소리로 설명했다.

“니카는…… 사전 위탁 중이야.”

나는 웃으며 다가갔다. “재킷을 줄래? 내가 걸어 놓을게.”

이번에도 아시아는 내 말을 듣지 않았다.

그녀의 눈은 옆에 서 있는 안나에게 고정되어 있었다. 마치 안나가 세상을 잠시 멈추고, 그녀는 받아들일 수 없는 침착함으로 그 세상을 지휘하고 있는 것처럼.

“무슨 말인지 정확히 모르겠어요.” 잠시 후 아시아가 중얼거렸다.

“니카는 우리 가족이 될 거야. 입양 절차를 밟고 있어.”

“정말로……”

“아시아.” 오터 부인이 조용히 불렀지만, 그녀는 흔들리는 눈빛으로 계속해서 안나만 쳐다보았다.

“*난… 이해가 안 돼요.*” 그녀가 이해하지 못한 것은 그 설명이 아니었다. 이제 내게로 향한 안나의 차분한 눈빛이었다.

나는 갑자기 닥친 차갑고 낯선 분위기에 위화감이 느껴졌다. 내가 그 집에 있는 것만으로 뭔가 잘못한 것 같았다.

“노먼과 나는 외로웠어.” 안나가 잠시 후에 말했다. “우리는…… 같이 살 가족을 원했어. 클라우스가 있지만…… 음, 알다시피 붙임성이 전혀 없잖아. 우리는 아침에 일어나서 다른 사람의 목소리를 듣고 싶었어.”

안나와 아시아는 의미심장한 눈빛을 교환했다.

“그래서 이렇게 된 거지.” 긴장을 풀어주려 노먼이 끼어들었다. 안나는 구이 요리를 확인하기 위해 주방으로 향했고, 아시아는 알 수 없는 감정이 실린 당혹스러운 눈빛으로 그녀의 뒷모습을 지켜보았다.

나는 그녀에게 한 걸음 다가가 미소를 지었다.

“재킷을 주면 내가 걸어……”

“옷걸이가 어디 있는지 *알아.*” 그녀가 퉁명스럽게 내 말을 잘랐다.

나는 입을 다물었고, 그녀는 스스로 옷을 걸러 갔다.

나는 옷자락을 움켜쥐었다. 내 몸 구석구석에서 겉돌고 있다는 느낌이 들었다. 안나는 식사 준비가 거의 다 되었다고 알렸다.

달마가 다가와서 친근하게 말했다. "니카, 네 나이도 안 물어봤어."

"열일곱 살이에요."

"다른 소녀는? 걔도 너랑 같은 나이야?"

"다른 여자애도 있어?" 아시아가 나른한 말투로 물었다.

"오, 아니야." 안나가 대답했다. 그 말에 모두가 동작을 멈추었다. 손님들은 그녀를 쳐다보았고, 나는 사람들의 반응에 어리둥절해하고 있었다. "사실은……"

"늦어서 죄송합니다."

모두가 돌아보았다.

리젤이 등장했다.

그의 매혹적인 존재감이 거실을 가득 채우며 모든 관심이 그에게로 쏠렸다. 리젤은 밝은색의 셔츠를 입었는데, 안나가 골라 준 게 분명했다. 그는 아직 한쪽 커프스의 단추를 채우고 있었다. 그에게 이보다 더 완벽한 차림새는 상상할 수 없었다.

이마로 흘러내린 머리카락이 눈썹 위의 상처를 가리며 묘한 매력을 더해주었다. 리젤은 고개를 들었고 검은 눈의 마법으로 모두를 사로잡았다. 손님들은 얼어붙은 채 그를 보았다.

나는 리젤이 거북해하는 것을 눈치챘지만, 그보다 더 눈에 들어온 건 손님들의 유난스러운 반응이었다. 그들은 나를 봤을 때보다 더 놀랍고 믿을 수 없다는 표정이었다.

리젤의 입가에는 사람의 마음을 끄는 그윽한 미소가 흘렀다. 그가 나를 보고 있는 것도 아닌데 속이 불편했다.

"안녕하세요. 저는 리젤 와일드입니다. 만나서 반가워요, 오터 씨 내외분."

그는 두 사람과 악수하며 여기까지 오는 길이 어땠는지 물었고, 그들은 그의 손에서 찰흙처럼 녹아내렸다.

아시아는 돌처럼 굳어있었다. 그녀는 불안할 정도로 강렬하게 그를 응시했고, 리젤은 그녀와 눈을 마주쳤다.

"안녕." 리젤은 흠잡을 데 없이 깍듯하게 인사했다.

그리고 정적이 흘렀다. 나는 여전히 옷자락을 꼭 쥐고 있었다.

"그럼, 음……" 노먼이 어색한 침묵을 깨며 말했다. "이제 식사할까?"

내가 노먼의 왼쪽 자리에 앉자 아시아의 차가운 시선이 내 피부를 찌르는 것 같았다. 그녀가 내 자리를 원했을지 모른다는 생각이 들었지만, 아시아는 곧 안나의 옆에 앉더니 회오리 같은 수다 속으로 그녀를 끌어들였다.

나는 그들이 함께 웃는 모습을 보면서 안나에게 아시아는 친구 딸 이상의 존재라는 것을 깊이 깨달았다. 아시아는 아름답고 세련되었다. 대학에 다니고 있고 안나와 호흡이 잘 맞았다. 그녀는 내가 이해할 수 없는 방식으로 안나를 아는 듯했다.

나는 그들에게서 시선을 돌려 식탁 건너편을 보았다.

리젤은 나와 최대한 멀리 떨어져 앉았다. 우리가 자리에 앉을 때, 그의 시선은 내 옆의 빈자리를 지나쳐 한 바퀴 돌더니 맞은편에 있는 의자로 향했다. 게다가 그는 지금껏 나를 한 번도 쳐다보지 않았다.

나를 무시하는 걸까?

그게 더 나았다.

그가 가까이 있다는 생각에 뱃속에서 공허함이 느껴졌다. 나는 그를 쳐다보지 않겠다고 다짐했다. 우리가 함께한 마지막 순간들이 이미 나를 충분히 괴롭혔다.

"니카, 구운 고기 좀 먹을래?" 노먼이 오븐 쟁반을 들고 나를 보았다. 나는 접시에 음식을 담았고, 그가 미소를 지었다.

"소스를 뿌려야 해." 노먼은 친절하게 권하고는 오터 부인을 향해 고개를 돌렸다.

나는 소스가 담긴 그릇을 찾았고 식탁 반대편에 있는 걸 보았다. 소스는 리젤 바로 옆에 있었다.

나는 난처하게 그것을 보다가 그 옆자리의 시선이 눈에 들어왔다. 아시아는 예리하고도 은밀한 관심으로 그를 관찰하고 있었다. 그가 포크를 입술로 가져가는 동안 그녀는 그의 손, 머리카락, 섬세한 옆모습을 샅샅이 훑었다.

왜 그렇게 그를 쳐다볼까?

리젤은 오터 부인에게 살짝 미소 지었고, 나는 시선을 돌렸다.

그를 쳐다보지 말아야 해.

그런데 거기에 소스가 있었다…… 안나와 내가 같이 만들었는데…… 적어도 맛이라도 봐야하지 않을까?

나는 다시 소스 그릇을 바라보다가 마음을 바꿨다. 리젤이 소스를 뿌리고 있었다. 그는 걸쭉한 액체를 숟가락으로 덜고는 소스 그릇을 다시 식탁에 두었다.

그러다가…… 리젤은 엄지손가락에 소스가 묻은 것을 보았다. 그는 가볍게 주먹 쥔 손을 입으로 가져가 아랫입술에 엄지를 대고 가볍게 문질렀다. 그러다 손가락 끝을 입에 물었다가 천천히 빼내며 소스를 핥았다. 그가 숟가락을 다시 내려놓다가 나와 눈이 마주쳤다. 눈썹 아래 깊고 가느다란 눈이 번뜩였고, 그는 내가 보고 있다는 걸 알아차렸다.

"니카…… 괜찮아?"

나는 움찔하며 오터 부인 쪽으로 고개를 돌렸다. 그녀가 놀란 눈으로 나를 쳐다보았다.

"얼굴이 빨개졌어, 얘야……"

나는 고개를 숙였다. 눈동자가 심하게 떨려왔다.

"퓌레가……" 나는 목이 메어 쉰 목소리가 새어 나왔다. "음……" 간신히 음식을 삼켰다. "매워서요."

허공을 가르는 그의 시선이 느껴졌다.

뱃속에서 달아오른 이상한 열기가 온몸으로 퍼져나갔다. 나는 무시하려고 했지만, 그것은 스멀거리는 느낌으로 내 안에서 팽창했다. 나는 식사 자리에 집중해야 했다. 식사에만……

잠시 후 노먼이 내 접시를 보았다.

"오, 니카, 소스를 안 뿌렸니?"

"네." 나는 짧게 대답했다.

노먼은 눈을 깜박거렸고, 나는 그에게 무뚝뚝하게 대답했다는 걸 알았다.

나는 부끄러워서 뺨이 달아오르는 걸 느끼며 재빨리 덧붙였다. "그냥…… 나는 이게 더 좋아요. 감사합니다."

"소스 없이?"

"네!"

"정말?"

"네, 정말로."

"그래도 자, 소스 좀 이리로……"

"소스를 좋아하지 *않아요!*" 나는 카랑카랑한 목소리로 말했다.

그 실언은 비극이나 다름없었다. 내 앞의 안나가 포크를 입에 대고 멍하니 나를 쳐다보고 있었다.

"그게…… 내 말은 이 소스가 싫단 게 아녜요!" 나는 숟가락을 들고 몸을 앞으로 홱 기울이며 절박한 목소리로 둘러댔다. "정말 좋아요, 아주 맛있어요! 이보다 더 맛난 소스는 없어요. 풍미가 있고…… *진해요!* 다만, 내가 이미 너무 많이 먹어서……"

"그런데, 리젤!" 오터 씨가 갑자기 입을 열었고, 나는 번개가 친 듯 깜짝 놀랐다.

나는 창피해서 달아오른 얼굴로 퓌레 그릇에 빠진 머리카락을 서둘러 꺼냈다. 식탁 맞은편의 아시아는 눈을 가늘게 뜨고서 비난하듯 나를 보았다.

"네 이름은 정말 독특해. 내가 알기론 그런 별자리가 있던데…… 음, 그래, 같은 이름인 건가?"

나는 그 질문에 얼어붙었다. 리젤은 식탁 어딘가에 시선을 고정한 채 잠시 가만히 있다가 대답했다. 그의 미소는 우리를 향했지만, 그의 눈은 다른 곳에 있는 것 같았다.

"별자리가 아니라 별이에요." 그가 담담하게 말했다. "리젤은 오리온자리에서 가장 밝은 별이에요."

오터 씨 부부는 매혹된 듯이 보였다.

"멋져! 별 이름을 딴 소년이라니…… 네 이름을 지은 사람은 정말 기발한 생각을 했어!"

리젤의 미소는 수수께끼 같은 빛으로 빛났다.

"아, 물론 그렇죠……" 그는 비꼬듯이 농담했다. "그 이름이 이상한 곳에서 왔다는 사실을 상기시켜 주니까요."

그의 말이 내 가슴에 날아와 꽂혔다.

"아……" 오터 씨는 난처해하며 말을 더듬었다. "음……"

"그런 이유가 아니야." 나도 모르게 말을 내뱉고 말았다. 나는 혀를 깨물었지만 너무 늦었다.

모두가 나를 바라보았다.

갑자기 관심이 나에게 쏠렸고 나는 시선을 아래로 보냈다.

"그 이름을 지은 이유는…… 사람들에게 발견됐을 때, 넌 일주일 정도 된 아기였어. 태어난 지 7일…… 그리고 리젤은 하늘에서 일곱 번째로 밝은 별이야. 그날 밤 그 어느 때보다도 밝게 빛났었대."

잠시 침묵이 흘렀다.

그 다음 순간 감탄의 말들이 터져 나왔다. 모두가 함께 다시 이야기를 나누기 시작했고, 안나는 리젤과 내가 보육원에서 '매우 친한' 사이였다고 뿌듯해하며 알마에게 털어놓았다.

나는 눈을 들어 리젤을 보았다.

그는 여전히 얼굴을 기울인 채 꿈쩍하지 않았다. 그의 시선이 천천히 식탁 위를 스쳐 내게로 향했다. 그의 눈은 놀라운 기색을 숨기고 있었다.

"몰랐어." 안나가 감탄하며 나에게 미소를 지었다. "원장이 말해주지 않았거든.”

나는 그에게서 시선을 돌렸고, 말이 절로 흘러나왔다.

“그때는 프리지 부인이 아니라 그 전의 원장이 있었어요.”

“그래?” 그녀가 놀라며 물었다. “난 그것도 몰랐어……”

“이제 알았어.” 달마 부인이 미소를 지었다. “그런 소년이니…… 단번에 네 눈에 들었을 거야.”

안나가 노먼의 손을 잡았고, 공기 중의 무언가가 달라진 것 같았다. 모두가 그걸 알아차렸다.

그 순간 나는 깨달았다. 어쩌면 항상 알고 있었을 것이다. 그저 내 마음 깊은 곳에서 의식적으로 외면하고 있었을 뿐. 이제야 숨겨져 있던 더 많은 것들이 드러나는 걸 느꼈다.

안나가 살짝 미소를 지으며 리젤을 돌아보며 말했다. “리젤, 부탁해……”

약간의 이상한 정적 속에서 리젤은 냅킨을 식탁에 내려놓고 일어섰다. 그가 자리를 뜨자 손님들은 의아한 눈으로 지켜보다가 이내 상황을 이해했다.

피아노 선율이 집안에 울려 퍼지자 오터 씨 부부는 굳어버렸고, 아시아는 냅킨을 부여잡으며 복받치는 떨림을 억눌렀다.

다른 건 중요하지 않았다.

그가 연주했고, 나머지는 사라졌다.

차가운 물방울이 허벅지를 타고 흘렀다. 나는 무릎을 가슴에 끌어안고 젖은 풀밭에서 발가락을 꼼지락거렸다. 내 주위로 빗방울이 떨어졌다.

“어쩌면 그들이 날 좋게 봤을지도……” 나는 불안한 어린아이처럼 중얼거렸다. 나는 계속해서 풀 다발을 뜯었다. “난 이런 걸 잘한 적이 없어. 호감을 사는 일. 항상 내가 뭔가 잘못하고 있는 것 같아.”

나는 위를 올려다보았다. 빗방울이 떨어지는 하늘을 먹먹히 바라보며 한숨을 쉬었다.

"어쨌든…… 그들에게 물어볼 순 없는 거잖아?"

나는 고개를 돌렸다. 옆의 생쥐는 내가 있어도 아랑곳하지 않고 비에 젖은 털을 계속해서 닦고 있었다.

나는 울타리의 철망에 끼어 필사적으로 버둥거리는 생쥐를 발견했다. 그를 꺼내 주었지만 상처가 나 있었다. 그래서 이쑤시개로 그의 다리에 꿀을 좀 발라 주었다. 꿀은 통증을 완화하는 효과가 있었다.

나는 그와 함께 거기 머물렀고, 어느새 나만의 작고 이상한 세계로 들어갔다. 나는 생쥐가 내 말을 알아듣는 것처럼 말하기 시작했다. 내 마음을 털어놓을 다른 방법이 없었기 때문이다.

나는 거절당한 현실에서 왔다.

아니…… 나는 금지되었다. 내 세상은 다른 사람들에게 광기였다. 하지만 나에게는…… 외로움을 견딜 수 있는 유일한 방법이었다.

차가운 물방울이 내 뺨에 떨어졌고 나는 코를 찡그렸다. 그러나 웃음이 나왔다. 나는 비에 젖었지만 그 느낌이 좋았다. 그것은 자유였다. 이제 내 피부에서도 같은 냄새가 났다.

"들어가야 해…… 그들이 돌아올 거야."

나는 비에 흠뻑 젖은 몸을 일으켰다. 안나와 노먼은 손님들과 함께 산책하러 나갔고 곧 집에 돌아올 것이다.

"조심해. 알았지?"

나는 내 발치에 있는 작은 생물을 바라보았다. 그는 너무나 작고 부드럽고 어설픈데, 누군가가 두려워한다는 게 이해되지 않았다. 둥근 귀와 뾰족한 주둥이는 소수의 사람만이 공유하는 사랑스러운 느낌을 내게 불러일으켰다.

집으로 돌아와서 손 상태를 살폈다. 손가락 여기저기에 감긴 다양한 색깔(노랑, 초록, 파랑과 주황)의 반창고는 꿀이 묻었고 빗물에 젖어 있었다. 나는 내 방으로 가서 하나하나 조심스럽게 반창고를 갈았다. 그러고 나서 모두 잘 붙었는지 확인하면서 젖은 머리를 말리기 위해 욕실로 향했다.

"글쎄," 누군가 속닥이는 소리가 들렸다. "왜 그러는 거야?"

순간 나는 걸음을 멈췄다.

복도는 비어 있었다. 그 소리는 계단에서 들려왔다.

모퉁이 뒤에 누가 있지?

"그러면 안 돼. 한마디도 안 했잖아."

"난 못해." 상대방이 분을 참지 못해 식식거렸다.

나는 그 목소리를 알아보았다. 아시아였다.

"난 받아들일 수 없어. 그들은…… 그걸 어떻게 견딜 수 있지?"

"그들의 선택이야." 그녀의 어머니 말하는 것 같았다. "그들이 결정한 거야. 아시아……"

"하지만 봤잖아! 엄마도 봤잖아, 그 남자애가 한 걸!"

…… *리젤?*

"그게 무슨 뜻이야?"

"무슨 뜻이냐고?" 그녀는 넌더리를 내며 되물었다.

"아시아……"

"아니, 말하지 마. 듣고 싶지 않아."

발소리가 들리자 나는 깜짝 놀랐다.

"어디 가는 거야?"

"가방을 위에다 뒀어." 아시아가 아주 가까이서 대답했다.

나는 눈이 휘둥그레졌다. 그녀가 내 쪽으로 다가오고 있었다. 나는 그들의 대화를 엿듣지 말아야 했기에 옆에 있는 문손잡이를 다급하게 잡았다. 그곳은 욕실이었다.

그 안으로 미끄러져 들어가 문에 기대어 눈을 감고 한숨을 쉬었다.

그들은 나를 보지 못했다.

내가 눈을 떴을 때 뭔가 이상했다. 공기가 빽빽할 정도로 수증기가 가득 차 있었다.

그리고 심장이 덜컥 내려앉았다.

바지만 입은 리젤이 눈을 크게 뜨고서 나를 쳐다보고 있었다. 머리카락에서 떨어진 물방울이 상체의 자연스러운 윤곽을 따라 투명한 개울처럼 흘러내렸다. 내가 상상할 수 없었던 놀라운 광경이 눈앞에 있었다.

목이 바싹 마르고 머릿속이 하얗게 변했다.

나는 숨도 쉬지 못한 채 그를 바라보았다. 상의를 벗은 리젤은 처음 보았고, 그 모습에 충격을 받았다. 근육질의 탄탄한 어깨는 대리석처럼 보였고, 흰 피부 아래 불끈 솟은 굵은 정맥이 팔뚝까지 이어졌다. 트레이닝 팬츠의 밴드 아래로 골반이 완벽한 V자 형태로 도드라졌고, 가슴 근육의 반달 모양은 넓고 단단하여 남성적이었다.

정교한 조각상을 보는 것 같았다.

그것은 미친 듯이 아름다운 작품이었다.

"너 뭐야……" 리젤이 말을 꺼냈지만 내 모습을 보고는 말끝을 흐렸다.

순간 나는 흐트러진 내 옷차림을 떠올렸다.

비에 젖은 옷이 몸에 들러붙어 엉덩이와 골반, 허벅지와 가슴 윤곽을 그대로 드러냈고, 투명한 천으로 속살까지 비쳤다.

나는 당황해서 휘둥그레진 눈으로 그를 쳐다보았고, 그는 내가 그를 보듯 나를 보고 있었다.

"나가."

그의 시선이 다급히 내 눈으로 향했다. 평소에는 매끄럽고 깊은 그의 목소리가 거칠게 으르렁거렸다.

"니카," 그는 턱을 꽉 물며 명령했다. "*나가!*"

그 말을 따르라는 외침이 머릿속에서 터져 나왔다. 나는 그곳에서 최대한 멀리 도망치고 싶었다. 그러나 움직일 수 없었다. 아시아와 달마가 몇 걸음 떨어진 곳에 있었고, 그들의 목소리가 문 너머로 또렷이 들려왔다. 지금은 나갈 수 없었다. 나와 리젤이 함께 있는 모습을 본다면 그들이 어떻게 생각할까? 반쯤 벗은 그와 흠뻑 젖은 내가 한 욕실에 있는 걸 본다면?

"나가라고 했잖아." 그가 으르렁거렸다. "당장!"

"잠깐만……"

"어서 나가!"

그는 나에게 두 걸음 다가왔고, 나는 아주 어리석은 짓을 했다.

그의 그림자가 나를 삼키기 전에 문손잡이를 잡고 미끄러지듯 움직여 문 앞을 막아섰다.

공기가 이동하자 수증기가 소용돌이쳤다.

그 다음 순간…… 나는 팔을 등 뒤로 댄 채 두 손으로 문손잡이를 잡고 얼굴을 옆으로 돌렸다.

내 앞에는 *오직* 그만 있었다. 그가 내 시야를 완전히 가렸다.

그의 가슴이 내 얼굴 앞에서 깊은숨을 내쉬며 들썩였고, 그의 두 손은 내 머리를 사이에 두고 문을 짚었다.

그가 발산하는 열기가 젖어 있는 내 피부에 와 닿았다. 나는 숨이 막혔다.

정신이 흐릿해질 정도로 심장이 격렬하게 뛰어 아무 생각도 할 수 없었다.

리젤은 이를 악문 채 헐떡였고, 문을 세게 짚은 손이 떨리고 있었다.

"*너*……" 그는 분노와 고통이 섞인 목소리로 중얼거렸다. "일부러 그러는 거지……" 그는 무기력하게 주먹을 쥐었다. "*날 놀리*는 거지……"

그의 입술, 이, 혀가 아주 가까이에 있었다. 그가 벗은 몸으로 물에 젖은 채 위압적으로 내 앞에 있는 건 견디기 힘들었다. 내가 이성을 잃고 그를 *만지면* 어떻게 될지 궁금했다. 바로 그 자리에서, 그 순간…… 그의 피부를 쓰다듬으며 따뜻하고 활기차고 단단한 촉감을 느낀다면.

그가 내게 허락할까?

아니, 아마 지난번처럼 내 손을 문에다 고정시키고 꼼짝 못 하게 할 것이다.

죽을 것 같은 긴 순간이 지나고, 리젤이 얼굴을 돌렸다. 그의 얼굴이 다가와 내 귀 뒤에서 멈추더니…… 숨을 깊게 들이쉬었다.

내 체취를 들이마시며 그의 가슴이 천천히 부풀어 올랐다.

그가 숨을 내쉬었을 때, 내 귀가 울리고 그의 뜨거운 숨결이 목에서 넘쳤다.

심장이 아플 정도로 세차게 뛰었다.

"*리젤*……" 나는 간절한 부탁처럼 그의 이름을 불렀다. 그에게 떨어지라고 말하고 싶었지만 그 애원하는 듯한 입속말만 흘러나왔다.

그가 이를 악물었다. 그리고 갑자기 내 머리카락을 잡더니 얼굴을 뒤로 젖혔다. 나는 놀라서 거친 숨을 내쉬었다. 시선이 서로 부딪쳤다. 나는 헐떡거렸고, 그것을 깨닫지도 못했다. 뺨이 화끈거리고 심장의 빠른 박동으로 눈동자가 흔들렸다.

"몇 *번*이나 더…… 내게서 멀어지라고 말해야겠니?"

그 말은 내 존재의 가장 깊은 구석을 뒤흔들었다.

나는 절망이 가득 찬 눈으로 그를 바라보았다.

"내 잘못이 아니야." 나는 숨결보다 더 나지막하게 속삭였다.

그였다.

멀어지지 못하게 막는 건 그였다.

그의 잘못이었다.

우리의 운명이 하나로 단단히 묶여 있다는 생각은 갈수록 분명해졌다. 이제 나는 그가 나를 물려고 할 때도 도망칠 수 없었다. 잘못은 그에게 있었다. 온전히 그에게. 그가 내 안에 더는 지울 수 없는 각인을 남겼기 때문이다.

내가 통제할 수 없는 감각.

무시하고 싶지 않은 혼란.

나는 그 규칙을 따랐다. 그것은 결코 바뀌지 않기 때문이다. 늑대를 물리치려면 숲에서 길을 잃어야 했다.

나는 늑대를 만났다. 그러나 나는 모순 속에서 혼란스러웠다.

그리고 그 모순은 나의 일부가 되었다. 그것은 리젤이 나의 잿빛을 감출 수 있게 나에게 직접 그려 준 전율이었기 때문이다. 이제 나는 설명할 수 없는 방식으로 그에게 묶여 있었다.

그걸 그에게 어떻게 이해시킬 수 있을까?

갑자기 물방울이 그의 젖은 머리카락에서 내 눈꺼풀로 떨어졌다.

나는 떨면서 눈을 꼭 감았다가 다시 떴을 때 물방울이 내 뺨을 타고 흘렀다. 눈물처럼 내 얼굴에서 흘러내렸다.

리젤은 그 자국을 보았고, 그의 눈빛에서 무언가가 꺼졌다. 그의 홍채는 먼지로 덮여 광채를 잃은 다이아몬드처럼 흐릿해졌다.

우리는 다시 어린아이로 돌아갔다. 그 순간 나는 리젤의 눈에서 과거와 현재가 여러 번 오가며 것을 보았다. 나는 그의 앞에서, 그가 준 눈물을 흘리고 있었다.

천천히…… 그가 나를 놓아주었다.

그는 나에게 등을 돌리고 피할 수 없는 파도처럼 멀어졌다. 그가 한 걸음 한 걸음 내디딜 때마다 우리를 묶은 실이 아플 정도로 죄어들었다.

"나가."

그의 목소리에는 단호함이 없었다. 그저 지친 결단만이 담겨 있었다.

그 순간, 나는 마치 땅에 깊이 묶인 듯한 기분을 느꼈다. 땅 속으로 가라앉는 것 같았다.

손목이 떨려 왔다.

나는 고개를 숙였고, 모순된 감정으로 혼란스러워하며 바닥을 보았다. 그러다 이성을 되찾은 것처럼 눈을 감고 뒤돌아서 문을 열었다.

이제 아무도 없었다.

나는 미끄러질 듯 위태롭게 텅 빈 복도를 달렸다.

갑자기 마룻바닥이 동화 속의 위험한 숲길로 변했다.

나는 전율의 숲으로 달려갔다.

종잇장 사이로 빠져들었다.

나는 그에게서 도망치며 살았다. 그의 눈이 내리는 형벌을 간절히 피하고 싶었다.

하지만 벗어날 길은 없었다.

그 눈빛은 별처럼 빛나며,

오솔길을 밝혀 주었다.

미지의 세계로 향하는 그 길을 열어 주었다.

18
월식

나는 사랑을 보았고, 두려웠다.
그는 피부와 핏줄에 장미 다발을 갖고 있었다.
말문이 막힌 문장의 미완성된 지점들처럼.
그는 나보다 더 나였다.

그날 오후 욕실 사건 이후 리젤은 어떻게든 나와 마주치지 않으려 했다.

우리가 같이 있는 시간이 실제로 그리 많지 않았지만, 그마저도 리젤이 피했기에 마주칠 일이 거의 없었다. 그는 자신의 의도와 계획에 따라 묵묵히 행동하며 지냈다.

낮 동안은 방에서 나오지 않았고, 아침에는 나보다 먼저 집을 나섰다.

나는 예전에도 그와 함께 학교로 걸어가면서 나란히 서지 않고 매번 뒤에서 걷던 기억이 났다.

그가 내게 불러일으킨 감정을 이해할 수 없었다.

내가 항상 바랐던 게 아니었나? 그가 내게서 멀어지는 것.

여기에 도착했을 때도, 나는 그가 사라지기를 바랐다.

그러니 마음이 편해져야 했는데……

그의 눈이 나를 피하면 내 눈은 그를 더 찾고 있었다.

그가 나를 무시하면 나는 계속해서 그 이유를 나에게 묻고 있었다.

리젤이 먼 곳에 있으면…… 멀리 있을수록…… 나는 그와 나를 이어주는 실이 내 안에서 더욱 강하게 얽히는 것을 느꼈다.

그날도 그랬다. 나는 그에 대한 생각으로 혼란스러워하며 복도를 걸어갔다. 학교에서 막 돌아온 참이었다. 늘 그렇듯 세상과 동떨어진 생각에 잠겨 있다가 마룻바닥이 삐걱대는 소리를 바로 알아채지 못했다. 희미한 소음이 바로 옆방에서 들렸다.

나는 잠시 생각을 접고 호기심이 생겨 방문 안으로 머리를 들이밀었다.

흠칫 놀랐다.

"아시아?"

그녀가 돌아보았다.

왜 거기에 있지?

그녀는 방 한가운데에 조용히 서 있었다. 손에는 내가 전에 본 적이 있는 스카프를 들고 있었지만, 그녀가 우리 집에서 뭘 하고 있는지 알 수 없었다. 언제 여기 왔을까?

"네가 온 줄 몰랐어……" 나는 아는 체도 안하는 그녀에게 말했다. 그녀는 내가 거기 없는 것처럼 벽 쪽으로 시선을 돌렸다.

"리젤 방에서 뭐 하고 있어?"

내가 말실수를 한 것 같았다. 그녀가 눈을 날카롭게 뜨며 얼굴을 찌푸렸다. 그러곤 대답도 하지 않고 방을 나섰고, 나는 길을 내주느라 옆으로 물러서야 했다.

"아시아!" 안나의 목소리가 계단에서 들려왔다. "괜찮아? 찾았니?"

"네. 의자에 뒀는데 바닥에 떨어져 있네요." 그녀는 스카프를 털어 가방에 넣었다.

안나가 우리에게 다가와서 미소 지으며 그녀의 팔을 쓰다듬었다. 안나의 따듯한 눈빛은 그녀에게만 향하는 것 같았다.

"…… 전혀 귀찮지 않아." 안나가 정겨운 목소리로 말했다. "알잖아, 네가 원할 때 언제든 와도 돼. 수업 마치고 가끔 들러도 좋고……."

아무런 이유 없이 불안감이 차올랐다. 나는 떨치려고 했지만, 마음속으로 스며들어 악의와 비참함으로 모든 곳을 더럽혔다. 갑자기 사소한 것들이 크게 확대되어 보였다. 그녀와 이야기할 때 안나의 눈이 *빛났다.* 그녀의 애정은 깊고 어머니 같았다. 안나는 웃고 쓰다듬으며 아시아를 딸처럼 대했다.

결국 그녀와 비교했을 때 나는 누구였을까? 내 몇 주는 그녀의 오랜 세월 앞에서 무슨 의미가 있을까?

익숙한 소외감이 느껴지기 시작했다. 나는 주먹을 꽉 쥐면서 그녀와 나를 비교하지 말자고 다짐했다. 비교하는 건 나답지 않고, 나는 경쟁심이 전혀 없는데도…… 심장이 두근거렸다. 나는 속절없이 불안감에 빠져들었고, 세상은 빛을 잃었다.

어쩌면 나는 충분하지 않을 것이다.

안나는 깨달았을지 모른다…… 잘못된 선택을 했단 걸. 내가 멍청하고 망가지고 이상하단 걸.

관자놀이가 불끈거렸다. 가당찮은 두려움이 피부에서 스멀거렸고, 머릿속에서 그레이브의 장면이, 나를 향해 다시 열린 그곳의 대문이 떠올라 괴로웠다.

나는 잘할 거야.

안나는 또 웃었다.

나는 잘할 거야.

목이 죄어왔다.

나는 잘할 거야. 잘할 거야. 잘할 거야……

"니카?"

맹세코.

안나가 약간 눈을 찡그리며 나를 쳐다보았다. 그녀는 입가에 주저하는 듯한 미소를 지었다.

"괜찮은 거야?"

피가 머리로 차오르는 듯했다. 나는 머리카락으로 얼굴을 가리며 고개를 끄덕였다. 아찔한 느낌이 들었다.

"정말로?"

나는 다시 고개를 끄덕이며 정말로 괜찮다고 대답했다. 안나는 세심하고 사려 깊었지만, 너무나 맑은 영혼을 지녔기에 내 말을 곧이곧대로 믿었다.

"이제 아시아를 바래다줘야겠어. 그녀가 집에 가져갈 꽃을 가게에서 좀 가져왔는데……" 나는 그녀가 하는 말을 간신히 듣다가 마지막 말은 놓치고 말았다.

그리고 그들이 떠나는 모습을 보고서야 다시 숨을 쉬었다.

나는 단단히 쥐었던 손가락을 뻗었다. 그런 순간은 한두 번 겪은 게 아니었지만, 그때마다 매번 바동거리며 싸울 수는 없었다. 나는 막연한 공포와 갑작스러운 불안, 숨 막히는 혼란에 빠지는 일이 많았다. 그 상태에 빠지면 스스로 통제가 안 되고 위기감이 커졌다.

어떤 때는 한밤중에 깨어 다시 잠들 수 없었다. 악몽 속에서 잊고 싶은 끔찍한 기억이 생생하게 떠올랐다. 그것은 내 안에 깊숙이 뿌리 내려 숨어 있었고, 내 연약함을 드러낼 적절한 순간을 기다리고 있었다.

나는 연약함을 숨겨야 했다. 자신을 숨겨야 했다. 완벽하게 보여야 했다. 그래야 안나와 노먼이 나를 선택할 것이다. 그래야만 나는 과거에서 벗어날 수 있다. 가족이 생기고 다른 기회를 얻을 수 있다.

나는 욕실로 가서 찬물로 손목을 식혔다. 심장에 침투한 독을 가라앉히기 위해 천천히 숨을 내쉬었다. 흐르는 물소리를 들으니 마음이 다소 진정되었다. 나는 내 몸이 자유롭고 온전하다는 것을 떠올렸다. 어린아이처럼 겁에 질려 쩔쩔맬 필요가 없었다.

'그 아이'는 이제 없다.

오직 기억 속에만 있다.

감정을 추스르고 나서 아래층으로 내려갔다. 노먼이 점심을 먹으러 집에 와 있었다. 늘 앉던 자리에서 웃으며 나를 반기는 노먼을 보니 마음이 편해졌다. 좀 전의 내 반응이 얼마나 얼토당토않은지 깨달았다.

우리는 함께 무언가를 쌓아가고 있었고, 아시아는 내게서 그걸 빼앗을 수 없었다.

그때 옆자리에 앉은 리젤이 눈에 들어왔다.

그는 나를 완전히 무시했다. 한쪽 팔꿈치를 식탁에 올려놓고 접시만 내려다보고 있었다.

나는 곧장 그의 침묵에 뭔가 다른 게 있다는 걸 알아챘다.

그는 짜증이 난 것 같았다.

"그냥 점수일 뿐이야." 안나가 침착하게 말했다. 그녀는 닭고기를 썰며 고개를 들지 않는 그와 눈을 마주치려고 했다. "아무것도 아냐…… 걱정할 것 없어."

갑자기 내가 중요한 걸 놓친 느낌이 들었다. 나는 자리에 앉으면서 대화의 내용을 파악하려고 노력했다. 몇 마디 말로 짐작해 보고는 깜짝 놀랐다.

리젤이…… 시험에 낙제했다고?

나는 너무 놀라서 그를 얼른 쳐다보았고, 그도 믿기지 않는다는 듯 못마땅한 표정을 짓고 있었다.

리젤은 모든 행동과 결과를 계산했고, 우연히 일어나는 일은 절대 없었다. 그러나 이번에는 예견하거나 계획한 일이 아니었다. 그는 자신이 약해 보이거나 안나의 관심이 집중되는 것을 못 견뎌했다. 아마 예기치 못한 시험 결과에 당황한 선생님이 리젤에게 집에다 그 사실을 얘기하라고 시켰을 것이다.

"너희들 같이 공부하는 건 어때?"

나는 포크를 입으로 가져가다가 멈칫했다. 안나는 내 눈을 쳐다보았다.

"…… 네?"

"좋은 생각이지? 넌 시험을 잘 봤다고 했잖아." 그녀는 흐뭇한 미소를 지었다. "같이 연습 문제를 풀 수도……"

"필요 없어요."

리젤이 날카로운 목소리로 말을 끊었다. 그가 안나에게 그런 식으로 반응하는 건 너무나 뜻밖이었고, 평소보다 굳어진 그의 손이 내 눈에 들어왔다.

안나는 놀란 듯했고 조금 슬픈 표정으로 그를 보았다.

"나쁘지 않다고 생각해." 그녀가 더욱 조심스럽게 말했다. "서로 도와줄 수 있잖아…… 같은 학년이니까. 한번 시도해 보는 게 어떨까?" 그녀가 나를 돌아보았다. "니카, 네 생각은 어때?"

나는 안나의 얼굴을 쳐다보았다. 진심으로 그녀를 기쁘게 해주고 싶었지만, 불편한 마음이 드는 건 어쩔 수 없었다. 나는 왜 항상 이런 상황에 처하게 되는 걸까? 요즘 리젤이 밤낮으로 나를 전염병처럼 피하지 않았다면 대답하기가 더 쉬웠을 것이다.

"네." 나는 잠시 후 그녀에게 억지 미소를 지으며 중얼거렸다. "그럴게요……"

"리젤을 도와줄 수 있겠니?"

나는 고개를 끄덕였고, 안나는 기뻐하는 것 같았다. 그녀는 미소를 지으며 속을 채운 피망 요리를 모두에게 더 나눠주었다.

내 옆의 리젤은 여전히 속을 알 수 없는 침묵을 지키고 있었다. 하지만 그가 필요 이상으로 힘을 꽉 주며 칼을 쥐고 있는 것 같았다.

한 시간 후 나는 내 방안을 둘러보았다.

안나는 우리에게 위층에서 공부하라고 했다. 오후에 주문한 꽃이 도착하기로 돼 있는데, 시끄러워서 공부에 방해될 거라고 했다. 리젤이 자신의 방을 허락하지 않을 게 뻔했기에 나는 그에게 물어볼 필요도 없었다.

나는 책상을 방 중앙으로 옮겼다. 다른 의자를 가져다가 내 옆에 놓았다.

왜 손에서 땀이 나는 걸까?

그 이유는 바로 떠올랐다. 내가 리젤의 공부를 돕는 건 상상할 수 없는 일이기 때문이다. 단순히 그에게 뭔가를 설명하는 것조차 그랬다. 그것은 비현실적이었다. 그는 항상 다른 사람들보다 앞서 있었고…… 누군가의 도움을 받을 일이 없었다. 게다가 우리는 며칠 동안 서로 한마디도 하지 않았다. 만약 안나와 노먼이 없었다면, 그는 식사 시간에도 나를 피했을 것이다.

왜? 도대체 왜 그는 내가 한 걸음 다가갈 때마다 다섯 걸음 물러서는 걸까?

나는 내 뒤에 있는 존재를 즉시 알아채지 못했다. 그걸 깨닫고는 흠칫 놀라 돌아보았다.

그가 큰 키로 우두커니 문 앞에 서 있었다.

셔츠의 소매를 팔꿈치까지 걷어 올렸고, 한 손에 책 두 권을 쥐고 있었다.

그의 시선은 나를 향해 있었다. 한참 거기 서 있던 것처럼, 새까만 머리카락 아래 두 눈동자가 태연하게 나를 보고 있었다.

침착하자. 리젤이 주위를 찬찬히 둘러보는 동안 나는 마음을 다잡았다.

"들어와, 준비됐어." 나는 웅얼거렸다.

그 순간 그가 천천히 조심스럽게 들어왔다.

나는 이제 그에게 익숙해졌다고 말하고 싶었지만, 안타깝게도 그렇지 못했다. 리젤은 내가 편하게 대하는 다른 남자아이들과는 달랐다. 표범 같은 그의 가느다란 눈은 나를 거북하게 했다.

그의 우뚝한 형체가 방안을 가득 채웠다. 그가 가까이 다가왔고, 나는 내 방에서 그를 보는 게 처음이라는 생각이 퍼뜩 들었다. 어이없게도 마음이 초조해졌다.

"공책 가져올게." 나는 가느다란 목소리로 말했다.

나는 가방에서 공책을 꺼낸 다음 방문을 닫으려고 했다.

"뭐 하는 거야?"

그의 차가운 눈이 나를 노려보았다.

"소음이……" 나는 그에게 설명했다. "공부에 방해될 것 같아서……"

"문은 열어 둬."

나는 천천히 손잡이에서 손을 뗐다. 리젤은 나를 한참 쏘아보다가 고개를 돌렸고, 나는 질책하는 그의 눈빛을 이해할 수 없었다.

나와 한 방에 있는 게 *그렇게*도 싫은가?

가슴에 따끔거리는 통증이 스쳤다.

나는 말없이 책상으로 가서 자리에 앉았다. 그리고 책장만 넘기며 보고 있는데 그가 내 옆에 앉는 게 느껴졌다.

차분한 분위기가 어색했지만, 나는 견뎌야 한다며 자신을 다독였다.

그냥 같이 공부하는 것뿐인데, 고민할 일이 뭐가 있겠는가?

나는 스스로를 응원하며 결연하게 문제집의 한쪽을 손가락으로 가리켰다.

"여기부터 풀어보자."

잠시 침묵 속에서 긴장감이 감돌았다. 그가 내 목소리의 떨림을 알아차린 걸까? 나는 얼굴을 들지 못한 채 내가 지목한 문제만 보고 있었다.

이윽고 아무 말 없이…… 리젤이 쓰기 시작했다. 그가 침착하고 능숙하게 문제를 풀어가자 나는 놀란 눈으로 가만히 지켜보았다. 놀라움은 더욱 커져갔다. 평소의 그라면 분명 나에게 건방진 코웃음을 지었을 것이다. 나를 할퀴고 조롱했을 것이며, 아마 자리를 박차고 나갔을 것이다. 그런데 그는 여기까지 왔다.

그는 떠나지 않았다. 그 자리에서 쓰기 시작했다.

잠시 후 그가 동작을 멈추는 모습을 보고는 뜨끔했다. 나는 허를 찔린 듯 멍하니 그를 쳐다보았다.

"벌써…… 끝났어?"

나는 공책을 보기 위해 몸을 쭉 뻗었다. 그리고 충격을 받았다. 그의 단호한 손 옆에는 한 치의 어긋남이 없는 정답만 있었다.

얼마 만에 푼 거지? 3분은 됐을까?

"좋아……" 나는 당황하며 인정했다. 그리고 좀 더 복잡한 문제로 넘어갔다. "이 부분도 해보자."

나는 연필 끝으로 여러 개의 문제를 가리켰고, 그는 하나하나 꼼꼼하게 풀어 나갔다. 나는 그의 손가락 사이에서 거침없이 흘러가는 펜의 움직임에 매료되었다. 리젤의 필체는 군더더기 없이 유려하고 우아했다. 마치 다른 시대의 청년이 쓴 것 같았다.

펜을 잡은 그의 손에서 남성적인 매력이 느껴졌다. 손목의 뼈와 팽팽한 근육이 도드라졌고, 종잇장을 넘기는 손가락은 피아니스트의 손처럼 길쭉하고 견고했다.

내 시선은 그의 팔을 따라 천천히 위쪽으로 향했다. 나는 그의 피부에 솟은 혈관, 힘과 자신감이 풍기는 단단한 골격을 관찰했다. 가슴에는 파란색 셔츠의 단추 세 개가 열려 목 언저리가 드러나 있고, 그의 일정한 숨결에 따라 가볍게 흔들렸다.

그의 키는 얼마나 될까? 아직도 크고 있을까? 지금도 그가 나를 향해 몸을 기울이면 내 위로 우뚝 솟아 있는 느낌이 들었다. 그는 살짝 쥔 주먹을 관자놀이에 대고 느긋하지만 집중하는 자세를 취했다. 부드럽고 검은 머리카락이 눈에 드리워져 우아한 이목구비를 완벽하게 둘렀다.

전율이 일 정도로 그는 너무나 매력적이었다. 그는 내 마음을 사로잡는 마력이 있었다. 뱀처럼 내 영혼을 휘감고 찢었다. 리젤은 비단과 그림자의 치명적인 혼합체이자 완벽한 공생체였다. 그는 불손하고 제멋대로였지만, 내가 본 것 중 가장 빛나는 존재이기도 했다……

나는 움찔했다.

그의 강렬한 눈빛에 내 생각의 거품이 갑자기 터졌다. 그의 시선은 종이 위에 있지 않았다. 나를 향해 있었다.

"끝…… 끝났어?" 잠긴 목소리가 우스꽝스럽게 나왔다. 그는 내가 넋을 놓고 쳐다본 걸 알아차렸을까?

리젤은 잠시 나를 살펴보더니 고개를 끄덕였다.

주먹 쥔 손의 새끼손가락에 닿은 그의 눈꺼풀이 살짝 길어지면서 고양이 눈처럼 보였다. 얼굴이 화끈거렸다.

내게 무슨 일이 벌어지고 있나?

"좋아…… 이제 다른 걸 해보자."

나는 태연한 척하며 책장을 넘겼고, 본격적으로 시험을 대비하기 위해 실전 문제 중 하나를 가리켰다. 리젤은 고집스럽게 침묵을 지키며 문제를 풀기 시작했다. 이번에 나도 *오로지 그가* 풀고 있는 계산에만 집중했다. 나는 주의 깊게 따라가며 모든 과정이 올바른지 확인했다. 그런데 잠시 후 틀린 부분이 눈에 들어왔다.

"아니야, 리젤…… 잠깐만." 나는 가까이 다가갔고, 곁눈질로 그의 손이 멈추는 것을 보았다. "이건… 그렇지 않아." 나는 계산 과정을 자세히 살펴보았다. 논리는 나무랄 데 없었지만 문제 해결 방식이 잘못되었다.

나는 공책을 뒤적였고, 그에게 약간 망설이면서 벡터 이론에 관한 부분을 보여주었다. "보이지? 관계식에 따르면 두 벡터의 차이 크기는 개별적으로 취한 두 벡터의 크기 차이보다 *크거나 같다*는 거야."

나는 공식에 담긴 내용을 그에게 설명했다. 그런 다음 반창고가 감긴 검지로 그가 풀던 문제를 가리켰다. "그러니까 형식은 이렇게 돼야 하는데……"

리젤은 내가 쓴 것을 집중해서 보았다. 그는 내 말을 관심 있게 듣고 있었다. 그는 천천히 문제를 다시 풀었고, 내 시선도 한 단계 한 단계 그의 필기를 따라갔다.

"맞아…… 바로 그거야. 이제 계산을 하면 돼. 정확하게……"

우리는 단계를 밟아 문제의 끝에 다다랐다. 나는 생애 처음으로 그에게서 불확실한 구석을 발견했지만, 이것은 내가 계속 나아가게 격려했다. 그가 문제를 다 풀었을 때, 나는 전 과정을 다시 점검했다.

"좋아……" 나는 정답을 유심히 들여다보는 그에게 말했다. "다른 걸 또 해보자."

우리는 연습문제를 차례로 풀어갔다. 시간은 바람처럼 빠르게 지나갔고, 이따금 나는 입을 떼며 침묵을 깼다. 한 시간 후 나는 꽤 많은 문제를 점검했다. 리젤은 몇 번째인지도 모를 문제를 마무리하고 있었고, 둘 다 우리의 일에 온전히 집중했다.

"그래……" 나는 책상 위로 몸을 뻗어서 그가 빠뜨린 작은 화살표 기호를 추가했다.

"벡터S는 X축에 있다…… 맞아……"

나는 책상 위에 팔꿈치를 얹고 있었다. 너무 열중한 나머지 의자 위로 기어 올라갔다는 사실도 깨닫지 못했다.

"벡터가 X축과 45° 각도를 이룬다……" 나는 집중해서 모든 단계를 차근차근 눈으로 따라가며 확인했다. 모두 맞았다. 그 문제도 완벽하게 풀었다.

내가 해냈을까? 내가 리젤에게 정말로 도움을 준 걸까?

그리고 그는, 처음으로…… 도움을 받은 걸까?

나는 벅차오르는 기쁨을 느꼈다.

나는 얼른 몸을 돌려 그에게 환한 미소를 지었다. 내 눈은 웃고 있는 반달처럼 아치형이 되었다.

"이해했지……" 나는 부드러운 목소리를 냈다.

하지만 그 이상의 말은…… 의미를 잃었다.

우리는 가까이 있었다. 서로의 숨결이 닿을 정도로 가까웠다.

나는 책상 위에 팔꿈치를 대고 머리카락을 아래로 늘어뜨린 채 그가 있는 쪽으로 몸을 쭉 뻗고 있었다. 그리고 고개를 돌리다 그와 눈이 마주쳤다. 두 사람의 홍채가 부딪혔다.

나는 숨죽인 채 그의 검은 심연에 비친 나를 보았다.

리젤은 여전히 손으로 머리를 받친 채 눈을 조금 크게 뜨고 차가운 표정으로 나를 쳐다보았다. *그의 눈동자가 월식처럼 내 눈동자에 들어왔다.*

* * *

니카의 눈.

그는 움직이지 않았다.

심장이 멈췄다.

그녀의 미소가 세상을 밝히는 순간 모든 것이 갑자기 멈췄다.

그는 알고 있었다. 이곳에 와서는 안 된다는 걸.

그녀가 이처럼 가까이 다가오게 해서는 안 된다는 걸.

그런데 이제는 너무 늦었다. 니카는 그를 바라보고 미소 짓고 영혼의 한 조각을 찢었다.

책상 위 그의 손이 펜을 꽉 움켜쥐었다. 그녀의 빛이 가까이 다가와 깨운 그의 내면 숨겨진 곳에서 격렬한 떨림이 흘러나왔다.

그녀가 뒤로 물러났고, 그 움직임의 모든 순간은 고통스러울 정도로 강렬한 안도감을 가져왔다.

"리젤……" 그녀가 거의 겁에 질린 듯한 목소리로 중얼거렸다. "네게 묻고 싶은 게 있어."

니카가 시선을 떨구었다. 잠시 세상의 빛이 꺼졌고, 그녀는 무릎 위의 가느다란 손가락을 오므렸다.

"그게…… 내내 궁금했어."

그녀는 그를 다시 보았고, 리젤은 책상 한가운데서 떨리는 손을 들킬까 봐 두려웠다. 니카는 데이지 꽃잎처럼 휘어진 속눈썹 아래 투명한 눈동자로 그를 보았다.

"무슨 뜻이야? 언젠가 나한테 눈물을 만드는 사람이라고 했지?"

리젤은 그 질문을 얼마나 많이 상상했는지 모른다. 수없이 다양한 배경 속의 그녀를 떠올리면서. 그 질문은 항상 극도로 지치고 무너진 순간에 던져졌다. 그가 한계에 달해서 살려달라고 외치는 순간이었다.

그리고 그는 결코 말로는 표현할 수 없는 모든 것을 그녀에게 돌려주었다. 그녀에게 진실을 던졌고, 온몸의 가시를 빼내며 피 흘렸다. 그리고 그 틈에 빛이 스며들어 상처 하나하나를 따뜻하게 비추었을 때 고통은 위안이 되었다. 그녀는 그의 구원자였다.

그런데 그 순간…… 실제로 니카가 그 질문을 던지고, 대답을 *기다리던* 그 순간, 리젤은 본능적인 공포가 느껴졌다. 그래서 자신에게 기회를 주기도 전에 그의 입에서 말이 튀어나왔다. "잊어버려."

니카가 혼란스러워하며 그를 쳐다보았다. 정말이지 그녀는 괴로울 정도로 아름다웠다.

"뭐라고?"

"*잊으라고!*"

그는 슬퍼하는 그녀를 보았다.

"왜?"

그녀는 알았다. 그것이 중요하다는 것을 깨달았다. 그런 식으로 신랄하게 비난을 해놓고 잊히기를 바랄 수는 없었다. 그녀는 그의 눈에서 그것을 읽었다.

그녀의 눈빛은 그에게 지옥과도 같았다.

그에게 영원한 의문으로 남을 것이었다. 그는 평생 동안 자신의 행동과 침묵에 왜 그 눈빛이 그렇게나 실망했는지 궁금해했을 것이다. 그녀의 은빛 눈동자에서 흘러내리는 그 상처는 무엇일지 삶의 매 순간 되물었을 것이다.

그는 그 눈빛 때문에 영원히 괴로울 것이다. 그리고 리젤에게 고통을 피하는 방법은 단 하나뿐이었다.

"그걸 믿었단 거야?" 그는 빈정거리며 말했다. "내가 진지한 소릴 했다고 정말 믿은 거야?" 그는 눈썹 아래에서 도발적인 시선을 던지더니 한쪽 입꼬리를 올렸다.

"여태 그걸 생각했던 거야? *나방아?*"

니카는 움찔하는 것 같았다. 그녀의 머리카락은 목의 곡선을 드러냈고, 벌레가 그의 갈비뼈를 으스러뜨렸다.

"그러지 마." 그녀의 목소리가 굳어졌다.

"*뭘?*"

"이거." 그녀는 고집스럽게 다시 그를 보았다. "이렇게 하는 거."

그녀의 단호한 목소리를 듣자 그는 자신도 모르게 그녀 쪽으로 다가갔다.

리젤은 그녀의 그런 면이 드러날 때 억제할 수 없는 충동에 이끌렸다. 니카는 그가 제정신을 잃게 만드는 강인함을 부드러움 속에 지니고 있었다.

"*이런 게* 나야." 그는 그녀의 작은 몸을 향해 상체를 기울였다.

"아니야. 네가 일부러 그러는 거지."

그녀가 앞으로 다가왔고, 리젤은 뒷걸음질 쳤다. 그의 몸과 마음이 움츠러들었다.

"무슨 뜻이야?" 그녀가 다시 물었다. "리젤……"

"잊어버려." 그는 이를 악물며 말했다.

"제발……"

"*니카.*"

"대답해!"

니카의 손이 그의 맨 손목을 잡았고, 그는 심장이 뜨겁게 달아올랐다.

그는 벌떡 일어나며 그녀의 손을 뿌리쳤다.

그의 난폭한 몸짓은 니카의 눈동자에 고스란히 반영되었다. 그는 그녀가 충격으로 비틀거리는 것을 보았고, 방이 흔들리는 것 같았다.

리젤은 가슴을 물어뜯는 벌레의 필사적인 공격에 맞서 싸우고 있었다. 그는 주먹을 꽉 쥐고 버티면서 겁에 질린 그녀의 둥그런 눈을 보았다.

"하지 마……" 그는 자신을 통제하려고 애쓰면서 깊은숨을 쉬었다. 그는 몸이 화끈거렸고 니카가 그것을 알아챌까 봐 두려웠다. "내 몸에 손대지 마." 그는 재빨리 가면을 쓰며 사악한 표정을 지었다. "말했잖아."

그는 상처받은 그녀의 눈에서 번뜩이는 빛을 미처 보지 못했다.

니카는 분노가 가득한 눈을 부릅뜨고서 그에게 대들었다.

"*왜?*" 갈라진 목소리가 터져 나왔다. 그녀는 상처 입고 고통스럽게 몸부림치는 동물처럼 보였다. "왜 안 돼? 왜 안 되는 건데?"

리젤은 그 분노에 압도되어 뒤로 물러섰다.

그런데 맙소사, 뺨을 붉히고 눈빛을 반짝이며 다그치는 *그녀는 아름다웠다*. 맙소사, 그 모습이 그를 아프게 하고 억누를 수 없는 충동으로 내몰았다.

그는 감당할 수가 없었다.

나에게 손대지 마. 그는 그녀에게 다시 말하고 싶었다. *그녀에게 애원하고 싶었다.* 그러나 니카는 가까이 다가와 그의 방어벽을 무너뜨렸고 그녀의 작은 손가락이 그의 피부를 다시 뜨겁게 달구었다.

그의 영혼은 갈기갈기 찢어지듯 고통스러웠다.

그는 이를 악물며 아픔을 참았다.

그녀의 거친 숨소리만 들렸다.

* * *

갑작스러운 몸짓에 숨이 막혔다.

나는 그의 팔을 붙잡고 있었는데, 어느 순간 등 뒤에 벽이 있었다.

리젤의 눈이 심연처럼 나를 삼켰다.

그의 가슴은 숨결로 진동했고, 내 머리 위를 가로지른 팔뚝이 나를 꼼짝 못 하게 했다. 바짝 다가선 그의 육체는 비명을 지르듯 온몸에서 열기를 뿜어냈고, 뜨겁게 내리쬐는 태양처럼 내 위로 솟아 있었다.

나는 나뭇잎처럼 떨었다. 숨죽인 채 그의 두 눈을 번갈아보며 헐떡거렸다.

"나…… 나는……"

그는 한 손을 뻗어 내 턱을 잡고는 나를 향해 기울인 자신의 얼굴

쪽으로 들어 올렸다.

그의 손길이 닿은 피부가 화끈거렸고 숨을 쉴 수가 없었다.

그의 눈동자에서 조용한 회오리가 일었다. 너무도 가까운 그의 숨결이 내 뺨에 닿아 따끔거렸다. 나는 숨을 헐떡거렸다.

"리젤……" 혼란스럽고 겁이 났다.

그의 턱 근육이 움찔거렸다. 그는 떨리는 내 목소리를 막으려는 듯 엄지손가락을 내 입으로 가져갔다.

느린 동작으로…… 그는 내 아랫입술을 만졌다. 손가락 끝이 부드러운 살을 스치며 파고들자 내 입술이 *불타오르고* 떨렸다.

그곳을 응시하는 그의 시선을 보고 나는 무릎이 무너져 내리는 것 같았다.

"잊어버려." 그가 최면에 걸린 듯 말했다.

그의 목소리 외에는 아무것도 들리지 않았다. 그 소리는 내 혈관 속으로 곧장 들어와 박혔다.

"그건…… 잊어버려."

나는 그의 눈에 어린 고뇌의 빛을 보았다. 그게 무엇일지 생각해 보았지만 알아낼 수 없었다.

그 검은 눈동자는 회오리와 폭풍, 위험과 금지를 경고했지만…… 나는 그것을 탐색하고 싶은 욕구가 갈수록 커져 갔다. 심장이 더 세게 뛰었고, 나는 그 박동을 느끼며 겁이 났다.

숲에서 길을 잃으면 다시 길을 찾을 수 있다.

그러나 늑대에게 정신을 빼앗기면…… 그 길을 영원히 잃게 된다.

그런데 왜 나는 그의 세계를 만지고 이해하려고 하는 것일까?

왜 나는 그의 말을 따라 다 잊어버리지 못하는 걸까?

왜 나는 그의 눈에서 은하계를 보고, 그의 고독 속에서 가련한 영혼을 보는 걸까?

잠시 후 나는 그가 내 얼굴에서 손을 뗐다는 것을 깨달았다.

그가 이미 뒤돌아서 가고 있다는 걸 알았을 때 설명할 수 없는 당혹감을 느꼈다. 나는 눈을 깜박였고, 그가 책을 움켜쥔 채 방에서 성큼성큼 걸어 나가는 모습을 보았다.

리젤은 달아나고 있었다. 또다시.

그걸 깨닫고 나는 충격을 받았다. 언제 역할이 바뀌었을까? 그는 언제부터 내게서 달아난 걸까?

처음부터. 작은 목소리가 속삭였다. *그는 처음부터 줄곧 네게서 달아났어.*

아마도 내 안에 광기의 씨앗이 뿌리내렸을 것이다.

달리 설명할 수 없었다. 나는 그의 말과 내 이성을 거역한 채 그를 뒤쫓기 위해 온 힘을 다해 후다닥 방을 뛰쳐나갔다.

19
내면

나는 모든 것에 맞서 자신을 지킬 수 있지만
부드러움은 당해낼 수 없다.

"리젤!"

나는 얘기 좀 하자며 고집스럽게 그를 복도로 쫓아갔다. 그는 나에게 초조한 시선을 던졌을 뿐 걸음을 멈추지 않았다. 나는 계속해서 그를 따라갔다. 그는 한시라도 빨리 내게서 벗어나고 싶은 듯 걸음을 재촉했다.

"멈춰, 부탁이야. 할 말이 있어……"

"무슨 말?" 그가 갑자기 홱 돌아섰고 위협적으로 이를 악물었다. 그는 긴장한 듯 보였고, 거의…… 겁에 질린 것 같았다.

'너에 대한 말'이라고 내지르고 싶었지만, 내가 너무 흥분하는 것 같아 참았다. 나는 이제 리젤이 야생동물처럼 경계심과 의심이 많다는 것을 알게 되었다. 정면으로 부딪치면 그는 공격적으로 반응했다.

"왜 내 질문에 대답하지 않지?" 대신 나는 다른 말로 에둘러 물었다. "왜지?"

나는 어떻게든 대화를 이어가고 싶었지만, 그는 내게서 시선을 돌렸다. 리젤의 눈은 그의 영혼의 근원이자 그가 유일하게 숨길 수 없는 투명한 표면이었다. 그의 눈동자는 잉크처럼 검었지만, 그 깊은 곳에서는 쉽게 알아볼 수 없는 빛이 빛났다. 그가 다시 걷기 시작했을 때 나는 달려가서 그를 붙잡고 싶은 충동이 일었다.

"너와 상관없는 일이니까." 그가 간신히 들릴 정도로 중얼거렸다.

"너를 이해하는 일인데…… 상관이 있지."

어쩌면 그 말은 모험을 건 시도일 수 있었지만, 나는 내가 바라던 것을 얻었다. 리젤이 멈춰 섰다. 잠시 후 내가 조심스럽게 다가갈 때 그는 내 발걸음 하나하나에 귀 기울이는 것 같았다. 그는 얼굴을 돌려 마침내 내 눈을 보았다. 그 순간 그의 눈빛은 무방비 상태의 사냥감이 생각나게 했다. 그는 사냥감이었고, 나는 그에게 총을 겨누려는 사냥꾼이었다.

"나는 널 이해하고 싶은데, 넌 기회를 주지 않아." 나는 슬픔을 드러내지 않으려고 애쓰면서 그와 눈을 마주쳤다. "간섭을 싫어하는 거 알아." 나는 서둘러 덧붙였다. "네가 쉽게 마음을 털어놓는 성격이 아니란 것도 알아. 하지만 조금만 바꾸면 세상이 더 가볍게 여겨질 거야. 굳이 혼자일 필요는 없어. 때로는 누군가를 믿는 게 더 낫다는 걸 알게 될 걸."

내가 다가가는 동안 그는 내 움직임을 눈으로 좇았다.

"또 때로는……" 나는 더 가까운 거리에서 속삭였다. "네 말을 기꺼이 들으려는 사람이 있단 걸 알게 될 거야."

리젤의 눈은 아무 흔들림 없이 늘 무표정하기만 했다. 그런데 알 수 없는 감정들이 빠르고 또렷하게 스쳐갔다. 심장이 덜컥 내려앉는 기분이었다. 그동안 내가 잘못 생각했었다. 리젤의 눈빛이 차갑고 비어있는 것이 아니었다. 미묘한 감정들이 동시에 가득 차 있어서 그중 어느 하나를 파악하기가 불가능했던 거였다. 그것은 그의 내면 상태를 반영하는 오로라처럼 현란했다.

그 순간 그는 내 행동에 충격을 받아 혼란스럽고 놀란 듯했다.

그러다 갑자기 리젤은 눈을 감았고 얼굴이 떨렸다. 턱 근육이 수축하고 관자놀이의 핏줄이 불끈거리면서 잘생긴 얼굴이 무섭게 굳어졌다.

나는 무슨 일인지 이해하지 못했지만, 그는 곧장 한 발 뒤로 물러나 우리의 거리를 넓혔다. 우리 사이의 시선이 끊어졌고, 내가 방금 간신히 지핀 희망의 불씨는 완전히 꺼져버렸다.

내가 해서는 안 될 말을 했나?

"리젤……"

"*떨어져.*"

그의 거칠고 모진 목소리가 내 가슴에 박혔다. 그는 혀에 불이라도 붙은 듯 다급하게 그 말을 내뱉으며 나를 잔뜩 노려보았다. 그는 자기 방으로 들어가려고 문손잡이를 잡았고, 나는 그의 주먹 쥔 손을 보며 뒷걸음질 쳤다. 나는 상처받고 혼란스러워하며 그를 바라보았다. 나의 어떤 부분이 그를 격분하게 했는지 이해할 수 없었다. 이내 리젤은 방문을 쾅 닫으며 내 시야에서 사라졌다.

돌덩이가 가슴을 짓누른다.

그는 왜 그런 반응을 보였을까?

그것은…… *내* 잘못이었나?

내가 뭘 잘못했을까?

도무지 이해할 수 없었다.

우리는 왜 소통이 안 되는 걸까?

나는 의문의 바다에서 헤맸고, 막다른 길에 다다른 듯 불안감이 밀려왔다.

리젤이 나와 마음을 나눌 생각이 없다는 사실을 받아들여야 했다. 그는 답을 알 수 없는 수수께끼였고, 누구도 들어갈 수 없는 요새였다. 가시에 긁히고 상처 입으며 자신의 나약함을 방어하는 검은 장미였다.

나는 씁쓸한 마음으로 무거운 발걸음을 아래층으로 옮겼다.

주방 앞에 멈춰 섰다. 그곳에서 진한 꽃향기가 구름처럼 나를 감싸며 실의에 빠진 마음을 달래주었다.

안나는 배송된 꽃을 확인하고 있었고, 바닥에는 리본과 포장지가 널려 있었다. 튤립이 담긴 커다란 양동이들이 공간을 가득 채우고 있었다. 안나는 그 꽃들을 살피고 다듬느라 오후 내내 시간을 보냈고, 가게는 조수인 칼이 도맡아서 보고 있었다.

나는 입구에서 그녀를 바라보았다. 태양이 그녀의 머리카락을 금빛으로 물들였고, 입가에는 은은한 빛처럼 살며시 미소를 띠고 있었다. 그렇게 웃을 때 그녀는 아름다웠다. 안나는 현실에서 보는 나의 동화였다.

"오, 니카!" 그녀는 나를 보자 반갑게 맞았다. "공부 다 끝났니?"

나는 가슴이 찡해지면서 시선을 아래로 내려뜨렸다. 내 마음에 깃든 실망감을 그녀가 보는 것을 원치 않았다. 나는 모든 걱정을 그녀에게 털어놓고 싶었다. 두렵고 불안한 마음을 위로받고 싶었다. 그러나 그럴 수 없었고, 그러는 게 꺼려졌다. 약함은 부끄러운 것이니 감추거나 가려야 한다고 배웠기 때문이다. 안나는 내가 낡고 망가진 인형이라는 것을 알게 될 것이다. 하지만 나는 항상 그녀의 눈에 빛으로 가득 차 있고, 매일 가까이에 두고 싶은 완벽한 소녀로 보이기를 바랐다.

한 순간 나는 그녀가 엄마 같은 부드럽고 따뜻한 품으로 나를 안아주고 모든 슬픔을 씻어주길 바랐다.

"리젤과 무슨 일이 있었니?"

안나가 가까이 다가왔다. 나는 대답하지 않았고, 그녀는 나를 보며 얼핏 감격스러운 표정을 지었다.

"넌 정말 투명해." 그녀는 그것이 멋진 일인 듯이 말했다. "맑은 호수처럼 얼굴에서 표정을 바로 읽을 수 있어. 너 같은 사람들을 뭐라고 하는지 아니? 마음이 순수하다고 말하지."

그녀는 내 머리카락을 귀 뒤에 넘겨주었고, 내 영혼의 모든 부분이 그 몸짓으로 집중되었다. 나는 그녀가 꽃을 손질하듯 부드럽게 나를 만지는 것이 좋았다.

"내가 너희를 조금은 알게 된 것 같아. 리젤은 난해한 아이야. 그렇지?" 그녀는 나에게 달콤 씁쓸한 미소를 지어 보였다. "내가 위층에 올라갔을 때 둘이 함께 잘하고 있는 걸 봤어. 네 덕분에 리젤은 많은 걸 배웠을 거야."

자신감이 없는 나에게 그 말은 격려와 위로가 되었다. 그러나 나는 곧장 그녀에게 밝은 표정을 지을 수 없었다. 나는 몹시 낙담했고 그것을 숨길 수 없었다.

안나는 강요하지 않고 내 기분을 인정하고 존중해 주었다. 그래서 그녀는 갑작스럽게 화제를 돌리며 내게 물었다. "이번엔 나를 좀 도와줄래?"

안나가 내 손을 잡았다. 그 몸짓에 마음이 설레었다. 곧장 내 안에 있던 어린아이가 활기를 띠었고, 벅찬 감동에 얼떨떨해하며 그녀의 뒤를 따랐다. 안나는 화려한 튤립 다발이 담긴 양동이 앞으로 나를 이끌었다. 꽃들은 세심하게 다듬고 포장하는 과정을 기다리고 있었다.

너무 멍해서 말을 할 수 없었다. 나는 그녀의 섬세한 동작을 따라 줄기를 거두어 촘촘한 묶음으로 모았다. 그녀가 그 주위로 손을 돌려 리본을 감을 때 나는 그저 아름답다는 생각만 들었다. 안나는 리본의 끝부분을 말아서 나에게 어떤 모양인지 보여 주었고, 나는 그녀의 손길이 닿는 정교한 작업을 홀린 듯이 지켜보았다.

우리는 꽃다발을 함께 만들었다. 마침내 분홍색과 흰색의 튤립으로 이루어진 화려한 모자이크 작품이 완성되었다.

"근사해요……" 나는 나지막한 목소리로 감탄했다.

그때 튤립 한 송이가 내 눈앞에서 보였다. 안나가 웃으며 내게 그것을 내밀었고, 나는 손끝으로 살며시 잡으며 받아들었다. 반창고가 붙어 있지 않는 손가락으로 꽃봉오리를 쓰다듬으며 부드러운 감촉을 느꼈다.

"꽃을 좋아하니?"

"굉장히……"

그녀는 활기찬 동작으로 짙은 분홍색 튤립을 집어 코앞에 바짝 갖다 댔다.

"이게 뭘까?"

나는 당황하며 그녀를 바라보았다. "네?"

"무슨 향이지?"

나는 눈썹을 치켜뜨며 조금 놀란 표정을 지었다.

"튤립 꽃?"

"아, 아냐, 아냐, 더 맡아 봐…… 꽃은 꽃 냄새가 나지 않아!" 그녀는 유쾌하고 장난스럽게 대꾸했다. 그녀의 눈빛이 반짝거렸다. "무슨 향기가 나니?"

나는 호기심 가득한 그녀의 눈을 보면서 깊이 숨을 들이쉬었다.

그러니까…… *그게*……

"사탕…… 산딸기 맛 사탕." 내 말에 안나의 눈동자가 밝게 빛났다.

"내 건 티백 냄새가 나…… 그리고 레이스…… 그래, 새로 짠 레이스!"

나는 꽃으로 얼굴을 가리며 웃었다. *레이스라니?*

나는 초롱초롱한 눈으로 그녀를 보며 다시 찬찬히 꽃향기를 맡아보았다.

"비눗방울."

우리는 꽃잎 사이에 코를 묻은 채 서로를 바라보았다.

"베이비파우더……" 그녀가 말했다.

"산딸기 잼……"

"페이스파우더!"

"솜사탕."

"솜사탕?"

"네, 솜사탕!"

안나는 활짝 웃으며 나를 보더니 이내 큰 웃음을 터뜨렸다.

그녀의 웃음은 나를 깜짝 놀라게 했다. 나는 신기하고 기뻐서 가슴이 뛰었고, 떨리는 마음으로 그녀를 바라보았다. 그녀가 눈빛을 반짝이며 나를 쳐다보았고, 그녀가 나로 인해 갑자기 크게 웃었다는 생각에 그간의 의혹이 사라지고 사랑의 감정이 타올랐다. 나는 그녀가 다시 웃게 하고 싶었고, 매일 그 시선을 받고 싶었고, 그 눈빛으로 내 마음을 가득 채우고 싶었다.

이 순간은 마치 동화 같았다. 안나의 웃음소리는 곧 맞이할 행복한 결말 같았다. 한 번도 가져본 적 없는 것을 그리워하게 하는 웃음이었다.

"네 말이 맞아." 그녀가 고개를 끄덕였다. "솜사탕 향기가 나."

안나가 내 머리에 손을 얹었을 때 나는 마음이 풀어지는 느낌이 들었다. 그녀의 따뜻한 마음이 내게로 전해졌고, 우리는 꽃향기가 아니라 수천 가지 다른 향기가 나는 튤립 사이에서 함께 웃었다.

우리는 양동이의 꽃들을 차례차례 정리했고, 그 이후 나는 위층으로 올라갔다. 마음이 개운해졌다. 안나는 나에게 아주 큰 힘이 되는 존재였기에 그녀와 보낸 즐거운 시간으로 마음의 여유를 되찾았다.

나는 복도에서 클라우스를 만났고, 그와 잠시 놀려고 했다가 낭패를 당하고 말았다. 곧 고양이에게 쫓겨 이리저리 뛰어다녀야 했다. 클라우스는 사납게 울어대며 내 발뒤꿈치를 물려고 미친 듯이 쫓아왔고, 나는 계단 아래로 도망쳤다. 내가 거실에 도착해서 안락의자로 훌쩍 뛰어오른 순간 클라우스가 발을 휘둘렀고 그의 발톱이 팔걸이에 박혔다.

나는 눈썹을 치켜뜨고 그를 지켜보았고, 녀석은 날 세운 작은 발을 허공에서 휘두르며 나를 할퀴려 했다. 그러다 마침내 나를 충분히 괴롭혔다고 생각한 듯 뒤돌아서 도도하게 걸어갔다. 나는 그가 기습적으로 공격하려고 모퉁이 뒤에 숨어있는 건 아닌지 확인하려고 목을 길게 빼서 살폈다.

그래…… 뭐, 적어도 내가 그의 관심을 끌었다고는 말할 수 있었다.

갑자기 핸드폰 진동이 울렸다. 청바지 주머니에서 꺼내 보니 빌리의 메시지가 있었다. 그 내용을 읽고는 행복했다. '할머니가 너 안 본지 오래됐다고 하셔. 내일 우리 집에서 공부할래?' 메시지 아래에는 평소처럼 새끼 염소가 나오는 새 동영상이 있었다.

빌리가 나를 친구로 여기는 것에 이제는 익숙해져야 했지만, 나는 늘 새로운 느낌으로 고마운 마음이 들었다. 행복한 기분을 너무 티내지 않으며 답장을 쓰려는데 어디선가 부스럭거리는 소리가 들렸다.

나는 뒤를 돌아보았다. 벽 앞에 놓인 소파에 움직이지 않는 기다란 형체가 있었다. 머리가 팔걸이에 기대어 있고, 검은 티셔츠는 어두운 소파 덮개와 맞물려 잘 구분되지 않았다.

그것이 리젤이라는 것을 깨닫자 심장이 덜컥 내려앉았다.

그는 한 팔을 가슴 위에 부드럽게 얹었고, 다른 팔은 뒤로 젖혀 머리 가까이에 늘어뜨렸다. 하얀 손가락이 가볍게 오므린 모양으로 공중에 떠 있었다.

그는 자고 있었다.

여기 있는 걸 어떻게 몰랐을까?

그가 오후의 그 시간에 쉬고 있는 게 이상했다. 내 안의 무언가가 그 광경에서 눈을 떼지 못하게 했지만, 내 의식은 내가 느꼈던 감정을 상기시키며 자리를 피해야 한다고 말했다. 나는 그 일이 있은 후로 그와 한자리에 있고 싶지 않았다. 그의 존재만으로도 마음이 불안했다.

나는 일어나서 그의 평온한 모습을 마지막으로 바라보았다. 차분한 얼굴에 짙은 속눈썹이 붓 터치를 한 듯 우아한 광대뼈로 드리워져 있었다. 검은 머리카락이 얼굴을 감싸고 잉크처럼 팔걸이로 흘러내렸다. 그는 너무나 고요하고 천진하게 잠들어 있었다.

가슴이 아릴 정도로 아름다웠다.

그것은…… 견디기 힘들었다.

"이건 억울해." 나는 속삭였다.

그의 잘못이었다. 마음을 아프게 하는 그 천사 같은 모습에 누군가는 책임을 져야 했다.

"너는 세상을 멀리하려고 괴물처럼 굴면서…… 여기서 *이러고* 있구나.” 나는 순진한 표정으로 늘어져 있는 그를 비난했다. “왜? 왜 항상 넌 모든 걸 뒤엎는 거니?”

잊고 싶었지만 그럴 수가 없었다.

나는 리젤에게 밝고 연약한 면이 있다는 것을 알았고, 그것을 본 이상 포기할 수 없었다. 어두운 안개에서 그를 끌어내 내 손에서 빛나는 모습을 보고 싶었다. 나는 정말 나방이었다. 타버릴 걸 알면서도 그 빛을 쫓아갔다.

갑자기 나는 몸이 굳어졌다. 셀 수 있을 정도로 그의 속눈썹 하나하나가 보였고, 입술 옆의 작은 점도 보였다.

어느새 내가 가까이 다가왔지?

나는 당황하여 얼른 뒤로 물러났다. 피가 거꾸로 솟는 듯했다. 나도 모르게 한 행동에 충격을 받았다. 순간 나는 손에 들고 있던 핸드폰을 꽉 쥐었고, 그 바람에 빌리가 보낸 동영상을 실수로 누르고 말았다. 목청껏 울어대는 염소 소리가 들렸고, 핸드폰을 손에서 떨어뜨릴 뻔했다.

나는 콩닥거리는 가슴을 안고 이리저리 비틀거리며 도망쳤다. 그 소리에 놀란 리젤이 깨어나 휘둥그런 눈으로 두리번대기 직전에 거실에서 뛰쳐나갔다. 내 방을 향해 달려가다가 층계참에서 무언가에 걸려 넘어질 뻔했다. 내가 정신을 차릴 겨를도 없이 털 뭉치가 달려들어 내 종아리를 물었다.

내 예상이 맞았다…… 클라우스가 숨어있다가 나를 공격했다.

너무 창피했다.

그 생각은 저녁까지 줄곧 내 머릿속에서 떠나지 않았다. 리젤을 마주볼 생각을 하니 쥐구멍에라도 숨고 싶은 심정이었다. 다행히도 그는 두통이 심하다며 저녁 식사를 하러 내려오지 않았다.

나 때문에 그런 게 아닐까? 누구라도 그런 식으로 잠에서 깨면 기분이 안 좋을 것이다.

나는 노먼과 안나와 함께하는 우리 셋만의 시간을 늘 바라왔지만, 내 옆의 빈 의자가 자꾸 신경 쓰였다. 왠지 모르게 어색하고 아쉬운 마음이 들어 비어있는 자리를 흘깃거렸다.

나는 안나를 도와 식탁을 치운 뒤 책장이 있는 방으로 갔다. 주의를 딴 데로 돌리기 위해 관심 있는 책을 고르려 했다. 그러다 '전 세계의 신화, 동화와 전설'이라는 제목이 눈에 들어왔다.

나는 즉시 그 책에 매료되었다. 손가락으로 책등을 쓰다듬다가 책장에서 꺼내 들고 감탄했다. 가죽 장정과 표지의 꽃무늬가 무척 아름다웠다.

안락의자에 앉아 책장을 넘기기 시작했다. 내가 어릴 때 접했던 것 외의 다른 동화도 알고 싶었다. 다른 아이들은 어떤 이야기를 들으며 자랐을까? 정말로 그들은 눈물을 만드는 사람 이야기를 몰랐을까? 나는 그 동화를 목차에서 찾았지만 없었다. 대신 다른 제목들이 호기심을 돋우어서 읽기 시작했다.

"이제 알겠어…… 네가 그걸 재밌어 한다는 걸."

나는 깜짝 놀랐다.

강한 *기시감*이 들었다. 나는 한참 읽고 있던 책을 꽉 쥐었고, 나를 쳐다보는 두 눈동자를 발견했다.

"뭘 말이야?" 나는 그가 거기에 있는 걸 보고 당황하여 물었다.

"적절하지 않은 순간에 나를 깨우는 것."

딱 걸렸다. 나는 돌연 뺨이 화끈거렸고, 미안함이 가득한 눈으로 리겔을 보았다. 그가 단지 그걸 지적하려고 여기까지 온 걸까?

"실수였어." 나는 그를 똑바로 쳐다볼 수 없어 고개를 숙였다. "네가 있는 줄 몰랐어."

"이상하네." 그가 반박했다. "내 느낌엔…… 네가 가까이서 지켜보는 것 같던데."

"난 그냥 지나가던 중이었어. 낮 시간에 네가 자고 있었던 거고."

리겔은 내 영혼을 후비는 그 눈동자로 나를 계속 쳐다보았고, 나는 내가 한 말을 후회했다. 그의 기분을 상하게 할까 봐 조바심이 났다. 그가 다시 격해지거나 어두워지는 게 두려웠다. 무엇보다도 그가 가는 모습을 보게 될까 봐 두려웠다.

언제부터 나는 이렇게 모순적이 되었을까?

"미안해." 나는 나지막한 목소리로 사과했다. 결국 그렇게 해야 한다고 생각했기 때문이다. 나는 그날 오후에 있었던 일로 여전히 의기소침해 있었지만, 보복하는 건 나답지 않았다. 내가 일부러 그런 게 아니었고, 그가 오해하지 않기를 바랐다.

그가 나를 힐책하려고 왔을지라도, 나는 중단했던 그 지점부터 우리의 대화를 다시 이어가고 싶었다. 하지만 자신이 없었다.

그래서…… 뜬금없이 다른 화제를 꺼냈다.

"언젠가 네가 동화는 다 똑같다고 했었지. 방식을 따른다고. 숲, 늑대, 왕자 등…… 그런데 다 그렇진 않더라."

나는 책에서 안데르센의 '인어공주'부분을 펼쳤다.

"여기선 바다가 배경이고 왕자를 사랑하는 소녀가 있어. 늑대는 나오지 않아. 규칙을 따르지 않아. 다른 이야기야."

"그럼 행복한 결말로 끝나니?"

나는 주저했다. 리젤은 그 질문의 답을 이미 알고 있는 것 같았기 때문이다.

"아니. 왕자는 다른 여자와 사랑에 빠져. 그리고 그녀는…… 죽어."

내가 왜 하필이면 그 동화를 꺼냈을까? 나는 방금 그가 옳았다는 것을 증명했다.

지난번에 바로 그 방에서 리젤은 나에게 행복한 결말이 타협이라고 했다. 규칙이 없으면 질서가 무너진다고 말했다.

"그 동화의 교훈은 항상 싸워야 할 대상이 있다는 거야…… 괴물의 종류만 달라질 뿐이지." 그가 냉소적으로 말했다.

"틀렸어." 나는 소신껏 말하기로 결심했다. "동화는 스스로 포기하라고 가르치지 않아. 희망을 잃지 말라고 격려해. 괴물이 있더라도……

물리칠 수 있다는 걸 알려 주지."

문득 그가 책장 앞에서 했던 말이 생각났다……

"*넌 그리도 행복한 결말에 집착하는데, 늑대가 없는 동화를 상상할 용기나 있니?*"

의미심장한 말이었다. 리젤은 바로 말하지 않고 늘 에둘러 말했다. 그의 말에는 언제나 암시나 숨은 뜻이 있었고, 그것을 이해하려면 용기가 필요했다.

"그래, 난 인정해. 늑대가 없는 동화를 인정해."

그는 계속해서 이야기의 악당이 되려고 고집 부렸지만, 나는 그가 틀렸다는 것을 깨닫게 해주고 싶었다. 그러면 그가 세상과의 싸움을 멈출 수도 있었다.

그리고 자기 자신과의 싸움도.

리젤은 나를 조용히 바라보았고, 이유는 모르겠지만 내 말을 믿지 않는 것 같았다.

"그 다음은?"

그가 반격했다.

"그 다음은?" 나는 머뭇거리며 중얼거렸다.

그는 관찰하듯 찬찬히 내 표정을 살폈다.

"그 다음엔 어떻게 되지? 이야기가 어떻게 끝나지?"

나는 그 질문을 예상하지 못했기에 침묵을 지켰다. 어떤 대답을 해야 할지 몰랐다. 나는 그를 설득하고 싶었지만, 내 침묵은 그의 눈빛을 더욱 어둡게 만들었다. 그의 믿음이 더 굳어지게 했다.

"모든 게 네 바람처럼 장밋빛 미래일 테지?" 그가 중얼거렸다. "너의 이상적이고 완벽한 세상에는 모두가 제 자리에 있어. 네가 바라는 그대로. 하지만 넌 그 이상은 볼 수 없어."

내가 또 그를 짜증나게 한 것처럼 그의 얼굴이 굳어졌다.

아니다…… *상처를 받았나?*

"아마 현실은 다를 거야. 생각해 본 적 있니? 네가 믿는 것과 다르고, 네가 원하는 대로 돌아가지 않아. *아마도.*" 그는 완강하게 몰아붙였다. "너의 그 완벽한 꿈속에 머물고 싶지 않은 사람도 있어. 넌 그걸 받아들이지 못해. 니카, 넌 대답을 원하지만 사실은 들을 준비가 안 돼 있어."

그의 말은 나를 후려친 듯 충격적이었다.

"그렇지 않아." 나는 가슴을 두근거리며 맞섰다.

"아, 그래?" 그가 빈정거렸고, 나는 자리에서 일어섰다.

"그 갑옷은 벗어 버려. 필요하지 않아."

"그 속에 뭐가 있을 것 같니?"

"*그만해*, 리젤!"

나는 흥분해서 눈이 따끔거렸다. 그와 대화할 수 없었고, 좌절감이 밀려와 무언가를 추리하고 생각하거나 이해할 수 없었다.

우리는 각자 대립되는 두 언어로 말했기에 서로를 이해할 수 없었다. 그리고 리젤은 나에게 뭔가를 말하려 했고 나는 그것을 느꼈지만, 그는 분명한 언어로 말하지 않았다. 내 영혼이 해석할 수 없는 신랄하고 의미심장한 언어로 말했다. 나는 항상 샘물처럼 투명했고, 그는 가늠할 수 없는 심연의 바다였다.

나는 그의 시선으로부터 자신을 보호하려는 듯 두 팔로 몸을 감쌌다. 그의 눈에서는 이상한 빛이 번뜩였다.

"말도 안 되는 소리야." 나는 도저히 참을 수가 없었다. "넌 동화가 아이들에게 헛소리인 것처럼 말하고 있어. 그러나 사실은 너도 나처럼 그레이브에서 자랐고, 그걸 믿고 있잖아."

보육원의 아이들은 모두 자신이 들은 이야기를 믿었고, 모두가 그 이야기를 마음속에 품고 떠났다. 우리의 세상은 달랐고, 그 세상은 우리를 이해할 수 없는 존재로 만들었다. 그것은 사실이었다.

리젤은 대답하지 않았다. 그는 내 마음을 흔드는 그 눈빛으로 나를 빤히 쳐다보다가 안락의자 위에 놓인 책으로 시선을 옮겼다.

나는 그에게 빛을 보여주고 싶었지만, 그는 자신의 그림자에 갇혀 있는 것처럼 보였다.

나는 그에게 손을 내밀고 싶었지만, 다른 상처를 받아들이기가 버거웠다.

하지만 내가 그토록 찾는 빛이 그의 눈에서 죽는 걸 보는 것보다 더 가슴 아픈 일은 없었다.

마침내 나는 그가 아니라 보이지 않는 무언가와 싸우고 있다는 걸 깨달았다.

리젤은 냉소적이고 우유부단한 것을 넘어 삶에 환멸을 느끼는 것 같았다. 그에게는 내가 다른 누구에게서도 본 적이 없는 원시적이고 본능적인 무언가가 있었다. 그것은 그가 현혹되지 않고, 모든 사람을 밀어내고, 지독한 환멸의 눈으로 세상을 보게 했다. *그게 무엇일까?*

"신화, 동화, 전설은…… 모두 진실의 일면을 담고 있긴 하지."

나는 나직하고 진지한 그의 목소리에 몸을 떨었다.

"신화는 과거를 이야기해. 전설은 현재를 인식하게 하고. 그리고 동화는…… 미래를 위한 거야. 동화는 존재하지만 소수만을 위한 거야. 우월한 사람들. 동화는 자격이 있는 사람들을 위한 거야. 그 외의 사람들은 결코 맞을 수 없는 결말을 꿈꿀 뿐이지."

20
물 한 잔

넌 숨길 수 없어.
떨리는 마음을.

그 방은 여느 때처럼 어수선하고 먼지가 자욱했다.

흐트러진 물건들과 브랜디 잔에서 흘러내린 끈끈한 얼룩이 없었다면 그 책상은 근사했을 것이다. 그러나 그건 중요하지 않았다.

리젤은 눈을 내리깔고 있었다.

그는 이제 바닥의 나뭇결을 외울 정도였다.

"재를 보세요. 재앙이에요."

항상 그랬다. 그 방의 두 어른은 그가 있는데도 늘 없는 것처럼 말했다.

아마 그건 문제가 있을 때, 문제가 없는 것처럼 말하는 방식일 것이다.

"재 좀 보세요." 의사가 다시 여자에게 말했다. 그의 목소리에는 동정심이 어려 있었고, 리젤은 온몸으로 그를 증오했다.

그의 동정심 때문에 그를 미워했다. 리젤은 동정심을 바라지 않았기 때문이다.

자신의 잘못을 더 많이 느끼게 해서 그를 미워했다.

자신을 경멸하고 싶지 않았기 때문에 그를 미워했다.

하지만 무엇보다도 그의 말이 옳다는 것을 알았기 때문에 그를 미워했다.

재난은 그의 더러운 손톱에 있지 않았다.

그가 이따금 떼어내고 싶은 눈꺼풀에 있지 않았다.

손에 묻은 피에 있지 않았다.

재난은 치료할 수 없을 정도로 그의 내면에 깊이 뿌리박혀 있었다.

"스토커 부인, 당신은 인정하고 싶지 않을 겁니다. 하지만 저 아이는 뚜렷한 초기 증상을 보입니다. 그가 다른 사람과 관계를 맺지 못하는 것은 그 징후 중 하나일 뿐입니다. 그리고 다른 것들은……"

리젤은 귀를 닫아 버렸다. 그 '다른 것들'은 마음을 더 아프게 하는 말이었기 때문이다.

그는 왜 이럴까? 왜 다른 사람들과 같지 않을까? 어린아이가 대답할 수 있는 질문이 아니었지만, 그에게 되물을 수밖에 없었다.

어쩌면 그의 부모에게 물어볼 수 있었을 것이다. 그러나 그들은 거기 없었다.

그리고 리젤은 그 이유를 알고 있었다.

재앙을 좋아하는 사람은 없었기 때문이다.

재앙은 불쾌하고 무익하고 번거롭다.

깨진 장난감은 가지고 있는 것보다 버리는 게 낫다.

그러니 누가 그 같은 아이를 원하겠는가?

* * *

"니카?"

나는 깜짝 놀라서 눈을 깜빡거렸다.

"넌 어떻게 번역했니? 다섯 번째……"

나는 집중하려고 애쓰며 공책을 뒤적였다. "그가 그에게 인사했다." 내가 쓴 문장을 읽었다. "그는 떠나기 전에 그에게 인사했다."

"자, 봤지?" 빌리가 우쭐대며 미키를 향해 고개를 돌렸다.

미키는 껌 씹기를 멈추고, 어이없다는 표정을 지었다. "무슨 소리야?"

"흥, 너 잘못 썼어!" 빌리가 공책을 가리키며 말했다. "여기!"

미키의 예리한 눈이 그곳으로 향했다.

"거기에 '그가 그를 구했다'라고 쓰여 있어. '인사했다'가 아니고. 그건 다음 연습문제야."

빌리는 미심쩍다는 듯 연필로 머리를 긁었다.

"아," 그녀는 다시 시비를 걸었다. "정말이지…… 꼬부랑글씨밖에 안 보여! 여기 좀 봐…… 이게 b라고 쓴 거지?"

미키가 눈을 찡그렸고, 빌리는 그녀를 향해 활짝 웃었다.

"다른 것들도 베껴 줄래?"

"싫어."

나는 그들이 티격태격하는 모습을 보면서 다시 생각에 잠겼다. 우리는 공부하려고 모였지만, 나는 어쩐지 집중할 수 없었다. 조금만 주의가 흐트러져도 내 정신은 다른 곳으로 날아갔다.

내가 산만한 이유를 알고 있었다. 밤처럼 검은 눈과 이해할 수 없는 성격을 지닌 그 때문이었다. 리젤이 나에게 했던 말은 머릿속으로 들어가 나오지 않았다.

잠시 뒤 빌리는 부모님과 통화하려고 다시 시도했다. 여러 차례 연결이 끊어졌고 포기하려고 할 때쯤 드디어 상대방이 전화를 받았다. 전화 반대편에서 아버지의 목소리가 울렸을 때 그녀의 얼굴은 그 어느 때보다도 기쁨이 가득했다.

안타깝게도 대화를 다 마치기 전에 통화가 끊어졌지만, 빌리는 내 걱정과는 달리 낙담하지 않았다. 빌리는 침대에 벌러덩 드러누워 부모님이 방금 그녀에게 들려준 이국적인 풍경을 상상하며 행복해했다.

"정말 멋져……" 그녀는 눈을 감고 중얼거렸다. "아름다운 곳이야…… 언젠가는 나도 그곳에 갈 거야! 텐트에서 그 노을을 바라보며…… 모래 언덕, 야자수…… 모두…… 세상을 사진으로 찍고……”
그녀의 목소리는 천천히 작아지면서 웅얼거림이 되었고, 그러다 입술만 움직이더니 미동도 하지 않았다. 빌리는 그렇게 오후 한낮에 핸드폰을 쥐고 희망에 부푼 채 그 풍성한 곱슬머리에 파묻혀 잠이 들었다. 나는 그녀의 손에서 핸드폰을 빼내 침대 옆 탁자 위에 놓고 잠자는 모습을 지켜보았다.

“좋은 사람들 같아.” 나는 그녀의 부모님에 대한 인상을 말했다.

빌리는 스피커폰으로 통화했고, 그들은 우리에게 열정적으로 인사했다. 나는 빌리가 그 활기찬 기운을 어디에서 얻는지 알 수 있었다.

“그래.”

미키는 나를 보지 않았다. 그녀의 시선은 잠든 친구의 얼굴로 향해 있었다. 그녀의 눈빛은 늘 그렇듯 무덤덤했지만, 나는 그 속에 깃든 우울한 기색을 알아차렸다.

“빌리는 말하는 것보다 그들을 더 그리워해. 밤에만 그걸 인정할 용기가 생겨.”

“밤에?”

“내게 전화를 걸어. 그녀는 부모님이 돌아오는 꿈을 꿔…… 그리고 깨어나면 그들은 없어. 그녀는 내색하지 않지만 무척 보고 싶어 해. 못 본 지 한참 됐으니까.”

나는 빌리가 한 말이 떠올랐다. “미키는 정말 다정해. 아주 섬세한 아이야!” 그때까지 나는 그 말을 온전히 이해할 수 없었다. 그러나 나는 미키가 한밤중에 핸드폰을 옆에 두고 잠드는 모습을 상상할 수 있었다. 그녀는 핸드폰이 울리기만을 기다렸고, 거기에 응답함으로써 빌리가 웃을 기운이 없는 순간의 유일한 증인이 되었다. 미키는…… 그녀의 가족이었다.

“빌리는 절대 혼자가 아닐 거야.” 나는 그녀와 눈을 마주치고 부드러운 미소를 지었다. “네가 있잖아.”

내가 빌리에게 담요를 덮어줄 때 미키가 나를 물끄러미 바라보았다.

"물 좀 마시고 올게." 나는 일어서서 구겨진 셔츠를 펴고 조심스럽게 문밖으로 나갔다.

나는 주방으로 가기 전에 닫았던 문을 다시 열었다.

"미키, 미안해. 너도 물 마실……?" 나는 문장을 끝내지 못했다. 마지막 말이 입에서 증발했다.

나는 휘둥그레진 눈으로 곱슬머리 사이로 흘러내린 검은 머리카락을 보았다. 그녀는 몸을 굽혀 빌리에게 입맞춤을 했다.

시간이 멈췄다.

나는 움직이지 않았다.

미키가 천천히 몸을 일으키는 모습을 보았다. 그녀는 둥그런 눈으로 나를 바라보았다. 섬뜩할 정도로 크게 놀란 눈빛이었다. 후드 그림자 아래로 충격 받은 눈동자와 벌어진 입, 굳은 턱이 보였다.

"나는……" 무슨 말이든 하려고 했다. 입을 열었지만 숨이 막혀서 나오지 않았다. 그녀가 다가와 내 몸을 치며 방밖으로 밀어냈다. 미키는 등 뒤로 문을 닫았고, 복도의 불빛 아래서 그녀의 위협적인 눈은 불붙은 석탄처럼 이글거렸다. 그녀는 나를 꿰뚫어 보려는 것 같았다.

"*너.*" 미키는 손가락으로 나를 겨누며 쉰 목소리를 냈다. 그녀에게서 한 번도 들어본 적 없는 목구멍을 긁는 듯한 소리였다. "너…… *아무것*도 못 봤어."

나는 침묵했다. 입을 다문 채 그녀의 얼굴을 보고는 뒤쪽의 문으로 시선을 옮겼다. 그 안에서 빌리가 자고 있었다. 나는 내 앞에 뻣뻣하게 서 있는 그녀를 다시 쳐다보았다.

그리고 눈 하나 깜짝하지 않고 어깨를 으쓱하며 차분한 목소리로 말했다. "오케이."

미키의 눈꺼풀에 경련이 일었다. "…… *뭐라고?*"

"오케이." 나는 단순하게 반복했다.

"*오케이?*"

"그래."

그녀는 고통과 충격이 겹치는 눈빛으로 나를 쳐다보았다.

"어째서 *오케이*야?"

"오케이니까……"

"아니, 오케이가 아니잖아!"

"나는 아무것도 못 봤어."

"*아니, 봤잖아!*"

"뭘 봤다는 거야?"

"*알잖아!*"

"정말 아니야."

"그렇지 않아……" 그녀는 붉어진 얼굴로 손가락을 겨눈 채 폭발하기 직전의 목소리를 냈다. "너는…… 아냐…… *넌 봤어*……"

그녀는 이를 악물고 주먹을 꽉 쥐며 노여움이 가득한 얼굴을 돌렸다.

나는 미키가 손목을 떨며 좌절감에 빠져있는 동안 침묵을 지켰다. 한동안 고요 속에서 우리의 숨소리만 들렸다.

나는 정말로 다 '오케이'인 척하고 싶었다. 나는 정말로 내가 본 것을 무시하고 싶었다. 미키는 그 순간을 어떻게든 지우고 싶은 사람의 표정이었다. 나는 그녀가 바라는 대로 하고 싶었다.

그런데 내가 그녀를 만난 이후 처음으로…… 미키는 자리를 뜨지 않았다. 그녀는 방금 나에게 으르렁거렸고, 나 때문이 아니라 자신과 싸우고 있기 때문일지라도 *어쨌든 거기에 있었다*. 그리고 나는 그녀를 외면할 수 없었다. 그녀가 원했던 방식은 아닐 것이고, 그 때문에 나를 조금 미워할지라도 외면할 수 없었다.

"미키…… 너 빌리를 좋아하니?" 내 목소리는 물처럼 맑고 투명했다. 어리석은 질문이었지만, 나는 그 순간의 단순한 감정을 그녀에게 이해시키고 싶었다.

미키는 대답하지 않았다. 괴로운 마음이 그녀의 입술을 조이고 목구멍을 막았다.

"아무 문제없어……" 나는 내 성대가 유리로 만들어진 듯 아주 부드럽게 말했고, 해맑은 눈으로 그녀를 바라보았다. "좋은 일이잖아……"

"너는 이해하지 *못해.*" 그녀가 퉁명스레 말을 내뱉었다.

그녀의 눈에서 좌절의 빛이 촛농처럼 떨어져 기도하듯 모아 쥔 두 주먹으로 흘러내렸다.

나는 다시 입을 닫았다. 어쩌면 내가 정말 이해하지 못했을지도 모르기 때문이다.

그러나 미키는 거기 있었고, 나는 그 순간만큼은 후드 아래의 눈을 마주치고, 그 눈빛이 내게 전하는 것을 느끼고, 용기 내어 다가가고 싶었다.

"그래, 그럴지도 몰라." 나는 얼굴을 숙이며 중얼거렸다. "하지만 만약 네가…… 나에게 설명해준다면…… 내가 이해할 수 있게 해준다면…… 아마 네가 생각하는 것보다 더 간단할 수 있을 거야. 그리고 어쩌면 넌 그게 나쁘거나 비밀스럽거나 잘못된 게 아니란 걸 발견하게 될지도 몰라. 아무 말도 안 하는 것보다 말하는 것이 때로는 더 나을 수 있어. 어떤 일은 터놓고 얘기해야 풀릴 수 있기 때문이야."

미키는 입술을 꽉 물었고, 나는 반창고가 가득한 두 손을 모으며 진지한 눈으로 그녀를 바라보았다.

"네가 얘기해주면, 맹세코 이해하려고 노력할게. 조용히, 너를 방해하지 않고. 네가 시도해 본다면…… 숨 쉬거나 물 마시는 것처럼 너에게 쉬운 일이 될 거야."

나는 진심어린 눈빛으로 그녀를 보았고, 그녀의 반짝이는 눈동자가 흔들렸다.

"미키……" 나는 상냥하게 속삭였다. "물 한 잔 마실래?"

미키와 나는 주방 창문에서 가까운 바닥에 한참을 앉아 있었다. 불과 몇 미터 앞에 의자 딸린 탁자가 있었고 당연히 거기가 바닥보다 더 편했을 테지만 우리는 그 자리에 머물렀다. 그리고 조용히 각자 물컵을 든 채 유리창 밖의 나뭇가지로 내리쬐는 빛을 바라보았다.

미키는 말을 많이 하지 않았다. 그녀의 무거운 입에서는 독백이 흘러나오지 않았다. 마음속에 간직한 비밀을 털어놓지 않았다. 우리는 그저 나란히 붙어서 함께 보내는 시간과 호흡을 공유했다.

"그게 너구나……" 나는 단순하게 말했다. "가든 데이마다 그녀가 받는 흰 장미…… 너지?"

그녀는 침묵했고, 나도 잠시 침묵하다 입을 뗐다.

"빌리에게 말해보지 않았어?"

"받아주지 않을 거야."

미키는 천장을 바라보았고, 나는 그녀를 지켜보았다.

"그건 모르는 일이잖아……"

"그럴 필요 없어." 그녀가 씁쓸하게 말했다. "빌리는 좋아하지 않아. 여자를……"

나는 시선을 아래로 내려뜨렸다. 느긋하게 뻗은 내 다리와 가슴까지 끌어당긴 그녀의 다리가 대조되었다. 미키는 몇 개째인지 모를 담배를 재떨이에다 껐고, 그 동작에만 시선을 두었다.

"그녀가 나를 어떻게 볼지 상상이 안 돼."

"빌리는 너를 좋아해. 다른 눈으로 보지 않을 거야."

그러나 미키는 고개를 저었다. 그녀는 무표정한 눈동자로 우리 앞의 벽을 바라보았다.

"너는 이해하지 못해…… 요점은 바로 이거야. 내가 걔의 친구라는 것." 미키는 그것이 좋기도 하고 나쁘기도 한 것처럼 중얼거렸다. "우리 관계는…… 소중해. 우리 둘 다 그 우정이 참되다고 믿어. 그녀에게 진실을 말하면…… 그걸 뒤엎는 거야. 그때부터는 이전으로 돌아갈 수 없어. 우리 우정이 깨지는 걸 상상할 수 없어. 그녀를 잃는 건…… 용납할 수 없어."

미키는 담장을 사이에 두고 빌리를 보고 있었다. 가시철조망이 시야를 가리는 쪽문을 통해서만 보았다. 그녀는 꽃이 핀 초원을 볼 수 없었다.

나는 내 손가락을 내려다보았다. 수그러들 줄 모르는 침묵이 다시 드리워졌다.

"한 애벌레가 있어." 잠시 후 나는 입을 열었다. "그 애벌레는 좀 달라. 이따금 아칸서스 잎에서 볼 수 있어. 알다시피…… 애벌레는 변모하는 과정을 거쳐. 때가 되면 고치를 짓고 언젠가는 나비가 돼. 당연한 과정이야. 그런데 이 애벌레는…… 그걸 믿지 않아. 나비가 될 수 있단 걸 모른 거지. 그가 번데기가 되지 않으면…… 만약 그가, 음…… *끝까지 믿지 않는다면*…… 변모할 수 없어. 고치를 짓지 않고 애벌레로 생을 마칠 거야." 나는 망가진 손을 보았다. "아마 그럴 거야. 빌리는 여자를 좋아하지 않을 거야. 하지만…… 너는 좋아할 거야. 때로는 외부 껍질과 관계없이 우리에게 영향을 주고 우리 안에 머무는 사람들이 있어. 그들은 소중하고 그 누구도 대체할 수 없어." 나는 침착하게 얼굴을 들어 벽을 바라보았다. "아마 빌리는 너를 그런 식으로 생각한 적이 없겠지. 어쩌면 결코 그렇게 생각하지 않을 거야. 하지만…… 너는 그녀가 항상 옆에 있어 주길 바라는 유일한 친구야. 그리고 만약 네가 말하지 않으면…… 시도조차 하지 않는다면, 미키…… 넌 그녀의 마음을 절대 알 수 없을걸. 그러면 상황은 달라지지 않을 테고, 빌리는 너의 진정한 모습을 볼 수 없겠지. 그리고 넌 애벌레로 남을 거야. 영원히……"

내 말은 촛불처럼 타올랐다가 꺼졌다.

고개를 옆으로 돌리자 미키가 나를 빤히 쳐다보고 있었다. 그녀는 이전과는 다른 눈으로 나를 보았다. 내 말이 그녀를 둘러싼 담장을 넘어가서 또렷하게 전해진 것 같았다.

그녀가 다시 시선을 거두고 가볍게 코웃음을 쳤다.

"내가 이 사실을 고백할 대상으로 생각한 사람들 중에서," 그녀가 투덜거렸다. "넌 분명히 마지막 사람이었어."

기분 나쁘게 들리지 않았다. 그녀는 방금 자기 자신과의 싸움에서 진 것 같았고, 그 말은 어쩐지 나를 받아들인다는 소리로 들렸다.

"이런 걸 보면 너희는 정말 똑같아." 그녀가 중얼거렸다.

"이런 걸?"

"그래. 너와 빌리…… 생각하는 걸 보면, 너는…… 어쩔 땐 빌리를 보는 것 같아."

나는 그녀를 가만히 바라보았고, 미키는 숨을 내쉬며 머리를 흔들었다. 그런 다음 그녀는 후드를 뒤로 젖혔고 얼굴이 훤히 드러났다. 화장이 살짝 번진 눈가에는 그늘이 져 있었다. 그녀는 시선을 아래로 내려뜨렸고, 각진 얼굴로 검은 머리카락이 드리웠다. 그녀의 도드라진 광대뼈와 도톰한 입술은 묘한 조화를 이루었다. 카고 바지와 헐렁한 후드 티 아래 예상치 못한 아름다움이 숨겨져 있었다.

그녀는 내 시선을 알아차리고는 다소 불편한 표정을 지었다.

"뭐야?"

나는 방긋 웃었다.

"미키, 넌 예뻐."

그녀의 눈이 커졌다. 미키는 얼른 시선을 돌리고 입술을 다물며 어깨에 목을 묻었다. 그녀는 뾰로통한 얼굴로 무릎을 팔로 감쌌지만, 나는 뺨이 분홍빛으로 물드는 것을 본 것 같았다.

"너와 너의…… *애벌레들*……" 미키가 못마땅해하며 툴툴거렸고, 나는 웃을 수밖에 없었다.

나는 벽에 머리를 기댄 채 눈을 찡그리며 조용히 웃었고, 내 옆의 미키는 표정이 평온하게 누그러들었다.

"얘들아, 무슨 일이야?"

우리는 고개를 돌렸다. 빌리가 손으로 눈을 비비며 입구에 서 있었다.

"여기서 뭐 하는 거야?" 그녀는 잠이 덜 깬 목소리로 물었다.

미키는 얼굴을 숙였다. 그녀는 잠시 무슨 말을 하려다가 입을 다물었다. 그리고 나는 더 할 말이 없었다.

"별거 아니야." 나는 빌리에게 말했다.

나는 얼굴을 들고 그녀를 향해 밝게 웃었다.

"물 한 잔 같이 마셨을 뿐이야."

나는 하루 종일 그곳에서 보냈다.

내가 미키의 비밀을 알게 되었지만, 달라진 건 아무것도 없는 듯했다. 빌리가 놀리면 미키는 늘 그렇듯 어처구니없다는 표정을 지을 뿐이었다. 나는 그녀가 그런 식으로 빌리 옆에 있는 걸 좋아하고, 그 관계를 유지하고 싶어 한다고 생각했다.

우리가 공부하는 동안 나는 두 개의 메시지를 받았다.

"누구야?" 빌리는 목을 쭉 뺀으며 궁금해했다.

라이오넬이었다.

"누군데?" 빌리가 고양이처럼 은근한 호기심을 드러냈다. "누가 이렇게 자꾸 메시지를 보내는 거야? 어디 보자!"

"아, 별 것 아냐……" 나는 대답했다. "그냥…… 라이오넬이야."

"라이오넬? 아, 실험실 남자애…… 맙소사! 너희 연락하니?"

"음… 그래, 가끔."

"얼마나?"

"잘 모르겠어." 나는 이제 적극적인 관심을 보이는 그녀를 보며 대답했다. "자주하는 것 같아."

빌리는 갑자기 자기 입을 틀어막았고, 나는 깜짝 놀랐다.

"*그가 꼬드기는 구나!* 그런 거지? 맙소사, 분명해! 미키, 들었어?" 그녀는 흥분해서 팔꿈치로 미키의 옆구리를 찔렀다. "그럼 너는? 니카, 넌 걔가 마음에 드니?"

나는 아무렇지 않게 그녀를 보며 눈을 깜박였다.

"그런 거 같아."

빌리는 입을 크게 벌리며 뺨에다 손바닥을 댔다. 그녀가 환호성을 지르려는데, 미키의 연필이 우리 사이로 끼어들었다. "그가 마음에 들고……" 그녀는 연필 끝으로 내 핸드폰을 가리키며 분명하게 말했다. "그에게 관심이 있다면……"

나는 의아한 눈으로 그녀를 바라보다가 그 말을 이해한 순간 내 눈이 휘둥그레졌다. 나는 뺨이 화끈거렸고 숨을 씨근거리며 고개를 내저었다.

"오, 아니, 아니야!" 나는 서둘러 해명했다. "아니야, 라이오넬을…… 그런 의미에서 좋아하는 게 아냐! 그냥 친구일 뿐이야!"

빌리는 여전히 두 손을 얼굴에 댄 채 어리둥절한 표정으로 나를 바라보았다.

"그냥 친구라고?"

"그냥 친구야!"

"그도 그렇게 생각해?"

"뭐? 무슨 소리야?"

"아, 어서, 어디 보자!"

빌리가 내 핸드폰을 낚아챘다. 그리고 호기심이 가득한 눈빛으로 메시지를 읽기 시작했다.

"와우!" 그녀가 탄성을 질렀다. "너흰 거의 매일 연락해! 그가 엄청 많이 보냈어…… 여기도 있네…… 이건 한심한 핑계를 대며 보냈어…… 어, 어! 여기도……"

"*잠깐만.*" 미키가 갑자기 그녀의 말을 막았다. "근데 얘는 자기 얘기만 하고 있어."

미키가 눈썹을 찌푸린 채 옆으로 몸을 기울여 메시지를 읽는 모습이 나는 너무나 뜻밖이었다. 그녀는 나에게 미심쩍다는 눈빛을 던졌다.

"그가 네게 안부는 묻니?"

그 질문에 나는 당황했다.

"글쎄, 하지만 학교에서 보니까……"

"잘 지내는지 물어보니?" 그녀가 다시 물었다.

"아니…… 하지만 난 괜찮아." 나는 그게 왜 필요한지 모른 채 대답했다. 미키는 조금 어두운 표정으로 나를 보다가 팔짱을 끼고 다시 핸드폰을 들여다보았다.

"그는 자신의 성공을 매우 자랑스러워해." 빌리가 메시지를 훑으며 천천히 말했다. 나는 그녀의 말투에서 메시지의 어떤 부분이 그녀의 기대와는 다르다는 것을 알아챘다.

"그래." 나는 동의했다. "사실상……"

"분명히 하자면," 미키가 불쑥 말했다. "테니스 경기 외에 다른 얘기도 나누니?"

나는 그 둘을 바라보았다. 한 명은 약간 못 미더워하는 눈치였고, 다른 한 명은 여전히 내 핸드폰을 살피고 있었다.

사실 나는 그와 관련된 일 외에 다른 이야기를 한 적이 없는 것 같았다. 라이오넬과 나눈 모든 대화, 산책과 막대 아이스크림까지 떠올렸지만 기억나는 게 없었다.

미키는 고개를 저었다. "넌 너무 순진해. 어떻게 모를 수가 있어?"

빌리가 핸드폰을 돌려주었다. 그녀는 나에게 사과하듯 멋쩍게 씽긋 웃었다.

"우리는 참견하고 싶진 않아…… 네가 그렇게 느끼지 않았으면 좋겠어. 하지만 그가 네게 안부를 물어야 하는 건 당연하잖아? 우리도 매일 만나지만, 나는 늘 네게 묻곤 해. 궁금하기 때문이야. 이 부분은 미키의 지적이 옳은 것 같아."

"그는 우쭐대는 기회로 삼고 있어. 넌 너무 착해서 그걸 깨닫지 못한 거고." 미키가 눈살을 찌푸리며 식식거리자 빌리가 그녀를 쿡쿡 찔렀다.

"니카, 미안해. 얘는 이럴 때 흥분해서 쏘아붙여. 하지만 걱정돼서 그러는 것뿐이야."

미키는 그녀를 노려보았고, 나는 그녀의 말이 머릿속에 맴돌았다. 나는 감격한 눈빛으로 가만히 미키를 바라보았다.

나를 걱정한다고?

"공부는 할 거야, 말거야?" 그녀는 책을 향해 몸을 굽히며 투덜댔고, 빌리는 미소를 지었다.

"너희 보육원에도 미키처럼 막돼먹은 친구가 있었니?"

미키는 빌리를 흘겨보며 발을 밟으려고 했고, 빌리는 장난스럽게 그녀를 안으려 했다. 그사이 나는 진심으로 나를 걱정해 준 친구가 있었는지 생각해 보았다. 단 한 사람이 떠올랐다. 그녀가 보육원을 떠난 이후로 마음 한쪽에 희미한 촛불처럼 그 이름이 남아 있었다.

아델린.

그녀는 내 머리를 땋아주고, 내 무릎을 닦아주었다. 나와 다른 아이들보다 조금 더 나이가 많았던 아델린……

나는 아무렇지 않은 듯 미소 띤 얼굴로 천연스럽게 말했다.

"아니, 나를 그렇게 열정적으로 보호해준 사람은 없었어."

그런데 그 말은 내가 예상하지 못한 다른 반응으로 이어졌다.

빌리가 나를 쳐다보며 할 말이 있는 듯한 표정을 지었다. 그녀는 얼마 전부터 묻고 싶었지만 선불리 꺼내지 못한 질문이 있었다.

"어떤 곳이었는데?"

나는 머뭇거렸고, 그 순간 빌리는 내 감정을 상하게 한 것 같아 그 직설적인 질문을 후회하는 듯했다.

"혹시 말하고 싶지 않으면……" 그녀가 얼른 덧붙였다.

나는 무안해하는 그녀를 보면서 나를 곤란하게 할 마음은 없었을 거로 생각했다.

"괜찮아." 나는 다정한 목소리로 그녀를 안심시켰다. "나는 거기서 오래 살았어."

"정말?"

나는 고개를 끄덕였다. 그리고 묻는 말에 하나하나 답하면서 천천히 이야기를 해나갔다. 큰 대문, 가꾸지 않은 정원, 이따금 우리가 맞은 방문객들, 그곳을 들어오고 나가는 아이들, 그곳에서 보낸 삶을 들려주었다. 나는 더 어두운 자세한 일들은 카펫 아래의 먼지처럼 숨겼다. 그것은 결국 너덜너덜하게 찢긴 상처의 기억일 뿐이었다.

"거기서 12년 동안 있었던 거야? 안나가 오기 전까지?" 빌리가 물었다. 미키는 내 말을 주의 깊게 듣기만 할 뿐 아무 말이 없었다.

나는 다시 고개를 끄덕였다.

"나는 다섯 살에 들어갔어."

"네 형제도 거기 오래 있었니?" 빌리는 입술을 오므렸다. "미안, 그를 그렇게 부르는 걸 네가 싫어하는데, 나도 모르게 그만…… 리젤 말이야."

"응." 나는 시선을 내리며 중얼거렸다. "리젤…… 나보다 먼저 거기 있었어. 그는 부모님이 누군지도 몰라. 이름도 보육원 원장이 지어준 거야."

그 사실을 알게 된 다른 사람들처럼 빌리는 놀란 표정을 지었다. 그때까지 다소 무심한 태도로 듣던 미키도 솔깃해하는 눈빛이었다.

"정말이니?" 빌리가 놀라서 되물었다. "그가 너보다 먼저 있었다고? 너는 그를 잘 알겠구나."

아니, 나는 그 사람을 몰라.

하지만 그에 대한 모든 걸 알고 있어.

그것은 모순이었다.

리젤은 평생 지니고 사는 향기처럼 내 안에 깊게 뿌리내렸다.

"둘 다 힘들었을 거야." 빌리가 중얼거렸다. "원장은 너희가 나갈 때 매우 슬펐을 거야."

한 줄기 바람이 내 머리카락을 스쳤다. 그러는 사이 내 시선은 천천히 그녀에게로 향했다.

빌리는 다정하게 웃고 있었다.

"작별 인사를 하며 아쉬워했을 거야…… 그렇지? 너희가 자라는 걸 봤으니까. 너희가 아주 어릴 때부터 알았잖아."

나는 그녀의 눈을 들여다보았다. 그 순간 그녀의 눈은 평소보다 더 크게 보였다. 나는 맨팔에 닿는 바람이 거의 느껴지지 않았다.

"아니." 나는 짧게 답했다. "프리지 부인은…… 그때부터 우리를 알아온 게 아니야."

빌리는 혼란스러워하며 눈을 껌뻑였다.

"미안…… 하지만 리젤이 왔을 때 그가 이름을 지어줬다고 하지 않았어?"

"아니야." 나는 기계적으로 대답했고, 손톱으로 긁고 싶은 충동을 억누르고 있었다. "그건 이전 원장이었어."

빌리가 놀란 표정을 지었고, 그녀 옆의 미키는 나에게 시선을 고정하고 있었다.

그녀의 눈동자는 나를 유심히 지켜보고 있었다. 예리한 눈빛이 공기를 뚫고 날아와 내 피부를 찢으며 살 속으로 파고드는 것 같았다.

"이전 원장?" 빌리의 목소리가 들렸다. 이제 바람은 쉭쉭거리며 내 손목을 물어뜯었다.

"원장이 두 명이었어?"

내 손톱은 꼼짝하지 않고 버티느라 허벅지를 꽉 붙잡고 있었다.

"우리한테 말한 적 없잖아!"

빌리는 큰 눈으로 나를 보며 고개를 내밀었다. 그리고 나는 손톱이 피부를 파고드는 고통을 느끼기 시작했다. 미키의 눈동자는 게걸스럽고 사나운 괴물처럼 나를 겨냥하며 집어삼키려고 했다.

"그러니까," 나는 빌리의 목소리를 다시 들으면서 귓속에서 피가 솟구치는 느낌이 들었다. "그 부인은 너희를 키우지 않았다는 거네. 이름이 프리지라고 했지? 그 전의 원장이 어린 너희들을 키웠고."

내 몸의 감각들이 술렁거렸다. 피부가 떨리고 경직되었다. 나는 축축하고 끈적거리고 얼어붙은 듯한 느낌이 들었다. 나는 성대에 핀이 꽂힌 채 장난감 병정처럼 기계적으로 고개를 끄덕일 뿐이었다.

"너희가 몇 살 때 프리지 부인이 왔니?"

"열두 살." 내가 아닌 내가 대답하는 것 같았다.

나는 거기에 없었고, 모든 것이 팽창되었고, 폭발하기 직전의 내 몸만 느껴졌다. 땀이 나고 불안하고 심장이 찢어질 듯 아프고 숨 막히는 공포가 밀려왔다. 나는 침을 삼키며 가까스로 견뎠고, 모든 것을 멈춰 달라고 마음속으로 빌었다. 그러나 미키의 눈이 나를 뚫어지게 쳐다보며 짓눌렀다. 목에 뾰족한 가시가 돋아서 숨이 막혔고, 동공이 팽창되었다. 모든 것이 진동했고, 나는 괴물처럼 내 영혼을 할퀴는 그 목소리가 다시 들렸다.

'다른 사람에게 말하면 어떻게 되는지 알지?'

빌리는 다시 고개를 내밀며 또 다른 질문을 던졌다. 그런데 그 순간 미키가 실수로 주스 잔을 넘어뜨렸다.

주스가 탁자에 쏟아졌고, 빌리는 짧은 비명을 지르며 재빨리 몸을 피했다. 그녀는 생물책이 젖기 전에 얼른 거두고는 친구의 부주의를 나무랐다.

대화는 그렇게 끊어졌다.

나는 그들의 관심과 집요한 질문에서 벗어날 수 있었다. 그제야 나는 손을 들어 올렸다.

내 바지에는 손톱자국이 찍혀 있었다.

그날 밤 집은 조용했다. 나는 물잔을 들고 홀로 서 있었다.

"니카?"

안나는 머리가 약간 헝클어진 모습으로 가운을 여미고 있었다.

"여기서 뭐 하는 거야?" 그녀가 주방으로 들어서며 물었다.

"목이 말랐어요."

그녀는 나를 한참 쳐다보았고, 나는 얼굴을 숙였다.

안나가 말없이 천천히 다가왔다. 나는 그녀가 내 눈에서 무엇을 읽을지 두려워 고개를 들 수 없었다. 내 눈동자에는 빛이 없었고, 결코 지울 수 없는 검은 얼룩만 있었다.

"처음이 아니야. 네가 깨어 있는 게." 그녀가 부드럽게 말했다. "가끔 밤에 화장실 갈 때 복도에서 희미한 불빛이 보여. 네 방의 문틈에서 흘러나온 빛이야. 어떤 땐 네가 내려가는 소리가 들려…… 그리고 네가 위층으로 돌아오는 소리를 듣기 전에 나는 잠들어." 그녀는 머뭇거렸고, 나를 다정하게 바라보았다. "니카…… 잠을 잘 못 자니?"

그녀의 목소리는 정중하고 친절했지만, 나는 그것에 빠져들 수 없었다.

내 눈을 찾는 그녀 시선 앞에서 따가운 느낌이 들었다.

피가 멈추지 않는 상처가 느껴졌다.

어두운 방과 가죽 냄새의 악몽이 떠올랐다.

나는 *잘해야* 한다는 생각이 들었다.

나는 물잔에서 눈을 들어 그녀의 눈을 똑바로 바라보았다. 그리고 입술을 올리며 억지웃음을 지었다.

"난 괜찮아요, 안나. 가끔 잠이 안 올 때가 있어요. 걱정할 거 없어요."

착한 아이들은 울지 않는다.

착한 아이들은 말하지 않는다.

착한 아이들은 멍 자국을 숨기고, 거짓말은 시킬 때만 한다.

나는 이제 어린아이가 아니었지만, 내 마음속 한 부분은 여전히 그때와 같은 목소리를 냈다.

안나가 내 머리를 쓰다듬었다. "정말이야?"

나는 나도 모르게 필사적으로 그 몸짓에 매달렸다. 그 부드러운 손길은 나를 산산이 부서지게 했다. 나는 더 잘 웃으려고 하면서 고개를 끄덕였다. 안나는 카모마일차를 끓였다. 나는 그녀가 권하는 차를 사양하고는 잘 자라고 인사한 뒤 위층으로 올라갔다.

계단을 밟을 때마다 내 무게가 실려 삐걱대는 소리가 났다. 내 방 앞에 도착해서 문을 열려는 순간 어떤 소리가 들렸다.

"네가 왜 잠을 못 자는지 알아."

나의 공허한 시선은 문에 붙박여 있었다. 그 순간에는 그와 맞설 힘이 없었다.

나는 올 것을 미리 알고 체념하며 맞는 사람의 차분한 태도와 멍한 눈으로 돌아보았다.

"너야말로 그걸 모르는 유일한 사람이야."

리젤은 그의 방 입구에서 어둠에 싸인 채 나를 바라보았다. 그러다 눈꺼풀을 내렸다.

"네가 틀렸어."

"아니." 나는 단호하게 속삭였다.

"맞아……"

"그녀는 너를 *사랑했어!*"

안간힘을 쓰느라 목이 따끔거렸다. 나는 목소리를 높였다. 주먹을 꽉 쥐었고 머리카락이 얼굴을 덮었다.

내 모습을 깨닫는 순간 너무나 당황스러웠다. 나처럼 온순한 사람이 어떻게 그런 반응을 보였을까? 부드러운 본성을 지닌 나도 두려움의 무게에 놀라서 굴복했다.

그 기억 때문이었다. *그녀*의 잘못이었다. 나와 다른 이들의 어린 시절에 생긴 균열 때문이었다. 그녀가 별들의 아들, 리젤에게 선사한 유년기는 우리 모두에게 상처가 되었다.

"너는 결코 이해할 수 없어."

그 순간 나는 그와 연결되어 있다고 느끼는 감각이 원망스러웠다. 내 생각을 휘젓고 달콤한 고통을 가하는 그 감각이 가증스러웠다.

그에게 연약하고 상처 가득한 나를 보게 한 것이 후회스러웠다.

그는 *결코* 이해하지 못할 것이다.

나는 모든 고통을 끊어내고자 방으로 들어가 문을 닫았다.

계속 그럴 수 있기를 바라며.

숨기고 가리면서.

미소로 덮으면서.

아직 모를 내일도…… 그 다음날도……

그러나 언젠가 내 방패는 산산조각으로 깨어질 것이다.

21
침묵

피부는 영혼의 상처를 치유할 수 없다.

그날은 비가 내렸다.

하늘은 때 묻은 금속판처럼 흐렸고, 정원의 살구나무는 집안까지 스며드는 강렬한 향기를 풍겼다.

아시아의 목소리가 공중에서 울려 퍼졌다.

달마는 안나가 보낸 아름다운 꽃에 대한 감사 인사를 하기 위해 케이크를 들고 찾아왔다. 대학 수업을 마치고 온 아시아는 거실에서 그들과 수다를 떨고 있었다.

그녀는 나에게 인사도 하지 않았다.

그녀는 노먼이 무척 좋아하는 아몬드 비스킷 한 봉지를 들고 왔다. 가방을 소파에 두고, 외투를 옷걸이에 걸고 나서 안나와 내가 차를 준비하고 있던 주방으로 들어왔다.

"아시아!" 안나는 그녀의 양쪽 뺨에 입을 맞추었다. "수업은 어땠니?"

"지루했어요." 그녀는 조리대 맞은편에 앉으며 대답했다.

나는 손을 올렸다가 내 인사에 답하지 않는 그녀를 보고는 내렸다.

모두가 거실에 모였을 때 노먼이 내려왔다. 그가 멈춰 서서 인사하는 동안 안나는 김이 나는 차 주전자를 쟁반 위에 놓았다.

그 순간 누군가가 문을 두드렸다.

"니카, 네가 좀 가져갈래?" 안나는 현관문을 열러 갔다.

나는 탁자 위에 차를 내면서 그녀가 거실을 가로지르는 소리를 들었다. 달마는 나에게 더 올 사람이 있냐고 물었다. 나는 그가 누구인지 알 수 없었다. 부딪히는 찻잔과 말소리 사이로 어떤 남자의 목소리가 들렸다.

"안나 밀리건 부인이십니까?"

잠시 후 발소리가 들렸다.

낯선 사람이 집안으로 들어왔고, 나는 안나가 어리둥절해하며 말더듬는 소리를 듣고 깜짝 놀랐다. 노먼이 일어섰고, 나도 그랬다.

키가 크고 잘 차려입은 남자가 거실 입구에 나타났다. 처음 보는 사람이었다. 그는 좁은 어깨에 꼭 맞는 재킷을 입었고, 겉옷 안으로 셔츠 위에 맨 멜빵이 슬쩍 보였다. 목에 넥타이를 매지 않았고, 얼굴에는 뭐라 말할 수 없는 표정을 짓고 있었다.

모든 사람의 시선이 그에게 집중되었다.

"방해해서 미안합니다." 그는 손님들이 있는 것을 보고 말했다.

그는 전문가다운 말투를 썼다.

"여러분의 즐거운 시간을 방해하고 싶은 마음은 없습니다. 시간을 많이 빼앗지는 않겠습니다."

"실례지만, 누구신가요?"

"노먼." 안나가 더듬거리며 말했다. "그는…… 이분은……"

"밀리건 씨 되시죠?" 그 남자는 바로 이름을 대며 물었다. "안녕하세요. 이렇게 방문하게 되어 유감이지만, 긴말은 않겠습니다. 몇 가지 질문만 하겠습니다."

"우리에게 질문을요?"

"아닙니다. 밀리건 씨 부부가 아니라 함께 사는 두 청소년에게 물어볼 게 있습니다."

"뭐라고요?"

"위탁 아이들이요." 그 남자는 꼿꼿한 자세로 실내를 둘러보았다. "그들이 집에 있나요?"

무거운 침묵이 흘렀다. 이윽고 아시아와 달마가 나를 돌아보았다.

나는 주방을 등진 채 서 있었고, 너무 놀라서 숨소리를 죽였다.

이제 그 남자의 시선도 나에게로 향했다.

"당신인가요? 여기 살고 있는 소녀?"

"그녀에게 뭘 원하시죠?" 안나가 대차게 물었고, 그는 그 말을 무시하며 계속 나에게 말을 걸었다.

"도버 양, 몇 가지 질문이 있습니다."

"저기." 노먼이 버럭 화를 냈다. "당신은 누구세요? 우리 집에서 뭐 하는 겁니까?"

그 남자는 내게서 시선을 거두었다. 그는 차가운 표정으로 노먼을 보면서 한 손을 주머니에 넣었다.

남자는 반짝거리는 배지를 근엄하게 내밀며 말했다. "밀리건 씨, 휴스턴 경찰서의 로스우드 형사입니다."

모두가 놀라서 그를 쳐다보았다.

"뭐…… 뭐라고요?" 노먼이 말을 더듬었다.

"착오가 있을 거예요." 안나가 끼어들었다. "그렇죠? 당신이 여기에 올 이유가……"

"리젤 와일드와 니카 도버." 남자는 주머니에서 꺼낸 메모지를 읽었다. "안나, 노먼 밀리건과 버클리 가 123번지 거주. 이곳 주소입니다." 로스우드 형사는 재킷 안에 종이를 집어넣고 나를 돌아보았다. "도버 양, 괜찮다면 개인적으로 이야기를 나누고 싶습니다."

"아니, 아니, 잠깐만요!" 안나는 그를 막아서며 단호하게 말했다. "당신은 여기 와서 아무 설명도 없이 질문할 순 없습니다! 아이들은 미성년자이기에 당신이 여기 온 이유를 우리에게 밝히기 전에는 그들과 어떤 말도 할 수 없어요!"

로스우드 형사는 그녀를 곁눈질로 흘끔거렸다. 잠시 동안 그는 성가신 표정이었지만 곧 안나의 태도를 이해했다. 안나는 내가 본 것 중 가장 강력한 모성 본능을 보여주고 있었다. "최근 우리가 주목하는 민감한 사안에 관한 정보를 수집하고 있습니다. 수사가 시작됐고, 증언을 수집하고 진상을 파악하기 위해 이곳에 왔습니다."

"어떤 사안인가요?"

"서니크리크 홈 보육원과 관련된 일입니다."

그 소리는 유리창을 통해서 들리는 것 같았다.

나는 얼어붙었다. 섬뜩한 예감이 온몸에서 스멀거렸고, 귓속에서는 윙윙거리는 소리가 울렸다.

"서니크리크?" 안나가 그에게 눈살을 찌푸렸다. "이해가 안 돼요. 무슨 사건인 거죠?"

"몇 년 전에 일어난 사건입니다." 형사가 좀 더 자세히 말했다. "나는 그 사실 여부를 확인하려고 합니다."

그 불길한 예감은 점이 되고, 멍이 들고, 얼룩이 지다가 마침내 곪아 터졌다. 그것은 잉크처럼 번져갔고, 어디에선가 쉼 없이 *긁어대*는 소리가 들렸다.

내 손톱이었다.

"매우 심각한 문제입니다. 그래서 여기 온 겁니다."

방이 뭔가 이상하게 변했는데, 벽이 휘어지며 나를 향해 구부러졌다. 그리고 색을 잃고 균열과 거미줄이 생기면서 서서히 붕괴되었다.

어두운 작은방.

형사의 시선은 내가 평생 두려워했던 그 파멸의 과정에 기름을 부었다.

"도버 양. 마가렛 스토커에 대해 말해줄 수 있나요?"

목구멍이 닫혔다. 내 정신과 육체는 공황 상태에 빠졌고, 현실은 궤도를 벗어나기 시작했다.

"그 여자가 누군가요? 그 질문을 왜 하는 거죠?"

"스토커 부인은 안젤라 프리지에 앞서 근무했던 원장이었습니다. 수 년 간 일하다 보육원을 떠났습니다. 사임 경위는 불분명합니다. 도버 양, 마가렛 스토커에 대해 특별히…… 기억나는 게 있나요?"

"이제 그만하세요!"

안나의 목소리가 공기를 갈랐다. 나는 심장 뛰는 소리에 귀가 먹먹했고, 익숙한 반응이 어지러운 속도로 닥쳐오고 있었다. 그녀가 나를 보호하려는 듯 내 앞을 막아서는 모습이 보였다.

"우리는 정황을 알아야겠어요. 묻기만 하지 마세요! 무슨 일인 거죠? 시원하게 다 말해 주세요!"

로스우드 형사는 끈질기게 나를 쳐다보았다. 그의 시선은 집착하듯 나를 꿰뚫고 발가벗겼다. 그가 시선을 거두었을 때도 해부칼이 나를 겨누고 있는 것 같았다.

"얼마 전 휴스턴 경찰서에 고소장이 접수되었습니다. 고소인은 서니크리크 보육원의 보호 아동이었다가 현재는 성인이 된 피터 클레이입니다. 고소 내용은 보육법에 위반되는 몇 가지 체벌 행위에 관한 것입니다."

"체벌?"

"신체적 체벌입니다, 밀리건 부인." 로스우드 형사는 그녀에게 예리한 눈빛을 던졌다. "아동 폭행과 가혹 행위. 마가렛 스토커는 현재 미성년자들을 학대한 혐의로 고소되었습니다."

나는 그의 말을 더는 들을 수 없었다.

*피터*가 내 머릿속에서 아우성쳤다. *피터였다.*

방이 격렬하게 소용돌이쳤다.

피터가 말했다. 그는 화분을 넘어뜨렸고, 이제 검은색이 사방에서 너울대며 주변의 모든 것을 삼켜버렸다.

차갑고 기이한 감각이 피부에서 진동하고 심장을 얼리고 위장을 비틀었다. 또다시 불안하고 땀이 나고 숨이 찼다. 속이 메스꺼웠다. 공기가 살아있는 생물처럼 내 주위에서 망치질을 해댔고, 가슴이 찢어질 듯 심장이 두근거렸다.

피터가 말했고, 이제 모든 사람이 보게 될 것이다. 나는 숨고 가리고 도망쳐야 했지만, 다리는 납처럼 무거웠고 몸은 굳어버렸다. 기억들이 머릿속에 휘몰아쳤다. 가죽과 금속이 부딪치는 소리, *가차 없이 긁고 할퀴어대는 손톱……*

나는 눈을 크게 뜨고 사방을 두리번거렸다.

"설마 그럴 리가 없겠죠……" 내 몸의 떨림이 점점 더 격해지는 동안 안나가 중얼거렸다. "이건…… 말도 안 되는 일이라…… 니카, 그녀는……"

안나가 돌아서서 나를 보았다.

나를 보았다. 나는 오랫동안 침묵해 온 진실 앞에서 끔찍한 충격에 휩싸였다.

추위와 땀과 불안과 두려움이 범벅되었다.

주체할 수 없이 떨고 있었다.

놀란 안나는 입을 벌린 채 믿을 수 없다는 괴로운 표정을 지었다. 그녀의 목소리가 들리자 나는 사라지고 싶었다.

"니카……"

거대한 공포가 폭발했다. 피부가 갈라지고, 심장이 두근거리고, 몸이 후끈거렸다. 나는 가쁜 숨을 내쉬며 벌벌 떨었다. *벨트와 무력감, 어둠과 비명*의 고통이 또다시 나를 억눌렀다.

나는 한 발 뒤로 물러섰다.

모두가 놀라고 당황하여 나를 쳐다보았다. *아니, 아니, 그런 눈으로 날 보지 말아요. 난 잘할 거예요.* 내 안의 어린아이가 소리쳤다. *난 잘할 거야. 난 잘할 거야. 잘할 거야, 맹세코.*

이제 그들은 내가 얼마나 추하고 부서지고 쓸모없고 망가졌는지 알게 되었고, 갑자기 모두는 *그녀*가 나를 보던 것처럼 쳐다보았다. 모두가 그녀의 눈과 시선, 비난과 경멸을 지녔다. 나는 다시 그녀의 얼굴을 보고, 그녀의 목소리를 듣고, 그녀의 냄새를 맡았다. 그리고 우악스러운 손찌검을 다시 당했다. 참을 수가 없었다.
내 심장이 터져버렸다.
"니카!"
나는 동공이 팽창되고 폐가 공포로 부풀어 오른 채 달아났다. 정신없이 주방으로 뛰어가다가 무언가에 부딪혔다. 눈물로 얼룩진 눈을 들어 그 상대를 확인하고는 몸서리를 쳤다.
리젤의 시선이 마지막 한 방을 날렸다. 우리의 오랜 침묵을 알고 있는 그 멀건 눈빛이 나를 산산이 부셔버렸다.
나는 그를 피해 뒷문으로 뛰쳐나갔다. 내 이름을 부르는 소리를 들으며 빗속으로 달려들었다. 빗물이 목을 타고 흘렀고, 나는 그 어느 때보다도 하늘과 바깥 공기가 절실했다. 벽으로 둘러싸인 공간에서 가능한 한 멀리 떨어지고 싶었다.
나는 다른 방법을 몰랐기 때문에 달아났다.
그 시선들을 도저히 감당할 수 없었기에 달아났다.
그들의 눈을 통해 나 자신을 볼 용기가 없었기 때문에 달아났다.
나는 폐가 터질 듯이 폭우 속을 달리면서 내가 멀리 가더라도 그레이브는 영원히 나를 쫓아올 거라는 생각이 들었다.
*그녀*와 그 어두운 작은방은 절대 나를 놓아주지 않을 것이다.
나는 결코 진정한 자유를 누릴 수 없을 것이다.
절망감은 나를 쉬지 않고 질주하게 했다. 나는 물로 흐려진 세상을 달려갔고, 안나의 실망한 표정을 떠올리며 괴로워했다. 그러다 강 근처의 작은 공원에서 진흙탕에 넘어졌다.
옷이 흠뻑 젖었다. 나는 덤불 뒤로 몸을 숨겼다. 그레이브에 있을 때도 그녀에게서 도망쳐 정원에 숨어 있었다. 거기서 초록과 평화, 고요를 찾으며 그녀에게 들키지 않기를 기도했다.
추위가 살갗을 할퀴었다. 신발은 물에 푹 젖었고, 나는 희미하게 헐떡거렸다. 한기가 뼛속까지 스며들고 몸이 얼어붙을 때까지 그곳에 머물렀다. 서서히 눈앞이 흐려졌다.

주위가 어둑해졌을 때 젖은 땅을 딛는 발소리가 들렸다. 그 발걸음은 쏟아지는 빗속에서 천천히 내게 다가왔다. 그리고 내 앞에 멈춰 섰다. 나는 점점 약해지는 숨소리 속에서 신발 한 켤레를 보았다. 눈을 감았고, 나와 함께 모든 것이 빛을 잃었다.

그리고 내 감각이 무디어져갈 때…… 두 팔이 나를 땅에서 들어 올렸다. 나를 감싼 그 품에서 익숙한 향기가, 집의 냄새처럼 내 안의 무언가를 깨뜨리는 향기가 느껴졌다. 나는 목에 얼굴을 묻으며 그 따뜻한 가슴에서 녹아버렸다.

"나는 잘할 거야." 나는 잠꼬대하듯 중얼거렸다.

이윽고 어둠이 나를 삼켰고, 그 어둠 속에서 정신을 잃었다.

22
나는 잘할 거야

어둠을 아는 사람만이
빛을 찾아 성장한다.

나는 강한 적이 없었다.

한 번도 그러하질 못했다.

"너는 나비의 성격을 지녔구나." 엄마가 말했다. "넌 하늘에서 온 정령이야." 그녀는 나를 니카라고 불렀다. 세상 그 무엇보다도 나비를 더 사랑했기 때문이다.

나는 그것을 절대 잊지 않았다.

그녀의 미소가 내 기억에서 희미해졌을 때도.

그녀의 *부드러움*만 내게 남았을 때도.

내가 원했던 건 두 번째 기회뿐이었다.

나는 투명한 망토와 흰 구름이 있는 하늘을 좋아했다. 폭풍이 몰아쳐도 하늘은 항상 평온한 모습을 되찾았기 때문이다. 모든 것이 무너져도 하늘은 그대로 남아 있었기 때문이다.

"너는 나비의 성격을 지녔구나." 엄마가 말했다.

한 번은 그녀가 틀렸기를 바랐다.

나는 그 얼굴을 기억했다. 내 피부가 멍을 기억하듯, 결코 사라지지 않는 내 기억 속의 얼룩으로 남았다.

나는 그 얼굴을 기억했다. 너무 깊게 각인되어 잊어버릴 수 없었기 때문이다.

나의 두 번째 기회가 그녀인 것처럼, 그녀를 사랑하려고 노력했기 때문이다.

그것이 가장 후회스러웠다.

나는 하늘을 좋아했고, 그녀는 그것을 알았다. 그녀는 아델린이 시끄러운 소리를 싫어하고 피터가 어둠을 두려워한다는 것도 알았다.

그녀가 있는 곳에서 우리는 가장 망가졌다. 그녀는 우리의 연약함을 이용했고, 우리는 나이와 상관없이 그러한 아이 같은 구석을 지니고 있었다. 우리는 여기저기 기운 자국이 있는 인형이었고, 그녀는 항상 실밥을 찾아내서 우리를 조각조각 벗겨냈다.

그녀는 우리가 잘못했기 때문에 벌주었다.

나쁜 아이들은 벌 받아 마땅하고, 지은 잘못을 속죄해야 했기 때문이다.

나는 내가 무얼 잘못했는지 몰랐다. 그녀가 왜 그러는지도 이해하지 못했다.

너무 어려서 이해하지 못했지만, 그 순간들은 하나하나 문신을 새겨놓은 듯 기억했다.

그 기억은 절대 사라지지 않았다.

우리 중 한 아이가 벌을 받을 때, 우리는 각자의 솔기를 붙잡고 더는 벌 받지 않게 해달라고 기도했다.

하지만 나는 인형이 되고 싶지 않았다. 나는 투명한 망토와 흰 구름이 있는 하늘이 되고 싶었다. 얼마든지 찢겨도, 천둥과 번개가 아무리 쳐대도 상관없었기 때문이다. 하늘은 절대 조각나지 않고 원래의 모습으로 돌아갔다.

나는 내가 그렇게 되기를 바랐다. 자유롭고 싶었다.

그러나 *그녀*의 시선이 내게로 향하면 나는 도자기와 누더기가 되었다.

그녀는 나를 끌어당겼고, 이윽고 지하실 문과 어두운 구렁으로 내려가는 좁은 계단이 보였다. 매트리스가 없는 침대와 밤새 내 손목을 묶고 있던 벨트.

내 악몽은 영원히 그 방과 닮은 모양일 것이다.

그런데 그녀는……

그녀는 나에게 가장 끔찍한 악몽이었다.

나는 잘할 거야. 그녀가 내 근처를 지나갈 때면 나는 마음속으로 말했다.

내 다리가 짧아서 그녀의 얼굴이 보이지 않았지만, 그 발소리는 절대 놓치지 않았다. 그것은 우리 모두에게 공포였다.

"나는 잘할 거야." 나는 석고벽의 갈라진 틈처럼 내가 보이지 않기를 바라며 두 손을 비틀었다.

나는 순종하려고 했고 그녀가 나를 벌할 구실을 주지 않으려고 애썼지만, 나는 나비 같은 성격과 어머니가 나에게 남겨준 부드러움을 지녔다. 나는 다친 도마뱀과 참새를 치료했고, 흙과 꽃가루로 손을 더럽혔다. 그녀는 약점만큼이나 결함도 싫어했다.

"거지처럼 그 반창고 좀 붙이지 마!"

이 색깔들은 내 자유예요. 나는 그녀에게 말하고 싶었다. 그러나 그녀는 나를 앞으로 끌고 갔고, 나는 그녀의 치맛자락만 부여잡을 수 있었다.

나는 거기로 내려가고 싶지 않았다. 거기서 밤을 보내고 싶지 않았다.

어깨뼈를 후비는 철제 침대에 눕고 싶지 않았다. 나는 하늘과 바깥세상의 삶, 내 손목 대신 손을 잡아줄 누군가를 꿈꿨다.

어쩌면 언젠가 그가 올 것이다. 그는 하늘색 눈동자와 멍이 들기에는 너무나 고운 손가락을 지녔을 것이다. 그러면 내 이야기는 인형들의 이야기가 아니라 뭔가 다른 것이 될 것이다.

어쩌면 동화가 될 것이다.

내가 늘 꿈꿔왔던 행복한 결말과 우아한 삽화가 있는 동화일 것이다.

철제 침대가 삐걱거리며 흔들렸다.

다리가 덜덜 떨렸고, 어둠이 장막처럼 드리우며 나를 덮었다.

나는 손목이 묶인 채 몸을 들먹이고 발버둥 치고 가죽끈을 긁었다.

눈에선 뜨거운 눈물이 흘러내렸다. 몸부림치며 그녀에게 애원했다.

"잘할게요!"

나는 거기서 벗어나려고 손톱이 부러질 정도로 긁어댔다.

"잘할게요! 잘할 거예요, 잘할게요. 맹세해요!"

그녀는 내 뒤에서 문밖으로 나갔고, 암흑이 작은방을 삼켰다.

남은 것은 맞은편 벽에 비친 한 줄기 빛뿐이었다. 그리고 검은색 속의 검은색, 메아리치는 내 울음소리만 있었다.

나는 알고 있었다…… 그것에 대해 결코 말할 수 없다는 것을.

우리 중 누구도 말할 수 없었지만, 그레이브의 벽에서도 빛이 스며드는 때가 있었다. 침묵을 지키는 게 더 큰 형벌처럼 느껴질 때가 있었다.

"다른 사람에게 말하면 어떻게 되는지 알지?"

그녀의 목소리는 칠판 긁는 소리처럼 소름 끼쳤다.

"그걸 보고 싶니?"

그녀는 나에게 다그칠 때마다 내 팔꿈치의 살을 눌렀다. 그리고 나는 고개를 숙였다. 나는 그녀의 눈을 똑바로 볼 수 없었다. 그녀의 눈동자에는 너무나 두려운 깊은 구렁과 어두운 방이 있었기 때문이다.

"*거역하면* 어떻게 되는지 알고 싶니?"

그녀는 내 팔을 뼈 소리가 날 정도로 세게 잡았다.

그러면 나는 내가 잘 알고 있는 내리막길로 심장이 떨어지는 기분이 들었다. 벨트에 묶여 *찌부러지고* 손톱 밑의 가죽 소리가 들렸다. 그것은 엄청난 공포였다. 나는 입술을 꽉 다물며 부릅뜬 눈으로 고개를 내저었다. 그리고 그녀의 마음에 들게 *잘하겠다고, 잘하겠다고* 맹세했다.

우리는 도시 외곽의 작은 보육원에서 살았다. 도시는 우리를 잊었다. 세상의 눈에 우리는 아무것도 아니었고, 그녀의 눈에도 우리는 아무것도 아니었다. 그녀는 어머니보다도 더 착하고 더 인내하고 더 다정해야 했지만, 그와 정반대가 되려고 온갖 노력을 다하는 듯했다.

아무도 그녀가 한 짓을 눈치채지 못했다.

아무도 우리의 피부에 난 상처를 보지 못했다.

그러나 나는 지하실보다 뺨을 맞는 게 나았다. 손목이 묶이는 것보다 주먹으로 맞는 게 나았다. 철제 우리보다 타박상이 오히려 더 좋았다. 나는 자유롭고 싶었기 때문이다. 멍 자국은 안으로 닿지 않고 밖에만 있고, 날아가는 것을 막지 않기 때문이다.

나는 좋은 세상을 꿈꾸었고, 빛이 없는 곳에서도 빛을 보았다. 나는 그녀에게서 발견하지 못한 것을 다른 사람들의 눈에서 찾았다. 나는 그들이 들을 수 없는 기도를 조용히 속삭였다. *제발, 나를 선택해 주세요. 나를 선택해 주세요. 나를 보고 데려가 주세요. 한 번만 나를 봐주세요.*

하지만 아무도 나를 선택하지 않았다. 아무도 나를 봐주지 않았다.

나는 그들 모두에게 보이지 않았다. 그녀에게도 그랬으면 좋았을 것이다.

"내가 뭐라고 했니?"

눈물 젖은 내 눈은 아래로 향한 채 그녀의 신발만 보고 있었다.

"대답해." 그녀가 소리 질렀다. "내가 뭐라고 했어?"

도마뱀을 가슴에 안고 있던 손이 떨렸다. 나는 아기 같은 짧은 다리에 양쪽 발끝을 안으로 모으고 있는 자신이 하찮은 존재로 느껴졌다.

"그들이 애를 해치려고 했어요……" 내 목소리는 항상 기어들어갔다. "그들은……"

홱 잡아당기는 동작에 말이 끊어졌다.

나는 도마뱀을 붙잡으려고 했지만 빼앗기고 말았다. 그녀는 내게서 도마뱀을 낚아챘고, 나는 휘둥그레진 눈으로 팔을 쭉 뻗었다. "안 돼요……"

그 순간 손바닥이 날아와 내 뺨을 후려갈겼다. 말벌에 여러 번 쏘인 것처럼 뜨겁고 따끔거렸다.

"네가 나한테 한 말 기억나?"

그 폭풍의 어둠에서, 아델린의 눈은 회색 바다 속의 유일한 색깔이었다.

"엄마가 너한테 했다는 말…… 기억나?"

나는 고개를 끄덕였고, 그녀는 내 손을 잡았다. 그리고 필사적으로 가죽 벨트를 긁다가 부서진 내 손톱을 보았다.

"어떻게 하면 다 지나가는지 아니?"

나는 눈물이 뚝뚝 떨어지는 눈을 들어 그녀를 쳐다보았고, 아델린은 나를 향해 미소를 지었다. 그녀는 내 손가락 끝에 일일이 입을 맞추었다.

"봤지?" 그녀는 나에게 몸을 숙이며 말했다. "이제 아프지 않을 거야."

사실 아델린은 그 상처가 절대 아물지 않는다는 것을 알고 있었다. 우리 모두는 그것을 알고 있었다. 우리는 각자 기운 자국은 달랐지만 그 솔기에서 똑같이 피를 흘렸기 때문이다.

아델린은 내가 입고 있던 것처럼 목둘레가 늘어난 낡은 옷으로 나를 끌어안았다. 나는 세상의 마지막 햇빛 부스러기인 것처럼 그녀의 온기에 몸을 맡겼다.

"잊지 마." 그녀는 엄마의 그 말이 조금은 자신의 추억인 것처럼 속삭였다.

그래서 나는 기억 속에서 그 말을 끄집어내 한껏 부드럽게 부여잡았다.

"너는 하늘에서 온 정령이야." 나는 노랫말처럼 마음속으로 중얼거렸다. "그리고 하늘처럼 넌 깨지지 않아."

"너였니?"

나는 떨었다. 무서워서 얼어붙었다.

떠돌이 개가 보육원에 들어와 그녀의 사무실을 엉망으로 만들고 서류를 흩트렸다.

화내는 그녀를 보는 것보다 더 두려운 건 없었다. 그 순간 그녀가 분노를 터트렸다.

"네가 들여보냈니?"

"아니요." 나는 불안한 목소리로 웅얼거렸다. "아니요, 맹세해요……"

그녀의 눈이 무섭게 번뜩였다. 나는 두려움에 휩싸였다. 숨이 차고, 심장이 요동치고, 모든 것이 송두리째 무너져 내렸다.

"아니요, 제발……" 나는 훌쩍이며 물러섰다. "아니에요……"

그녀가 손을 뻗어 나를 붙잡으려고 했다. 나는 도망치려고 몸을 돌렸지만 그럴 수 없었다. 그녀는 내 셔츠를 움켜잡고는 돌 같은 주먹으로 등을 세게 때렸다. 숨이 막혔고 눈앞이 흐려졌다.

나는 땅바닥에 쓰러졌다. 콩팥이 불타올랐고, 그 고통이 온몸을 꿰뚫었다.

"너와 네 그 역겨운 광기!" 내 위로 우뚝 솟은 그녀가 소리를 질렀다.

나는 숨을 쉴 수 없었다. 일어나려고 했지만 현기증이 나서 꼼짝할 수 없었다. 견딜 수 없는 고통에 눈물이 쏟아졌고, 그날 밤에 소변에서 피가 나올지 모른다는 걱정이 들었다. 나는 떨리는 손으로 몸을 감쌌고, 투명 인간이 되게 해달라고 기도했다.

"그러니까 아무도 널 데려가지 않는 거야." 그녀가 독설을 퍼부었다. "너는 말을 안 들어 처먹어. 조그맣고 더러운 거짓말쟁이야. 여긴 너 같은 애들이 있는 데야!"

나는 혀를 깨물며 흐느끼지 않으려고 했다. 그것이 그녀를 얼마나 화나게 하는지 알고 있었기 때문이다.

그녀는 내 안의 무언가를 파괴하고 있었다. 그것은 성장을 막고 영원히 어린아이로 남게 했다. 연약하고 유치하고 망가지게 했다. 단지 최악의 면을 보지 않기 위해 모두에게서 좋은 것만 보는 순진하고 절망적인 사람이 되게 했다.

어린이가 환멸을 느낄 때 더는 어린이가 아니라는 건 사실이 아니다.

어떤 아이들은 모든 것을 빼앗긴다.

그러면 영원히 어린이로 남는다.

'나를 선택해 주세요.' 누군가가 우리를 방문했을 때, 나는 마음속으로 빌었다.

'나를 봐주세요. 나는 잘할 거예요. 맹세해요. 나는 잘할 수 있어요. 내 마음을 다 드릴게요. 나를 선택해주세요. 제발, 선택해주세요……'

"손가락이 왜 저리 된 거죠?" 어느 날 한 부인이 물었다. 그녀는 부러진 내 손톱을 빤히 들여다보았다.

그 순간 세상이 멈추었다. 나는 그녀가 보고, 이해하기를 바랐다. 그리고 말을 건네주기를 바랐다. 잠시 우리 모두는 눈을 크게 뜨고 숨을 멈춘 채 가만히 있었다.

"오…… 아무것도 아닙니다."

원장은 피를 얼게 하는 그 잔인한 미소를 지으며 다가왔다.

"음, 얘는…… 밖에서 놀 때 흙장난을 해요. 계속해서 땅을 파고, 잔디를 뒤집고, 돌을 찾고…… 그 놀이를 무척 좋아해요. 그렇지?"

나는 소리 지르며 고백하고 싶었지만, 그녀의 시선은 내 영혼을 빨아들였다. 멍이 한꺼번에 욱신거렸다. 심장이 시들었다. 실제로 그녀는 내 안에 있었다. 나는 공포에 잡아먹혀 고개를 끄덕였기 때문이다. 그 순간 나는 도망가지 못할까 봐 두려웠고, 그들이 내 말을 믿지 않으면 내가

받게 될 형벌이 두려웠다.

그리고 그날 밤, 절규와 발길질과 손목을 묶은 벨트 사이에서 침대가 흔들렸다. 또다시 어둠이 나에게 드리우며 말썽을 일으켰다고 질책했다. 영원히 그 안에서 울며 절규하게 했다.

"잘할게요! 잘할게요! 잘할게요!"

그리고 나를 구원한 그 손길이 없었다면…… 나는 목소리를 잃을 때까지 비명을 질렀을 것이다.

그 유일한 손길.

문이 몰래 열리면서 초승달 모양의 빛이 비치더니 이내 사라졌다. 그리고 어둠 속에서 발소리가 침대로 다가왔다. 따듯한 손가락이 내 손을 찾아 부드럽게 잡았고 엄지손가락으로 원을 그리며 쓰다듬었다. 그 느낌은 결코 잊지 못할 것이다.

그러면 모든 것이 지나갔다…… 아픔이 사라지고 눈물이 마르고 마음이 진정되었다. 심장이 천천히 뛰고 헐떡이는 숨소리가 잦아들었다. 그리고 내 시선은 나를 달래준 그 사람의 얼굴을 찾았다.

그러나 아무것도 보이지 않았다.

유일한 위안이 되어 준 손길만 있었다.

23
서서히

소녀가 늑대에게 말했다.
"넌 마음이 정말 크구나."
"그건 내 분노일 뿐이야."
그러자 소녀가 말했다.
"너는 분노가 엄청나구나."
"그건 내 마음을 너에게 숨기려는 거야."

나는 누워 있었다.

팔과 다리를 쭉 뻗고 있었다. 머리가 무거웠다.

움직이려고 했지만, 되지 않았다. 무언가가 나를 단단히 잡아 매트리스에 고정했다.

나는 손이 갑갑해서 들어 올리려고 했다.

"안 돼……" 입술에서 소리가 새어 나왔고, 놀라서 숨이 부풀어 올랐다. 긴장 상태는 심장을 자극하며 빠르게 뛰게 했다. 일어나려고 했지만 꼼짝달싹할 수 없었다.

"안 돼……"

끝없는 악몽처럼 또다시 온몸이 고동치기 시작했다. 손가락이 오므려지며 긁고 파댔고, 나는 움직일 수 없었다.

"안 돼, 안 돼!" 나는 소리쳤다. "*안 돼!*"

문이 열렸다.

"니카!"

방에서 여러 사람의 목소리가 들렸지만, 나는 아무도 보지 못한 채 계속 흥분했다. 극심한 공포는 내 눈이 멀게 했다. 결박된 육체만 느껴졌다.
"선생님! 깨어났어요!"
"니카, 진정해! 니카!"
그때 누군가가 사람들 사이로 들어오더니 그들을 밀치고는 뭔가를 쑥 잡아당겨서 나를 풀어주었다.
나는 숨을 한꺼번에 내쉬었다.
그리고 황급히 침대 머리판 쪽으로 몸을 웅크렸다. 나는 여전히 충격에서 벗어나지 못한 채 옆에 있던 사람의 손을 찾아 꽉 잡았다. 내 몸을 풀어준 그 사람은 내가 필사적으로 매달리자 굳어버렸다. 나는 그의 손목에 이마를 갖다 대고 눈을 질끈 감으며 몸을 떨었다.
"잘할게요…… 잘할게요…… 잘할게요……"
모두가 숨죽이며 나를 바라보았다.
내가 붙잡고 있던 손이 주먹을 쥐자 나는 가지 말라고 빌었다. 그리고 잠시 후 눈을 떴을 때야 내가 누구의 손을 잡고 있는지 깨달았다.
리젤이 내게서 시선을 거두며 턱을 꽉 물었다. 그는 달마와 아시아, 그리고 내가 처음 보는 남자를 향해 짧게 한마디를 던졌다. "*나가세요.*"
긴 침묵의 순간이 흘렀지만, 나는 고개를 들지 않았다. 잠시 후 그들이 천천히 나가는 발소리가 들렸다.
안나가 나에게 다가왔다.
"니카……"
그녀의 손바닥이 내 얼굴에 닿았다. 뺨에서 열기가 느껴졌다. 그곳은 내 침대였고, 내 방이었다. 나는 이제 그레이브에 있지 않았다. 조금 전 내 몸을 속박했던 것은 누군가가 너무 단단히 둘러놓은 담요라는 걸 깨달았다. 벨트도 금속 프레임도 없었다.
"니카," 안나가 절망적인 목소리로 속삭였다. "다 괜찮아……"
리젤의 무게로 매트리스가 가라앉았지만, 나는 그의 손목을 놓을 수 없었다. 안나가 내 손을 부드럽게 감싸자 나는 그제야 손에 힘을 풀었다.

그녀는 내 머리를 천천히 어루만졌고, 멀어지는 리젤의 발소리가 들렸다. 그를 보려고 눈을 들었을 때는 방의 문이 닫히는 것만 보였다.

"저기 의사가 있어." 안나가 걱정스러운 표정으로 나를 바라보았다. "네가 집에 도착하자마자 의사를 불렀어. 진찰을 받으면 좋겠어. 아마 열이 나고 어지러울 거야. 내가 옷을 갈아입혔지만 아직도 추울 테고……"

"죄송해요." 나는 무기력한 속삭임으로 그녀의 말을 막았다.

안나는 말을 멈췄다. 그녀는 입을 벌린 채 나를 보았고, 나는 그녀의 눈을 볼 수 없었다.

나 자신이 공허하고 부서지고 결함이 있다고 느껴졌다. 나는 파괴된 느낌이 들었다.

"나는 완벽한 사람이고 싶었어요. 당신과 노먼에게."

나는 다른 사람들처럼 되고 싶었고, 그건 진심이었다.

그러나 나는 여전히 순진하고 연약했다. 나는 실수를 하고 벌을 받을까 봐 늘 두려웠기 때문에 '*잘할 거야*'라는 말을 되뇌었다.

내 피부에 벨트의 감각이 깊이 각인되어 '연상 작용에서 오는 두려움'을 일으켰다. 때로는 너무 꽉 안기거나 움직이지 못하는 느낌, 단순한 무력감조차도 얼마든지 나를 공포에 빠뜨렸다. 나는 망가졌고, 영원히 그러할 것이다.

"니카, 넌 완벽해"

안나는 나를 차분히 쓰다듬으며 고개를 끄덕였다. 그녀의 눈에 담긴 고뇌가 나에게 전해졌다.

"너는…… 내가 만난 사람 중 가장 다정하고 고운 사람이야……"

나는 공허하고 무거운 마음으로 그녀를 바라보았다. 하지만 안나의 눈빛에는……

안나의 눈에는 나무라거나 꾸짖는 낌새가 없었다. 거기엔 나만 있었다. 그리고 그 순간 나는 처음으로 깨달았다. 그녀의 눈동자가 하늘색이었다.

내 모습이 비친 그녀의 눈동자에는 *투명한 망토와 흰 구름*이, 내가 여러 얼굴에서 찾았던 자유가 있었다. 내가 늘 갈망했던 하늘이 거기에 있었다. 안나의 눈 속에 있었다.

"내가 너를 처음 봤을 때 무슨 생각이 먼저 들었는지 아니?"

눈물이 눈꺼풀을 찔렀다. 그녀는 약간 일그러진 미소를 지었다.

"부드러움."

내 심장은 아주 달콤하고 무시무시하고 끝없는 고통으로 무너졌다. 좋은 만큼 아픈 고통이었다. 눈물이 가려 그녀의 얼굴이 흐릿해졌다

"부드럽게, 니카." 그리고 나에게 미소 짓는 엄마가 보였다. "언제나 부드럽게…… 그걸 명심해."

나는 그 둘을 내 안에서 느끼며 보고 있었다. 엄마는 나에게 파란색 나비를 넘겨주었고, 안나는 내게 튤립을 건넸다. 둘 다 열정적인 표정으로 눈빛을 반짝거렸다.

안나가 내 손을 잡았고, 엄마는 나를 앞으로 이끌었다. *웃는 엄마와 미소 짓는 안나.* 비슷하면서도 다른 두 사람, 두 몸에 깃든 하나의 본질. 우리를 하나로 연결하여 묶어 주는 부드러움…… 나에게 두 번째 기회를 허락한 것은 엄마가 내게 남긴 바로 그 부드러움이었다.

나는 앞으로 몸을 기울여 내 앞에 있는 여자의 품에 안겼다. 나는 이제 더는 참지 않고, 애써 자신하거나 거부당하는 것을 두려워하지 않고 그녀를 안았고, 그녀의 손은 보호하려는 듯 다급하게 나를 붙들었다.

"다시는 아무도 너를 해치지 못할 거야…… *아무도*…… 약속해……"

나는 그녀의 품에 안겨 울었다. 자신을 내려놓았다. 그리고 그 간절한 포옹 속에서, 마침내 내 손이 닿은 그 하늘에서, 나는 용기가 없어 하지 못했던 말을 고백했다.

"당신은…… 나의 해피엔딩이에요, 안나."

의사가 진찰한 이후에도 그녀는 여전히 그 자리에 있었다.

그녀의 손이 내 머리를 쓰다듬는 동안 나는 무한한 애정을 느끼며 그녀의 심장 소리를 들었다.

"니카……"

안나는 내가 그녀의 얼굴을 볼 수 있을 정도로만 물러났다. 그리고 붉어진 내 눈을 살피며 머리카락을 귀 뒤로 넘겨주더니 머뭇거리며 말했다.

"누군가와…… 그에 대해 이야기하는 건 어떻겠니?"

안나는 내가 왜 밤에 잠을 이루지 못하는지, 내 유년기가 얼마나 끔찍했는지 이해했다. 그런데 내 얘기를 털어놓는다는 생각은 어떤 손이 내장을 움켜쥐고 숨을 못 쉬게 하는 것과 같았다.

"내가 그걸 얘기할 수 사람은…… 당신뿐이에요."

"오, 니카, 난 의사가 아니야." 그녀는 나만의 의사인 것처럼 걱정스레 말했다. "어떻게 널 도와야 할지 모르겠어……"

"많은 도움을 주고 있어요, 안나." 나는 작은 목소리로 그녀에게 고백했다.

그것은 사실이었다. 그녀의 미소는 나를 안심시켰다. 그녀의 웃음은 음악이었다. 그리고 그녀의 애정은 처음 느껴보는 감정인 것처럼 내가 사랑받고 있다고 느끼게 했다.

나는 그녀와 함께 있을 때 더 편안해졌다. 보호되고 존중받는 기분이 들었다. 나는 안전하다고 느껴졌다.

"아직도 나를 원하세요?" 나는 조심스럽게 속삭였다. 나는 대답을 듣고 싶었지만, 마음 깊은 곳에서 겁이 났다. 그녀가 없는 내 꿈은 이제 상상할 수 없었다.

안나는 괴로워하는 표정을 지으며 얼굴을 기울였다. 그러곤 나를 힘껏 끌어안았다.

"물론이지." 그녀는 나를 나무라듯 말했고, 내 영혼은 그녀에게 흠뻑 빠져들었다.

나는 영원히 그녀 옆에 있고 싶었다. 그녀가 허락하는 한 매일이고,

매 순간이고.

“내가 너를 더 잘 이해했으면 좋았을 텐데.” 안나가 더 낮은 목소리로 말했다.

그 순간 나는 그녀의 손목시계 옆에 가죽 끈이 있는 것을 보았다. 이전에는 눈에 띄지 않았던 것이다. 그녀의 연령대보다는 십대들에게 어울릴 만한 팔찌였다.

“니카…… 네가 알아야 할 게 있어.”

나는 그녀가 무엇을 말하려는지 즉시 이해했다. 나는 조용히 그녀의 말을 들었다.

“너와 리젤은…… 이곳에 사는 첫 번째 아이들이 아니야.” 그녀는 잠시 침묵하다가 다시 입을 열었다. “노먼과 나에게 아들이 있었어.”

그녀는 얼굴을 들고 내 반응을 살폈지만, 나는 차분하고 부드러운 눈빛을 유지하고 있었다.

“알아요, 안나.”

그녀는 놀라며 나를 쳐다보았다. “이미 알고 있었니?”

나는 그녀의 팔찌를 내려다보며 고개를 끄덕였다.

“짐작했어요.”

내가 이곳에 도착한 첫날부터.

클라우스는 어두운 티셔츠를 즐겨 입는 리젤의 방 침대 밑에서 늘 잠을 잤다. 노먼의 왼쪽 식탁 자리는 닳은 흔적이 있었고, 현관 탁자의 빈 액자는 안나가 완전히 지울 수 없었던 부재를 가리켰다.

나는 그녀가 왜 그동안 우리에게 말하지 않았는지 묻지 않았다. 우리가 내 집처럼 느끼게 하기 위해 최선을 다한 그녀에게는 묻지 말아야 했다.

“그날,” 그녀는 차분하게 말했다. “보육원에서 너희가 집으로 온 날…… 다시 시작하는 것 같았어.”

나는 그 말을 이해했다. 나에게도 같은 의미였기 때문이다. 그것은 이전의 삶과 이별하고 두 번째 기회를 맞는 것과 같았다.

"우리는 너희가 자기 집처럼 느끼길 바랐어." 그녀는 마른침을 삼켰다. "우리는…… 다시 가정을 이룬 것처럼 느끼고 싶었어."

내 손이 천천히 그녀의 손안으로 미끄러져 들어갔다. 내 손의 반창고가 그녀의 피부를 물들였다.

"당신과 노먼은 우리 인생에 일어난 가장 좋은 일이에요." 나는 마음을 담아 고백했다. "그걸 알아줬으면 좋겠어요. 나는…… 나는 당신이 얼마나 그를 그리워하실지 상상도 못 하겠어요."

안나는 눈을 감았고, 그 말은 그녀의 얼굴에 고랑을 냈다. 눈물이 뺨을 적시고 목소리가 갈라졌다. 그녀는 전에 없이 허물어졌다.

"하루도 그 애를 생각하지 않은 날이 없지."

나는 그녀를 안고 어깨에 뺨을 기댔다. 조금이라도 온기를 전하고 싶었다. 그녀와 함께 내 마음도 아팠다. 나는 따뜻한 파도가 일듯 그녀의 고통을 느꼈다.

"이름이 뭐였어요?" 나는 잠시 후에 물었다.

"앨런."

그녀가 나를 내려다보았다.

"보여 줄까?"

나는 몸을 일으켰고, 안나는 가슴으로 손을 옮겨 옷깃 밖으로 긴 목걸이를 꺼냈다. 반짝이는 무늬가 새겨진 둥근 펜던트가 나왔다. 안나는 그것을 단 한 순간도 몸에서 내려놓은 적이 없었다.

황금빛의 작은 책처럼 펜던트가 열렸다.

그 안에 청년의 사진이 있었다. 이십 대 초반 정도로 보였다. 그는 집의 피아노 앞에 앉아 있었다. 검은 머리카락이 웃고 있는 얼굴을 감쌌고, 유쾌하고 온화한 표정에 하늘처럼 푸른 두 눈동자가 반짝거렸다.

"당신과 똑같은 눈을 가졌어요." 내가 속삭이며 말하자 안나는 눈물이 가득 고인 눈으로 미소를 지었다.

"그는 클라우스가 좋아한 단 한 사람이었어." 그녀는 여전히 떨리는 미소를 지으며 말했다. "앨런이 어렸을 때 학교에서 돌아오다가 그를 발견했어. 아, 네가 그들을 봐야 했는데…… 비가 엄청나게 내렸는데, 앨런은 보물을 발견한 것처럼 그를 손에 들고 들어왔어. 둘 다 조그마한 모습으로 비에 흠뻑 젖어 있었지."

안나는 쓰다듬지도 못한 채 사진을 들고만 있었다.

그녀는 하루에 몇 번이나 그 펜던트를 손에 쥐었을까. 영원히 웃는 그 눈 속에서 그녀의 마음은 얼마나 아플까.

"그는 연주하는 걸 무척 좋아했어. 그 피아노에 붙어서 *살았어*. 저녁에 내가 집에 돌아오면 몇 시든 상관없이 그는 늘 거기 있었어. 그가 나에게 말했어. '엄마, 알지? 나는 이렇게 건반과 화음으로만 말할 수 있어. 어쨌든 엄마는 날 이해할 거야.' *그의 말이 옳았어*……" 그녀는 눈물을 흘리며 속삭였다. "그는 그것으로만 말할 수 있었어. 음악가가 되고 싶어 했거든. 그 사고가 그를 앗아가기 전까지……"

그녀는 목이 메었고 마른침을 삼켰다. 작은 펜던트가 아주 무거워 보였다. 나는 그녀의 손을 감싸서 받치며 그 무게를 덜어주었다.

"분명히 그는 꿈을 이뤘을 거예요." 나는 젖은 눈을 감았다. "앨런이 훌륭한 음악가가 됐을 것이라고 확신해요…… 당신이 꽃을 사랑하는 만큼 그도 피아노를 사랑했을 거예요."

안나는 고개를 숙였고, 나는 서로의 상처를 보듬듯이 그녀를 껴안았다. 우리의 상처가 함께 울고 피 흘리는 것으로 치유될 수 있기를 바랐다.

"나는 그의 자리를 대신하고 싶진 않아요." 나는 속삭였다. "나와 리젤…… 그 누구도 그를 대신할 순 없어요. 사랑하는 사람들은 우리를 절대 떠나지 않으니까요. 그들은 우리 안에 머물러요. 어느 날 문득 우리는 그 사실을 깨닫게 돼요. 눈을 감으면 항상 거기에 있는 그들을 볼 수 있어요."

안나는 나에게 기댄 채로 가만히 있었고, 나는 그녀에게 계속 말하고 싶었다. 우리의 마음은 상처를 입거나 멍이 들기 위해 있는 게 아니라 사랑하기 위해 있다고, *사랑하고 그걸로 끝*이라고 말하고 싶었다.

그리고 나는 앨런의 옆자리에 있을 수 있다면, 그 자리가 아무리 작고 허름할지라도 더 바랄 게 없다고 생각했다. 내가 줄 수 있는 모든 색깔로 그 자리를 채우고 싶었다. 그리고 나비의 마음으로 내가 그녀를 사랑하듯이, 있는 그대로의 내 모습으로 사랑받고 싶었다.

"우리 같이 그의 사진을 골라 봐요. 아래층의 액자를 비워 두지 말아요."

그 대화를 하고 몇 시간 뒤, 나는 자리에서 일어났다. 후드티를 챙겨 입고 방에서 나오는데 복도에서 아시아를 마주쳤다. 그녀가 아직 집에 있으리라곤 생각지 못했다. 그러나 나는 이제 당당해지자고 마음먹었다.

"아시아."

그녀가 걸음을 멈췄다. 그러나 나를 돌아보지 않았다.

그녀는 억지로라도 내게 반가운 기색을 보인 적이 없었고, 지금도 그랬다.

"네가 그런 일이 일어나서 유감이야." 그녀가 무덤덤하게 말했고, 나는 그 말이 진심인지 알 수 없었다.

아시아가 걸어가자 나는 뒤따라갔다. "아시아, 나는 안나를 포기하지 않을 거야."

그녀가 천천히 다시 멈춰 섰다. 뒷모습으로도 놀란 기색이 느껴졌다.

"뭐라 그랬니?"

"들었잖아." 나는 침착하게 대답했다. "나는 물러서지 않을 거야." 내 말투는 망설임 없이 차분하고 단호했다. "내가 가족을 얼마나 원했는지, 넌 모를 거야. 이제 가지게 됐으니…… 이제 안나와 노먼과 함께할 기회가 생겼으니…… 포기하고 싶지 않아."

나는 대답을 기다렸지만 그녀는 가만히 있기만 했다.

"내 말이 무슨 뜻인지 알 거야." 나는 좀 더 나긋한 목소리로 말을 이어갔다. 억지를 부리려는 게 아니라 그녀를 이해시키고 싶었기 때문이다.

나는 그녀에게 내 의도가 전해지기를 바라며 천천히 다가갔다.

"아시아, 나는…… 그의 자리를……"

"*감히* 입에 올리지 마." 그녀가 차갑게 내 말을 막았다.

"나는 앨런의 자리를 차지하고 싶지 않아."

"*닥쳐!*"

그녀가 목소리를 높이자 나는 깜짝 놀랐다.

그녀가 나를 향해 돌아섰고, 나는 그녀의 냉혹한 눈에서 고통의 불꽃이 튀는 것을 보았다. 그녀의 눈은 피가 멎을 줄 모르는 고통으로 차 있었다.

"그에 대해 함부로 말하지 마." 그녀가 사납게 노려보았다.

그녀의 말에는 안나의 무력한 고통과는 다른 강렬한 집착이 느껴졌다.

"네가 뭐라도 아는 것 같지? 너희가 여기 와서 그의 모든 걸 지울 수 있다고 믿지? 사진도 기억도 모조리 다! 너희는 앨런에 대해 아무것도 몰라." 그녀가 으르렁거렸다. "*아무것도!*"

그녀의 얼굴이 분노로 일그러졌지만, 나는 잠자코 있었다. 차분한 눈길로 그녀의 마음속을 들여다보였다.

"너는 그를 사랑했구나."

아시아의 눈이 휘둥그레졌다. 내 말이 정곡을 찔렀다. 나는 그 이상의 다른 말은 하지 않은 게 나았을 테지만 그러지 못했다.

"그래서 내가 여기 있는 게 못마땅한 거지. 내 존재가 그의 부재를 끊임없이 상기시키니까. 안나와 노먼은 그들 나름대로 견뎌내지만, 넌 그렇지 못한 거잖아? 너는 그에게 말하지 못했어." 나는 조용한 목소리로 말했다.

"네 감정을 밝히지 않아서 그는 그걸 몰랐어. 네가 고백할 용기를 내기 전에 그가 떠나버렸고. 이것이 네게 가장 큰 후회로 남았어. 너는 그가 이제 여기 없다는 사실을 받아들일 수 없어서 나를 미워하는 거야. 하지만 리젤은 미워할 수 없어." 나는 마지막 말을 던졌다. "그를 많이 닮았으니까."

나는 단숨에 쏟아냈다.

이내 반격이 몰아쳤다.

아시아는 내 말을 강하게 부정했고, 스스로 인정하기를 거부했다. 그러다 급기야 격렬한 분노를 터트리며 손바닥을 휘둘렀다. 그녀의 반지가 번뜩였고, 뺨을 때리는 소리가 천둥처럼 폭발했다. 나는 눈을 감았지만, 곧 그녀의 손이 내게 닿지 않았다는 것을 깨달았다. 누군가가 나를 끌어당겼다. 눈을 들어 확인하고는 깜짝 놀랐다.

얼굴을 옆으로 돌린 리젤이 보였다. 그의 반듯한 등이 구부러졌고, 검은 머리카락은 물결치듯 한쪽으로 쏠려있었다.

아시아와 나는 둘 다 믿을 수 없다는 표정으로 그를 쳐다보았다. 리젤이 고개를 똑바로 들었고 그의 검은 눈은 아시아에게로 향했다. 그는 차가운 시선으로 그녀를 쏘아보았고, 악문 그의 이 사이로 위협적인 목소리가 또박또박 흘러나왔다.

"여기서…… *나가.*"

아시아는 붉어진 얼굴로 입술을 오므렸다. 그녀의 눈빛이 부끄러움으로 떨렸고, 이내 시선이 리젤의 어깨 너머로 향했다. 그녀는 충격을 받은 듯 말없이 그 뒤쪽을 바라보았다.

"아시아……" 그녀의 어머니가 중얼거렸다. 예상치 못한 딸의 행동에 몹시 실망한 눈치였다.

아시아는 분노의 눈물을 참으며 주먹을 꽉 쥐었다. 그러곤 머리카락을 흩날리며 계단으로 달려가 우리의 시야에서 사라졌다.

달마는 한 손을 얼굴에 얹고 고개를 저으며 안타까워했다.

"미안해." 그녀는 창피하고 당황하여 어쩔 줄 몰라 했다. "정말 미안해……"

그녀는 얼굴을 숙이며 아래층으로 내려갔다.

그 순간 나를 감싸며 보호했던 그림자가 사라졌다는 것을 깨달았다.

나는 뒤돌아섰고, 리젤이 멀어져가는 모습이 보였다. 나는 혼란스럽고 불안하고 막막했다. 그가 복도 모퉁이를 돌며 사라지자 내 입술에서는 기도처럼 말이 흘러나왔다.

"잠깐만……"

이번에는 그가 가게 놔두지 않을 생각이었다.

열이 오르고 등골이 서늘했지만, 나는 그를 따라갔다. 맨발이어서 양말을 신지 않은 게 후회되었다. 내 발걸음이 마룻바닥을 울렸다.

나도 모르게 손을 앞으로 뻗어 그의 셔츠 자락을 잡았다.

나는 얼마 없는 힘을 다해 그를 붙잡았다.

"리젤……"

그는 아주 미미하게 흠칫하며 주먹을 쥐었다.

그는 큰 키에 뻣뻣한 자세로 등을 돌리고 있었지만, 나는 그의 몸이 가까이 있다는 것에 이상한 안정감을 느꼈다.

"왜 그랬니?" 나는 물었다. "왜 나 대신 뺨을 맞았니?"

나는 그 이외에는 아무것도 느끼지 못했다. 내 모든 감각은 그의 호흡을 향해 뻗어 있었다.

"가서 쉬어, 니카." 그의 절제된 목소리가 어깨를 넘어 나지막하게 들려왔다. "넌 겨우 서 있잖아."

"왜 그랬어?" 나는 고집스럽게 물었다.

"네가 맞고 싶었니?" 그가 굳어진 목소리로 되물었다.

나는 입술을 지그시 깨물며 더는 묻지 않았다. 그리고 눈을 내리깔고 어린애처럼 그를 잡고 있는 손에 힘을 주면서 말했다. "고마워. 네가 형사와 얘기했다면서…… 네가 그에게 다 말했다고 안나가 알려줬어."

나는 아직도 믿기지 않았다. 안나는 리젤이 나를 대신해 대답했기 때문에 내가 질문에 답할 필요가 없다며 안심시켰다.

그는 모든 것을 얘기했다. 고함과 뺨치기와 구타, 밥을 굶기는 체벌, 지하실에 묶고 감금, 그리고 밤에 피터가 침대에 다시 오줌을 쌌다는 이유로 그의 손가락을 문틀에다 짓이긴 것 등을 얘기했다. 그는 하나도 빠짐없이 낱낱이 얘기했다. 그 후 형사는 원장이 그에게도 학대 행위를 한 적이 있는지 물었다. 리젤은 없다고 했다. 그러자 로스우드 형사는 원장이 그에게 다른 식으로, 즉 어린이에게 적절하지 않은 신체 접촉을 한 적이 있는지 물었다. 이번에도 리젤은 없다고 대답했다. 그것은 사실이었다.

형사는 이해할 수 없을 것이다. 원장이 그를 어떻게 대했는지 보지 못했기 때문이다. 그녀는 누구에게도 내비친 적 없는 눈빛으로 리젤의 작은 손가락이 건반 위에서 움직이게 했다. 두 사람은 피아노 의자에 나란히 앉아 있었다. 그는 짧은 자리를 흔들어댔고, 그녀는 그가 연주를 잘하면 비스킷을 주었다.

"너는 별들의 아들이야." 그녀는 그답지 않은 목소리로 속삭였다. "너는 선물이야⋯⋯ 작고, 작은 선물."

원장은 아이를 가질 수 없었고, 외로이 버림받은 리젤은 자신만의 것으로 느끼게 해준 유일한 존재였다. 형사는 그것을 알 리가 없었다.

그녀에게 리젤은 우리와 달랐다. 우리는 깨진 가정에서 왔고, 우리 뒤에는 이미 부모가 있었다. 우리는 중고 인형에 불과했다.

"나는 그녀를 미워했어."

리젤이 누군가에게 그런 말을 고백한 것은 처음일 것이다. "너희에게 한 짓을 증오했어." 그가 천천히 말했다. "나는 견딜 수 없었어. 매일 매일⋯⋯ 네 소리를 들었어⋯⋯ *너희*들의 소리를 항상 들었어."

"네가 왜 잠을 못 자는지 알아." 리젤이 그 말을 했을 때 나는 부당하게 반응했다. 나는 리젤이 그 관심을 즐기며 주변의 일에는 신경 쓰지 않는다고 믿었다. 그는 항상 자신의 보호막 안에서 안전하게 있는 것을 좋아한다고 믿었다. 그런데 그게 아니었다. 전혀 아니었다.

나는 마침내 누군가가 그 안개를 걷어낼 한 줄기 빛을 내게 준 것 같았다. 그의 시선과 태도가 이해되었고, 그가 피아노를 칠 때면 왜 늘 공허한 표정을 지었는지도 이해가 됐다. 그것은 비애감이었다.

그는 그녀의 조각을 지니고 다녔다. 그의 피부 아래에 꿰매진 그 조각을 결코 떼어낼 수 없었다. 그녀를 경멸하고 그녀의 흔적을 지우고 싶었지만, 영원히 자신의 일부로 남았다. 괴물에게 미움받는 것과 사랑받는 것, 둘 중 어느 것이 더 괴로울까. 그는 그녀를 증오하면서 왜 떠나지 않았을까? 왜 그곳에 머물렀을까?

나는 그가 더 말해주기를 바랐다. 내가 이해하지 못했던 과거의 한 부분을 열어 설명해 주기를 바랐다. 나는 그에 대해 얼마나 모르고 있는가!

"나를 집에 데려온 사람이 너란 걸 알아."

리젤이 굳어졌다. 그는 뭔가를 기다리는 것처럼 가만히 있었다.

"나를 발견한 건 너였어……" 내 입술에서 희미한 미소가 번졌다. "넌 항상 나를 찾아내."

"그 일이 너를 얼마나 괴롭히는지 짐작만 할 뿐이야."

"돌아서 봐." 나는 속삭였다.

그의 탄탄한 손목에서 힘과 긴장감이 발산되었다. 신경이 곤두섰다.

그가 내 말을 따르게 하기 위해 나는 한 번 더 부탁해야 했다. 아주 천천히, 옷자락이 내 손가락에서 빠져나갔고, 끝날 것 같지 않은 움직임으로 리젤은 나를 향해 돌아섰다. 그리고 그의 얼굴을 보자 나는 마음이 아팠다. 광대뼈에 심하게 긁힌 자국이 있었다. 피부가 불그스름했다. 아시아가 뺨을 때릴 때 반지에 긁힌 상처일 것이다.

왜?

그는 왜 이해받으려 하지 않고 어떤 고통이든 숨겼을까?

나는 나도 모르게 손을 올렸다. 그의 시선이 움찔하며 위로 향했다. 그는 내 의도를 직감하면서도 놀란 듯 머뭇거리며 검은 머리카락 아래로 내 손을 바라보았다.

리젤은 몇 번이고 물러서려다 참는 듯했지만, 나는 천천히, 연약하고 절망적으로 완고하게 움직였다. 나는 그에게 다가가기 위해 발끝을 세웠고 숨을 참았다. 희망이 차오른 마음과 부드러운 손길로…… 나는 그의 뺨을 만졌다.

내 손이 그의 피부에 닿았고, 그의 예민하고 당혹스러운 시선이 문득 내게로 향했다. 나는 또다시 감정이 폭발했고, 강렬하게 번쩍이는 빛에 둘러싸였다. 나는 가슴으로 숨을 모으며 그에게서 시선을 떼지 않은 채 그의 뺨에 손바닥을 댔다. 따뜻하고 매끄럽고 탄탄했다.

나는 그가 놀라서 나를 밀어내고 가버릴까 봐 두려웠다. 그러나 그는 가만히 있었다. 나는 그의 눈 속으로 들어가 그 깊고 검은 바다에 빠져버렸다

잠시 후…… 그가 쥐고 있던 주먹이 서서히 풀렸다. 관절이 느슨해지고 손가락의 긴장이 사라졌다. 우리는 눈길이 서로 닿았고, 나는 그의 얼굴에서 유순한 표정을 보자 마음이 아려 왔다. 그의 닫힌 입술에서 거의 들리지 않는 아련한 고뇌의 한숨이 흘러나왔다. 리젤은 마치 나와의 싸움에서 패한 것처럼 감미로운 체념의 태도로 내 손길을 받아들였다.

그는 시선을 내리깔더니…… 얼굴을 기울여 그의 뺨에 닿은 내 손바닥을 지그시 눌렀다. 심장이 미친 듯이 뛰었다. 찬란하고 불안한 감각이 나를 가득 채웠고, 내 영혼을 휘감으며 태양처럼 빛나게 했다.

리젤은 다시 나와 눈을 맞췄다. 속눈썹 아래서 나를 바라보는 그의 눈동자. 나는 그것이 영원히 지속되길, 조금도 변함이 없기를 바랐다. 그 순간이 무한하고 그가 끝없이 그렇게 바라봐주기를 바랐다.

"니카!"

나는 화들짝 놀랐다.

그 순간이 깨져버렸다. 리젤이 갑자기 뒤로 물러섰고, 그 순간 그에게서 분리되는 건 인간이 저지를 수 있는 최악의 죄로 여겨졌다. 그는 내 어깨에 그늘진 눈빛을 던졌고, 곧바로 안나가 혼란스러운 표정으로

복도에 나타났다.

“아시아와 무슨 일이 일었니?”

그녀는 충격을 받은 듯했다.

내가 대답을 못하는 사이에 리젤이 나를 지나쳐갔다. 내 눈은 급히 그를 따랐고, 나는 그를 막아서고 싶은 충동이 치밀어 올랐다. 마음이 떨려서 정신을 차릴 수가 없었다.

안나는 달마가 본 것을 전해 들었다고 내게 말했지만, 나는 그녀의 말이 귀에 들어오지 않았다. 나는 여전히 그의 뺨과 검은 눈, 그의 표정을 가지고 있었다. 나는 궤도를 돌며 소음을 내는 우주를 가지고 있었지만, 그것을 하나로 묶는 주체가 내게서 멀어지고 있었다……

“미안해요, 안나.” 나는 그녀에게 속삭인 뒤 돌아서서 그를 쫓아갔다.

나는 제대로 생각할 수 없었다. 발열로 인한 현기증을 견디며 바보처럼 계단을 뛰어 내려갔다.

나는 그와 이야기해야 했다. 그에게 묻고, 설명을 듣고, 그의 행동을 이해하고, 그리고 또……

나는 현관문이 열린 것을 보고는 그를 따라 밖으로 나갔다. 리젤은 보도에 있었다. 누군가와 함께 있었지만, 내 입술에서는 이미 그의 이름이 맴돌았다.

“리……”

나는 끝맺지 못했다.

내 눈에 한 형상이 들어왔다. *익숙한* 모습이었다.

세상이 한꺼번에 멈춰버렸다.

나는 휘둥그레진 눈으로 그 뒷모습을 유심히 바라보았다. 그리고…… 누구인지 알 수 있었다. 도저히 믿기지가 않았다.

나는 그 금발 머리의 폭포를 잊을 수 없을 것이다.

절대.

그 시간이 다 지났어도.

그것을 잊는 건 불가능했다……

“아델린……” 나는 충격에 빠진 채 중얼거렸다.

그 순간 아델린은 발끝을 들어 올려 리젤의 입술에 입을 맞추었다.

24
전율하는 별자리

사나워서 으르렁거리는 게 아니야.
피를 흘리고 고통을 숨길 다른 방법을
모르기 때문이야.

"너란 걸 알아……"

아델린은 자신의 셔츠를 잡은 내 손을 알아차렸다. 그녀는 돌아서서 거기 있는 나를 발견했다.

"뭐라고?" 그녀가 혼란스러워하며 물었다.

"나와 함께 있어 준 거. 내가 벌 받을 때 손을 잡아준 사람이 너란 걸 알아."

어둠 속의 그 손길은 분명히 그녀일 것이다.

아델린은 나를 잠시 쳐다보더니…… 이해했다. 그녀의 시선은 지하실 문이 있는 복도 끝으로 향했다.

"그녀가 널 볼 수도 있는데……" 나는 걱정스러운 눈으로 그녀를 바라보았다. "그녀에게 들킬까 봐 두렵지 않니?"

그녀는 다시 나를 내려다보았다. 잠시 나를 쳐다보더니, 아주 달콤한 미소가 얼굴 전체로 번졌다.

"그녀는 날 못 볼 거야."

아델린은 부러진 내 손톱을 조심하면서 손을 잡았고, 나는 떨리는 내 모든 애정을 담아 그녀의 손을 잡았다. 나는 부드러운 머리카락 속으로

파고들며 그녀의 품에 안겼다. 나는 그녀를 너무나 사랑했다.

"고마워." 나는 울먹이는 소리로 속삭였다. "고마워……"

아델린.

심장이 귓속에서 망치질을 해댔다.

머릿속에서 이미지가 소용돌이쳤다. 웃고 있는 아델린, 나를 위로하는 아델린, 파란 눈과 태양처럼 빛나는 금발 머리, 담쟁이덩굴 그늘에서 몰래 울던 그녀, 그레이브의 아이를 껴안는 아델린, 정원에서 내 머리를 땋아주던 그녀, 그리고 각자 조금씩 해피 엔딩을 이뤄가는 우리.

저기 서 있는 아델린.

리젤에게 입 맞춘 아델린.

나는 얼어붙은 채 리젤이 그녀를 밀쳐내는 것을 보았다. 이후 리젤이 눈을 부라리며 노려보자 그녀가 살며시 웃었다.

나는 숨을 쉴 수 없었다. 나를 알아챈 리젤의 다급한 눈빛에 가슴이 따끔거렸다. 나는 마음속으로 조용한 비명을 지르며 그를 바라보았다. 그 순간 아델린은 그의 시선을 따라 뒤돌아보았다. 그녀는 여전히 입가에 웃음을 머금고 있었다.

그녀의 시선이 내게로 향했고…… 미소가 사라졌다.

그리고 그녀의 눈꺼풀이 천천히 커지는 게 보였다.

"…… 니카?" 그녀는 믿을 수 없다는 듯한 표정이었다.

곧 그녀는 문득 뭔가를 깨달은 듯 내 뒤편의 집을 힐끗 보더니 리젤을 쳐다보았다.

그녀는 내가 이해할 수 없는 눈으로 그를 보았고, 그 친밀한 시선은 나를 당황하게 했다.

"오……" 아델린은 감격하며 다시 나를 바라보았다. "니카……"

"니카!"

안나가 허겁지겁 나를 향해 달려왔다. 그녀는 나를 담요로 감쌌고, 나는 여전히 놀란 눈으로 아델린을 보고 있었다.

"니카, 열이 나잖아! 여기 이렇게 밖에 있으면 안 돼! 의사가 쉬어야 한댔어!"

안나가 얼굴을 들자 아델린은 그녀와 눈을 마주쳤다. 그들은 잠시 서로 바라보다가 안나는 내 어깨를 한 팔로 감쌌다.

"들어가자." 그녀가 나를 이끌며 말했다. "추운 데 있으면 안 돼……"

나는 담요에 감긴 채 어쩔 수 없이 그녀의 말을 따랐다.

"아델린……"

"다음에 만나." 아델린이 나를 향해 몸을 뻗으며 약속했다. "걱정하지 마. 넌…… 쉬어. 조만간 보러 올게. 약속해!"

안나가 나를 집안으로 데려가기 전에 나는 간신히 고개만 끄덕일 수 있었다.

나는 리젤의 눈을 찾았다. 그의 시선이 더는 내게로 향하지 않는 것을 보며 마음이 아팠다.

* * *

"오, 리젤……" 그녀가 중얼거렸다. "무슨 일이 있었던 거야?"

리젤은 그녀를 쳐다볼 수 없었다. 너무 허탈해서 *그녀*의 체념한 말투를 들을 수 없었다.

그녀의 눈이 영원히 불타오르는 낙인처럼 그의 눈동자에 박혔다.

"여긴 왜 온 거야?" 그는 옆 사람에게 괜한 불만을 터트리며 투덜거렸다.

아델린은 머뭇거리다가 대답했다.

"낼모레가 무슨 날인지 내가 잊었을 것 같니?" 그녀는 긴장감을 누그러뜨리려고 다정하게 말했지만, 리젤이 싸늘한 눈으로 쏘아보았다.

그녀가 시선을 내리깔았다.

"피터에 대해 들었어." 그녀는 솔직하게 말했다. "형사가 나에게 질문을 하러 왔었어…… 마가렛에 대해 물었어. 형사는 그녀가 일할 당시 보육원에 있던 아이들을 모두 찾아다닌다고 했어. 나는 그를 통해 네가 그레이브에 있지 않다는 사실을 알게 됐어. 그리고 이제 그 이유를 알게 되었고."

리젤은 묵묵히 생각에 잠겼다. 셀 수 없을 만큼 많은 실수와 불찰이 있었을 것이고, 그것은 피할 수 없는 것이었다.

"그녀가 아니?"

"*뭘 말이야?*" 그는 마지못해 쏘아붙였지만, 그 사나운 분노는 고통스러운 진실의 눈에 무기력하게 부딪혔다.

아델린이 알고 있었기 때문이다. 아델린은 항상 알고 있었다. 아델린은 결백하고 영원한 사랑을 선고받은 리젤을 보상 없이 언제나 바라보았기 때문이다. 그녀는 보육원에서 오로지 니카만 바라보는 그의 시선을 매일같이 뒤쫓았기 때문이다.

"네가 그녀와 함께 있으려고 여기 온 것."

리젤은 갑작스러운 충격에 이를 악물었다. 그는 긴장되어 몸이 굳었고 그녀의 시선을 피했다. 그리고 입을 꾹 다물고만 있었다. 대답하는 것은 그가 부인할 수 없는 유일한 잘못을 인정하는 것과 같았기 때문이다.

벌레가 그를 죽일 듯이 공격했다. 니카가 아델린이 그에게 입 맞추는 장면을 보았다. 그 생각에 그는 마음이 괴로웠다. 빰을 쓰다듬던 그녀의 부드러운 손길이 떠올랐다. 그 순간 마음속에서 *희망*이 솟구쳤다는 것을 깨닫자 더욱 고통스러워졌다. 그녀가 어떻게든 그를 원하고, 그 절박한 감정을 보상받을 수 있다는 희망을 품었다.

"그녀에게 말하지 마." 그는 단호하게 명령했다. "이 일에 관여하지 마."

"리젤…… 난 이해가 안 돼."

"이해할 필요 없어, 아델린." 그는 자신을 방어하고, 좋든 나쁘든 자기 내면에 지닌 모든 것을 보호하기 위해 으르렁거렸다. 그녀는 고개를 내저었고, 그에게 니카의 고통스러운 순간을 상기시키는 눈빛을 던졌다.

"왜? 왜 그녀에게 말하지 않니?"

"*말하라고?*" 그는 조롱의 웃음을 띠며 반문했지만, 아델린은 또다시 용기를 냈다.

"그래." 그녀는 간단히 대답했고 그의 화를 더욱 돋우었다.

"*뭘* 말하란 거야?" 이제 그는 상처 입은 짐승처럼 으르렁거렸다. "아델린, 우리가 어디 있는지 봤지? 우리가 같이 있지 않았다면 그녀가 날 쳐다보기라도 했을까?"

리젤은 자신이 뱉은 말이 몸서리치게 싫었다. 그 말이 사실이라는 것을 알았기 때문이다.

그녀의 눈은 필요나 열망, 사랑으로 그를 찾지 않을 것이다.

그처럼 엉망인 사람은 쳐다보지 않을 것이다.

그리고 그는 억지스럽게 자신의 감정만 앞세우고 싶진 않았다.

"*그녀* 같은 사람은 *나* 같은 사람을 절대 원하지 않을 거야." 그는 고통스러운 마음을 한껏 억누르며 씁쓸하게 말했다.

아델린은 진지하고 진심 어린 눈으로 그를 바라보고만 있었다.

그는 그 순간을 영원히 잊지 못할 것이다……

그의 마음속에서 유일하게 희망이 타올랐던 그 짧고 비극적인 순간. 이제는 꺼져버린 그 희망의 불씨를 매일매일 되새기며 괴로워할 것이다.

"이리도 사무치게 사랑할 수 있는 사람이 있다면…… 세상에 그토록 큰마음을 지닌 사람이 있다면, 그건 바로 니카야."

* * *

"내게 더 할 말이 있나요?"

나는 고개를 저었다.

사회복지사는 동정어린 눈으로 나를 바라보았다. 그녀는 신중한 태도와 사려 깊은 시선을 갖춘 매우 전문적이고 친절한 여성이었다. 그 일이 일어난 지 하루밖에 지나지 않았다. 원래 방문은 다음 주로 예정되었지만, 그 일로 인해 앞당겨졌다. 그녀의 임무는 위탁 과정을 감독하면서 문제나 마찰이 없는지 살피는 것이었다. 그녀는 나에게 안나와 노먼, 학교, 동거 생활에 관해 물었고, 나보다 앞서 리젤에게도 같은 질문을 했다.

"그래요. 그럼, 첫 보고서를 작성할게요."

그녀가 일어서자 나도 담요로 몸을 감싸며 일어났다. 열은 아직 완전히 떨어지지 않았다.

"아, 밀리건 부인." 그녀는 안나를 향해 팔을 내밀었다. "이건 두 아이의 진료기록 사본입니다. 정신의학과 상담 기록인데, 당신에게 도움이 될 거로 생각되네요."

안나는 청록색의 얇고 깔끔한 파일을 받아들었다. 그녀는 천천히 조심스럽게 종잇장을 넘기며 살펴보았다.

"사회복지과에서 심리 지원 프로그램도 제공한다는 사실을 알려드리며……"

"이 기록은 누가 작성했나요?" 안나가 끼어들었다. 나는 그녀가 보고 있는 서류에서 *심리 및 행동 진단*이라는 제목을 얼핏 보았다. 그리고 리젤의 사진을 본 것 같았다.

그 여자는 사무적으로 대답했다. "스토커 부인이 원장으로 있던 당시 전문의입니다."

"아," 안나가 간결하게 말했다. "그렇담 학대와 폭력으로 인한 공황발작과 장애에 대한 언급은 없겠군요."

찬 기운이 감돌았다. 나는 안나가 한 말을 알아듣지 못한 채 그녀를 쳐다보다가 곧 이해하게 되었다. 그 날카로운 목소리는 어디서 나왔을까?

그 여자는 몹시 당황한 듯 보였다.

"밀리건 부인, 우리를 어떻게 생각하는지 모르겠지만, 마가렛 스토커에 대해 밝혀진 사실은……"

"관심 없어요." 안나가 딱 잘라 말했다. "내가 아는 건 그 여자가 감옥에서 합당한 대가를 치러야 할 때 해고됐다는 거예요."

나는 마가렛이 떠난 날을 기억했다. 방문객 몇몇이 아이들의 몸에 난 멍 자국을 보았고, 그 사실을 복지관에 알렸다. 마가렛은 즉시 해고되었고, 악몽은 갑자기 터진 거품처럼 한순간에 끝났다.

나는 다른 아이들의 눈을 잊지 못할 것이다. 지하의 삶을 벗어나 태양을 본 듯한 눈빛이었다. 우리는 모두 오랫동안 빛을 보지 못해서 더는 그것을 믿지 않는 사람의 지친 표정과 칙칙한 눈빛을 띠고 있었다.

끝이 있다는 걸 상상할 수 없는 악몽도 있다.

"감독관들은 어디 있었나요?"

그들은 거기 있었다. 그러나 너무 일시적이고 부주의하고 피상적이었다.

"아무도 몰랐다는 게 말이 되나요?" 안나는 감정이 북받쳐 올랐다.

왜냐하면 원장이란 작자가 능숙했기 때문이다.

그녀는 보이지 않는 곳에 멍을 남겼다.

가장 은밀한 곳에서 우리에게 해를 가했다.

우리가 아무 말도 못하는 고장 난 인형이 되게 했다.

*그녀*는 교묘했고, 세상은 우리를 잊었다. 악몽의 어머니가 되는 여자에게 우리를 맡기고 신경 쓰지 않았다.

나는 그것이 부서진 물건을 다루는 것과 비슷하다고 생각했다. 깨진 물건들은 눈에 띄지 않게 멀리 치워진다. 우리는 다른 존재들이었고, 혼자였고, 문제가 있었고, 누구의 자식도 아니었다. 어디에 둬야 할지 모르는 아이들이었다.

때때로 나는 그레이브가 아닌 다른 기관에 맡겨졌다면 어땠을지 궁금해했다. 세심하게 관리되고 안전한 곳. 지하실에 침대가 없고 막다른 길도 없는 곳. 그녀가 없는 곳.

"어떻게 수년 동안 그런 일이 벌어졌는지 이해가 안 돼요." 안나가 차갑게 말했다. "당신들이 어떻게 그걸 보지 못했고, 이해하지 못했는지……"

"안나." 나는 그녀의 팔에 한 손을 얹었다. 그리고 투명한 눈빛으로 그녀를 바라보며 조용히 부탁했다.

나는 고개를 저었다.

안나는 애먼 사람을 잡고 있었다. 마가렛이 괴물이었던 건 사회복지사의 잘못이 아니었다. 누구의 잘못도 아니었다.

누군가는 우리를 보호했어야 했다. 우리를 살피고 깨달았어야 했다. 그게 맞았지만, 과거는 바꿀 수 없었다. 과거를 들추는 건 나를 아프게 할 뿐이었다.

더는 분노하고 싶지 않았다.

더는 증오하고 싶지 않았다.

그것은 내 어린 시절이 얼마나 고통스러웠는지 생각나게 했다……

"제 임무는 입양 절차를 관리하는 것입니다. 잘 진행되도록 최선을 다하겠습니다." 그녀는 진심 어린 의지를 보이며 우리를 바라보았다. "저도 당신만큼이나 니카와 리겔이 가족을 이루고, 평화로운 삶과 안정된 미래를 가질 수 있기를 바랍니다."

안나는 그녀의 약속을 받아들이며 고개를 끄덕였다. 그런 다음 우리 둘은 그녀를 현관까지 배웅했다.

"다음에 뵙겠습니다." 사회복지사가 문을 열자 클라우스가 빠르게 안으로 달려들었다. 그녀가 놀라서 뒤로 물러서다가 안나와 부딪혔고, 안나는 서류를 바닥에 떨어뜨렸다. 파일이 펼쳐지고 종잇장이 여기저기 흩어졌다.

나는 그녀를 돕기 위해 몸을 굽혔고, 우연히 리겔의 사진이 있는 종이를 주워들었다.

그때 의도치 않게 몇 개의 단어가 내 눈에 들어왔다. 증상, 무력, 거부, 외로움……

"고마워, 니카" 안나는 내게서 서류를 받아 다시 파일에다 넣었다.

나는 멍한 시선으로 그녀를 쳐다보았다. 대답도 하지 못했다. 그 단어들이 내 안에서 소용돌이치면서 혼란을 일으켰다.

무력, 거부, 외로움…… 증상?

어떤 증상을 말하는 걸까? 그리고 그에 대한 기록이 왜 그리 많을까?

여러 생각으로 머리가 복잡했고, 도무지 알 수가 없었다. 그런 세부적인 정보들은 나에게 말을 걸고, 조각들을 한데 모으고, 다른 조각들을 발견했다. 각각의 조각은 리젤의 신비스러운 부분이었다. 어쩌면 그의 영혼을 하나하나 구성하고 있었다. 언젠가는 내가 그 영혼을 읽을 수 있을까?

그날 오후에 아델린이 나를 만나러 왔다.

나는 문을 열어주었고, 그녀는 공손하게 들어왔다. 아델린을 집안으로 안내하는 게 너무 이상하게 여겨져 나는 고개를 돌려 그녀의 얼굴을 쳐다보았다.

그녀가 거기 있다는 게 믿어지지 않았다.

나는 쭈뼛거리며 거실에서 멈춰 섰고, 그녀는 갑자기 감격스러운 눈빛으로 나를 보았다.

"뭐 마실 것 좀 줄까? 안나가 차를 끓였어." 나는 두 손을 비틀며 중얼거렸다. "기억해…… 음, 예전에 네가 무척 좋아했잖아. 원한다면, 내가……"

갑작스럽게 닥쳐온 몸짓에 나는 말을 끝내지 못했다.

아델린이 나를 껴안았고, 나는 깜짝 놀라 가만히 있었다. 나는 예상치 못한 그 온기에 빠져들었고, 내 어깨를 붙든 그녀의 손을 느끼자 가슴이 확 뜨거워졌다. 그리움이 그녀의 품에서 한꺼번에 폭발했다. 나는 나를 끊임없이 완성시키려 했던 한 조각인 것처럼 그녀를 꼭 안았다.

"여기서 널 보게 될 줄 몰랐어." 아델린이 떨면서 속삭였다.

나는 그녀를 얼마나 그리워했는가. 누군가가 내 마음속에 꼭 필요한 톱니바퀴를 돌려준 것 같았다.

아델린이 다른 보육원으로 옮겨진 날, 내 세상은 마지막 빛을 잃었다.

"너 많이 자랐구나……"

그녀는 더 자세히 보기 위해 내 얼굴에서 머리카락을 쓸어넘겼다. 나도 그녀와 같은 생각을 했다. 그녀는 이제 성인이었다. 나보다 겨우 두 살이 더 많았지만, 그녀가 이렇게 어른이 된 모습은 상상할 수 없었기에 어쩐지 우울한 마음이 들었다.

하지만 그 미소는 여전했다. 그녀의 눈, 그녀의 금발 머리, 부드럽고 위안이 되는 목소리도 변함이 없었다……

나는 소리 내어 크게 울고 싶었다.

"몸은 좀 어때?"

"많이 좋아졌어." 나는 감정을 겨우 추스르면서 대답했다. 그리고 그녀를 소파에 앉게 한 뒤 차를 가지러 갔다.

"나는…… 네가 그레이브를 나온 줄 몰랐어." 그녀는 내 손을 잡고 주위를 둘러보며 감탄했다. "여긴 정말 멋져…… 이 집은 너에게 딱 맞는 것 같아. 정말 좋은 사람들인 것 같다."

"너는?" 나는 걱정스럽게 물었다. "가족과 함께 사니? 이 근처에 살아?"

아델린의 미소가 희미해졌다.

"난 아직 거기 있어, 니카." 그녀가 차분하게 말했다. "내가 옮겨간 보육원에 있어. 이제 성인이 됐으니 나가야 하는데…… 일자리를 못 구했어." 그녀가 씁쓸하게 웃었다. "가끔 도시로 나가곤 해…… 작은 서점에서 일했는데 주인이 지난달에 문을 닫았어."

나는 마음이 아팠다.

내가 운이 좋았고 예외적인 경우란 걸 알았지만, 그녀의 얘기는 안타까웠다.

"아델린, 난……"

"괜찮아." 그녀가 담담하게 내 말을 막았다. "정말로…… 이 생활이 하루 이틀도 아니고, 난 다 괜찮아."

그녀는 나에게 희미한 미소를 지었고, 내가 두른 담요의 끝자락을 물어뜯기 시작한 클라우스를 내려다보았다. "형사 얘기를 들었는데…… 너 괜찮니?"

"안나는 내가 그에 대해 누군가와 이야기해야 한다고 생각해." 나는 잠시 후에 털어놓았다. "그게 나에게 도움이 된다고 생각하셔."

"그녀 말이 맞는 것 같아." 아델린은 어깨를 으쓱하며 한숨을 내쉬었다. "이런 일은…… 절대 혼자선 치유할 수 없어."

"그런 곳 가봤어?"

그녀는 천천히 고개를 끄덕였다.

"두 차례, 내가 찾아서 갔어. 서점 주인은 정말 좋은 사람이었고, 심리학자 친구가 있었거든. 나는 그에게…… *그녀*에 대해 말하진 않았어. 마가렛에 대해 직접적으로 얘기하지 않았지만, 이야기를 나누는 건 어떻게든 나에게 도움이 됐어." 그녀는 천천히 고개를 저었다. "하지만 니카…… 넌 아주 어릴 때 그런 일들을 겪기 시작했어. 우리는 각자 자신의 경험을 다르게 받아들여. 특히 충격적인 일들은. 우리는 나름의 방식으로 그것들과 살아가. 사람마다 달라. 피터를 봐…… 그는 아직 극복하지 못했어."

나는 초조하게 반창고 이음새를 물어뜯었고, 아델린의 말이 옳다고 생각했다. 그녀는 떠나지 않았다. 그녀의 존재감은 여전히 생생했다.

우리가 모두 같은 트라우마를 겪은 것은 아니었지만, 우리 중 누구도 온전하지는 못했다.

"이런 일은 절대 혼자선 치유할 수 없어."

그런데 의문이 드는 건……

이런 일이 치유될 수 있을까?

아델린이 내 입에서 손가락을 슬며시 떼어냈다. 그녀가 다정하게 웃었다.

"넌 긴장하면 아직도 반창고를 물어뜯는구나."

나는 부끄러워서 얼굴을 붉히며 시선을 아래로 떨어뜨렸다. 그건 어렸을 때부터 가지고 있던 나쁜 습관이었다.

"그래서 온 거야?" 나는 대화를 계속하려고 물었다. "형사가 왔었단 소리를 듣고?"

그 말에 아델린은 시선을 돌렸다. 그녀는 갑자기 불편해하는 것 같았다.

"아니야…… 사실 다른 이유로 왔어. 지난주에 생각이 났는데…… 리젤을 만나러 왔어."

배가 꼬이는 느낌이 들었다.

"리젤을?"

"기억 안 나? 내일이 그의 생일이야."

나는 구름에서 떨어졌다. 너무 당황하여 할 말을 잃었다.

리젤의 생일. *3월 10일.*

어쩌다 내가 그걸 잊어버린 걸까?

나는 여전히 시선을 아델린에게 두고 그 기억 속으로 빠져들었다.

사실 그날은 리젤이 태어난 날이 아니라 그레이브 앞에서 발견된 날이었다. 그가 태어난 정확한 날짜를 알 수 없었기에 그날을 생일로 삼기로 했다.

나는 그의 생일을 기억했다. 원장이 유일하게 축하해 준 생일이었기 때문이다. 리젤은 케이크 촛불이 얼굴에 환히 비친 모습으로 식당 탁자에 혼자 앉아 있었다.

"나는 그를 놀래주고 싶었어." 아델린이 중얼거렸다. "하지만 그의 반응이 그러리라곤 예상하지 못했어."

그녀가 입 맞추던 장면을 떠올리자 나는 가슴이 먹먹해졌다. 그녀를 쳐다볼 수가 없어서 시선을 돌렸다. 그리고 어느새 무릎을 움켜쥐고 있었다.

"생일을 대수롭지 않게 여길 거야, 리젤은…… 이런 관심을 좋아한 적이 없었어." 나는 조심스럽게 말했다.

"아니야, 니카…… 그래서가 아니야." 아델린은 우울한 표정으로 시선을 내리깔았다. "그가 겪은 일 때문이야."

나는 그녀를 슬쩍 쳐다보았고, 그녀는 쓸쓸하게 나를 바라보았다. "정말 생각해 본 적 없니?"

나는 아델린의 눈이 뚫어져라 보다가……

그제야 이해했다. 나는 정말 어리석었다.

그가 겪은 일…… *부모의 유기.*

"그의 생일은…… 사람들이 그를 발견한 날은 가족에게 버림받은 그날이야. 생일이 유기의 밤을 상기시키지." 아델린이 분명하게 짚어 주었다.

나는 항상 그를 오해했다. 나는 항상 반짝거리는 완벽한 보호막 안에 있는 그를 보았다. 그와 달리 *그녀*가 우리에게 준 것은 고통이었고, 리젤은 그것을 이해할 수 없다고 여겼다.

그런데 나는? 나는 그에 대해 무엇을 이해했는가?

"리젤은 우리와 같지 않아. 처음부터 달랐어…… 우리는 가족을 잃었지만, 가족이 우리 곁을 떠나려 한 게 아니었어. 우리는 부모에게 거부당하고, 이름도 없이 바구니에 버려지는 게 어떤 건지 이해할 수 없어."

계속된 불신, 환멸을 느낀 태도.

관계의 부재, 세상을 거부하기 위한 갑옷.

공격적이고 회피하는 성격.

무력, 외로움, 거부. 증상.

리젤은 유기 불안증을 앓고 있었다. 그가 처음부터 늘 갖고 있던 트라우마였다. 그것은 현실에 섞여들 정도로 내면에서 커져갔다. 징후들은 있었지만, 나는 그것을 알아보지 못했다.

아델린은 나를 이해하는 것 같았다. "그는 자신이 얼마나 피 흘리는

지 절대 보여주지 않을 거야. 리젤은 모든 것을 은폐해…… 계속해서 견디지만, 마음속에는…… 아파하고 두려워하는 영혼이 있어. 때때로 나는 그가 미치지 않고 살아가는 게 신기할 정도야. 분명히 그는 자기 이름도 싫어할 거야. 그 이름은 원장이 지어주었고, 버림받았다는 상징이니까."

갑자기 모든 것이 다르게 보였다. 나를 밀어내는 리젤, 가까이 가지 못하게 하는 리젤, 주위에 아무도 없이 혼자서 생일 촛불을 바라보던 어린 시절의 리젤. 며칠 전, 비에 젖은 나를 안아 든 리젤, 처음으로 손길을 허락하고 굴복하는 사람의 눈빛으로 나를 보던 리젤……

"니카, 그를 혼자 두지 마. 버려두지 마." 아델린은 괴로워하고 있었다. "리젤은 스스로 혼자가 되려고 해. 아마 다른 건 누릴 자격이 없다고 믿기 때문일 거야. 그는 버림받은 존재라는 자각 속에서 자랐고, 앞으로도 계속 그럴 거야. 하지만 넌 그를 혼자 두지 마. 그러지 않겠다고 약속해."

나는 그러지 않을 것이다.

더는 안 그럴 거다.

나는 그를 혼자 두지 않을 것이다. 그는 너무 오랫동안 혼자였으니까.

나는 그를 혼자 두지 않을 것이다. 동화는 누구에게나 존재하니까.

나는 그를 혼자 두지 않을 것이다. 인생은 누군가와 함께 강한 마음과 밝은 얼굴로 서로 손잡고 있어야 가치가 있기에.

나는 그를 혼자 두지 않을 것이다. 그에게 말하고, 그의 얘기를 듣고, 더 오랫동안 그를 느끼고 싶으니까. 그의 영혼을 쓰다듬고 싶으니까.

나는 그가 미소 짓고, 웃고, 빛나는 모습을 보고 싶었다. 그가 행복해하는 모습을 간절하게 보고 싶었다.

나는 이 자리에서 소리치며 세상에 고백하고 싶었다.

하지만 그 소리는 마음 깊이 간직하고 짧은 대답만 말했다.

"약속할게.

다음날 오후 나는 작은 꾸러미를 들고 동네 거리를 빠르게 걸어갔다. 눈을 들어 길 건너편에 있는 아이스크림 매점을 힐끗 보았다. 길을 건넌 다음 친숙한 얼굴을 찾으며 주위를 둘러보았다.

"안녕." 나는 라이오넬과 인사를 나누었다. "늦어서 미안해…… 오래 기다렸니?"

"아니, 괜찮아. 내가 자리를 잡아놨어. 좀 기다리긴 했는데, 뭐 별일 아냐."

나는 또 한 번 사과한 뒤 아이스크림을 사고 싶다고 했다. 라이오넬은 받아들였고, 나는 아이스크림콘 두 개를 사기 위해 매대로 갔다.

그에게 다가갔을 때 나를 보는 그의 시선을 알아차렸다. 그에게 아이스크림을 건네면서 내 맨다리로 미끄러지는 그의 시선이 느껴졌다.

"뭐야?" 나는 자리에 앉자 그에게 물었다.

"원피스가 근사해." 그는 작은 흰색 물방울무늬가 있는 내 빨간 원피스를 보며 말했다. 얼굴빛에 생기를 더하는 나풀거리는 천과 안나가 준 갈색 숄더백을 자세히 살폈다. "너한테 잘 어울려. 넌 정말 예뻐."

나는 뺨이 붉어지고 눈썹이 치켜 올라갔다. 시선을 돌리다가 문득 빌리의 집에서 나눈 대화가 생각났다.

"고마워." 나는 당황하는 기색을 감추며 대답했다.

"여기 온다고 그렇게 차려입을 필요는 없어."

"뭐?"

라이오넬이 능청스럽게 웃었다.

"예쁘긴 하지만…… 아이스크림을 같이 먹기 위해 근사한 옷을 입을 필요는 없다고. 정말 그러지 않아도 됐어."

"아, 아니야, 나도…… 그건 알아. 저녁에 식사 자리가 있어서 입은 거야. 다 같이 축하할 일이 있거든. 오늘은 리젤의 생일이야."

라이오넬이 입을 다물었다. 한참을 가만히 있어서 아이스크림이 그의 손가락으로 흘러내리기 시작했다.

"아." 그가 심드렁하게 나를 보며 말했다. "오늘이 걔 생일이라고?"

"그래……"

그는 침묵했다. 내가 방금 손등에 앉은 무당벌레를 보고 미소 짓는 동안 그는 다시 아이스크림을 먹었다.

"그러니까 그를 위해 그 옷을 입은 거야?"

라이오넬은 이제 스푼으로 아이스크림을 긁으며 나를 빤히 쳐다보았다.

"그를 위해?"

"사랑하는 *형제*를 위해?" 그가 무심하게 말했다. "그의 생일이라서 이렇게 예쁘게 입은 거야?"

나는 혼란스러워하며 그를 보았다. 나는 누군가를 위해 그것을 입지 않았다…… 오직 나 자신을 위한 것이었다.

나는 특별한 날이 되길 바랐다. 그래서 안나와 노먼에게 그 사실을 알렸고, 리젤이 생일파티를 별로 달가워하지 않아서 간단하게 우리끼리만 축하해주기로 했다. 아델린도 오기로 했다. 나는 이런 날 한 번쯤은 다른 옷을 입어보고 싶었다.

"우리는 집에서 저녁 식사를 하기로 했어." 나는 차근하게 말했다. "특별한 시간인 것 같아서……"

"그런데 넌 집에서 그런 차림으로 저녁을 먹니?"

"라이오넬…… 무슨 말이 하고 싶은 거니?"

나는 이해가 되지 않았다. 방금 그 옷이 나한테 잘 어울린다고 말하지 않았나?

"그만 하자." 그는 고개를 저으며 중얼거렸고, 심란한 내 표정을 보고는 덧붙여 말했다. "아무 뜻도 없어. 그냥 이상해 보였어. 그게 다야." 그는 아이스크림콘을 깨물며 나에게 미소 지으려고 했다.

우리는 아이스크림을 다 먹을 때까지 아무 말이 없었다.

"이건 뭐야?" 잠시 후 그는 내가 탁자 위에 올려둔 상자를 흔들며 물었다. "이것 때문에 늦었지, 그렇지?"

"응." 나는 귀 뒤로 머리카락을 넘기며 대답했다. "그걸 사려고 상점에 들렀거든. 미안해……"

"뭘 샀는데?"

"리젤 생일 선물이야."

라이오넬은 갑자기 손동작을 멈췄다. 그는 상자를 든 채 나를 쳐다보았다.

"좀 봐도 되니?"

나는 고개를 끄덕였고, 그가 천천히 포장을 풀었다.

작은 유리구가 나왔다.

그것은 검은 비단 끈이 달려있고, 유리 안에는 색깔 있는 모래로 별이 빛나는 아름다운 하늘이 묘사돼 있었다. 모래 알갱이가 빛을 반사하며 작은 별처럼 반짝거렸다.

그리고 아주 작은 다이아몬드 거미줄 같은 오리온자리도 있었다.

나는 그것의 용도가 무엇인지도 몰랐다. 아마 열쇠고리일 것이다. 그러나 확실하진 않았다. 어쨌든 유리 공예품 가게에서 우연히 봤을 때, 그에게 딱 맞는 선물이라고 생각했다. 그가 책 읽기에 빠져있는 동안 무심코 유리구를 만지작거리는 모습을 상상해 보기도 했다.

라이오넬이 손바닥 안에서 둥근 유리를 굴렸고, 나는 스푼을 버리려고 자리에서 일어났다.

"수제품이야." 내가 설명했다. "아줌마는 이게 마지막 남은 거라고 했어. 그녀가 모래로 그림 그리는 장면을 상상해 봐! 외알 안경 같은 걸 쓰고 높은 의자에 앉아 긴 바늘로 모래알을 하나하나……"

유리가 깨지는 소리에 나는 깜짝 놀랐다.

라이오넬의 발치에는 깨진 파편들이 모래와 뒤섞여 반짝거렸다. 나는 숨죽인 채 그것을 바라보았다.

"아," 라이오넬이 뺨을 긁적이며 말했다. "젠장!"

그가 사과하는 동안 나는 그쪽으로 걸어가 바닥에 무릎을 꿇고 조각들을 주워 모았다.

신중하게 고른 그 선물은…… 이제 부스러기가 되었다.

어째서? 어째서 리젤과 관련된 건 모든 게 항상 조각으로 끝나는 걸까?

나는 좌절감에 떨며 파편을 손에 쥔 채 라이오넬을 올려다보았다. 이전에는 느낀 적 없는 감정이 내 눈에서 빛났다.

그가 다시 사과했지만, 이번에 나는 대답하지 않았다.

그 이후 나는 무거운 마음으로 집에 도착했다. 내 선물을 받는 리젤의 모습을 간절히 보고 싶었지만, 그 장면은 결국 상상으로만 끝나고 말았다.

"오, 니카, 들어왔구나!" 안나는 새 식탁보를 깔고 있었다. "내가 식탁을 차리는 동안 저 큰 상자 좀 위에 갖다 놓을래? 복도 끝에 있는 작은 방에다."

나는 그녀의 얼굴을 보며 알겠다는 눈짓을 했고, 그녀가 미소를 지었다. 복도 끝에 있는 방에는 앨런의 물건이 보관되어 있었다. 나는 안나가 시킨 대로 위층으로 가서 방의 불을 켜고 옷장 옆에다 상자를 내려놓았다. 그 방에는 옷, 상자, 오래된 음악 CD, 구석에 말아 놓은 포스터가 있었다. 책도 여러 권 있었다. 가까이 가서 보니 대학에서 공부하는 책들이었다.

나는 앨런이 아시아처럼 법학을 공부했다는 사실을 알게 되었다. 유난히 큰 책 한 권을 조심스럽게 들어 펼쳐보았다. 나는 그와 더 가까워지고 더 많은 것을 알고 싶었다. 안나에게 그에 대한 얘기를 묻고 싶었지만, 그녀가 흔쾌히 들려줄지 몰라서 망설이고 있었다.

나는 엄청난 분량의 쪽수를 놀라워하며 그 *형법* 책을 넘겨보았다. 깨끗하게 잘 정리되어 있었다. 앨런은 책을 아주 깔끔하게 관리했다.

나는 별 생각 없이 각 장의 제목을 읽었다.

아동학대죄……

중혼죄……

가정폭력범죄……

근친상간죄…… 나는 이맛살을 찌푸렸다. 한 단어가 단번에 내 눈을 사로잡았다. *입양.*

나는 그 내용을 주의 깊게 읽어보았다.

《많은 주에서 *입양*은 진정한 가족 관계를 형성한다. 입양 절차를 통해 *입양인*은 법적으로 *수용자* 가족의 일원이 된다. 따라서 그는 모든 면에서 가족 구성원이다.

앨라배마 형법 제13A항: 혈연이나 입양으로 가정을 이루는 구성원과의 결혼이나 연애 관계는 법에 따라 근친상간으로 간주한다. 여기에는 혈연이나 입양을 통한 부모와 자녀, 혈연이나 입양을 통한 형제와 자매, 이복/이부 형제와 자매가 포함된다.

근친상간은 C급 중범죄에 해당한다. C급 중범죄는 징역형에 처해질 수 있다……》

나는 읽기를 중단했다. 책을 덮어 내려놓고 불에 덴 것처럼 물러섰다. 귀가 먹먹했다. 나는 꼼짝하지 않고 멍하니 책 표지를 바라보았다. 고요한 무언가가 폭풍 속의 바다처럼 내 안에서 들먹거렸다. 나는 그 공허감이 무엇인지 이해하지 못했다. 나에게 무슨 일이 벌어지고 있는지도 이해하지 못했다.

나는 급하게 방문을 닫고, 나도 모르게 뒷걸음질 쳤다. 뒤로 물러서면서 벽이 멀어지는 느낌이 들었다. 내 중심축이 옮겨진 것처럼 갑자기 모든 것이 제자리에 있지 않고 낯설어 보였다. 나는 그 느낌을 떨쳐내고 방문을 열쇠로 잠근 뒤 아래층으로 내려갔다. 나는 저녁 식사에만 집중하려고 했다. 내 안에서 맴도는 그 막연한 감정을 무시하려고 했다.

조용한 저녁 식사였다. 드디어 나는 안나와 노먼에게 아델린을 소개할 수 있었다. 노먼은 저녁 식사 내내 그녀에게 소스를 더 원하는지 물어보며 건네주었다. 나는 리젤을 여러 번 힐끗대며 쳐다보았다. 그의 얼굴에서 어떤 감정이라도 읽으려고 했지만, 아델린이 자꾸 거치적거리며 방해하는 바람에 자세히 살필 수 없었다. 생일 케이크가 등장하고, 선물들도 전달되었다. 나는 그에게 아무것도 주지 못해서 조금 움츠러들었다. 그러는 사이 어느덧 밖이 어두워졌고, 아델린은 이제 돌아가야겠다고 말했다. 노먼은 그녀에게 데려다주겠다고 했지만, 아델린은 공손하게 거절했다. 안나는 리젤의 뺨에 입을 맞추고 방으로 올라갔다. 노먼도 우리에게 잘 자라고 인사한 뒤 그녀를 따라 올라갔다.

"오늘 저녁 고마웠어." 아델린이 말했다.

그녀는 나를 쓰다듬으며 인사한 뒤 여전히 앉아 있는 리젤에게 다가갔다. 그녀가 몸을 굽혀 리젤을 안았을 때 나는 놀라서 거의 펄쩍 뛸 뻔했다.

"저번에 내가 한 말을 잘 생각해 봐." 그녀가 속삭이는 소리가 들렸다.

리젤은 듣고 싶지 않지만 머리에서 지울 수 없는 말을 들은 것처럼 얼굴을 돌렸다. 아델린은 한숨을 쉬고는 떠나갔다.

우리 둘만 남았다. 침묵이 흘렀고 리젤은 내 쪽을 바라보았다. 나와 시선이 마주치자 즉시 눈을 돌리고 일어섰다.

"리젤." 나는 다가가서 그의 뒤에 멈춰 섰다.

"오늘 네 선물을 샀는데…… 기껏 준비했는데…… 안타깝게도, 줄 수 없게 돼버렸어."

"상관없어." 그가 중얼거렸다.

나는 얼굴을 숙였다.

"난 그렇지 않아." 나는 씁쓸하게 대꾸했다. "상관있어."

나는 그날 저녁이 그에게 특별하기를 바랐다. 눈에 보이지 않더라도, 가까이 있는 사람들의 애정을 느끼고 그가 혼자가 아니라는 것을 깨닫기를 바랐다.

"미안해." 나는 작은 목소리로 말했다.

나는 그의 옷자락을 잡았고, 더 가까이 다가가고 싶은 충동이 일었다.

"나한텐 중요했어. 그리고 지금이라도…… 만회할 수 있으면……"

"말하지 마." 그의 목소리가 나를 막았다. 그는 다급한 기도처럼 손을 뻗었다. "*말하지 마*……"

"그러고 싶어." 나는 고집스럽게 중얼거렸다. "만회할 수 있게 해줘. 네가 원하는 게 있을 텐데……" 나는 그의 얼굴을 찾으며 손에 힘을 주었다. "무엇이라도……"

리젤은 가만히 숨을 내쉬었다. 그는 잠시 아무 말이 없다가 아주 느리고 깊은 어조로 말했다. "무엇이라도?"

나는 그가 빗속에서 나를 안아 들었던 것과 나 대신 뺨을 맞은 일을 떠올렸다. 그리고 그의 얼굴에 긁힌 자국……

"그래." 나는 망설임 없이 대답했다.

"내가 너한테…… 가만히 있으라고 하면?"

"뭐라고?"

리젤은 천천히 몸을 돌렸다. 그의 검은 눈이 나에게 내렸다.

나는 간신히 숨을 쉬었다. 그의 눈동자에 비친 내 빨간 원피스와 은빛 눈 아래 벌어진 입술이 보였다.

"가만히." 그는 나를 혼란스럽게 하며 속삭였다. "*그냥 가만히*……"

나는 그의 목소리에 못 박힌 채 그대로 있었다.

그는 큰 키로 우뚝 솟아서 속눈썹 아래로 나를 내려다보았고, 그제야 나는 내 입가에 가루 설탕이 묻어 있다는 것을 알아챘다. 나는 입을 닦으려고 했다.

하지만 그럴 수 없었다. 리젤의 손이 내 손목을 감아 움직이지 못하게 했다. 그의 부드러운 손길에 피부가 화끈거렸고 숨결이 떨렸다.

그가 나에게 손을 댔다.

그가 천천히 내 팔을 내리며 나를 그의 시선에 가두는 동안 나는 꼼짝도 할 수 없었다.

"그냥," 그가 침을 삼켰다. "*가만히……*"

나는 최면에 걸렸다.

걷잡을 수 없는 감각의 불길에 휩싸여 무기력한 눈으로 그를 바라보았다.

그의 눈동자가 내 얼굴로 미끄러졌다. 리젤은 나를 잠시 바라보더니…… 천천히 앞으로 몸을 기울였다.

그의 남성적인 향기가 내 코를 덮쳤다. 심장이 두근거렸다.

그의 숨결이 나에게 닿았고…… 그의 입술이 내 입가에 닿았다.

나는 숨을 죽였다.

그의 따뜻한 혀가 내 입가를 스치자 나는 숨이 막혔다. 심장이 조이고 무릎이 떨렸다. 리젤은 가루 설탕을 핥았고, 나는 그 광기 속의 유일한 버팀대인 것처럼 그의 옷자락을 붙들고 있었다.

나는 더는 아무것도 이해할 수 없었다.

내 호흡은 깊어졌고, 우리의 숨결은 뒤섞였고, 그의 향기가 목구멍까지 뻗쳐 가장 달콤한 독처럼 정신을 흐려놓았다.

심장이 터질 것 같았다. 머릿속이 빙빙 돌았고 나는 숨 쉬는 법도 잊어버렸다.

그가 나를 죽이고 있었다.

아무 소리도 없이.

내 손목을 잡은 그의 손가락도 떨고 있었다.

그는 내게서 떨어지며 아랫입술에 묻은 설탕을 핥았다. 나는 당혹스럽고 화끈거리고 떨리는 느낌에 휩싸인 채 그를 바라보았다.

나는 내 안에서 꿈틀거린 무언가에 놀랐다. 내 피부의 반응에 겁이 났다.

그러나 아무 생각도 할 수 없었다.

그의 눈빛이 내 입술에서 불타올랐다.

그의 숨결이 내 뺨에 부딪혔다.

나는 눈을 감았다……

* * *

니카의 입술.

리젤은 다른 것은 보이지 않았다.

관자놀이가 불끈거렸고, 머릿속이 흐릿해졌다. 심장이 터질 듯이 세게 뛰었다.

그녀는 움직이지 않았다.

그녀는 가만히 있었다……

그는 자신도 모르게 그녀를 탁자 쪽으로 밀었다. 그리고 그녀의 팔뚝을 따라 손을 미끄러뜨려 두 손목을 잡고서 가쁜 숨을 내쉬었다.

그녀에게 입 맞추고 싶은 광폭한 충동에 사로잡혔다.

벌레가 으르렁거렸다. 그는 그녀의 달콤한 피부를 탐하며 맛본 감각을 아직도 기억했다. 그것은 영원히 타오르는 형벌처럼 남아 있었다.

그는 그녀에게서 멀어져야 했다. 너무 늦기 전에.

그녀를 놓아주고, 그녀에게 으르렁거리고, 그녀를 밀쳐내고, 더는 그녀를 쳐다보지 말아야 했다……

하지만 니카는 거기에 있었고, 그녀는 그가 본 가장 아름다운 죄였다. 원피스에 감싸인 가슴, 긴 갈색 머리카락, 그가 그녀의 입에서 끌어내고 싶은 숨을 내쉬는 매끄러운 입술……

그녀는 아름다웠고 거부할 수 없었다.

그는 그녀의 달콤한 향기를 들이마시며 몸을 앞으로 기울였다. 억제할 수가 없었다. 그의 손이 따뜻한 손목에 닿자 그녀는 숨을 죽였다. 견딜 수 없는 고문에 심장은 갈비뼈를 부딪치며 요동쳤다.

그는 그녀의 향기에 취했다. 더는 아무 생각도 할 수 없었고, 현실을 떠나 있는 것 같았다. 니카가 그에게 미치는 영향은 그 어떤 것과도 비교가 안 되었다.

그리고 그는 원했다…… *그 순간, 간절히*……

그녀가 몸을 떨었다.

리젤은 눈을 들었다.

그는 그녀가 침을 삼키며 눈을 꽉 감고, 심란한 표정으로 뺨을 붉히고, 무릎이 떨리는 것을 보았다.

그녀는 숨을 쉴 수 없을 정도로 떨었고, 그가 두 손으로 잡고 있는 손목도 떨었다.

그녀는 그를 쳐다보지도 못했다.

그리고 그에게 다시 파괴의 기운이 뻗쳤다. 공포와 거부, 격정, 그의 숨통을 조이며 영원한 형벌 속으로 몰아넣는 그 감정들이 폭발했다.

또다시 고통스러운 좌절감이 밀려왔고, 리젤은 그것을 손톱으로 긁어 벗겨내고 싶었다. 항상 그렇게 어둡고 극적이고 잘못되었다는 느낌을 지우고 싶었다. 그는 그런 감정에 지쳤지만, 거기에 맞서려 할 때마다 그의 마음은 상처 입은 짐승처럼 더 깊은 곳으로 숨어들었다.

그는 다만 옳다고 느끼고 싶었다. 그는 오로지 그녀를 만지고 느끼고 싶었다. 그녀를 겪고 싶었다. 그는 자신이 가진 모든 것을 다해 그녀를 원했지만, 그가 가진 것은 상처와 가시와 고통과 고뇌하는 영혼뿐이었다.

그리고 그녀는 그의 눈을 똑바로 쳐다보지도 못했다.

"이리도 사랑할 수 있는 사람이 있다면……" 그는 마음속으로 되뇌었고, 니카는 그의 앞에서 떨고 있었다.

그리고 리젤은 그녀를 보고 있는 것만으로도 끔찍하게 감미로워서, 평생 영혼이 바스러질 것 같다고 생각했다.

* * *

그의 손이 나를 놓아주었다.

리젤은 멀어져 갔고, 나는 현실로 돌아왔다.

안 돼, 내 마음은 애타게 부르짖었다. 미칠 것만 같았다. 아무 생각도 들지 않았다. 나는 내가 아니었다. 나를 그에게 묶고 있는 보이지 않는 힘만 느껴졌다.

그를 막아서려는 순간, 문 두드리는 소리가 들렸다. 나는 움찔했고, 내 앞의 리젤은 얼굴을 돌려 현관을 바라보았다.

이 시간에 누구일까?

"가지 마." 나는 그에게 애원했다. 내 목소리에는 괴로움이 가득했다. "달아나지 마. 부탁이야……"

나는 그가 적어도 이번만은 사라지지 않고 나를 기다려주길 바라며 입술을 깨물었다.

내 마음이 전해졌는지 리젤이 움직이지 않았다. 나는 그를 한번 슬쩍 쳐다보고는 현관을 향해 걸어갔다. 나를 바짝 따라붙는 그의 시선이 느껴졌다.

나는 젖빛 유리 너머로 누군가가 있는 것을 확인했다. 그는 한밤중이라는 사실을 모르는 듯 문을 두들겨대고 있었다.

문구멍으로 밖을 내다보고는 눈이 휘둥그레졌다.

"라이오넬."

나는 당황하여 어쩔 줄 몰라 하다가 손을 뻗어 문을 열었다. 그는 문을 두드리던 손을 여전히 치켜든 채 혼란스러운 눈으로 나를 바라보았다. 그는 몹시 다급하게 달려온 것처럼 보였다.

"뭐 하는 거야? 이 시간에 여기서 뭐야?"

"불이 켜진 걸 봤어." 그가 나에게 다가오며 황급히 말했다. 나는 그의 얼빠진 표정에 놀랐다. "알아, 너무 늦은 시간이란 걸. 니카. 하지만…… 잠을 잘 수가 없어…… 도저히……"

"무슨 일이야? 너 괜찮니?"

"아니!" 그는 제정신이 아닌 것처럼 보였다. "자꾸 생각이 나서 미치겠어. 한계에 달했어. 이 상황을 참을 수 없어. 더는 견딜 수 없어……

네가 여기 있는 것, 그게……" 그는 횡설수설하다가 입술을 깨물었다.

"라이오넬, 진정해……"

"네가 *그와 함께* 여기서 사는 게 참을 수 없어." 그는 마침내 뱉어버렸다.

가슴이 철렁 내려앉았다.

나는 놀라서 어깨 너머로 한 번 흘낏 돌아보았다. 그 말은 고요 속에 폭탄이 터진 것처럼 울려 퍼졌다. 나는 앞으로 나아가며 문을 반쯤 열었다. 라이오넬은 한 걸음 뒤로 물러섰고, 내 시선은 열린 대문으로 향했다.

"라이오넬, 늦었어. 집에 가는 게 좋겠어……"

"싫어!" 그는 흥분해서 목소리를 높이며 내 말을 가로막았다. 그는 다른 사람처럼 보였다. "집에 가지 않을 거야. 더는 아무렇지 않은 척할 수 없어! 그런 무지막지한 놈과 늘 같이 있는 게 참을 수 없어. 네가 그런 옷을 입고서……" 그는 내 몸 이곳저곳을 눈으로 훑으며 미친 사람처럼 손짓을 해댔다. 그러다 내 눈을 빤히 들여다보던 그의 눈동자에서 갑자기 불길한 빛이 번뜩였다. "지금까지 같이 있었니? 그런 거야? 그가 너한테 선물로 뭘 달라고 했어? *뭘?*"

"넌 지금 제정신이 아니야." 나는 가슴을 조이며 대답했다.

"말하기 싫으니?" 그가 거친 숨을 내쉬었다. 그는 눈을 부라리며 내 두 눈을 번갈아 바라보았다. "넌 아직도 모르겠어?"

나는 그에게 다가갔다.

"라이오넬……"

"*모르겠니?*" 그는 몇 걸음 물러서면서 버럭 소리쳤다. "어떻게 이해시켜야 할까? 어떻게?" 그는 두 손으로 머리를 부여잡았다. "정말 그렇게 순진한 거야?"

그가 주먹을 꽉 쥐자 나는 주춤했다.

"계속 이럴 순 없어. 말도 안 돼! 우리가 서로 연락한 지 얼마나 됐니? *얼마나 오래 됐니?* 그런데도 넌 아무것도 못 보는 것 같아! 널 이해시키려면 내가 어떻게 해야 할까? 어떻게? 맙소사, 니카, 눈을 떠!"

갑자기 그의 손이 내 얼굴을 잡았다. 라이오넬이 나에게 입을 맞추었고, 나는 눈이 휘둥그레졌다. 본능적으로 눈을 꾹 감으며 그를 밀어냈다. 그는 비틀거리며 뒤로 물러섰고, 놀란 표정으로 나를 보았다. 그리고 그의 시선이 내 뒤편으로 향했다. 문 앞에서 우리를 쳐다보는 검은 두 홍채를 보며 나는 몸을 떨었다. 밤의 어둠 속에 냉혹하고 빛도 없는 두 개의 심연이 있었다.

그 눈동자가 내게로 왔다. 리젤이 잠시 나를 쳐다보았을 때, 세상이 내지르는 비명이 들렸다. 이내 그는 돌아서서 사라졌다.

"리젤!" 나는 그를 부르며 뒤따라가려고 했는데, 라이오넬이 내 팔을 붙잡았다.

"니카…… 니카, 잠깐만……"

"*싫어!*" 나는 갑자기 소리를 질렀다. 내가 팔을 홱 잡아당기자 라이오넬은 당황한 표정을 지었고, 나는 돌아서서 안으로 달려갔다.

* * *

신경이 터질 지경이었다.

방금 그는 그 장면에서 도망칠 때 무지근한 통증이 덮쳐왔다. 리젤은 그를 갈기갈기 찢고, 그 가증스러운 얼굴을 부수고, 그녀에게서 떼어내고 싶은 욕구가 끓어올랐다. 그 둘이 함께 있는 모습을 보니 미칠 것 같았다.

그의 정신은 곤두박질쳤고, 어둡고 빛이 없는 소용돌이 속으로 빠져들었다.

리젤은 늘 알고 있었다, 니카가 세상을 바라보는 방식으로 자신을 절대 바라볼 수 없다는 것을. 세상의 다른 사람들은 그처럼 불결하고 망가진 마음을 지니지 않았다. 그는 스스로 지독한 미움을 사게 만들었다. 그녀까지도 그를 싫어하게 만들었다. 누구도 그를 원하지 않을 것이다. 그 누구도.

피가 머리끝까지 치솟았다. 주먹이 꽉 쥐어졌다. 그 광경은 그를 괴롭혔고, 닥치는 대로 때려 부수고 싶은 걷잡을 수 없는 충동이 밀려왔다.

그는 세상을 멀리했다.

손에 닿는 모든 것을 망가뜨렸다.

그는 뭔가 잘못되었고, 앞으로도 계속 그럴 것이다.

그는 평범한 감정을 느낄 줄 몰랐고, 사랑이라는 달콤한 감정을 느낄 줄도 몰랐다. 할퀴고 찢으며 그 감정을 거부하려고만 했다.

그는 힘껏 눈을 감았다. 관자놀이가 불끈거리며 뛰었고, 눈꺼풀 아래에 하얀 점들이 터져 나왔고, 내면에서 무언가가 올라오며 잔인하게 타오르는 황폐함이 느껴졌다.

"*안 돼……*" 근육이 수축되었다. 그는 매번 미치게 만드는 그 고통을 강력하게 거부했다. 눈을 감으며 긁고 압박했지만, 그 느낌은 그대로였다.

그는 발끈하여 배낭을 걷어차고 침대에 앉았다. 머리에 손을 얹고 미친 사람처럼 머리카락을 쥐어뜯었다.

"지금은 안 돼…… *지금은 안 돼……*"

* * *

"리젤!" 나는 계단에서 그를 불렀다.

나는 위층으로 올라가 그의 방으로 갔다. 방문이 조금 열려 있었다. 나는 천천히 문을 밀었다. 그가 어둠 속에 잠겨 침대에 앉아 있었다.

"리젤……"

"*들어오지 마.*" 그가 쉭쉭거리며 나를 겁주었다. 나는 그의 위협적인 말투에 괴로워하며 그를 쳐다보았다.

"나가……" 그는 검은 머리카락에 파묻은 손가락을 우그러뜨렸다.

"당장 나가."

나는 심장이 벌떡거렸지만 움직이지 않았다.

나가고 싶지 않았다.

그가 숨을 헐떡이는 걸 보고 천천히 다가가자, 리젤은 이를 악물었다.

"*들어오지 말라고 했잖아.*" 그는 화가 나서 으르렁거리며 매트리스에 손을 파묻었다. 그의 동공은 맹수의 눈처럼 크게 확대되었다.

"리젤……" 나는 속삭였다. "너…… 괜찮니?"

"아주 좋아." 그가 쉭쉭거렸다. "그러니 이제 가."

"싫어." 나는 고집스럽게 맞섰다. "가지 않을 거야……"

"*나가!*" 그가 악을 쓰며 내지른 소리에 나는 깜짝 놀랐다. "너 귀머거리야? *사라지라고 했잖아!*"

그는 나에게 사납게 으르렁거렸다. 나는 슬퍼하며 휘둥그런 눈으로 그를 쳐다보았고, 그 모든 분노 속에 엄청난 고통이 유리조각처럼 박혀 있는 것을 보았다. 나는 목이 메었고 꼼짝할 수 없었다.

그는 또다시 나를 밀어내려고 했지만, 이번에는 그의 절망을 보고 말았다.

그는 내 앞에서 피를 흘리며 그 고통을 혼자서 견디려 했다.

"내 말 안 들려? *나가라고, 니카!*" 그는 무서울 정도로 사납게 소리쳤지만, 나는 내 마음을 따르기로 했다.

나는 팔을 뻗어 리젤의 머리를 감싼 뒤 그를 내 쪽으로 당겼다.

그를 끌어안았다.

나는 왜 내가 깨져야하는지 모른 채 그와 함께 나를 깨뜨리기 위해 그를 안았다.

온 힘을 다해 그를 안았고, 그의 손은 나를 밀쳐내려는 듯 내 옷을 붙잡았다.

"너는 혼자가 아니야……" 나는 그의 귀에다 속삭였다. "나는…… 널 떠나지 않을 거야. 리젤, 약속해." 그의 괴로운 호흡이 내 배에 닿았다. "너는 절대 외롭지 않을 거야. 절대로……"

내가 그 말을 한 순간…… 그의 손가락이 내 옷을 구기며 움켜쥐었다. 그리고…… 나를 끌어당겼다.

리젤은 나에게 매달렸다. 내 배에다 이마를 들이밀었다. 그의 숨결은 깨졌고, 그가 듣고 싶은 전부가 그 고백이었던 것처럼 내 영혼을 으스러뜨렸다.

지진이 나를 통과했다. 내 눈은 커지고, 내 손은 마치 그가 나에게서 나를 뽑아내는 것처럼 그의 머리카락 속으로 파고들었다. 그리고 그는 세상에서 가장 간절히 원하는 것이 나인 듯 필사적으로 나를 껴안았다…… 내 심장이 폭발했다. 은하처럼 분출했다.

내 영혼은 확장되었고, 리젤의 숨결과 합쳐질 때까지 그의 주위를 둘러쌌다. 나는 한 영혼의 조각들처럼 연결되어, 평생 서로를 쫓는 파편들처럼 마음으로 하나가 되어 그를 내 옆에 가까이 두어야 한다고 느꼈다. 나는 커다란 눈에 눈물이 그렁한 채 몸을 떨었다. 모든 진실을 단번에 깨닫고 충격에 휩싸여 그에게 매달렸다.

너무 늦었다. 내 안에는 그가 가득 차 있었다. 그는 내 몸 전체에 자신의 표식을 남겼다.

내가 원하는 모든 것, 내가 간절히 갈망하는 모든 것은…… 바로 그 복잡하고 어려운 소년이었다. 그는 마치 세상을 구하려는 듯, 아니, 어쩌면 자신을 구하려는 듯 나를 품에 안고 있는 것 같았다.

내가 평생 알고 지낸 그 소년, 검은 눈과 공허한 시선을 지닌 그레이브의 그 아이, *리젤*. 내 모든 부분에서 *리젤, 오직 그만*을 부르짖고 있었다.

나는 내 영혼의 빛나는 모든 부분으로 그에게 속해 있었다.

모든 생각으로.

그리고 모든 숨결로.

우리는 한 이야기의 시작이자 끝이었다. 리젤과 나는 영원히 떨어질 수 없었다. 그는 별이고 나는 하늘이었고, 그는 상처고 나는 반창고였다. 그리고 우리는 *함께 전율하는 별자리*였다.

함께…… 처음부터.

내가 오직 그의 이름만을 외치는 조각들로 나를 다시 꿰매기 위해 자신을 쪼개고, 모든 것이 부서져 그가 나의 일부가 되는 동안, 내가 평생 마음속에 지니고 있던 유일한 것은 바로 그였다.

25
충돌침로

내 마음은 멍투성이지만
내 영혼은 별들로 가득 차 있다.
왜냐하면 몇몇 떨림의 은하들은
오직 피부 아래에서만 빛나기 때문이다.

시간이 멈추었다.

세상은 회전을 중단했다.

오직 우리만 있었다.

그러나 내 안에서 충돌하는 우주는 내가 가진 모든 확신에 새로운 모습을 부여했다.

나는 움직일 수 없었다. 크게 뜬 내 눈은 무력하기만 했다. 그리고 내면은……

내 안에는 이제 내가 없었다.

내 영혼은 떨고 있었다. 걷잡을 수 없는 감정이 여기저기로 터져나갔다. 내 감정은 점점 더 빠르게 아래로 내달렸다. 나는 내 심장에 소리치고 싶었다. *아니, 아니, 잠깐만, 제발 그러지 마…… 그러지 마……*

그러나 멈추지 않았다.

세상이 내 안에서 방금 일어난 폭발을 모르고 있다는 게 이상하게 생각되었다. 나 혼자만 형벌을 선고받은 것처럼 그것은 조용히 파고들어 숨 쉴 때마다 타오르며 고통을 가했다.

리젤의 손가락이 내 허리춤의 옷을 비볐다.

그의 손은 천천히 올라가며 갈비뼈를 따라 천을 구겨댔다. 나는 매일같이 원했던 그의 손길에 감히 숨을 쉴 수가 없었다.

갑자기 그의 입술이 내 배에 닿았다.

리젤은 옷 위로 내 피부에 입을 맞추었다.

숨이 막혔다. 나는 자극적이고 뜨거운 느낌에 경악했지만 어찌할 바를 몰랐다. 그가 또 입을 맞추었다. 이번에는 더 위쪽, 갈비뼈를 영원히 타오르게 했다. 나는 몸을 떨었고, 그의 손이 나를 그에게로 끌어당겼다.

"리…… 리젤." 그가 내 가슴뼈에 길고 뜨겁게 입 맞추자 나는 더듬거리며 입을 뗐다. 그는 내 온기 속에, 내 향기 속에, 너무나 가까이 있는 내 육체 속에 빠져 헤어 나오지 못하는 것 같았다. 내 심장은 그의 입김을 따라가며 뱃속에서 두근거렸다. 나는 손가락 사이로 그의 머리카락을 움켜쥐었고, 그의 숨결에 정신을 차릴 수 없었다.

그는 내 가슴의 맨살을 치아와 입술로 천천히 핥았다. 가슴이 제멋대로 오르락내리락했고, 그의 뜨거운 혀가 격정적으로 피부를 가로질렀다. 그의 손가락이 내 허벅지로 내려와 꽉 쥐자 나는 숨을 헐떡였다. 그는 허벅지를 끌어당겼고, 내 심장은 저항할 수 없었다. 뱃속에서 우글거리는 달콤한 긴장을 떨치려고 했지만 그럴 수가 없었다. 심장이 뒤틀리는 느낌이 들었다. 나는 뜨겁고, 축축하고, 떨렸다. 상황은 건잡을 수 없게 되었고, 나는 그 감각들을 인식하지 못했지만 그것은 모두 나의 것이었다.

내게서 가느다란 신음이 새어 나왔다. 그 소리에 그의 손은 통제할 수 없는 광란에 사로잡혀 나를 그의 품으로 끌어당겼다. 그는 내 허벅지를 자기 옆구리 쪽으로 끌어당겼고, 내 목에 입을 밀어 넣으며 물고 핥으면서 흥분을 터트렸다.

나는 호흡이 빨라졌다. 그의 치아는 금단의 열매를 맛보듯 내 목의 곡선을 음미했다. 나는 다리에 힘이 풀렸고, 심장이 온몸을 점령했다.

아무 생각도 들지 않았다.

발목이 떨렸고, 그의 골반이 내 허벅지를 내리눌렀다. 나는 그의 어깨를 붙들며 그에게 매달렸다. 그는 내 중심이 되었고, 내 우주의 구심이 되었다. 나는 그만 보았고, 그만 느꼈고, 그를 생각하는 것만으로도 온몸이 떨렸다.

그의 입술이 내 목의 고동치는 혈관을 자극했고, 나는 격렬한 감각에 압도되어 헐떡거렸다. 그의 손가락이 내 가슴을 거머쥐자 강렬한 전율이 배를 조였고, 그 느낌에 덜컥 겁이 났다.

갑자기 찬물 벼락을 맞은 것처럼 정신이 번쩍 들었다. 나는 움찔했고, 흥분이 사그라졌고, 현실 감각을 되찾으며 두려움이 밀려왔다.

"안 돼!"

나는 그의 몸에서 떨어져 뒤로 물러났다.

리젤의 얼어붙은 시선이 내 심장을 찔렀다. 그는 헝클어진 머리로 나를 올려다보았고, 내가 그에게서 멀어지는 발걸음 하나하나에 통증이 느껴졌다.

"우리는 안 돼." 나는 경련을 일으키며 중얼거렸다. "우린 안 돼!"

나는 두 팔로 내 몸을 감쌌고, 그는 내 눈에서 공포의 빛을 보았다.

"뭐가……"

"*잘못됐어!*"

내 목소리가 방안에 울려 퍼졌다. 그 한마디는 우리 내면의 무언가를 깨뜨렸다.

리젤의 눈빛이 달라졌다. 그 어느 때보다도 홍채가 밝게 빛났다.

"*잘못됐다고?*" 그는 천천히 되물었다. 그의 목소리가 아닌 것 같았다. 의혹은 고통이 되었고, 그의 눈빛은 영혼이 피부 아래서 시들어가는 것처럼 어두워졌다. "뭐가? 니카, 뭘 잘못했단 거야?"

그는 이미 답을 알고 있었지만, 직접 듣고 싶어 했다.

"이건……" 나는 마음속에 있는 그 단어를 입 밖으로 내지 못했다. 그것을 정의하는 것은 인정하고 받아들이는 것과 같기 때문이다. "우리는 안 돼! 리젤, 우리는…… 이제 형제가 돼!"

그 말에 마음이 끔찍하게 아팠다.

세상의 눈에 우리는 *형제*로 보일 것이다. 내가 늘 거부했던 그 명칭이 이제는 영원한 형벌처럼 여겨졌다.

나는 앨런의 책에서 읽은 내용을 떠올렸고, 그 구절은 사라지지 않는 표식처럼 타올랐다.

그것은 실수였고, 해서는 안 됐고, *할 수 없었다*. 하지만 내 영혼은 비명을 질렀고, 부당함에 숨이 막혔다. 그리고 동화는 이제 가시덤불과 너덜너덜한 페이지가 되었다. 리젤이 나를 바라볼수록 어린 시절의 열망이 짓눌리며 둘로 쪼개지는 느낌이 들었다.

이제 갈라진 두 개의 조각이 내 마음속에서 빛나고 있었다. 한쪽에는 빛과 따뜻함, 경이로움과 안나의 눈이 있었다. 내가 늘 원했던 가족. 원장이 나를 때리고 괴롭혔을 때 버틸 수 있게 한 유일한 희망. 다른 쪽에는 꿈과 전율과 별들의 우주가 있었다. 리젤. 그가 내 안에 그린 모든 것. 리젤과 그의 가시나무. 리젤과 내 영혼에 들어온 그의 눈. 그리고 나는 그 혼돈 가운데서 대립하는 두 욕망에 짓눌려 있었다.

"넌 계속 자신을 속이고 있어……"

리젤은 여전히 나를 바라보고 있었다. 하지만 이제…… 이제 그는 나에게서 몇 광년 떨어져 있었다. 그의 눈은 더 이상 열린 상처가 아니라 깊고 먼 심연이었다.

"넌 계속해서 자신을 속이고 있어…… 너는 동화를 믿고 싶지만, 우리는 부서졌어, 니카. 우리는 깨졌어. 우리의 본성은 일을 망치는 거야. *우리*는 눈물을 만드는 사람들이야."

'네가 나를 망쳤어.' 리젤의 눈이 속삭이는 것 같았다. '그래, 넌 너무나 연약하고 하찮아. 넌 철저하게 파괴되었어.'

나는 눈에서 눈물이 차올랐다.

우리는 우리만의 우주에서 왔기 때문에 다른 사람들이 이해할 수 없는 언어로 말했다. 사람들은 그 말이 어떻게 영혼에 닿고 할퀴는지 알지 못했다.

"이 모든 것을 잃을 순 없어." 나는 속삭였다. "안 돼, 리젤……"

그는 알고 있었다. 그는 그것이 나에게 어떤 의미인지 알고 있었다. 그는 고통이 들끓는 시선으로 나를 바라보며 마음속으로 이길 수 없는 싸움을 벌이고 있었다.

나는 그의 눈에서 점점 꺼져가는 빛을 보았다.

그 빛을 잡고 싶었지만, 이미 너무 늦었다.

* * *

"*이제 가 봐.*" 그가 쉭쉭거렸다.

니카는 눈물이 고인 눈으로 흠칫 놀랐고, 그는 죽을 것 같았다.

그의 머릿속은 온통 시커멓고 비명으로 차 있었다. 고통이 그의 심장을 갉아먹었다. 그는 그것이 그녀에게 얼마나 중요한지 알고 있었다. 그녀가 가족을 얼마나 원했는지 알고 있었다. 그는 그녀를 비난할 수 없었다.

그러나 그녀의 약속은 희망의 싹을 틔우게 했고, 그 꽃이 피기도 전에 그녀는 잘라버렸다. 그 파괴의 기운은 모든 것을 갈가리 찢었다.

"제발……" 니카는 고개를 저었다. "리젤, 제발, 난 이건 원하지 않아……"

"그럼 원하는 게 뭐야? 뭘 원해, *니카?*"

리젤은 울분을 터트렸다. 그는 자리에서 일어나 큰 키로 그녀를 짓눌렀고, 그녀가 매일 밤 꿈꾸었던 그 눈빛으로 쏘아보았다.

"내게서 원하는 게 뭐야?" 그는 화가 나서 물었다.

그 안의 벌레가 꿈틀거리며 그녀를 쓰다듬고, 만지고, 입 맞추라고 몰아댔다. 그는 힘없이 주먹을 쥐었다. 잠시 그는 심장을 뜯어내어 던져버리고 싶었다. 그는 자신을 원망해야 한다는 것을 알고 있었다. 결국 그것은 그가 저지른 실수에 대한 고통스러운 처벌이었다.

그날 그레이브에서 피아노를 연주한 것.

선택되게 한 것.

그녀와 함께 있는 것.

그것은 순전히 이기적인 행동이었고, 그녀를 잃지 않으려는 필사적인 몸짓이었다. 그리고 이제 그는 영원히 그 대가를 치러야 했다.

"나는 너의 완벽한 동화 속에 있지 않아." 그는 괴로워하며 중얼거렸다. 그는 그녀를 미워하고 싶었다. 그녀를 자신의 영혼에서 떼어내어 날려버리고 싶었다. *희망하기*를 멈추고 싶었다.

니카는 빛을 잃은 눈으로 그를 바라보았고, 리젤은 그녀가 결코 그의 것이 될 수 없다는 것을 알았다. 그는 절대 그녀를 붙잡지 않을 것이다. 그녀에게 입을 맞추지도, 그녀를 느끼거나 호흡하지도 않을 것이다.

그녀는 영원히 닿을 수 없는 존재일 것이다. 하지만 가까이 있으면서 그를 아프게 했다.

그 순간 그는 그녀에게 행복한 결말은 없을 거라는 걸 깨달았다. 그리고 고통스럽지만 자신이 그녀에게 상처를 줘야 한다는 생각이 들었다. 그래야 그녀는 불행한 상황을 피할 수 있을 것이다. 그는 온 마음을 다해 그녀를 원했다. 하지만 그 무엇보다도 그녀가 행복하기를 바랐다.

그녀의 행복이 가족이라면 그가 물러서기만 하면 되는 일이었다.

"나가. 네 친구에게 가 봐. 너희가 중단했던 걸 다시 하고 싶어 안달이 나 있을 거야."

"그러지 마." 니카는 눈을 가늘게 떴다. "내가 널 미워하게 몰지 마. 그런 일은 없을 테니까."

리젤은 보란 듯이 불쾌한 웃음을 터트렸다. 그러면서 마음이 아팠다. 고통이 그를 삼키는 것 같았다.

"네가 주변에서 얼쩡거리는 걸 내가 좋아할 것 같아? 네 어리석은 *친절*을 좋아할 것 같아?"

그는 그녀를 형제로 옆에 두는 걸 견딜 수 없을 것이다. 절대로.

"네 약속을 어떻게 받아들여야 할지 모르겠어." 그는 상처받아 으르렁거렸다.

니카는 죄책감에 괴로워하며 시선을 돌렸다. 그녀는 고통스러운 슬픔에 찬 그의 검은 눈을 바라볼 수 없어서 얼굴을 숙였다.

리젤은 그녀의 뺨에 흐르는 눈물을 보자 가슴이 찢어질 듯 아팠다. 그는 주먹 쥔 손을 떨며 가만히 서 있었다. 그녀 앞에서 냉담한 자세를 유지하는 것은 아마도 가장 견디기 힘든 일이었다.

그녀는 나갔다. 또다시.

그는 다시 늑대가 되었다.

그들은 같은 경로로 되돌아갔다.

하지만 이번에는 더 고통스럽고 더 힘겨웠다.

이전과 절대 같지 않을 것이다.

더는 똑같지 않을 것이다.

* * *

"다시는 너를 혼자 두지 않을 거야."

그 약속이 떠올라 마음이 괴로웠다. 나는 달아났다.

그에게서. 나 자신에게서. 우리가 함께 있던 곳에서.

전부 잘못되었다.

나. 리젤. 우리를 묶은 현실.

내가 느낀 것.

내가 느끼지 못한 것.

모두.

나는 계단을 내려가 주방을 통해 뒷문으로 나갔다.

정원으로 갔다. 나는 숨이 막힐 때마다 늘 초록의 자연과 바깥 공기를 찾았다. 거기서는 숨을 쉴 수 있었다. 밤의 어둠이 나를 휘감았고, 나는 벽에 기대어 천천히 미끄러져 내려갔다.

그의 두 눈만 떠올랐다. 그의 눈동자가 빛을 잃으며 깨져버린 내 약속……

앞으로 그를 어떻게 볼까?

그의 곁에서 내가 어떻게 견딜 수 있을까? 그를 만지지 않고.

그를 꿈꾸지도, 붙잡지도, 바라지도 않고.

내가 원하는 건 그의 마음뿐인데, 어떻게 다른 사람에게서 사랑을 볼 수 있을까?

그를 어떻게 내 형제로 여길 수 있을까?

나는 길을 잃었다.

두 무릎 사이에 얼굴을 파묻었다. 삶이 나를 조롱하는 것 같았다.

'어느 쪽 마음을 선택할래?' 심술궂게 놀려댔다. '하나만 가질 수 있어. 다른 하나는 어쩔 수 없이 죽게 돼 있어. 어느 걸 선택할래?'

나는 혼란스럽고 힘이 빠지고 지쳤다.

나는 돌이킬 수 없는 상황에 놓였다. 되돌리기에는 너무 늦었다.

문득 핸드폰이 울리고 있다는 걸 깨달았다. 나는 주머니에 손을 넣어 핸드폰을 꺼냈다.

아주 긴 메시지가 밝은 화면을 가득 채웠고, 나는 젖은 눈꺼풀 사이로 간신히 잠금을 풀었다.

라이오넬이었다. 그는 밤늦게 집을 찾아간 것과 일어난 일에 대해 사과했다.

지나치게 구구절절한 말이 적혀 있었다. 나는 단 한마디도 눈에 들어오지 않았다. 너무 지쳐 있었다.

핸드폰 화면을 보고 있는데 그가 나에게 전화를 걸었다. 그의 이름이 번쩍거렸고, 나는 전화를 받을 힘이 없었다.

그와 말하고 싶지 않았다. 지금은 그를 피하고 싶었다.

'네가 거기 있는 걸 알아.' 내가 응답하지 않자 그가 메시지를 보냈다. 마치 나를 보고 있는 것 같았다. '제발, 니카, 전화 좀 받아……'

그는 나에게 다시 전화했다. 한 번, 두 번. 세 번째 전화에 나는 고개를 뒤로 젖히고 눈을 감았다. 나는 한숨을 쉬며 전화를 받았다.

"라이오넬, 늦었어." 나는 지친 목소리로 중얼거렸다.

"미안해." 그가 서둘러 사과했다. 내가 전화를 끊을까 봐 걱정하는 눈치였다.

그는 절박하고 진지해 보였다.

"용서해 줘, 니카…… 내가 그렇게 행동하지 말아야 했어. 경솔하게 굴어 미안하다고 말하고 싶었어……"

지금은 그 이야기를 할 때가 아니었다. 산산조각 난 세상이 내 안에서 빙빙 돌아갔고, 그 이상은 보이지 않았다.

"미안해, 라이오넬. 지금은…… 얘기하고 싶지 않아."

"내가 한 일을 후회하지 않아. 방법이 잘못되긴 했지만……"

"라이오넬……"

그는 입을 다물었다. 그가 실망한 게 느껴졌지만, 그 순간은 그의 말에 관심을 기울일 수 없었다.

"내일 저녁…… 부모님이 여행을 떠나. 집에서 파티할 건데…… 너도 오면 좋겠어. 이야기를 나눌 수 있을 거야."

나는 침을 삼켰다. 지금까지 평생 파티에 가본 적이 없지만, 내일 거기에 참석할 정신이 있을는지 몰랐다. 나는 흐릿한 눈으로 정원을 바라보았다.

"미안하지만…… 그럴 기분이 아니야."

"제발, 와 줘." 그가 간절히 부탁했다. 그러다 자신의 돌발적인 감정을 후회하는 듯 이내 말투를 누그러뜨렸다. "얘기 좀 하고 싶어. 그러면…… 네 기분이 나아지지 않겠어?"

그는 내가 왜 눈물 섞인 목소리를 내는지 몰랐다. 나에게 묻지도 않았다.

자기 때문이라고 믿은 걸까?

"온다고 약속해." 그가 고집을 부렸다.

나는 문득 라이오넬과 함께라면 모든 것이 더 단순했을 거라는 생각이 들었다.

평범했을 것이다.

모든 게 쉽게 가능했을 것이다.

내 영혼이 아니었다면.

내 정신,

내 마음,

내 안에 간직한 별들의 하늘이 아니었다면……

나는 눈을 꼭 감았다.

나는 잘할 거야. 내 안의 아이가 속삭였다. 나는 그 소리가 듣기 싫어서 애써 외면했다.

내 꿈을 지키는 것. 가족에게 사랑받는 느낌. 내가 항상 원했던 것이었다.

그러면 왜 그렇게 아팠을까?

다음날 나는 핸드폰 벨소리에 잠이 깼다.

나는 거의 잠을 자지 못했다.

"니카!" 맑은 목소리가 울려 퍼졌다. "안녕!"

"빌리?" 나는 손으로 눈꺼풀을 가리며 중얼거렸다.

"오, 니카, 상상도 못 할 거야! 믿을 수 없는 일이 일어났어!"

"음……" 나는 졸린 목소리로 웅얼거렸다. 마음이 무거웠다. 전날 밤의 감정이 연기 나는 잔해처럼 내 안에 남아서 기억을 되살려주었다.

"정말이야, 평소와 다름없는 아침일 거로 생각했는데, 누가 알았겠어? 할머니가 오늘 내 운세에서 행운 지수가 별 세 개라고 알려줬을 때도 *이런* 건 생각지도 못했는데………"

빌리가 전화기에 대고 계속 말하는 동안 나는 일어나 앉으려고 했다.

"오늘 저녁에 만날래? 만나서 얘기해 줄게! 우리 집으로 와…… 닭 날개 튀김을 주문하고 마스크 팩을 하자……"

"오늘 저녁?" 나는 난처해하며 되물었다.

"응, 시간이 안 되니?" 그녀가 실망한 목소리로 물었다.

"그러니까…… 파티가 있어……"

"파티? 누구의?"

"라이오넬의 파티. 어젯밤에…… 그가 나한테 오라고 했어."

잠시 침묵이 흘렀다. 나는 혹시 전화가 끊어진 건 아닌지 확인하기 위해 핸드폰 화면을 확인해야 했다.

그 순간 그녀의 목소리가 내 귀에서 터졌다.

"*세상에!* 농담 아니지? 그가 널 정식으로 초대한 거야?"

나는 정신이 아찔해서 전화기를 귀에서 뗐다.

"믿을 수 없어! 그래 넌 좋니? 아, 잠깐만, 그가 너한테 관심 있다고 말하든?"

"그냥 얘기하러 가는 거야." 내가 설명했지만 그녀는 듣지 않았다.

"뭘 입을 거야? 이미 정했니?"

"아니." 나는 머뭇거리며 대답했다. "솔직히 아직 아무 생각이 없어…… 그냥 이야기를 나누는 자리일 뿐이야." 나는 상황을 분명히 했다. 그것은 사실이었다. 라이오넬은 그 말을 여러 번 강조하면서 나를 설득했다.

"내게 좋은 생각이 있어!" 빌리가 소리쳤다. "내가 파티 갈 준비를 도와줄게! 오늘 미키를 보기로 했는데, 너도 오는 게 어때? 할머니한테 받은 화장품이 이것저것 많은데 아직 손도 안 됐어! 준비하는 동안 무슨 일이 있는지 너희에게 얘기해 줄게!"

"하지만……"

"고민할 것도 없어, 완벽해! 조금 있다 데리러 갈게. 오늘 밤에 입을 몇 가지를 챙겨 와! 이제 미키에게 전화해서 말해야겠다. 곧 보자!"

그녀는 내가 다른 말을 하기도 전에 전화를 끊었다.

나는 입을 벌린 채 핸드폰을 바라보다가 다시 매트리스에 누워 가벼운 한숨을 지었다.

빌리는 그 파티에 너무 큰 의미를 두며 호들갑을 떨었다. 나는 그렇지 않았다. 라이오넬과 이야기를 나누고 명확히 하기 위해 그곳에 가기로 한 것이었다. 어쨌든 얼마 뒤 나는 조금 얼빠진 시선으로 배낭을 메고 방에서 나왔다.

복도로 나섰을 때 나는 얼굴을 들 수 없었다.

그의 방문이…… 저기 있었다. 몇 미터 떨어진 곳에.

나는 내 안의 무언가가 다시 고통스럽게 꿈틀거리기 전에 발걸음을 재촉하여 계단으로 향했다. 아래층으로 내려가 얼굴을 숙인 채 현관으로 걸어갔다. 모든 것이 그에 대해 묻는 것 같았기 때문이다.

내 주위로 그가 느껴졌다. 그는 눈에 보이지 않는 본질적인 요소인 것처럼 공기 속에 있었다.

나는 피아노가 있는 쪽을 힐끗 보고는 얼른 시선을 돌렸다. 그리고 처음으로 그 집에서 나가고 싶어 안달하며 현관에 도착했는데 갑자기 코앞에서 문이 열렸다.

"니카!" 안나가 눈을 깜박이며 서 있었다. "아, 미안…… 지금 나가는 거야?"

나는 그녀가 들어올 수 있게 서둘러 옆으로 비켜주었다.

"친구들이 벌써 왔니?"

나는 안나에게 오늘 외출할 거라고 말해 두었다. 나는 그녀의 손에 들린 짐을 나누어 들었다. 그녀가 나에게 미소를 지었다.

"고마워."

내가 문밖으로 나가려는데 그녀가 내 머리에 부드러운 입맞춤을 했다. 나는 당황한 표정으로 그녀를 바라보았고, 그녀는 나에게 다정한 미소를 지었다. 갑자기 나는 죄책감과 절망감에 사로잡혔다. 안나는 내가 반으로 쪼개져 얼마나 괴로워하는지 몰랐다. 내가 그녀를 얻기 위해 무엇을 포기하고 있는지 몰랐다……

나는 입술을 깨물며 고개를 숙였다.

"갈게요." 나는 수줍게 중얼거렸다.

나는 마음의 조각들을 꾹 눌러 삼키며 서둘러 집을 나섰다.

"우리는 눈물을 만드는 사람들이야……"

아니야. 나는 마당길을 걸어가면서 그의 목소리를 급히 쫓아냈다. 그러나 그 속삭임은 나와 함께, 내 핏속에 남아 사라지지 않았다.

빌리 할머니의 차를 찾았지만 보이지 않았다. 그 대신 시동이 켜진 자동차가 있어서 그리로 다가가다가 운전석에 있는 낯선 남자를 보고는 멈춰 섰다.

"니카! 우리야! 차에 타!" 빌리가 차창 밖으로 손을 흔들었다. "시간이 오래 걸렸어." 내가 머뭇거리며 자리에 앉는 동안 그녀가 투덜댔다. 차에 타고 있던 미키가 내게 인사했다.

"얘들아, 미안해." 나는 사과했다. 차가 출발했고, 나는 쑥스러운 미소를 지으며 운전석을 향해 얼굴을 내밀었다. "안녕하세요. 저는 니카입니다."

그 남자는 백미러를 통해 슬쩍 나와 시선을 마주치고는 다시 길을 바라보았다. 나는 겸연쩍게 뒤로 물러났고, 빌리가 불쑥 말했다.

"이 분은 운전할 때 절대 말을 안 해."

나는 조심스럽게 미키를 바라보았다.

"기다리게 해서 미안해. 네 할아버지야?"

빌리가 웃음을 터트리는 바람에 깜짝 놀랐다. 나는 당황하며 그녀를 쳐다보는 순간, 우리가 탄 차가 내가 생각했던 것과 달리 도시 남쪽이 아니라 북쪽으로 가고 있다는 사실을 깨달았다.

나는 미키에 대해 아는 게 거의 없었다. 학교에서 그녀는 다른 사람들의 눈을 피해 집으로 돌아가곤 했다. 나는 그녀가 집안과 관련된 난처한 사정이 있을 것이고, 어쩌면 우리 학교의 유복한 아이들과 비교해 열등감을 느꼈기 때문이라고 짐작했다. 그런데 차가 약간 흔들리다가 마침내 그녀의 집 앞에 멈췄을 때…… 내 생각이 크게 틀렸다는 것을 알았다.

"도착했어!" 빌리가 들뜬 목소리로 외쳤다.

내 앞에는 거대한 건물이 웅장하게 솟아 있었다.

우람한 기둥들이 완벽한 아르누보 양식의 눈부시게 하얀 원형 테라스를 받치고 있었다. 사이프러스 나무가 늘어선 진입로는 널찍한 계단으로 이어졌고, 거기에 돌로 조각된 맹수 두 마리가 웅크린 자세로 조용하고 늠름하게 입구를 지키고 있었다. 집 주위를 두른 근사한 정원에는 꽃들의 향연이 펼쳐졌다.

"너 여기 살아?" 나는 미키에게 물었다. 그녀는 입에 껌을 물고 후드티 주머니에 손을 넣은 채 차에서 내리고 있었다. 그녀는 내 옆을 지나가며 고개를 끄덕였고, 나는 어리둥절해하며 그녀를 쳐다보았다. 멀지 않은 곳에서 한 정원사가 뒷발로 선 망아지 모양의 울타리 장식을 다듬고 있었다.

"가자!"

빌리는 새하얀 계단 위로 나를 이끌었다. 그리고 미키가 손을 대기도 전에 짙은 갈색의 대형 나무문이 열렸다.

"어서 오세요, 아가씨."

한 여성이 우리를 친절하게 맞았고, 빌리는 그녀에게 밝은 목소리로 인사했다.

나는 현관 로비를 보고 충격을 받았다. 엄청나게 커다란 크리스털 샹들리에가 반짝이는 화강암 바닥의 실내를 압도하고 있었다.

그 여성은 내가 재킷을 벗을 수 있게 도와주었다. 나는 미키가 너덜거리는 후드티를 벗어서 그녀에게 건네는 모습을 당황스럽게 바라보았다. 이번에는 그분이 할머니인지 대놓고 묻지 않았다.

"누구야?" 나는 빌리에게 속삭였다.

"아, 그녀는 에반젤린이야."

"에반젤린?"

"가정부."

나는 눈을 깜빡이며 멀어져가는 그녀를 바라보았다.

"넌 외동딸이니?" 나는 앞장서 안내하는 미키에게 물었다. 우리를 둘러싼 풍족한 분위기는 자신이 벌레처럼 작고 하찮은 존재로 느껴지게 했다.

그녀가 고개를 끄덕였다.

“미키의 집안은 귀족 가문이야.” 빌리가 알려주었다. “요즘은 귀족 신분이 없지만…… 그녀의 증조부모는 거물이셨어. 봐, 저기 있어!”

나는 부부의 모습이 그려진 그림으로 시선을 옮겼다. 벨벳 장갑을 낀 아내와 구레나룻이 텁수룩한 남편은 엄숙하고 도도한 표정을 짓고 있었다. 그리고 엄청난 크기의 다른 그림이 눈에 들어왔다. 세 사람이 묘사되었다. 근엄한 얼굴에 캔버스를 뚫을 듯한 매서운 눈매의 남자가 있고, 그 옆에는 더 부드럽지만 똑같이 세련된 인상의 여자가 있었다. 매우 아름다운 그 여인은 검은 머리와 하얀 피부가 돋보이는 드레스를 입고 살짝 미소를 지었다. 그리고 그들 앞에는 미키가 앉아 있었다. 실크 드레스를 입고 머리카락을 어깨 뒤로 단정하게 정리한 그 소녀는 정말로 미키였다.

“네 부모님이구나.” 나는 그 진중하고 품위 있는 부부를 보면서 혼잣말을 했다.

특히 아버지는 사람이라기보다는 대리석 조각상처럼 보였다. 나는 삼엄한 분위기에 겁을 먹고 침을 삼켰다. 위협적일 정도로 너무나 엄숙했다.

갑자기 우리 뒤에 있는 문이 활짝 열렸다. 우리 셋은 모두 돌아섰고, 산처럼 당당한 남자가 앞에 나타났다. 그는 고급스러운 정장 차림이었고, 귀족적인 외모에서 고상함이 풍겼다. 검은 머리카락이 희끗희끗했고, 각진 턱에 세심하게 다듬은 수염이 있고, 눈매가 매섭게 생겼다. 틀림없이 미키의 아버지였다.

그의 시선이 우리에게로 향했고, 나는 몸을 떨었다. 몸이 절로 움츠러들었다.

그는 가슴을 한껏 부풀리고는……

“*새끼오리!*” 환하게 웃으며 소리쳤다.

그가 팔을 활짝 펼친 채 우리 쪽으로 달려왔다. 나는 충격에 빠져 그를 쳐다보았다. 그는 미키에게 다가가 으스러지게 포옹하며 아기처럼 빙빙 돌렸다. 황홀한 미소를 지으며 큰 손으로 그녀의 머리를 사랑스럽게 쓰다듬었다.

"내 새끼오리, 기분 어때? 집에 왔구나!" 그는 미키의 볼에 자신의 뺨을 비볐다. "우리가 얼마나 안 본 거야?"

"아침 먹은 이후로, 아빠." 인형처럼 구겨진 미키가 대답했다. "오늘 아침에 봤잖아."

"보고 싶었어!"

"저녁 식사 때도 볼 거야……"

"그리울 거야!"

미키는 아버지의 애정 공세를 얌전히 견뎠고, 나는 조금 전까지만 해도 눈빛에 겁이 났던 그 남자를 당혹스럽게 바라보았다. 그가 지금은 노먼이 클라우스를 쓰다듬으려 할 때처럼 가느다란 목소리로 딸을 어르고 있었다.

"오, 마커스, 숨 좀 쉬게 풀어 줘!"

눈부시게 화사한 여성이 우리를 향해 다가왔고, 나는 그녀의 우아함을 그림으로 다 담을 수 없었다는 것을 깨달았다. 미키의 어머니는 보기 드문 세련미를 갖추었다. 그녀는 은을 녹인 액체나 향수처럼 부드럽고 매력적으로 바닥 위를 걸어왔다.

미키는 그녀와 많이 닮았다.

"빌헬미나." 그녀는 빌리에게 미소를 지었다. "다시 만나서 반가워."

"안녕하세요, 아멜리아!" 내 친구가 대답했다.

그제야 미키는 나를 소개할 수 있었다.

"엄마, 아빠, 얘는 니카야."

그들은 나에게 따뜻한 미소를 지어 보였다.

"우리는 새 친구를 보는 일이 드물어." 미키의 어머니가 말했다. "마카일라가 늘 너무 내성적이라…… 만나서 반가워."

마카일라?

그녀는 딸을 돌아보았다.

"가끔 새 옷도 좀 입으면 좋겠는데, 잰 저 거추장스러운 후드티만 고집해…… 아, 얘야…… 또 그 꾀죄죄한 넝마를 입고 있니?"

헤비메탈밴드 '아이언 메이든'의 로고가 있는 티셔츠를 말하는 것이었다. 내가 바느질해 준 바로 그 티셔츠였다. 천에다 수놓은 판다가 여전히 거기에 있었다. 미키는 그 장식을 떼어내지 않았다.

"오래전부터 입던 거야." 그녀가 반박했다. "아무도 건드리지 마."

"마카일라는 저 누더기를 좋아해. 끝까지 티셔츠라고 우기면서……" 그녀의 엄마가 우리에게 말했다. "어떤 때는 그걸 내다 버릴까 봐 잘 때도 입어."

"아빠, 나중에 니카를 차로 데려다 줄 수 있어? 어딜 가야 해."

"물론이지. 모두 내 새끼오리를 위한 거야." 아버지가 자랑스럽게 대답했다.

그때 차를 운전했던 남자가 흰 장갑을 끼고 쟁반을 든 채 응접실에 나타났을 때 나는 더욱 혼란스러웠다. 미키의 아빠는 곧장 표정을 바꾸더니 은밀한 태도로 그에게 다가갔다.

"저기, 에드가……"

"네, 말씀하세요." 매부리코가 두드러진 집사가 대답했다.

"따라온 *남자*들이 없는지 확인했나요?"

"네, 그 문으로 청소년 남자가 들어온 일은 없습니다."

"확실하지요?"

"틀림없습니다."

"좋아요." 마커스가 의기양양하게 말했다. "어떤 남자도 내 새끼 근처에 오면 안 돼!" 그가 딸을 쳐다보지 않은 것은 다행이었다. 미키는 어이없다는 표정을 짓고 있었기 때문이다.

"우리는 위층으로 갈 거야." 그녀는 우리를 계단으로 밀면서 투덜거렸다.

우리는 손짓으로 그녀의 부모에게 인사했고, 그들도 그렇게 했다.

미키의 방은 집의 다른 부분과 완전히 달랐다. 책상에는 책과 바이올린 악보가 넘쳐났고, 벽에는 밴드 포스터와 잡지 스크랩, 사진이 곳곳에 붙어 있었다. 방의 구석에는 의자에 앉은 판다 인형이 있었다.

"네 부모님은 정말 멋지셔." 나는 그녀에게 말했다. "널 많이 아끼는 것 같아."

"그래." 그녀가 대답했다. "가끔은 너무 지나치지……"

나는 미키가 부모의 마땅한 보살핌을 받지 못한다고 여겼는데, 그렇지 않은 걸 알게 되어 기뻤다.

"준비 됐니?" 빌리가 가방을 뒤집자 거기서 작은 상자와 반짝거리는 튜브 용기가 쏟아져 나왔다. 나는 홀린 듯이 보았다.

"자, 여기 앉아." 그녀는 나를 의자에 앉게 했다.

"이제…… 눈을 감아!"

"이걸 조금……"

뺨이 간질거렸다.

"이것도 살짝……"

나는 처음 화장을 했다. 완전히 새로운 느낌이었다.

내게 화장은 보육원에서 우리를 만나러 온 여자들이나 가끔 원장이 버리는 신문에서 접하는 게 다였다. 그 당시 어두운 얼굴과 큰 눈의 어린아이였던 나는 그렇게 화사한 얼굴이 되면 어떤 느낌일지 궁금했다. 그런데 지금은 안나에게 함께 사달라고 부탁하기가 너무 부끄러웠다.

"됐어!" 빌리가 환호성을 질렀다. "완료!"

나는 눈을 뜨고 거울에 비친 내 모습을 보았다.

"아…… 우와." 나는 그 광경에 너무 충격을 받았다.

"놀랍지?" 빌리가 한마디 거들었다.

내 뒤에 있던 미키는 두 팔을 펼치며 콧구멍을 넓히고 눈살을 찌푸린 표정으로 나를 쳐다보았다.

"도대체…… 무슨 짓을 한 거야?"

"왜?" 빌리가 내 얼굴을 가까이 들여다보았다.

나는 거울 속의 내 얼굴을 다시 보았다. 청록색의 아이섀도, 입술 선을 조금 넘어선 새빨간 립스틱, 뺨 위에 둥근 사과처럼 도드라진 핑크색 볼터치.

"그러게." 나도 되물었다. "왜?"

우리는 두 마리 부엉이처럼 그녀를 바라보았고, 그녀는 손으로 눈을 쳤다.

"너희 둘……" 미키는 고개를 저으며 으르렁거렸다. "화낼 기운도 없어……"

"내가 한 게 마음에 안 드니?"

"네가 화장하는 법을 알기나 하니? 붓을 잡아 본 적도 없잖아! 이리 줘!"

미키는 빌리의 손에서 붓을 빼앗고는 클렌징 티슈를 집어 내 얼굴에 세게 문질렀다. 그녀는 처음부터 다시 하려고 화장을 지웠고, 빌리는 팔짱을 끼며 입을 삐죽거렸다

"좋아, 네가 그리 잘하니 화장은 네가 담당해……" 빌리는 마지못해 양보했다. "나는 어떤 옷을 입을지 골라줄 테니까!"

그녀는 내 배낭을 잡고 두 팔을 뻗어 들어 올렸다.

"네가 가져온 옷들이 여기에 있지?"

나는 고개를 끄덕였고, 빌리는 원숭이처럼 궁금해하며 옷을 꺼내기 위해 지퍼를 열었다. 그녀는 나를 조금 불편하게 하는 관심을 기울이며 치마와 블라우스를 꺼냈다.

"이거 예쁜데…… 아, 이것도……" 빌리가 혼잣말을 했고, 그러는 동안 미키는 축축하고 차가운 무언가로 내 눈꺼풀에 얇은 두 선을 그렸다.

"이건 좋아…… 아니, 이건 아니야…… *맙소사!*" 빌리가 비명을 질렀다. 나는 깜짝 놀라 의자에서 몸을 들썩였고, 미키가 욕을 했다.

"이거야! 딱 좋아! 니카, 입고 갈 옷을 찾았어!"

그녀는 의기양양하게 그것을 들어 올렸고, 그 순간 내 안에서 무언가가 뒤틀렸다. 안나와 함께 산, 가슴 부분에 작은 단추가 있는 하늘색 옷감의 원피스였다.

"안 돼." 나도 모르게 중얼거렸다. "그건 안 돼."

나는 그 원피스를 챙긴 기억도 나지 않았다. 접어놓은 옷들을 고르지도 않고 배낭에 담았던 것이다.

"왜 안 돼?" 빌리가 놀란 눈으로 물었다.

사실…… 나도 그 이유를 알지 못했다.

"그건…… 특별한 때 입는 거야."

"이번이 그런 때이지 않아?"

나는 손가락을 비틀었다. "말했잖아…… 라이오넬이 부탁해서 가는 거라고. 그랑 얘기만 하면 돼."

"그래서?"

"그래서…… 나는 거기 참석하러 가는 게 아니야."

"니카, 파티잖아!" 빌리가 냅다 소리쳤다. "그들은 모두…… *파티용* 옷을 입고 있을 거야! 그리고 이 옷은 널 돋보이게 할 거야. 정말 매력적이야…… 이걸 입기에 더 좋은 기회가 어디 있겠니?"

"그럴 필요 없어……"

"아니, 그래야 해." 빌리는 더 단호하게 반박했다. 그녀의 눈에서 나를 설득하려는 간절한 바람이 느껴졌다. "모두 네가 이걸 입은 모습을 봐야 해, 니카…… 넌 어색해 보이지 않을 거야, 내 말을 믿어…… 그리고 네가 정 그렇다면 다른 때도 입을 수 있겠지만, 오늘은…… 오늘은 확실히 특별한 기회 중 하나야. 후회하지 않을 거야. 장담해…… 날 믿지?"

빌리는 웃으며 침대 위에다 옷을 펼쳤다. 그 순간 나는 그녀가 특별하고 감동적인 시간을 내게 선물하려 한다는 것을 깨달았다. 나는 파티에 가본 적도 이런 옷을 입어본 적도 없었고 자신을 꾸미기 위해 화장을 한 적도 없었다. 아마 빌리는 그런 사정을 헤아렸을 것이다. 그녀는 나를 위해 마음을 쓰고 있었다. 나에게 빛을 주고, 내 자신을 특별하다고 느끼게 해주려고 고집을 부렸다.

하지만 침대 위에서 나를 기다리는 그 화사한 원피스를 보자 나는 고개를 들 수 없었고 그걸 입어선 안 된다는 마음이 더 커졌다. 그 옷을 입은 내 모습을 보여주고 싶은 사람은 따로 있었고, 그 파티에 그는 없었다.

미키가 손가락으로 내 턱을 다시 들어 올렸고, 나도 모르게 그녀와 눈을 마주쳤다. 나는 그녀가 쓰라린 고통의 그림자를 내 눈에서 읽기 전에 시선을 돌렸다.

"내가 찾은 것 좀 봐!"

빌리는 옷장 앞에 있었다.

어느새 그걸 열어본 거지?

그녀는 발목에 얇은 끈이 달린 화려하고 세련된 샌들을 보여주었다. 너무 예쁜 신발이 아직 상자 안에 있었다.

"저거…… 네 거야?" 나는 미키에게 물었다.

그녀는 얼굴을 찡그렸다. "선물. 먼 친척이 줬어. 내 치수도 아니야……"

"너한텐 맞을 거야!" 빌리가 활짝 웃으며 나에게 내밀었다.

나는 샌들의 높은 굽을 보며 머뭇거렸다.

"힐을 신어본 적이 없어……"

"자, 한번 시도해 봐!"

나는 샌들을 신었고, 미키와 빌리는 나를 부축해 일으켜 세웠다.

그들이 내게서 손을 뗐다. 나는 몇 걸음 만에 넘어질 뻔했지만, 그들에게는 문제가 아닌 것 같았다.

빌리가 소리쳤다. "걱정하지 마. 오후 내내 걸으며 연습하면 되니까!"

나는 남은 오후를 그렇게 보냈다. 마침내 원피스를 입고 화장을 마친 뒤 그들은 나를 거울 앞에 세웠다. 나는 시키는 대로 했다. 그리고……

말문이 막혔다. *나였지만, 내가 아닌 것 같았다.*

짙고 촘촘한 속눈썹이 회색 눈동자를 돋보이게 했고, 립스틱을 바른 입술은 도톰한 두 쪽의 꽃잎처럼 보였다. 뺨은 발그레하고 통통했고, 주근깨 아래 창백하던 안색이 투명한 벨벳처럼 환해졌다. 앞머리를 묶은 흰색 실크 리본이 발랄한 느낌을 주었고, 뒷머리는 부드럽고 자연스럽게 어깨 위로 드리워졌다.

정말 나였다……

"그는 심멎할거야." 빌리가 흥분해서 자랑스럽게 외쳤다.

나는 뺨을 붉히며 빌리를 쳐다보았고, 그녀는 계속 호들갑을 떨었다.

"카메라가 있었다면 널 찍었을 텐데! 오…… *세상에*, 너…… 인형 같아!"

그녀는 반짝이는 눈으로 감탄하며 내 허리춤의 천을 가다듬었다.

"저런, 왜 아무 말도 없는 거야? 미키, 네 생각은 어때?"

"에드가에게 집 바로 앞에 내려달라고 말할게." 미키가 나를 힐끔 쳐다보며 중얼거렸다. "그렇게 입고 길거리는 돌아다니지 마."

빌리가 웃었고 행복한 표정으로 나를 바라보았다. "정말 동화 같을 거야!"

동화……

그래, 맞아……

나는 거울에 비친 내 모습을 멍하니 바라보며 그녀처럼 행복감에 젖어들고 싶었지만 그럴 수 없었다. 내 안에는 건조하고 공허한 공간만 있었다. 내 마음은 *그의* 이름만 불렀다.

"아, 니카, 네가 가기 전에 오늘 아침에 일어난 일을 말해줄게!"

빌리는 흥분해서 손뼉을 쳤다. 그녀는 우리에게 그 얘기를 들려주려고 온종일 기다렸다.

"어떤 일인데?" 나는 한껏 관심을 드러내며 그녀에게 물었다.

"믿지 못할 거야!"

우리는 얘기를 듣기 위해 그녀 옆으로 모여들었다. 빌리는 잠시 머뭇거리며 우리를 더 애타게 하더니 더는 참지 못하고 소리쳤다. 급기야 폭발하듯 한달음에 외쳤다. "장미 준 사람을 알아냈어!"

침묵이 흘렀다.

나는 입을 벌린 채 당황하여 그녀를 바라보았다. 내 옆의 미키는 돌처럼 굳었다.

"뭐라고?" 나는 침을 삼켰다.

"맞아!" 그녀는 기쁨에 들떠 말했다. "오늘 아침에 쇼핑하러 나갔다가 공원을 걸어가는데 닥스훈트와 거의 부딪칠 뻔했어…… 세상에! 그 애가 다가온 거야. 우리는 이런저런 얘기를 나누기 시작했어…… 그러다 같은 학교에 다닌다는 걸 알게 됐어! 오전 내내 함께 이야기를 나눴고, 그는 내가 쇼핑하는 데도 같이 가줬어. 그렇게 우리가 웃고 떠들고 난 뒤에 그가 뭐랬는지 아니? 자기 개, 핀더스가 나에게 달려간 걸 다행으로 여긴다고 했어. 자연스럽게 얘기할 기회가 생겼다며…… 예전부터 말을 걸고 싶었지만 너무 부끄러워서 다가오지 못했다고…… 그런데 거기서 그 생각이 번뜩 떠올랐어!" 그녀의 눈이 반짝거렸다. "그에게 혹시 장미를 선물한 사람이냐고 물었어. 바로 직진한 거지! 그는 어떤 장미를 말하느냐고 되묻더군. 그래서 내가 설명했지. 흰 장미, 매년 익명으로 나에게 오는 그 장미…… 음, 그가 뭐라고 했을까? 뭐라도 대답했는지 알아? *그렇다고 말했어!*"

빌리는 떠들썩한 반응을 기대했지만, 우리는 가만히 있었다. 나는 미키의 얼굴을 차마 볼 수 없었다. 나는 목을 가다듬고 입을 열었다.

"너…… 확실해? 그러니까 정말로 그가 준 거라고……"

"응! 말할 것도 없이! 그가 얼마나 당황했는지 봤어야 해. 내 얼굴을 똑바로 보지도 못했어!" 그녀는 흥분해서 손뼉을 쳤고, 정전기가 인

머리카락이 일렁거렸다. "상상도 못 했어. 이렇게 우연히 만나게 될 줄은……"

"아니야."

내 옆의 미키는 여전히 꼼짝도 하지 않았다. 그러나 그녀의 안에서 방금 뭔가가 깨졌다.

"그가 아니야."

"나도 믿기 어려워! 정말이지, 생각지도 못했어. 그가 그렇게 근사하리라곤……"

"아니야." 미키가 다시 말했다. "거짓말한 거야."

"*에이…… 참!*" 빌리는 웃으며 고개를 저었다. "정말이야! 그가 분명히 말했잖아……"

"넌 그를 믿니? 처음 본 사람 말을 믿니?"

"왜 안 되는데?"

"네가 듣고 싶은 말을 한 거겠지!"

빌리는 우물거리며 눈을 깜박였다.

"설령 그렇더라도," 그녀는 침착하게 물었다. "뭐가 잘못 됐어?"

"*뭐가 잘못 됐냐고?*" 미키는 이를 악물며 되물었다. "언제나 그랬듯, 문제는 네가 너무 순진해서 놀림을 안 당할 수 없단 거야!"

"네가 뭘 안다고 그래? 넌 그 사람도 모르잖아!"

"왜, 너는 아니?"

"어, 조금은! 오전 내내 함께 있었으니까!"

"그래서 지금 어떤 헛소리라도 다 믿는 거야?"

빌리는 눈살을 찡그리며 뒷걸음질 쳤다.

"아, 왜 그래? 네가 이럴 줄 알았으면 말을 안 꺼냈을 거야……"

미키는 좌절감으로 떨리는 주먹을 꽉 쥐었다. "그럼 어떤 반응을 기대했니?"

"내 얘길 듣고 네가 기뻐하길 바랐어! 니카는 기뻐하고 있어!" 그녀는 나를 돌아보았다. "그렇지?"

"난……"

"네가 아무한테나 놀림 당하는 걸 내가 기뻐해야 할까?"

나는 이상하게 흘러가는 분위기가 마음에 들지 않았다. 공중에서 불꽃이 튀는 것 같았다.

"나는 놀림 당하지 않았어! 그는 말했다니깐……"

미키가 목소리를 높였다. "*그가 아니야!*"

"*아니, 맞아!*" 빌리는 주먹을 쥐며 불쑥 말했다. "항상 네가 옳다고 생각하지 마!"

"너야말로 뭐든 다 믿지 마!"

"*왜?*" 빌리는 멈칫거렸다. 그녀의 말투가 바뀌었다. "누군가가 내게 관심을 가질 수도 있다는 걸 받아들이기가 그렇게 힘든 거야?"

"네가 너무 외로운 나머지 한치 앞을 못 보는구나!"

미키는 가장 친한 친구의 눈에서 놀란 빛이 스쳤을 때 자신의 말이 너무 지나쳤다는 것을 깨달았다.

나는 숨죽인 채 그들을 바라보았고, 발아래서 멈출 수 없는 진동이 느껴졌다.

"아, 그래?" 마음이 상한 빌리는 그녀에게 나지막한 목소리로 말했다. "나와 달리 넌 아무것도, 누구도 필요하지 않겠지? 네가 세상의 나머지 사람들을 함부로 대해도 될 만큼 언제나 부모님이 옆에 있으니까!"

"그게 지금 무슨 상관이야?" 미키는 얼굴을 붉히며 쏘아붙였다.

"상관있어! 넌 항상 이러니까! *항상!* 그러니 내 일에 기뻐할 수도 없어!"

"*그가 아니야!*"

"그러길 바라겠지!" 그녀는 울분을 토하며 소리 질렀다. "넌 그가 아니길 *바라*고 있어! 너를 참아주는 사람이 아무도 없기 때문에 나도 너처럼 혼자이길 바라는 거야!"

"*이런, 유감이야!*" 미키가 발끈해서 소리쳤다. "네가 새벽 네 시에 통화할 사람이 나밖에 없어서 유감이야! 거기다 대고 외롭다고 고백하는 건 괴로울 거야!"

"넌 누군가가 네게 전화하는 걸 좋아해!" 빌리는 왈칵 눈물을 쏟았다. "그걸 즐기지. 네 그 못된 성격에 유일한 위로가 되니까! *아무*도 널 상대하려 하지 않아!"

"*그가 아니야!*"

"그만해!"

"그가 아니야, 빌리!"

"어째서?" 빌리는 악을 써댔다.

"*그건 나니까!*"

빌리의 얼굴이 갑자기 일그러졌다. 그녀는 말을 잃은 채 가만히 친구를 바라보았다.

"뭐?" 그녀는 잠시 후 다시 물었다.

"나야." 미키가 내뱉었다. 그녀는 친구를 보지 않고 덧붙여 말했다. "항상 나였어."

빌리는 당황하여 그녀를 쳐다보았다. 내가 한 번도 본 적이 없는 낯선 눈빛으로 보았다.

"아니야." 그녀는 잠시 후 중얼거렸다. 믿지 못하겠다는 표정이 역력했다. "사실이 아니야. 거짓말하고 있어……"

"아니, 사실이야."

"아니야!" 그녀는 떨면서 버럭 소리를 질렀다. "아니, 거짓말이야! 넌 거짓말하고 있어!"

미키는 입을 다물었다.

그 항복의 침묵 앞에서 빌리의 눈에 담긴 확신은 시커먼 잿빛이 되었다. 천천히…… 그녀는 고개를 내저었다. "아니야, 난 널 믿지 않아……" 그녀는 자신을 설득하려는 듯 속삭였다. "왜 그런 거야? 왜…… 왜 그래……" 그녀는 눈꺼풀을 가늘게 떴다. "불쌍해서?"

"아니……"

"벌주려고? 그래?" 그녀의 얼굴에서 눈물이 흘러내렸다. "내가 너한테 너무 나약하게 굴었니?"

"아니야!"

"내가 외롭다고 불평하는 소리가 듣기 싫어서? 그래서 그랬니?"

"그만해!"

"진실을 말해! 전부 다 말해!"

미키는 필사적인 몸짓을 취했다. 자신의 감정을 표현할 수 있는 유일한 몸짓.

그녀는 빌리의 얼굴을 잡고 입술에 입을 맞추었다.

너무나 갑작스러웠다. 빌리는 공포와 경악이 가득한 눈을 깜박였고, 이내 미키를 힘껏 밀어냈다. 빌리는 손목을 입술에 댄 채 충격으로 몸을 떨며 뒤로 물러났다. 그녀는 평생 알고 지내며 함께 울고 웃던 가장 친한 친구를 낯선 시선으로 바라보았다. 나는 그 눈빛 앞에서 미키의 심장이 반으로 갈라지는 소리가 들리는 것 같았다.

빌리는 돌아서서 뛰쳐나갔다.

"빌리!" 나는 다급하게 그녀를 불렀다. 방밖으로 나가 복도 끝으로 사라지는 빌리의 모습을 보고 있는데 미키가 밖으로 나오다 내 어깨를 부딪쳤다.

"미…… 미키……" 나는 그녀를 향해 한 손을 뻗었고, 미키는 울음을 참으며 반대편으로 걸어갔다.

나는 누구를 쫓아가야 할지 몰라 괴로워하며 양쪽을 번갈아 바라보았다.

그들이 그렇게 다투는 건 처음 보았다. 서로에게 끔찍한 말을 퍼부었고, 그 말은 진심이 아니었다. 그렇게 되기 마련이다. 분노는 한없이 착한 사람들에게도 최악의 모습을 드러내게 하니까.

나는 미키와 그녀를 산산이 부수고 있는 모든 것들을 떠올렸다. 그러나 그녀는 매일 외로움을 견디며 그 감정을 다독여왔을 것이다. 하지만 빌리는 큰 충격을 받았을 것이다……

나는 그녀가 사라진 쪽으로 달려갔다.

방문을 하나하나 열어 보았고, 차를 마시는 공간에서 그녀를 발견했다. 빌리는 무릎을 팔로 감싼 채 바닥에 웅크리고 있었다. 조심스럽게 다가가 보니 그녀는 소리 없이 울고 있었다. 그 가엾은 모습이 너무 안타까웠다. 나는 세상의 모든 부드러움을 담아 그녀의 어깨에 한 손을 얹고 몸을 굽혀 뒤에서 안아주었다.

나는 그녀가 방해받는다고 느끼지 않기를 바랐다. 그리고 그녀가 내 존재를 받아들이며 내 팔을 꽉 잡았을 때 그 걱정은 사라졌다.

"여기 있을 필요 없어." 그녀가 눈물 젖은 목소리로 속삭였다. "내 걱정은 하지 마…… 어서 가, 안 그러면 파티에 늦을 거야."

하지만 나는 고개를 저었다. 그리고 선뜻 샌들을 벗고 그녀 옆에 앉았다.

"싫어." 나는 대답했다. "너와 함께 있을 거야."

26

동화의 구걸자들

"네가 부서졌어도 상관없어.
내가 그러해도 괜찮아.
모자이크도 깨진 조각들로 만들어져.
그런데도 정말 멋지잖아."

빌리는 한참 아무 말이 없었다. 그녀는 눈물이 얼룩진 얼굴과 초점 잃은 시선으로 허공을 바라보고 있었다.

나는 그 순간 그녀가 어떤 감정을 느꼈을지 상상할 수 없었다. 그녀의 눈에서는 아마도 평생의 우정이 지나가고 있었을 것이다.

나는 그녀를 위로하고 싶었다. 모든 것이 예전으로 돌아갈 것이라고 말하고 싶었다.

하지만 우리가 아무리 노력해도 어떤 것들은 바뀌게 되어있었다. 인생이 그 길을 따르기 때문에 필연적으로 변하는 것들이 있었다.

"난 괜찮아." 내가 쓰다듬자 그녀는 내가 여전히 거기 있다는 것을 문득 깨닫고 말했다. 나는 그 말을 믿고 싶었지만, 그녀 자신도 믿지 않는다는 것을 안다.

"그렇지 않다는 걸 알아." 나는 대답했다. "괜찮은 척하지 마."

빌리는 눈을 감았다. 그녀는 망가진 꼭두각시 인형처럼 천천히 고개를 저었다.

"그냥…… 믿을 수가 없어."

"빌리, 미키는……"

"제발, 나는……" 그녀는 기운 없는 목소리로 내 말을 막았다. "그 얘긴 하고 싶지 않아."

나는 고개를 숙였다.

"불쌍해서 그런 게 아니었어." 나는 그녀를 쳐다보지 않고 조용히 말했다. "장미는…… 동정심 때문이 아니었어. 그런 이유가 절대 아니란 걸 너도 알잖아."

"이젠 아무것도…… 모르겠어."

"이런 일이 일어났다고 해서 너희 우정을 송두리째 의심해선 안 돼." 나는 그녀의 눈을 넌지시 바라보았다. "너희 관계는 항상 진실했어, 빌리…… 네가 생각하는 것보다 더." 빌리는 마른침을 삼켰고, 나는 덧붙여 말했다. "그녀는 널 좋아해…… 진심으로……"

"제발, 니카." 빌리는 그 순간의 모든 말이 실수가 될 수 있다는 듯 입술을 오므렸다. "나는…… 잠시 시간이 필요해. 생각을 가다듬을 시간이. 날 혼자 두지 않으려는 마음은 알지만…… 내 걱정은 하지 마. 난 괜찮을 거야……" 그녀는 걱정하는 내 눈빛을 보고 나를 안심시키려는 듯했다. "난 그저 잠시 혼자 있고 싶을 뿐이야."

"정말이야?"

"그래, 정말로……" 그녀는 얼핏 미소를 지어 보였다. "진짜…… 다 괜찮아. 그리고 너도 파티에 가야잖아, 그렇지?"

"아니, 상관없어. 게다가 이미 늦었어……"

"이런 차림으로?" 그녀가 반박했다. "우리가 너를 위해 쓴 모든 노력이 다 허사로 돌아간다고? 난 받아들일 수 없어…… 그리고 늦더라도 분명 라이오넬은 널 기다리고 있을 거야……"

나는 대답할 말을 찾았지만, 그녀가 나보다 앞서 말했다. "넌 가야 해. 이렇게 예쁜데…… 오늘은 너의 날이야. 나 때문에 망치는 건 싫어."

"그럼 넌?" 나는 가지 말아야 할 이유를 찾는 듯 물었다. "뭘 어쩔 거야?"

"난 괜찮을 거야. 말했잖아…… 다 괜찮아. 할머니에게 데리러 오라고 연락해 뒀어. 곧 도착해서 집으로 데려갈 거야……"

나는 여기 있기로 이미 마음을 굳혔다고 그녀에게 말했지만, 빌리는 나를 일으켜 세우고 옷을 다듬어주고는 걱정하지 말라고 당부했다. 그리고 내게 말할 틈도 주지 않고 나를 방밖으로 이끌었다.

"어서 가." 그녀가 슬픈 미소를 지었고, 나는 고집을 더 세울 수 없었다. "즐거운 시간 보내…… 나를 위해서도 그렇게 해 줘. 내일 통화하자."

어느새 나는 닫힌 방문 앞에 서 있었다. 나는 혼자 있게 되자 빌리의 말을 따르지 않고 복도의 반대편으로 걸어갔다. 이번에는 미키를 찾기 위해 방문을 하나하나 열어보았다. 마지막 방이 잠겨있었고, 그곳에 미키가 있다는 걸 눈치채고 문을 두드렸다. 그녀의 이름을 여러 번 불렀지만 대답이 없었다. 나는 그런 일이 일어나서 안타깝다고 말했다. 그리고 방해하려는 건 아니니 말하고 싶지 않더라도 나를 안으로 들여보내 달라고 부탁했다.

옆에만 있게 해달라고. 언제까지라도.

그러나 그녀는 대답이 없었다.

미키는 문을 열지 않았고, 나는 그녀를 보고 싶은 마음에 손잡이를 붙든 채 문짝만 쳐다보고 있었다.

"아가씨." 나를 부르는 소리가 들렸다.

나는 돌아섰고, 에반젤린이 미안해하는 표정을 짓고 있었다.

"모임 장소로 데려다 줄 차량이 대기하고 있어요."

나는 조바심을 참지 못하고 그녀에게 초조한 시선을 보내며 부탁했다.

"미키를 보고 싶어요……"

"지금은 누구도 만나고 싶어 하지 않아요." 그녀는 의미심장한 눈빛으로 천천히 말했다. "하지만 운전사에게 그곳 주소지로 데려다 주라고 했어요. 차가 밖에서 기다리고 있어요."

나는 그녀를 보지도 못한 채 가고 싶지 않았다.

에반젤린은 난처한 표정으로 다소곳하게 손을 앞으로 모았다. "미안하지만, 어쩔 수 없네요."

나는 눈을 내리깔았다가 다시 고개를 들었다. 닫힌 방문을 무기력하게 바라보다가 이내 그녀를 따라 계단 아래로 내려갔다. 에반젤린은 내게 재킷을 건넸고, 나는 그것을 받아 가슴에 안았다. 그녀는 나에게 좋은 시간을 보내라고 인사한 뒤 문밖까지 같이 가서 차로 안내했다. 에드가가 나에게 차문을 열어 주었다. 나는 그에게 감사 인사를 하고는 뒷좌석에 앉았다. 자갈 구르는 소리가 대문까지 이어졌다. 나는 몸을 돌려 마지막으로 집을 바라보았다. 집은 순식간에 사이프러스 나무들 뒤로 사라졌다.

나는 옷에 손톱을 박은 채 라이오넬의 집 앞에 도착했다. 밖에서 들려오는 음악 소리에 차안이 진동했다. 나는 정원에 모여든 사람들을 가만히 바라보았다.

"이 주소가 맞나요?" 에드가가 나에게 물었다.

"네…… 네, 여기예요."

나는 내 마음이 뿌리 내린 것처럼 그 자리에 못 박힌 것 같았다. 그러나 기다리고 있는 에드가의 시선이 겸연쩍어서 차문을 열 수밖에 없었다.

나는 가로등이 켜진 거리의 어둠 속으로 나왔다. 사람들이 보도에 가득했고, 음악은 너무 시끄러워서 정신이 어리벙벙했다. 나는 웃통을 드러낸 남자들과 맥주 상자, 고함소리 속에서 세심하게 신경 쓴 내 옷차림이 겉도는 느낌이 들었다. 나는 소금기둥처럼 멀뚱히 서 있었고, 그러면서 내 안의 무언인가가 점점 더 움츠러들었다.

내가 뭘 하고 있는 거지?

나는 방금 도착했지만 벌써 떠나고 싶었다. 사람들 사이를 파고들어 라이오넬을 찾아야 했지만, 내가 엉뚱한 곳에 있다는 느낌이 서서히 엄습해 왔다.

나는 문득 그 느낌이 무엇인지 깨달았다.

그것은 옳지 않았다.

극도로 어울리지 않는 무엇.

걸맞지 않고, 들어맞지 않는 무엇.

그것은 나였다.

내 영혼과 뼈, 나의 모든 것이었다.

차창에 비친 내 모습을 바라보았다. 나를 인형처럼 보이게 하는 옷을 입고 있었다.

하지만 내 안에는 재와 종이뿐이었다.

그 안에는 별들과 늑대의 눈이 있었다.

내 영혼은 둘로 쪼개졌지만, 다른 한쪽이 없으면 숨 쉬는 것조차 더는 의미가 없는 것 같았다.

나는 잊길 바라며, 어쩌면 라이오넬에게서 그 이유를 찾으려고 그곳에 갔다. 그러나 나는 스스로를 속였다.

자신의 마음은 속일 수 없어. 내 안에 엮여 있는 우주들이 외쳤다. 그리고 나는 내 슬픈 눈 속에서 그를 향한 더없이 간절한 바람을 보았다.

리젤.

내 안에 뿌리내린 리젤.

죽기 전에 꽃을 피우는 부드럽고 파괴적인 방식으로 내 뼈에 닻을 내렸던 리젤.

나의 전율하는 별자리였던 리젤.

행복한 결말을 구걸하는 자에게 동화는 존재하지 않는다. 이것은 진실이다.

나는 그것을 인정한 순간, 내가 거기서 무엇을 하고 있는지 더는 이해할 수 없었다.

나는 그 파티와 아무 상관이 없었다.

내가 있어야 할 곳이 아니었다.

내가 품고 있는 감정은 잊히지 않고 가시로 채워질 뿐이었다.

나는 그곳을 떠나기로 마음먹었다. 라이오넬과 잠시 얘기할 수 있었지만, 이제 그냥 집에 가고 싶었다.

그런데 돌아서려는 순간 누군가가 나를 거칠게 붙잡았다.

비명이 터져 나오는 걸 간신히 참았다. 나는 땅에서 들어 올려져 감자 자루처럼 거꾸로 팔에 끼어 있었다. 내 핸드백이 흔들리며 이리저리 내 몸에 부딪혔다.

"어이, 나도 한 명 잡았어!" 나를 붙들고 있는 낯선 남자가 말했고, 나는 겁에 질린 채 그의 친구가 깔깔대는 여자에게 똑같이 그러고 있는 것을 보았다.

"그럼 이제?" 그들 중 한 명이 흥분해서 물었다.

"수영장에 던져버리자!"

그들은 괴성을 내지르며 미친 듯이 집을 향해 달려갔다. 나는 이리저리 버둥거리며 놓아달라고 애원했지만 소용이 없었다. 그의 손은 내 다리에 지문을 남길 듯이 너무나 꽉 붙잡고 있었다.

두 사람은 안으로 들어가서야 광기를 멈추고 어리둥절한 표정으로 주위를 둘러보았다.

"야, 여긴 수영장이 없어……" 한 명이 투덜거렸다.

그 순간 나는 그의 팔에서 벗어나 얼른 달아났다.

그 안은 지옥이었다. 사람들은 소리치고, 춤추고, 키스했다. 한 남자애는 무리의 환호를 받으며 생맥주 통을 비우고 있었다. 다른 애는 로데오 경기에서 황소를 타듯 모자를 흔들며 몸을 격렬하게 움직이고 있었다. 자세히 보니 그는 빨간색 잔디 깎는 기계 위에 올라타 있었다.

나는 당황한 시선으로 문을 찾았지만, 그 많은 사람들의 머리 너머로 보이지 않았다.

나는 출구를 찾아 등과 팔 사이로 미끄러져 들어갔다. 그런데 갑자기 누군가가 어깨로 세게 밀쳐서 거의 바닥에 쓰러질 뻔했다.

"미안해!" 한 소녀가 친구를 일으켜 세우려 하면서 말했다.
왜 모두가 제정신이 아닌 것처럼 보일까?
"정말 미안해. 얘가 술을 너무 많이 마셨어……"
"진짜 멋졌어!" 다른 여자애는 외계인을 본 것처럼 떠들어댔다. "완전 잘생겼어. 내 말 못 믿겠어? *정말이라니까!*"
나는 그녀를 도와주려고 했고, 그녀는 나에게 매달렸다.
"내가 본 사람 중 가장 잘생긴 남자였어!" 그녀는 술내 가득한 숨결을 내 얼굴에다 뿜으며 소리쳤다.
"그래, 알았어, 알았어." 친구가 중얼거렸다. "키가 크고 잘생기고 눈이 '밤보다 더 검은' 저 세상 남자…… 그럼, 그럼……"
"정말 심쿵했어!" 그녀가 종알거렸다. "그런 외모론 돌아다녀선 안 돼! 한번 만져봤어야 하는데, 이해하겠니? 그 하얀 피부는 진짜가 아닌 것 같았어……"
나는 얼어붙었다. 순간 너무 놀라서 그녀의 팔을 너무 꽉 쥐고 말았다.
"네가 본 남자가…… 검은 머리였니?"
그녀의 표정이 환하게 밝아졌다.
"그럼 너도 봤다는 거네! 아, 꿈이 아닌 줄 알았어……"
"그를 어디서 만났니? 그가…… 여기 있었니?"
"아니." 그녀는 툴툴거렸다. "밖에서 봤어…… 조금 전에 저기서, 그가 거리를 걷고 있었고, 내가 다가가려고 했는데…… 맙소사…… 어느 순간 사라져 버렸어……"
나는 몸을 돌려 문으로 향했다. 심장이 쿵쾅거렸다.
그였다. 나는 내 몸 세포 하나하나에서 그것을 느꼈다.
그러나 운명은 내 편이 아니었다. 거의 출구에 다다랐을 때 갑자기 누군가 내 손목을 잡았다. 나는 뒤돌아보았고 절대 마주치고 싶지 않았던 시선과 맞닥뜨렸다.
"니카?"

라이오넬은 믿을 수 없다는 표정으로 나를 쳐다보았다.

"너…… 왔구나." 그가 말을 더듬으며 가까이 다가갔다. "못 볼 줄 알았는데…… 네가 안 올 거로 생각했어…… 근데 왔구나……"

"라이오넬." 나는 당황해서 중얼거렸다. "미안해…… 정말 미안하지만, 가야 해……"

"네가 와서 기뻐." 그는 내 뺨에 대고 중얼거렸고, 나는 뒤로 물러섰다. 그의 입에서는 강한 알코올 냄새가 났고, 소음 때문에 그의 말이 잘 들리지 않았다.

"나는 가야 해."

음악이 너무 시끄러워서 내 소리가 묻히고 말았다. 그는 내 손을 잡고 고갯짓으로 '가자'는 신호를 했다.

그는 나를 주방으로 데려갔다. 우리가 들어갔을 때 두 남자가 냉장고에서 맥주를 꺼내고 있었다. 그들이 웃으면서 나가자 라이오넬은 우리가 이야기를 나눌 수 있게 문을 닫았다.

"연락을 못해서 미안해……" 나는 진지하게 말했다. "미리 알렸어야 했는데, 올 수 있을지 확신할 수 없었어. 그리고 지금은……"

"네가 여기 온 걸로 충분해." 그가 느릿느릿 말했다.

라이오넬은 그윽한 눈빛을 반짝이며 미소 지었다. 그는 빨간색 플라스틱 컵에 과일펀치를 채워 나에게 내밀었다.

"여기."

"아…… 아니, 괜찮아……"

"자, 마셔봐." 그는 나 대신 쭉 들이키고는 환하게 웃었다. "어서, 한 모금만."

나는 그의 고집에 못 이겨 마셔보기로 했다. 집에 가려면 어떤 대가를 치러야 할까? 나는 음료를 마셨고 눈을 찡긋하며 입술을 오므렸다. 그는 만족스러운 표정을 지었다.

"맛있지?"

갑자기 기침이 터져 나왔다. 그 순간 나는 술이 든 음료를 마셨다는 것을 깨달았다.

"있잖아, 널 못 볼 줄 알았어……" 그가 말하는 소리를 듣고 내가 고개를 들었을 때 그는 내 앞에 가까이 다가와 있었다. "네가 오지 않을 거로 여겼는데……"

나는 가야 한다는 말을 그에게 솔직하게 해야겠다고 생각했다.

"라이오넬, 할 말이 있어……"

"아무 말도 하지 마. 이미 다 이해했어." 그가 나를 향해 넘어질 듯 휘청거렸다.

나는 잔을 내려놓고, 높은 굽 위에서 비틀거리며 그를 붙들었다.

"괜찮아?"

그가 낄낄거리며 웃었다.

"그냥…… 조금 마셨을 뿐인데……"

"조금이 아닌 것 같아." 나는 중얼거렸다.

"네가 온 걸 못 봤어…… 네가 날 바람 맞혔다고 생각했는데……"

나는 그가 다시 낄낄대는 소리를 들을 거로 예상했지만, 그는 웃지 않았다. 침묵이 흘렀고, 그 순간은 한참 이어졌다.

그러다 그의 손이 내 옆의 조리대 위로 미끄러지는 것을 느꼈고, 나는 그와 눈을 마주쳤다. 라이오넬은 침을 삼켰고, 머리를 내 쪽으로 낮게 기울였다.

"하지만 넌 지금 여기에 있어……"

"라이오넬." 나는 중얼거렸고, 그의 손이 내 손목으로 미끄러졌다.

"넌 여기 있어. 그 어느 때보다 *아름다운* 모습으로……" 나는 뒷걸음질 쳤지만 내 뒤에는 조리대가 있었다. 나는 한 손으로 그의 가슴을 막았고, 다른 손은 안타깝게도 그의 손아귀에 잡혀 있었다. 나는 놀란 눈으로 그를 바라보았다.

"우리 얘기하자고 했잖아……" 나는 분위기를 바꾸려고 했지만, 그의 몸이 내 옷에 닿았다.

"얘기?" 그는 바싹 다가오며 속삭였다. "얘기할 필요 없어……"

나는 황급히 얼굴을 옆으로 돌렸지만, 그의 입술이 내 입술을 뒤따라가 완전히 덮어버렸다. 그는 주방 조리대로 밀며 나에게 키스했고, 알코올 맛이 내 숨결에 뒤섞였다. 그의 축축한 입은 숨 막힐 정도로 내 입을 쫓아왔고, 그를 멈추게 하려는 내 노력은 소용없었다.

"그만…… 라이오넬!"

나는 원치 않는 행위에서 벗어나려고 그의 가슴을 세게 밀었지만, 그는 손을 내 얼굴로 가져가며 더 깊게 키스하려고 했다. 그의 손가락이 내 머리카락을 움켜쥐었고 나는 움직일 수 없었다.

"제발……"

그는 내 말을 듣지 않았다. 그리고 나를 부서뜨리는 그 작동 단추를 눌렀다. 그는 내 두 손목을 잡고 압박했다.

그리고 현실이 무너졌다.

척추를 타고 경련이 일었고, 오래된 본능적인 두려움이 심장을 갈비뼈로 짓눌러 숨이 막혔다. 강박, 공포, 손목의 벨트, 묶인 팔. 어두운 지하실. 몸이 오그라들었고 영혼은 길길이 날뛰었다.

라이오넬이 나를 놓아주자마자 큰 소음이 일었다. 오렌지색 소나기가 그에게 쏟아졌고, 플라스틱 컵이 여러 군데 깨져 바닥에 굴렀다. 나는 팔을 내둘러 옆에 있는 것을 집어서 그의 얼굴에 던졌다. 그러곤 휘둥그레진 눈으로 그를 쳐다보고는 도망쳤다. 나는 주방을 나와 사람들을 밀치며 나아갔다. 그 집에서 빠져나와 뼈에 달라붙은 공포를 떨쳐버리고 싶었다. 심장이 내 귀를 멀게 했다.

춥고 축축하고 미끈거리는 느낌이 들었다. 현실이 내 주위로 망치질을 해댔고, 불안함이 익숙한 느낌으로 들이닥치며 내 목을 조였다. 나를 짓누르는 수많은 육체 사이에서 질식할 것만 같았다. 그러다 갑자기 나는 화들짝 놀라 비명을 터뜨렸다.

다른 사람들과 함께 돌아보았다. 그리고 몸이 굳어버렸다.

공중에서 펄럭이는 검은 얼룩이 보였다. 작은 박쥐 한 마리가 열린 창문으로 들어와 사람들로 가득 찬 거실에서 빛과 소리에 눈멀어 퍼덕이고 있었다. 여자들은 무서워서 비명을 지르거나 손으로 머리를 감쌌다.

나는 요동치는 심장으로 박쥐를 바라보았다. 그는 출구를 찾으려고 바동거리다 전등에 부딪쳤다. 그리고 공중에서 날아온 컵에 정통으로 맞고 벽에 부딪혔다.

누군가 웃었고, 목소리가 높아졌다.

또 다른 컵이 날아가 박쥐를 벽에 들이찧자 웃음소리가 더 커졌다. 두려움은 금세 재미있는 놀이가 되었다. 순식간에 모든 것이 날아다니기 시작했다. 호일을 뭉친 작은 공, 담배꽁초, 병뚜껑, 플라스틱 조각…… 쓰레기 비가 그에게 퍼부어졌고, 나는 그 장면에 마음이 찢어졌다.

"안 돼!" 나는 소리쳤다. "안 돼! 그만해!"

박쥐는 펀치의 웅덩이에 빠져서 날개가 알코올에 흠뻑 젖었다. 웃음소리가 점점 더 커졌고, 나는 옆에 있는 사람들의 팔을 붙잡았다.

"그만해! 멈춰!"

그러나 아무도 내 말을 듣지 않는 것 같았다. 선동과 즐거운 함성이 끝날 줄을 몰랐다. 참을 수가 없었다. 나의 가장 진실한 부분이 들고일어났다. 나는 사람들을 헤치고 나아가 박쥐가 웅크리고 있는 벽의 구석에 다다랐다. 내가 할 수 있는 유일한 행동은 그에게 달려들어 손으로 잡는 것뿐이었다.

이제 호일 공이 나에게 쏟아졌고, 누군가는 담배를 던졌다. 나는 박쥐를 보호하려고 가슴에 안았고, 박쥐는 필사적으로 나에게 매달리며 작은 발톱으로 내 피부를 할퀴었다. 나는 겁에 질린 눈으로 주위를 둘러보았고, 내 안에서는 숨을 찢는 그 공포의 전율이 다시 느껴졌다. 일제히 치켜든 사람들의 팔이 보였다. *원장은 소리를 지르고 손을 올리고 그녀의 손가락이 갈비뼈를 옥죄고 밀치고 부수었다.* 그리고 공포는 이전보다 더 큰 위력을 떨쳤다. 나는 누군가를 넘어뜨리든 신경 쓰지 않고 사람들의 벽을 밀치며 나아갔다.

나는 출입문을 보자마자 미친 사람처럼 인도로 달려들며 그 지옥을 빠져나왔다. 높은 굽 위에서 넘어질 듯 휘청거리고 근육통이 느껴졌지만 뒤에서 소음이 꺼질 때까지 멈추지 않고 집을 향해 달려갔다.

울타리가 몇 미터 앞에서 보이자 마음이 진정되었다. 나는 숨을 고르며 어깨 너머로 괴로운 시선을 던졌다. 그리고 내 목을 간지럽히는 열기를 내려다보았다. 박쥐는 여전히 거기서, 나에게 붙어있었다. 그는 떨고 있었다. 나는 그의 작은 머리에 뺨을 기울여 학대받은 작은 생명체를 살며시 쓰다듬었다.

"다 괜찮아……" 나는 속삭였다.

박쥐가 머리를 들었고, 겁먹은 그의 눈빛을 보았다. 반짝이는 구슬처럼 까만 두 눈이 내 마음에 꽂혔다. 내 팔에 안겨 두려움에 떠는 그 밤의 생물은 리젤과 닮아 있었다. 나는 그에게 돌아가 그를 안고 그와 함께 있고 싶었다. 그가 내게 모든 것을 남겼다고, 내 안은 그의 불행과 떨림으로 가득 차 있다고 말하고 싶었다. 그가 없이는 어떻게 살지 모르겠다고 고백하고 싶었다.

나는 마른침을 삼키면서 손을 펼쳐 박쥐가 날아가게 했다. 그는 서툰 날갯짓으로 내 피부를 긁다가 공중으로 날아올랐다. 나는 뒤쪽에서 나는 발소리도 듣지 못한 채 멍하니 하늘을 바라보았다. 그리고 박쥐가 어둠 속으로 사라지는 것을 본 순간 누군가가 내 어깨를 잡아 몸을 돌렸다. 나는 찌푸린 두 눈을 보고서 깜짝 놀랐다.

"니카." 라이오넬이 내 얼굴에다 대고 숨을 헐떡거렸다. "여기서…… 뭐 하는 거야?"

"날 놔 줘!" 나는 그의 손길에서 벗어나려고 하며 다급하게 중얼거렸다. 내 몸에 닿은 그의 손은 즉시 불쾌한 느낌을 불러일으키며 나를 놀라게 했다.

"왜 그렇게 가버린 거야?"

나는 뒷걸음질 치며 그의 손아귀에서 벗어났지만, 그가 다시 나를 붙잡았다. 나는 그 공포의 원인이 그에게 있지 않고, 그가 나쁜 의도로 그런 것이 아니란 걸 알면서도 두려움이 앞섰다.

"이게 다 무슨 뜻이야? 올 땐 언제고, 이렇게 떠나는 거야?"

"날 봐, 아프단 말이야." 두려움과 무력감, 숨 막히게 부풀어 오르는 공포감으로 기어드는 목소리가 나왔다. 나는 그를 밀어내려고 했지만, 그는 나를 놓아주지 않았다. 라이오넬은 내 어깨를 붙잡고 안절부절못하여 화를 내며 나를 흔들었다.

"젠장, 그만하고 나를 좀 봐!"

갑자기 라이오넬의 손이 내게서 떨어졌다. 그의 몸이 뒤로 휘청대더니 숨을 다 토해내듯 세게 땅에 내던져졌다.

나는 눈물 사이로 어둠 속에서 홀연히 나타나 우리 가운데 끼어든 키 크고 무시무시한 형체를 보았다. 옆구리로 내려뜨린 팽팽한 주먹은 조용한 위협으로 타올랐다. 리젤은 핏줄이 솟은 팔목과 검은 악마의 잔인한 아름다움으로 그를 내려다보고 있었다.

"니카에게 *손대지* 마." 리젤은 느리고 단호하게 쏘아붙였다.

그의 눈빛이 차가운 분노로 번뜩였기에 나지막한 목소리가 섬뜩하게 들렸다.

"너!" 라이오넬은 팔꿈치로 땅을 짚으며 걷잡을 수 없는 증오를 터트렸다.

리젤은 눈썹을 치켜떴다. "그래, *나.*" 그는 조롱하듯 맞장구치며 라이오넬의 머리카락을 세게 밟았다.

라이오넬은 땅에 머리가 고정된 채 헐떡이는 포획물처럼 아스팔트 위에서 몸부림쳤다. 나는 숨이 막혔다. 리젤의 눈에는 모든 광채를 집어삼키는 무자비한 폭력이 있었다.

그는 나를 향해 얼굴을 돌렸고, 내 영혼을 꿰뚫는 시선을 어깨 너머로 던졌다.

"집에 가."

나는 떨리는 손으로 대문을 열면서 목이 메었다. 나는 리젤이 자신의 폭력성을 그에게 터트릴 것으로 생각했다. 그런데 그를 아주 천천히 놓아주었고, 매섭게 쏘아보고는 내 뒤를 따르려고 했다. 그때 라이오넬이 신음을 내뱉으며 리젤의 청바지 자락을 붙잡았다. 그는 손을 허우적대며 어떻게든 리젤을 공격하려고 했다.

"네가 영웅이라고 생각하지?" 그가 격분해서 소리쳤다. "그렇다고 믿지? 네가 좋은 사람이라고 생각하지?"

리젤은 그 자리에 멈춰 섰다.

"좋은 사람?" 낮고 무서운 속삭임이 그에게서 흘러나왔다. "내가…… *좋은 사람?*"

어둠 속에서 그의 하얀 입술이 위로 휘어졌다.

그는 웃었다.

나를 여러 번 떨게 했던 그 웃음을 어둠의 괴물처럼 터트렸다. 그는 자신을 붙잡은 손을 땅바닥에 내치고는 발로 잔인하게 짓밟았다. 라이오넬은 아파서 어쩔 줄 몰라 하며 그의 발치에서 꿈틀거렸고, 리젤은 손가락이 하나씩 펴질 때까지 인정사정없이 밟았다.

"*내 안*을 보고 싶니? 넌 보기도 전에 오줌을 쌀 거야." 그는 날카롭게 몰아붙였고, 나는 그가 손목을 부러뜨릴 것만 같았다. "오, 아냐, 난 결코 좋은 사람이 아니야. 내가 얼마나 *사악한지* 보고 싶니?"

그는 다시 발에 힘을 주었고, 뼈에서 우지끈거리는 소리가 날 정도로 세게 밟았다.

내 입에서 흐느낌이 새어 나왔다. 리젤은 턱을 꽉 물었고, 그의 깊고 가느다란 눈이 내게로 향했다. 그는 그제야 내가 지켜보고 있다는 사실을 떠올린 것 같았다. 그는 내가 이해할 수 없는 눈빛으로 나를 쳐다보았지만, 곧 태도를 바꾸어 주먹을 불끈 쥐고는 매몰찬 동작으로 그를 놓아주었다. 라이오넬은 재빨리 손을 거두었고 신음하며 뒹굴었다. 리젤은 그를 길바닥에 남겨둔 채 단호하게 몸을 돌려 무시무시한 천사처럼 나를 향해 걸어왔다.

잠시 후 정적 속에서 현관문의 자물쇠가 딸깍이는 소리가 들렸다.

내 눈은 어둠에 익숙해졌다. 어둠 속에서 서서히 리젤의 윤곽이 드러났다. 그는 내 뒤에서 문에 등을 기대고 있었다.

나는 그의 숨소리를 들으며 몸을 떨었다. 그 친밀감은 내가 필사적으로 억누르려 했던 모든 것을 되살리게 했다. 나는 간신히 깨지지 않고 버티는 육체와 열망의 조각상이었다. 그 순간 처음으로 나는 우리가 피 흘리지 않고 함께 살아가는 방법이 있지 않을까 하는 생각이 들었다. 서로에게 상처를 주지 않는 날이 오지 않을까?

"네 말이 맞아. 나는…… 몽상가일 뿐이야."

나는 더는 자신을 속일 수 없었기 때문에 고개를 숙였다.

"난 항상 행복한 결말을 원했어…… 언젠가는 나에게 이뤄지길 바라며 매 순간 그걸 꿈꾸었어. 그…… 원장 때문에…… 더 나은 미래를 갈망하기 시작한 이후로 줄곧 그래 왔어. 그런데 사실은……"

나는 자신을 완전히 내려놓으며 패배감에 입술을 꽉 물었다.

"사실 리젤, 너는…… 그 동화의 일부야."

눈물이 고여 눈앞이 흐릿해졌다. "아마 처음부터 그랬을 거야. 하지만 그걸 직접 확인할 용기가 나지 않았어. 모든 것을 잃을까 봐 두려웠거든."

그는 입을 닫은 채 가만히 있었다. 나는 요동치는 감정을 다잡으려고 얼굴을 옆으로 돌렸다. 심장이 터지고 눈물이 쏟아질 것 같았다.

나는 희미한 빛을 뿜고 있는 피아노를 보았다. 잠시 바라보다가 피아노 앞으로 다가갔다. 나는 그의 손길이 아직 남아있는 것처럼 흰 건반을 손으로 스쳤다.

그가 라이오넬에게 한 말이 떠올라 마음이 아팠다.

"네가 나쁘다는 건 사실이 아냐. 난 알고 있어. 네 안이 어떤지…… 사납거나 무섭지 않아. 넌 그렇지 않아." 나는 속삭였다. "나는 네게서…… 네가 볼 수 없는 모든 좋은 것을 봐."

"정말 너답다." 잠시 후 내 뒤에서 소리가 들렸다. "나방처럼 사물에서 늘 빛을 좇는 것."

그는 지금 문 입구에 있었다. 그림자가 드리운 그의 얼굴은 고통스러울 정도로 아름다웠지만 그의 눈빛은 멍하니 생기가 없었다.

"빛이 없는 곳에서도 그걸 찾지." 그가 천천히 말했다. "결코 있을 수 없는 곳에서도."

나는 무해하고 순박한 눈으로 그를 바라보며 고개를 저었다.

"우리는 누구나 무언가로 빛나고 있어, 리젤…… 우리 안에 있는 무언가로. 나는 항상 세상의 좋은 점을 찾아왔어. 그리고 그걸 네게서 발견했어. 진실이 무엇인지는 중요하지 않아. 지금 내가 보는 유일한 빛은 너이기 때문이야. 어디를 보든 어느 순간이든…… 난 너만 보여."

어둠 속에서 그의 눈동자가 부드럽게 빛났다. 나는 그 눈빛을…… 결코 잊지 못할 것이다.

나는 그 눈에서 그의 마음을 보았다.

그가 얼마나 구겨지고 피폐하고 다쳤는지 보았다.

또 얼마나 빛나고 생생하고 필사적인지도.

우리는 불가능한 존재들이었고, 둘 다 그것을 알고 있었다.

"동화는 없어, 니카. 나 같은 사람에겐 없어."

자, 우리는 결전을 향해 가고 있었다.

우리에게 침묵과 떨림의 순간이 계속되는 이야기는 없었다. 우리의 영혼은 평생 서로를 쫓아다녔고, 이제 막바지에 이르렀다.

우리는 다른 존재들이어서 그 누구와도 어울릴 수 없었다. 우리는 다른 누구도 이해할 수 없는 언어를 사용했다.

그 마음의 언어.

"네가 없는 건 무엇이든 원치 않아." 나는 용기 내어 단숨에 큰 소리로 고백했다.

나는 숨기고 싶은 말을 그에게 내뱉었지만 상관없었다. 그건 진심이었기 때문이다.

"네 말이 맞아. 우리는 부서졌어…… 우리는 다른 사람들과 달라. 하지만 어쩌면 리젤, 우리는 서로 잘 들어맞기 위해 조각난 것일지도 몰라."

그보다 더 내 악마들을 잘 아는 사람은 없었다. 내 상처와 트라우마, 두려움을 아는 사람은 없었다. 그리고 나는 누구와도 다르게 그를 보는 법을 배웠다. 남다른 그의 마음속에서 내 마음을 발견했기 때문이다.

우리는 그 누구도 이해할 수 없는 방식으로 서로에게 속해 있었다. 어쩌면 그것은 사실이었다. 일을 망치는 것이 우리의 본성일 수 있었다. 그러나 그 *파괴적이고 파괴된* 방식에서 우리는 우리만의 무엇일 수 있었다.

공포와 경이로움. 전율과 구원.

우리는 음표들의 망상이었다. 날카롭고 비현실적인 선율.

그는 내 영혼을 너무나 미묘하게 끌어당겼기 때문에 저절로 새겨진 우리의 운명은 마치 백지처럼 보였다. 그래서 나는 그것을 이해하는 데 아주 오랜 시간이 걸렸다. 첫발을 내딛기까지 평생이 걸린 것 같았다.

나는 어둠 속에서 그에게 다가갔다. 그의 눈동자는 하늘 전체가 그 방에 있는 것처럼 빛났다. 내가 방금 고백한 말이 그의 의지를 뛰어넘는 힘으로 그를 거기 붙잡아 둔 것처럼, 그는 나의 모든 움직임을 주의 깊게 따랐다.

나는 시선을 피하지 않고 팔을 뻗어 그의 손을 잡았다. 그의 눈에서 나는 항상 작고 위험한 존재처럼 느껴졌다. 그는 저항하려는 듯 손목 인대가 굳어졌지만…… 나는 한껏 부드러운 손길로 그의 손목을 감싸 내 쪽으로 천천히 끌어당겼다. 그의 손을 내 얼굴로 가져갔다.

그의 턱 근육이 움찔거렸다. 그의 손이 닿자 내 영혼이 따뜻해졌고, 나는 안도의 숨을 내쉬었다. 그는 주저하는 듯 아직 손을 다 펴지 못했고, 내 눈물이 그의 손가락을 적시자 그의 피가 떨리는 것 같았다.

그는 내가 한없이 연약해서 금방이라도 손가락 아래서 바스러질 수 있는 존재인 것처럼 나를 바라보았다.

"예전에 넌 나를 두려워했어." 그가 속삭였다.

"예전에는…… 널 보는 법을 알지 못했어." 눈물이 뺨을 타고 흘러내렸고, 내가 모든 것을 산산조각 냈던 기억이 떠올랐다. "*미안해……* 리젤, 미안해……"

우리는 처음으로 서로를 보고 있었다.

그러다 기적이 일어나듯 천천히…… 그의 손이 펼쳐졌다. 리젤의 손바닥이 내 얼굴에 닿았고, 그 따뜻함에 내 마음이 녹아내렸다. 그는 그 순간이 믿기지 않는다는 듯 엄지손가락으로 내 입가를 쓰다듬었다.

"니카, 난 너의 애완동물이 아니야." 그가 구슬픈 목소리로 중얼거렸다. "넌 나를…… 길들일 수 없어."

"그러고 싶지 않아." 나는 속삭였다.

그는 내 안에 장미를 남겼다. 메마른 사막이었던 내게 꽃잎과 별의 흔적을 남겼다. 그리고 우리는 서로의 상처를 안고 무언의 대화를 나누었다. 리젤은 늑대였고, 나는 그 모습 그대로를 원했다.

"나는 널 원해…… 있는 그대로. 약속해, 변치 않을 거야…… 널 혼자 두지 않을 거야, 리젤. 그렇게 하게 해줘…… 너와 함께 있게 해줘."

'내 곁에 있어 줘.' 나는 마음속으로 기도했다. '나와 함께 있어 줘, 제발, 알 수 없는 미래가 두려울지라도.'

'그 무수한 이야기 가운데 늑대와 나방에 관한 동화는 없기에 어쩌면 우리의 앞날이 험난할지라도.'

'그래도 제발 내 곁에 머물러줘. 우리가 함께 부서지면, 우리가 아니라 나머지 세상이 무너지는 걸 거야.'

'우리가 함께 부서지면 나는 두려울 게 없어.'

나는 천천히 그의 손에 입 맞추었다.

그의 근육이 수축되었고, 가슴이 터질 듯 가까스로 숨죽이고 있는 듯했다.

나는 그의 모든 것을 원했다. 할퀴고 그르치고 혼란스럽고 어루만지는 모든 것.

나는 그의 연약함을 원했다. 그의 진정한 영혼을. 누구도 길들일 수 없는 그의 마음을 원했다.

나는 행복한 결말이 없는 그, 별들의 지붕 아래 부당하게 버려졌던 그를 원했다.

내가 앞으로 몸을 기울이자 그가 갑자기 숨을 멈췄다.

나는 내 얼굴에 있는 그의 손을 꼭 잡고서 발끝으로 섰다. 그리고 내가 가진 부드러움을 다하여…… 눈을 감고 그의 입술에 입 맞추었다.

심장이 갈비뼈를 향해 방망이질했다. 리젤의 입은 따뜻한 벨벳처럼 포근했다. 나는 입을 떼며 물러났고, 그는 한참 움직이지 않고 가만히 서 있기만 했다.

나는 그 몸짓에 그가 어떻게 반응할지 몰랐다. 어느 순간 내 몸이 뒤로 쏠렸다. 나는 피아노에 부딪혔고, 내가 미처 놀랄 새도 없이 리젤의 손가락이 내 머리카락 사이로 들어와 고개를 뒤로 젖혔다. 그는 숨을 헐떡이며 그토록 간절히 원했던 순간을 보고 있는 것처럼 눈을 크게 뜨고서 나를 바라보았다. 그가 나를 밀어낼까 봐 두려웠지만, 다음 순간 그는 나를 끌어당겨서 자기 입술을 내 입술에 부딪쳤다.

상처와 별의 우주가 폭발했고, 그 충격에 심장이 오그라들었다. 나는 격정에 압도되어 불안한 손으로 그에게 매달렸다. 심장 박동이 빨라지고 호흡이 뒤섞이고 내 영혼 전체가 그의 이름을 외쳤다.

리젤은 나에게 키스했다…… 그는 세상이 무너지는 것처럼 나에게 키스했다. 숨을 멈추는 것이 삶의 유일한 이유인 것처럼 나에게 키스했다.

그의 손가락이 내 머리카락 사이에서 떨렸고 어깨 위와 목뒤로 내려오며 어루만지고 꽉 쥐어서 나는 금방이라도 녹아내릴 것 같았다. 나는 다시는 떠나지 않겠다고 그에게 다짐하고 싶어서 그의 손목을 부여잡았다. 세상은 안 된다고 소리쳤지만, 우리는 마지막 숨결까지 서로에게 속해 있었다.

나는 수줍고 주저하는 손짓으로 그를 쓰다듬었고, 내 순수한 손길에 그는 제정신을 잃은 것 같았다. 리젤은 거친 숨결로 내 옆구리를 움켜쥐며 옷을 구겼다. 나를 소유하려는 듯 와락 끌어안으며 뜨겁고 탐욕스러운 입으로 격렬하게 키스했다. 그의 치아가 내 입술과 혀를 스치며 물어뜯는 듯한 자극에 뱃속까지 떨려왔다. 나는 숨이 차올랐고, 심장이 미친 듯이 뛰었고, 온몸이 터질 것 같았다.

리젤이 내 허벅지 사이로 무릎을 집어넣으며 나를 그에게 고정했다. 그의 키스는 강력하고 무시무시하고 꿈만 같았다. 나는 그에게 말하고 싶었다. 우리 같은 사람들의 이야기가 없어도, 역경과 고난이 닥쳐도 상관없다고. 우리가 함께라면 나는 그 어떤 미래도 두렵지 않았다.

우리는 동화의 왕국에서 추방되었다.

그리고 어쩌면 결국 우리는 우리만의 동화가 될 수도 있었다.

눈물과 미소의 동화. 어둠 속에서 할퀴고 물어뜯는 이야기.

우리 외에는 행복한 결말이 없는 소중하고 황폐한 무엇.

나는 허벅지로 그의 무릎을 조였고, 리젤은 불타올랐다. 그는 생각하고 조절하고 통제하는 힘을 잃은 것 같았다. 그는 나를 들어올리기 위해 내 다리를 잡았고 샌들이 벗겨졌다. 나는 빠르게 뛰는 우리의 두 심장이 쌍둥이 세계처럼 서로 부딪히자 몸을 떨었다.

"*함께*……" 나는 그의 귀에다 대고 간청하듯 속삭였다. 리젤은 내 허벅지가 아플 정도로 세게 잡았고, 나는 피아노 건반 위로 미끄러지며 시끄러운 소리를 냈다.

나는 그에게 속박되었다. 움직일 수 없었다. 내가 그를 만질수록 그의 육체는 나에게 점점 더 미쳐가는 것 같았다.

그런데 그가 나를 압박하고, 꼼짝하지 못할 정도로 그의 손이 나를 붙잡고 있어도…… 나는 무섭지 않다는 것을 깨달았다. 리젤은 내가 겪은 일을 알고 있었기 때문이다.

그는 다른 누구보다도 내 악몽을 잘 알았다. 그는 내가 어느 곳에 균열이 났는지 알고 있었고, 그가 나를 만질 때 보호하려는 절박한 느낌이 전해졌다. 그는 나의 모든 나약함을 원하면서 그것을 영원히 지켜주려는 것 같았다. 그리고 나는 그가 나를 아프게 하지 않을 거란 걸 알았다.

나는 그를 꼭 끌어안고 내 모든 부드러움을 그에게 전하면서, 비록 그의 마음이 어두운 재앙일지라도 내 곁에 두겠다고 생각했다.

영원히.

항상.

항상……

"니카?"

빛. 발걸음 소리.

안나의 목소리.

나는 눈을 크게 떴다. 생각할 틈도 없이 리젤이 갑자기 나에게서 떨어졌다.

순간 내게서 뿌리가 뽑힌 것 같았다.

가운 차림의 안나가 나에게 다가왔고, 그녀는 피아노 옆에 혼자 서 있는 나를 발견했다. 나는 새끼사슴처럼 놀란 눈으로 손가락을 비틀며 그녀를 쳐다보았다.

"너구나, 니카……" 그녀는 내 맨발을 바라보며 졸린 목소리로 중얼거렸다. "갑자기 소리가 들려서…… 피아노…… 너 괜찮니?"

나는 그녀가 붉어진 내 얼굴을 알아채지 않길 바라며 입술을 오므린 채 고개를 끄덕였다.

"이 어두운 데서 뭐 하는 거야? 또 잠이 안 오니?"

"그게, 방금…… 집에 들어왔어요." 나는 거의 우스꽝스러운 목소리로 둘러대고는 침을 꿀꺽 삼켰다. "깨워서 죄송해요……"

안나는 마음을 놓으며 현관문을 바라보았고, 나는 그 순간을 틈타 원피스의 한쪽 어깨끈을 얼른 바로잡았다.

"괜찮아, 아무것도 아니야. 올라가자."

그녀는 미소 지으며 나에게 한 손을 내밀었다.

나는 몸을 굽혀 샌들을 집어 든 다음 그녀 쪽으로 걸어갔다. 하지만 그녀가 나를 기다리고 있는 복도의 아치문을 나서기 전에 나는 옆으로 고개를 돌렸고…… 그를 보았다.

그는 그녀가 볼 수 없는 어둠 속에 있었다. 그는 벽에 등을 기대고 다리 한쪽을 세운 채 부푼 가슴으로 조용히 숨을 헐떡이고 있었다. 뒤로 젖힌 얼굴에서 뜨겁고 촉촉한 두 눈은 나를 뚫어지게 *바라보고* 있었다. 격렬한 키스로 부어오른 입술은 여전히 젖어 있었고, 내 손가락이 휩쓸고 간 머리칼은 헝클어져 있었다.

리젤은 살아있는 죄처럼 나를 바라보았다.

그리고 나는 평화와 고뇌가 느껴졌다…… 안도와 타락을 느꼈다.

어둠 속의 번갯불과 천둥소리. 폭풍우가 우리에게 덮치고 있었다.

"그래……" 그가 내게 남긴 보랏빛 우주의 별들을 세면서 내 안의 목소리가 속삭였다. "……*하지만 아름다운 색깔을 봐.*"

27
스타킹

열망은 정신을 꺼뜨리고
마음에 불을 놓는 불꽃이다.

"니카?"

나는 눈을 깜빡이며 현실로 돌아왔다.

노먼은 걱정하는 듯한 표정으로 나를 보았다.

"너 괜찮니?"

그와 안나가 나를 쳐다보고 있었다.

"죄송해요. 잠깐 정신이 팔렸어요." 나는 웅얼거렸다.

"니카, 정신과 상담 말이야." 안나는 침착하게 다시 말했다. "우리가 그에 대해 얘기한 거 기억하니? 누군가와 이야기하면 네게 도움이 되고 기분이 나아질 수 있다고." 그녀는 조심스럽게 말을 이어갔다. "음, 내 친구가 아주 유능한 선생님의 연락처를 알려 줬어…… 그가 요즘 상담할 시간이 있을 거라고 했어." 그녀는 나를 주의 깊게 살폈다. "어떻게 생각하니?"

불안감에 뱃속이 따끔거렸지만, 나는 아무렇지 않은 척하려 했다. 안나는 나를 도우려고 했고, 내가 잘 지내기만을 바랐다. 그 생각은 불편한 마음을 누그러뜨렸지만 없애지는 못했다. 하지만 그녀의 확신에 찬 눈빛은 나에게 용기를 주었다.

"좋아요." 나는 그녀를 믿어보기로 했다.

"좋아?"

나는 고개를 끄덕였다. 적어도 시도는 해볼 수 있었다.

그녀는 나를 위해 마침내 뭔가를 할 수 있어서 기뻐하는 것 같았다.

"알겠어. 그럼 좀 있다 연구실에 전화해서 확정할게." 그녀는 내 손등을 쓰다듬으며 미소 지었다. 그러다 내 어깨 너머를 바라보며 반가운 표정을 지었다. "오, 좋은 아침이야!"

리젤이 주방에 들어서자 내 모든 신경이 긴장되었다. 피부에서 그의 존재가 민감하게 느껴졌고, 뱃속에 불꽃이 일었다. 나는 얼굴을 들어 그를 쳐다보지 않으려고 가까스로 버텨야 했다.

전날 밤에 일어난 일이 내 안에 여전히 생생했다.

그의 입술, 그의 손……

나는 그것을 곳곳에서 느꼈다. 꿈을 꾼듯했지만, 내 피부에서 여전히 타오르는 그 감각이 사실임을 일깨워 주었다.

그가 내 앞에 앉았을 때 나는 그를 슬쩍 쳐다보았다. 헝클어진 머리카락이 그의 매력적인 얼굴을 감싸고 있었다. 그는 주스 잔을 입술로 가져가면서 무언가 할 말이 있는 것처럼 검은 눈을 안나와 노먼에게로 향했다.

그는…… 여느 때와 같은 모습이었다. 몹시 초조한 나와는 달리 무덤덤해 보였다. 아침을 먹으면서도 차분해 보였고, 그의 눈은 한 번도 나를 쳐다보지 않았다. 나는 우리 몸이 휘감긴 장면이 머릿속에서 일렁거려 컵을 움켜쥐었다.

그가 간밤의 일을 무시하려는 건 아니겠지?

어느 순간 그는 느긋한 미소를 지으며 사과를 집어 들었고, 노먼과 안나가 웃음을 터트리게 한 어떤 말을 했다. 그는 과일을 입으로 가져갔고, 그들이 주의를 딴 데로 돌리는 동안 그의 시선이 나에게로 미끄러졌다.리젤은 그의 눈으로 나를 묶으면서 깊게 한입 베어 물었다. 그리고 윗입술을 핥으며 천천히 내 모습을 훑어보았다. 나는 뜨거운 도

자기 컵에 손가락이 데는지도 모르고 있었다.

"비가 오네." 안나의 목소리는 먼 세상에서 들리는 듯했다. "오늘은 내가 학교에 데려다줄게."

"너희들 준비됐니?" 잠시 후에 안나가 물었다. 그녀가 외투를 입는 동안 리젤이 계단을 내려왔다. "우산은 챙겼니?"

나는 배낭 안의 책 사이로 작은 우산을 밀어 넣었다. 그 사이 안나는 자동차를 가지러 밖으로 나갔다. 나는 현관문으로 다가갔다. 공기 중에 내가 아주 좋아하는 상쾌한 냄새가 났다. 팔을 뻗어 살짝 열린 문을 밀고 나가려는데 뭔가가 나를 막았다.

한 손이 내 머리 위로 문을 붙잡고 있었다.

"네 스타킹에 구멍이 났어."

가까이에서 들린 그 깊은 음색이 나를 떨게 했다.

"알고 있었어?"

내 뒤로 우뚝 솟은 그의 존재감이 느껴졌다.

"아니." 나는 그가 점점 더 가까이 다가오는 것을 느끼며 작은 목소리로 말했다. "어디?"

따뜻한 숨결이 내 목을 어루만졌다. 그 다음 순간 내 치맛단 바로 아래쪽 살이 타는 듯이 느껴졌다. 그는 얼굴을 내 쪽으로 기울이며 거기에 손끝을 갖다 댔다.

"여기." 그가 나지막하게 우물거렸다.

나는 그 지점을 내려다보며 침을 삼켰다. "조그맣게 났어……"

"하지만 구멍이 *있어.*" 그가 쉰 목소리를 냈다.

"치마에 가려져 거의 안 보이잖아……"

"얼마든지 잘 보여…… 어디까지 나 있는지 궁금할 만큼."

그의 목소리에서 못마땅한 기색이 느껴졌다. 남자의 판타지에서 스타킹에 난 구멍이 나처럼 약하고 순진한 소녀에 대한 기이한 암시를 불러일으킬 수 있는 것처럼. 그도 그런 걸까?

"언제든 벗을 수 있어." 나는 별 생각 없이 대답했다. 리젤이 숨을 거칠게 내쉬었다.

"*그걸 벗는다고?*"

"그래." 내가 말하는 동안 그가 등 뒤로 바짝 다가왔다. "여분을 항상 가지고 다닌다고…… 갈아 신을 수 있게……"

"음……" 리젤은 어쩔 줄 몰라 라며 말을 삼켰다.

그 짧은 음절이 내 뱃속을 뜨거워지게 했다.

그의 관심에 나는 밀랍처럼 녹아내렸다. 그리고 생기 있고 짜릿하고 화끈거리는 느낌이 들었다. 나는 그에게, 그가 발산하는 긴장감에, 그의 열기와 침묵과 숨결에 빠져들었다……

자동차 경적이 나를 다시 현실로 데려왔다. 안나가 우리를 기다리고 있었다. 리젤이 몸을 빼고 그의 온기가 내 등에서 사라질 때 나는 입술을 깨물었다. 그는 나를 지나쳐 문밖으로 나갔고, 나는 그가 남긴 향기 속에서 세상이 결코 들어서는 안 되는 한숨을 몰래 내쉬었다.

비 내리는 그날 아침, 빌리의 노란 우비가 가장 먼저 눈에 띄었다. 그녀는 얼굴을 숙인 채 젖은 아스팔트에서 발목을 앞뒤로 흔들며 정문 옆에 가만히 서 있었다.

내가 나타나자 그녀는 설핏 안도의 미소를 지었다. 그 표정을 보며 그녀가 혼자 들어가고 싶지 않아서 나를 기다렸다는 걸 알았다. 빌리는 내게 파티가 어땠는지 물었지만, 나는 그녀의 상태가 어떤지를 살폈다. 눈 그늘이 진 걸로 봐서 잠을 잘 자지 못한 것 같았다.

"미키와 연락하지 않은 거지?" 나는 나란히 사물함에 다가가며 조심스럽게 물었다.

빌리는 대답하지 않았고 나는 속상했다.

"빌리……"

"알아." 그녀는 고통스러운 목소리로 속삭였다.

나는 강요하고 싶지 않았다. 고집을 부려서 좋을 건 없었다. 그러면서도 아쉬운 마음이 들었다.

"넌 시간이 필요해." 나는 중얼거렸다. "그건 이해해. 하지만 그녀에게 그걸 말했다면…… 네가 솔직하게 말했다면……"

"못하겠어." 그녀가 마른침을 삼켰다. "그게 다야…… *그게*……"

빌리가 갑자기 멈칫했고, 그녀의 밝은 눈에 고통의 빛이 스쳤다. 내가 돌아볼 겨를도 없이 그녀는 배낭을 들고 곧장 교실로 향했다.

미키가 내 뒤에서 발걸음을 늦추며 빌리의 뒷모습을 눈으로 좇았다. 그녀의 흐릿한 눈빛은 상처받은 듯 보였다.

"미키." 나는 그녀에게 위로의 미소를 지었다. "좋은 아침이야……"

미키는 아무 말 없이 사물함을 열었다. 빌리와 마찬가지로 그녀의 얼굴에도 고통의 흔적이 뚜렷했다. 관계의 균열은 그들 자체에도 금이 가게 만든 것 같았다.

나는 고개를 숙였다.

"고맙다는 말을 하고 싶었어." 잠시 후 나는 말했다. "어제 고마웠어. 너희 집에 데려가 주었고, 화장하는 것도 도와주었고." 나는 내 손가락만 내려다보며 말을 이었다. "네 부모님을 만나서 반가웠어. 지금 네가 듣고 싶은 말은 이게 아니란 걸 알지만…… 그런 일이 있었어도, 어제 오후에 나는 행복했어. 우리가 함께 보낸 시간이 정말 즐거웠어."

미키가 동작을 멈췄다. 그녀는 나를 쳐다보지 않았지만 잠시 후 목소리가 들렸다.

"답장 못해서 미안해." 그녀가 차분한 목소리로 중얼거렸다.

내가 어제 그녀의 안부가 궁금해서 메시지를 보냈었다.

"괜찮아." 나는 선뜻 대답하며 그녀의 손을 잡았고, 그녀는 그 동작을 내려다보았다. "언제든 얘기하고 싶으면 내게 말해."

미키는 눈은 들어 후드 아래로 나를 보았다. 그녀는 대답하지 않았지만, 그 눈은 그녀의 말보다 더 많은 것을 속삭였다.

"어이, 블랙포드."

누군가가 불쑥 미키의 사물함에 손을 올렸다. 나는 미키와 같은 반인 그를 알아보았다. 가끔 공동수업 때 보는 풍성한 갈색 머리의 남학생이었다. 그는 많은 여학생이 치를 떠는 그 건방진 미소를 지어 보였다.

"오늘 날씨가 꼭 네 기분 같지?"

"헛소리 작작해, 가일."

가일은 옆에 있는 친구에게 장난스러운 눈빛을 던졌다.

"과학 노트가 필요해." 그가 스스럼없이 말했다. "뭐, 누구나 그게 필요하겠지만…… 그 미친 크릴이 다음 주에 시험을 친댔으니까. 실험실에서 계속 사라지는 용기들 때문에 히스테리가 장난이 아냐…… 근데 넌 필기 다 했겠지?"

미키는 그를 무시했고, 그는 얼굴을 기울였다.

"그래서 빌려줄 거야?" 그가 낄낄대며 웃었다. "물론 네가 이런 호의를 베풀고 싶어 안달인 건 알아. 어쨌거나 네게 말을 걸어준 사람이 있어서 기쁠 테니까."

미키는 아무 대꾸도 하지 않았고, 그는 그녀의 몸을 죽 훑어보았다.

"네가 매일 그 추레한 후드티만 입지 않는다면," 그는 미키를 향해 구부리며 넌지시 말했다. "나에게 다른 호의도 베풀 수 있을걸?"

두 남학생은 웃음을 터뜨렸고, 미키는 팔꿈치로 그의 갈비뼈를 쳤다. 나는 불편한 마음으로 내 친구를 바라보았고, 가일의 건방진 시선이 나에게로 옮겨졌다.

"어이, 꼬마 도버. 네 스타킹에 구멍 난 거 알아?"

나는 눈을 크게 떴고, 그는 생쥐를 대하듯 나를 쳐다보았다.

"흥미로운데……"

"그만해, 이 나쁜 놈." 미키가 으르렁거렸다. 나는 올이 풀린 부분을 가리기 위해 치마를 끌어당겼고, 그는 그런 내 행동을 재밌어했다.

가일은 나를 향해 몸을 기울이며 히죽거렸다.

"몰랐니?" 그가 내 귀에 속삭였다. "그렇게 은근슬쩍 보이는 게 더 섹시하긴 하……"

그때 누군가의 어깨가 그를 밀쳤고, 가일은 한 손을 짚은 채 사물함에 세게 부딪혔다. 그의 놀란 표정은 즉시 분노로 바뀌었다. 그는 홱 돌아서서 이글거리는 눈으로 자신을 친 사람을 바라보았다. 그러나 그가 누구인지 확인하고는 굳어버렸다.

리젤이 천천히 돌아섰다. 그는 포식자의 도도한 눈빛으로 가일을 한참 쳐다보다가 귀찮은 듯 건성으로 입을 뗐다.

"이런."

가일은 대응하지 않았다. 뒤에 있던 그의 친구도 웃음기를 거두었다. 리젤이 막 돌아서자 가일은 목소리를 되찾은 것 같았다.

"조심해." 그는 나지막한 목소리로 주의를 주었다. 어쩌면 그는 리젤이 그 말을 듣지 않았기를 바랐지만, 맹수의 두 눈은 잽싸게 그를 노렸다.

"조심해?" 리젤이 쓴웃음을 지으며 되물었다. 그의 검은 눈에는 조롱의 빛이 번뜩였다. "누구에게? *너한테?*"

가일은 초조하게 시선을 돌렸다. 그동안의 건방진 모습은 온데간데없고, 경솔하게 내뱉은 말을 후회하는 것 같았다.

"별일 아냐."

리젤은 그를 한참 노려보았다. 복도 전체가 흠모하고 적대하는 시선의 강물이 되어 그 옆을 지나갔다. 그 흐름 한가운데는 잔인할 정도로 찬란하게 솟은 그가 있었다. 그는 날카로운 송곳니와 검은 잉크로 만들어진 예술품 같았다. 그러다 문뜩 그의 시선이 아주 잠깐 내게 머물렀다. 나는 뭉클한 마음이 들었고, 리젤이 돌아서 복도를 걸어가자 그 느낌은 사라졌다.

"거만한 새끼." 가일은 그가 충분히 멀어지자 투덜거렸다.

나는 리젤이 자신의 사물함에 가서 책을 꺼내는 모습을 지켜보았다.

"꺼림칙해." 미키가 중얼거렸다.

나는 눈을 깜박이며 미키를 향해 돌아섰다. 그녀는 나를 쳐다보지 않은 채 손에 책을 쥐고 있었다.

"누구?" 나는 당황하며 물었다. "리젤?"

그녀는 고개를 끄덕였다.

"그는 뭔가…… *이상한* 구석이 있어."

"이상해?" 나는 물병을 열어 입술로 가져가며 조급하게 물었다.

"그래. 그에게 뭔가, 그의 행동에."

"어떤 면에서?"

"설명할 순 없지만…… 그냥 내 느낌일 수도 있어. 하지만 어떤 때 그가 널 *찢을* 듯이 바라보는 것 같아……"

나는 숨이 턱 막혔다. 가슴을 두드리며 기침을 해댔고, 그녀가 내 불편한 마음을 알아채지 않기를 바랐다.

"무슨 소리야……" 나는 침을 삼켰고, 그녀를 쳐다보지 못한 채 주변을 두리번거렸다. 나는 초조한 기색을 감추기 위해 서둘러 사물함의 공책을 정리했고, 그런 내 모습을 미키가 조심스럽게 지켜보는 것 같았다. 그때 가일이 다시 끼어들었다.

"그래서 어쩔 건데?" 그가 계속 고집을 피웠다. "나한테 빌려줄 거야?"

"아니." 그녀가 단호하게 말했다. "내 알 바 아냐."

"아, 어서!"

"싫다고 했잖아."

"오호, 내게 대가를 바라는 거지? 화끈한 뭔가를 원하는 거야?"

"너 바이올린에 맞아 볼래?" 미키가 그에게 으르렁거렸다. "머리통 깨지기 전에 당장 꺼져!"

"그럼 도버 넌?"

나는 깜짝 놀랐다. 나는 어쩔 줄 몰라 하며 그를 보았고, 그는 내 표정에 코웃음을 쳤다.

"필기한 거 있어?"

"나는……" 나는 말을 더듬었고, 그의 시선은 다시 내 스타킹 구멍으로 향하더니 허벅지까지 올라갔다.

"나한테 보여 줄래……"

책장을 넘기고 있던 리젤은 고개를 들어 다시 우리를 바라보았고, 나는 부끄러워서 얼굴이 달아올랐다.

"너 해부학 잘하지?" 가일은 내 얼굴에 가까이 다가왔다. "그럴 것 같아……"

그가 뭔가에 세게 맞았다.

바이올린이 케이스 안에서 부딪치는 소리가 났고, 그는 얼굴을 찡그린 채 머리에 손을 대고 문질렀다.

"생각 좀 하고 살아. 멍청한 네 머리론 힘들겠지만!" 미키가 벌컥 화를 냈고, 그는 그제야 입을 닫았다.

빌리는 복도에서 들리는 얘긴 대부분 헛소리라며 나에게 절대 믿지 말라고 말했다. 나는 화장실에 간다는 핑계를 대고 교실을 나가면서 그녀의 말이 사실이기를 바랐다. 다급한 내 발소리가 텅 빈 복도에 울려 퍼졌다. 나는 한 줄로 늘어선 사물함을 지나 복도 끝에 있는 흰색 문에 다다랐다. 문이 조금 열려 있었다.

나는 문틈으로 기웃거리다가 용기를 내어 안으로 들어가 등 뒤로 문을 닫았다.

두 눈이 나를 올려다보았다. 리젤은 양호실 한가운데에 앉아 있었다.

"무슨 일이 있었는지 들었어." 나는 대뜸 말했다. 그리고 이내 그의 피부에 상처가 나고 하얀 광대뼈가 붉게 변한 것을 알아차렸다.

나는 그에게 *괜찮은지* 묻고 싶었지만, 내 안에 치민 거부감 때문에 다른 말이 튀어나왔다. "사실이니?"

리젤은 고개를 숙인 채 되물었다.

"뭐가?"

"리젤……" 나는 지친 한숨을 내쉬었다. 그는 항상 이랬다. 모든 말은 갈가리 쪼개지는 암시가 되었다.

"무슨 말인지 알잖아. 그게 사실이니?"

"그럴 수도 있고, 아닐 수도 있고." 그는 짐짓 무심한 태도로 대답했다. "어느 걸 말하는 거야?"

"네가 야구 수업 중에 제이슨 가일의 코를 부러뜨린 것."

사람들 말로는 연습 경기 중에 리젤이 친 공을 가일이 운 나쁘게 맞았을 뿐이라고 했다. 안타깝게도 가일은 그가 있는 쪽으로 공을 던졌고, 리젤은 무서운 기세로 방망이를 휘둘러 다시 돌려보냈다. 그 공은 곡선을 그리지 않고 가일의 코를 향해 똑바로 날아갔다.

"리젤 와일드의 잘못이 아니에요." 그의 반 여학생들이 두둔했다. "일부러 그러지 않았어요. 그는 결백해요."

리젤은 혀를 끌끌 찼다.

"스포츠 정신이 없는 사람은 경기를 하지 않는 게 낫겠지." 그가 빈정대며 말했다. "*안타까운* 사고였을 뿐인데……"

"다른 소리를 들었어." 나는 중얼거렸다.

그의 홍채 속의 빛이 가늘어졌다. 그는 어릴 때부터 갖고 있던 그 삐딱하고 장난스러운 표정으로 나를 바라보았다.

"무슨 얘길 들었는데?"

"네가 그를 도발했다고."

나는 쉬는 시간에 미키를 만났다. 그녀는 그 '사고'가 났을 때 리젤이 입꼬리를 올리며 슬쩍 웃는 걸 봤다며 기가 막혀 했다. 선생님은 가일이 사나운 짐승처럼 그에게 뛰어든 바로 그 순간에 보았다. 리젤은 얼굴에 상처가 날 때까지 가만히 맞고만 있다가, 무시무시한 반격을 가했다. 미키는 리젤이 있는 곳을 내게 알려 주었고, 나는 그 사실을 확인하려고 달려온 것이었다.

"도발했다고, 내가?" 그는 가볍고 느릿한 목소리로 되물었다. "가당치도 않는 말이야……"

나는 기운 없이 고개를 저으며 그에게 다가갔다. 그는 더욱 경계하는 눈빛을 띠었다.

"너는 왜 맨날 싸움질이니?" 그에게 물어보았다.

리젤은 얼굴을 옆으로 기울이며 뻔뻔한 표정을 지었다.

"날 걱정하는 거야, 니카?"

"그래." 나는 주저 없이 말했다. "너는 항상 상처투성이야. 네 몸에 난 상처를 더는 보고 싶지 않아."

갑자기 분위기가 진지해졌다. 나는 농담할 기분이 아니었다. 리젤은 이제 장난기가 사라진 허심탄회한 눈으로 나를 보았다.

"그래도 피부에 난 상처는 사라지기 마련이야." 그는 심각한 표정으로 대답했고, 나는 안타까운 마음이 들었다.

"리젤, 다른 상처도 영원하란 법은 없어. 치유될 수 있어…… 불가능해 보여도, 시간이 지나면서 천천히…… 때로는 가능해. 또 때로는…… 아주 작은 부분이라도 치유될 수 있어."

그는 말없이 한참 나를 바라보았다. 이처럼 리젤이 *온순한* 표정을 띠는 그 뜻밖의 순간은…… 전율이 일었다. 나는 그를 만지고 싶었다.

내 손가락이 그의 목을 스치고 턱을 어루만졌다.

"무슨 뜻이야…… 치유가?" 그는 내게서 눈을 떼지 않은 채 물었다.

내 손안에서 그는 순종적인 맹수처럼 보였다.

"치유란…… 이전에 두려워했던 걸 따듯하게 어루만지는 거야."

내가 그의 광대뼈에 난 상처를 스쳤을 때 그가 몸을 떠는 것 같았다.

그리고 갑자기 닿은 손길에 나는 움찔했다. 그의 손가락이 스타킹에 가려진 내 무릎 뒤쪽의 부드럽고 탄력 있는 살을 그러쥐며 쓰다듬자 나는 숨을 참았다. 그의 손끝은 내 허벅지에 뜨거운 흔적을 남겼고, 그는 나를 더 가까이 끌어당겼다. 나는 떨림을 억눌렀다.

"리젤……"

"아직도 이걸 신고 있네……" 그는 내가 스타킹을 갈아 신지 않은 것을 보고 말했다. 그의 손가락은 천천히 파고들었고, 내 심장은 갈비뼈를 향해 요동쳤다.

"리젤, 여긴 학교야……"

"내가 말했잖아, 니카." 그가 으르렁거렸다. "그런 목소리는 상황을 더 악화시킬 뿐이라고……"

갑자기 문밖에서 발소리가 들렸다. 손잡이가 내려갔다. 나는 얼어붙었다.

나는 당황하여 아무 생각 없이 그를 끌어당겨 옆에 있는 벽장으로 같이 들어갔다. 그 공간은 우스꽝스러웠고, 나는 이내 내 행동이 어리석었다는 것을 깨달았다. 리젤은 숨을 필요가 없었다. 그는 여기 있는 게 당연했다.

문이 열렸고, 나는 환기창을 통해 보건 교사가 들어오는 것을 보았다.

"와일드?" 그녀가 불렀다.

나는 교장 선생님도 같이 있는 것을 보곤 숨이 막혔다.

"그는 여기 있었어요." 그녀가 딱 잘라 말했고, 그들은 그 사건에 대해 이야기하기 시작했다.

그들의 목소리가 방안을 채웠고, 나는 아무 소리도 내지 않으려고 애썼다. 내 뒤의 리젤은 숨소리 하나 없이 있었다. 내 등을 누르는 그의 가슴이 느껴지지 않았다면, 그가 뒤에서 그처럼 온순하고 순종적인 모습으로 있다는 게 믿어지지 않았을 것이다. 그가 억지로 숨죽이고 있으니 우리의 몸이 닿아 있는 모든 부분이 생생하게 느껴졌다.

나는 틈새에 얼굴을 갖다 대고 두 여자를 조심스럽게 지켜보았다. 그들이 언제까지 있을까?

리젤의 따뜻한 숨결이 내 목덜미를 어루만졌다. 그가 입술을 벌리자 그 미묘한 소리가 내 뇌에 스며들어 뜨거운 전율을 일으켰다. 나는 몸을 돌리려고 했지만, 그 좁은 공간에서 그의 얼굴은 내 목에 바싹 다가와 있었다. 그의 부드러운 머리카락이 내 뺨을 간질였고, 그의 강한 향기가 콧속으로 몰려들었다.

"*리젤*……"

"*쉿*……" 그가 내 귀에 대고 속삭였고, 그의 손은 내 옆구리로 미끄러졌다.

심장이 두근거렸다. 내가 어찌할 겨를도 없이…… 리젤이 내 목을 물었다. 나는 깜짝 놀라 황급히 그의 손목을 붙잡았다. 무슨 짓을 하는 거야?

리젤은 내 목에 긴 입맞춤을 했고, 나는 기운이 빠진 채 침을 삼켰다. 그는 섬세하게 떨리는 내 몸을 느끼며 숨을 죽였다. 그가 나를 더 가까이 끌어당겼고, 그의 손에 꽉 잡힌 내 배가 타올랐다.

"*그만해*……" 나는 희미하게 속삭였다.

내가 받은 대답은 척추를 타고 전율케 한 깊은 호흡뿐이었다. 그의 손가락은 내 갈비뼈와 가슴골을 따라가며 심장의 맹렬한 고동을 즐기더니 내 턱을 잡고 얼굴을 옆으로 기울였다. 그의 불타는 입술이 내 목덜미를 덮쳐 나를 뜨겁게 달구자 나는 눈을 크게 뜨고 헐떡였다. 발목이 따끔거리고 숨이 막혔다. 그의 입은 나를 느긋이 맛보려는 듯 나른하게 내 피부를 핥았다.

리젤은 다른 손으로 스타킹의 구멍을 찾았다. 그는 내 목을 깨물며 음미한 다음 그 구멍 안으로 손가락을 넣었다. 그의 손길이 내 맨살을 스치며 감각을 마비시켰다. 나는 내 심장의 격렬한 고동 소리만 들렸다. 그리고 그의 뜨거운 숨결, 내게 밀착된 그 단단한 육체, 그의 손가락과 움직임, 그리고…… 두 여자는 떠났고, 나는 넘어질 듯 허둥대며 벽장에서 튀어나왔다. 갑자기 공기가 바뀌었다.

나는 휘둥그레진 눈과 붉어진 얼굴로 뒤돌아보았고, 리젤은 어둠 속에서 부어오른 입술을 핥으며 맛있는 음식을 보듯 나를 보았다. 나는 두서없이 말을 더듬다가 찬 기운이 느껴져 다리를 내려다보았다. 스타킹의 작은 구멍이 크게 벌어져 있었다. 찢어진 틈으로 우윳빛 살이 도드라졌다. 나는 입이 딱 벌어졌고, 그는 웃음을 숨기지 못했다.

"오……" 리젤이 중얼거렸다. "이젠 *정말* 갈아 신어야겠다."

그런 위험을 무릅쓰는 건 미친 짓이었다.

그 누구도 우리 사이에 일어난 일을 보거나 알아서는 안 되었다. 그렇게 되면 우리는 모든 것을 잃을 것이다. 안나와 노먼을 못 보게 되면 나는 견딜 수 없을 것이다. 이제 그들은 내 삶의 일부가 되었다.

내가 모순적이라는 것을 알지만, 우리가 이룬 것을 절대 무너뜨리고 싶지 않았다. 리젤은 상황의 심각성을 모르는 것 같았고, 나는 그게 걱정되었다. 사람들의 눈에 우리는 곧 가족이 될 것이다. 어떤 사람들은 이미 그렇게 여겼다. 우리는 조심해야 했다.

하지만 그걸 절실히 깨달으면서도 그의 손의 느낌을 지울 수 없었다. 나는 자신을 어찌할 수가 없었다. 그가 나를 만질수록…… 나는 점점 더 미쳐가는 것 같았다.

심장이 요동쳤다.

손이 떨렸다.

그의 손길이 나를 빚었고, 내 가슴은 미칠 듯이 황홀감에 빠졌다. 내 영혼이 그에게 향할수록 나는 더 그의 것이 되었다. 이 모든 것을 내가 어떻게 감당해야 할까?

"니카, 손님이 왔어." 노먼이 방으로 머리를 쑥 내밀며 내 생각을 중단시켰다.

나는 어리둥절한 표정으로 그를 바라보았다. 그리고 아래층으로 내려가 문간에서 선명한 푸른색의 두 눈동자를 보고는 미소 지었다.

"아델린!"

그녀는 나를 보자마자 부드러운 눈빛을 띠었다.

"안녕……" 그녀가 반갑게 인사했다.

아델린은 비니 모자를 쓰고 방수 장화를 신고 있었다. 그녀는 폭풍우 속의 한줄기 햇살 같았다.

"방해해서 미안해." 그녀가 사과했다. "시내를 지나는데…… 새로 연 작은 제과점이 보였어. 네 생각이 나더라고." 그녀는 살짝 당황하는 기색을 보였다. "아줌마가 방금 구운 타르트야. 네가 잼을 아주 좋아하잖아……"

그녀가 내게 봉지를 내밀자 꿀처럼 달콤하고 따뜻한 느낌이 목구멍에서 맴돌았다.

"아델린, 안 그래도 되는데……" 나는 디저트를 받아들고 미소를 지으며 그녀를 올려다보았다. "좀 들어왔다 가지 그래? 같이 먹으면 되는데……" 나는 그녀가 대답하기 전에 얼른 덧붙여 말했다. "네가 좋아하는 차가 있어. 밖에 비도 많이 오는데…… 어서, 들어와."

그녀는 현관 매트에다 장화를 닦았고, 노먼이 그녀의 외투를 받아서 걸자 그에게 감사의 미소를 지었다.

"여기 앉아 있어. 차 끓여서 올게."

그녀는 내 말을 따랐고, 잠시 후 나는 김이 피어오르는 찻주전자를 쟁반에 받쳐 들고 거실에 들어섰다. 아델린은 등을 돌린 채로 서 있었다. 나는 그녀를 부르려다가 거실에 다른 사람이 있는 걸 깨달았다. 방의 저쪽 끝에서 여느 때처럼 과묵한 분위기의 리젤이 세상에 혼자 있는 듯 책을 읽고 있었다. 창문으로 들어온 빛이 그의 피부에 아른거렸다.

그 순간 세상이 멈췄다.

그 순간…… 어쩌면 나는 알고 싶지 않았던 것을 보고 말았다.

아델린…… 아델린은 다른 누구도 존재하지 않는 것처럼 그를 보고 있었다.

속삭이는 눈빛으로.

침묵하는 입술로.

늘 멀리서만 바라보는 자의 상심과 비애로.

아델린은…… 나와 똑같은 눈으로 리젤을 바라보았다.

28
단 하나의 노래

빛이 보이지 않을 때
우리는 함께 별을 볼 거야.

“아델린…… 리젤을 어떻게 생각해?”

아델린은 찻잔을 내렸다. 나는 그녀의 눈빛에서 놀라는 기색을 엿보았다.

“그걸 왜 묻는 거지?”

아마도 안나의 말이 옳을 것이다. 내 마음은 너무 투명해서 눈가림을 하지 못했다. 나는 감정을 잘 숨기지 못했고, 지금도 그랬다.

“니카,” 그녀가 차분하게 속삭였다. “그 입맞춤을 말하는 거라면……”

“알고 싶어.” 나는 불쑥 말했다. “나는…… 알아야 해, 아델린. 그에 대한 감정이 있어?”

나는 리젤과 나의 관계에 대해 누구에게도 말할 수 없다는 것을 알고 있었다. 아델린은 우리가 이곳에 오기 전부터, 평생 동안 우리를 알고 지냈지만, 그녀에게도 말할 수 없는 비밀이었다. 만약 그것이 밝혀진다면…… 결과는 비참할 것이다. 그러나 나는 그녀에게 그 질문을 하지 않을 수 없었다.

그녀는 시선을 내려뜨렸다. “나는 너희 둘을 오랫동안 알고 지냈어.”

그녀가 속삭였다. "우리는 함께 자랐어. 리젤…… 그도 내 어린 시절의 일부야. 나는 그를 결코 이해할 수 없었지만, 그의 행동을 판단하지 않는 법을 배웠어."

나는 뭔가를 또 놓친 듯한 느낌이 들었다. 이해가 안 되었다. 나는 그들이 보육원에서 함께 있는 모습을 본 적이 없었지만, 아델린은 내가 해석할 수 없는 방식으로 그를 알고 있는 것 같았다.

"리젤은 나에게 많은 것을 가르쳐 주었어. 말하기보다는 말하지 않기로 하면서. 때로 침묵은 가장 큰 희생이기 때문이야. 그는 나에게 붙잡아야 할 기회가 있고, 그저…… 비켜서 있어야 할 때가 있다는 걸 가르쳐 줬어. 대상의 본질은 바꿀 수 없다는 걸 받아들여야 해. 우리 마음의 크기는 멀리서 그 대상을 보호하기 위해 얼마나 희생할 수 있는지에 달려 있기 때문이야. 그는 가장 소중한 것일수록 그것을 단념하는 용기가 있어야 한다고 가르쳐 주었어."

아델린은 얼굴을 들어 하늘색 눈으로 나를 빤히 쳐다보았다.

나는 그녀의 말을 완전히 이해할 수 없었다. 그 숨겨진 의미를 파악하지 못했다. 그것은 나중에야 분명해질 것이다.

그녀의 눈동자는 말할 수 없는 것들의 미로처럼 반짝거렸다. 어쩌면 그녀도 열망을 내면에 품고 있기 때문일 것이다. 말보다 침묵을 선택한 모든 시간을 통해 억제하는 법을 배웠을 것이다.

"내 말을 믿어, 니카……" 그녀는 다정하게 미소 지었다. "내가 리젤에게 느끼는 건 깊고 깊은 애정뿐이야."

나는 아델린을 믿기로 했다. 어쩌면 나는 그녀의 말을 전혀 이해하지 못했을지도 모르지만, 한 가지는 장담할 수 있었다. 나는 그녀를 믿고, 그녀는 나에게 장난치지 않을 것이다.

나는 아델린에게 솔직하게 털어놓고 싶었다. 무엇이 리젤과 나를 하나로 묶었는지 고백하고 싶었지만 그럴 수 없었다. 내 두려움과 불안감을 누군가와 공유해야 한다고 느끼면서도 그렇게 할 수 없단 걸 알았다.

그 감정에서 나는 혼자였다. 그와 단둘.

"그럴까?"

나는 눈을 깜박였다. 빌리는 걱정스러운 표정으로 나를 바라보았다.

"미안. 딴 생각을 좀 했어." 나는 사과했다.

"같이 공부하고 싶은지 물었어." 그녀는 심드렁하게 말했다. "학교 끝나고 우리 집에 가고 싶은지."

"아, 가고 싶지만 오늘은 그럴 수 없어." 나는 아쉬워하며 대답했다. "안나가 병원에 상담을 예약했고, 내가 가겠다고 했거든."

빌리는 잠시 나를 쳐다보더니 천천히 고개를 끄덕였다.

요즘 빌리는 그녀답지 않았다. 그늘이 져서 눈이 번들거리고 퀭해 보였고, 평소의 발랄한 모습과는 너무나 다르게 초조하고 따분한 표정을 지었다.

나는 그 이유를 알고 있었다.

그녀와 미키는 며칠 동안 서로 한마디도 하지 않았다.

간단히 해결될 문제로 보이지만, 친구에게 전화를 걸어 화해하는 것만으로는 충분하지 않았다. 그날 오후에 뭔가가 틀어져버렸다. 두 사람이 서로에게 한 말은 관계의 가장 근본적인 부분을 뒤흔들었고, 시간이 갈수록 그들 사이의 균열은 더욱 깊어지는 것 같았다.

"미안해, 빌리." 나는 진심으로 말했다. "다음에는 꼭……"

그녀는 나를 쳐다보지도 않고 다시 고개를 끄덕였다. 그녀는 오가는 학생들을 이리저리 둘러보다가 시선이 한곳에서 멈추었다. 나는 그녀가 누구를 보았는지 알 수 있었다.

미키가 한쪽 어깨에 배낭을 메고 후드를 내린 채 복도를 걸어갔다.

그녀는 혼자가 아니었다. 어떤 여학생과 함께 걷고 있었다. 같은 반 친구일 것이다. 예전에 그녀가 미키에게 인사하는 것을 몇 번 본 적이 있었기에 나는 그들이 함께 있는 것을 보고 별로 놀라지 않았다.

미키가 우리를 보았을 때, 화장한 그녀의 눈에서 주저하는 기색이 보였다. 그녀는 잠시 머뭇거리다가 우리 쪽으로 걸어왔다. 그녀가 다가오는 것을 보고 나는 너무 기뻐서 상냥하게 웃었다.

"어이……" 나는 반갑게 인사했다.

미키는 아래를 내려다보았고, 나는 그것을 인사로 받아들였다.

"이걸 찾았어." 그녀는 나에게 작은 배낭을 내밀며 그 말만 했다. 파티가 있던 날 오후에 그녀 집에 두고 온, 옷이 든 배낭이었다.

"아." 나는 놀라서 대답했다. "어디 있었어?"

"에반젤린이 내 물건 사이에 놔두었어."

"그렇구나…… 음, 고마워. 아, 맞다!" 나는 가방에서 뭔가를 찾아 그녀에게 내밀었다. "여기…… 네 선물이야." 미키는 어리둥절해하며 손을 뻗어 비스킷 봉지를 받았다.

"안나는 네가 나를 초대해줘서 감사하다고 했어. 차를 태워주고 화장과 샌들…… 그래서 우리는 비스킷을 함께 만들었어." 나는 뺨을 긁었다.

"그래, 보다시피…… 내가 만든 건 별로 안 예뻐." 나는 울퉁불퉁하고 일그러진 못생긴 작은 곰들을 보며 인정했다. "하지만 내가 먹어 봤는데…… 한입 베어 물고…… 조금 씹어보면…… 그리 딱딱하지도 않고……"

미키의 친구가 나에게 미소를 지었다. "사실 별로 나쁘지 않은 것 같아."

"그러면 좋겠어……" 나는 그녀가 나서서 말해 준 것이 고마웠다. 내 뒤에 있던 빌리는 말없이 우리를 지켜보고 있었다.

"뭘 이런 걸 다." 미키는 할 말을 잃은 것 같았다. "그럴 필요는 없었는데……"

"아니…… 그게 할 말이야?" 그녀의 친구가 장난스럽게 팔꿈치로 쿡 찌르며 말했다. "이봐, 너를 위해 만든 거잖아! 적어도 고맙다는 말은 해야지!"

미키는 그녀에게 못마땅한 표정을 지었지만, 화장한 뺨이 붉어지는 게 보였다.

"물론이야." 나는 그녀의 다소 무뚝뚝한 말투에서 사실은 무척 고마워한다는 것을 알 수 있었다. "고마워."

"얘는 항상 곰처럼 심술궂어." 친구가 허물없이 미키를 놀렸다. "커피를 못 마셨을 때도 그래. 너희들 아니? 마카일라가 그 좋아하는 카페인이 없으면 *사납게* 변한다는 걸?"

"사실이 아니야……" 미키가 투덜거렸다.

"아니, 맞아! 맹수로 변해…… 정말이야." 그녀가 웃었다. "만약 얘가 어떤 사람인지 몰랐다면……"

"넌 걔가 어떤 사람인지 알고 있니?"

우리는 뒤돌아섰다.

빌리는 두 손으로 팔꿈치 바로 위쪽을 잡으며 팔짱을 끼고 있었다. 그녀의 눈에는 지금까지 본 적 없는 적의가 번뜩이고 있었다. 우리 모두가 그녀를 보기 위해 돌아섰을 때서야 빌리는 자신이 끼어들었다는 사실을 깨달은 것 같았다. 그녀는 반사적으로 입술을 꽉 물고서 자리를 떴다. 빌리는 불안감에 무너지지 않기 위해 두 팔을 꽉 부여잡고서 걸어갔다.

"비스킷 고마워."

미키는 후드를 올려 쓰고 반대편으로 걸어갔다. 미키의 친구는 그녀가 떠나는 모습을 눈으로 좇았다. 우리가 서로 눈을 마주쳤을 때, 둘 다 무슨 말을 해야 할지 몰랐다.

균열은 커지고 있었다.

점점 더.

그것은 결국 모든 것을 삼켜버릴 것이다. 꿈도 추억도 행복한 순간도.

아무것도 남지 않을 것이다.

폐허만 남아

텅 비게 될 것이다.

대기실은 간소하고 우아했다. 열대 식물이 차가운 분위기를 누그러뜨렸고, 짙은 회색 벽에는 한참을 들여다봐도 알쏭달쏭한 추상화 두 점이 걸려 있었다.

나는 내 옆에 있는 사람을 살짝 쳐다보았다.

리젤은 팔짱을 끼고 무릎 위에 한쪽 발목을 얹은 채 시무룩한 표정으로 입을 찌푸렸다.

그는 짜증이 났다. 매우 짜증이 났다.

그의 몸은 그 자리에 대한 모든 불만을 발산하고 있었다. 리젤은 안나의 권유로 마지못해 그곳에 오게 되었다. "니카가 가니까…… 너도 한번 해보면 어떨까? 네게 도움이 될 수 있어……"

나는 그가 어떤 마음일지 이해할 수 있었다. 리젤이 탁자에 앉아 자기 이야기를 한다고? 심장도 가릴 정도로 두꺼운 가면을 만들어 낸 리젤이? 그것은 상상할 수 없을 만큼 터무니없는 생각이었다.

나는 그의 얼굴을 찬찬히 훑어보았다. 남자다운 턱은 굳어있었고, 윗입술은 살짝 일그러져 있었다. 짜증을 내는 얼굴조차도 근사하고 매혹적이었다. 그 순간 나는 대기실 맨 끝에 앉아 있는 한 소녀를 발견했다. 그녀는 얼굴을 잡지로 가리고 다리를 꼬고서, 말 그대로 시선을 리젤에다 퍼붓고 있었다. 그녀가 그를 너무 뚫어져라 쳐다보았기에 나는 그의 피부가 뼈에서 벗겨지지 않는 게 신기할 정도였다. 리젤이 고개를 기울이자 그녀는 들고 있던 잡지를 살짝 내렸다. 그때 나는 그녀의 얼굴을 자세히 보았다…… 빛나는 갈색 눈과 매우 고상한 얼굴이 보였다.

그녀는 예뻤다. 아주…… 나는 뭐라 말할 수 없는 감정을 느끼며 그가 그녀를 보았는지 궁금했다.

그를 돌아보았다. 리젤은 얼굴을 옆으로 돌려 벽에 머리를 기대고 있었다. 그리고 시선은…… 그의 다리에 얹은 내 손을 향해 있었다. 나는 내가 그의 무릎을 만지도 있다는 사실도 깨닫지 못했다. 그는 짜증스러운 기분에도 그 손길의 마법에 사로잡힌 듯 하염없이 바라보고 있었다.……

"안녕히 가세요!"

우리 맞은편의 문에서 옷을 잘 차려입은 남자가 나타났다. 그는 문을 열어 사십 대의 남자를 배웅했다.

"다음 주에 만나요, 티모시." 그는 인사한 뒤 실내를 둘러보았다. "그럼, 다음 예약자가……"

그의 시선이 나와 리젤에게로 향했다.

"오, 너희가 밀리건 부인의 자녀들이구나." 그가 불쑥 말했고, 나는 리젤의 턱 근육이 꿈틀거리는 것을 보았다. "벌써 와 있었구나. 좋았어…… 그럼 숙녀가 먼저 할까요?"

나는 긴장하여 반창고의 솔기를 물어뜯고는 일어섰다. 그가 웃으며 나를 들여보냈다.

"사실…… 안나는 아직 양어머니가 아니에요." 나는 작은 목소리로 말했다.

의사는 자신의 실수를 깨닫고 나를 바라보았다.

"사과할게." 그가 말했다. "밀리건 부인이 나에게 입양 사실을 알려주었어. 그 과정이 진행 중인 줄은 몰랐어."

나는 땀이 나는 손을 꽉 쥐었다. 그는 내가 초조해하는 것을 알아차렸다. 그의 시선은 깊고 예리했지만, 나는 그 주의 깊은 태도가 불편하기보다는 색다른 느낌이 들었다.

"나랑 얘기해 볼래?" 그가 물었다.

나는 침을 삼켰다. 내 몸은 떨면서 싫다고 속삭였지만, 듣지 않으려고 노력했다. 자신을 위해서 하고 싶었다. 한번 해보고 싶었다. 공포가 내장을 비틀고, 현실이 나를 뭉개려 눌러댔지만.

나는 천천히 고개를 끄덕였다. 그것은 나에게 엄청난 노력이 필요했고, 아마 그 어느 때보다도 큰 힘이 들었을 것이다. 한 시간 후에 나는 다시 그 문을 통과했다.

나는 끈적끈적하고 뻣뻣하고 욱신거리는 느낌이 들었다. 의사에게 내 유년기에 대해 조금 이야기했지만, 충격적인 경험들은 말할 수 없었다. 마음의 문을 열려고 할 때마다 숨어 있던 불안감이 고개를 내밀었기 때문이다. 나는 여러 번 당황하고 얼어붙고 말문이 막혔다. 단편적인 몇 가지 기억만 말했지만, 그는 잘했다며 나를 안심시켜 주었다. 어쨌든 그런 자리는 처음이었다.

"네가 좋다면 다시 만날 수 있어." 그가 다정하게 말했다. "서두르지 말고, 다음 주도 괜찮고."

그는 나에게 대답을 강요하지 않았다. 내가 조용히 생각할 수 있게 놔두었다. 이제 그는 리젤에게로 시선을 돌렸다.

"이제 네 차례야." 그가 말하는 동안 나는 자리에 앉았다. "이쪽으로."

나는 내가 자리를 뜬 이후 리젤이 한 치도 움직이지 않았다는 것을 깨달았다. 그는 괜찮은지 확인하려는 듯 나를 눈으로 좇았다. 그러다 잠시 후 꼬았던 팔을 풀고 일어섰다. 그는 떠름한 표정으로 진료실을 향해 걸어갔다.

* * *

그는 침착한 발걸음으로 문을 들어섰지만, 그곳에 있고 싶지 않다는 마음이 앞섰다.

요즘…… 그는 이상한 광란에 휩싸여 있었다.

피가 끓어오르게 하는 지글지글한 감각.

그 본능적인 감각은 뒤틀리고 맛있는 독과 같았다.

그것은 그녀였다.

그는 충동적으로 몸을 돌려 그녀의 눈을 찾았다. 언뜻 스친 그녀의 빛나는 홍채가 그의 마음에 새겨졌다.

그는 꿈이 아니라는 걸 깨닫기 위해 그녀를 보는 것 같았다.

그가 그녀를 향해 돌아서면, 그녀는 그와 눈을 마주쳤다.

그가 그녀를 만지면, 그녀는 두려워하지 않았다.

그가 그녀의 머리칼에 손을 넣으면, 그녀는 꿈처럼 사라지지 않고 그의 눈을 보며 그 손길에 머물렀다.

그녀는 진짜였다.

그의 피가 떨릴 정도로 생생했다.

그의 내면에서 재앙이 울부짖으며 그의 마음의 벽을 긁고 할퀴었다. 리젤은 자신이 미친 것인지 또 다른 환상에 불과한 것인지 의문스러웠다. 그는 돌아서서 그녀를 바라보며 필사적으로 그녀의 눈을 찾았고, 영혼에서 분리할 수 없다는 간절함으로 그 눈에 매달렸다.

그는 그녀와 그 밝은 눈을 자신 안에 새겼다. 그리고 그 빛이 모든 것을 덮었다.

그래서 그의 마음은 여전히 혼미할지라도 그 안에서 뭔가가 부드럽게 고동치고 있었다.

그것은 너그러워지게 하고, 따뜻하게 해주고, 그의 가시 그늘에서 쉬게 하고, 영혼의 상처에 색색의 반창고를 붙여주었다.

작고 빛나고 *실제로 존재*하는 니카가 문 뒤로 사라지자, 그는 잠시 마음을 다잡았다. 그녀를 볼 수 없더라도 그녀는 계속 거기 있을 것이라고……

"좋아, 리젤. 리젤 맞지?"

의사의 목소리가 그의 생각을 흩어버렸다. 리젤은 그에 대해 거의 잊고 있었다. 거의.

"너도 이번이 처음이라고 들었어." 리젤은 그의 말을 들으면서 사무실을 살펴보았다. 책상 위의 무언가가 그의 눈에 들어왔다. 그것은 책장처럼 큼지막한 모양의 카드들이었다. 두 줄로 가지런히 배열되었고, 각각의 카드에는 모호한 형상의 검은 얼룩이 연달아 있었다.

"흥미롭지?"

리젤의 시선이 다시 의사에게로 향했다. 그는 그 옆에 서서 얼룩덜룩한 무늬의 카드들을 바라보았다.

"그건 로르샤흐 검사야." 의사가 그에게 설명했다. "대부분의 사람이 생각하는 것과 달리, 이 검사는 정신적 불안정성을 평가하는 도구가 아니야. 세상을 어떻게 인식하는지 드러내는 데 쓰여. 성격 파악에 도움이 되지." 그는 그 중 일부를 옮겨 더 추상적인 형상들을 드러냈다. "어떤 사람들은 여기서 분노와 결핍, 두려움을 보고…… 다른 사람들은 희망과 사랑을 봐." 의사는 그를 올려다보았다. "사랑에 빠진 적 있니?"

리젤은 웃고 싶은 기분이 들었다. 그러나 그 과장되고 악의적이고 거리낌 없는 방식은 그가 늑대처럼 보이게 했다.

그와 사랑은 평생의 싸움을 벌였다. 그들은 서로를 갈기갈기 찢었다. 그러나 그들 중 누구도 상대 없이는 살아남을 수 없었다.

리젤은 웃지 않고 그 무의미한 얼룩들을 바라보고 있었다. 그는 사랑이 마음을 즐겁게 하는 달콤하고 부드러운 감정이라는 말을 늘 들어왔다. 아무도 가시에 대해 말하지 않았다. 짝사랑의 고통에 대해 말한 사람은 없었다. 숨이 막힐 때까지 삼키며 사랑이 얼마나 아프게 하는지 아무도 말하지 않았다.

그러나 그는 자신이 다르다는 것을 알고 있었다. 그는 다른 사람들과 같지 않았다.

그는 그 남자가 자신의 눈에 스친 복잡한 감정을 궁금해하며 강렬하게 쳐다보고 있다는 걸 깨달았다.

"너에게 사랑은 무엇이니?"

"벌레." 리젤이 중얼거렸다. "그것에 물린 상처는 절대 낫지 않아요."

그가 입을 열었다는 사실을 깨달았을 때는 이미 너무 늦었다. 그는 의사가 아니라 자신에게 말했다. 그것은 그가 늘 마음속에 품고 있던 생각이었다. 그러나 지금은 의사가 그를 보고 있었고, 리젤은 온몸의 세포가 그 시선을 거부하고 있다고 느꼈다. 그것은 불쾌하고 억압적이고 즉시 떼어내야 하는 것이었다.

리젤은 잠시 자신의 내면에 빠져들었고, 니카는 그에게서 말할 수 없는 것을 끌어냈다. 그는 그런 실수는 다시 하지 않을 것이라고 다짐했다.

리젤은 시선을 거두고는 우리에 갇힌 짐승처럼 방 안을 돌아다녔다.

"나는 네 상태에 대해 알고 있어."

리젤은 얼어붙었다. 즉시.

"내…… *상태?*"

안나는 의사에게 그에 대해 말했다.

리젤은 천천히 돌아섰다.

"두려워하지 마." 의사가 침착하게 말했다. "안락의자에 앉는 게 어때?"

리젤은 움직이지 않았다. 그의 눈동자에서는 핀처럼 날카로운 빛이 번뜩였다.

의사는 그의 불안감을 덜어주려는 미소를 지어 보였다.

"때로 말하는 게 얼마나 좋은지 모를 거야. 이런 소리가 있어. 말은 영혼을 읽게 한대."

영혼을 읽어?

"누구나 처음에는 조금 긴장해…… 당연한 거야. 안락의자에 앉아 볼래?"

읽는다고…… 영혼을?

그는 다시 의사를 향해 얼굴을 돌렸다. 상어의 검은 눈으로 그를 바라보았다. 그러다 갑자기…… 웃음을 터트렸다. 그는 아름다운 치아를 드러내며 웃었다.

"시작하기 전에…… 한 가지 물어보고 싶어요."

"뭐라고?"

"아, 죄송합니다." 그는 가까이 다가가며 말했다. "처음이라 주저하는 걸 이해하실 겁니다. 기본적으로 친밀한 접근 방식은 항상 꺼려지거든요. 아시다시피, 내…… *상태* 때문에요."

리젤이 안락의자 대신 그의 앞에 있는 의자에 털썩 앉자 의사는 놀라며 그를 쳐다보았다.

"그냥 궁금해서요." 그는 정중하고 순진하게 말했다. "질문 괜찮으시죠, *선생님?*"

남자는 깍지 낀 두 손으로 턱을 받치며 고개를 끄덕였다.

"물론이야."

리젤은 길들인 짐승처럼 온순한 미소를 짓고는 물었다. "이 상담의 목적이 무엇입니까?"

"심리적인 안정감을 높이게 하고 개인이 성장하게 돕는 거야." 의사가 차분하게 대답했다.

"그러니까 당연히 당신의…… *고객*들은 도움이 필요하다고 여기는군요."

"글쎄…… 그들은 자발적으로 나에게 왔으니……"

"자의로 오지 않은 사람들은요?"

그는 침착하면서도 예리한 눈으로 리젤을 바라보았다.

"네가 원해서 온 게 아니라는 걸 알리고 싶은 거야?"

"선생님의 접근 방식을 이해하려는 겁니다."

의사는 곰곰이 생각하는 것 같았다.

"음…… 그들은 기분이 나아지는 걸 경험할 수 있어. 때때로 사람들은 자신이 건강하다고 믿는 현실을 구성해. 그들은 도움이 필요 없다고 생각해. 하지만 속으론 깨진 액자나 유리조각처럼 공허하고 부질없다는 느낌이 들지."

"필요 없다고 여기는데, 어떻게 정반대가 될 수 있지요?" 리젤은 수수께끼 같은 질문을 던졌다.

의사는 코 위의 안경을 밀어 올렸다.

"그런 거야. 마음에는 복잡한 장치가 있어서 다 이해하게 만들어지지 않았어. 로르샤흐 역시 영혼도 숨을 쉬어야 한다고 말한 적이 있어."

"당신도요?"

"뭐라고?"

"선생님도 다른 사람들과 마찬가지로 인간이잖아요. 당신의 영혼도 숨을 쉬어야 하나요?"

의사는 마치 처음 보는 사람인 것처럼 그의 눈을 바라보았다.

리젤은 쓴웃음을 지었지만 시선은 여전히 차가웠다.

"내가 그 카드에서 욕망이나 충격, 두려움을 본다고 말하면, 선생님은 그것으로 나를 분석하겠지요. 그런데 내가 아무것도 보지 못했다거나 의미 없는 얼룩일 뿐이라고 말해도 똑같이 분석하려고 할 겁니다. 아마 반항적이고 폐쇄적인 성격이라고. 내 말이 틀렸나요?" 그는 오지 않는 대답을 기다렸다.

"내가 무슨 말을 하든 거기서 바로잡을 부분을 찾으려 할 테지요. 현실이 어떠하든, 저 문을 들어오는 사람은 누구나 진단을 받게 돼 있어요. 아마도 요점은 그들이 느끼는 감정이 아니라 느껴야 하는 감정일 겁니다. 그들은 틀림없이 뭔가 문제가 있고, 부질없고 공허하고 깨진 액자나 유리 조각처럼 잘못되었기에 고쳐야 한다는 당신의 확신일 겁니다."

남자는 그를 보고 있었고, 리젤은 이제 가면을 쓰지 않은 채 똑바로 쳐다보았다.

"말씀하세요, 선생님." 그는 검은 눈썹 아래서 보며 심술궂게 말했다. "지금이야말로 내 *영혼을 읽는* 순간이 아닐까요?"

의사의 침묵이 이어지자 리젤은 자신의 목적이 달성되었다고 생각했다. 그는 정신 분석 치료가 정말 지긋지긋했다. 어렸을 때 받은 걸로 충분했다. 자신이 재앙이라는 소리를 다시 들을 필요는 없었다. 그것을 이미 너무 잘 알고 있었다. 또 다른 의사가 그의 뇌를 쥐어짜게 허락하지 않을 것이다. 그러나 리젤은 자신에 대한 모든 것을 알고 있다는 듯 바라보는 그 남자의 눈빛에 짜증이 치밀었다.

"넌 강력한 방어 기제를 갖고 있어, 리젤." 그가 예리하게 지적했고, 그것은 칭찬이 아니었다. "오늘 넌 내 도움을 받지 않기로 결정했어. 하지만 언젠가 그 기제가 너를 보호하기보다는 해뜨린다는 사실을 깨닫게 될지도 몰라."

* * *

나는 손에 든 머그잔에서 눈을 들어 내 앞에 있는 조용한 형체를 바라보았다.

리젤은 피아노 앞에 앉아 있었다. 그의 머리카락이 얼굴로 흘러내렸고, 손가락은 건반 위에서 천천히 무심하게 움직였다. 고요한 집안에선 그 쓸쓸한 선율만 들렸다. 우리가 집에 온 이후로 그는 줄곧 그러고 있었다.

진료실의 문이 열렸을 때 내가 가장 먼저 본 건 웃음기 없는 의사의 얼굴이었다. 두 번째는 리젤의 차갑고 어두운 표정이었다.

그는 계속 입을 다물고 있었다. 그가 자질구레하게 말하는 성격이 아니란 걸 알지만, 나는 그의 침묵에서 상담이 계획대로 진행되지 않았다는 것을 깨달았다.

나는 가까이 다가가서 김이 나는 잔을 그의 옆에 놓으며 내 존재를 알렸다.

"괜찮니" 나는 다정하게 물었다.

그는 몸을 돌려 나를 쳐다보지 않았다. 단지 고개만 끄덕였다.

"리젤…… 의사하고 무슨 일 있었어?"

나는 거슬리게 하고 싶지 않았기에 최대한 조심스러운 태도를 취했다. 그가 걱정되었고, 위로가 되고 싶었을 뿐이다.

"별 거 아냐." 그가 짧게 대답했다.

"너 기분이…… 안 좋은 것 같아."

나는 그와 눈을 맞추려고 했지만, 그는 허락하지 않았다. 그는 내가 볼 수 없는 세상이 눈앞에 있는 것처럼 흰 건반을 바라보았다.

"그는 자기가 들어갈 수 있다고 생각했어." 그는 나만 이해할 수 있는 것처럼 중얼거렸다. "그는…… 내 안을 볼 수 있다고 여겼어."

"그게 그의 실수였어?" 나는 속삭였다.

"아니." 리젤은 눈을 감으며 대답했다. "그의 실수는 내가 그를 허락할 거로 믿었던 거야."

나는 가슴 속의 쓰라린 공허함을 억누르고 싶었지만, 그 감정을 주체할 수 없었다. 그건 내 실수이기도 했다고 고백하고 싶었지만, 그의 대답이 두려워서 가만히 있었다.

리젤은 내성적이고 복잡하고 애정에 적대적이지만, 무엇보다도 그는 독특했다. 나는 그가 자신과 세상 사이에 장벽을 세웠고, 그 장벽은 심장과 폐, 뼈에 뿌리를 내려 그의 일부가 되었다는 것을 오래전부터 알고 있었다. 그러나 나는 그 장벽 너머로 어둠과 벨벳의 우주가 빛나고 있다는 것도 알았다. 그리고 나는 그 진귀하고 아름다운 은하계로 들어가고 싶었다.

천천히, 부드럽게.

나는 그를 아프게 하고 싶지 않았다. 그를 바꾸고 싶지 않았고, 그를 고치고 싶다는 더 나쁜 마음도 없었다. 그의 악마들을 없애고 싶지 않았고, 그들과 함께 앉아서 조용히 저 위에 있는 별들을 세고 싶었다.

그는 나한테 그 문을 열어줄까?

나는 두려움에 눌려 시선을 아래로 떨구었다. 우리는 가까워졌지만, 서로를 이해하기에는 그동안 너무 멀리 떨어져 있었다. 나는 그를 잠시 혼자 내버려두려고 몸을 돌렸지만, 무언가가 나를 가지 못하게 막았다.

내 손목을 잡는 손.

그가 천천히 얼굴을 들었다. 그와 눈이 마주쳤고, 잠시 후 나는 그 말 없는 요청을 받아들였다. 나는 다시 다가가서 그의 옆자리에 앉았다.

별안간 리젤은 내 무릎 아래로 손을 넣어 나를 끌어당겼다. 그의 몸이 닿자 척추를 타고 아찔한 전율이 일었다. 다음 순간 그의 온기가 나를 감싸자 머리가 어찔할 정도로 생생하고 강렬한 행복감을 느꼈다.

나는 아직도 그를 만지는 게 어색했다. 그것은 이상하고 신비로운 감각이었고, 매번 새롭고 강력하고 현기증이 일었다. 나는 그의 목덜미에 머리를 파묻고 그의 고동치는 가슴에 몸을 기댔다. 내가 그의 온기에 안기자 그는 부드럽게 한숨을 쉬며 긴장을 풀었다. 그가 다정한 성격이었다면 얼굴을 숙여 내 머리에 뺨을 대었을 것이라는 생각이 잠깐 들었다.

"피아노 칠 때 무슨 생각을 하니?" 잠시 후 나는 그 우수에 찬 느린 선율을 들으며 물었다.

"아무 생각 안하려고."

"그렇게 되니?"

"아니."

나는 그에게 항상 묻고 싶었다. 그가 즐거운 곡을 연주하는 것을 들은 적이 없었다. 그의 손은 아름다운 천상의 화음을 빚었지만 애절한 선율을 담고 있었다.

"울적할 텐데…… 왜 그러는 거야?" 나는 조금 편안해진 얼굴로 그에게 물었다. 그리고 그가 말을 시작하면서 입술을 떼는 모습에 매료되었다.

"우리 손을 떠난 일들이 있어." 그가 수수께끼 같은 말을 했다. "그것들은…… 떨쳐낼 수 없이 우리에게 속해 있어. 원치 않아도 어쩔 수 없이."

어떤 예감이 들었다.

나는 건반 위에서 천천히 미끄러지는 그의 손가락을 보다 갑자기 생각이 났다.

"떠올리는 거지…… *그녀를?*"

원장에 대한 기억은 여전히 내 악몽 속의 괴물들을 만들어냈다. 리젤은 그녀를 증오한다고 나에게 고백했지만, 어떻게든 어릴 때부터 그녀를 지니고 살았다.

"내가 누구인지…… 떠올리게 해."

닫힌 철문 앞에 홀로 버려진 존재. 나는 그가 말하는 소리를 거의 들을 수 없었다. 문득 그가 연주를 멈추기를 바랐다.

나는 그의 영혼에서 그녀를 떼어내고 싶었다. 그를 정화하고 그 여자의 모든 흔적을 지우고 싶었다. 그녀가 리젤에게서 멀리 떨어지기를 바랐다. 그녀가 폭력을 일삼던 손과 분노가 들끓는 눈으로 그를 사랑했다는 생각이 나를 괴롭혔다.

그녀는 질병이었다. 애정은 멍이었다. 그녀가 그것을 아주 오랫동안 그의 마음에 새겼다는 사실이 역겨웠다.

"왜?" 나는 작은 목소리로 물었다. "그럼 왜 계속 치는 거야?"

나는 이해가 안 갔다. 그건 피가 날 걸 알면서도 딱지를 긁는 것과 같았다. 리젤은 대답할 말을 정리하는 듯 잠시 침묵했다. 나는 그의 침묵이 두려우면서도 좋았다.

"*별들은 혼자*이기 때문이야." 그가 씁쓸하게 말했다.

나는 그 슬픈 말의 의미를 이해하려고 했지만 불가능했다. 리젤이 자신의 방식으로 나에게 말하려 한다는 것을 알지만, 이번만은 그가 마음의 문을 열고 그 비밀 언어를 이해할 수 있는 열쇠를 내게 주길 바랐다.

나는 그에 대해 모든 것을 알고 싶었다.

모든 것.

모든 생각과 꿈과 두려움.

모든 걱정과 욕망과 야망.

그가 내 마음에 들어온 것처럼 나도 그의 마음에 들어가고 싶었지만 길을 잃게 될까 봐 두려웠다.

아마도 리젤은 자신을 표현하는 다른 방법을 몰랐을 것이다. 그가 할 수 있는 유일한 방법은 자신의 조각들을 조금씩 내게 주는 것이었다. 그리고 내가 그 조각들을 하나로 모을 수 있기를 바랐을 것이다.

나는 그러고 싶었다. 그에게 보여주기 위해, 그가 얼마나 멋진지. 비범하고 똑똑한지. 그리고 그 같은 영혼은 소수에게만 빛나기에, 어디를 봐야 할지 아는 자에게 아름다운 존재라는 걸.

"내가 슬플 때 뭐라고 중얼거리는지 알아?" 나는 손가락의 반창고를 내려다보며 미소 지었다. "얼마나 아픈지는 중요하지 않다. 흉터에다 미소를 그릴 수 있다."

나는 그의 손 위에 살며시 내 손을 얹었다.

리젤은 내 피부가 닿자 동작을 멈추었다. 처음에는 내 행동을 이해하지 못하다가 곧 다시 연주를 시작했고 내 손은 그의 움직임을 따랐다. 우리의 손가락은 함께 건반을 누르며 그 위에서 춤췄고, 하나가 된 우리의 손아래서 선율이 탄생하자 내 마음은 감동으로 가득 찼다.

우리는 함께 연주했다. 느리고 불분명했다. 어색하고 약간 흔들렸다. 하지만 함께였다.

그러다가 갑자기 점점 더 활기차고 불완전한 음표가 잇달았다. 내 손이 그의 뒤를 서투르게 따라가며 우리의 손목이 겹쳐지자 나는 미소를 지었다.

우리는 서로 쫓고 스치며 건반을 두드렸고, 내 웃음소리가 음표와 섞였다.

나는 웃었다. 마음을 다해, 영혼을 다해, 나 자신을 다해 웃었다.

우리는 함께 그 음악에서 슬픔을 지웠다.

마가렛을 지웠다.

과거를 지웠다.

그리고 어쩌면 앞으로 리젤은 피아노를 치면서 그녀를 떠올리지 않을 것이다.

우리를,

하나가 된 우리의 손을,

서로 얽힌 우리의 마음을 떠올릴 것이다.

부족하고 실수투성이인 선율과

그 속의 웃음, 놀라움과 행복도 떠올릴 것이다.

그는 내 손가락의 반창고, 무릎에서 느끼는 내 무게, 피부에 닿은 내 향기를 기억할 것이다.

우리는 함께 그녀를 물리칠 것이다. 말하지 않고도.

결국 음악도 혼돈에서 나오는 조화다.

그리고 우리는 유일한 노래, 가장 화려하고 비밀스러운 노래였다.

리젤이 멈췄다.

그의 손이 위로 올라와 머리카락 사이로 내 목덜미를 잡았다. 그리고 천천히 내 고개를 돌려 얼굴을 보았다. 나는 그를 보았다. 내 뺨은 뜨거웠고 눈은 웃는 반달처럼 빛났다. 내 입가의 미소는 마음속에서 폭발하는 온기로 한껏 빛났다. 그의 눈은 내 얼굴을 빨아들이듯 하나하나 뜯어보았다.

리젤은 그렇게 바라볼 만한 건 세상에 하나밖에 없다는 듯한 눈빛으로 나를 보았다.

* * *

그는 이해하지 못할 테지만, 깨지기 쉬운 것들은 아름답다. 그것들은 어느 때까지만 지속되는 일시적이고 희귀한 매력이 있다.

니카가 그랬다.

그는 그녀를 바라보았다. 그녀는 아름다웠다. 어린아이 같은 눈과 장밋빛 뺨, 달콤한 미소와 영혼을 바스러뜨리는 웃음으로.

그녀는 그를 보며 미소 지었다.

그는 자신을 향한 니카의 미소보다 세상에 더 강력한 것은 없을 것 같았다.

그의 품에 안겨 그 손길 아래 숨 쉬고, 그의 눈을 바라보며 모든 근심을 잊게 해준 니카.

그녀는 그의 고통을 뿌리치지 않고 끌어안았다.

그의 고통이 비뚤어지고 극단적이고 잘못되었을지라도.

그것이 그녀를 망치려고 할지라도.

그녀는 부드러운 손길로 고통을 길들이며 놀라게 했다.

그리고 리젤은 그런 일이 가능할 수 있었던 이유를 알고 있었다.

그는 침을 삼켰고, 자신도 모르게 그녀의 머리카락을 움켜쥐고 있었다. 그녀를 끌어안고 느끼고 두 손을 그녀로 채우고 싶은 욕망이 그를 압도했다. 그는 한 번도 부드러운 적이 없었고, 그 안에 있는 유일한 부드러움은 그녀의 이름이었다.

그러나 니카는 그의 팔에 관자놀이를 기댄 채 꿈에서보다도 더 고요하고 평화로운 모습이었다.

그녀는 두려움 없이 그의 얼굴을 바라보았다.

그리고 그 미소가 그를 다시 무릎 꿇게 했을 때, 리젤은 그 어떤 말로도 자신의 감정을 표현할 수 없으리란 걸 알았다.

그녀는 그의 안에서 가장 아름다운 존재였다.

그리고 그는 어떤 대가를 치르더라도 그녀를 보호할 것이라고 다짐했다.

언제라도.

매 순간.

할 수 있는 한 끝까지.

* * *

리젤의 입이 내 입을 막았고, 전율이 몸속으로 지그시 파고들었다. 그가 여전히 내 머리카락을 움켜쥔 채 키스하는 동안 나는 그의 따뜻함에 녹아버렸다.

내 손은 그의 쇄골을 스쳐 지나가 목뒤를 부드럽게 휘감았다. 내 입술이 그의 입술에 부드럽게 반응하자 그가 한숨을 내쉬었다. 나는 그 숨결이 너무나 좋다고 그에게 말하고 싶었다. 그는 자기 자신도 들리지 않기를 바라는 듯 나지막하고 은밀하게 숨을 내쉬었다. 그는 내 머리를 더 뒤로 기울이며 자신의 뜻대로 나를 구부렸고, 나는 그대로 따랐다. 나는 그의 손에서 녹는 밀랍이었다. 그의 호흡은 가까스로 절제되었고, 그의 손은 내 영혼도 탐닉하려는 듯 나를 만졌지만 떨리고 있었다.

나는 그가 왜 항상 그렇게 떨고 있는지 이해하지 못했다. 나는 그에게 내 평온함을 전달하려고 그를 천천히 쓰다듬으며 그의 입술을 부드럽게 빨았다. 그는 나를 더 세게 끌어안았고, 젖은 입맞춤 소리가 부어오른 내 입에서 거칠고 뜨거운 숨결로 울려 퍼졌다. 나는 그의 맛에 정신이 아찔했다. 그의 혀가 불타는 것 같았다.

리젤은 나에게 키스한 게 아니라 천천히 나를 삼키고 있었다. 나도 간절히 원했기에 나는 그의 입속으로 빨려 들어갔다. 내가 무심코 그의 아랫입술을 깨물자 그가 낮은 신음을 내뱉었다. 그는 내 한쪽 허벅지를 잡았고, 나는 그 위에 올라앉은 자세가 되었다. 그의 한 손은 내 무릎 뒤쪽을 움켜쥐었고, 다른 손은 내 옆구리를 잡아서 골반을 자기 쪽으로 끌어당겼다.

나는 숨이 막혔다. 숨을 쉬려고 했지만, 그의 뜨겁고 탐욕스러운 입이 나를 점령해서 휘어잡고 물며 꼼짝 못 하게 했다. 나는 그에게 매달린 채 그 몸짓에 호응하려고 했고, 그의 손은 숨 막히는 욕망으로 나를 그의 가랑이로 잡아끌었다. 머릿속이 소용돌이치고 숨이 거칠어졌다. 그는 내 몸을 자기 몸에 비벼댔고, 우리 육체에서 불꽃 튀는 마찰이 일었다. 나는 공포감과 비슷하지만 더 따뜻하고 끈적거리고 다급한 느낌이 들었다. 움직이려고 했지만 꼼짝달싹할 수가 없었다. 그의 손은 내 옆구리로 파고들며 우리 몸을 하나로 만들려는 듯 격정적으로 움켜쥐었다. 우리 몸은 함께 불타올랐고, 그가 나를 물었을 때 나는 신음을 참을 수 없었다. 나는 그의 어깨에 매달린 채 무릎을 더 꽉 조였고 그의 허리에 감긴 허벅지가 떨려왔다.

모든 것이 그에게로 좁혀졌다.

내 몸을 휘감은 그의 팔에.

단단한 그의 골반에.

입술과 숨결과 혀와 손에……

우리가 방해받지 않았다면 다음에 어떤 일이 일어났을지 상상할 수 없었다.

초인종 소리가 들렸고, 나는 화들짝 놀랐다.

그의 입이 내 입에서 떨어졌다. 나는 가쁜 숨을 내쉬었고 뺨이 달아올랐고 손이 떨렸다.

리젤은 얼굴을 기울여 내 목덜미에 대고 가볍게 헐떡거렸다. 그의 손가락은 여전히 내 허리춤에 붙어 있었고, 근육은 흥분 상태의 여파로 잘게 떨리고 있었다. 그는 나보다 자제력이 강했고 능숙했다. 그의 강인한 육체는 차분해져갔고, 나는 불안정한 감각에서 벗어나지 못하고 있었다.

나는 그에게서 몸을 뗄 수 없었지만, 또다시 초인종이 울렸을 때 어쩔 도리가 없다는 것을 깨달았다. 리젤은 마지못해 나를 놓아주었다. 나는 뺨이 타오르고 마음이 뒤숭숭한 상태로 일어서서 문을 열러 갔다.

"안나!" 나는 문 앞에서 양손에 짐을 들고 낑낑대고 있는 그녀를 보며 소리쳤다.

그녀의 손에 있던 꽃다발을 받아들었고, 그 향기에 도취되었다. 나는 그것을 주방으로 가져갔고, 안나는 지친 표정으로 헐떡이며 조리대에 장바구니를 올렸다.

"너무 바빴어!" 그녀가 소리쳤다. "오늘 잠시도 쉴 틈이 없었어……"

나는 꽃을 꽃병에 꽂고 화려하게 빛나는 모습을 바라보았다. 언제나 그렇듯 근사했다. 안나가 나를 보며 환하게 웃었다.

"예쁘니?"

“정말 멋져요, 안나” 나는 아름다움에 매료되어 감탄했다. “누구에게 보내는 거예요?”

“아, 아니야, 니카. 이건 배달할 게 아니야. 네 거야.” 그녀는 나를 보며 활짝 웃더니 외쳤다. “네 남자친구가 보냈어!”

29

심장에 맞서

나는 공주가 아니었어.
나는 늑대를 구하기 위해
동화를 포기했을 거야.

"네?" 나는 믿기지 않아 되물었다.

안나는 나를 안심시키려는 듯 미소를 지었다.

"저기 밖에서 어떤 남자애가 줬어." 그녀가 다정하게 설명했다. "네게 전해 달라며…… 무척 쑥스러워했어! 그에게 좀 들어오라고 했는데 사양하더라. 혹시 방해가 될까 봐 걱정됐나 봐." 그녀는 내 눈이 커진 것을 보고 덧붙여 말했다.

그 순간 나는 꽃잎 사이로 튀어나온 하얀 종이를 보았다.

달팽이 그림이 그려진 카드였다.

"니카, 나한테 비밀로 할 필요는 없어. 남자친구 있는 게 뭐 어때서……"

"아니요." 나는 다급하게 말했다. "아니요, 안나…… 오해한 거예요. 그는 남자친구가 아니에요."

그녀는 눈썹을 살짝 찡그렸다. "남자친구 아닌데 이걸 너한테 줬다고?"

"생각하는 것과 달라요. 그는 그냥…… 그냥……"

나는 *친구*라고 말하려 했지만 말문이 막혔다. 지난번 사건 이후로 라이오넬은 친구라고 부를 수 없었다. 나는 입술을 세게 깨물었고, 안나는 내 불편함을 느꼈을 것이다.

"내가 오해했나 봐. 미안해, 니카. 단지 네가 요즘 생각이 많아 보이고…… 그런데다 그 애가 근사한 꽃다발을 들고 문 앞에 나타났길래, 난 그만……" 그녀는 고개를 저으며 살짝 웃었다. "아, 알겠어. 어쨌든 꽃이 정말 아름다워. 너도 그렇지 않니, 리젤?"

나는 뒤돌아섰고 고통스러운 긴장감이 느껴졌다.

리젤은 문가에 서 있었다. 그는 무표정한 얼굴로 대답하지 않았다. 그리고 심연처럼 깊은 두 눈으로 꽃을 바라보았다. 그는 안나가 옆으로 다가오자 시선을 돌렸고, 마치 그녀가 조용하고 차가운 것에서 그를 떼어낸 것처럼 검은 눈동자를 그녀에게로 향했다.

"잠시 얘기 좀 할 수 있을까?" 그녀가 그에게 물었다.

이유는 몰랐지만 그의 얼굴에 짜증스러운 기색이 스쳤다. 그녀가 무슨 말을 하려는지 알고 있는 것 같았다. 그는 고개를 끄덕였고, 그들은 함께 자리를 떴다.

"의사가 전화했어……" 안나가 계단을 올라가며 말하는 소리가 들렸다.

나는 뒤돌아서다가 그 카드가 눈에 들어왔다. 손을 뻗어 카드를 펼치기까지 한참을 망설였다.

〔네게 여러 번 편지를 쓰고 싶었는데, 이것이 최선의 방법인 것 같아.

지난밤에 무슨 일이 있었는지 잘 기억나지 않지만, 내가 널 겁먹게 했다는 느낌이 지워지지 않아. 정말 내가 그랬니? 미안해……

우리 언제 얘기할 수 있을까? 보고 싶어.〕

손목이 떨렸다. 나는 그때의 모든 순간이 상처로 남아 눈앞에 어른거렸다. 그의 입술, 그의 손, 나를 꽉 붙든 그의 팔, 그에게 애원하는 내 목소리.

나는 갑작스러운 충동으로 꽃병에서 꽃을 잡아채 싱크대로 가서 하부장의 문을 열었다. 떨리는 손으로 꽃다발을 들고 가만히 쓰레기통을 바라보았다.

나뭇잎과 꽃잎을 뭉개며 꽃대를 움켜잡았지만…… 할 수 없었다.

꽃은 잘못이 없었다.

문제는 다른 것이었다.

내 안에 있는 무언가는 그를 지울 수 없었다. 원장이 일그러뜨린, 내 마음의 가장 망가진 부분은 그를 미워하고 파괴하고 찢어버릴 수 없었다.

나는 꽃잎 사이로 달팽이 그림을 보았고, 그 행동을 감행할 수 없었다.

카드를 찢어서 버려야 했는데 그러지 못했다.

나는 찢는 방법을 몰랐다.

세상 그 어떤 섬세함으로도, 그것만은 할 수 없었다.

"니카?" 다음 날 아침 내 방문을 두드리는 소리가 들렸다. "들어가도 되니?"

안나가 들어와서 아직 잠옷을 입고 있는 나를 보았다. 그녀는 미소를 지으며 아침 인사를 하고는 내 손의 빗을 가져다가 침대에 앉아 머리를 빗겨주기 시작했다.

그녀의 행동에 나는 가슴이 따뜻해지는 무한한 애정을 느꼈다. 그녀의 손은 나를 조심스럽게 어루만지며 위안을 해주었고, 나에게 사랑의 손길과 미소가 있는 삶을 꿈꾸게 했다. 세상에서 가장 멋진 느낌이었다.

"다음 주에 아주 중요한 고객이 있어." 그녀는 나에게 말하기 시작했다. "그는 맹그로브 클럽에서 주최하는 행사에 꽃을 공급해 달라고 했어. 많은 사람이 올 거고, 공급처 가운데 우리 가게 이름이 있는 건 정말 멋진 일이야." 그녀는 손동작을 머뭇거리며 망설였다. "그런데…… 그 고객은 달마의 친구야. 그녀가 내 이름을 알려주지 않았다면 이런 일은 불가능했을 거야." 안나는 목소리를 낮췄다. "그녀는 나에게 많은 도움을 주었어. 감사의 마음을 전하고 싶어. 그녀가 없었다면 이렇게 중요한 기회를 얻지 못했을 거야."

나는 그녀를 돌아보았다.

그녀는 내 대답을 기다렸지만 내가 가만히 있는 걸 보곤 말을 이었다.

"나는 그때의 일을 기억해." 그녀가 유감스러운 표정으로 말했다. "아시아와 있었던 일을 잊지 않고 있어…… 그걸 생각하지 않은 날이 없었어. 하지만 그들은 나와 노먼에게 중요한 사람들이야…… 그들은 우리가 결코 잊지 못할 순간을 함께했어." 나는 그녀의 눈에 앨런의 그림자가 비치는 것을 느꼈다. "그래서 네 의견을 묻고 싶어…… 그들을 초대하고 싶은데……"

"안나." 나는 그녀의 말을 막았다. "난 괜찮아요."

그녀는 그 푸르디푸른 눈으로 나를 쳐다보았다.

그 대화를 통해 나는 그녀가 나를 얼마나 신경 쓰는지 깨달았다. 그러나 나는 아시아에게 어떤 악감정도 없었다. 불미스러운 일이 있었지만, 그녀에 대한 내 감정은 분노라기보다는 깊은 슬픔에 더 가까웠다.

나는 그녀와 안나의 관계를 위태롭게 하고 싶지 않았다. 그것을 절대 원하지 않았다. 그들이 서로 얼마나 사랑하는지 알고 있었기에, 나 때문에 그 관계가 틀어지는 걸 원하지 않았다.

그녀가 내 얼굴을 잡았다. "정말?"

"정말요."

"확실해?"

나는 천천히 고개를 끄덕였다. "확실해요."

안나는 떨리는 숨을 내쉬며 미소를 지었다. 그녀는 내 뺨을 쓰다듬었고, 나는 그 손길에 행복해하며 미소에 화답했다. 그녀는 머리를 빗겨준 뒤 그날 어떤 요리를 준비해야 할지 내 의견을 물었다. 나는 노먼이 칭찬한 그 소스를 내면 좋을 거라고 말했다.

"달마에게 전화해야겠어." 우리가 일어섰을 때 그녀가 말했고, 내게는 내려가서 아침 식사를 하라고 했다.

나는 아래층으로 향했다. 가볍고 상쾌하고 밝은 기분이 들었다. 나는 행복하다고 느꼈다. 안나와 함께한 시간은 내 마음을 흐뭇하게 해주었고, 그녀가 항상 내 의견을 물어보는 것도 좋았다.

나는 가벼운 마음으로 주방 입구에 멈춰 섰다.

그리고 내 행복감은 더 커졌다. 리젤이 책과 컵을 앞에 두고 식탁에 앉아 있었다. 주먹 쥔 손으로 관자놀이를 받치고 있었고, 부드러운 아침 햇살 속에 반짝이는 그의 검은 머리카락이 얼굴 주위로 자연스럽게 흐트러져 있었다.

그의 눈동자는 차분하게 책장 위를 달렸지만, 안나는 그가 두통 때문에 일찍 일어났다고 알려주었다. 나는 그가 알아채지 못하게 조용히 그를 지켜보았다. 나는 그러는 걸 좋아했다. 그 순간 그는 그 자신이었다. 평소 숨겨왔던 자신의 일부를 드러냈다. 나는 그의 섬세하면서도 강렬한 외모에 또다시 매료되었다. 새하얀 피부, 날렵한 눈썹 선, 조각 같은 광대뼈, 야성적인 눈빛. 스스럼없는 몸짓, 물어뜯는 입술, 근접할 수 없게 하는 날카로운 미소.

그는 책장을 넘겼고, 나는 그런 멋진 작품이 어떻게 나올 수 있었는지 의아해했다. 나는 조심스럽게 그에게 다가갔다. 식탁 주위를 돌다가 아무도 없는 그 순간을 틈타 몸을 굽혀 그의 뺨에 뽀뽀했다. 예고도 없이.

나는 몸을 일으켰고 얼어붙은 그를 보았다. 그는 놀라서 눈을 깜박이며 나를 돌아보았다.

"좋은 아침이야." 그에게 다정하게 속삭였다. 그리고 가장 부드럽고 밝은 미소를 짓고는 물병을 들고 찬장으로 향했다.

나를 향해 타오르는 그의 시선이 느껴졌다.

"커피 더 마실래?" 나는 내 것을 준비하기 전에 물었다.

리젤은 나를 잠시 쳐다보더니 고개를 끄덕였다. 나는 그의 눈빛이 더 예리해진 것을 알아차렸다. 다시 다가가 그의 잔을 채웠다. 그의 눈동자가 내 몸을 따라 얼굴로 미끄러져 갔다.

"여기." 나는 부드럽게 말했다.

내가 돌아섰을 때 그의 시선은 내 잠옷의 매끄러운 질감을 부여잡고 있었다. 나는 찬장에서 컵을 꺼내려 했지만, 선반은 비어 있었다. 그래서 위쪽 선반으로 팔을 뻗었지만 너무 높아 손이 닿지 않았다. 나는 찡그린 눈으로 늘어선 컵들을 바라보며 무엇을 딛고 올라설지 생각하는데 의자 끄는 소리가 들렸다. 리젤이 자리에서 일어나 나에게 다가왔다. 그는 선뜻 컵을 집어 들고는 위에서 잠시 나를 내려다보았다. 그의 눈이 내 얼굴로 미끄러지더니 내 입과 크게 빛나는 눈동자에 머물렀다.

"고마워." 나는 웃었다.

내가 손을 뻗어 컵을 잡으려는데 갑자기 그가 마음을 바꾼 것 같았다. 그는 느린 동작으로 내 손가락에서 컵을 빼내 등 뒤로 숨겼다.

나는 멍하니 그를 바라보았다. "리젤…… 좀 줄래?"

그의 팔을 따라가며 손을 뻗었지만 컵이 잡히지 않자 다시 그의 눈을 보았다. 어쩌면 햇빛이 반사된 탓일 수도 있지만, 그의 눈에서 즐거워하는 기색이 느껴졌다.

나는 너그러운 미소를 지었고, 그가 낮은 목소리로 물었다. "줄까?"

"응, 제발……"

나는 손끝으로 그의 손목을 쳤지만, 그는 내줄 마음이 없는 것 같았다. 나는 허리에 손을 얹었고, 그는 고양이 같은 눈으로 나를 바라보았다.

"대신 뭘 좀 줘야 하지 않을까?" 그는 잠긴 목소리로 낮게 중얼거렸다.

그의 숨결은 은근하고 매혹적이었다. 내 손가락 아래 그의 몸은 따뜻했다.

그에게 장난기가 있었던가?

그 새로운 발견에 나는 짜릿한 감동을 느꼈고 마음이 포근해졌다. 나는 고개를 기울여 그에게서 시선을 떼지 않은 채 그의 손을 내 입술에 가져갔다. 나는 그의 피부에 입을 맞추었다. 그의 손가락이 천천히 머그잔을 문질렀다.

리젤은 깊고 맑은 눈으로 나를 바라보았다. 그의 손이 내 뺨으로 미끄러지듯 움직였다. 그는 엄지손가락으로 내 입술을 어루만졌고, 나는 숨김없는 진실한 눈으로 바라보며 그의 손끝에 살며시 입 맞추었다. 그는 내 모든 것, 향기, 입술, 눈, 손, 순수함까지 흡수하고 싶은 듯 갈망하는 눈빛으로 나를 바라보며 가까이 다가왔다.

갑작스러운 소리에 나는 화들짝 놀랐다. 우리 둘 다 얼어붙었다.

안나의 목소리가 우리 사이의 마법을 깨뜨렸다. "누가 가서 문 좀 열어 줄래? 택배일 거야!"

리젤이 눈을 내리깔았다. 그의 얼굴이 굳어졌다. 그가 다시 눈을 치켜떴을 때 나는 얼음장처럼 찬 기운이 느껴졌다. 내가 나서려 하자 그의 팔이 길을 막으며 나를 밀어냈다. 그는 거친 동작으로 식탁에 컵을 내려놓고는 나를 지나쳐 단호한 발걸음으로 현관을 향해 갔다.

리젤이 문을 열자 배달원은 챙이 달린 모자를 추켜올렸다. 그는 신입인 것 같았다. 손에 든 카드를 머뭇머뭇 바라보며 여드름을 긁었다.

"안녕하세요…… 이 주소에 배달할 게 있어요." 그가 들고 있는 아름다운 꽃다발 사이로 달팽이가 그려진 카드가 보였다. "여기 서명해 주시겠어요?"

리젤은 매서운 눈으로 라이오넬의 작은 그림을 내려다보았다. 그리고 배달원을 바라보며 침울한 목소리로 말했다. "착오가 있는 것 같네요."

"아닐 겁니다." 그는 반박했다. "수신인 이름이…… 니콜…… 아니, 니…… 카…… 도버입니다."

리젤은 무서울 정도로 정중한 미소를 지었다.

"누구요?"

"니카 도버……"

"들어본 적 없는 이름인데요."

배달원은 어리둥절한 표정으로 눈을 깜박이며 꽃을 든 손을 내렸다.

"하…… 하지만……" 그는 말을 더듬었다. "우편함에 '밀리건' 옆에 '도버와 와일드'라고 적힌 이름표가 있어요……"

"아, 그 사람들? 그들은 전 주인입니다." 리젤이 대답했다. "우리는 방금 이사했어요. 그들은 이제 여기 살지 않아요."

"그럼, 어디에 사나요?"

"묘지에."

"묘지…… *아*……" 배달원의 눈이 커다랗게 변했고, 안경이 거의 떨어질 뻔했다. 그는 김이 서린 안경을 다시 코 위로 밀어 올렸다.

"이런, 몰랐네요…… 세상에, 미안합니다……"

"그들은 나이가 많았어요." 리젤은 혀를 끌끌 차며 극적인 효과를 적당히 보탰다. "둘 다 백 살이 넘었어요."

"아…… 그럼 다행이네요…… 어쨌든 고마워요……"

"*천만에요.*"

리젤은 그의 얼굴 앞에서 문을 닫았다.

그리고 그 화사한 꽃다발은 우리 집 문지방을 넘지 못했다.

적어도 그날은.

저녁 식사를 약속한 날이 눈 깜짝할 사이에 다가왔다.

안나는 기분이 썩 좋아 보였다. 그녀는 내가 펴놓은 식탁보를 보고 만족스러운 표정을 짓더니 집에 오는 길에 아델린을 만났다고 말했다. 안나는 그녀를 매우 좋아했다. 그녀의 친절한 태도와 진심 어린 미소를 좋아했다. 우리가 얼마나 가까운지 알고 있었고, 아델린이 아직 일자리를 찾지 못했다고 말했을 때 무척 안타까워했다.

"그녀는 정말 사랑스러워." 안나는 파이를 오븐에 넣으며 말했다. "비를 흠뻑 맞고 있길래, 내가 우산은 빌려줬어⋯⋯ 모자도 쓰지 않았더라고!"

그녀는 오븐 문을 닫고 온도를 설정한 다음 장갑을 벗으며 고개를 갸우뚱했다.

"걔가 어디에 있다고 했지?" 안나가 내게 물었다.

"성 요셉 보육원이요. 거주지를 옮긴 뒤로 줄곧 거기에 있었어요. 이제 성인이 됐으니 떠나야겠지만, 일자리를 찾을 때까지는⋯⋯"

"저녁 식사에 그녀도 초대했어." 안나가 빵을 자르며 말했다.

나는 식사 도구를 차리다가 그녀를 올려다보았다.

"우리만 있어야 한다는 걸 알지만, 그럴 수 없었어. 그녀는 늘 너무 착하고⋯⋯ 그리고 너와 각별한 사이란 걸 알아. 그녀가 참석해도 되는 자리라고 설득하느라 한참 걸렸지만, 결국 오겠다고 했어." 안나는 나에게 다정한 미소를 지었다. "기쁘니?"

머릿속이 뒤숭숭하지 않았다면 내 마음은 그렇다고 대답했을 것이다. 우리가 마지막 만난 이후로 내 안의 무언가가 계속 불타고 있었다. 리젤에게 아무런 감정이 없다는 말을 듣고 한편으로는 안심이 되었지만, 다른 한편으로는 그 말이 사실이 아닐지 모른다는 두려움이 들었다. 나는 그녀를 믿기로 했지만 그 의혹이 나를 괴롭혔다.

안나는 벽시계를 올려다보았다. "아, 이렇게 늦은 줄 몰랐네! 니카, 어서 가 준비해. 여긴 내가 마무리할게."

나는 고개를 끄덕이곤 묶은 머리를 풀며 위층으로 올라갔다.

나는 목욕가운과 깨끗한 속옷을 챙겨 욕실로 갔다. 옷을 벗고 샤워기를 틀고 뜨거운 물줄기 아래로 들어갔다. 나는 꼼꼼히 몸을 씻고 향이 나는 샴푸로 머리를 감으며 거품을 즐겼다. 몸을 깨끗이 헹군 후 바닥에 물이 떨어지지 않게 조심하면서 나왔다. 그리고 가운을 입고 허리를 묶었다. 나한테 조금 작았지만, 내가 무척 좋아하는 라일락 색상이었다.

나는 그 자리에서 가볍게 뛰며 팬티를 입었다. 고개를 기울여 골반의 곡선을 따라 달린 하얀 레이스를 바라보았다. 단순한 면 소재가 아닌 속옷을 입은 건 이번이 처음이었다. 피부에 닿는 느낌이 대단히 부드러웠다.

머리를 말리고 있는데 아래층에서 나를 부르는 목소리가 들렸다.

"오, 니카 레이스 깔개를 잊고 있었어! 좀 가져다줄래? 내 침실 서랍장에 있어!"

나는 소맷자락으로 이마를 문질렀고, 안나가 덧붙여 말하는 소리가 들렸다. "맨 아래 칸이야!"

나는 곧장 가운을 단단히 동여매고 밖으로 나와 그녀가 부탁한 것을 가져왔다. 그리고 계단 중간에 있던 그녀에게 건네주었다.

"여기요." 나는 다정한 미소를 지었고, 안나는 온통 젖은 채 목욕가운을 입고 있는 나를 보고는 눈을 크게 떴다.

"미안해, 네가 샤워 중인 줄 몰랐어! 추울 텐데, 얘야…… 고마워! 그래, 이거 맞아. 이제 가서 몸을 말려……"

그녀는 내게 감기 걸리지 않게 조심하라고 당부했다. 다시 욕실로 돌아오니 문이 활짝 열려 있었다. 나는 약간의 한기를 참으며 머리카락을 비틀어서 남은 물기를 빼냈다. 머리를 빗기 시작하는데 세면대 옆에 단정하게 접힌 깨끗한 티셔츠가 보였다. 가슴 부분에 단추가 달린 검은색 티셔츠.

남자 티셔츠. 나는 어리둥절해서 눈을 깜빡이며 그것을 바라보았다. 이전에는 없던 것이었다. 이내 생각이 번뜩이며 내 뒤에 있는 존재를 알아차리곤 황급히 돌아섰다.

나는 손에서 빗을 떨어뜨릴 뻔했다.

리젤이 문 입구에 있었다. 움직이지 않은 채. 검은 머리카락 아래 검은 눈동자는 말 그대로 나에게 *박혀*있었다. 한 손에 수건을 들고 있었다. 나는 그가 욕실이 비었다고 생각하고 수건을 가지러 방에 갔다 온 것이란 걸 알았다.

"나…… 나는……" 나는 뺨을 붉히며 웅얼거렸다. "아직 안 끝났어……"

그의 손이 수건을 천천히 움켜쥐었다. 나는 목이 바짝 말랐고, 그의 눈에서 내 몸 전체를 태워버릴 듯한 생생한 불꽃이 느껴졌다. 그 불꽃은 떨리는 발목, 젖은 허벅지, 가슴 곡선, 드러난 목덜미를 타고 미끄러졌다.

그가 깊은숨을 내쉬었고, 그 소리에 내 피가 떨렸다. 그는 내 눈을 똑바로 바라보았고, 나는 그의 뜨거운 시선 아래서 침을 삼켰다.

"리젤, 손님들이 오고 있어. 안나는 집안을 돌아다니고……" 나는 빗을 꽉 쥐었다. 그의 뒤로 복도를 힐끗거렸고, 갑자기 우리가 포식자와 먹잇감으로 서로 마주하고 있다는 것을 깨달았다. "나가야 해." 나는 불쑥 말했다.

리젤은 정신이 엄청난 속도로 작동하는 것처럼 폭풍이 휘몰아치는 눈빛으로 나를 바라보았다. 우리는 처음으로 되돌아간 것 같았다. 그가 나를 해칠지도 모른다는 두려움 때문에 가까이 가기가 겁이 났던 때로. 지금은 다른 이유가 있을지라도……

"리젤," 나는 평정심을 찾으려고 했다. "좀 지나갈게."

나는 내 목소리가 너무 가늘고 주눅 든 느낌으로 들리지 않기를 바랐다. 리젤은 그것이 어떤 영향을 주는지 나에게 말했기 때문이다. 하지만 그는 눈을 살짝 가늘게 뜨고는…… 웃었다.

겁이 날 정도로 침착하고 여유로운 태도를 보였다.

"물론이야." 그는 차분한 목소리로 말했다. "그렇게 해."

난 네게 아무 짓도 안 할 거야. 그는 약속하는 것 같았지만, 그의 시선에 나는 표범 앞의 생쥐처럼 느껴졌다.

나는 침을 꿀꺽 삼켰다. "내가 가면…… 지나가게 해줄래?"

리젤은 눈동자를 이리저리 굴리며 입술을 핥았고, 그 순간 그는 동굴 앞을 지키는 야수나 다름없었다.

"음……" 그는 동의했다.

"아니, 말해 봐……" 나는 말을 더듬었다.

"무얼?" 그가 웃으며 즐거워했다.

"나를 통과시켜 주겠다고."

리젤은 순진하게 눈을 깜빡였고, 그 표정은 그를 더 위험한 존재로 보이게 했다.

"통과시켜 줄게."

"약속해?"

"약속해."

나는 잠시 망설이며 그를 바라보다가 가까이 다가갔다.

그리고 리젤은 실제로 약속을 지켰다. 그는 나를 지나가게 했다.

내가 그를 지나치자마자…… 그는 숨이 막힐 정도로 맹렬하게 나를 붙잡았다.

그는 나를 휩쌌다. 문자 그대로.

문이 쾅 닫히는 소리가 들렸다. 내 등이 벽에 닿았고, 그의 육체가 내 위로 솟았다. 나는 눈이 휘둥그레졌다. 리젤은 두 손으로 내 머리를 부여잡고 키스했다.

그는 격렬하고 압도적인 키스를 퍼부었다. 나는 이성을 잃지 않기 위해 호흡을 가다듬으려 했다. 그를 밀어서 떼어내려 했지만, 그는 내 입술을 치아로 옥죄며 빨아들였다. 나는 다리가 후들거렸다. 그는 늑대로 돌변하여 뜨거운 입술로 나를 포위했고, 나는 갑자기 무력감이 느껴졌다. 현실이 흔들리고 흐려져서 나는 정신을 잃을 것만 같았다. 위험한 행동이라는 것을 깨닫고 제정신을 차려야 했지만, 그에 대한 내 감정이 너무 강했다. 그것은 나를 부수고 질식시키고 굴복하게 했다. 나는 그의 목을 어루만지며 온몸의 간절함을 한껏 담아 반응했다.

리젤은 내 두 허벅지를 잡고 끌어올렸다. 목욕가운이 느슨하게 풀려 어깨가 드러났다. 그가 내 목덜미를 깨물며 달콤하고 즙이 많은 금단의 열매인 듯 내 신선한 피부를 맛보자 나는 발가락을 구부렸다. 내

가느다란 몸이 그의 치아 아래서 오그라지고 다리가 떨렸다. 내가 그를 만지고 그가 나를 만지는 것에 아직도 익숙하지 않아서 조금만 닿아도 몸이 떨리고 뺨이 화끈거렸다. 나는 기운이 빠지고 뜨겁고 짜릿한 느낌이 들었다. 리젤은 내가 따라잡을 틈도 없이 내 입을 다시 찾았고, 나는 작은 신음으로 그를 맞았다. 그가 내 입술을 벌리고 우리의 혀가 얽히자 뱃속에서 발끝까지 열기가 타올랐다.

나는 그가 어떻게 그렇게 내 기운을 뺏으면서도 그토록 살아있는 느낌을 갖게 하는지 이해하지 못했다. 나는 그의 거친 욕망과 향기에 도취되었다. 갑자기 그의 손이 목욕가운 속으로 미끄러져 들어갔고, 나는 긴장했다. 나도 모르게 얼굴을 옆으로 기울이며 물러났다.

그의 입은 이제 내 앞에 있었고, 우리의 축축한 숨결이 뒤섞였다. 나는 얼빠진 듯 게슴츠레한 눈으로 숨을 헐떡거렸다. 심장이 가슴에서 터질 것 같았다. 리젤은 부어오른 입술을 핥았다. 그의 머리카락이 얼굴을 가리고 있었다. 그는 내가 놀랐다는 걸 깨달은 것 같았다. 자제하려고 자신의 뺨을 내 뺨에다 대고 눌렀기 때문이다. 그 순간 나는 그가 나를 다루는 그 떨리는 방식을 이해할 수 있었다. 그의 손길은 당돌하고 성급하고 거칠었지만, 나를 아프게 할까 봐 조심했다. 나는 그의 그런 면이 좋았다. 그가 나를 야수처럼 움켜잡아도 때로는 그 누구보다도 나를 잘 아는 것 같았기 때문이다. 리젤은 폭력적이거나 강압적이지 않고, 단지 거칠 뿐이었다. 그렇다고 나한테 잘못했다는 뜻은 아니다.

그는 맥박이 뛰는 내 목 부위에 부드럽고 긴 입맞춤을 남겼다. 그의 엄지손가락이 내 피부에 섬세한 원을 그리자 나는 한숨을 쉬며 그에게 머리를 기댔다. 나는 다시 그의 입술을 찾아 탐닉했고 뜨겁고 깊은 키스의 소용돌이로 빠져들었다. 그의 뜨거운 혀는 이제 느리고 도발적으로 꿈틀거렸고, 그의 손은 더 이상 어쩔 수 없다는 듯 그 강렬한 리듬을 무의식적으로 따르며 격정적으로 내 옆구리를 움켜쥐었다.

나는 그의 맛에 취해 어지러웠다. 그의 손이 내 살 속으로 파고들어

선정적으로 나를 비벼댔다. 나는 다시 뺨이 붉어지고 숨이 차올랐다. 아랫배에 감미롭고 억누를 수 없는 이상한 긴장감이 돌았다. 그의 혀가 내 입에 불을 지폈고, 나는 수줍은 듯 넌지시 그의 혀에 반응하면서 그의 손가락이 내 살을 움켜쥐게 했다.

나는 흠칫 놀랐다. 그의 손끝이 내 허벅지로 올라와 팬티의 레이스를 스쳤다. 나는 우리의 호흡이 다시 서로를 쫓는 상태가 될 때까지 다리로 그를 꽉 쥐었다. 리젤은 내 입술을 떠나 턱과 목, 어깨를 물었다. 그는 나에게 빠져 허기를 느끼며 나를 간절히 원하는 것 같았다. 그의 손은 다시 내 옆구리로 세게 파고들었다. 내 살이 그의 손가락 사이에서 떨고 굴복하고 형성되는 느낌을 열망하는 것처럼 보였다. 나는 고통의 신음을 억누르며 그에게 몸을 굽혔고, 그의 손가락은 내 등을 쓸며 어깨뼈를 움켜쥐었고, 그의 입은 내 귀 뒤쪽의 민감한 부위에 키스를 퍼부었다. 나는 허벅지가 긴장되고 근육이 떨렸다.

리젤은 내 등을 뒤로 젖히고 골반을 거머잡으며 내 가슴에 입술을 묻었다. 나는 숨이 막혔다. 머리가 어지러웠다. 나는 괴롭고 절망하고 폭발하고 숨 쉬었다. 그는 나를 살아있게 했다.

그는 키스로 나를 파괴하고 자신의 일부로 만들었다.

나는 그가 그렇게 하게 내버려두었다. 그가 아닌 다른 늑대는 원하지 않았기 때문이다.

나는 너무나 강렬한 예감에 몸이 떨렸다. 세상이 언제라도 우리를 갈라놓을 것 같고, 우리는 시간이나 말이 충분하지 않고, 우리에게 온전한 삶은 허락되지 않은 것 같은 불안한 느낌을 떨치고 싶었다. 나는 그의 마음속으로 들어가 그도 모든 것을 무의미하게 만든 그 절박함을 느꼈는지 알고 싶었다.

우리가 서로에게 속하기 위해.

함께 있기 위해.

이렇게 꼭 껴안기 위해.

영혼 대 영혼으로.

마음에서 마음으로.

우리의 균열을 뒤섞으면서, 더는 두려워하지 않을 때까지……

문고리를 돌리는 소리가 먼 현실에서 들려왔다.

아주 멀리서.

순간 문이 열렸고, 내 영혼은 화들짝 놀라 숨이 막혔다.

나는 재빨리 팔을 뻗어 문을 세게 뒤로 밀었다.

문 너머로 노먼의 목소리가 들렸을 때 나는 숨을 참았다. "아…… 음, 욕실에 누구 있어?"

나는 리젤에게서 떨어졌다. 갑작스러운 내 몸짓에 리젤은 저항하며 나를 붙잡으려고 했다.

"오, 노먼, 니카가 샤워하고 있었어!" 안나가 다가왔고 나는 두려움에 휩싸였다. "아직 끝나지 않았나 봐…… 니카?" 그녀가 문을 두드렸다. "아직 말리고 있니?"

나는 재앙이 닥쳤다는 것을 깨닫고 겁에 질려 숨을 헐떡였다. 어깨와 가슴의 잇자국을 발견하고는 서둘러 목욕가운을 여미며 불안한 시선으로 리젤을 바라보았다. 그는 별일 아니라는 듯 여전히 *나만* 바라보고 있었다.

안나가 다시 노크했다. "니카?"

"네…… 네." 나는 새된 목소리로 외쳤고, 리젤은 태연히 아랫입술을 핥았다. "아…… 아직 안 끝났어요."

"괜찮니?"

"예!"

"알았어, 그럼 들어갈게……"

"*안 돼요!*" 나는 당황해서 소리쳤다. "아니요, 안나…… 아직…… 옷도 안 입었어요!"

"걱정하지 마. 노먼은 갔어! 목욕가운은 입고 있잖아, 그치? 보여주고 싶은 게 있어서……"

나는 간신히 숨을 내쉬며 입술을 세게 깨물었다. 문을 바라보며 머리를 굴렸다.

아주 천천히 손잡이를 내려 겨우 보일 정도로만 문을 열었다.

"오, 니카, 아직도 몸이 젖었구나." 그녀가 나를 살펴보았다. "얼굴이 빨갛고…… 정말 괜찮니?"

나는 마른침을 삼켰고 그녀의 주의를 다른 데로 돌리려고 했다. 그때 그녀가 뭔가를 들고 있다는 것을 알았다.

원피스.

"달마가 만들었어." 그녀는 내 시선이 그리로 향한 것을 보며 기쁘게 말했다. "너를 위해. 지난번 일을 사과하는 마음에서…… 넌 밝은색을 좋아하지만…… 그녀는 네 피부색에 어두운 색상이 더 멋져 보일 거로 생각했어. 그래서 여기……"

검은색이었다.

부드러운 천은 빛을 받아 흘러내린 잉크처럼 반짝거렸다. 전체를 다 본 건 아니지만, 멋진 옷이라는 걸 금방 알아볼 수 있었다.

"맘에 드니?"

"정말 예뻐요, 안나." 나는 말문이 막힌 채 중얼거렸다. "나는…… 무슨 말을 해야 할지 모르겠어요. 달마는 정말이지…… *아!*"

나는 얼굴을 붉히며 손으로 입을 막았다.

방금 문 뒤에서 리젤이 젖은 내 허벅지를 꼬집었다.

안나는 혼란스럽고 걱정스러운 표정으로 나를 바라보았고, 나는 떨리는 손으로 그녀를 밀며 복도로 나가서 같이 걸어갔다.

"바로 입어보고 싶어요! 달마가 기뻐할 거예요…… 그들은 몇 시에 오나요? 이런, 시간이 벌써……"

나는 그녀가 뒤돌아보고 그를 발견할 틈을 주지 않기 위해 계속 이야기하며 그녀를 앞으로 이끌었다.

달마의 원피스는 완벽했다. 장갑처럼 나에게 꼭 맞았다. 내 몸에 대고 바느질한 것처럼 곡선을 따라 흘러내렸다. 소매는 팔을 감싸고 손가락까지 덮었지만, 어깨가 훤히 드러나 있었다. 나는 당황하여 거울에 비친 내 모습을 보며 옆구리의 천을 매만졌다. 검은색은 은은한 빛을 발하며 내 안색을 돋보이게 했다. 칙칙해 보이지 않았고, 오묘한 대조를 이루며 밤하늘의 별처럼 특별한 느낌을 주었다. 근사했다.

나는 이런 내 자신을 보는 데 결코 익숙해지지 않을 것이다. 항상 좋은 향기가 나고, 매일 깨끗한 옷을 입는 것. 원할 때마다 샤워를 하고, 몸이 따뜻해질 때까지 그 물줄기 아래 머물 수 있는 것. 흠집 없는 거울 속에서 내 모습을 보는 것. 마치 내가 감탄할 만한 아름다운 존재인 것처럼 몸소 느끼는 것.

내 안에는 여전히 꽃을 옷에 문지르고 낡은 천을 바느질하는 소녀가 있었다. 결코 씻어낼 수 없는 것들이 있었다.

천천히 머리를 빗으면서 오랫동안 머리를 길게 길러왔다는 생각이 들었다. 어렸을 때는 바람이 불 때마다 부풀어 올라 잠자리처럼 자유롭게 하늘을 나는 꿈을 꾸었다. 그 당시 나는 어린아이에 불과했지만 큰 꿈을 품고 있었다.

머리를 한쪽으로 모아 땋으려고 했지만, 반창고에 걸려 지저분하게 엉키기만 했다. 그래서 다시 풀어 손가락으로 빗으며 어깨 뒤로 늘어뜨렸다.

내가 아래층으로 내려갔을 때, 오터 부부가 이미 도착해 있었다. 노먼은 선홍색 스웨터를 입었고 와인 한 병을 들고 있었다. 그는 어떤 부인의 다락방에서 발견한 쥐 떼에 대해 이야기하고 있었다. 나는 풍성한 콧수염을 실룩이며 나에게 미소 짓는 조지에게 인사했다.

달마와 안나는 함께 주방에 있었다. 나를 보자마자 그녀는 들뜬 표정으로 얼어붙었다.

"그걸 입었구나……" 그녀는 마치 내가 그녀에게 선물을 준 것처럼 나를 바라보며 중얼거렸다. "오, 니카…… 너 정말 멋져."

내가 그녀에게 다가가 뺨에 입을 맞추자 그녀는 감동받아 거의 녹아내렸다.

"특별한 날이잖아요." 나는 흐뭇한 미소를 짓고 있는 안나를 보며 대답했다. "고마워요, 달마…… 무슨 말을 해야 할지 모르겠어요. 정말 예쁜 선물이에요."

그녀는 얼굴을 붉히며 기뻐했다. 그제야 나는 그녀 뒤에 있는 인물을 알아차렸다.

"안녕, 아시아."

아시아는 언제나처럼 말쑥하고 세련된 모습이었다. 포니테일로 묶은 머리끝이 찰랑거리며 공주 같은 분위기를 풍겼다. 그러나 내 인사 뒤로 어색한 침묵이 이어졌다. 아시아는 내게서 시선을 돌리며 바닥을 보았다.

"……안녕." 그녀는 나를 쳐다보지 않은 채 중얼거렸다.

나는 처음으로 그녀가 거만해 보이지 않았다. 그녀는 거의…… 당황한 듯이 보였다.

"저걸 차에 갖다 놓을게." 그녀는 절묘한 향기가 나는 말린 라벤더와 재스민 꽃이 든 꾸러미를 가리키며 말했다. 분명 안나가 준 선물일 것이다.

"도와줄까?" 나는 그녀를 따라가며 물었지만, 그녀의 대답은 다소 무뚝뚝했다.

"아니."

나는 멈춰 서서 그녀의 뒷모습을 바라보았다.

아시아는 자동차 열쇠를 꺼내면서 가녀린 다리로 걸어갔다. 현관에 이르렀을 때 뭔가가 그녀의 눈길을 사로잡았다. 그녀는 얼어붙었고, 나는 그 이유를 알 수 있었다. 앨런의 사진이 담긴 액자가 탁자 위에서 반짝이고 있었다. 액자 유리를 갈아야 했는데…… 아래쪽에 작은 금이 가 있었다. 그녀의 시선은 바로 거기, 균열이 있는 곳에 조심스럽게 붙여 놓은 반창고에 멈춰 있었다.

앨런의 눈과 같은 파란색 반창고.

아시아는 천천히 나를 향해 돌아섰다. 그녀는 알록달록한 반창고가 가득한 내 손가락을 보더니 내 얼굴을 똑바로 바라보았다. 나는 잠깐 그녀의 눈에서 이전에는 내게 드러내지 않았던 유순하고 연약한 무언가를 보았다.

후회와 고통…… 그리고 체념의 빛.

그녀는 돌아서서 밖으로 나갔다. 나는 그녀가 문밖으로 사라지는 것을 보고는 돌아섰다.

내가 소스를 그릇에 담고 있을 때 초인종이 울렸고 누군가가 문을 열러 갔다.

"자, 됐다." 안나는 오븐의 열기를 피하며 손목을 이마에 갖다 댔다. 먹음직스러운 파이가 나왔다. "니카, 다 준비됐는지 확인해 줄래?"

나는 모든 것이 제대로 되었는지 확인하기 위해 식사 테이블로 갔다. 그런데 그 앞 복도에서 놀라 멈춰 섰다. 초인종을 누른 사람은 아시아가 아니라 아델린이었다.

부드러운 금발 머리가 현관을 밝게 비췄다. 그녀는 방금 코트를 벗은 것 같은데, 벽에 가려 그녀의 모습이 잘 보이지 않았다.

"넌 늘 그런 눈으로 나를 보는구나."

"그런 눈?" 깊은 목소리가 되물었다. 리젤이었다. 나는 이상하게 긴장이 되었다. 문을 열어 준 사람은 그였고, 이제 리젤은 거만하고 의심스러운 표정으로 그녀를 보고 있었다.

"그런…… 내가 늘 못 올 자리에 온 것 같은." 그녀는 일그러진 미소를 지으며 말했다. 그녀의 밝은 눈동자는 비밀스러운 암시의 빛을 그에게 던졌다. "넌 내게 상관하지 말라고 했고, 난 그러고 있어. 줄곧 그래왔어…… 내 말이 틀렸니?"

무슨 뜻일까?

뭘 상관 말라는 거지?

리젤이 눈을 돌리기 전에 그들은 오랫동안 시선을 교환했다. 나는 아델린의 눈에서 형언하기 힘든 무언가가 번뜩이는 것을 보았다. 거기에는 열망과 온기와 연민이 가득했다. 리젤은 그 눈빛을 외면하거나 아예 알아채지 못한 듯했다.

하지만 나는 보았다. 그리고 나는 또다시 뭔가를 놓치고 있다는 느낌이 들었다. 그들이 무슨 말을 하는지 모른 채 뒤떨어져 있는 느낌이 들었다. 그 검은 눈 뒤에는 내가 닿을 수 없는 세계가 있었다. 리젤이 누구에게도 보여주지 않았던 영혼.

그런데 어째서? 어째서 그녀는 그것을 아는 것처럼 말했을까?

그것을 이해하는 것처럼.

그 순간 그들이 나를 알아차렸다. 아델린이 눈빛을 번쩍이며 내 눈을 바라보았고, 곧이어 나는 리젤과 눈을 마주쳤다. 무엇을 들키기라도 한 듯한 그의 표정에 나는 더 소외된 느낌이 들었다.

"니카" 아델린은 머뭇거리며 나에게 미소를 지었다. "안녕……"

"안녕." 나는 혼란스럽고 얼떨떨한 상태로 인사했다. 그녀는 가방에서 봉지를 꺼냈다.

"디저트를 가져왔어." 그녀가 당황하며 말했다. "꽃을 가져오고 싶었는데, 안나가 팔고 있으니 그건 좀 멍청한 짓인 것 같아서……"

그녀는 가까이 다가와 나를 보며 다정하게 웃었다. "너 정말 아름다워." 그녀는 내가 가장 아름다운 꽃인 것처럼 속삭였다.

나는 그녀가 내 옆을 지나가는 모습을 지켜보았다. 고개를 돌렸을 때 리젤이 내 쪽으로 오고 있었다. 순간 내 머릿속은 잠잠해졌고, 나는 그에게 묻고 싶던 말을 잊어버렸다.

그는 검은색 바지와 가슴에 딱 맞는 흰색 셔츠를 입고 있었다. 밝은 색상은 그의 외모와 전혀 충돌하지 않고, 두 눈동자가 아찔하고 위험한 심연처럼 보이게 했다. 검은 머리카락과 선명한 눈썹이 평소보다 더 도드라져 폭발적인 매력을 발산했다. 나는 당황하여 얼굴을 붉히고 휘둥그레진 눈으로 그를 바라보았다.

그는 무자비한 아름다움 속에서 느긋한 태도로 내 앞에 멈춰 섰고, 나는 그의 강렬한 시선에 압도되었다. 그는 얼굴을 옆으로 기울여 속눈썹 아래로 내 옷차림을 살피며 그 옷이 드러낸 내 몸의 곡선을 눈여겨보았다. 잠시 무슨 말을 하려는 듯했지만, 이내 싸움에서 스스로 지는 법을 배운 것처럼 그 말을 삼켰다.

나는 그가 왜 항상 나를 그렇게 쳐다보는지 궁금했다. 그는 나에게 무언가 소리치는 것 같으면서도 이해하지 말라고 애원하는 것 같았다. 그리고 나는 그를 이해하려고 온갖 노력을 기울였지만 그의 침묵을 읽는 법을 배웠더라도 그 눈빛은 나에게 풀지 못한 수수께끼로 남아있었다.

아델린은 무엇을 알고 있을까? 그는 어째서 그녀에게 자신의 비밀 세계를 열어주었을까? 나를 믿지 못하나?

갑자기 불안감이 밀려왔다. 나는 술렁이는 소리를 듣지 않으려고 했지만, 그것은 내 피부로 기어올랐다. 나는 리젤의 눈을 바라보았다. 내 마음은 그를 나와 묶고, 내가 중요한 사람이 되고, 그가 내게 그랬듯 나도 그의 영혼에 들어가고 싶은 열망을 부르짖었다.

나는 그에게 어떤 존재였나?

"오, 여기 있었구나!" 노먼은 다가와 우리에게 미소를 지었다. "준비가 다 됐어! 어서 오렴!"

저녁 식사는 따뜻하고 활기가 넘쳤다. 식탁은 근사하게 차려졌다. 좋은 식기류와 김이 나는 중앙의 큰 접시들, 그릇 부딪치는 소리와 맛있는 냄새……

아델린은 식탁 맞은편에 앉았고, 리젤의 옆자리를 일부러 나에게 남겨두었다. 나는 뭉클한 마음으로 그녀를 슬쩍 쳐다보았다. 내가 사랑하는 사람들 사이에 있는 그녀를 보며 묘한 기분이 들었다. 그녀에게 깊은 애정이 느껴지면서도 불안한 마음이 들었다.

"소스 좀 줄까?" 아델린은 아시아에게 물었고, 아시아는 의심스러운 눈초리로 그녀를 보았다. 이에 아델린은 미소를 짓고는 다정하게 황금빛 소스를 부어주었다. 그리고 빵 조각을 가져다 아시아의 접시에다 놓았다. 아시아는 그런 그녀의 모습을 조심스러운 표정으로 지켜보았다.

"집안 가득 향기가 진동해." 조지가 말했다. "꽃을 씹는 기분이야!"

"우리가 모르는 뭔가가 있는 걸까?" 달마가 뒤이어 말했다.

그들은 안나를 돌아보았고, 그녀는 소리 내어 웃었다.

"오, 아니야, 나를 보지 마! 이번에는 나와 상관없어." 그녀는 그들을 차례로 바라보고는 쾌활하게 덧붙였다. "모두 니카가 받은 거야."

나는 음식물이 목에 걸렸다. 간신히 그것을 삼켰을 때 모두가 나를 돌아보고 있었다.

"니카가 받은 거라고?" 달마는 따뜻한 눈빛으로 감탄하며 나를 쳐다보았다. "니카…… 누군가 네게 꽃을 준 거니?"

"그녀를 몰래 흠모하는 사람이 있어." 노먼이 어색하게 말했다. "매일같이 꽃다발을 보내는 남자애……"

"*짝사랑?* 정말 낭만적이야! 누구야? 그를 아니?"

나는 침을 삼켰고 마음이 너무 불편해서 반창고의 솔기를 물어뜯고 싶은 충동이 일었다.

"우리 학교 학생이에요."

"정말 착한 아이에요!" 안나가 신이 나서 끼어들었다. "사려가 깊고…… 이 모든 선물에 대한 보답으로 적어도 그에게 차 한 잔은 대접해야 할 것 같아! 네가 아이스크림을 같이 먹었던 그 애 맞지? 네 친구지?"

"그는…… 네……"

"조만간 그를 초대하는 게 어때?"

"그게 좀……"

나는 갑자기 깜짝 놀라 움찔했다.

식탁보 아래 내 무릎 위에 손이 놓였다. 리젤의 손가락이 내 맨살에 닿았고, 나는 몸이 굳어졌다.

지금 뭐 하는 거지? 미친 거 아냐?

나는 냅킨을 꽉 쥐고 긴장한 채 식탁에 앉은 사람들을 하나하나 둘러보았다. 달마는 내 바로 옆에 있었다.

그녀가 봤을까?

그 순간 그녀가 나를 돌아보았고, 나는 가슴이 철렁했다.

"꽃 선물은 아무나 하는 게 아니야. 특별하고 깊은 감성이 필요해…… 그렇지 않니?"

"그래요……" 나는 침을 삼키며 아무렇지 않은 척하려 했지만, 내 대답에 리젤의 손이 내 무릎을 움켜쥐었다. 참을 수 없는 전율이 일었다.

나는 달마가 고개를 돌린 틈을 타서 그의 손목을 잡고 손을 떼어냈다. 나는 옆으로 몸을 옮겼고, 뺨이 화끈거렸다. 붉어진 내 얼굴을 보고 모두가 오해했다.

"그는 잘생겼을 것 같아……"

"사랑에 빠진 미남!"

"사…… 사랑에 빠졌다고?" 나는 작은 목소리로 더듬거렸다.

안나가 나에게 미소 지었다. "음, 꽃을 아무에게나 선물하지는 않잖아. 라이오넬은 분명 너에게 깊은 감정을 느끼고 있어……"

나는 무슨 말이라도 하고 싶었지만, 다들 한마디씩 거들기 시작해서 당황스러웠다. 목소리가 겹치고 생각이 뒤섞여 나는 아무것도 이해할 수 없었다.

"언제 그를 알게 됐니?"

"정말 멋진 남자야……"

"우리도 그 나이에 사랑에 빠졌어, 그렇지 조지?"

"니카," 안나가 뜬금없이 외쳤다. "내일 오후에 그를 초대하는 게 어때?"

30
끝까지

나는 해피엔딩을 원하지 않는다.
장엄한 종말을 원한다.
입이 딱 벌어지고
환상을 현실이라 믿는
마술쇼와 같은 결말을.

그들은 아무도 숨 쉬지 않았다.

리젤은 모두가 꼼짝도 하지 않고 나란히 서 있는 것을 보았다.

그는 그들 가운데 있지 않았다. 언제나처럼.

원장의 그림자가 그 작은 몸들 앞에서 검은 상어처럼 맴돌았다.

"오늘 한 부인이 그러더라. 너희 중 누군가가 창문에서 신호를 보냈다고."

그녀의 목소리는 천천히 유리를 긁는 소리처럼 들렸다.

리젤은 피아노 의자에 앉아 멀리서 그 장면을 지켜보고 있었다. 그는 자신을 향한 피터의 증오 가득한 눈빛을 놓치지 않았다. 리젤은 그들과 함께 벌을 받은 적이 없었다.

"너희 중 한 명이 뭔가 말하려고 했는데 무슨 말인지 알 수 없었다고."

모두 숨 죽인 채 가만히 있었다. 그녀는 그들을 한 명씩 바라보았고, 리젤은 그녀의 손이 옆에 있는 아이의 팔꿈치를 잡는 것을 보았다. 아델린은 원장이 서서히 힘을 주며 팔을 압박하기 시작했을 때도 경직되지 않으려고 애썼다.

"누가 그랬지?"

모두가 침묵했다. 그들은 그녀를 두려워했고, 그 사실만으로도 그녀의 눈에 그들을 유죄가 되기에 충분했다. 그녀는 그들을 그렇게 보았다.

아델린의 피부가 보라색으로 변했다. 원장은 그녀를 세게 움켜잡았고, 리젤은 고통스러운 시선으로 그 모습을 지켜보았다.

"배은망덕한 괴물 새끼들." 원장은 진저리를 내며 쉭쉭거렸다.

리젤은 그녀의 눈에 스친 붉은 빛이 무엇인지 단번에 이해했다. 그것은 폭력의 섬광이었다. 모두가 떨기 시작했다. 마가렛은 아델린을 놓아주었다. 그런 다음 기계적인 동작으로 바지에서 가죽 벨트를 풀었다. 리젤은 저 끝에서 누구보다도 더 많이 떨고 있는 니카를 보았다. 그는 그녀가 벨트를 겁낸다는 것을 알고 있었다. 그녀를 바라보는 동안 그의 내면은 손톱이 할퀸 듯 쓰라렸다. 그는 심장이 얼어붙고 손바닥에 땀이 났다.

"다시 물어볼게." 원장은 천천히 줄을 따라 걸어가며 말했다. "누가 그랬니?"

그는 떨고 있는 아이들을 보면서 자기가 그랬다고 말하고 싶었다. 이전에도 그가 하지 않은 일에 대한 책임을 져야 할 때가 있었다. 그러나 이번에는 그럴 수 없었다. 그는 온종일 그녀와 함께 있었다. 게다가 마가렛은 화가 잔뜩 나 있었다. 그녀가 그렇게 화가 났을 때는 항상 누군가가 대가가 치렀다. 그녀는 고통을 주려고 했다. 그들을 꺾으려고 했다.

그녀는 아프거나 장애가 있어서 그런 게 아니었다.

그녀가 원해서 그렇게 했다.

리젤은 자신이 나서서 모든 책임을 질 순 없었다. 그녀가 그를 더는 신뢰하지 않고 다른 아이들보다 더 많이 주었던 자유를 앗아가면 니카를 보호할 수 없게 될 것이다.

"네가 그랬니?"

그녀는 무릎을 떨고 있는 소녀 앞에 멈춰 섰다. 아이는 얼굴을 숙인 채 얼른 고개를 저었다. 손가락이 하얗게 질릴 정도로 주먹을 꽉 쥐고 있었다.

"그럼 너야, 피터?" 그녀는 빨간 머리의 작은 남자아이에게 물었다.

"아니요." 그가 가느다란 목소리로 대답했다.

그는 늘 주눅이 들어 제대로 소리를 내지 못했다. 원장의 손에 있는 가죽이 삐걱거렸다.

리젤은 피터가 아니란 걸 알고 있었다. 그는 겁이 너무 많아서 아무것도 할 수 없었다. 피터는 마음이 여리고 섬세하고 예민했다. 그것이 그의 유일한 잘못이었다.

"너지?"

"아니요." 그가 다시 부인했다.

"아니라고?"

피터는 울기 시작했다. 그것을 느꼈기 때문이다. 모두가 그것을 느꼈다. 그녀가 분풀이하려 한다는 걸.

원장은 그의 머리카락을 움켜잡았고, 그는 비명이 나오려는 것을 참았다. 피터는 작고 야위었고 눈 그늘이 뺨까지 파고들었다. 겁에 질린 눈으로 콧물을 흘리는 그의 모습은 애처로웠다.

리젤은 원장의 눈빛에 담긴 혐오감을 보았고, 그 여자에게 인간성이 조금이라도 있는지 궁금했다. 그는 거듭 다짐했다. 그녀가 자신을 안아주고 어머니처럼 돌보며 특별하다고 칭찬해주어도 절대 그녀를 좋아하지 않겠다고. 그녀가 그에게 애정을 준 유일한 사람일지라도.

그는 원장의 또 다른 얼굴을 결코 잊을 수 없었다. 그녀는 보통 그가 있는 데서 아이들을 벌하지 않았다. 자신이 무슨 짓을 하는지, 얼마나 괴물인지 그가 모른다고 생각한 것처럼, 그가 다른 방에 있는지 확인하곤 했다. 하지만 이번에는 달랐다. 그녀는 분노가 차올라 눈에 보이는 게 없었다.

"돌아서." 그녀가 명령했다.

피터의 눈에는 눈물이 가득 고였다. 리젤은 그가 또다시 오줌을 싸는 일이 없기를 바랐다. 카펫을 더럽혔다고 더 많이 혼날 것이기 때문이다.

피터는 원장의 말대로 돌아섰다. 자신을 보호하기 위해 떨리는 손을 머리에 얹으며 아무도 들어주지 않는 기도를 중얼거렸다. 곧 귀를 찢는 듯한 매질 소리에 모두가 숨을 죽였다. 그녀는 자국이 드러나지 않는 등과 허벅지 뒤쪽을 때렸다. 그 작은 몸은 천둥 같은 매질에 움찔거렸고, 그녀는 고통에 반응했다는 이유만으로 그를 더 경멸하는 것 같았다.

어떻게 이럴 수 있을까? 어떻게 이런 괴물에게 사랑받을 수 있을까?

유일하게 자신에게 애정을 준 사람이 이토록 극악무도할 수 있을까?

그는 자신이 더욱더 잘못되었다고 느꼈다.

뒤틀렸다고.

부적절하다고.

거부감이 밀려와 그의 내면을 망가뜨렸다. 점점 더.

그는 애착을 가질 수 없었다. 애정을 느낄 수 없었고, 사랑은 잘못되었다.

"누가 그랬는지 알아야겠어." 원장은 관자놀이의 핏대를 세우며 쉭쉭거렸다. 그녀는 범인을 찾지 못하면 감정이 더 격해졌다.

그는 벨트를 움켜쥔 채 아이들 사이에서 서성거리다 니카에게 다가갔다. 리젤은 겁에 질린 그녀가 발작하듯 반창고의 솔기를 물어뜯는 것을 보았다. 그녀는 긴장했을 때 그렇게 했고, 원장은 그것을 알고 있었다. 그녀는 니카 앞에 멈춰 섰고, 뭔가 문득 깨달은 듯 잔인한 눈빛을 번뜩였다.

"너지?" 그녀는 니카가 이미 실토라도 한 것처럼 위협적으로 속삭였다.

니카는 그녀의 손에 들린 벨트를 바라보며 창백한 얼굴로 작은 몸을 떨었다. 리젤은 귀에서 심장 뛰는 소리가 들렸다.

"그렇지?"

"아니요."

그녀는 작은 목이 돌아갈 정도로 따귀를 세게 때렸다. 니카가 목이 꺾인 채 돌아서자 리젤은 손톱이 손바닥으로 파고들었다. 그녀는 눈물

이 뺨을 타고 흘러내렸지만, 감히 닦아내지도 못했다. 이제 원장은 두 손으로 벨트를 비틀었고, 리젤은 심장이 빠르게 뛰었다. 그는 그녀의 분노와 광기 서린 눈, 내리치는 손과 공중에서 번쩍이는 벨트를 보았다. 그의 안에서 절규가 터져 나왔다.

그는 공포에 사로잡혔다.

리젤은 머릿속에 떠오른 단 하나의 생각을 실행했다. 주위를 둘러보고는 원장이 악보를 자르는 데 썼던 가위를 집어 들었다. 그리고 강렬한 본능에 따라 발작을 일으키듯 자신의 손바닥에 가윗날을 꽂았다.

곧이어 그는 후회했다. 고통이 격렬하게 폭발했고, 가위가 바닥에 떨어지면서 모두가 돌아보았다. 핏방울이 카펫에 뚝뚝 떨어졌고, 그것을 본 원장은 니카를 덮치려던 손을 내렸다. 그녀는 그에게 달려가 다친 참새를 보듬듯 그의 손바닥을 감쌌다.

그제야 리젤은 니카와 눈을 마주쳤다. 그들은 겁이 났고 연약했고 혼란스러웠다. 고통이 그의 시야를 흐렸다. 하지만 그는 그 눈빛을 결코 잊지 않을 것이다. 진주처럼 맑은 그녀의 눈을 결코 잊지 않을 것이다. 그 빛은 그의 안에 영원히 남아 있을 것이다.

* * *

신선하고 알싸한 강 냄새가 났다. 다리 위에서 진행되는 공사의 소음은 길게 흐르는 강의 물소리에 묻혔다. 나는 멀찍이 떨어진 곳에서 공사 현장의 인부들을 바라보았다. 그들은 다리 난간을 보수하고 있었다. 몇 주 동안 난간에 주황색 그물이 설치되어 시야를 가리는 바람에 경치를 감상할 수 없었다.

나는 발밑의 풀과 상쾌한 공기를 만끽하기 위해 그곳에 갔지만 마음이 무겁기만 했다. 아무런 감흥도 느낄 수 없었다.

"돌아왔구나." 집에 돌아왔을 때 나를 반기는 목소리가 들렸다.

안나는 외출하기 위해 코트를 입었고, 나는 천천히 고개를 끄덕였다. 안나는 내 표정을 자세히 살피려 했지만, 나는 머리카락에 가려진 얼굴을 들지 않았다.

"저쪽에 케이크가 있어." 그녀는 내가 너무나 좋아하는 다정한 목소리로 말했다. "뭐 좀 먹을래?"

나는 별로 배가 고프지 않다고 대답했다. 나른하고 기운이 없었다. 그녀는 이마에 주름을 잡으며 걱정스러운 표정을 지었고, 나는 그녀에게 미소를 지어 보이려고 했다.

"니카…… 어젯밤 일은 미안해." 그녀는 난처해하는 눈빛을 띠었다. "알고 있어…… 내가 너무 지나쳤어. 라이오넬과 꽃에 대한 모든 얘기에서…… 사과할게." 그녀는 내 머리카락을 귀 뒤로 넘겨주었다. "널 있는 그대로 좋아하는 누군가가 있어서 기뻤을 뿐이야. 불편하게 할 마음은 전혀 없었어."

나는 그녀의 손을 잡으며 나지막하게 말했다. "괜찮아요. 걱정하지 마세요."

"그렇지 않아." 안나가 중얼거렸다. "넌 많이 우울해 보여. 어젯밤 식탁에 돌아온 이후로……"

"아무것도 아네요." 나는 목소리를 살짝 높이면서 거짓말했다. "그건…… 약간 피곤해서 그래요." 나는 눈빛을 누그러뜨렸다. "안나, 미안해할 필요 없어요. 마음 상하게 한 일이 전혀 없어요."

"정말이지? 무슨 일 있으면 말해 줄 거지?"

나는 그 물음에 떨리는 내 마음을 그녀가 눈치채지 않기를 바랐다.

"물론이에요. 걱정하지 말아요."

그 순간 나는 무엇이 나를 가장 아프게 하는지 알 수 없었다. 내 안의 감정인지, 아니면 누구에게도 말할 수 없는 비밀을 그녀에게 숨기고 있다는 사실인지.

그녀는 모든 것을 이해한다는 눈빛이었다. 하지만 그녀에게만은 내 비밀을 끝까지 숨기고 싶었다.

"스카프를 매세요." 나는 그녀에게 미소를 지었다. "밖에 바람이 좀 차요."

그녀는 고맙다고 말했다. 나는 안나를 배웅했고, 그녀가 눈앞에서 사라지자마자 좀 전의 공허감이 다시 밀려왔다. 나는 천천히 거실로 걸어가서 소파에 앉아 무릎을 팔로 감쌌다. 나는 이것이 빌리와 미키가 느끼는 감정인지 궁금했다. 마치 본질적인 무언가가 어긋난 것 같은 느낌이 들었다. 나는 그것에 대해 누군가와 이야기하고 싶었다.

"외부에서 올 줄 알았는데."

내 옆 소파에 앉은 클라우스가 한쪽 눈을 슬며시 뜨며 나를 보았다. 그 순간 그는 내가 속마음을 털어놓을 수 있는 유일한 대상이었다.

나는 속삭였다. "우리 사이에 어떤 난관이 있다면 외부에서 올 거로 믿었어. 우리가 어떻게든…… 함께 헤쳐 나갈 거로 믿었어."

나는 눈이 흐려지는 것을 느끼며 그를 향해 돌아보았다.

"내 잘못이야. 가장 중요한 걸 놓쳤어."

클라우스는 조용히 나를 쳐다보았다. 나는 소파에서 미끄러지듯 쓰러져, 마치 세상으로부터 자신을 보호하려는 듯 몸을 움츠렸다. 피로가 내 생각을 빼앗아 가도록 내버려 두었다. 잠이 들었지만, 그 잠 속에서도 내가 원하던 평화는 찾아오지 않았다.

어느 순간 누군가가 내 얼굴을 만지는 느낌이 들었다.

손가락이…… 내 뺨을 스쳤다. 나는 다른 수천 가지 것들 가운데 그 손길을 알 수 있었다.

"널 들여보내고 싶어." 속삭이는 소리가 들렸다. "하지만 내 안은 가시로 가득한 길이야."

그는 어떻게 말해야 할지 모르겠다는 듯 말했고, 그 우울한 말투가 내 마음을 불태웠다. 나는 현실을 붙들며 깨어 있으려고 버둥댔지만 헛된 일이었다. 그의 말은 나와 함께 까마득히 사라졌다.

내가 일어났을 때는 이미 저녁이었다. 나는 눈을 뜬 순간, 내 몸에 두 가지 무게가 느껴졌다. 하나는 그 말, 내가 들은 그 말이 꿈이 아니었다는 사실이었다.

다른 하나는……

다른 하나는 클라우스였다. 그는 내 몸에 몸을 얹은 채, 내 목에 얼굴을 묻고 잠들어 있었다.

다음날 리젤은 나와 함께 등교하지 않았다. 노먼은 계단을 내려오면서 어색한 미소를 지으며 나를 태워주겠다고 말했다. 리젤은 몸이 좋지 않고, 전날의 두통이 아직 가시지 않았다고 했다.

나는 그날 수업에 잘 집중할 수 없었다. 내 머릿속에는 전날 오후 잠결에 들은 그의 말만 계속해서 맴돌았다.

수업을 마치고 이슬비가 내리는 어둑한 밖으로 나왔을 때, 나는 라이오넬과 마주치지 않기를 바라며 주위를 둘러보았다. 지금까지 나는 그를 피할 수 있었다. 실험실 수업 때도 그와 최대한 멀리 떨어져 앉았다.

"집에 가니?"

빌리가 구름 같은 곱슬머리 아래서 나를 바라보았다. 나는 그녀의 느릿하고 멍한 시선을 맞받으며 어색한 미소를 지으며 눈썹을 찌푸렸다.

"응……" 나는 부드럽게 중얼거렸다.

그녀가 조용히 고개를 끄덕였다. 그녀의 얼굴에 생긴 눈 그늘이 후드티 모자 아래서도 눈에 띄었다.

"알았어." 그녀가 속삭였다.

그 순간, 그녀도 나와 같은 외로움을 느끼고 있다는 걸 깨달았다.

빌리는 내가 필요했다. 친구가 필요했다…… 빌리가 돌아서려 할 때 나는 그녀의 옷자락을 붙잡았다.

"잠깐만." 나는 그녀를 멈춰 세웠다. 그녀는 나와 다시 시선을 마주했다. "같이 가서 …… 뭐 좀 먹을래?"

그녀가 머뭇거렸다. "지금?"

"그래…… 다리 바로 옆 사거리에 카페가 있어. 나랑 같이 갈래?"

빌리는 잠시 망설이는 표정으로 나를 바라보았다. 그리고는 고개를 숙이며 떨리는 손으로 핸드폰을 집어 들었다. "할머니한테 말할게……"

나는 그녀에게 다정한 미소를 지었다. "좋아, 가자."

나는 오후 내내 빌리와 함께 시간을 보냈다. 밖에 비가 내리는 동안 우리는 카페의 소파에 앉아 샌드위치를 먹고 초콜릿 프라페를 홀짝거렸다. 빌리는 나에게 많은 이야기를 했다. 그녀는 부모님이 이달 말까지 돌아오기로 되어있었지만, 이제는 기대를 접었다고 말했다. 나는 그녀의 말을 끊지 않고 진득하게 들어주었다. 나는 그녀가 감정을 터트릴 거로 생각했지만, 그저 같이 있어주는 것만으로도 충분했다. 저녁이 되어 우리가 헤어질 때, 그녀는 여전히 의기소침한 모습이었지만 눈에는 조용한 안도의 빛이 반짝였다.

"고마워." 그녀가 말했다.

나는 그녀의 손을 꼭 잡으며 격려의 미소를 지었다.

막 켜진 가로등 불빛을 받으며 집으로 걸어가는데 핸드폰이 울렸다. 주머니에서 그것을 꺼내 누구인지 확인하고 전화를 받았다.

"안나? 안녕……"

"니카, 어디니?"

"가는 중이에요. 미안해요, 늦었어요…… 미리 말했어야 했는데."

"아, 얘야…… 나 집이 아니야." 그녀는 한숨을 쉬었고, 나는 그녀가 이마에 손목을 얹고 있는 모습을 상상했다. "협회 행사 때문에 미칠 지경이야! 배송할 것들을 아직 더 챙겨야 하고, 내일로 미룰 수가 없어…… 아냐, 칼, 그건 거기가 아니야." 그녀가 조수에게 말하는 소리가 들렸다. "아니야, 그건 입구에 놓는 베고니아랑 같이 보내는 거야…… 아, 미안해, 니카, 오늘 밤 몇 시에 끝날지 모르겠어……"

"걱정하지 마세요, 안나." 나는 그녀를 안심시켰다. "노먼이 집에 오면 따뜻한 음식을 내줄게요……"

"노먼은 오늘 저녁 동료들과 약속이 있다고 했는데, 기억나니? 그가 늦게 들어갈 것 같아서 전화했어……"

대문을 여는 동안 그녀의 한숨소리가 들렸다.

"리젤이 온종일 혼자 있었어…… 그가 어떤지 좀 봐줄래? 열이 나지는 않았는지 확인해야 해." 그녀가 괴로워하며 말했다.

나는 오래전 그들이 회의에 가느라 집을 비웠을 때 그녀에게 전화를 걸었던 일이 떠올랐다. 그녀는 항상 걱정이 많았다. 나는 입술을 깨물며 고개를 끄덕였다. 현관에 도착하여 열쇠를 그릇에 놓으면서 그녀에게 마음을 놓으라고, 걱정할 필요가 없다고 말했다.

"고마워." 그녀는 마치 내가 자신의 수호천사인 것처럼 중얼거렸다. 그리고 인사를 한 뒤 전화를 끊었다.

나는 바닥이 더러워지지 않게 젖은 신발을 벗고 나서 그를 찾아다녔다. 어디에도 그가 보이지 않아서 그의 방에 있을 거로 짐작하고는 위층으로 올라갔다.

그러나 나는 문 앞에서 망설였다. 가슴이 콩닥콩닥 뛰었다. 사실 나는 하루 종일 그를 생각했는데, 이제 그를 마주하려니 두려웠다. 나는 마음을 다잡고 손을 들어 노크했다. 내가 들어갔을 때 창문으로 들어온 희미한 빛이 방의 윤곽을 드러냈다.

리젤은 어둠에 둘러싸여 있었다. 나는 그의 탄탄한 가슴 윤곽을 알아보았고 잠시 그의 숨소리를 들었다. 밖에는 비가 내리고 있었지만, 내가 실어 나른 비 냄새는 그의 기운을 감추지 못했다. 그것은 내 피에 섞여 영혼 깊이 들어와 있었다.

나는 조심스럽게 다가가 그의 얼굴에 손을 얹었다. 그는 따뜻했지만 다행히 열이 나지는 않았다. 나는 한숨을 쉬었다. 손끝으로 그의 피부를 은밀히 쓰다듬고는 돌아섰다. 문에 다다랐을 때 그의 목소리가 들려 멈춰 섰다.

"난 너에게 상처만 줄 뿐이야."

나는 가만히 있었다. 그 말을 깊은 곳 어딘가에서 이미 알고 있는 것처럼 들렸다.

"그게 바로 나야……" 그가 절망적인 목소리로 중얼거렸다. "그리고 다른 어떤 것이 될 수 없어."

나는 눈을 반쯤 감은 채 멍한 표정으로 앞을 바라보았다. 내 마음은 먼지 쌓인 다이아몬드처럼 빛을 잃은 것 같았다. 나는 천천히 돌아섰다. 리젤은 침대 가장자리를 잡고 앉아 있었지만, 머리카락에 가려진 얼굴을 숙이고 있었다. 내 눈을 피하는 것 같았다.

"그게 진실이야……"

"밤에 잠을 잘 수 있어." 나는 지쳤지만 결연한 태도로 그의 말을 막았다. "불을 켜두지 않아도 돼. 잠드는 게 무서워서 계속 깨어있지도 않아. 악몽이 사라지진 않았지만…… 희미해지고 있어. 그 어둠 속에서 지하실이 아니라 네 눈을 볼 수 있기 때문이야." 나는 북받치는 감정에 눈을 찡그렸다. "리젤, 너는 나를 치유해 줘. 그런데 넌 그걸 모르고 있어."

그는 나를 별들로 가득 채웠다. 그리고 그는 그것을 볼 수 없었다.

"치유될 *수 있어*……" 나는 그 말을 진심으로 믿으며 속삭였다.

그 순간 리젤이 고개를 들었다. 그리고 나는 그의 시선에 담긴 진실이 무엇이든 간에 내 손에 닿지 않는다는 것을 깨달았다. 그는 그렇게 누구에게도 자신을 보여주지 않았다.

"내 안의 뭔가가 망가졌고…… 결코 치유되지 않을 거야."

그는 얼마 전에도 똑같이 이해하기 힘든 감정으로 '별은 혼자다'라고 말했다. 나는 그가 나에게 중요한 뭔가를 말하고 있고, 어떻게든 나를 이해시키려고 한다는 것을 깨달았다. 리젤의 영혼으로 들어가는 문은 이제 요새의 철문이 아닌 것처럼 여겨졌다. 수정 속에 새겨진 빽빽한 가시덤불 입구는 저절로 무너질 준비가 되어 있었다.

"네가 고칠 수 없는 게 있어, 니카. 나는 그중 하나야. 나는 *재앙*이야." 그가 단호하게 속삭였다. "그리고 난 영원히 그럴 거야."

"상관없어." 나는 진심을 말했다.

"그래, 상관없겠지." 그가 매몰차게 반박했다. "너에게 고칠 수 없는 건 없으니까. 그 어떤 것도 무섭거나 어둡거나 나쁘지 않으니까. 그게 바로 너야."

"넌 구제불능이 아니야." 나는 대꾸했다.

그는 왜 계속해서 스스로 고립되려고 할까? 그는 나를 아프게 했다. 그와 함께 하지 못하는 것이 내게는 유일한 고통이었기 때문이다.

그는 씁쓸하게 빈정거리는 표정으로 나를 쳐다보았다.

"모든 이야기에는 늑대가 있어…… 이 이야기에서 내가 항상 어떤 역할이었는지 모르는 척하지 마."

"그만해!" 나는 완고하게 반발했다. "나에게 네가 그런 사람이라고 생각해? 이야기를 망치는 괴물? 내가 널 그렇게 보길 바라니?"

"네가 날 어떻게 봐주길 바라는지 너는 전혀 *모르잖아.*" 그는 속삭였고 곧바로 후회했다.

나는 충격을 받고 그를 쳐다보았다. 그의 눈을 붙잡으려고 했지만, 그는 턱을 악문 채 시선을 피했다.

"리젤……"

"내가 *모를 것 같아?*" 그는 화가 나서 내 말을 끊으며 나를 쏘아보았다. 갈망하면서도 순종하는 그의 눈빛을 보며 나는 *자신의* 달을 바라보는 늑대가 얼핏 떠올랐다.

"네가 얼마나 큰 희생을 치르는지 알아. *알고 있어.* 매일 네 눈에서 그걸 읽어. 평생 네가 원했던 전부니까. 가족은."

나는 피가 얼어붙었고, 그에게 더 가까이 다가갔다는 사실도 깨닫지 못했다.

"이 상황은 너를 숨 막히게 해. 거짓말하기 싫은데 매 순간 거짓말을 할 수밖에 없으니까." 그는 내 심장을 때리는 말을 덧붙였다. "이대로 넌 *절대* 행복하지 못할 거야."

뜨거운 느낌이 목구멍을 죄었다. 눈물이 시야를 흐리며 내 연약함을 드러냈다.

리젤은 내 영혼을 읽었다. 그는 나의 가장 빛나는 열망을 이끄는 것이 무엇인지 알고 있었다.

나의 꿈과 고통과 두려움을 알았다.

그리고 그가 깨닫지 못했다고 생각한 나는 바보였다.

나는 자신을 숨길 수 없었다, 그 앞에서.

그의 눈빛은 내가 끊임없이 갈망하는 형벌이었다.

그의 목소리는 내가 영원히 안고 갈 상처였다.

하지만,

그의 눈에서 나는 구원을 발견했다.

나는 그의 것이었다.

이상하고, 미친 듯하고, 고통스럽고, 복잡한 방식으로.

그래도 나는 그의 것이었다.

"난 너를 선택했어……" 나는 마음을 누그러뜨리며 말했다. "그 무엇보다도…… 너로 정했어, 리젤. 넌 사물을 흑백으로만 보기 때문에 결코 이해하지 못할 거야. 나는 항상 가족을 원했어. 그건 *사실*이야." 나는 나지막한 목소리에 힘을 주었다. "그러나 우리는 서로에게 속하기 때문에 난 너를 선택했어. 나를 밀어내지 마…… 나를 멀리하지 마. 너 때문에 희생을 감수하지 않아. 너는 나를 행복하게 해……"

나는 괴로움에 눈을 질끈 감았다.

"나는 들어가고 싶어…… 네 안에…… 가시가 가득한 곳일지라도."

그의 눈이 반짝였고, 그 순간 나는 손을 뻗어 그의 얼굴에 갖다 댔다. 나는 그가 물러나고 내 손길을 거부할까 봐 여전히 두려웠지만, 리젤은 그저 두 눈동자, 두 개의 빛나는 검은 은하계를 들어 나를 바라보았다. 나는 애원하는 표정으로 그를 보았고, 분명히 그도 같은 눈빛으로 나를 보았다.

왜?

왜 우리는 같이 있을 수 없는 걸까?

왜 우리는 다른 사람들처럼 함께하지 못하는 걸까?

"난 널 원해." 나는 그의 눈을 똑바로 보며 말했다. "오직 너만. 네가 무엇이든, 자신을 어떻게 보든…… 있는 그대로의 너를 원해. 넌 내게서 아무것도 앗아갈 수 없어, 리젤. 아무것도……"

나는 그의 검은 눈동자에 매달린 채 그의 뺨을 어루만지며 그가 내 말을 믿어주기를 기도했다. 나는 그에게 내 눈을 주고 싶었다. 그래서 내가 그를 보는 것처럼 그도 자신을 볼 수 있기를 바랐다. 나는 혼란한 그의 모습 그대로를 사랑했기 때문이다.

"내가 널 *들여보내면*……" 그가 천천히 속삭였다. "넌 상처를 입을 거야."

나는 씁쓸하게 웃으며 고개를 저었다. 그리고 그에게 내 반창고를 모두 보여주며 말했다. "난 상처를 두려워한 적이 없어."

그는 체념한 듯 눈을 감았다. 나는 그가 다른 말을 하기 전에 그의 얼굴을 들어 입 맞추었다. 내 마음을 전할 다른 방법이 없었다. 그래서 나는 내 목숨이 달린 것처럼 그 키스에 매달렸다.

그의 손이 내 옆구리를 잡았고, 내 눈물이 그의 광대뼈에 떨어졌다.

우리는 가라앉을 걸 알면서도 서로를 부여잡고 사슬로 묶고 서로에게 닻을 내렸다. 현실의 바다에는 우리 두 사람을 위한 자리가 없었기에 우리는 영원히 헤맬 것이다.

우리는 깨지고 부서지고 망가졌다. 그러나 우리 안의 빛은 수백 개의 별빛으로 반짝였다.

그는 늑대의 힘을 지녔다.

그리고 나는 나비의 부드러움이 있었다.

나는 그토록 아름답고 진실한 것도 잘못될 수 있다는 사실을 믿을 수 없었다.

나는 거의 고뇌하듯 그에게 키스했고, 격렬하게 파고드는 바람에 우리는 뒤로 넘어졌다. 그의 어깨가 매트리스에 닿았고, 나는 그를 놓지 않고 계속 얼굴을 부여잡았다.

그의 맥박이 내 배를 두드리는 것 같았다. 리젤은 내 등을 쓰다듬더니 이성을 잃은 듯 움켜쥐었다. 그의 손은 나를 만질 때마다 그랬듯 떨리고 있었다. 그 순간 나는 다른 사람의 손길은 절대 받고 싶지 않다고 생각했다.

그는 특별했다.

그리고 유일했다.

나를 산산조각 낼 수 있는 유일한 사람.

나를 다시 하나로 모을 수 있는 유일한 사람.

미소로 나를 뒤집어엎고, 눈빛으로 나를 파괴할 수 있는 유일한 사람.

리젤, 내 영혼이 외쳤다. 나는 반창고로 그의 어깨를 긁으며 그가 다시는 달아나지 못하게 부둥켜안았다. *넌 혼자가 아니야*, 내 모든 키스가 소리쳤고, 그의 손은 내 머리카락을 움켜쥐었다. 나는 그가 마지막 떨림까지 내게 새기도록 내버려두었다.

리젤이 내 옆구리를 붙잡았고, 다음 순간 내 등이 매트리스에 부딪쳤다. 그는 나를 침대 위에 쓰러트렸다. 나는 그의 근육이 솟구치고 폭발하고 내지르려하는 듯 떨리는 것을 느꼈다. 나는 그의 머리카락 사이로 손을 집어넣고 열정적으로 키스했다. 내 혀가 그의 혀와 얽혔고, 그의 안에서 무언가가 굴복했다.

그는 충동적으로 내 손목을 내 머리 위로 고정하고는 한쪽 허벅지를 잡아 자기 옆구리로 끌어당겼다. 그의 거친 손길이 내 살갗에 반달 모양의 자국을 남겨서 나도 모르게 몸을 구부렸다. 내 입술이 소리 없이 벌어졌다.

리젤은 깜짝 놀라 헐떡이며 내 눈을 바라보았다. 그 순간 그는 내가 위축된 자세가 되게 세게 움켜잡으며 억누르고 있다는 걸 깨달은 것 같았다. 나는 그가 자신의 폭력성을 자제하려고 끊임없이 노력한다는 것을 느꼈다. 나는 그의 손아귀에서 심장을 두근대며 무력하게 그를 쳐다보았다. 그의 손가락은 거세게 나를 움켜잡았지만 나만큼이나 떨고 있었다. 나는 그의 눈을 보았다. 그에게는 부드러움이 없었지만, 그의 눈 속에서 나는 두렵지 않았기 때문이다.

나는 평생 그 눈을 알고 지냈다.

밤에 내가 잠들 때까지 달래준 눈빛이었다.

그것은 내 영혼에 새겨져 영원히 나와 함께 할 것이다.

결코 나를 해치지 않을 것이다.

나는 모든 걸 내려놓고 내가 지닌 부드러움을 다해 천천히 그의 뒤로 발목을 걸었다. 리젤은 턱을 악물고 나를 바라보았고, 내 이마에 눈물이 떨어지자 나는 손을 뻗어 그의 뺨을 어루만졌다.

"네 모습 그대로 좋아." 나는 그에게 속삭였다. "넌 나의 아름다운 *재앙*이야……"

그는 감격과 흥분이 담긴 눈으로 조용히 나를 바라보았다. 그가 잡고 있던 내 손을 입으로 가져가자 심장이 마구 뛰었다. 그의 입술이 내 가느다란 손목을 부드럽게 어루만졌다. 반창고 사이로 보이는 그의 얼굴은 내가 본 것 중 가장 달콤하고 불가능하고 갈망하는 것이었다.

내 실수의 정점에 리젤이 있었다. 그는 내 손끝 하나하나에 입을 맞추었고, 나는 눈이 화끈거릴 정도로 눈물이 차올랐다.

그는 내 최고의 실수가 *아니었다*.

아니다. 리젤은 내 운명이었다.

리젤은 나의 부서지고 구겨지고 아름다운 결말이었다.

그리고 그는 영원히 그럴 것이다.

나는 그를 팔로 감싸고 끌어당겼다. 우리는 격정적인 키스를 나누었고, 그의 손이 내가 입은 원피스 안으로 미끄러져 들어왔다.

나는 그의 따뜻한 손가락이 닿자 흠칫 놀랐다.

리젤은 천천히 숨을 내쉬더니 평생 갈망해 온 것처럼 내 골반의 곡선을 따라갔다. 심장이 격렬하게 뛰었고 복부 전체에서 울리는 느낌이 들었다. 그는 나도 모르는 신경을 건드리며 은근한 손길로 나를 쓰다듬었다. 그의 손이 내 견갑골 부위로 미끄러지더니 내 브래지어가 풀리고 등이 드러났다.

나는 숨을 참았다.

내가 미처 숨을 쉬기도 전에 리젤은 브래지어 속으로 손가락을 넣어 맨가슴을 만졌다. 그가 가슴을 움켜쥐자 나는 뺨이 뜨거워지고 숨이 가빠졌다. 나는 믿기지 않는, 완전히 새로운 감정에 휩싸였다. 그는 젖꼭지를 스치고 만지고 비틀고 손가락으로 주위에 원을 그렸다. 그 지점부터 이상한 열기가 퍼져 배까지 뜨거워졌다.

내 팔이 높이 들리자 나는 가슴이 철렁 내려앉았다. 그는 천을 찢을 듯이 내 옷과 브래지어를 머리 위로 끌어당겼다. 방안의 공기가 내 피부를 후려쳤고, 나는 완전히 벗겨졌다. 나는 본능적으로 몸을 가리기 위해 팔을 가슴으로 가져갔고 그의 눈을 찾았다. 두렵고 경이로운 두 심연이 나를 보고 있었다.

나는 자신이 부적절하고 작고 연약하다고 느껴졌다. 너무 보잘 것 없다고 느껴져서 그가 내 손목을 잡았을 때 저항하려고 했다. 그는 아주 천천히 내 팔을 가슴에서 떼어내 위로 들어 올렸다. 그런 다음 그는 나를 보았다. 온전히.

그의 눈동자가 내 몸을 훑으며 내가 진짜가 아닌 것처럼 나를 집어삼켰다. 그가 내 얼굴을 다시 보았을 때, 나는 그의 눈에서 이전에 본 적이 없는 열기를 느꼈다. 거칠고 억세게 불타올랐다. 나는 이해할 수 없는 무언가에 숨결이 떨렸다.

리젤은 내 위로 몸을 기울여 젖꼭지에 입술을 댔다. 나는 눈을 치켜뜨고 움직이려고 했지만, 그의 손이 내 손목을 매트리스에 고정한 채 나를 붙잡고 있었다. 그의 입술이 내 젖꼭지를 빨았고, 달콤한 긴장감이 아랫배를 가득 채워 달아오르고 참을 수 없게 했다. 나는 몸을 비틀며 웅크리려고 했지만, 내가 할 수 있는 건 허벅지로 그의 다리를 꽉 붙드는 것뿐이었다.

"리젤…… 제발……" 나는 그에게 무엇을 애원하는지도 모른 채 헐떡거렸다.

내 반응에 이제 그는 젖꼭지 주위를 물었고 더 강력한 자극이 밀려왔다. 나는 허리가 휘어지고, 입술이 떨리고, 숨이 막힐 정도로 배가 조였다. 나는 너무 예민했다. 내 몸이 얼음인지 불인지 알 수 없었다. 그 감각이 너무 강렬해서 나는 눈을 반쯤 감고 있었다.

그 순간 리젤은 몸을 일으키더니 셔츠를 벗었다. 그는 우리의 살을 맞대고 싶은 욕구에 휩싸인 것 같았다. 내 숨결에 천의 바스락거리는 소리가 섞였고, 그의 검은 머리카락이 흐트러져 얼굴로 흘러내렸다.

나는 예술품 같은 그의 육체를 보며 또다시 몸을 떨었다. 새하얀 피부는 그의 넓은 어깨가 대리석으로 조각한 것처럼 보이게 했다. 그의 탄탄한 가슴은 만지고 느끼고 감탄해야 마땅해 보였지만, 나는 그의 생생하고 과도한 아름다움에 너무 겁먹어서 두 팔로 가슴을 안고 꼼짝도 할 수 없었다. 나는 부어오른 입술에 손가락을 댄 채 화끈거리는 뺨과 떨리는 눈빛으로 그를 보았다. 그 검은 천사의 얼굴은 아직도 믿기지 않는다는 눈으로 나를 보고 있었다.

그는 나의 동화였다. 이제 그것을 확신했다.

그러나 그는 엄청난 전율이기도 했다.

가장 큰 두려움.

유일하게 깨고 싶지 않은 악몽.

그가 나에게 다시 키스했을 때 나는 폭발했다.

그의 피부가 내 피부에 불을 붙였고, 그 느낌이 너무 강렬해서 나는 그의 어깨에 달라붙었다. 내 맨가슴이 그의 가슴에 닿았고, 서로의 피부가 마찰하며 일으킨 감각은 놀랍기만 했다.

리젤은 내 다리 사이에 자리를 잡았고, 그는 내 모든 것, 내 영혼까지도 흡수하려는 듯 뜨거운 손으로 온몸을 만졌다. 갑자기 그의 몸 전체가 나에게 만져달라고 비명을 지르는 것 같았다.

나는 손을 어디에 두어야 할지 몰라 머뭇거리며 그의 피부에 손가락을 댔다. 나는 천천히 그의 팔과 단단한 어깨뼈의 윤곽을 쓰다듬었다. 나는 또다시, 이전보다 더 많이, 자신이 작고 불안하고 연약하다는 느낌이 들었다. 그러나 곧 그의 등마루가 뻣뻣해졌고, 내 손길이 서투를지라도 그의 몸이 반응한다는 것을 깨달았다. 나는 더 대담하게 그의 가슴에서 목까지 쓰다듬고는 그의 머리카락 속으로 손가락을 집어넣었다.

그의 입은 내 입에서 떨어져 아래로 내려가며 뜨거운 흔적을 남겼다. 리젤은 내 배에 입술을 묻고 혀로 핥고 깨물면서 계속 아래로 내려갔다. 나는 필사적으로 가쁜 숨을 내쉬며 그의 머리카락을 움켜쥐었다. 내 피가 미친 전율의 교향곡처럼 그의 입술 아래에서 벌떡거렸다. 그는 허벅지 안쪽, 가장 부드럽고 민감한 부분에 키스했다. 그런 다음 떨리는 내 다리를 들어 올려 내 정신이 몽롱해질 때까지 고문을 계속했다. 그는 내 발목을 깨물었고, 그의 검은 눈은 나를 덮치며 불을 질렀다.

그는 매트리스 위에서 무릎을 꿇은 채 헐떡이고 있었다. 입술이 부어올랐고 눈은 빛나고 있었다. 나는 그 광경에 숨이 멎는 듯했다. 그의 골반이 복근을 따라 도드라졌고, 넓은 가슴은 매혹적이고 지옥 같은 기운을 발산했다. 그는 찬란하면서 무서웠고, 나는 그것에서 눈을 뗄 수 없었다. 나는 뺨이 달아오른 채 떨리는 다리는 모으고 있었지만, 내 마음은 활짝 열려 맥동하는 꽃이었다.

그의 손이 내 골반에 닿았다. 현실이 주위에서 아우성쳤지만, 내 속옷 자락에 닿은 그의 손가락보다 더 현실적으로 느껴지는 것은 없었다. 리젤은 동작을 멈추고 가쁜 숨을 몰아쉬며 눈을 들어 나를 보았다. 나는 곧 무슨 일이 일어날지 분명히 알게 되었다. 그것은 돌아올 수 없는 경계였다.

리젤은 내 반응을 기다리며 천천히 손가락을 내 팬티 끈에 걸었다. 그리고 끌어내렸다.

나는 심장이 멎는 것을 느꼈다.

호흡이 중단되었다.

내 모든 신경은 천이 다리 사이로 미끄러져 사라지는 것을 느꼈다.

나는 숨을 헐떡이고 연약하고 어찌할 바를 몰랐다. 리젤의 시선은 이제 막 드러난 그곳으로 향했다. 나는 허벅지를 오므렸다. 그 순간만큼 그의 시선에서 벗어나고 싶었던 적은 없었다. 나는 그 자리에서 사라지고 싶었다. 몸을 웅크리려고 했지만, 그러기도 전에 그의 손가락이 내 가랑이로 미끄러져 들어왔다. 그는 누구도 손댄 적이 없는 그곳을 만졌다. 그의 손이 부드러운 살을 스치자 나는 놀라서 신음을 내뱉었다. 그는 다시 나를 지배하기 시작했다. 리젤은 몸을 굽혀 내 가슴을 빨았고, 그 자극은 충격적일 정도로 강렬했다. 그는 쑤시고 문질렀고, 나는 호흡이 불규칙해졌다. 정신을 차릴 수가 없었다. 몸이 떨렸고 뺨이 불타올랐다. 한편으로는 그가 멈추기를 바랐다. 맹렬하게 타오르는 불을 견딜 수 없었기 때문이다. 나는 그에게 매달린 채 말조차 할 수 없었고, 입술에서 신음이 터져 나왔다.

"리젤……"

그 애원하는 허덕임에, 내 허벅지 사이의 손가락이 더 활기차게 움직였고, 혀의 애무도 더 격렬해졌다. 나는 허리가 휘어지고 눈이 휘둥그래지면서 그의 등에 손톱을 박았다. 팔다리가 경련을 일으키듯 흔들렸다. 방이 빙글빙글 돌기 시작했다. 다리가 떨리고 몸이 따끔거려서 숨을 쉴 수 없었다. 그것은 세상에서 가장 강렬한 느낌이었다.

그 긴장감이 한계에 다다르려고 할 때, 리젤은 몸을 들어 옆으로 손을 뻗었다. 바지가 바스락거리는 소리와 비닐이 뜯기고 구겨지는 소리가 들렸다. 그리고 나는 너무 당황해서 그게 무엇인지도 깨닫지 못했다. 그는 내 골반을 잡고 나를 자기 쪽으로 끌어당겼다. 나는 그의 욕망이 내 다리 사이로 닿는 것을 느끼며 깜짝 놀랐다. 나는 너무 예민해져서 저절로 몸이 떨렸다. 이제 우리를 갈라놓는 것은 아무것도 없었다. 나는 심장이 빠르게 뛰었고 눈빛이 떨렸다.

"날 봐." 그의 속삭임이 들렸다.

나는 그와 눈을 마주쳤다.

리젤은 나를 바라보았다…… 끝까지 이해할 수 없는 눈빛으로 나를 바라보았다. 그의 눈빛에서 무한한 감정이 타올랐고, 나는 그것을 하나하나 좇으며 마음에 새겼다.

내 것으로 만들기 위해. 오직 나만의 것으로.

그리고 그는 밀어 넣었다. 나는 고통의 신음을 억눌렀다. 근육이 수축되고 불타는 것 같았고 몸이 뻣뻣해졌다. 그가 나를 아프지 않게 하려고 천천히 전진하자 날카로운 느낌이 내 안으로 파고들었다. 나는 숨을 들이쉬었고, 눈물이 관자놀이를 타고 흘러내렸다. 리젤은 한 순간도 내게서 눈을 떼지 않았다. 깊고 팽창된 그의 동공은 내 눈동자에 고정되어 있었다. 그 순간의 모든 인상을 영혼에 새기려는 듯. 나의 모든 뉘앙스를.

그리고 나는 그러도록 허락했다.

그에게 모든 것을 맡겼다.

내가 줄 수 있는 모든 것을.

마침내 우리는 한 영혼의 부서진 조각처럼 하나로 합쳐졌다.

그리고 내 인생 처음으로, 어렸을 때 이후 처음으로 내 모든 부분이 제자리를 찾은 것 같았다.

갈라지거나 이가 빠진 자국이 없었다.

리젤은 나와 하나가 되어, 내 심장에 닿으려는 듯 한쪽 손으로 내 갈비뼈를 움켜쥐었다. 다른 한 손은 침대 머리판에 올리고 고개를 기울여 이마를 내 얼굴에 갖다 댔다. 그건 아마 그도 나에게 말없이 뭔가를 말하고 싶었기 때문일 것이다. *그가 부드러움을 지닌 적이 없을지라도*, 자신의 가장 여린 부분을 내게 주기로 했기 때문일 것이다.

그리고 온전히 우리만의 세상인 지금, 나는 그의 내면에 재앙이 있어도 괜찮다고, 그가 내게 건네준 잉크로 우리 둘만의 무언가를 쓸 수 있을 것이라고 말하고 싶었다. 어쩌면 그는 여전히 밤처럼 뚫을 수 없고 별들의 천장처럼 복잡한 존재로 남아 있을지라도, 그 유일한 노래 안에서 우리의 심장은 하나가 되어 박동할 것이다.

우리는 방법을 찾을 것이다.

함께.

그 방법이 존재하지 않는다면, 우리가 지닌 것으로 그것을 만들어 낼 것이다.

우리의 영혼으로.

우리의 마음으로.

비밀스러운 선율과 전율하는 별자리로.

늑대의 힘과 나비의 부드러움을 다하며.

손에 손을 잡고……

끝까지.

31
눈을 감고

나는 별들이 사랑하듯 당신을 사랑합니다.
멀리서, 조용히, 절대 꺼지지 않는 빛으로.

그날 밤 나는 나쁜 꿈을 꾸지 않았다.

지하실이 없었다.

벨트가 없었다.

어둠으로 향하는 나선형 계단도 없었다.

밤새도록…… 누군가가 나를 지키고 있다는 느낌이 들었다. 악몽이 생각의 문을 두드릴 때마다 이내…… 저 멀리 사라져갔다. 누군가가 나를 감싸며 그것을 쫓아냈고, 내 팔다리는 따뜻하고 편안한 품에 안겨 망각 속으로 빠져들었다.

나는 약간 멍한 상태로 눈을 떴다.

시간이 몇 시인지 몰랐다. 창밖의 하늘은 아직 밤의 기운을 내며 어둡고 흐릿한 빛을 띠고 있었다. 새벽이 되려면 한참 더 있어야 했다.

차츰 다른 감각도 눈을 떴다. 골반이 아프고 다리 근육이 뻐근했다. 담요 아래로 허벅지를 움직이자 가볍게 화끈거리는 느낌이 들었다.

그 순간 나를 포근히 감싸는 무게가 느껴졌다. 아래쪽을 내려다보니 내 옆구리에 놓인 탄탄한 손목이 보였다. 나는 단단하고 각진 윤곽을 훑으며 올라가 내 옆에 있는 얼굴을 바라보았다.

리젤은 다른 쪽 팔을 베개 밑에 포갠 채 가볍고 고른 숨을 내쉬고 있었다. 아래로 늘어뜨린 속눈썹은 우아한 광대뼈를 돋보이게 했고, 검은 머리카락은 부드럽고 흐트러진 실크처럼 베개 위로 흘러내렸다. 입술이 붓고 약간 갈라졌지만 여전히 근사했다.

나는 잠자는 그의 모습을 보는 게 늘 좋았다. 이 세상의 것이 아닌 아름다움을 발산했다. 느긋한 모습의 그는…… 매력적이고 사랑스러웠다. 나는 가슴이 두근거렸다.

정말 그런 일이 있었나?

나는 담요를 바스락대며 한 손을 뻗었다. 잠시 머뭇거리다 조심스럽게 그의 얼굴을 만져보았고 손끝으로 온기가 느껴졌다.

그가 정말로 거기 있었다. *그 일은 다 사실이었다*……

참을 수 없는 행복감이 마음을 가득 채웠다. 나는 눈을 감고 그의 남성적인 향기를 들이마셨다. 그리고 조용히 앞으로 미끄러지듯 그에게 다가갔다. 나는 살며시 그의 입술에 내 입술을 댔다. 고요한 가운데 느리고 부드러운 입맞춤 소리가 울려 퍼졌다. 다시 그의 얼굴을 보았을 때, 그가 눈을 뜨고 있었다. 짙은 속눈썹 아래서 눈동자가 드러났고, 나는 그와 눈을 마주치기도 전에 겁고 믿을 수 없을 정도로 깊은 느낌을 받았다.

"내가 널 깨웠니?" 나는 내가 부주의하게 행동했는지 걱정하며 속삭였다.

리젤은 내게 시선을 고정한 채 아무 말도 하지 않았다. 나는 편안하게 베개에 기댄 채 나를 바라보는 그의 시선을 즐겼다.

"기분이 어때?" 그는 담요에 싸인 내 몸을 바라보며 물었다.

"좋아." 나는 웅크린 자세로 그의 눈을 보며 뺨이 따뜻해지는 행복감을 느꼈다. "그 어느 때보다도 좋아."

문득 안나와 노먼이 떠올랐고, 내 방으로 돌아가는 게 좋겠다는 생각이 들었다.

"지금 몇 시지?" 내가 묻자 리젤은 내가 무얼 걱정하는지 짐작했다.

"그들이 일어나려면 아직 몇 시간 남았어." 나는 그가 말하지 않았어도, *조금 더 머물 수 있다*는 소리로 들렸다.

나는 그와 계속 시선을 나누고 싶었지만, 그가 내 옆에 있는 것만으로도 더할 나위 없이 만족스럽고 평화로웠다. 노곤함이 느껴졌지만 나는 눈을 감지 않고 마음을 다해 속삭였다. "난 항상 네 이름이 좋았어."

그 순간 내가 왜 그 말을 했는지 모르겠다. 지금껏 그걸 말한 적이 없었다. 그러나 이제 내 영혼은 이전과 전혀 다른 방식으로 그의 영혼과 연결되어 있다고 느꼈다.

"넌 그렇게 여기지 않는다는 걸 알아." 그가 다시 나를 바라보자 나는 차분히 덧붙였다. "알아…… 그것이 네게 어떤 의미인지 알아."

이제 그의 눈빛은 또렷해졌다. 그 안에서 멀리 무언가가 빛나고 있었는데, 나는 그것을 잡으려고 하지 않고 그저 보기만 했다. 나는 진심을 담아 부드러운 목소리로 말했다.

"네 생각과는 달라. 널 원장과 묶지 않아."

리젤은 베개 위에 머리카락을 펼친 채 누워 내 눈과 입술을 계속해서 바라보았다. 우리 대화의 친밀함이 그의 헤아릴 수 없는 눈빛에 투영되었다.

"그럼 무엇과 연결돼 있지?" 그는 내 말을 별로 믿지 않는 듯 느리고 갈라진 목소리로 물었다.

"아무것도."

그는 나를 멍하니 바라보았고, 나는 시선을 누그러뜨렸다.

"연결된 게 없어. 넌 하늘의 별이야. 하늘은 널 묶어두지 않아."

나는 그를 향해 손을 뻗었다. 손끝으로 그의 두 어깨와 눈 밑을 짚으며 세 개의 점을 연결했다. 그리고 더 아래에 허리띠의 별 세 개를 표시했다. 나는 조용히 그의 피부에 오리온자리를 그렸다.

"네 이름은 짐이 아니야…… 특별해. 어디를 봐야 할지 아는 사람에게만 빛나는 너처럼. 밤처럼 고요하고 깊고 복잡한 너처럼." 나는 아래에 보이지 않는 흔적을 그려 별자리를 완성했다. "그렇지 않니?" 나는 미소를 지었다. "내 이름은 나비의 이름에서 따왔어. 나비는 수명이 짧은 생물이야. 그런데 넌…… 영원한 별의 이름을 지녔어. 너는 흔치 않은 사람이야. 너 같은 사람은 스스로 알지 못해도 저만의 빛을 발산해. 그리고 그게 바로…… 너다운 거야."

내 손가락은 그의 심장 높이에서 멈췄다. 바로 거기, 보이지 않는 별자리의 맨 끝에 *그*가 이름을 딴 별이 있을 것이다. 나는 바스락 소리를 내며 몸을 돌려 바닥에 있는 내 옷을 찾았다. 그리고 주머니에서 뭔가를 꺼내 다시 그를 돌아보았다. 리젤은 내 손에 들린 보라색 반창고를 바라보았다. 피로가 내 팔다리를 휩쌌지만, 나는 *그*가 이해하기도 전에 포장지를 뜯어 심장 위치에다 반창고를 붙였다.

"*리젤.*" 나는 그의 별에 붙인 반창고를 가리키며 속삭였다. 그리고 같은 색깔의 반창고를 내 가슴에도 붙였다.

"*리젤.*" 나는 내 가슴의 별을 가리켰다. 그리고 굳은 약속을 하듯 거기에 손바닥을 얹었다.

졸음이 슬며시 밀려왔지만, 담요 위로 내 옆구리를 감싸는 그의 손길이 느껴졌다.

"별은 혼자가 *아니야*. 넌 혼자가 아니야." 나는 다정한 미소를 지으며 천천히 눈을 감았다. "나는 항상 널…… 지니고 다닐 거야."

나는 그의 대답을 기다리지 않았다. 나는 평화롭게 잠 속으로 빠져들었다. 그의 침묵을 존중하는 법을 배웠기 때문이다. 그의 영혼의 문을 두드렸을 때 대답을 요구할 수 없다는 걸 알았기 때문이다. 나는 그저 천천히 들어가서 그 수정 장미 정원에 조심스럽게 앉아 진득하게 기다려야 했다.

그리고 이번에…… 나에게로 향한 그의 시선을 느꼈다.

그의 시선은 평생 나와 함께했지만, 나는 그 *진정한* 의미를 이해할 수 없었다.

때가 되기 전까지는…… 절대 이해하지 못할 것이다.

나는 그의 따뜻한 숨결 속에서 잠이 들었다.
나중에 깨어보니…… 그는 거기에 없었다.

그날 늦은 오후는 날씨가 온화했다. 나무 사이로 바람이 살랑거리며 구름의 상쾌한 냄새를 실어왔다. 숨을 깊게 들이마시니 바람을 타고 올라가 하늘에서 거닐 수 있을 것 같은 기분이 들었다.

그날 아침 이후로 일주일의 시간이 흘렀다. 내 발걸음은 차분하고 신중하게 보도의 아스팔트를 두드렸다. 그 시간에는 주위에 아무도 없고 우리뿐이었다.

"저길 봐." 나는 산들바람 가운데 속삭였다. 내가 걸음을 멈추자 배낭이 내 등에 살짝 부딪혔다.

노을에 비친 강은 보석 상자처럼 반짝거렸다. 난간을 보수하는 곳은 주황색 그물이 둘러져 있지만, 그 너머로 나뭇가지에 그림자가 길게 드리워진 것이 보였다. 다리 위에서 본 강물은 맑고 반짝이는 빛을 반사했다. 내 앞에서 걷던 리젤의 옆모습이 불그스름한 배경에서 드러났다. 그는 검은 머리카락을 날리며 내가 가리킨 방향을 보고 있었다. 따뜻한 석양볕에 그의 눈이 더 밝게 빛났다.

방과 후 그와 함께 집으로 돌아오는 길은 이제 내가 가장 좋아하는 시간 중 하나였다. 특별한 일은 아니었지만, 다른 사람들의 눈을 의식하지 않고 우리가 가까이 있을 수 있는 평화로운 시간이었다. 우리는 모든 사람과 모든 것으로부터 멀리 떨어져 잠시 세상을 잊을 수 있었다.

"아름답지 않니, 저 모든 색깔이?" 우리 아래 멀리서 꿀처럼 반짝이는 강물이 흘러가는 동안 나는 중얼거렸다.

하지만 나는 강을 보고 있지 않았다. 그를 바라보고 있었다. 리젤은 내 시선을 깨닫고는 천천히 나를 향해 돌아섰다. 그는 나와 눈을 마주쳤다. 어쩌면 그도 우리 사이의 무언가, 우리의 시선에는 남들이 볼 수 없는 뭔가가 있다는 것을 이해하게 되었기 때문일 것이다. 우리의 침묵에는 아무도 들을 수 없는 말이 있었고, 우리는 그 말하지 않은 것들 사이에서 서로 만날 운명이었다.

그는 내가 그의 옆에 오기를 기다렸다. 나는 한결같은 부드러움으로 천천히 그에게 다가가 적당한 거리에서 멈춰 섰다. 주위에 아무도 없고 인부들도 이미 떠난 뒤였지만, 우리는 밖에 있었고 제한이 있다는 사실을 잊을 수 없었다.

"리젤…… 혹시 무슨 일 있니?"

나는 나를 바라보는 그의 시선을 붙잡았고, 거기서 눈을 떼지 못하게 하는 무언가를 보았다.

"네게 거리감이 느껴져. 요 며칠 고민이 있어 보여."

가벼운 걱정거리가 아닌 것 같았다. 내가 알 수 없는 무엇이었고, 그 느낌은 내 마음을 불편하게 했다. 리젤은 천천히 고개를 저으며 내게서 얼굴을 돌렸다. 그는 강이 나무들 사이로 구불거리며 사라지는 먼 곳을 바라보았다.

"나는 적응하지 못했어." 그가 힘없는 목소리로 말했다.

"무엇에?"

"네가 가진 방식." 그는 거의 체념한 듯한 낯선 말투로 말했다. "다른 사람들이 보지 못하는 것을 알아보는 것."

"그래서?" 나는 그의 눈을 보며 내 예감이 맞았다는 것을 느꼈다. "무슨 문제가 있는 거지?"

그는 입을 다물었고, 나는 좀 더 부드럽게 말했다. "정신과 의사와 관련된 거지? 오늘 아침에 네가 안나와 얘기하는 걸 봤어…… 그날 상담 이후 그녀는 너와 이야기를 나누고 싶어 했어. 그리고 그저께…… 오후 내내 함께 밖에 머물렀지."

나는 그의 손을 쓰다듬었고, 그는 눈빛이 잠시 떨리다가 지평선에서 눈을 떼며 고개를 숙였다.

"리젤, 무슨 일인지 말해줄래?"

그의 눈동자가 천천히 내 얼굴로 향했다. 리젤은 다시 그런 눈빛으로 나를 바라보았다. 일주일 전 그날 아침부터, 그는 어떤 것으로도 지울 수 없는 얼룩처럼 그 눈빛을 지니고 있었다.

갑자기 당황스러운 일이 벌어졌다. 내가 전혀 예상치 못한 일이었다. 혼란스럽고 숨이 막히는 순간이었다. 리젤의 눈에서 방어막이 한꺼번에 무너지며 감정의 파도가 밀려와 해일처럼 나를 덮쳤다. 그의 눈빛에서 회한과 절망, 참을 수 없는 열기가 터져 나왔다. 나는 서 있기조차 힘들 정도로 강렬한 감정에 사로잡혀 눈을 크게 뜬 채 몸을 떨었다.

나는 가슴이 찢기는 듯한 충격에 빠져 반걸음 뒤로 물러섰다.

"리젤……" 나는 희미하게 속삭였다.

나는 믿기지 않았고 방금 무엇을 보았는지 이해하지 못했다. 하지만 내가 정신을 차릴 겨를도 없이 그는 몸을 굽혀 내 입가에 긴 입맞춤을 남겼다. 그가 물러나자 나는 그 감정의 폭풍과 경솔한 행동에 당황하여, 어리둥절하고 절박한 눈빛으로 그를 바라보았다.

왜 그랬을까?

그에게 물으려는 순간 세상이 멈추었다.

내 눈은 그의 어깨 너머로 향했다. *그리고 보았다.*

몇 미터 떨어진 곳에서 한 사람이 휘몰아치는 바람 속에 서 있었다.

그는 가만히 우리를 지켜보고 있었다.

그저 길 가던 아무나가 아니었다.

아는 사람이었다.

라이오넬.

내 마음은 소리 없이 헐떡이며 곤두박질쳤다. 부릅뜬 내 눈의 비명에 리젤은 뒤돌아보았고, 등 뒤의 존재를 확인하자 그의 눈빛이 곧장 어두워졌다.

라이오넬은 우리 집안을 채운 것과 똑같은 아름다운 꽃다발을 들고 있었다. 그의 혼란스럽고 일그러진 눈에서 방금 일어난 일이 하나하나 재생되고 있었다. 현실이 된 모든 일.

리젤의 손을 잡은 내 손, 우리의 친밀한 호흡, 가까이 붙은 우리 육체, *내 입술에 머문 그의 입술.*

바로 그 순간, 그는 이해했다.

단 한 순간이면 충분했다.

그것은 그에게 얼음 바닥에 내리박힌 것과 같았다.

라이오넬은 다른 눈빛으로 나를 바라보았다. 그의 눈에는 실망과 불신, 굴욕과 충격 등 수많은 감정이 타올랐다. 그는 꽃을 쥐고 있던 손을 천천히 내렸다. 그리고 적의에 불타는 매서운 눈길로 리젤을 바라보았다.

"너……" 그는 내가 거의 알아들을 수 없는 목소리로 컥컥거렸다. 손에 든 꽃다발이 떨렸고, 분노에 치민 얼굴이 날카롭게 보였다. "결국 해냈구나. 그 *역겨운* 손을 그녀에게 댔어."

"라이오넬." 내가 더듬거리며 말하려는데, 갑자기 리젤이 끼어들었다.

"아, 또 꽃다발이군." 그는 신랄하게 비꼬았다. "*얼마나 독창적인지!* 그냥 현관에 놔둬도 돼. 누군가가 수고롭게 들여놓을 테니까."

그의 목소리는 한껏 억눌린 분노가 가득했고, 라이오넬의 눈에서는 불꽃이 일었다. 그는 아스팔트를 삼켜 버릴 기세로 리젤을 향해 돌진했다. "넌 원래부터 *쓰레기*였어." 라이오넬은 목에 핏대를 세우며 퍼부어댔다. "네가 오만한 놈일 걸 처음부터 알았어! 그 더러운 손을 가만히 둘 수 없었겠지. 안 그러곤 너 같은 *개자식*이 배길 수가 있겠어?"

"어쩌면 그녀가 내 더러운 손을 원했을 지도 모르지." 리젤은 입술을 일그러뜨리며 비열한 표정으로 말했다. "*네* 손보다 더 많이."

"리젤!" 나는 눈을 치켜뜨며 애원했지만, 라이오넬이 바짝 다가와 그의 얼굴에 대고 소리쳤다.

"이제 흐뭇하니, *응?*" 그의 목소리는 긴장감으로 타올랐다. "재미를 봤으니 만족하니? 넌 그녀를 가질 자격이 없어!"

리젤은 눈살을 찌푸렸고 무서운 지진이 일듯 눈동자가 흔들렸다.

"*너*," 그는 치미는 분노를 터트렸다. "*너*야말로 그녀를 가질 자격이 없어."

"*역겨운 놈.*" 라이오넬은 그를 노려보았고, 내가 그를 진정시키려고 하자 내게도 매서운 눈발을 던졌다. "너희 둘 다 역겨워! 너희가 무사할 것 같아? 정말 그럴 것 같아? 흥, 완전히 잘못 짚었어. 니들 그 더러운 연기는 여기서 끝이야." 라이오넬은 경멸의 눈초리로 리젤을 다시 쏘아보았다. "모두에게 말할 거야. 너희가 그 집에서 뭘 하는지, 어떤 가족인지 다 알게 될 거야! 사람들이 무슨 말을 할지 두고 보자."

나는 눈이 휘둥그레지며 목이 조이는 공포감을 느꼈다.

"라이오넬, 제발……"

"닥쳐!" 그는 복수심에 불타 소리쳤다.

"제발, 이해해 줘!"

"이미 충분히 이해했어!" 라이오넬은 반발하며 버럭 외쳤다. "모든 게 아주 분명해. 구토가 나올 정도로." 그는 이를 악물었다. "니카, 넌 곧 가족이 될 사람과 해선 알 될 짓을 했어. 남매로 여기며 살아야 하는 저 놈의 손길을 허락했어. 남매, 알겠니? 이건 다 패륜이야!"

"어이, 내게 초콜릿이나 한 상자 보내." 리젤이 빈정대며 끼어들었다. "그리고 *화해*하는 게 어때?"

라이오넬은 순식간에 그에게 달려들었다. 모든 일이 갑자기 벌어졌다. 꽃다발이 땅에 떨어졌고, 끔찍한 폭력이 난무했다. 주먹질과 욕설이 공중을 채웠고, 나는 두려움에 눈이 휘둥그레졌다.

"안 돼!" 나는 떨리는 입술로 소리쳤다. "하지 마!"

나는 싸움을 말리려고 미친 듯이 그들에게 달려들었다. 그들의 팔을 긁으며 겁에 질린 고함을 질렀다. "그만 해! 부탁이야, 안 돼! 멈……"

그 말이 미처 터져 나오지 못했다. 내 얼굴이 옆으로 돌아가고 머리카락이 얼굴을 때렸다. 역겨운 폭력으로 세상이 빙글빙글 돌았고, 나는 땅바닥에 쓰러졌다. 아스팔트에 부딪힌 충격으로 숨이 막혔다. 뺨이 긁히는 게 느껴졌고, 오른쪽 눈이 타는 듯이 아파서 눈을 꽉 감았다. 한 순간 아무 생각도 나지 않았고, 관자놀이 사이로 북을 치듯 욱신거리는 통증만 느껴졌다.

나는 손목을 짚은 채 간신히 고개를 들었다. 입 안에서 피 맛이 났고 눈꺼풀이 뜨거워졌다. 나는 눈물을 흘리며 떨리는 눈으로 나를 때린 사람을 올려다보았다. 라이오넬이 넋 나간 표정으로 나를 보고 있었다. 그의 당황한 눈빛에는 순수한 공포감이 담겨 있었다.

"니카, 난……" 그는 놀라서 말을 더듬거렸다. "맹세코, 그럴 생각은……"

라이오넬은 검은 머리카락을 얼굴에 드리운 채 꼼짝 않고 서 있는 리젤을 보지 못했다. 마치 자신이 맞은 것처럼 나를 향해 얼굴을 기울이고 있는 그를 보지 못했다. 믿기지 않는 장면에 냉혹하게 얼어버린 그의 눈도, 바늘처럼 날카로워진 그의 눈동자도 보지 못했다.

그는 이 모든 것을 보지 못했다.

전혀……

그는 불타는 검은 홍채의 섬광만 보았을 뿐이다. 그것은 맹렬하게 공기를 가르며 그에게 날아들었다. 리젤은 그의 머리카락을 움켜잡고 입술이 터질 정도로 세게 때렸다. 라이오넬은 주먹 공격을 받으며 고통의 신음을 내뱉었다. 분노로 눈이 먼 리젤은 그를 쓰러뜨리고 구부리며 사정없이 주먹을 휘둘렀다. 라이오넬은 기를 쓰며 반격하려고 했다. 그가 상대의 얼굴을 할퀴자 그들의 몸싸움은 도저히 볼 수 없을 정도로 격렬해졌다.

"제발! *그만해!*" 나는 눈물이 쏟아졌다. "*부탁이야!*"

리젤은 관자놀이에 주먹을 맞고 눈썹이 찢어졌다. 그 혼란스러운 폭력 속에서 그의 눈은 보이지 않았고, 나는 뼛속까지 떨렸다.

"안 돼!"

나는 화끈거리는 무릎을 견디며 몸을 일으켜 그들에게 달려들었다. 또다시 땅바닥에 내동댕이쳐졌지만, 입 안에 피가 흥건해도 그만둘 수 없었다. 뺨의 통증도, 주먹질도 나를 막을 수 없었다. 두려움도 쿵쾅거리는 심장도, 그 어느 것도 나를 막을 수 없었다. *왜냐면*……

결국 나는…… 내 안에 나방의 심장을 지니고 있었다. 그리고 영원히 그러할 것이다.

리젤의 말대로, 불길에 휘말리는 것이 내 본성이었기 때문이다. 그리고 나는 후회하기에 너무 늦어버린 때까지 내 행동이 가져올 결과를 깨닫지 못했다.

나는 눈물이 시야를 가렸지만 그들에게 달려들어 닥치는 대로 부여잡았다. 누구의 것인지도 모르는 손목과 팔을 움켜쥐었다. 무작정 붙잡고 긁고 애원하면서 몇 번이나 뒤로 밀려났다.

"그만해! 리젤, 라이오넬, *그만!*"

모든 일이 너무 빠르게 일어났다.

나는 느닷없이 힘껏 밀쳐졌다. 내 몸이 뒤로 던져졌다. 나는 비틀거리면서 내 몸의 충격으로 휘어지는 무언가에 부딪혔다. 시간을 멈추는 소음, 삐걱거리는 굉음이 공중에 울려 퍼졌다.

갑작스럽게 실린 내 체중으로 인해 다리 난간을 대신하던 주황색 그물이 무너졌다. 나는 두 눈을 부릅떴고 무슨 일이 일어나고 있는지 이해할 수 없었다. 무언가를 붙잡으려고 앞으로 나아가려 했지만, 어깨에 멘 배낭의 무게 때문에 뒤로 끌려가 균형을 잃었다. 조용히 비명을 지르는 휘둥그런 내 눈에 리젤의 모습이 슬로모션처럼 비쳤다.

그가 돌아섰고, 머리카락이 그의 얼굴을 철썩 때렸다. 그의 고통스러운 눈빛은 그에게서 다시 볼 수 없는 맹목적인 공포로 가득 차 있었다. 그는 점점 사라져가는 세상에서 붙잡을 수 있는 단 하나의 손잡이였다. 가슴 아픈 일련의 순간 속에서, 나는 그의 몸이 뛰쳐나와 내 쪽으로 뻗는 것을 보았다. 그의 팔이 빠질 정도로 길게 늘어났고, 내가 허공으로 떨어지는 순간 그의 그림자가 나를 삼켰다. 리젤이 나를 와락 부여잡았고, 우리가 추락할 때 공기가 괴물처럼 비명을 지르며 내 눈의 눈물을 흩날렸다.

그 아찔한 높이에서 떨어지는 동안 그의 몸이 밑에서 나를 떠받치며 팔로 감쌌고, 나는 이것이 마지막이라는 생각만 들었다. 그리고 그가 느껴졌다. 우리의 심장 박동이 하나가 되게 하려는 듯 나를 꼭 끌어안은 그의 거센 손길이 느껴졌다. 그 충격이 우리를 격렬한 암흑 속으로 삼키기 전에, 모든 것이 얼음이 되어 찢기기 전에, 내 귀에 닿은 그의 입술이 느껴졌다.

내가 들은 마지막 소리는 그의 목소리였다.

바람의 울부짖음 속에서…… 세상이 우리 주위에서 참담하게 꺼져가고, 영원한 어둠이 우리 둘을 쓸어버리기 전에, 희미하게 속삭이는 그의 목소리가 들렸다.

"*사랑해.*"

32
별은 혼자다

누구나 죽음은 견딜 수 없는 고통이라고 여긴다.

갑작스럽고 격렬한 공허…… 모든 게 아무것도 아니게 되는 숙명.

그건 전혀 틀린 소리다.

죽음은…… 그런 게 아니다.

그것은 완전한 평화다.

모든 감각의 끝.

모든 생각의 삭제.

나는 존재를 멈추는 것이 어떤 의미인지 생각해 본 적이 없다. 하지만 배운 게 하나 있다면…… 죽음은 나를 놓아주기 전에 반드시 타협을 요구한다는 것이다.

나는 다섯 살 때 이미 그 사고로 죽음을 스친 적이 있었다.

죽음은 나를 놓아주었지만, 그 대가로 엄마와 아빠를 데려갔다.

죽음은 나를 놓아주지 않을 것이다. 이번에는 아니다.

나는 또다시 거기, 삶의 저울 위에 있다.

그리고 저울 저편 다른 접시에는 내가 *결코* 내줄 수 없는 대가가 있었다.

날카로운 소리가 들렸다.

내가 인식할 수 있는 건 그것뿐이었다.

그러다 천천히, 다른 것이 느껴졌다. 톡 쏘는 소독약 냄새. 그 자극이 점점 강해지면서 내 몸의 주변이 느껴지기 시작했다.

나는 누워 있었다.

나는 꼼짝할 수 없을 정도로 온몸이 무겁게 내리눌렸다. 무엇 때문인지 알 수 없었다. 잠시 후 뭔가가 내 손가락을 물고 있다는 걸 깨달았다. 눈을 뜨려고 했지만 눈꺼풀이 바위처럼 무거웠다. 여러 번 시도한 끝에 간신히 힘을 낼 수 있었다.

빛이 칼날처럼 날카롭게 시야를 파고들어 눈을 다시 질끈 감았다. 그 강렬함을 견뎌냈을 때 내 눈에 보이는 것은…… 하얀색뿐이었다.

나는 새하얀 담요 위로 늘어뜨린 내 팔에 시선을 집중했다. 검지에 집게 같은 것이 손끝을 꼬집으며 심장의 박동을 자극했다. 소독약 냄새가 너무 강해서 구역질이 날 것 같았다. 나는 기운이 없고 어지러웠다. 움직여보려고 했지만 몸이 말을 듣지 않았다.

무슨 일이 일어난 거지?

벽 쪽 의자에 한 남자가 앉아 있었다. 나는 속눈썹 사이로 그를 바라보았고, 잠시 후에야 힘을 내어 입술을 열 수 있었다.

"노먼……" 내 입에서 흐릿한 소리가 신음처럼 새어 나왔다.

거의 들리지 않는 속삭임이었지만, 노먼이 화들짝 놀랐다. 그는 나를 올려다보더니 플라스틱 커피잔을 바닥에 쏟으며 벌떡 일어섰다. 그는 즉시 내 침대로 허둥지둥 다가와서는 얼굴이 보랏빛을 띨 정도로 북받쳐 오른 감정으로 나를 살펴보았다. 이내 그는 문 쪽으로 돌아섰다.

"간호사!" 그가 소리쳤다. "의사를 불러주세요, 빨리! 환자가 깨어났고 의식이 있어요! 내 아내…… 안나! 안나, 이리 와, 니카가 깨어났어!"

다급한 발소리가 사방에 울려 퍼졌다. 한 순간에 간호사들이 방으로 들어섰지만, 누구보다 먼저 한 여자의 모습이 문간에 나타났다. 그녀는 감격에 겨워 문설주를 붙잡고 하염없이 눈물을 흘렸다.

"니카!"

안나는 사람들 사이를 헤치고 내게 다가와 담요를 부여잡았다. 그녀는 눈을 크게 뜬 채 내 얼굴을 뚫어져라 바라보았고, 가눌 수 없는 슬픔으로 갈라진 목소리를 냈다.

"오, 하느님, 감사합니다…… *감사합니다*……" 그녀는 나를 깨뜨릴까 봐 두려운 듯 떨리는 손을 내 머리에 얹었고 붉어진 얼굴에는 눈물이 흘러넘쳤다.

나는 나른하고 감각이 무뎠지만, 그토록 일그러진 그녀의 얼굴은 처음 본다는 생각이 들었다.

"오, 얘야." 안나가 내 얼굴을 쓰다듬었다. "다 괜찮아……"

"부인, 의사가 오고 있어요." 간호사가 그녀에게 알리고는 노련한 동작으로 내 베개를 조금 들어 올렸다.

"내 말 들려요, 니카?" 그 여자가 또랑또랑한 목소리로 내게 물었다. "내가 보이나요?"

내가 천천히 고개를 끄덕이자 그녀는 수액 투여기를 점검하고 내 수치를 확인했다.

"안 돼, 아니, 천천히." 내가 왼팔을 움직이려고 하자 안나가 속삭였다.

그제야 나는 동작 하나하나가 얼마나 아픈지 깨달았다. 지독한 통증이 흉부를 꿰뚫었고, 무언가가 움직이지 못하게 막고 있었다.

그것은 붕대였다. 내 팔은 안으로 접혀서 어깨까지 붕대가 감겨 있었다.

"안 돼, 니카, 만지지 마." 내가 몹시 화끈거리는 눈을 비비려고 하자 안나가 급히 말렸다. "모세혈관이 터져 눈이 충혈됐어…… 가슴은 좀 어때? 숨 쉴 때 아프니? 아, 로버트슨 선생님!"

흰 가운을 입은 키 큰 남자가 내 침대로 다가왔다. 그는 짧고 단정한 턱수염에 머리가 희끗했다.

"의식이 언제 돌아왔나요?"

"몇 분전이요." 간호사가 대답했다. "심장박동은 규칙적입니다."

"혈압은?"

"수축과 이완, 모두 정상입니다."

나는 무슨 말인지 하나도 알아듣지 못했다. 정신이 멍하고 어지러웠다.

"안녕, 니카." 그 남자는 또렷하고 조심스럽게 말했다. "나는 세인트 메리 오밸리 병원의 의사이자 부서 책임자인 랜스 로버트슨이에요. 이제 자극에 대한 반응을 진찰할 거예요. 약간 어지럽고 메스꺼울 수 있는데, 그건 아주 자연스러운 현상입니다. 걱정하지 마세요, 알았죠?"

등받이가 올라가기 시작했다. 머리의 무게가 어깨에 얹히는 순간, 극심한 현기증이 속을 뒤집었다. 구역질이 치밀어 몸을 앞으로 구부렸지만, 내 텅 빈 몸에서 나온 것은 눈물이 나올 만큼 격한 기침뿐이었다.

안나가 얼른 나서서 내 얼굴의 머리카락을 쓸어 넘겼다. 배에서 또 다시 거센 구역질이 올라와 가냘픈 내 몸이 뒤틀리자 나는 담요를 거머잡았다.

"괜찮아요…… 정상적인 반응이에요." 의사는 내 어깨를 받쳐주며 안심시켰다. "무서워하지 마세요. 이제 내가 이쪽에 있을 테니…… 다리를 움직이지 말고 나를 향해 몸을 돌려보세요."

나는 너무 어리둥절해서 그가 무슨 말을 하는지 이해하지 못했다. 그제야 한쪽 발에서 부어오른 것 같은 이상한 감각이 느껴졌다. 이제 의사가 손가락으로 내 턱을 곧게 폈다.

"자, 내 손가락을 보세요."

그는 내 한쪽 눈에 빛을 비췄고, 다른 쪽 눈에도 빛을 비추자 나는 너무 뜨거워서 눈을 꾹 감아야 했다. 로버트슨 의사는 다 괜찮다고 말했고, 나는 그가 만족스러워할 때까지 그 연습을 반복해야 했다.

의사는 조명을 끄고 나를 향해 몸을 구부렸다.

"니카, 몇 살이에요?" 그는 내 얼굴을 보며 물었다.

"열일곱 살이에요." 나는 천천히 대답했다.

"생일은 언제예요?"

"…… 4월 16일이요."

그는 내 기록을 확인한 다음 나를 다시 보았다.

"그럼 이 부인은," 그는 안나를 가리켰다. "누구인지 말해 줄래요?"

"그녀는…… 안나예요. 내 엄마…… 그러니까…… 양어머니가 될 사람." 나는 말을 더듬었고, 안나는 다정한 눈빛으로 나를 가만히 바라보았다. 그녀는 내가 세상에서 가장 연약하고 소중한 존재인 것처럼 머리카락을 뒤로 넘겨주며 이마를 쓰다듬었다.

"알겠어요. 정신적 충격은 없네요. 괜찮습니다." 의사는 전반적인 소견을 밝혔다.

"무슨 일이 있었나요?" 나는 마침내 물었다.

한편으로 내 의식은 그것을 알고 있었다. 내 몸은 만신창이가 되어 온통 격렬한 혼란 속에서 허우적댔기 때문이다. 하지만 눈물이 북받치며 목이 메여 왔지만, 나는 기억해 내려고 애썼다. 안나와 눈을 마주쳤고, 그녀의 얼굴에 찬 깊은 고뇌를 읽었다.

"다리, 니카." 그녀는 내가 기억해 내도록 도와주었다. "난간 그물이 무너져서 네가…… 아래로 떨어졌어…… 강에 빠졌어……" 그녀는 괴로워하며 힘겹게 말했다. "누군가가 그걸 보고 구급차를 불렀어…… 병원에서 우리에게 연락했고……"

"갈비뼈 두 개에 금이 갔어요." 의사가 끼어들었다. "발견됐을 때 어깨가 탈구되어 있었어요. 다시 끼웠지만 적어도 3주 동안은 보조기를 착용해야 합니다. 발목도 삐었네요. 분명 충격으로 인한 증상이겠죠. 그러나 겪은 일에 비하면 사실상 무사한 거나 다름없습니다."

그는 진지한 표정으로 머뭇거리다 덧붙여 말했다. "믿기 힘들 정도로 운이 좋았어요." 나는 그의 말이 더는 귀에 들어오지 않았다.

나는 숨 막히는 공포감에 휩싸였다.

"네 친구도 같이 있었어." 안나가 말을 이었다. "라이오넬…… 기억나? 걔도 여기 있어. 구급차를 부른 사람이 그야. 경찰이 그에게 몇 가지 질문을 했지만……"

"그는 *어디에 있나요?*"

그녀가 깜짝 놀랐다. 나는 심장이 벌떡거려 숨을 쉴 수 없었다. 그런 나를 보고 안나는 거의 무너져 내릴 듯했다.

"대기실, 바로 여기 앞……"

"안나." 나는 떨리는 목소리로 애원했다. "어디 있나요?"

"말했잖아, 여기 밖에……"

"*리젤이 어디 있어요?*"

그 질문에 모두가 나를 돌아보았다.

나는 안나의 눈에서 형언할 수 없는 고통을 보았다. 노먼은 그녀의 손을 잡았다. 그리고 끝이 없을 것 같은 순간이 지나고, 그는 내 침대 옆의 커튼을 잡고…… 옆으로 밀었다.

내 옆 침대에는 한 남자의 망가진 육체가 꼼짝 않고 누워 있었다.

격렬한 현기증이 나를 엄습했고, 나는 허물어지지 않으려고 침대 난간을 붙잡았다.

리젤이었다.

그의 얼굴이 베개에서 옆으로 늘어져 있었다. 피부에 타박상이 가득 했고, 머리는 거즈를 잔뜩 덧댄 붕대가 감겨 있는데 그 사이로 검은 머리카락이 삐져나왔다. 어깨에는 큼지막한 붕대가 복잡하게 감겨 있었고, 두 개의 고무관이 콧구멍에 연결되어 폐에 산소 공급을 도왔다. 그러나 무엇보다도 내 마음을 찢어놓은 건 죽은 듯이 아주 천천히 호흡하는 그의 모습이었다.

안 돼.

구역질이 다시 올라와 목이 막혔고, 뼛속 깊이 한기가 느껴졌다.

"그도 운이 좋았다고 말하고 싶지만," 의사가 나지막하게 말했다.

"안타깝게도 그렇지 못합니다. 갈비뼈 두 개가 부러지고, 세 개에 금이 갔어요. 쇄골은 여러 군데가 골절됐고, 골반의 장골도 약간 부러졌어요. 그런데…… 문제는 머리입니다. 머리 부상으로 출혈이 컸어요. 우리가 보기에……"

의사는 간호사가 문 앞에서 그를 부르자 말을 멈췄다. 그는 양해를 구하고 자리를 떴지만, 나는 그가 가는 것을 보지도 못했다. 나는 견딜 수 없이 처참한 마음으로 리젤을 하염없이 바라보았다.

그의 몸…… 그는 자신의 몸으로 나를 보호했다……

"밀리건 씨 부부." 로버트슨 의사가 서류를 든 채 그들을 불렀다. "잠깐 와주실 수 있나요?"

"무슨 일인가요?" 안나가 물었다.

그는 알 수 없는 눈빛으로 그녀를 보았다. 그리고 그녀는…… 바로 이해한 것 같았다. 그 순간 내게 사랑을 가르쳤던 그녀의 눈이 절망으로 커졌다.

"밀리건 부인, 그게 도착했어요. 사회복지과 확인서……"

"안 돼요." 안나는 고개를 저으며 노먼에게서 멀어졌다. "제발, 안 돼요……"

"아시다시피, 이곳은 사립 병원입니다…… 그리고 그는……"

"제발 부탁입니다." 안나는 그의 가운을 붙잡고 눈물을 글썽이며 애원했다. "그를 옮기지 마세요. 제발, 여긴 이 도시에서 가장 좋은 병원이니 다른 곳으로 보낼 수 없어요! 제발!"

"미안합니다." 의사가 유감스러워하며 대답했다. "그것은 내가 결정할 문제가 아닙니다. 우리는 당신과 당신의 남편이 더는 그 아이의 법적 후견인이 아니라는 것을 알고 있습니다."

나는 무슨 말인지 알아듣지 못했다.

뭐라는 거지?

"모든 비용은 내가 지불할게요!" 안나는 흥분해서 머리를 흔들었다. "입원비, 치료비, 그에게 필요한 것은 다 우리가 지불할게요…… 딴 데

보내지 마세요……"

"안나……" 나는 가슴이 무너져 내렸다.

그녀는 의사의 가운을 부여잡고 애원했다. "*제발 부탁입니다*……"

"안나…… 의사가 뭐라는 거예요?"

그녀는 몸을 떨었다. 그리고 잠시 후, 자신의 고통스러운 패배를 받아들이는 듯 천천히 고개를 숙였다. 그런 다음 나를 돌아보았다.

나는 그녀의 으스러진 눈을 본 순간 내 안의 심연이 깊어졌다.

"그건 그의 요청이었어." 그녀는 몹시 고통스러워하며 털어놓았다. "그가 원했어. 단호하게…… 지난주에…… 그는 내게 입양 절차를 중단하고 싶다고 했어." 안나는 침을 삼키며 천천히 고개를 저었다. "우리는 지난 며칠 동안 모든 일을 마무리했어. 그는…… 더 이상 여기 있으려 하지 않았어."

세상이 숨 막히는 두근거림으로 변했고, 나는 그걸 깨닫지도 못했다. 내 마음속의 무딘 공허함은 모든 것을 무의미하게 만들었다.

지금 무슨 얘길 들은 거지?

그건 불가능했다. 지난주에 우리는……

불길한 생각이 머리를 스치면서 가슴이 먹먹해졌다.

우리가 함께 있을 때 그는 말했다.

"*이대로 넌 절대 행복하지 못할 거야.*"

아니야.

그는 이해했고, 나는 그에게 설명했다.

우리는 벽을 허물고 처음으로 서로의 내면을 들여다보았다. 그리고 그는 이해했다. 그는 *이해했다*……

그는 그럴 수 없었다. 가족을 포기할 수도, 다시 고아로 돌아갈 수도……

리젤은 돌려보내진 아이들은 그레이브로 가지 않는다는 것을 알고 있었다. 문제가 있는 것으로 간주되어 멀리 떨어진 다른 기관으로 보내졌다. 그 정보는 기밀로 유지되었기에 나는 그가 어디로 갔는지 알지 못할 것이다. 나는 그를 다시는 찾지 못할 것이다.

어째서? 어째서 내게 아무 말도 하지 않았을까?

"우리 병원을 믿어주셔서 감사합니다." 로버트슨 의사가 안나에게 말했다. "하지만 솔직하게 말씀드리자면…… 리젤의 상태는 매우 심각합니다. 외상에 의한 뇌 손상이 큰데다 이른바 코마 3기에 가깝습니다. 깊은 혼수상태인 거죠. 그리고 지금으로선……" 그는 적당한 말을 찾으려고 머뭇거렸다. "그가 깨어날 가능성은 희박합니다. 기저질환이 없었다면 전망이 그리 어둡지는 않았을 텐데…… 그의 상태로 인해……"

"상태?" 나는 힘없이 속삭였다. "어떤 상태요?"

안나는 휘둥그레진 눈으로 나를 바라보았다. 그러나 나를 충격에 빠뜨린 것은 이미 다 내려놓은 듯 침묵하고 있는 안나가 아니었다. 내가 모를 리 없다는 듯 쳐다보는 의사의 시선이었다.

"리젤은 희귀병을 앓고 있어요." 로버트슨 의사가 말을 이었다. "시간이 지남에 따라 증상이 완화되는 만성질환입니다. 다섯 번째 뇌신경, 특히 관자놀이와 눈에 통증이 발생하는 신경병증 질환입니다. 선천적인 질병이지만, 세월이 흐르면서 어떻게든 그것과 함께 살아가는 법을 배웁니다…… 불행히도 치료법은 없지만, 약물로 관리할 수 있고 시간이 지나면서 발병 빈도가 줄어들긴 합니다."

시간은 흐르고 있었지만, 나는 존재하지 않았다.

나는 더 이상 거기에 없었다. 나는 그 방에 없었다.

나는 그 현실의 밖에 있었다.

내 영혼은 믿을 수 없다며 절규했고, 내 시선은 천천히 안나에게로 향했다.

그것이면 충분했다. 내 눈앞에서 안나는 산산이 조각나며 폭발했다.

"미안해, 니카!" 그녀가 눈물을 터트렸다. "미안해…… 그가…… 알리기를 원치 않았어. 누구에게도…… 우리에게 비밀로 해달라고 했어…… 그가 온 첫날에…… 간곡하게 부탁했어. 프리지 부인이 우리에게 알려줬지만, 리젤은 모른 척 해달라고 했어……" 그녀는 흐느끼며 눈을 질끈 감았다. "그의 부탁을 거절할 수 없었어…… 그럴 수 없었어…… 미안해……"

아니야.

귀청을 찢는 듯한 포효가 내 안에서 터져 나왔다.

사실이 아니야.

"우리가 집을 비운 날 밤에 그가 바닥에 쓰러져 있다는 소릴 듣고서…… 나는 죽을 만큼 겁이 났어…… 그가 발작을 일으키고 기절한 줄 알았어……"

아니야.

"나는 정신과 의사에게 그의 상태에 대해 이야기했어. 그를 도우려는 생각에…… 의사가 그에게 말했을 테고, 리젤은 불쾌한 반응을 보였어……"

"아니야." 내 입술에서 거친 숨소리가 나왔다. 메스꺼운 느낌이 밀려와 관자놀이가 욱신거렸고, 그 외에는 아무것도 느껴지지 않았다.

사실이 아니었다. 그가 아팠다면 내가 알았을 것이다. 나는 리젤을 평생 알고 지냈다. *그것은 사실이 아니었다*……

문득 기억이 떠올랐다.

그는 침대에 앉아 있었고, 의미심장한 표정으로 말했다. "내 안의 뭔가가 망가졌고…… 결코 치유되지 않을 거야."

세상이 폭발했다. 나는 기억의 소용돌이에 휘말렸고 마침내 모든 퍼즐 조각이 제자리를 찾아갔다.

반복되는 그의 두통.

그가 열이 났을 때 안나의 지나친 걱정.

내가 결코 이해하지 못했던 그들 사이의 인식.

생일날 저녁, 자신의 방에서 머리를 움켜쥔 채 눈을 부릅뜨고 있던 리젤.

주먹을 꽉 쥐고 눈을 질끈 감으며 내게서 물러나던 리젤.

그는 복도에서 등을 돌린 채 상처 입은 짐승처럼 으르렁거렸다. "*나를 고치고 싶니?*"

나는 기억의 침입에 저항하며 거부하고 밀어내려 했지만, 기억은 기어코 갈비뼈를 휘감으며 내 눈시울을 붉혔다. 그리고 퍼즐의 마지막 조각을 내 머릿속에 박아 넣었다.

우리가 어렸을 때, 그레이브 시절의 리젤.

원장이 그에게만 준 그 작은 하얀 사탕.

그것은 사탕이 아니었다.

약이었다.

갑자기 목이 막혔다. 의사가 다시 말하기 시작했고, 나는 그의 말을 간신히 들을 수 있었다.

"신경 질환이 있는 환자들이 이런 외상을 입었을 때, 뇌는 시스템을 보호하려는 경향이 있어요. 그들이 빠지는 무의식 상태는 대부분의 경우…… 돌이킬 수 없는 혼수상태로 악화됩니다."

"아니야." 나는 침을 삼켰다. 내 몸이 격렬하게 떨렸고 모두가 나를 향해 돌아섰다.

그는 나를 위해 다리에서 몸을 던졌어요.

나를 구하기 위해.

나를 위해.

"니카……"

"아니야……"

나는 또다시 구역질이 올라와 몸을 앞으로 구부렸고, 이번에는 위액이 목을 태우며 내 몸의 나머지 부분을 무너뜨렸다. 누군가가 나를 도와주러 왔지만 내 손이 그를 밀어내자 움찔했다. 나는 미친 듯한 고통에 휩싸였고, 나를 현실에 묶어 둔 마지막 빛을 잃었다.

"아니야!" 나는 흥분하며 소리를 질렀다. 눈물이 차올랐고 그에게 다가가려고 몸을 기울였다. 이게 끝일 수는 없었다.

우리는 함께 있어야 했다.

함께.

내 영혼이 뒤틀리며 절규했다. 사람들이 나를 진정시키려고 했지만, 내 안이 송두리째 무너져 내려 눈에 보이는 게 없었다.

"니카!"

"아니야!"

나는 노먼의 팔을 밀어내고 담요를 걷어버렸다. 경고음이 날카롭게 울렸고, 금이 간 갈비뼈가 욱신거렸고, 공기는 비명과 공포로 가득 찼다. 사람들은 나를 붙잡으려고 했지만, 나는 온 힘을 다해 버둥거리며 절규했다.

침대가 흔들리며 금속 막대가 딸가닥거렸다. 내가 팔을 잡아당기자 수액주사 바늘이 타는 듯한 통증과 함께 뽑혔다. 나는 몸부림치고 발을 차고 허공을 격렬하게 할퀴어댔다.

여러 손이 달려들어 내 손목을 잡으며 나를 제지하려고 했다. 그리고 고통의 광기 속에서 그것은 *어두운 지하실의 가죽 벨트*가 되었다. 공포가 폭발했고, 나는 다시 악몽 속으로 떨어졌다.

"*안 돼!*"

나는 허리를 꺾으며 허공에서 손사래를 쳤다.

"*안 돼! 안 돼! 안 돼!*"

팔뚝에서 따끔거리는 느낌이 들었고, 이를 악물다 혀를 깨물어 입안에 피가 가득했다.

망각이 나를 삼켰다.

그리고 어둠 속에서 나는 오직 별이 없는 검은 하늘과 다시는 열리지 않을 늑대의 눈을 꿈꿨다.

"그녀는 충격을 받았어요. 정신이 붕괴되는 일은 많은 환자들이 겪고 있고, 일어날 수 있는 일입니다. 많이 놀랐을 테지만 걱정할 필요는 없습니다. 좀 쉬면 괜찮아집니다."

"당신은 모르잖아요." 안나의 목소리가 괴로움으로 떨렸다. "니카가 어떤 애인지 모르잖아요. 알았다면 그게 정상이라고 말하지 않았을 거예요." 그녀는 흐느끼며 덧붙였다. "이런 모습은 본 적이 없어요."

그들의 목소리는 머나먼 우주 속으로 사라졌다.

나는 다시 인위적이고 깊은 잠 속으로 빠져들었고, 시간은 하염없이 흘러갔다.

다시 눈을 떴을 때 몇 시인지 알 수 없었다.

머리가 돌덩이처럼 무거웠고, 눈 안쪽에서 날카로운 통증이 느껴졌다. 부은 눈꺼풀을 열었을 때 가장 먼저 눈에 띈 것은 황금빛이었다.

그것은 햇빛이 아니라 머리카락이었다.

"안녕……" 내가 그녀에게 시선을 맞추자 아델린이 속삭였다. 그녀는 내 손을 꼭 잡고 있었고, 울먹이느라 사랑스러운 입술이 일그러졌다. 우리가 그레이브에 있을 때처럼 머리를 땋은 모습이었다. 나는 항상 그녀를 사랑했다. 그녀는 나와 달리 그 회색 벽 속에서도 빛이 났기 때문이다.

"좀…… 어때?" 그녀는 얼굴에 고통의 기색이 역력했지만, 여전히 다정한 목소리로 나를 안심시키려고 했다. "물이 있는데, 혹시…… 좀 마실래?"

나는 입에서 쓴맛이 났지만, 아무 말 없이 멍하니 있기만 했다. 아델린은 입술을 오므리고는 내 손에서 슬며시 손을 뗐다.

"음, 잠깐만……" 그녀는 내 침대 옆 탁자로 손을 뻗었고, 그 순간 나는 그 위에 물컵이 하나 더 있는 것을 보았다.

그 안에 작은 민들레가 꽂혀 있었다.

어렸을 때 나는 보육원 정원에서 민들레 홀씨를 불며 내가 늘 꿈꿔왔던 동화 같은 삶이 이뤄지기를 간절히 바랐다.

아델린이 그것을 가져왔을 것이다.

그녀는 침대 등받이를 올려 내가 물을 마실 수 있게 도와주었다. 그리고 컵을 다시 탁자에 내려놓았고, 기력이 없는 나를 보면서 마음이 찢기듯 아파했다. 그녀는 내게 담요를 덮어주다 물끄러미 내 팔을 쳐다보았다. 주사바늘이 뽑힐 때 생긴 상처를 보고는 눈에 눈물이 가득 고였다.

"그들은 네 손목을 묶으려고 했어." 그녀가 속삭였다. "네가 몸부림치다 다치는 걸 막기 위해…… 그러지 말라고 했어. 그게 너에게 어떤 기억을 되살리는지 아니까…… 안나도 반대했어."

아델린은 고통의 눈물이 가득한 눈으로 얼굴을 들었다.

"그들은 그를 옮기지 않을 거야."

그녀는 갈라진 목소리로 울음을 터트리며 나를 끌어안았다. 나는 평생 인간의 애정을 갈망해 왔지만, 그 순간은 인형처럼 축 처져 있었다.

"나도 몰랐어." 그녀는 아플 정도로 나를 세게 안으며 털어놓았다. "그의 병에 대해 몰랐어…… 믿어 줘……"

나는 그녀가 숨을 헐떡이며 울게 놔두었다. 그녀가 내게서 몸을 떨고, 할퀴고, 흐느끼고, 피 흘리게 놔두었다. 그녀가 늘 내게 그랬던 것처럼. 그리고 그녀의 몸이 지친 내 가슴으로 무너지자 그녀도 나와 똑같은 고통을 느끼고 있을지 모른다는 생각이 들었다.

잠시 후에야 그녀는 나를 놓아줄 힘을 찾은 것 같았다. 그녀는 등을 곧게 폈지만 얼굴은 계속 숙이고 있었다. 그리고 나에게 여전히 든든한 존재가 되어주려고 고통스러운 마음을 추스르려는 것 같았다.

"니카…… 할 말이 있어."

눈물 한 방울이 그녀의 얼굴을 타고 바닥으로 떨어졌다. 그녀의 말에 깃든 슬픔이 너무나 격렬해서 나는 그녀를 올려다보았다. 아델린은 주머니에서 무언가를 꺼냈다. 그리고는 떨리는 손으로 그것을 침대 위에 올려놓았다. 구겨진 폴라로이드 사진이었다. 빌리가 찍어 준 내 사진, 어디에서도 찾지 못해 잃어버렸다고 여겼던 그 사진이었다. 그게 거기에 있었다.

"그의 지갑 안에 있었대." 아델린이 중얼거렸다. "안주머니에. 그는 그것을…… 항상 지니고 다녔어."

세상이 한꺼번에 무너져 내렸다. 그리고 오랫동안 감춰졌던 진실이 내 안에서 드러나는 것을 느꼈다. 은밀한 시선, 말하지 않은 말, 영혼의 가장 깊은 곳에서 수 년 간 침묵해 온 감정의 진실. 내가 볼 수 없었지만, 그의 마음이 매일매일 묵묵히 지켜 온 진실.

"내가 아니었어, 니카." 무너져가는 세상에서 그녀의 말소리가 들렸다. "그레이브에서 마가렛이 널 지하실에 가두었을 때…… 네 손을 잡아준 사람은 내가 아니었어."

얼굴이 눈물범벅이 되고, 고통이 나를 산산조각 내어 모든 것이 불타오르는 동안 나는 마침내 결코 이해할 수 없었던 것을 이해하게 되었다.

그의 모든 말과 행동.

그 진실은 내 안으로 들어와 내 일부가 되어 내 영혼과 뒤섞이며 나를 사정없이 떨게 만들었다.

"지금까지…… 평생, 그는 널 항상…… 언제나……"

* * *

그는 항상 자신이 무언가 잘못되었다는 것을 알고 있었다. 그는 그런 인식을 가지고 태어났다. 리젤은 기억할 수 있는 때부터 그것을 느꼈다. 그리고 자신에게 문제가 있어서 버려졌다고 생각했다. 그는 다른 사람들과 달랐다.

방문객이 리젤을 입양하고 싶다고 했을 때 원장은 늘 반대했다. 리젤은 그녀의 눈빛이나 고개를 가로젓는 모습을 볼 필요도 없었다. 그는 정원에 숨어 방문객들을 지켜보았고, 그들의 얼굴에는 그가 구한 적 없는 연민이 가득했다..

"어때요?"

그의 눈에 빛을 비추고 있는 남자는 아무 대답도 하지 않았다. 그가 아이의 얼굴을 뒤로 젖히자 리젤은 눈동자 앞에서 불빛이 번뜩이는 것을 보았다.

"어디서 넘어졌다고 하던가요?"

"계단에서요." 원장이 대답했다. "앞에 계단이 있는 줄도 몰랐대요."

"그건 병 때문이에요." 의사는 눈을 가늘게 뜨며 그를 살폈다. "통증이 매우 심할 때는 동공이 확장되면서 방향 감각 상실과 환각 따위의 증상이 나타납니다."

리젤은 그 말을 잘 이해하지 못했지만, 고개를 들지 않았다. 의사는 그를 주의 깊게 살폈고, 리젤은 그의 시선이 거북하게 느껴졌다.

"소아정신과에서 검사를 받아 보셔야 할 것 같습니다. 그의 상태는 매우 이례적입니다. 트라우마가 더해져서……"

"트라우마?" 원장이 물었다. "*무슨 트라우마요?*"

의사는 당혹감과 분노가 오가는 표정으로 그녀를 보았다.

"스토커 부인, 이 아이는 유기 불안증의 징후가 뚜렷해 보입니다."

"그건 불가능해요." 원장은 아이들을 울리는 그 차가운 목소리로 반박했다. "말도 안 되는 소리예요."

"당신이 직접 말했잖아요. 그가 버림받았다고."

"그는 아직 포대기에 있었어요! 무슨 일이 있었는지 기억도 못해요. 갓난아기였어요!"

의사는 감정을 절제하며 그녀에게 최대한 권위 있는 표정을 지었다.

"그는 이제 완벽하게 이해할 수 있습니다. 이런 아이들은 기준점의 부재를 느끼고, 자신을 비난하는 경향이 있습니다. 부재를 스스로에게 반영하고, 그 원인이 자신이라고 여깁니다. 아마도 그는 태어났을 때부터……"

"그는 아무런 고통도 겪지 않아요." 원장은 분노하며 완강한 눈으로 말했다. "나는 그에게 필요한 모든 것을 주고 있어요. *모든 걸!*"

리젤은 의사의 눈빛을 잊지 못할 것이다. 그것은 그가 여러 사람에게서 수없이 보아 온 것과 같았기 때문이다. 동정심 가득한 그 눈빛은 그가 더욱 잘못되었다는 느낌이 들게 했다.

"재를 보세요…… 재앙이에요." 의사가 중얼거렸다. "징후를 부정하는 것은 그에게 도움이 되지 않습니다."

발작은 다양한 방식으로 일어났다.

때로는 눈 안쪽이 욱신거리기만 했다. 어떤 때는 며칠 잠잠하다가 갑자기 격렬하게 터졌다. 그럴 때가 그는 가장 싫었다. 병세가 좀 나아지는가 싶다가 이전보다 더 세게 덮쳐왔기 때문이다. 그러면 리젤은 눈꺼풀을 비비고, 옷을 긁고, 손에 든 것이 다 으스러질 정도로 움켜쥐었다. 그는 끔찍하고 거슬리는 소리로 심장이 벌떡이는 것을 느끼며 누군가 자신을 볼 수 있다는 두려움에 널리 도망쳐 숨곤 했다.

그는 새끼동물처럼 작았기 때문에 그곳에 있었다. 그 어둠 속에서 본연의 모습을 되찾았다고 느꼈기에 그곳에 있었다.

혼자서.

외따로. 엄마의 눈에 들지 않은 존재는 남의 눈에도 그러할 것이기 때문이다.

그를 발견한 사람은 항상 원장이었다.

그녀는 손가락에 피가 묻는 것도 개의치 않고 그의 손을 잡고 조심스럽게 그를 은신처에서 끌어냈다. 그녀는 머나먼 외로운 별들에 관한 노래를 그에게 들려주었고, 그는 벌을 받은 아이가 매달리다 구겨진 그녀의 치마를 보지 않으려고 애썼다.

그렇게 그는 엉망이 되어갔다. 시간이 지나면서 그는 사랑은 존재할 수 없다는 것을 배웠다. 별은 혼자이기 때문이다.

그는 항상 달랐다.

다른 사람들처럼 보거나 행동하지 않았다. *그는 그녀를 바라보았고, 바람이 그녀의 긴 갈색 머리를 날릴 때 그녀의 등에 갈색 날개가 있는 것을 보았다. 그것은 잠시 반짝이다가 곧 없었던 것처럼 사라졌다.*

의사는 헛것을 보는 것은 고통의 결과일 수 있다고 그에게 경고했다. 그는 그것을 잘 알았지만, 그 증세가 가장 싫었다. 마치 질병이 자신을 조롱하는 것 같았다. 그는 불꽃이 시야를 흐릴 때마다 *절대 그를 바라보지 않을 따뜻한 회색의 눈과 빛나는 미소를 보았다.*

그는 거기서 꿈을 보았다. 환상을 보았다.

그녀를 보았다.

어쩌면 그의 마음속에 한 군데라도 그처럼 뒤틀리거나 극단적이거나 잘못되지 않은 부분이 있었다면, 그는 그렇게 자신이 결함이 많다고 느끼지 않았을 것이다. 그러나 그 어긋난 사랑은 점점 커져갔고, 리젤의 분노는 마치 야생 동물이 땅에 남긴 거친 발톱 자국처럼 흔적을 남겼다.

"시간이 지나면 나아질 겁니다." 의사는 말했다.

다른 아이들은 그에게서 멀리 떨어져 있었고, 그가 갑자기 피아노 건반을 할퀴거나 미친 사람처럼 풀을 쥐어뜯는 것을 보며 겁에 질렸다. 아이들은 그가 무서워서 가까이 오지 않았고, 결국 그는 그게 편했다.

그는 사람들의 동정심을 견딜 수 없었다. 자신을 세상의 쓰레기통에 던져버리는 그 시선을 참을 수 없었다. 그것은 그가 얼마나 다른 존재인지 떠올리게 했고, 그는 그럴 필요가 없었다. 어떤 형벌은 우리가 선택할 수 없고, 그것은 우리가 말로 표현하지 못하는 고통이나, 그 고통을 드러내지 않는 침묵의 형태로 우리에게 다가온다.

하지만 그에게 가장 고통스러운 형벌은 침묵이었을 것이다. 그는 어느 여름날 오후가 돼서야 그 사실을 깨달았다. 그날 그는 유리컵을 들고 세탁실의 세면대로 갔다. 그가 발뒤꿈치를 들고 작은 팔을 뻗었을 때, 동작을 수행하기도 전에 극심한 통증이 눈을 멀게 했다. 고통은 가시덤불처럼 솟구쳤고, 그는 이를 악물었다. 유리컵이 세면대에서 깨졌고, 리젤은 유리조각이 살로 파고 들 때까지 움켜쥐고 있는 것 외에는 아무것도 할 수 없었다.

붉은 핏방울이 세면대로 떨어졌다. *리젤은 핏빛 꽃과 맹수의 손, 짐승의 발톱처럼 구부러진 손가락을 보았다.*

"거기 누구야?" 작은 목소리가 말했다.

그는 화들짝 놀랐지만, 그전에 배가 타는 듯이 죄이는 느낌이 먼저 들었다. 니카의 작은 발걸음이 마룻바닥을 두드렸고, 그 감각은 미친 듯한 공포가 되었다.

그녀는 안 된다.

그녀의 눈은 안 된다.

그는 항상 그녀를 밀어냈지만, 그녀가 망가지고 피투성이 짐승이 된 자신을 볼지도 모른다는 생각은 견딜 수 없었다. 아마 그를 불쌍히 여긴 니카가 틈을 비집고 들어오면, 그가 더는 그녀를 거부할 수 없을 것이기 때문이다. 어쩌면 그녀의 눈에 비친 그의 모습은…… 자신의 내면을 들여다보는 것과 같고, 그가 알고 있는 자신의 재앙을 보는 것이기 때문이다.

"피터, 너야?" 그녀는 속삭였고, 리젤은 그녀에게 들키기 전에 도망갔다.

그는 혼자 있으려고 덤불 속으로 들어갔지만, 고통이 다시 찾아와 풀밭에 쓰러졌다. 그는 눈을 질끈 감고 격앙된 손짓으로 풀줄기를 헤집었다. 그 끔찍한 악을 발산할 다른 방법을 몰랐다.

"시간이 지나면 나아질 겁니다." 의사는 말했다.

그리고 처음으로 리젤은 관자놀이가 욱신거리는 가운데 미소를 지었다. 하지만 그 씁쓸하고 잔인한 미소는 오히려 그를 아프게 했다. 그 미소는 전혀 즐겁지 않았다. 그에게서 나온 것은 뒤틀리고 극단적이고 잘못된 것일 수밖에 없음을 마음 깊이 알고 있었기 때문이다. 그는 늑대들도 그처럼, 턱을 어그러뜨리고 공허하게 쉭쉭대며 웃을 거라는 생각이 들었다.

하지만 아무리 절망적이라도…… 리젤은 그녀에 대한 생각을 떨칠 수 없었다. 니카는 어둠을 걷어내고, 썩은 것과 시커먼 얼룩을 흩으며 나타났다. 어떤 상황에서도 웃음을 잃지 않는 그녀는 그가 결코 이해할 수 없는 빛을 지녔다.

"누구에게든 동화는 있어." 언젠가 맑은 눈과 주근깨 얼굴의 니카가 말했다. 바람에 흩날리는 머리카락에는 데이지 한 송이가 꽂혀 있었다.

리젤은 언제나 그랬듯 멀리서 지켜보기만 했다. 어둠에게 빛만큼 두려우면서도 매력적인 것은 없었기 때문이다. 작고 연약한 니카는 그보다 더 어린 아이를 안고 있었다.

"두고 봐……" 그녀는 눈물이 그렁그렁하지만 새벽처럼 희망적인 눈빛으로 말했다. "우리는 모두 각자의 동화를 찾을 거야."

리젤은 그녀를 바라보면서 자신에게도 그런 것이 있을지 궁금했다. 잊힌 페이지 사이 어딘가에 선하고 다정한 무언가가 있지 않을까? 그것이 그를 억지로 고치려 하지 않고 조심스럽게 어루만져 주지 않을까? 리젤은 항상 멀리서만 그녀를 바라보다 어쩌면 그 무언가가 그녀일지도 모른다고 생각했다.

"니카에게 말해야 해." 어느 날 저녁 아델린이 말했다.

리젤이 니카가 힘겹게 잠이 든 지하실의 문을 닫고 막 나올 때였다. 그는 뒤돌아보지 않았다. 누구인지 알고 있었다. 그 파란 눈은 언제나 그를 따라다녔다. 아델린이 자신의 회색 옷자락을 움켜쥐며 나지막하게 말했다. "니카는 손을 잡아준 사람이 나인 줄 알아."

리젤은 눈을 아래로 늘어뜨리고 문 안에 있는 니카를 생각했다. 그녀는 동화를 너무나 사랑하고, 동화 속의 삶을 간절히 꿈꾸었다.

"괜찮아." 그가 대답했다. "그렇게 믿게 놔 둬."

"왜?" 아델린은 절망적인 표정으로 그를 보았다. "왜 너라고 말하지 않는 거야?"

리젤은 대답하지 않았다. 그리고 조용히 문에 손을 댔다. 그의 손은 저 아래, 깨어진 꿈의 어둠 속에서만 가까스로 그녀를 만질 수 있는 힘을 찾았다.

"늑대가 소녀의 손을 잡는 동화는 없으니까."

그는 그녀의 얼굴을 보는 것이 싫었다.

지독한 절망감으로 그녀의 구석구석까지 사랑한 만큼. 리젤은 그 사랑을 뽑아내려고 했다. 어려서부터 찢는 법을 익힌 손으로 그 꽃잎 하나하나를 떼어냈다. 그러나 한 장을 떼어내면 또 다른 꽃잎이 연이어 있었고, 그 무한한 나선형 계단 속에서 니카의 눈 속으로 깊이 빠져들어 다시 나올 수 없었다.

그는 그 안에 잠겼고, 희망이 그의 마음을 스쳤다.

그는 희망하고 싶지 않았다. 그것이 싫었다. 희망한다는 것은 언젠가는 나아질 것이라고, 자신을 사랑하는 유일한 사람이 다른 아이들을 학대하는 괴물이 아닐 것이라고 스스로를 속이는 것과 같았다.

아니다.

희망은 그의 것이 아니었다. 그는 그것을 지우고 밀어내고 떼어내고 싶었다. 그 감정에서 벗어나려 했다. 그와 마찬가지로 *뒤틀리고, 극단적이고, 잘못된 감정*이었기 때문이다.

그러나 시간이 지날수록 니카는 그의 마음속으로 파고들었다. 그는 그 사랑의 가시를 하염없이 긁어댔다. 그리고 세월이 흘러도 미소를 잃지 않는 니카를 보면서 그 부드러움 속에는 다른 누구도 갖지 못한 힘이 있다는 것을 깨달았다.

특별한 힘.

니카와 같은 영혼을 갖는 것은 세상의 가혹함을 알면서도 날마다 사랑하고 친절해지기로 결심하는 것을 의미했다.

타협하지 않고, 두려움 없이.

진심으로.

리젤은 감히 희망을 품은 적이 없었다. 그러나 희망 그 자체였던 그녀를 필사적으로 사랑했다.

“짐은 다 챙겼니?”

리젤은 돌아섰다.

그 여자는 방 입구에 서 있었다. 그녀는 자신의 이름이 안나라고 했다.

"준비가 되면 말해줘……"

"원장한테 들었지요?"

그녀가 눈을 들었고, 그의 눈은 이미 그녀의 얼굴을 뚫어지게 보고 있었다.

"무엇을?"

"질병에 대해서요."

그녀의 표정이 굳어졌다. 안나는 당황해하며 그를 보았고, 아마도 그가 차갑고 건조하게 그 말을 해서 놀랐을 것이다.

"그래…… 그녀가 우리에게 알려줬어. 시간이 지나면서 발작이 완화된다고 했고…… 네가 복용하는 약 목록을 건네 줬어."

안나는 최대한 대수롭지 않다는 표정으로 그를 바라보았다.

"알겠지만…… 달라지는 건 아무것도 없어." 그녀는 그를 안심시키려고 했지만, 리젤은 그들이 자신에 대한 기록을 보았다는 것을 알았다. 그 사실로 많은 것이 달라졌다. "나와 노먼에게는……"

"부탁이 있어요."

안나는 느닷없는 소리에 멍하니 눈을 깜박였다.

"부탁?"

"네."

그녀는 바로 얼마 전 거실에서 가장 매력적인 미소를 지으며 자기소개를 했던 그 예의바르고 상냥한 청년이 정색하고 말을 하자 의아해했다.

안나는 주저하며 눈썹을 찌푸렸다.

"알았어……" 그녀가 중얼거렸다.

리젤은 창문 쪽으로 몸을 돌렸다. 그리고 먼지 낀 유리창 너머 저 아래서 니카가 상자를 자동차 트렁크에 싣는 것을 보았다.

"무슨 부탁이지?"

"약속해 주세요."

짐승의 마음을 갖고 자라면 양을 구별하는 법을 알게 된다.

그는 라이오넬이 길거리에서 니카를 붙잡고 흔들며 행패를 부리기 훨씬 전에 그것을 알아보았다. 리젤은 그를 땅바닥에 내동댕이치면서, 자신이 평생 겪었던 것과 똑같은 육체적 고통을 가하는 데서 오는 가학적 만족감을 느꼈다. 라이오넬의 한심한 분노는 그의 내면에 어둠을 키울 뿐이었다.

"네가 영웅이라고 생각하지?" 라이오넬이 소리쳤다. "그렇다고 믿지? 네가 좋은 사람이라고 생각하지?"

"좋은 사람?" 그는 자신의 속삭임을 들었다. "내가…… *좋은 사람?*"

리젤은 고개를 뒤로 젖히고 잔인한 웃음을 터트렸다.

그는 그에게 말하고 싶었다. 늑대는 결코 *희망*을 품지 않는다고, 달콤하고 빛나는 감정을 가지기엔 그 내면이 너무 썩어 있다고. 정말로 누구에게나 동화가 있다면, 자신의 동화는 흙투성이 손을 가진 망가진 아이의 침묵 속에서 진즉에 사라졌다고.

"내 안을 보고 싶니? 넌 보기도 전에 오줌을 쌀 거야."

그는 땅바닥에 있는 그의 손을 밟으며 그가 고통스러워하는 모습을 즐겼다.

"아냐, 난 결코 좋은 사람이 *아니야*." 리젤은 영혼에서 우러나온 노골적인 야유로 쉭쉭거렸다. "내가 얼마나 *사악한지* 보고 싶니?"

그는 그에게 기꺼이 보여주려 했지만, 니카가 거기에 있다는 사실을 떠올렸다.

그는 그녀를 보기 위해 돌아섰다. 그녀가 지켜보고 있었다. 그리고 그 빛나는 눈앞에서 리젤은 또다시 자신이 괴물이라는 것을 잊고 말았다.

조만간 그런 때가 올 것이다.

리젤은 그것을 항상 알고 있었다. 그러나 그는 그녀와 영원히 함께 할 수 있다는 희망, 더는 혼자가 아닐 것이라는 희망에 너무 눈이 멀어 그 환상 속에 빠져들었다.

그는 침대 아래로 몸을 뻗는 그녀를 보았다. 담요 밖으로 그녀의 맨 등이 드러나 보였다. 곧이어 그녀가 손을 펼쳤다. 그는 그녀가 가슴에 붙여준 보라색 반창고를 보면서 자신이 무엇을 해야 하는지 알았다. 그는 주먹을 불끈 쥐었다. 그리고 방문을 닫은 뒤 오직 한 가지 목적을 이루기 위해 아래층으로 내려갔다. 벌레가 그의 심장에 송곳니를 박으며 필사적으로 그를 만류했지만, 리젤은 남은 힘을 다해 그 유혹을 뿌리쳤다.

그는 자신의 동화를 찾다가 니카의 눈에서 그것을 발견했다.

그녀의 피부에서 그것을 읽었다.

그녀의 향기 속에서 들었다.

그날 밤의 기억 속에다 그것을 새겼고, 이제 다시는 잃어버리지 않을 것이다.

아래층 주방은 이미 불이 켜져 있었다. 아주 이른 시간이고 다른 사람들은 아직 자고 있었지만, 그는 거기에 누가 있을지 정확히 알고 있었다. 안나는 가운을 걸쳤고 머리카락은 헝클어져 있었다. 그녀는 가스레인지 위에 찻주전자를 올리고 있었고, 이내 문가에 서 있는 그를 알아보았다.

"리젤……" 그녀는 흠칫 놀라며 가슴에 손을 얹었다. "안녕. 몸은 좀 어때? 너무 이른 시간인데…… 네가 어떤지 보러 가려던 참이었는데……" 그녀는 걱정스러운 표정을 지었다. "좀 나아졌니?"

그는 대답하지 않았다. 리젤은 더 이상 감출 수 없는 눈빛으로 안나를 보았다. 이제 그녀를 놓아주었으니 더는 가식적일 필요가 없었기 때문이다.

그녀는 혼란스러운 표정으로 그를 쳐다보았다.

"리젤?"

"나는 여기에 있을 수 없어요."

그는 독을 품은 듯이 그 말을 내뱉었다.

주방 맞은편에 있던 안나는 움직이지 않았다.

"…… 뭐라고?" 잠시 후 그녀는 웅얼거리기만 했다. "무슨 말이야?"

"더는 여기서 살 수 없어요. 나는 떠나야 해요."

리젤은 말하는 것이 이토록 힘들고 고통스러운 일인지 몰랐다. 그의 마음은 그녀와 헤어지기를 거부했다.

"이거…… 농담이지?" 안나는 웃으려고 했지만, 얼굴이 창백하게 변하며 일그러졌다. "내가 모르는 장난인가?"

그는 그녀의 얼굴을 똑바로 보았다. 리젤은 *아무* 말이 없었지만, 그녀는 그의 눈을 보면서 그 결정이 얼마나 확고한지 알 수 있었다. 서서히 그녀의 얼굴에서 색의 흔적이 모두 사라졌다.

"리젤…… 무슨 말을 하는 거야?" 안나는 침울한 눈으로 그를 보았다. "진심일 리가 없어. 그럴 리 없어……" 그녀는 실망감으로 목이 메었고 애원하는 눈빛을 띠었다. "나는 네가 잘 지내고 있는 줄 알았는데, 행복하다고 여겼는데…… 왜 그런 말을 하는 거야? 우리가 무슨 실수라도 했니? 나와 노먼이……" 그녀는 잠시 말을 멈추었다가 속삭였다. "병 때문이니? 만약에……"

"그것과는 아무 관련 없어요."그는 자신의 아픈 곳을 언급하자 예민하게 발끈했다. "이건 내 선택이에요."

안나는 괴로워하며 그를 보았고, 리젤은 온 힘을 다해 단호한 눈빛을 유지했다.

"입양 취소를 요청해 주세요."

"아니야…… 진심이 아니야……"

"내 인생에서 이보다 더 진심인 적이 없었어요. 요청해 주세요. 오늘 바로."

안나는 고개를 저었다. 그녀의 눈에는 그가 결코 이해할 수 없는 어머니의 완고함이 서려 있었다.

"그들이 받아들일 것 같니? 이유도 없이? 이건 중대한 문제야. 그렇게는 안 돼. 구체적인 이유를 원할 테고……"

그가 그녀의 말을 가로막았다. "특약 사항이 있어요."

그녀가 혼란스러워 하는 표정을 지었다. "특약?" 그녀는 되물었지만, 리젤은 그녀가 자신의 말을 이해했다는 것을 알았다. 입양 전 위탁에 관한 협약에는 그에게만 해당하는 특별한 조건이 있었다.

"*나*에 관한 특약이요. 내 병세가 가족의 화목을 방해하거나 폭력성으로 악화된다면 입양 절차가 중단될 수 있다."

"그 특약은 문제없어!" 안나가 소리쳤다. "난 그걸 적용할 마음이 없어! 폭력성은 입양 가족의 범위로 한정되고, 넌 우리 누구에게도 해를 끼치지 않았어! 질병은 빠져나갈 구멍이 아니라 네가 여기 머물러야 할 이유야!"

그는 대답하지 않았다. 사실 그는 필사적으로 자신의 심연에는 애정의 여지가 없다고 여겼다. 사랑하거나 아무것도 느끼지 못할 거라고 애써 여겼다. 리젤은 원장의 애정을 받으면서 자신의 내면에서 자연스럽게 싹트는 애착의 감정을 무조건 거부하게 되었다.

"나는 그럴 수 없어. 네가 원한다 해도…… 널 그곳으로 다시 보내지 않을 거야." 안나는 얼굴을 들었고, 그녀의 눈은 상처 받았지만 또렷했다. "어떻게 거기로 돌아가려 하니? 그 끔찍한 곳으로…… 안 돼." 그가 입을 떼려 하자 그녀는 말문을 막으며 덧붙였다. "그곳이 어떤 덴지 내가 모를 것 같니? 이렇게까지 꼭 떠나야 하니?"

리젤은 주먹을 꽉 쥐었다. 벌레가 여기저기를 물고 찢고 할퀴며 필사적으로 울부짖었다.

"다른 방법이 있을 거야. 그게 뭐든 우리가 함께 찾을 수 있어."

"나는 그녀를 사랑해요."

리젤은 그 화끈거리는 고백의 순간을 영원히 잊지 못할 것이다. 혼잣말로도 꺼내지 못했던 그 속마음을 다른 사람에게 밝히는 것은 용납할 수 없었다. 얼어붙은 침묵 속에서 그 말은 비난의 소리처럼 울려 퍼졌다.

"사랑해요." 그는 이를 악물며 말했다. "뼛속까지."

그는 자신을 보는 안나의 시선을 느꼈고, 그 시선을 마주칠 필요도 없이 그녀가 믿을 수 없다는 표정으로 얼어붙어 있는 걸 알 수 있었다. 리젤은 손바닥에 손톱을 박았고, 그녀를 향해 깊고 예리한 두 눈을 들어 올렸다.

"이제 아시겠어요? 나는 그녀와 결코 남매로 남아있을 수 없어요."

안나는 아무것도 할 수 없었고, 마치 처음 보는 사람인 것처럼 그를 쳐다보기만 했다.

리젤은 이제 아무래도 상관없었다.

"여긴 내가 있을 자리가 아니에요. 내가 있는 한…… 그녀는 진정으로 행복할 수 없어요."

리젤은 얼굴을 숙이면서, 그녀가 가슴에 반창고를 붙여주며 미소 짓던 모습을 떠올렸다. 그리고 자신과 같은 사람에게 결말이 있다면…… 그것은 처음부터 정해져 있었다는 생각이 들었다.

"*별은 혼자야.*" 언젠가 원장이 그에게 말했다. "*너처럼. 별들은 멀리 떨어져 있고, 어떤 건 이미 죽었어. 별은 혼자지만, 보이지 않아도 항상 빛나고 있어.*"

리젤은 니카가 가슴에 그려 준 별자리로 그것을 이해했다.

그녀가 자는 모습을 밤새 내내 깨어 지켜보면서 그것을 이해했다.

"*넌 혼자가 아니야. 나는 항상 널…… 지니고 다닐 거야.*"

리젤은 그녀를 볼 수 없더라도, 자신은 언제나 그녀를 위해 빛날 것임을 알고 있었다.

그리고 그의 별인 그녀, 그의 시선이 닿은 것 중 가장 소중한 존재인 그녀……

그는 마음에 난 작은 창을 통해 그녀를 지켜보며, 어디에 있든 니카가 행복하리란 걸 알 것이다. 그녀가 항상 원했던 동화 속에서 진짜 가족과 함께.

"그녀는…… 당신이 주는 모든 사랑을 받을 자격이 있어요."

"리젤…… 듣고 있니? 들리면 말해줘."

그물망이 무너졌다.

그는 니카의 눈을 결코 잊지 못할 것이다.

그가 그저 어린아이였을 때 그 눈에 마음을 빼앗겨버렸다. 리젤은 거기서 눈물을 만드는 사람의 눈동자를 보았고, 그녀에게 거짓말을 할 수 없다는 것을 또다시 깨달았다.

'내가 너를 떠나려고 해.' 그는 침묵을 깨고 터놓고 싶었다. '네가 내 모든 걸 가져간 이후 처음으로 널 떠나려 해.'

그러나 그는 말할 수 없었다. 끝까지.

그래서 그답지 않은 행동을 했다.

그는 모든 방패를 내려놓았다.

잠시 마음의 눈으로 그녀를 바라보았고, 불타는 사랑이 그의 눈동자에서 성난 강물처럼 터져 나왔다. 그녀는 이해하지 못한 채 숨죽이고 있었고, 그는 그녀의 머리카락 한 올까지 모든 부분을 머릿속에 새겼다.

"리젤…… 제발."

그는 이후 무슨 일이 일어날지 예상할 수 없었다.

그들은 집에 돌아가지 못할 것이고, 그 말하지 못한 말이 마지막 후회처럼 그의 마음속에 맴돌게 될지 알 수 없었다. 그러나 그는 그녀의 눈에서 본 얼어붙은 비명을 영원히 기억할 것이다. 그 순간의 공포나 목구멍까지 울리던 심장의 둔탁한 고통 소리도 잊지 못할 것이다.

그물망이 무너지면서 니카가 뒤로 넘어졌다. 리젤은 앞으로 돌진했고, 아드레날린이 그의 동공을 확장시켰다. 니카의 머리카락이 펼쳐져 흩날렸고, 그는 *일몰 속에서 펼쳐진 나방의 날개를, 날아오르려는 천사*를 보았다.

리젤은 다시 환각을 보았다. 그는 그녀를 힘껏 붙잡았다. 그리고 자기 몸으로 그녀를 아래에서 받쳤다. 그것은 자연스러운 본능의 몸짓이었다. 항상 그녀를 보호해야 한다는, 어쩌면 그 자신으로부터도.

그는 벌레가 비명을 지르고, 몸부림치고, 그녀를 격정적으로 끌어안는 것을 느꼈다. 그것이 꽃처럼 그녀를 감싸고, 돋친 가시를 일제히 부들거리며 충격으로부터 그녀를 구하려는 것을 느꼈다. 그리고 그것이 끝이라는 것을 깨닫기도 전에, 리젤은 자신의 존재 전체에 대한 속죄인 듯 입으로 외마디를 토해냈다.

"사랑해."

니카는 너무 오랫동안 그의 손안에 갇혔던 나비처럼 그의 품에서 떨고 있었다.

그 속삭임이 그에게서 날아갔을 때, 리젤은 생애 처음이자 마지막으로…… 평화를 느꼈다. 싸움의 고단함을 내려놓고, 아주 감미롭고 영원한 안도감을 느꼈다.

그는 혼자가 아닐 것이다.

결코.

그 안에 니카가 있었으니까. 어린아이의 눈빛과 가슴이 미어지는 미소로…… 절대 사라지지 않고 그의 마음속에 영원한 별로 남을 그녀. 세상이 그 끝없는 이야기의 마지막 장을 찢을 때, 리젤은 늑대처럼 그녀의 목에 얼굴을 파묻고 그녀를 끌어안았다.

온 힘을 다하고, 숨을 다하여……

말하지 않은 모든 말과 후회의 한 톨도 남김없이.

그의 모든 꽃잎으로.

그의 모든 가시로.

그가 가진 모든 것으로…… 그 끝없는 사랑을 위해.

"안녕." 울새가 사랑하는 눈에게
마지막 인사를 건넸다.

"추위에 떨던 날 감싸주었던 네가
이제 내 마음에 들어왔어."

* * *

어느 걸 선택하시겠습니까?

당신의 마음에서.

당신은 하나만 살릴 수 있습니다. 둘 중 하나는 반드시 죽어야 하니까요.

어떤 걸 선택하시겠습니까?

'당신.' 리젤은 눈을 감은 채 대답했다.

언제나, 무슨 일이 있어도 '나는 당신을 선택할 것입니다.'

33
눈물을 만드는 사람

그리하여 사랑이 태어났다. 사랑은 세상을 돌아다니기 시작했다.
그러다 어느 날 바다를 만났다.
바다는 매혹되어 그에게 끈기를 주었다.
우주를 만났고, 우주는 그에게 신비를 주었다.
시간을 만났고, 시간은 그에게 영원을 주었다.
마침내 죽음을 만났다. 그것은 무시무시했다.
바다나 우주, 시간보다 더 거대했다.
그는 죽음에 맞서려 했지만, 죽음은 그에게 빛을 주었다.
"이것은 무엇인가요?" 사랑이 물었다.
"그것은 희망입니다." 죽음이 대답했다. "그것으로 나는 멀리서 당신을 알아보고,
당신이 오고 있다는 걸 항상 알 것입니다."

이렇게 온통 회색빛이었던 적은 없었다.

세상도, 현실도, 나도.

어렸을 때 나는 눈물을 만드는 사람에게 거짓말을 할 수 없다는 말을 들었다. 그는 사람들의 내면을 읽기에…… 그에게 숨길 수 있는 감정은 없다. 그는 가장 간절하고 애달프고 진실한 모든 감정을 심어준 자이다.

어렸을 때 나는 그를 괴물처럼 무서워했다. 나에게 그는 어른들이 우리가 믿기를 바랐던 그대로, 거짓말을 하면 데려가려고 오는 검은 유령에 불과했다.

나는 그 생각이 얼마나 잘못되었는지 여전히 모르고 있었다. 그러

다 마지막에야 깨달았다. 나는 진실의 눈으로 평생 마음에 품었던 동화를 마침내 이해할 수 있었다.

아델린은 모든 것을 말해주었다.

나는 그녀의 말을 통해 내 옆에서 고독하게 살아 온 그와 나의 이야기를 다시 엮었다. 한 조각, 한 조각…… 모든 것이 제자리로 돌아와 마침내 내가 읽을 수 있는 이야기가 완성되었다. 이제 남은 것은 내가 결코 예측할 수 없는 결말에 대한 인식뿐이었다.

다음날 경찰이 와서 몇 가지 질문을 했다. 그는 무슨 일이 있었는지 말해달라고 했고, 나는 단조로운 목소리로 그의 질문에 대답했다. 나는 그에게 사실대로 말했다. 라이오넬과 만난 일, 싸움, 그리고 추락.

마지막에 그는 수첩에 메모를 하고는 내 눈을 똑바로 보며 라이오넬이 고의로 우리를 밀은 것이 아니냐고 물었다. 나는 침묵했다. 그때의 모든 순간이 머릿속을 스쳤다. 분노, 복수심, 혐오감으로 일그러진 그의 얼굴…… 그러다가 다시 한번 사실대로 말했다.

그것은 사고였어요.

그는 고개를 끄덕이고는, 왔을 때처럼 갑작스레 떠났다.

사고 소식을 들은 빌리와 미키가 병원으로 달려왔다.

미키는 아주 일찍 도착했다. 그녀는 병실 밖 의자에 앉아 있다가 빌리가 눈물을 흘리며 헐레벌떡 복도로 달려오는 모습을 보고는 자리에서 일어났다. 분주하게 오가는 간호사들 사이에서 그들은 서로를 바라보았다. 한 사람은 괴로워서 입술을 꽉 다물었고, 다른 한 사람은 울어서 얼굴이 붉어졌다.

다음 순간 빌리가 미키를 안으며 울음을 터뜨렸다. 그들은 어느 때보다도 서로를 꼭 껴안으며 따뜻한 재회의 포옹을 나누었다. 한참 그렇게 있다가 서로의 얼굴을 보며 천천히 놓아주었다. 내 병실로 들어오기 전 그들의 모습은 끔찍한 폭풍이 지나간 후의 밝고 맑은 하늘을 예고했다.

그들은 말할 것이다. 오랫동안 많은 이야기를 할 것이다. 그들에게는 아직 시간이 있었다.

"니카!"

빌리가 내 침대로 달려와 나를 부둥켜안았다. 나는 금이 간 갈비뼈가 욱신거리며 아팠지만 소리를 내지 않고 눈만 감았다.

"믿을 수 없어……" 그녀는 흐느꼈다. "그 소식을 들었을 때…… 정말이지, 숨을 쉴 수 없었어…… *세상에,* 정말 끔찍한 일이야……"

미키는 내 손을 꽉 잡았고, 그녀의 눈은 검고 마스카라가 번져 거무스레했다.

"우리가 뭔가 할 수 있다면……" 그녀가 중얼거렸지만, 내 마음이 먹먹하기만 해서 그 소리가 들리지 않았다.

미키가 옆 침대의 리젤을 돌아보았다. 나는 그녀가 리젤에게 뭔가 이상한 구석이 있다고 말한 것이 생각났다. 그녀도 다른 사람들처럼 늑대를 보았지만, 그들처럼 그의 내면에서 뛰고 있는 영혼을 볼 수 없었다.

"오, 내 사진이야……" 빌리는 손가락으로 눈물을 닦으며 미소를 지었다. "아직 갖고 있구나……"

구겨져 흐늘거리는 폴라로이드 사진이 거기 있었고, 그녀가 감격해서 속삭일 때 나는 갈비뼈 사이에서 심장이 문드러지는 것을 느꼈다. "여기서 볼 줄은 몰랐어……"

나는 그 사진이 어떤 의미인지 그녀에게 말하고 싶었다. 내 내부를 갉으며 나를 죽이고 있는 극심한 고통을 그녀가 알아주기를 바랐다. 어쩌면 언젠가 나는 그녀에게 말할 것이다.

어느 날 나는 그들에게 모든 이야기가 책에 담기는 건 아니라고 말한 적이 있다. 비밀리에 살다가 아무도 모르게 사라지는 이야기, 보이지 않고 침묵하고 숨겨진 이야기가 있다. 영원히 미완으로 남는, 끝이 없는 동화도 있다. 어쩌면 언젠가 나는 그녀에게 우리의 이야기를 들려줄 것이다.

그들은 평소의 나다운 유쾌한 모습을 조금이라도 찾으려고 걱정스레 흘깃거렸지만, 나는 가만히 있었다. 나는 무기력하기만 했고, 그들은 나를 조용히 두기로 했다.

그들이 문밖으로 나가려는 순간 내 속삭임이 들렸다. "그가 나를 보호해 줬어."

빌리 뒤에 있던 미키가 멈춰 서더니 돌아보았다. 나는 고개를 들지 않았지만, 그녀가 나를 보는 시선을 느꼈다. 미키는 리젤을 한번 쳐다본 다음 다시 돌아섰다.

나는 혼자 있게 되자 내 손이 눈에 들어왔다. 두 손이 완전히 흰색이었다. 손목부터 손톱 끝까지 맨살이었다. 손가락에는 붉은 자국과 작은 상처와 흉터가 여기저기에 나 있었다.

나는 천천히 위를 올려다보았다. 간호사가 리젤의 침대에 수액 투여기를 설치하고 있었다.

"내 반창고는 어디 있나요?" 나는 기계적으로 중얼거렸다.

그녀는 내 시선을 알아차렸다. 그리고 흐릿한 내 눈에서 이상하게 깃든 선명한 빛을 보고 머뭇거렸다.

"그건 이제 필요하지 않아. 걱정하지 말아요." 그녀가 친절하게 대답했다.

나는 표정을 바꾸지 않았다. 그러자 그녀는 나에게 다가와 내 손가락을 가리켰다.

"보이지? 모든 상처를 소독했어. 깨끗해." 그녀는 고개를 기울이며 내게 미소를 지었지만, 나는 가만히 있었다. "정원을 가꾸는 거야? 그래서 생채기가 나 있는 거야?"

나는 조용히 그녀를 쳐다보았다. 아마 그녀는 내가 여전히 진지하게 반짝이는 눈으로 자신을 보고 있다는 것을 알아차렸을 것이다.

"내 반창고를…… *주세요.*"

그녀는 무슨 말을 해야 할지 몰라 당황한 채 나를 바라보았다. 이해가 가지 않는다는 듯 눈을 여러 번 깜박였다. "그건 필요하지 않아." 그녀는 같은 말을 반복했다. 내 엉뚱한 요구가 충격을 받은 것과 관련이 있는 건 아닌지 의아해했다.

내가 이성을 잃고 소리 지르며 주사바늘까지 뽑는 소동을 벌인 이후 병동의 간호사들은 나를 경계하는 눈초리로 보았다. 그래서 그녀는 누군가가 병실로 들어오는 것을 보고 안도하는 표정을 지었다. 그녀는 재빨리 돌아서서 나갔고, 나는 그런 그녀를 보느라 고개를 들었다.

하지만 그러지 말아야 했다.

내 주위의 공기가 얼어붙고 목구멍의 침이 막혔다. 라이오넬은 조심스럽게 들어오며 공간을 침입했다. 그는 퀭한 눈에 괴로워하며 입술을 깨물고 있었다. 내 시선은 기계적으로 벽을 향해 옮겨갔기에 다른 것을 보지 못했다.

나는 그에게 다가오지 말라고 말하려 했지만, 숨이 목에 막혀 소리가 나오지 않았다. 그는 내 침대 옆에 멈춰 섰고, 나는 그 어느 때보다도 무력한 육체가 고통스럽게 느껴졌다. 그가 거기 내 옆에서, 어떻게 깨야 할지 모르는 침묵 속에 있었고, 그 순간은 끝나지 않을 것만 같았다.

"나는 네가 가장 안 보고 싶은 사람일 테지."

그는 리젤은 쳐다보지도 못했다. 리젤이 저 뒤에 누워 고무관에 생명을 지탱하고 있다는 생각을 하니 찌그러진 담배꽁초처럼 배가 뒤틀렸다.

"저기…… 경찰과 얘기했다는 소릴 들었어. 그러니까…… 네가 사고였다고 말했다고. 사실을 말해줘서 고마워."

내 시선은 마비된 채 한 곳만 응시하고 있었다. 라이오넬은 급히 용서를 구하려는 듯 나와 눈을 맞추려고 했다.

"니카……" 그는 내 손을 잡으며 애원하듯 속삭였다. "난 절대로 이렇게 되길……"

내가 그의 팔을 세게 내치자 그가 움찔했다. 수액주사 줄이 격하게 흔들렸고, 나는 이전과는 다르게 부릅뜬 눈으로 그를 올려다보았다.

그리고 손목을 떨며 차가운 목소리로 천천히 내뱉었다. "내 몸에 다신 손대지 마."

라이오넬은 예상치 못한 내 반응에 상처받은 채 나를 바라보았다.

"니카, 난 이런 걸 원한 게 아냐." 그의 입에서 후회스러운 한탄이 흘러나왔다. "날 믿어 줘, 미안해…… 네게 그런 말을 하지 말아야 했는데…… 제정신이 아니었어…… 그리고 그 주먹은, 니카, 널 때리려던 게 아니었어……" 그는 실핏줄이 터진 내 눈을 쳐다보고는 입술을 깨물며 고개를 숙였다.

그는 여전히 리젤을 쳐다볼 수 없었다.

"아무에게도 말하지 않을게. 너희 둘에 대해……"

"상관없어." 나는 한숨을 쉬었다.

"니카……"

"됐어." 나는 완강하게 거절했다. "이제는 상관없어. 나는 널 친구로 여겼어. *친구*, 라이오넬…… *우정*이 무슨 뜻인지나 아니?"

내 목소리는 차갑고 낯설었다.

그건 내가 아니었다. 나는 언제나 온화하고 부드러웠고, 어떤 상황에도 미소를 잃지 않았기 때문이다. 내 눈에는 경이로운 크리스털이 박혀 있었고, 손가락은 항상 알록달록한 반창고로 덮여 있었다.

하지만 그 순간의 나는 둘로 쪼개진 이야기의 결과였다.

아이스크림 매점에서 박살 난 리젤의 생일선물, 도망쳐 나온 파티장과 그가 나를 붙잡았을 때 숨이 막히던 두려움, 그가 우리를 협박하며 분노와 혐오감을 토해냈을 때 내 마음을 짓누르던 실망감……

그건 내가 아니었다.

그 이야기가 바싹 탄 재가 되어 내 목구멍을 긁고 있었다.

작은 달팽이로 시작된 그 관계의 끝에서, 나는 단 한번이라도 라이오넬이 나와 같은 마음으로, 순수하고 무조건적인 이타심으로 나를 좋아한 적이 있었는지 의구심이 들었다.

"나가 줘."

그는 괴로움을 삼켰다.

나는 나방의 마음을 갖고 있었다. 그건 사실이었다. 불에 타버릴 때까지 빛을 찾았던 건 사실이었다. 어렸을 때 겪은 일이 회복할 수 없을 정도로 나를 망가뜨렸기 때문이다. 그러나 내 안의 가장 망가진 부분이 그를 두 눈으로 보라고 설득했지만, 그를 용서하게 만들지는 못했다. 그는 내 영혼의 한 조각을 찢었다.

라이오넬은 할 말을 찾지 못한 채 입술을 오므렸다. 그 어떤 말로도 그가 내게서 앗아간 것을 돌려줄 수 없었다. 마침내 그는 포기한 듯 고개를 숙였다. 그러곤 돌아서서 천천히 걸어갔다. 나는 그의 이름을 불렀다.

"라이오넬." 나는 흐릿한 눈동자를 올려 마침내 그의 눈을 쳐다보았다. "그 문을 나가서 다시는 돌아오지 마."

나는 먹기가 힘들었다.

식욕이 없었기에 음식이 든 쟁반을 고스란히 남겨둘 때가 많았다. 안나는 억지로라도 먹이려 했지만, 여러 번 시도한 끝에 낙담하는 표정을 짓고 했다.

그날 저녁에도 그 같은 눈빛을 보았다. 안나는 금이 간 갈비뼈가 아프지 않게 내 자세를 고쳐주었다.

"어때?" 그녀가 물었다. "아프니?"

나는 미세하게 고개를 저었다.

잠시 후 안나가 내 얼굴에 손을 얹었고, 나는 고개를 들었다. 나는 그녀의 눈에서 사무치는 사랑의 고통을 보았다. 그녀는 한참 동안 나를 쓰다듬었다. 내 얼굴의 구석구석을 살펴보았고, 나는 그녀가 말하기 전에 무슨 말을 할지 알아차렸다.

"너도 잃게 되는 줄 알았어."

그녀는 이마의 주름을 잡으며 내 두 눈동자를 천천히 번갈아 보았다.

"한순간…… 네가 앨런처럼 사라지는 줄 알았어." 그녀는 감정을 억누르려 했지만, 눈물을 참을 수 없었다. 눈에 눈물이 차오르자 그녀는 무릎을 움켜쥐며 얼굴을 숙였다. "너의 다정한 미소가 없다면…… 난 어떻게 해야 할지 모르겠어. 아침에 널 주방에서 못 본다면, 아침 인사를 나누지 못한다면, 네가 나를 보듯 자신을 볼 수 없게 된다면…… 비가 와도 좋은 날이고, 우울할 이유가 없다고 늘 말해 주는 네 행복한 얼굴을 볼 수 없다면, 난 어떻게 해야 할지 모르겠어. 네가 없는 삶은 생각할 수 없어. 니카, 네가 없이는……"

안나는 말을 잇지 못했고, 그녀의 목소리는 나를 사로잡은 무감각함을 넘어 내 안으로 파고들었다. 나는 한 손을 그녀의 손에 얹고 따뜻한 떨림을 느꼈다. 안나가 눈을 들었고, 내가 너무나 사랑하는 그 하늘에서 눈물이 가득 고인 내 눈동자를 보았다.

"너는 태양이야." 그녀는 어머니의 눈으로 나를 보며 속삭였다. "너는 나의 작은 태양이 되었어……"

그녀의 지친 얼굴로 눈물이 흘러내리자 나는 팔로 그녀를 감쌌다. 안나는 필사적으로 나를 끌어안았고, 나는 그녀의 품에서 어린아이처럼 눈을 감았다.

고통이 뚝뚝 흘러내리는 우리의 마음은 하나의 촛불로 타올랐고, 우리는 서로의 가슴으로 스며드는 눈물을 쏟아냈다. 엄마와 딸처럼…… 가까이 붙어서.

안나는 얼굴을 기울여 옆쪽을 쳐다보았다. 그녀는 나에게 보여주었던 그 간절한 사랑의 눈길로 리젤을 바라보았다. 그런 다음…… 몸을 일으켜 내 눈을 똑바로 쳐다보았다.

꿰뚫어 보는 듯한 어른의 깊은 눈빛이었다. 엄마의 눈빛이었다. 그리고 나는 깨달았다. 병원의 침묵 속에서 그녀가 *알고 있다*는 것을 깨달았다.

순간 내 마음은 카드로 만든 집처럼 무너졌다.

"어떻게 말해야 할지 몰랐어요……" 나는 나지막하게 털어놓았다.

"말할 수 없었어요…… 당신을 속여서 마음이 아프다는 걸 어떻게 보여줘야 할지도 몰랐어요. 당신은 내게 일어난 가장 아름다운 일이에요…… 당신을 잃을까 봐 두려웠어요." 뜨거운 눈물이 뺨을 타고 흘렀고, 나는 산산이 부서져 버렸다. "내 심장은 두 동강이 났어요. 안나, 나는 당신을 오랫동안, 당신이 생각하는 것보다 더 오래 기다렸어요. 하지만 리젤…… 리젤은 내가 가진 전부예요…… 전부. 그리고 지금 그는……" 나는 앙상한 손목으로 눈물을 닦았다.

안나는 나를 껴안았고 아무 말도 하지 않았다. 그녀도 우리 사이의 깊은 유대 관계를 알고 있었다.

그런데…… 그녀는 내 생각이 틀리지 않았다는 것을 알게 했다.

"리젤이 말해줬어." 그녀의 말에 내 마음속에서 무언가가 녹슨 톱니바퀴처럼 삐걱거렸다. 나는 믿을 수 없는 사실에 몸을 떨었고 혼란스럽기만 했다.

"그는 어쩔 수 없이 말했던 거야. 그렇지 않으면 내가 그의 요청을 받아들이지 않을 거란 걸 알고서. 리젤은…… 그 무엇보다도 네가 가족을 갖기를 바랐어."

안나는 내 얼굴을 잡고 눈을 찾았지만, 나는 눈을 내리깔고 떨리는 입술을 깨물고만 있었다. 그녀는 내가 울음을 그칠 때까지 이마를 맞댄 채 나를 꼭 안고 있었다.

"의사는 헛된 희망을 주지 않으려고 네게 말하지 않았지만……" 잠시 후 그녀가 속삭였다. "사랑하는 사람들의 목소리를 듣는 게 때로는 도움이 될 수 있다고 했어."

나는 멍한 눈을 치켜떴고, 그녀는 말을 이었다. "그것은 의식과 장기 기억을 자극한다고. 우리 중 누구도 변화를 가져올 힘이 없어. 하지만 넌……" 안나는 침을 삼키며 고개를 숙였다. "너에겐 그런 힘이 있어. 그는 네 말을 들을지도 몰라."

그날 밤, 병원이 성지처럼 조용해졌을 때도 내 마음은 여전히 떨리고 있었다. 한동안 셀 수 없을 만큼 안나의 말이 내 안에 길을 새겼고,

절망에 빠진 내 마음에 메아리쳤다.

그는 몇 걸음 떨어진 곳에 있었다. 하지만…… 그 어느 때보다도 멀리 있는 것 같았다.

"너는 떠나려 했어." 나는 어둠 속에서 속삭였다.

나는 움직이지 않았고, 그를 거의 볼 수 없었다. 하지만 눈을 감고도 그의 얼굴 윤곽을 따라갈 수 있었을 것이다.

"넌 내게 아무 말도 하지 않고 떠나려 했어…… 내가 널 막기 위해 무슨 짓이라도 했을 거란 걸 알았으니까. 내가 허락하지 않으리란 걸 알고 있었어." 나는 그를 멍하니 쳐다보았다. "우리는 함께 있어야 해. 하지만 어쩌면 그게 너와 나의 차이였을 거야. 나는 항상 나 자신을 속였어. 넌…… 단 한 번도."

서서히 목이 메어왔지만, 나는 그에게서 눈을 떼지 않았다. 내 안에서 무언가가 밖으로 나가려는 게 느껴졌다.

"장미는 네 것이었어." 나는 계속 말했다. "너는 내가 알기를 원치 않았기에 그것을 산산조각 냈어. 내가 네 참모습을 볼까 봐 항상 두려워했어…… 하지만 넌 *틀렸어*." 내 목소리가 갈라져 나왔다. "나는 네가 보여, 리젤. 그리고 내가 후회하는 단 한 가지는…… 더 일찍 그러지 못했다는 거야."

나는 더는 울고 싶지 않았지만, 눈물이 또다시 차올랐다.

"너를 이해하게 해줬으면 좋았을 텐데…… 너는 매번 나를 밀어냈어. 그래서 네가 나를 온전히 믿지 못한다고, 내게 기회를 주지 않는다고 믿었는데…… 그렇지 않았어. 넌 내가 아니라 너 자신에게 기회를 주지 않았던 거야."

나는 눈을 꼭 감았다.

"그건 공평하지 않아, 리젤."

내 안의 무언가가 조용한 지진이 일듯 흔들렸고, 모든 것이 매서워지고 끓어올랐다.

"그건 공평하지 않아." 나는 눈물을 흘리며 그를 비난했다. "넌 나를 위해 결정을 내릴 권한이 없어. 나를 멀리 떼어놓을 권한이 없어. 그리고 이제 넌 또 나를 떠나려고 해…… 항상 혼자, 끝까지. 하지만 난 허락하지 않을 거야. 알겠니? 허락하지 않을 거야!"

나는 담요를 걷고 움직이지 않는 그의 육체를 향해 손을 뻗었다. 그에게 손이 닿지 않자 절망감이 타올랐다. 나는 매트리스에서 미끄러졌다. 발이 바닥에 닿자 후들거렸고, 붓고 뻣뻣한 발목이 아팠다. 침대 난간을 붙잡으며 내 힘으로 일어서려 했지만 한심한 도전이었다. 다리가 말을 듣지 않았다. 나는 한 팔을 짚고 바닥에 쓰러지며 충격을 받았다. 갈라진 갈비뼈가 비명을 질러댔고, 엄청난 고통에 숨이 막혔다.

사람들이 나를 본다면 어떤 생각이 들까? 나는 입술을 꽉 다문 채 타일 바닥에 눈물을 떨구는 애처로운 모습이었다. 그리고 온힘을 짜내 기어이 그의 침대로 기어갔다.

나는 그의 손을 잡고 힘겹게 내 쪽으로 끌어당겼다. 나는 그의 손을 잡아 주었다. 우리가 어렸을 때 지하실의 어둠 속에서 그가 내 손을 여러 번 잡아 주었던 것처럼.

"다시는 나를 혼자 두지 마." 나는 무릎을 꿇고 눈물을 흘리며 애원했다. "그러지 마, 제발…… 내가 따라갈 수 없는 곳으로 가지 마. 네 옆에 있게 해 줘. 네 모습 그대로를 사랑하며, 영원히 함께…… 너와 함께하지 않는 세상은 견딜 수 없으니까. 난 믿고 싶어, 리젤…… 늑대가 소녀의 손을 잡는 동화가 있다고 믿고 싶어. 나랑 함께하며 그 동화를 같이 쓰자…… 제발……"

나는 그의 손에 이마를 대고 눈물로 그의 손가락을 적셨다.

"*제발*……" 나는 우느라 일그러진 입으로 거듭 애원했다.

나는 그의 영혼과 하나가 되기를 갈망하며 얼마나 오랫동안 그러고 있었는지 모르겠다.

하지만 그날 밤 이후 달라진 게 있었다.

그가 정말로 내 말을 들을 수 있다면……

그에게 내가 가진 모든 것을 내줄 것이다.

다음날 나는 간호사들에게 리젤과 나를 분리하는 커튼을 닫지 말라고 요청했다. 아침에도 밤에도 열어 두라고 말했다. 매 순간 나는 내 옆 침대에 누워 있는 그의 얼굴을 보고 싶었다.

안나가 병원에 왔을 때, 나는 전날처럼 흐릿한 눈과 멍한 표정으로 있지 않았다. 그녀가 오기 전에 일어나서 주의 깊은 시선으로 침대에 앉아 있었다.

"좋은 아침이에요." 나는 그녀보다 먼저 인사했다.

그녀가 놀란 눈을 깜빡이며 나를 쳐다보았다. 나는 아델린도 있는 걸 보고는 따뜻한 눈빛으로 그녀를 맞았다. "안녕." 나는 차분하게 인사했다. 그녀는 어리둥절해하며 안나를 힐끗 쳐다보고는 해맑은 표정으로 나를 보았다.

"안녕……"

잠시 후 아델린이 내 머리를 땋아주는 동안 나는 숟가락으로 사과 퓌레를 먹고 있었다.

하루하루가 거침없이 흘러갔다. 나는 점차 회복되어 갔고, 시간이 날 때마다 리젤에게 내 목소리를 들려주었다. 나는 그에게 바다 이야기를 비롯해 다양한 책을 읽어 주었다. 안나가 가져다 준 책은 빠짐없이 그에게 들려주었고, 대답 없는 내 이야기는 저녁때까지 계속되었다.

로버트슨 선생님은 주기적으로 내 상태를 확인하러 왔다. 그가 내 손에 들린 책을 보고 리젤에게로 시선을 옮겼을 때, 갑자기 세상이 멈추고 숨이 막힐 듯한 희망이 부풀어 올랐다. 나는 얼어붙은 채 갈구하는 눈빛으로 의사를 주목했다. 마치 그가 움직이지 않는 그 육체에서 다른 사람들은 볼 수 없는 세세한 부분을 알아차릴 수 있는 것처럼, 그 전문가의 시선을 끄는 어떤 변화나 반응이 있기를 기대하면서. 로버트슨 선생님이 별다른 말없이 자리를 뜰 때마다 나는 마음이 너무 아파서 손톱으로 책장을 찢지 않으려고 입술을 깨물어야 했다.

이제 병실은 어둡지 않았다. 나는 리젤이 하늘을 볼 수 있게 항상 커튼을 열어달라고 부탁했다. 내가 그의 눈을 대신할 수 있었다.

"오늘은 비가 와." 어느 날 아침 나는 창밖을 보며 그에게 말했다. "하늘은 무지갯빛이야…… 금속판이 일렁이는 것 같아." 문득 옛 기억이 떠올랐다. "그레이브에서 가끔 봤던 하늘과 똑같아. 기억나니? 아이들이 내 눈 색깔이라고 했던……"

그날도 나는 대답 없는 말을 하고 있었다. 때때로 그 침묵은 내 안에 터무니없는 욕망을 불러일으켜서 그의 대답 소리가 들린다고 상상하게 했다. 어떤 때는 그 고통이 너무 커서 이길 수 없는 싸움처럼 느껴졌다. 그리고 시간이 지날수록…… 그가 깨어날 것이라는 희망은 점점 줄어들었다. 가차 없이 하루하루가 지날수록, 나는 더 커져가는 좌절감에 배고픔을 잊고 손목이 야위어갔다.

빌리와 미키는 나와 함께 있기 위해 최선을 다했다. 그리고 안나는 내 마음의 평온을 위해 온갖 방법을 다 동원했다. 내가 무척 좋아하는 블랙베리 잼을 가져오기도 하고, 때로는 휠체어에 나를 태워 병동을 돌기도 했다.

어느 날 간호사가 안나를 불렀다. 그녀는 곧 돌아오겠다며 커피 자판기 근처에 나를 잠시 혼자 두었다. 그녀는 돌아왔을 때 내가 없는 것을 보고 깜짝 놀랐다. 몹시 걱정하며 병동 여기저기를 찾아다녔고, 우리 병실 앞을 지나다 안도의 한숨을 내쉴 수 있었다. 나는 거기, 리젤의 침대 옆에서 휠체어 등받이에 어깨가 가려진 채 리젤의 손을 잡고 있었다.

"좀 먹어야지." 안나는 내가 손도 대지 않은 잼 바른 토스트를 치우고 나서 나지막하게 말했다. 나는 대답하지 않았고, 뚫을 수 없는 나만의 세계에 갇혀있었다. 그녀는 내 침묵에 당황하여 고개를 숙였다.

안나는 내가 씻는 것을 도와주었다. 나는 욕실 거울 앞에서 환자복 단추를 풀면서 리젤에게 바친 모든 생명, 그에게 다 내어준 영혼과 육체를 보았다. 내게 남은 게 있다면 튀어나온 광대뼈에 드리운 눈 그늘뿐이었다.

밤에는…… 잠을 이룰 수 없었다. 어둠 속에서 날카롭게 울리는 리젤의 박동 소리만 들렸다. 나는 담요에 싸여 그 숫자를 세며 소리가 멈추지 않기를 기도했다. 잠이 들었다 깨어나면 그 소리가 더는 들리지 않을 것 같았다. 그 공포감에 숨이 막혔다.

간호사들은 갈수록 초췌해지는 내 얼굴을 보고 수면제를 투여했지만, 나는 그 약기운과 싸우느라 더 지쳐만 갔다.

"이대로는 안 돼." 내가 한계에 도달한 어느 날 저녁 로버트슨 선생님이 말했다.

내 육체는 무너지기 직전이었고, 치료 경과는 매우 좋지 않았다.

"더 먹고 쉬어야 해, 니카. 잠을 자지 않으면 나을 수 없어."

그가 작고 가냘픈 번데기처럼 큰 담요에 둘러싸인 나를 보며 말했다. 그는 인내의 한계에 다다른 듯했다.

"왜? 왜 수면제를 거부하는 거지? 도대체 무엇과 싸우는 거야?"

나는 유령처럼 넋이 나간 표정으로 그를 향해 천천히 얼굴을 돌렸고, 그의 눈에 비친 내 모습을 보았다. 야윈 얼굴에 덩그러니 드러난 회색 눈에는 광기 같은 고집이 서려 있었다.

"시간에 맞서서요." 나는 눈도 깜빡이지 않고 말했다.

내 목소리는 실오라기처럼 가늘었다.

그는 뜻밖의 내 대답에 어찌할 바를 모르고 나를 쳐다보기만 했다.

"매일 그를 더 멀리 데려가는 시간에……"

빌리와 미키는 내가 어떻게 지내는지 보러 자주 들렀다. 그리고 아델린은 하루도 빠짐없이 와서 우리가 어렸을 때처럼 나를 보살피고 머리를 땋아주었다.

이제 나는 방문객들에 익숙해졌다. 그런데 어느 날 오후, 아시아가 병실을 방문했다. 나는 그녀가 오리라곤 꿈에도 생각지 못했다. 처음에는 내가 착각했다고 여겼다. 그런데 그녀를 발견한 아델린이 놀라서 일어서는 걸 보고는 잘못 본 게 아니란 걸 알았다.

아시아는 얼굴에 화장기가 없었지만, 여전히 깨끗하고 단정한 모습이었다. 머리는 포니테일로 묶었고, 회색 후드티를 입었는데도 세련된 매력을 잃지 않았다.

아시아는 낯선 환경에 놓인 동물처럼 조심스럽게 주위를 둘러보았다. 나는 그녀가 단지 안나를 보러 온 게 아닐까 하는 생각이 얼핏 들었다. 그러다 우리의 눈이 마주쳤다. 그녀는 잠시 내 몸 전체를 훑어보았다. 그녀의 시선은 야윈 얼굴을 지나 헐렁한 환자복에 싸인 몸으로 미끄러졌다.

아델린이 손깍지를 끼며 차분하게 말했다. "잠시 자리를 비켜줄게."

"아니야." 아시아가 그녀를 말렸고, 좀 더 부드러운 말투로 덧붙였다. "그냥 있어."

그녀는 내 침대로 와서는, 의자에 앉지도 나에게 더 가까이 다가오지도 않았다. 그녀가 이곳까지 온 이유를 알 수 없었다. 그녀는 내 팔에 연결된 정맥 주사기를 쳐다보았다. 그리고 아무 말도 없이 천천히 시선을 리젤에게로 옮겼다. 한참 동안 그를 바라보더니 입술을 꽉 깨물었다.

"나는 네가 많이 부러웠어." 그녀는 리젤에게서 눈을 떼지 않은 채 갑자기 중얼거렸다. "우리는 서로를 알아갈 기회가 많지 않았어. 몇 번 보진 않았지만, 난 네가 포기를 모르는 사람이란 걸 인정해야 했어. 내가 밀어내고 적으로 대했어도…… 넌 나와 관계를 맺으려고 부단히 노력했지. 널 잘 알지는 못하지만, 의지가 굳다는 건 얼마 안 가 알 수 있었어." 비난이 가득한 그녀의 시선이 천천히 내게로 향했다. "그런데 지금 네 모습을 봐. 넌 싸우기를 포기했어."

아니야, 나는 절대 포기하지 않는다고 그녀에게 말하고 싶었다. 내 안에는 산소마저도 앗아가는 강인한 집념이 있었다. 나는 포기할 수 없기 때문에 그렇게 된 것이었다.

그러나…… 침묵을 지켰다. 나는 그녀 앞에서 무기력했고, 반응이 없는 내 모습은 그녀에게 예상치 못한 감정을 불러일으켰다.

슬픔. 우리가 만난 이후 처음으로 아시아는 나를 이해하는 것 같았다. 그 누구보다도.

"먼저 자신을 돕지 않으면 그를 도울 수 없어." 그녀는 자기 내면에서 나오는 듯한, 완전히 다른 목소리로 속삭였다. "나처럼 하지 마…… 고통으로 무너지지 마. 후회할 일 하지 마. 나한테는 없었던 가능성이 넌 있잖아. 희망을 버리지 마. 안 그러면 내가 널 용서하지 않을 거야."

그녀는 나는 차갑게 노려보았고, 나는 그녀가 떨고 있는 것을 보았다. 그런데 그 떨림은 나를 가둔 담장을 깨고 시들어가는 자신을 구하라는 경고처럼 보였다.

"죽음은 희생으로 싸울 수 없어. 삶으로 맞서는 거야. 그걸 네가 일깨워 줬어. 지옥의 고통을 겪은 뒤에도 안나를 포기하지 않겠다며 내 눈을 똑바로 쳐다보고 말했던 그 애, 그 애가 알려 줬어. *어서,*" 아시아는 으르렁거렸다. "그 애를 꺼내. 너 자신을 죽이면서 그를 구하진 못해…… 그에게 깨어날 이유를 줘야 해. 네가 여기 있고, 건강하고, 살기 위해 싸우고 있다는 걸 보여줘야 해. 그리고 사는 것이 견디는 거라면 그를 위해서라도 그렇게 해. 네가 온 힘을 다해 붙잡아야 할 건 바로 그의 가슴에서 여전히 뛰고 있는 삶이야."

말을 마친 그녀는 숨을 헐떡거렸다. 속눈썹에 눈물이 맺혀 있고, 매서운 눈에서 감정이 흘러넘쳤다.

그녀가 그런 눈으로 나를 쳐다본 적은 없었다. 전혀, 단 한 번도 없었다.

그러나…… 나는 그 눈빛을 영원히 잊지 못할 것이다.

아시아는 감정을 폭발하고만 자신이 짜증스러웠는지 내게서 시선을 거두었고, 아델린은 뒤에서 말없이 그녀를 쳐다보고 있었다. 아시아는 내게서 얼굴을 돌려 빛나는 눈을 다시 리젤에게로 향했다.

"넌 아직 희망이 있어." 그녀가 차분하게 말했다. "버리지 마."

그리고 돌아섰다. 뻣뻣한 어깨에 가방을 움켜쥔 채, 왔을 때처럼 갑자기 떠나려 했다.

"아시아."

그녀가 멈춰 섰다. 그리고 어깨 너머로 나를 힐끗 쳐다보며 담요 사이의 수척한 얼굴과 희미한 빛이 빛나는 눈을 마주쳤다.

"날 보러 다시 와 줘."

그녀의 눈에서 뭔가가 반짝거렸다. 그리고 아델린에게 눈길을 주고는 자리를 떴다.

달라진 것은 없었다. 그러나 그 순간 세상이 더 선명하게 보이는 것 같았다.

"아델린…… 부탁 하나 해도 될까?"

그녀는 나를 보며 다음 말을 기다렸다.

나는 그녀를 올려다보았다.

"내 반창고 좀 가져다줄래?"

아델린은 내 말의 의미를 이해한 듯 눈을 크게 뜨고 한참 나를 쳐다보았다.

그리고……

그녀가 미소를 지었다.

"알겠어."

병실의 하얀 벽 사이에서 손안에 든 반창고를 보았을 때, 내 안의 무언가가 제자리를 찾는 느낌이 들었다.

나는 신중하게 색깔을 골랐고, 그것들은 내 일부처럼 느껴지지 시작했다.

클라우스의 눈과 같은 노란색.

안나와 아델린을 위한 하늘색.

은은한 미소를 지닌 노먼의 초록색.

발랄한 빌리의 오렌지색, 깊이 있는 미키의 진한 파란색.

불같이 열정적인 성격을 지닌 아시아의 빨간색.

그리고 마지막으로……

마지막으로 리젤을 위한 보라색. 그날 밤 그의 방에서 내가 가슴에 붙여 준 보라색.

그것들을 다 함께 내 손에 놓고 보니, 사랑은 여러 색깔을 띠지만 모두 마음의 현을 울린다는 생각이 들었다. 영혼만이 들을 수 있는, 보이지 않는 특별한 힘을 작용한다.

나는 힘든 시간을 보냈다.

내 위장은 음식을 거부하는 뒤틀린 매듭이었다. 구역질이 났고, 그때마다 안나는 달려와서 담요를 걷고 내 몸을 옆으로 기울여 바닥에 토할 수 있게 도와주었다.

그러나 나는 서서히 전보다 더 집요하게 먹기 시작했다.

얼마 지나지 않아 다시 걸을 수 있게 되었다. 발목은 나았고, 일어섰을 때 갈비뼈가 더는 버걱거리지 않았다. 먹은 음식이 차츰 소화되기 시작했고, 치료 경과는 정상 궤도로 들어섰다.

아시아는 내가 부탁한 대로 다시 방문했다. 처음에 그녀는 내 변화를 믿지 못하는 것 같았다. 그러나 얼굴의 혈색과 건강해진 몸 상태를 확인하고서 눈빛이 부드럽게 변했다.

날이 갈수록 내 얼굴에 살이 올랐고, 어깨뼈가 제자리를 잡았다. 팔에서 보조기를 제거하자 천천히 다시 움직일 수 있게 되었다.

하지만 내 몸이 회복되는 동안…… 리젤은 그 미약한 심장 박동에 갇힌 채 여전히 움직이지 않고 있었다. 리젤은 간신히 숨을 쉬고 있었고, 그의 위태로운 상태는 도저히 나아질 것 같지 않았다.

"깨어나." 간호사들이 그의 붕대를 갈아주는 동안 나는 나지막하게 중얼거렸다.

그러나 그의 얼굴은 더욱 핼쑥해졌고, 손목의 정맥은 점점 더 도드라졌다. 눈꺼풀 아래 그늘이 더 깊어졌고, 그의 손을 잡을 때마다 내 손가락 아래 그의 피부가 더욱 축 늘어졌다. 그렇게 자고 있는 모습을 보면 그는 갈수록 내 눈앞에서 시들어갔다.

나는 그에게 오랜 전설들과 집으로 돌아오는 늑대 이야기들을 들려주었다. 그런데 낮에는 빛과 희망 속에서 싸웠지만, 밤에는 그가 눈을 뜨는 것을 보고 싶은 욕망이 내 영혼과 호흡을 짓눌렀다.

"*깨어나.*" *나는 기도하듯 어둠 속에서 그에게 간청했다.* "*일어나 리젤, 제발 나를 떠나지 마. 네 눈을 보지 않고서 살아갈 수 없어. 너 없이 이 나방의 심장은 따뜻해질 수 없어. 불타면서 펄럭거릴 뿐이야. 일어나서 내 손을 잡아줘. 제발, 나를 보면서 우리가 영원히 함께할 거라 말해 줘. 나를 보면서 항상 내 곁에 있을 거라고 말해 줘. 다른 이야기에선 늑대가 죽지만, 여기서는…… 이 이야기에서 늑대는 살아 있고, 행복하니까. 소녀와 손을 잡고 걸어가니까. 제발 부탁이야…… 일어나……*"

하지만 리젤은 꿈쩍도 하지 않았고, 나는 그가 흐느끼는 소리를 들을까 봐 베개에 얼굴을 묻었다.

"*깨어나!*" 나는 입술이 갈라질 때까지 애원했다.

하지만 그는…… 깨어나지 않았다.

며칠 뒤에 나는 퇴원했다.

의사는 치료를 잘 받고 건강한 모습으로 퇴원하는 나를 흐뭇하게 바라보았다. 그는 첫날처럼 내 심장이 찢어져 피 흘린다는 사실을 알지 못했다. 그 방에 내 일부를 남겨 두고 떠나기 때문이었다.

나는 다시 학교에 다니기 시작했다. 한동안 사람들의 시선이 일제히 내게로 쏠렸다. 내가 가는 곳마다 수군대는 소리가 들렸고, 모두가 여전히 그 사고에 대해 이야기하고 있었다. 그즈음 나는 라이오넬이 다른 도시로 이사했다는 소식을 들었다.

내 생활은 따분하고 평범하게 흘러갔지만, 단 하루도 리젤을 방문하지 않은 날이 없었다. 나는 그에게 새 꽃다발을 가져가서 싱싱한 꽃으로 갈아주었다. 계속해서 이야기를 들려주었고, 벽 옆의 의자에서 숙제를 했다. 그와 함께 지리와 생물, 문학을 공부했다.

"오늘 선생님이 고대 작품에 대한 에세이를 쓰라고 했어." 어느 날 저녁 그에게 얘기했다. "나는 오디세이를 선택했어." 나는 심전도 모니터에서 울리는 예리한 박동 소리를 들으며 책장을 넘겼다. "결국 오디세우스는 집에 돌아왔어." 나는 차분하게 말했다. "갖은 고생 끝에…… 이루 말할 수 없는 시련을 이겨내고…… 오디세우스는 해냈어. 마침내 페넬로페에게 돌아가. 그리고 그녀가 자신을 기다렸다는 걸 알게 돼. 그동안 내내 그녀는 그를 기다렸어……"

리젤은 생기 없이 희멀건 얼굴로 가만히 있었다. 눈꺼풀은 창백하고 얇아서 수의처럼 보였다. 이따금 나는 그의 눈을 덮고 있는 얇은 두 장막을 들어 올리려면 얼마나 더 기다려야 하는지 궁금했다.

나는 가능한 한 오랫동안 그와 함께 머물렀다. 간호사들은 나를 집으로 보내려 했다. 네 개의 흰 벽 밖으로 밀어내려고 했다. 아마 병원 규정 때문이 아니라 내 건강을 걱정해서 그랬을 것이다.

그러다 어느 날 저녁, 나는 복도의 금속 의자에 웅크려 잠을 청하려다 들키고 말았다. 그때 그들은 나를 꾸짖지 않았다. 하지만 수간호사가 적어도 밤에는 집에 돌아가야 한다고 말했다. 나는 그러고 싶지 않았다…… 그와 함께 있고 싶었다. 매일 밤 리젤은 점점 더 창백한 모습으로 내게서 멀어졌고, 그 심연에서 그를 끌어내야 했기 때문이다. 내 영혼은 그의 손을 놓고 있을 때마다 내 뼈를 갉아먹었다. 그래서 나는 일찌감치 병원에 도착해서는 늦게까지 남아 있었다. 주말에는 내가 그의 병실 커튼을 열어주며 아침 인사를 속삭였고, 항상 새로운 꽃다발을 가져왔다.

하지만 밤에는……

밤에 나는 꿈속에서 그의 하얀 손과 눈을 보았다. 그의 시선은 별이 빛나는 은하계로 향했다. 그리고 리젤은 그 독특하고 깊은 눈으로 나를 바라보았다. 그때마다…… 리젤은 나에게 미소를 지었다. 내가 본 적 없는 다정하고 진심 어린 미소를 지었다. 그렇게 그의 부재는 내 안에 사무치는 그리움으로 파고들었다.

아침에 그것이 모두 꿈이었다는 것을 알았을 때, 그가 거기에 없었다는 사실을 깨달았을 때, 내 가슴은 반으로 갈라졌다. 나는 어찌할 줄 몰라 입으로 흘러드는 눈물을 맛보며 베개를 악물고만 있었다. 그러나 다음 날이면 어김없이 꽃과 함께 부서진 영혼으로 그 하얀 방에 있었다.

"와……" 어느 날 아침 나는 하늘을 보며 감탄했다. 폭풍이 지나가고 마침내 해가 솟았다. 햇빛은 백만 조각으로 부서져 내렸고, 무지개가 찬란한 빛깔로 생생하게 반짝였다.

"저길 봐, 리젤." 나는 조용히 속삭였다. 미소가 일그러지고 목이 메었다. "*아름다운 색깔을 봐……*"

내 손이 떨렸다. 잠시 후 나는 입을 꽉 다물고 손으로 눈을 가린 채 병실에서 나왔다.

인생은 냉정했다.

발을 동동 구르며 애태워도 거침없는 강물처럼 흘러갔다.

천천히 가라고 사정해도 소용없었다.

멈추라고, 뒤에 남겨진 걸 봐달라고 애원해도 소용없었다.

세상은 누구도 기다려주지 않았다.

그 봄날 나는 니트 원피스를 입고 풍선 끈을 쥔 채 문 입구에서 그의 침대를 바라보았다.

내 머리카락은 얼굴 옆으로 흘러내렸고, 공중에 울리는 소리는 늘 듣던 그 소리였다.

나는 천천히 그의 침대로 다가갔다. 오랫동안 모든 것을 멈추게 한 그곳의 침묵 속에서, 나는 용기를 내 그의 얼굴을 쳐다보았다.

거의 한 달. 사고가 난 지 거의 한 달이 지났다.

"빌리가 내게 준 거야." 나는 조용히 속삭였다. "풍선이 빠진 생일은 진짜 생일이 아니라면서."

나는 손을 뻗어 풍선을 침대 머리맡에 묶었다. 움직이지 않는 그의 몸 옆에 있는 풍선을 보니 마음이 아팠다. 나는 침대에 앉았다.

"안나가 딸기 케이크를 만들었어. 정말 맛있었어…… 크림이 입 안에서 녹았어. 생일 케이크는 처음 먹어 본 거야…… " 나는 무릎 위의 내 손바닥을 보았다. "클라우스가 아직도 네 침대 밑에서 자는 거 알아? 너희가 친하게 지낸 건 아니지만…… 널 많이 그리워하는 것 같아. 아델린도 그래. 그녀는 그런 말은 않고 내게 힘을 주려고 하지만…… 눈을 보면 알 수 있어. 몹시 걱정하고 있고, 네가 돌아오기만을 기도하고 있어."

나는 얼굴을 숙이고 머리카락과 속눈썹을 늘어뜨린 채 하염없이 그의 박동 소리를 들었다.

"있잖아, 리젤…… 지금이야말로 눈을 떠야 할 때야."

창문으로 들어온 빛이 그의 닫힌 눈꺼풀에 드리웠다. 나는 키스했다. 그는 머리에 감은 붕대를 일주일 전에 풀었고, 의사는 그가 움직이지 않기 때문에 갈비뼈가 잘 아물고 있다고 말했다. 그러나 그의 정신은 돌아오지 않고 있었다.

그를 보고 있으면, 리젤은 의식을 잃어도 여전히 가슴이 미어질 정도로 아름답다는 생각이 들었다.

"잊지 못할 선물이 될 거야." 눈물이 뺨을 타고 흘러내렸다. "네가 돌아오는 것, 그게 내게 최고의 선물이야."

내 손이 그의 손안으로 미끄러져 들어갔고, 그 순간만큼 그가 내 손을 잡아주길 바랐던 적이 없었다. 내 손가락의 감각이 없어질 때까지 꽉 잡아주기를 바랐다. 나는 또다시 무너져 내리는 느낌, 곧 산산조각 날 것 같은 불길한 예감이 들었다.

"제발, 리젤…… 우리가 함께 해야 할 일이 아주 많아…… 내가 너에게 해야 할 말도…… 넌 나와 함께 성장해야 하고, 졸업해야 하고…… 더 많은 생일을 보내야 하고…… 네가 받아 마땅한 행복을 누려야 하고……" 눈물이 시야를 흐렸다. "내가 그렇게 해줄게. 네가 행복할 수 있게 최선을 다할 거야. 약속해…… 내가 원하는 건 그것뿐이야. 이 세상에 나 혼자 남겨두지 마. 우리는 함께 부서졌어. 그리고 넌…… 넌 나의 반쪽이야. 너무나 아름다운 반쪽……"

내 눈물이 그의 손등에 떨어졌다. 내 심장이 꿈틀거리며 간절히 그를 찾고 있었다.

"넌 나의 빛이야. 너 없이는 막막하기만 해. 아무것도 안 보여…… 제발 나를 좀 봐…… 내 말이 들리면 제발, 내게 돌아와……"

내 손에서 뭔가가 느껴졌다.

순간적인 떨림.

그것을 인지하는 데 시간이 조금 걸렸다…… 그리고 세상이 뒤집어졌다.

그가 움직였다.

격렬한 감정이 목구멍을 옥죄었고, 한참 동안 숨이 막혀 목소리가 나오지 않았다.

"선…… 선생님!" 나는 간신히 소리를 냈다.

나는 숨을 헐떡이며 침대에서 미끄러져 내려와 비틀거리며 문 쪽으로 달려갔다.

"선생님!" 나는 소리 질렀다. "로버트슨 선생님, 이리 좀 오세요! 빨리!"

로버트슨 의사가 달려왔고, 나의 갑작스러운 외침에 몹시 당황한 표정이었다.

"무슨 일이야?" 그는 서둘러 모니터를 보며 리젤의 생체 신호를 확인했다.

"그가…… 반응했어요." 나는 정신이 나간 듯 불쑥 내뱉었다. "내가 한 말에 반응했어요…… 그가 움직였어요……"

의사는 모니터에서 시선을 떼고 나를 쳐다보았다. 내 붉어진 눈과 깍지 낀 손가락, 떨고 있는 연약한 몸을 보았다.

"뭘 봤니?" 그는 이제 좀 더 조심스럽게 물었다.

"그가 움직였어요." 나는 다시 대답했다. "그의 손을 잡고 있었는데 손가락이 움직였어요……"

로버트슨 의사는 리젤의 생체 신호를 다시 확인하더니 고개를 가로 저었다.

"미안해, 니카. 리젤은 의식이 없어."

"하지만 저는 느꼈어요." 나는 반박했다. "맹세해요. 그가 내 손을 잡았어요……"

의사는 한숨을 쉬더니 가운 주머니에 손을 넣어 금속 펜처럼 보이는 물건을 꺼냈다. 전원을 켜자 아주 가느다란 빛이 나왔다. 의사는 리젤의 눈꺼풀을 끌어올려 눈동자에 빛을 비추었다.

아무 반응이 없었다.

세상은 천천히 무너졌다. 나는 실망스러운 표정으로 멍하니 그를 쳐다보기만 했다.

"하지만 나는…… 나는……"

"혼수상태의 환자가 가끔씩 움직이는 경우가 있어." 의사가 말했다. "경련이나 수축 현상이 일어날 수 있고…… 때로는 울기도 해. 하지만…… 아무 의미도 없어. 그건 순전히 약물에 대한 반사 작용, 무의식적인 반응인 거야."

의사의 단정적인 태도는 내 기대감을 단번에 무너뜨렸다.

"미안해, 니카."

내 눈에 눈물이 솟구쳤고, 나는 슬픔보다 훨씬 더 고통스러운 감정, 환멸이 느껴졌다.

그리고 희망에 매달리는 것이 얼마나 파괴적일 수 있는지를 비로소 깨달았다.

로버트슨 의사는 내 어깨에 손을 얹더니 병실을 나갔다. 나는 기대가 깨어진 것에 대한 고통만 커질 것이기에 그의 뒷모습을 쳐다보지도 못했다.

나는 열여덟 번째 생일을 그곳에서 보냈다.

갈비뼈 아래서 뭉개지는 심장과 움직이지 않는 그의 침대에 달린 풍선과 함께.

내 생일날로부터 며칠이 지났고, 변한 건 아무것도 없었다.

그는 여전히 거기 있었고, 나는 아직 거기 있었다.

어쩌면 우리는 영원히 거기에 있을 것이다.

나는 이야기가 바닥났고, 그에게 주려고 했던 모든 빛은 그의 닫힌 눈 속에서 성냥처럼 꺼져버렸다. 아무것도 남지 않았다. 내 영혼에는 깊은 공허만이 남았다. 그리고 바로 거기에서 평생 나와 함께했던 이야기가 다시 떠올랐다.

"…… 아주 먼 옛날 머나먼 곳에 누구도 울 수 없는 세상이 있었어."

내 목소리는 진이 다 빠진 속삭임이었다.

"감정은 타오르지 않았고, 감정은…… 존재하지도 않았어. 사람들은 느낄 줄 모르는 공허한 영혼으로 살았어. 그러나 모든 사람의 눈을 피해 영원한 고독 속에서…… 그림자에 둘러싸인 작은 남자가 살고 있었어. 그는 기이하고 놀라운 힘을 지닌 외로운 장인이었지. 유리처럼 투명한 눈에서 수정 눈물을 만들어낼 수 있었어.

어느 날 한 남자가 그의 집 문 앞에 나타났어. 그는 장인의 눈물을 보고는 조금이라도 감정을 느끼고 싶은 마음에 눈물을 좀 나눠줄 수 있냐고 물었어. 그는 울어보는 것이 평생의 소원이었거든.

'왜?' 장인은 목소리 같지 않은 소리로 물었어.

'우는 것은 감정을 의미하기 때문이죠.' 그 남자가 대답했어. '눈물에는 사랑과 이별의 가장 애틋한 감정이 있지요. 기쁨이나 행복보다도 더, 우리가 진정한 인간이라고 느끼게 하는 영혼의 깊은 확장이니까요.'

장인은 확신하느냐고 물었고, 그는 계속 간청했지. 그래서 눈물 두 개를 그의 눈꺼풀 아래에 넣어주었어.

그 남자가 떠나고 더 많은 사람들이 찾아왔어.

모두가 똑같은 것을 부탁했고, 장인은 그들 모두의 요구를 들어주었지. 그래서 사람들은 분노와 절망, 고통과 고뇌로 울게 되었어. 격렬한 열정, 환멸, 그리고 눈물, 눈물, 눈물…… 장인은 순수한 세상을 오염시키고, 가장 친밀하고 고단한 감정들로 물들였어.

그리고 인류는 절망했고, 우리가 아는 세상이 되었지.

그러니까…… 모든 어린이는 착해야 해.

분노와 질투, 악의는 아이의 본성이 아니기 때문이야.

만약 거짓말을 하면 그는 알아챌 거야. 거짓말을 한다는 건 그의 것이 된다는 뜻이야. 그는 모든 것을 보고 있어. 우리가 느끼는 모든 감정, 영혼의 작은 떨림도 알고 있어. 그를 속일 수 없어. 절대 잊어선 안 돼. 눈물을 만드는 사람을 속일 수 없다는 걸."

내 말은 침묵 속으로 사라졌다.

"그는 내게 항상 그런 존재였어." 나는 그에게 고백했다. "나는 그들이 우리에게 말한 그대로를 믿었어. 그는 무서운 괴물이라고…… 하지만 내 생각이 틀렸어."

나는 눈물이 그렁한 눈으로 그를 올려다보았다.

나는 오랫동안 우리의 동화를 찾았다. 그 동화가 처음부터 내 안에 있었다는 걸 알지 못했다.

"날 봐, 리젤." 나는 넋이 나간 듯 중얼거렸다. "네가 날 울게 하는 걸 봐. 정말이지 넌…… 나의 눈물을 만드는 사람이야." 나는 완전히 무너져 내리며 고개를 저었다. "너무 늦게 깨달았어. 우리 각자에게는 눈물을 만드는 사람이 있다는 걸…… 눈빛만으로 울게 하거나 기쁘게 하거나 파괴할 수 있는 자, 우리 안에 있는 그 사람…… 한마디 말로 절망하게 만들거나 미소로 감동시킬 수 있는 중요한 존재. 사람을 속일 수 없어…… 그 사람에게 거짓말할 수 없어. 그와 연결된 감정은 어떤 거짓말보다도 강하기 때문이야. 사랑하는 사람에게 싫어한다고 말할 수 없어. 그러니까…… 눈물을 만드는 사람을 속일 수 없어. 그건 자신을 속이는 것과 같아."

고뇌가 나를 덮쳤고, 피부 구석구석까지 고통스러웠다. 나는 이 이야기의 끝이 있다면, 오래전 보육원의 정문에서 보았던 그 검은 눈의 아이와 영원히 함께하는 것이란 걸 알고 있었다.

"네 눈을 보면서 말했다면 좋았을 텐데." 나는 담요 자락을 움켜쥐며 흐느꼈다. "내가 말할 때 네가 내 눈을 읽었다면 좋았을 텐데…… 어쩌면 너무 늦은 건지도 몰라. 어쩌면 우리 시간이 다 됐을지도…… 이 순간이 내게 남은 마지막 기회일지도……"

나는 이마를 그의 가슴으로 떨어뜨렸다. 그리고 내 주변의 세상이 꺼져가는 가운데, 우리의 결말을 위해 아껴두었던 말을 그에게 고백했다.

"*사랑해,* 리젤." 나는 가슴이 찢어지는 고통으로 속삭였다. "어두운 지하실에서 자유를 갈망하듯 너를 사랑해. 학대와 멍으로 얼룩진 수년 뒤, 따뜻한 손길을 갈망하듯 너를 사랑해…… 절대 깨지지 않는 하늘을 사랑하듯 널 사랑해. 내 인생에서 사랑했던 어떤 색깔보다도 너를 사랑해…… 그리고 너만을 사랑해…… *오직 너*, 나의 눈물을 만드는 사람인 너를……"

나는 뼛속까지 흐느껴 울었고, 내가 가진 모든 것을 다해 우리의 이야기를 그러쥐었다.

모든 눈물과 숨결로.

내 모든 반창고와 더는 느낄 수 없는 영혼으로.

그리고 그 순간…… 분명히 그의 심장이 더 세게 뛰는 것 같았다. 나는 그것을 두 손에 담아 가슴에 안고 영원히 지키고 싶었다. 하지만 내가 할 수 있는 건 매일 그랬듯 고개를 들어 그의 얼굴을 바라보는 것뿐이었다.

나는 용기를 내어 다시 그를 보았다.

그리고 이번에는……

이번에는 심장이 가슴에서 떨어져 나와…… 쿵 하는 떨어지는 소리가 들렸다.

그러나 나는 그것을 주우려고 몸을 굽히지 않았다.

멍하니 쳐다만 보고 있었다.

내 눈은…… 그의 눈을 똑바로 쳐다보았다.

피곤하고 지친 눈……

검은 눈.

잠시 동안 나는 존재하지 않게 되었다.

나는 눈물에 젖은 눈으로 그의 눈꺼풀 사이의 가느다란 틈을 보며 얼어 버렸다. 숨이라도 쉬었다간 그 순간이 유리처럼 깨질 것 같았다.

"…… *리젤*……"

하지만 그의 눈은……

그의 눈은 거기에 있었다.

꿈처럼 사라지지 않았다.

환영처럼 증발하지 않았다.

내 앞에서 연약하고 진실하고 지친 늑대의 눈이 내 모습을 비추었다.

"리젤……" 나는 도저히 믿기지가 않아 격렬하게 몸이 떨렸다.

상상도 못한 일이었다. 리젤이 나를 보고 있었다.

이것은 꿈이 아니었다.

리젤이 눈을 떴다.

나는 이마에 주름을 잡고 그의 이름을 되뇌었다. 마침내 나는 자신을 놓아 버렸고, 그 지독한 공허함은 고뇌와 고통의 지진과 함께 내 안에서 터져나갔다.

나는 숨이 막힐 정도로 강렬한 기쁨에 압도되었다.

그가 눈을 뜬 것은 내게 가장 아름다운 기적이었다.

어떤 하늘보다도 사랑하고,

어떤 동화보다도 갈망했던 기적.

나는 흐느끼며 리젤의 뺨에 손을 얹었고, 그는 그 순간의 완전한 혼란 속에서도 자신이 보고 있는 얼굴이 깊고 무한한 감정을 불러일으킨다는 것을 아는 듯 계속해서 나를 쳐다보고 있었다.

그리고 나는…… 그에게서 눈을 떼지 않았다.

잠시도. 간호사를 부르려고 손을 뻗어 버튼을 누르는 순간에도……
간호사들이 달려와서 믿을 수 없다는 탄성을 내지를 때도. 병동 전체에 갑작스러운 소란이 일었을 때도.

나는 그의 시선에 몸과 영혼이 묶인 채 내내 그의 옆에 있었다.

나는 떠나지 않고 그와 함께 머물렀다.

끝까지.

리젤이 말을 하기까지는 시간이 좀 걸렸다.

나는 혼수상태에서 깨어난 사람은 곧장 정신이 들거나 최소한 몸을 가눌 수 있을 거로 여겼는데, 그렇지 않다는 걸 알게 되었다. 의사는 환자가 움직임을 완전히 통제할 수 있기까지 몇 시간이 걸릴 것이고, 혼수상태가 2주 이상 지속된 환자는 식물인간 상태에 빠지는 경우가 많았다고 말했다. 그는 리젤이 악조건 속에서도 그 상태를 면할 수 있었다며 기뻐했다.

그의 평온한 모습을 보니 마음이 한없이 편안해졌다.

나는 손끝으로 그의 얼굴을 쓰다듬었고, 내 손길 아래 리젤이 눈을 떴다. 그는 눈을 뜨기에 아직 힘이 부치는지 천천히 눈꺼풀을 깜박이다가 내 얼굴에 시선을 집중했다.

"안녕……" 나는 더없이 부드러운 목소리로 속삭였다. 심장 박동을 감지하는 모니터에는 고동치는 선이 연속적으로 나타났다.

생생한 그의 심장 소리에 억제할 수 없는 기쁨의 눈물이 솟구쳐 목이 메었다. 그가 나를 알아보자 그의 눈동자는 하나로 연결된 두 개의 별처럼 내 눈동자에 고정되었다.

나는 그의 머리카락 몇 가닥을 부드럽게 쓸어 넘기면서 내가 꿈을 꾸고 있는 게 아니란 걸 다시 확인했다.

"드디어 돌아왔구나." 나는 한숨을 내쉬었다. "내게 돌아왔어."

리젤은 내 눈을 깊이 들여다보았고, 그의 몸은 눈에 띄게 쇠약해졌지만 그 어느 때보다도 멋져 보였다.

“…… 네 이야기처럼” 그의 쉰 목소리가 흘러나왔고, 나는 그의 목소리를 듣자 온몸에 전율이 일었다. 눈물은 오랜 친구처럼 내 눈에 차올랐고, 나는 차마 버티지 못하고 눈물을 쏟아냈다.

“내 말을…… 들었어?”

“매일…… 매일.”

나는 뺨을 타고 흘러내리는 눈물을 느끼며 미소를 지었다. 내가 그에게 말하고, 속삭이고, 고백했던 모든 것을 그가 들었다. 모두.

그는 *내가 그를 절대 놔주지 않으리란 걸 알고 있었다.*

“널 오래 기다렸어.” 나는 그와 손깍지를 끼며 숨을 내쉬었다.

우리는 늑대와 소녀처럼 손을 잡았고, 맞닿은 손바닥에서 나는 끊임없이 찾았던 그 모든 빛을 발견했다.

34
치유

측정할 수 없는 힘이 있다.
희망을 포기하지 않는 자의 용기가 그렇다.

리젤의 회복에는 시간이 걸렸다.

수면 각성 주기가 완전히 안정되기까지 며칠이 걸렸고, 자극과 움직임 등 몸에 대한 통제력을 회복하는 데 며칠이 또 걸렸다. 그는 맑은 정신을 되찾았고, 침대에 붙어있어야 하는 신체적 장애에도 불구하고 얼마 지나지 않아 자신의 예민한 성격을 모두 드러냈다.

그가 가장 참기 힘들었던 것이 하나 있다면 어떤 형태로든 보살핌과 관심을 받는 것이었다. 그는 아프다는 이유로 주목받는 것을 꺼렸고, 걱정스러운 눈빛으로 다가오는 사람에게 거부감을 느꼈다. 그가 혼수상태에서 깨어나기 전에는 매일 낯선 사람들의 애정 어린 보살핌을 받게 되리라곤 예상치 못했을 것이다.

특히 간호사들의 정성이 극진했다. 지난 몇 주 동안 그들은 부당한 잠에 빠져 생사를 넘나드는 매력적인 천사 환자를 사랑으로 대했다. 세심하게 보살피며 붕대를 갈아주면서 오래갈 수 없는 아련한 꿈처럼 그를 쳐다보았다.

그러던 그 남자애가 이제 눈꺼풀을 열어 무례하고 적대적인 늑대의 눈을 드러내자 불화와 마찰의 불꽃이 튀었다. 그런 분위기는 리젤만큼이나 의사와 간호사들도 불편해했다.

"뭐 하는 거예요?"날카로운 목소리가 리젤의 방에서 들려왔다.

나는 얼른 돌아섰다. 생각할 겨를도 없이 서둘러 안으로 들어갔다.

침대 앞에 있던 간호사는 붉어진 얼굴로 흥분해 있었다. 하얀 커튼을 비추는 햇빛에 싸인 리젤은 가슴에 복잡한 붕대가 감겨 있고, 담요가 골반까지 내려와 있었다. 그의 뺨에는 그림자가 드리워졌고, 예리한 눈썹 아래 검은 눈동자가 매혹적으로 번뜩였다.

"무슨 일이에요?" 나는 그가 상체를 일으켜 팔로 매트리스를 짚고 있는 모습을 보며 물었다. 그는 마치 감금당한 사람처럼 담요를 움켜쥐고 있었다.

"그에게 일어나면 안 된다고 말했어요." 그녀가 대답했다. "근데 말을 듣지 않아요……"

"걱정하지 마세요." 나는 한 손을 그의 어깨에 대고 살며시 누르면서 그녀에게 공손한 미소를 지었다. 그의 근육이 반항하려는 충동을 간신히 참는 게 느껴졌다. "놀랄 것 없어요……"

간호사는 그의 식사 쟁반을 챙겨 슬그머니 자리를 떴다. 나는 그녀가 문밖으로 사라지는 것을 보고는 그에게로 돌아서며 부드러운 미소를 지었다.

"어딜 가려고 했니?"

리젤은 우리에 갇힌 짐승처럼 나를 노려보았지만, 그게 전부였다.

나는 좀 전의 상황을 보지 못한 것처럼 침착하게 꽃을 정리했다. "오늘 기분 어때?"

"기막히게 좋아." 그가 퉁명스럽게 내뱉었다. "그들이 곧 내 방 앞에 동물원처럼 표지판을 걸 거야."

그는 기분이 별로 좋지 않았다. 몰래 빠져나가려다 또 들킨 것에 짜증이 났을 것이다.

"인내심을 가져야 해." 나는 손가락으로 꽃잎을 펴며 다정하게 말했다. "넌 유능한 의료진에게 치료받고 있어…… 알지? 가끔은 친절하게 대하는 것도 좋을 거야. 적어도 적대적이지는 않게. 할 수 있지?"

리젤은 윗입술을 비죽거리며 나를 보았고, 나는 그에게 너그러운 표정을 지었다.

"네가 간호사에게 무례하다고 하던데…… 사실이야?"

"그녀가 내 코에 고무관을 꽂으려 했어." 그는 화가 치밀어 식식거렸다. "나는 좀 살살 해달라고 말했는데……"

"아, 니카, 안녕!"

로버트슨 의사는 팔에 서류철을 끼고 가운을 펄럭이며 방으로 들어왔다. 그는 우리에게 다가와 기쁜 표정으로 말했다. "안녕, 리젤. 수프는 먹을 만했어?"

리젤은 공손하게 미소를 지었다.

"*한심*했어요."

"오늘 기분이 좋아 보여." 의사는 그를 훑어보고는 매일 하는 질문을 이어갔다.

그는 피곤하거나 현기증이 나는지 물었다. 두통이 자주 느껴지느냐고 물었고, 리젤은 질문에 답하는 것이 피할 수 없는 의무인 것처럼 필요한 대답을 해주었다.

"좋아." 로버트슨 의사가 말했다. "회복은 잘 되고 있어."

"언제 여기서 나갈 수 있나요?"

의사는 눈을 깜박이더니 휘둥그레진 눈으로 그를 쳐다보았다.

"나간다고? 나간다라…… 음…… 골반의 미세골절은 나았어. 쇄골은…… 아직 두어 주가 더 걸릴 것 같아. 그리고 갈비뼈는 아직 붙지 않았어. 생명을 앗아갈 뻔한 부상을 무시할 수는 없겠지?"

리젤은 날카로운 눈빛으로 쏘아보았지만, 로버트슨 의사는 동요하지 않았다.

"게다가 회복기 환자에겐 썩 내키지 않는 음식일지라도 먹는 게 중요하다는 걸 명심해. 몸이 정상으로 돌아가려면 꼭 필요해."

나는 팽팽한 대립감이 느껴지는 이유를 이해하지 못한 채 두 사람을 번갈아 쳐다보았다. 리젤은 방금 내가 부탁한 공손함의 범위를 벗어나지 않으려고 노력하는 것 같았고, 로버트슨 의사는 의기양양한 기세를 뽐냈다.

"나중에 다시 올게." 의사는 흡족한 표정으로 말하고는 방에서 나갔다.

리젤은 으르렁거리는 듯한 체념의 한숨을 내쉬며 베개에 머리를 묻었고, 두 팔을 들어 올려 얼굴을 가렸다.

"여기에 더 있다간……"

그가 그렇게 말을 많이 하는 건 이례적인 일이었다. 그러나 우리가 겪은 일은 그의 영혼을 가두었던 벽을 무너뜨렸다. 리젤은 나의 말과 행동을 통해 이제 더는 내게서 숨을 필요가 없다는 것을 깨달은 것 같았다.

"넌 한 달 동안 혼수상태였어." 나는 그의 옆에 앉아 상기시켰다. "이 모든 것이…… 마땅히 필요하지 않을까? 그리고 가끔은 돌봄을 받는 것도 좋지 않아?"

그는 멈칫했다. 그는 한 팔을 치우더니 세상에서 가장 우스꽝스러운 말을 한 것처럼 나를 쳐다보았다.

"*돌봄?*" 그는 빈정대며 되물었다.

"그래, 보살핌……" 내 뺨이 발갛게 물들었다. "모르긴 해도 그럴 수 있잖아. 느긋하게 자신을 내려놓고…… 그게 너에게 쉽지 않다는 건 알아…… 하지만 가끔은 누군가의 보살핌에 자신을 맡겨도 좋겠지. 관심을 즐겨 봐." 나는 우물거리며 그를 힐끗 쳐다보았다. 리젤은 돌봄이라는 말을 깊이 생각하는 것 같았지만, 나와는 다른 의미로 이해한다는 인상을 받았다. 그가 더 말하기 전에 나는 조용히 일어섰다.

"어디 가니?" 그는 마치 내가 지구 반대편으로 떠나는 듯이 물었다.

나는 돌아섰고, 그는 계속 나를 쳐다보고 있었다.

나는 웃었다. "내가 어디로 갈까 봐 걱정되니?"

리젤은 나를 슬쩍 흘겨보았다. 그가 이처럼 예민하고 초조해하는 모습은 낯설었다. 강제적인 환경은 그의 꼬인 성격이 적대감을 드러내게 했다. 나는 그의 검은 머리카락을 쓰다듬으며 상냥하게 미소 지었다.

"물 좀 가지러 가. 금방 돌아올게…… 내가 가져온 책을 좀 봐. 네가 부탁한 천체역학에 관한 책이야."

나는 복도를 따라 현관 로비로 가서 잔돈을 꺼낸 뒤 자판기 앞에 섰다.

"아, 여기 있었구나!"

젊은 여자가 금발머리를 일렁이며 내게 다가오고 있었다.

"아델린!"

그녀가 환하게 웃었고, 나는 머리카락을 어깨 뒤로 넘겼다. 그녀의 하늘거리는 남색 블라우스는 감미로운 눈빛과 함께 매혹적인 느낌을 주었다.

"집 열쇠를 가져왔어…… 네가 놓고 갔다고 안나가 그랬어."

그녀는 나비 열쇠고리가 달린 꾸러미를 내밀었고, 나는 그것을 받았다.

"아, 고마워. 귀찮게 해서……"

"괜찮아. 가던 길이었어…… 아시아가 저기 밖에 있어. 그녀가 차를 몰고 가게에 들렀고, 이제 집까지 태워 줄 거야. 백합은 마음에 드니?"

"아주 향기로워." 나는 기뻐하며 감사의 마음을 전했다. "네 말을 듣길 잘했어."

그녀의 빛나는 눈에서 나는 우리를 하나로 묶는 빛을 보았다.

아델린은 이제 일자리를 찾을 필요가 없었다. 맹그로브 클럽의 행사는 성공적이었고, 안나의 꽃 장식은 인기를 끌어 다음날부터 전화가 끊이지 않았다. 행사와 납품 요청 전화가 계속 이어졌고, 안나의 가게는 그녀가 그토록 바랐던 마땅한 기회를 얻게 되었다.

그리고 그게 다가 아니었다. 안나는 애정 가득한 눈으로 아델린에게 같이 일하자고 제안했고, 아델린은 오랫동안 찾던 직업을 구하게 되었다.

안나의 조수인 칼은 가게 문으로 들어서는 아델린을 보고서 입이 딱 벌어졌다. 그는 그녀가 나의 가장 어두운 날에도 빛을 가져다준 그 세심한 감성을 아직 짐작도 못했지만, 그녀를 돕겠다고 나섰다. 나는 그녀가 꽃과 잘 맞는 그 일의 적임자라는 사실이 새삼스럽지 않았다.

그리고 가게에 들렀을 때 안나와 아델린이 함께 웃고 이야기하는 모습을 보면 묘한 기분이 들었다. 나는 항상 아델린이 내 삶에 머물기를 바랐다. 이제 그녀가 그럴 것이란 걸 알게 되었다.

"아시아는 안 들어와?" 나는 입구 쪽을 바라보며 물었다.

"어, 차에서 기다리고 있어." 그녀는 고개를 저으며 웃었다. "그녀가 얼마나 성격이 급한지 알잖아."

내가 입원해 있는 동안 두 사람 사이에는 예상치 못한 우정이 싹텄다. 아시아가 나를 다시 방문했을 때, 아델린은 분위기를 좋게 만들려고 최선을 다했다. 그들은 내 뒤에 앉아 머리를 같이 땋아주었다. 아시아는 잘 되지 않는다며 투덜거렸고, 아델린은 키득거리며 지네머리 땋는 법을 보여주었다.

"그렇게 나쁘진 않아." 아델린이 장난스럽게 말했다.

"그래, 맞아." 나는 동의했다. "조금 까다롭긴 하지만…… 좋은 사람이야. 내가 그녀에게 고집이 세다는 말을 듣긴 했지만." 나는 그녀의 말을 떠올리며 웃었다. "고집불통에 구제불능, 희망처럼 완고하고 끈질기다고."

"그건 사실이야. 넌 희망 같은 사람이야."

나는 고개를 들어 아델린을 똑바로 쳐다보았다. 그녀의 말투는 나와는 사뭇 다르게 진지했다. 그녀는 진심이었다.

"난 너처럼 할 수 없을 거야."

"아델린……"

"그래." 그녀는 분명한 목소리로 말했다. "해내지 못할 거야. 낙심하지 않고 매일 그의 곁에 머무는 것. 매일 아침, 웃을 수 있을 만큼 힘을 낼 수는 없었을 거야. 넌 그에게 모든 것을 내어주었어. 매일 밤낮으로 그에게 이야기했어. 지친 순간에도 힘을 내어 계속했어. 절대 포기하지 않았어. 의사 선생님 말이 맞아. 너처럼 강한 빛이 그를 집으로 돌아가게 한댔어."

나는 가슴에 뜨거워졌고 쑥스러워 입술을 살짝 오므렸다.

"그런 말은 처음 들어……" 내가 중얼거리자 아델린이 슬며시 미소를 지었다.

"로버트슨 선생님이랑 둘이서 한 비밀 얘기야."

나는 내 손가락을 내려다보았다. 알록달록한 반창고가 마음을 편안하게 해주었다.

"아시아가 도와줬어. 막막한 순간에 길을 잃지 않게 도와주었어. 안나가 왜 그녀를 좋아하는지 이제 알겠어."

아델린은 격려하듯 내 팔을 잡았다.

"아," 그녀는 밖에서 경적이 울리자 외쳤다. "얼른 가야 해……"

"리젤은 안 보고 가?"

"오, 그러고 싶지만 아시아가 기다리고 있어! 아마 내일 근무 마치고 올 수 있을 거야…… 그때 있을 거지?"

나는 기뻐하며 고개를 끄덕였다. "물론이야."

그녀가 나에게 미소를 지었다. 그리고는 인사를 한 뒤 금빛 머리칼을 휘날리며 돌아섰다. 나는 그녀가 밖으로 뛰어가 차문을 여는 것을 보았다. 아시아는 선글라스를 들어 올리며 나무라듯 투덜거렸고, 아델린은 안전벨트를 매며 낄낄 웃었다.

내가 리젤의 병실로 들어섰을 때 그는 혼자가 아니었다. 그의 침대 옆에는 쟁반이 놓여 있었고, 그것을 가져온 간호사는 수액 고무줄이 얽히지 않게 주의하면서 침대보를 정리하고 있었다. 나는 이곳에서 그녀를 여러 번 본 적이 있다. 그의 붕대를 종종 갈아 준 간호사였다. 그녀는 아주 젊었고, 사슴처럼 여리여리하게 생겼다. 그녀의 손이 리젤의 피부에 닿았을 때 나는 명치가 따끔거렸다.

리젤은 그녀가 자신을 훔쳐보고 있다는 걸 알아차린 듯했다. 그는 그녀에게 벌컥 화를 내려다가 갑자기 다른 생각이 떠오른 듯한 표정을 지었다. 그녀의 명찰을 힐끗 보고는 몸을 일으켜 그녀 쪽으로 기울였다. 그러곤 자신만만한 미소를 띠며 말했다.

"돌로레스, *괜찮*은 걸 좀 먹을 수 있을까요?"

그녀는 얼굴을 붉히며 눈을 크게 떴다. 그녀는 대답하려 했지만, 그의 눈앞에서 띄엄띄엄 끊어진 말만 나왔다.

"미안하지만 난…… 난 그럴 수……"

"음."

간호사는 무언가 폭발한 듯 깜짝 놀랐다. 그녀가 돌아서면서 문가에 서 있는 나를 발견했다. 그녀는 뺨을 붉힌 채 나를 지나쳐 뒤쪽으로 사라졌다.

나는 입술을 살짝 내밀고 눈살을 찌푸리며 리젤을 쳐다보았다. 그리고 침대로 가서 탁자 위에 물통을 내려놓았다. 리젤은 더 나은 식사를 위한 노력이 허사로 돌아가는 것을 지켜보았다.

"간호사를 끌어들여야겠니?" 나는 약간 못마땅한 얼굴로 투덜거렸다.

리젤은 뻣뻣한 몸짓으로 다시 담요를 덮었다.

"공손하게 하라며……?" 그는 얼렁뚱땅 둘러대며 얼버무렸고, 나는 나무라는 표정으로 그를 흘겨보았다.

"몸을 일으켜선 안 돼." 나는 그의 쇄골에 감긴 복잡한 붕대를 보며 상기시켰다. "팔을 최대한 가만히 둬야 한다고 했어…… 아프지?" 나는 그의 턱이 경직된 것을 보며 조용히 말했다. "여기서 나가려면 안정을 취하고 의사 말을 들어야 해. 무엇보다도…… 먹어야 해." 나는 딱 잘라 말하며 방금 직원들이 가져온 쟁반으로 시선을 옮겼다.

나는 쟁판을 받아 무릎 위에 올려놓고 무엇이 있는지 확인했다. 물 한 잔과 회복기 환자에게 좋은 사과 퓌레가 있었다. 나는 플라스틱 용기의 뚜껑을 열었다. 그리고 쟁반 위의 티스푼을 들어 그에게 내밀었다.

"자, 먹어."

그는 마치 독이 든 음식을 보듯 퓌레를 노려보았다. 그런데 그가 팔을 움직이면 아플 것 같다는 생각이 들었다. 나는 조심스럽게 플라스틱 통을 집어 손바닥에 고정하고는 자세를 고쳐 앉았다. 그리고 황금 과육에 숟가락을 담갔다.

"뭐 하는 거야?"

"꼼짝하지 않을수록 좋아…… 의사 선생님도 말씀하셨지?" 나는 다정한 미소를 지었다. "자, 벌려."

그는 숟가락을 든 나를 의아한 표정으로 쳐다보았다.

"자아, 리젤, 어린애처럼 굴지 마……" 나는 가까이 다가갔다. "어서……" 나는 순진한 표정으로 숟가락을 그의 입가로 가져갔다.

그는 입을 다물고 턱을 악문 채 나를 쳐다보았다. 쟁반을 내던지고 싶은 충동과 그를 회유하는 사람이 나라는 사실이 격렬하게 맞서 싸우는 것처럼 보였다.

"어서……" 나는 달래듯이 중얼거렸다.

리젤은 이를 악물었다. 목구멍에서 튀어나오려는 말을 억누르려 애쓰는 것 같았다. 그러다 다정하면서도 간절한 내 표정을 보고…… 격려하는 내 눈빛을 보고…… 내면의 싸움을 접으며 마침내 입을 조금 벌렸다. 나는 그의 입술 사이로 살며시 숟가락을 밀어 넣었고, 그는 나를 거의 태워버릴 정도로 이글대는 눈빛을 발사했다. 그러곤 인상을 쓰며 음식을 삼켰다.

"음, 그렇게 맛이 없니?"

"그래." 그가 퉁명스럽게 대꾸했지만, 나는 이미 두 번째 한입을 준비했다. 순간 그가 숟가락을 으드득 깨물어 버릴 것만 같았다. 나는 약간의 선의와 많은 인내심으로 절반 이상을 먹도록 설득했다.

어느 순간 그의 입가에 금빛 액체가 흘러내리자 나도 모르게 숟가락으로 그것을 받았다. 그는 부드러움으로 가득 찬 내 눈을 보고 더는 참을 수 없었다.

"*그만해, 됐어.*" 그는 쏘아붙이며 내게서 플라스틱 용기와 숟가락을 빼앗아 침대 옆 탁자 위에 내려놓았다. 그리고 내가 어찌하기도 전에 쟁반도 낚아채 거기에 두었다.

"아, 뭐." 나는 작은 목소리로 말했다. "거의 다……"

그의 팔이 내 허리를 감아 나를 자기 쪽으로 끌어당겼다. 나는 몸이 쏠리지 않으려고 버텼지만 그가 힘을 주어 당기는 바람에 앞으로 엎어지고 말았다.

"리젤." 나는 깜짝 놀라 말을 더듬었다. "뭐 하는 거야?"

나는 뒤로 물러나려고 했지만 그가 나를 꽉 끌어안았다. 그리고 내가 말할 틈을 주지 않고 내 귀에 입술을 갖다 대고는 도발적으로 으르렁거렸다. "약간의 내…… 보살핌을 거부하진 않겠지."

리젤은 내 목에 얼굴을 묻고 향기를 들이마시며 팔로 나를 감쌌다. 나는 얼굴이 화끈거리고 숨이 가빠졌다. 그의 폐가 천천히 부풀어 오르는 게 느껴졌다.

"리젤, 여긴 공공장소야……" 나는 얼굴을 붉힌 채 말을 더듬었다.

"으음……"

"누가 들어오면……" 그의 손가락이 내 청바지에서 블라우스를 꺼내며 허리춤으로 파고들었다. 그리고 옆구리를 움켜쥐자 나는 숨을 죽였다.

"리…… 리젤, 수간호사를 또 화나게 했다간……"

나는 화들짝 놀라서 휘둥그레진 눈으로 내 목덜미를 부여잡았다.

그가 내 목을 물었다.

"*리젤!*"

시간은 다른 사람들의 상처도 치유했다.

이제 빌리와 미키는 걱정하지 않아도 되었다.

그들은 내게 일어난 사고를 통해 때때로 인생은 예측불가고, 오해로 낭비하기에는 시간이 충분치 않다는 것을 느끼게 되었다. 어느 날 그들은 손을 잡고 학교에 왔고, 나는 그들의 맑은 눈을 보면서 우정이 회복되었다는 것을 알았다. 그들은 마침내 대화를 나누었고, 나에게 털어놓지 않았지만, 나는 폭풍이 지나갔다는 것을 알 수 있었다.

미키의 얼굴을 봐도 우울하거나 실망한 흔적을 찾아볼 수 없었다. 그녀에게도 소중한 사람이 곁에 있다는 것은 다른 어떤 소망보다도 중요한 것 같았다. 어쩌면 그들의 관계는 예전과 같지 않을 것이다…… 하지만 손을 잡고 있는 그들의 모습을 보면서 두 사람도 점차 함께하는 방법을 찾아나갈 거란 걸 알 수 있었다.

끝까지.

어느 날 오후 나는 함께 숙제하자며 그들을 집으로 불렀다. 그날 나는 내 마음을 책처럼 펼쳤다. 모든 것을 말했다. 부모님을 잃은 것, 다섯 살 때 혼자 덩그러니 보육원의 문 앞에 선 일, 그레이브에서 보낸 시절, 원장과 그녀가 우리에게서 앗아간 희망과 영원히 남긴 상처에 대해 이야기했다. 그리고 리젤에 대해 말했다.

나는 아무것도 빠뜨리지 않고 다 얘기했다. 할퀌과 괴롭힘, 비밀과 말하지 않은 말, 운명보다 더 강한 실로 우리를 꽉 묶었던 매 순간.

나는 그들에게 쉼표 하나도 바꾸지 않고 우리의 이야기를 들려주었다.

너무나 불완전하고 망가졌을지라도, 많은 사람들의 눈에 이해할 수 없는 일일지라도…… 그것은 내가 원한 유일한 이야기였다.

병원에서는 상황이 나아졌다. 리젤은 붕대를 풀고 재활을 시작했다. 그런데 그가 완전히 회복되어 가면서 의료진과 더 자주 *마찰*이 빚어졌고, 나는 몇 개째인지도 모를 꽃을 수간호사에게 주어야 했다.

그리고…… 입양 문제가 있었다.

리젤은 이제 밀리건 가족의 일원이 아니었기에 보육원으로 돌아가야 했다. 안나는 그를 멀리 보내지 않으려고 최선을 다했다. 많은 곳에 전화를 걸었고, 사회복지과에 직접 가서 사정을 설명했다. 리젤이 앓고 있는 질병을 고려할 때, 그가 가까운 곳에서 우리와 연락을 유지하는 것이 그의 상태에 매우 중요한 정신적 안정을 준다고 말했다.

안나는 의사의 도움을 받아 리젤의 심리 상태가 통증의 발작에 어떤 영향을 미치는지 보고하는 문서를 첨부했다. 안정된 환경은 발작의 횟수와 강도를 줄이는 반면 스트레스와 불안은 상황을 더욱 악화시킨다는 것을 증명하였다.

결국 리젤은 성 요셉 보육원으로 가게 되었고, 우리 모두는 기뻐하며 마음을 놓았다. 그는 아델린과 같은 곳에 있게 되었다. 그레이브보다 훨씬 더 가까웠고 버스로 몇 정거장 거리에 있었다. 원장은 키가 작고 다부진 체격의 남자였다. 아델린은 그가 무뚝뚝한 성격이지만 좋은 사람이라고 알려주었다. 나는 그녀의 진실한 눈을 보면서 그곳에서 리젤이 혼자가 아니라는 사실에 안도감을 느꼈다. 학교도 안나가 일 년치 학비를 이미 지불했기 때문에 나와 함께 학기를 마치기로 했다.

그날 오후 늦게 나는 병원의 텅 빈 복도를 걸어갔다. 내 발소리는 수없이 그랬듯 벽에 부딪혀 울려 퍼졌다. 내일부터는 발길을 끊을 거란 게 믿기지 않았다.

나는 언제나처럼 그의 방 앞에서 걸음을 멈췄다.

침대는 정리되었고, 벽 앞에 있던 의자는 치워졌다. 침대 옆 탁자도 꽃이 사라지고 깨끗하게 비워졌다. 그가 퇴원할 시간이 되었다.

나는 그 방의 입구에서 역광에 비친 그의 모습을 감상했다.

밖에는 비가 내리는 가운데 흐릿한 노을이 지고 있었다. 구름은 타오르는 붉은빛으로 물들었고, 공중을 비추는 빛은 무엇이든 할 수 있을 것 같았다.

리젤은 창가에 서 있었다. 검은 머리카락이 얼굴을 감쌌고, 강한 어깨가 유리창에 선명하게 비쳤다. 한 손을 주머니에 꽂은 그의 모습은 쓸쓸하고 매혹적이었다.

나는 잠시 조용히 그를 바라보았다.

나는 작은 천사의 얼굴과 검은 눈을 가진 어린 시절의 그를 다시 보았다.

무릎이 까진 채 내 리본을 쥐고 있던 일곱 살의 그를 다시 보았다.

촛불 앞에서 멍하니 허공을 바라보던 열 살의 그를 다시 보았다.

경계하는 눈과 턱을 떨군 열두 살의 그, 열세 살과 열네 살의 그, 잔인한 아름다움을 한없이 떨치던 열다섯 살의 그를 다시 보았다.

타인의 손길을 허락지 않고, 우월한 지성으로 입을 다물게 하고, 고개를 뒤로 젖히며 기분 나쁘게 웃던 리젤. 건방지게 혀를 차고, 시선만으로도 떨게 했던 리젤. 소년의 눈이지만 늑대의 마음으로 멀리서 나를 몰래 지켜보던 리젤. 리젤은 희귀하고 뒤틀리고 어둡고 매혹적인 존재였다.

나는 그를 찬찬히 뜯어보았고, 믿기지가 않았다. 그가 내 사람이라는 것이……

그 안에 있는 늑대의 마음이 내 이름을 묵묵히 짊어지고 있다는 것이.

다시는 그를 보내지 않을 것이다.

* * *

“이제 가는구나.” 목소리가 들렸다.

리젤은 고개를 돌렸고, 양손을 등 뒤로 깍지 낀 니카가 다가오고 있었다. 그녀의 긴 머리카락이 가볍게 흔들렸고, 별들의 샘 같은 그녀의 눈 속에서 찬란한 빛이 반짝거렸다.

그녀는 그의 옆, 창문 앞에 멈춰 섰다.

“그럼 리젤, 도망가는 건 포기하는 거지?” 니카가 물었다. “나를 따를 거지?”

리젤은 속눈썹을 늘어뜨리며 그녀를 보았다.

“넌 나를 따를 거니?” 그가 쉰 목소리로 차분하게 되물었다. 그녀를 깊이 들여다보며 나지막하게 속삭였다. “이런 모습의 나를…… 따를 거니?"

니카는 입꼬리를 올렸다. 그녀는 뼈와 영혼을 녹일 듯한 눈빛으로 그를 보며 대답했다. "이미 그러고 있어."

리젤은 그녀의 말이 사실이라는 것을 알고 있었다.

그것을 깨닫는 데는 오랜 시간이 걸렸다. 받아들이기까지.

그를 향한 그녀의 기도가 필요했다.

그녀는 울고 소리치고, 닿을 수 없는 곳으로 떠나는 그를 보며 괴로워했다.

그리고 그날 밤 그녀의 고백으로 그는 완전히 깨닫게 되었다.

잠시 리젤은 상황이 다르게 흘러갔다면 어떤 일이 일어났을지 궁금했다. 그들이 다리에서 떨어지지 않았다면 어땠을까. 그는 자신으로부터 그녀를 구하기 위해 떠났을 것이고, 니카는 결코 알지 못했을 것이다. 그가 내린 평생의 선택은 단 한 사람, 그녀를 중심으로 이루어졌다는 사실을.

어쩌면 기약할 수 없는 어느 날, 그들은 다시 만나게 될지도 모른다.

아닐 수도 있다. 그들은 영원히 재회하지 못하고, 그는 그녀가 성장하는 모습을 상상하며 평생을 살지 모른다.

하지만 지금 그녀는 눈물로 보낸 시간을 딛고 그 앞에 있었다.

리젤은 어렸을 때부터 품고 있던 그녀의 눈동자를 바라보며, 그녀에게 마음속으로 속삭였다.

나는 비로소 이해할 수 있었어.

매일 곁에 있는 너를 느끼면서도.

매일 밤 네가 우는 소리를 들으면서도.

널 떠나보내면 네가 더 행복할 것이라고 항상 생각했어. 나는 다른 사람들처럼 되는 법을 몰랐지. 그런 적이 없고, 그럴 수 없었을 거야.

하지만 넌 깨닫게 해주었어. 내가 틀렸다는 걸……

넌 모든 것을 알고서도, 나를 있는 그대로 보기 때문이야. 넌 나를 바꾸려하지 않았어. 나를 두려워하지 않았어. 네가 원한 건…… 그저 나와

함께 있는 것이었어.

그리고 마침내, 그 무언의 말이 다 끝나고, 그가 항상 그랬던 그 모든 것이 끝나고, 리젤은 천천히 눈을 감고서 속삭이기만 했다.

"널 따를게."

그녀는 떨리는 표정으로 환하게 웃었다.

리젤은 거부할 수 없는 존재인 그녀를 만지고 싶은 충동을 느꼈다. 그가 강렬한 충동에 이끌리기 전에 니카는 팔을 앞으로 내밀어 등 뒤에 감췄던 물건을 그의 눈앞에 들이밀었다.

그는 말문이 막혔다.

검은 장미였다. 줄기에 잎사귀와 가시가 무성했다.

오래전, 그가 그녀에게 주었던 것과 같은 장미. 그는 괴로움에 휩싸여 무너져 내릴 것 같았다.

"혹시…… 나한테 주는 거니?"

"*내가?*" 니카는 장난스럽게 눈썹을 치켜떴다. "*너한테 꽃을 준다고?*"

리젤은 고개를 돌리며 얼굴을 찌푸렸다. 그런데 예상치 못한 일이 일어났다.

보이지 않는 힘이 그의 입술을 구부렸고, 처음으로 그는 자기 내면에서 진실하고 자연스러운 무언가가 솟아나는 것을 느꼈다. 그것은 고통을 감추는 비웃음이 아니었다. 그녀의 눈에 비친 것은 찬란하게 빛나는 미소였다.

니카는 숨죽인 채 그를 쳐다보았다. 그녀의 눈빛은 그 어느 때보다도 경이롭게 빛나고 있었다. 리젤은 그녀가 언제까지나 그런 눈으로 봐주길 바랐다.

"나는 네가 웃는 게 좋아." 그녀도 웃으며 속삭였다. 이제 그녀의 손가락이 떨리고 있었고, 리젤은 그녀의 붉어진 뺨과 감격한 눈을 보면서 만지고 싶은 충동을 참을 수 없었다.

리젤은 그녀의 머리카락에 손을 넣고 가까이 끌어당겼다. 조심스러운 동작으로 그녀를 끌어안았다.

맙소사, 그녀의 머리카락…… 그녀의 향기…… 그리고 그가 꼭 껴안고 있는데도, 예상대로 두려움 없이 그를 보는 그녀의 빛나는 눈.

그녀는 그의 별이었다.

그는 장미를 쥐고 있는 니카의 손을 감싸며 그녀의 귀 쪽으로 몸을 숙였다. 벌레가 매력적인 그녀의 입술을 갈망하는 동안, 리젤은 자신이 늘 품고 있던 모든 것을 그녀에게 말할 수 있다는 생각이 들었다. 하나도 남김없이.

어렸을 때부터 매일 그녀를 사랑했다고.

사랑이 무엇인지 몰랐기 때문에 그녀를 미워했고, 자신도 미워했다고.

그녀가 너무 잘해주어서 아팠다고. 그녀가 들고 있는 그 장미처럼, 그의 안에 있는 모든 꽃이 가시를 세우며 찔러댔기 때문에.

그는 바로 거기서 그녀의 귀에다 많은 말을 속삭일 수 있었다.

'뼛속까지 사랑해'라고 고백할 수 있었다.

그러나 그는 그녀의 머리카락을 꽉 쥐며 그 말만 했을 뿐이다……

"너는…… *나의* 눈물을 만드는 사람이야."

너무나 사랑스럽고 작고 연약한 니카가 웃었다. 눈물을 흘리며 입술로 웃었다.

그는 그녀의 입을 맞추었다. 천천히 그녀의 입술을 탐닉하며 정신이 아득해지는 부드럽고 달콤한 감각에 빠져들었다.

니카는 두 손으로 그의 얼굴을 잡았고, 리젤은 그녀만이 그에게 가할 수 있는 그 엄청난 고통 속에서 안도감을 느꼈다.

그 꽃잎과 가시는 언제나 그의 일부였을 테니까.

처음부터 끝까지.

그녀가 들고 있는 장미든 그의 안에 깃든 장미든…… 상관없었다.

결국 다 그녀가 준 꽃이었으니까.

35
약속

보이지 않는 놀라운 힘 세 가지는
음악, 향기, 그리고 사랑이다.

6월의 태양이 하늘에서 빛났다.

공기는 피부에 닿는 꽃잎처럼 따뜻하고 가벼웠다. 학교의 안뜰에는 많은 가족과 학생들이 시끌벅적하게 즐거운 대화를 나누며 축하하고 있었다. 졸업식 날이었다.

할머니 할아버지들은 대견해하며 손주들을 안아주었고, 부모들은 자랑스러운 순간을 사진으로 담았다. 학교 스피커에서는 분위기의 배경이 되는 가볍고 은은한 음악이 흘러나왔다. 잊을 수 없을 것 같은 날이었다. 영원히 기억에 남을 마법 같은, 색다르고 특별한 무언가가 공기 중에 감돌았다.

"스마일!"

카메라 플래시가 우리의 미소를 비추었다. 안나는 내 팔에 손을 얹었고, 노먼은 내 어깨에 팔을 둘렀다. 나는 기뻐하며 졸업장을 쥐고 있었다. 졸업 가운이 발목에 닿았고, 머리에 쓴 사각모는 엄숙한 느낌보다는 우스꽝스러워 보이게 했다.

"이거 정말 잘 나왔네!" 빌리는 신이 나서 환호했고, 그녀의 모자에 달린 금빛 술이 공중에서 흔들렸다.

“전문 사진작가 같아.” 노먼이 수줍게 웃으며 말했다. 아마 그녀가 연신 사진기를 눌러 댔기 때문일 것이다.

빌리는 더욱 흥분해서 외쳤다. “다 함께 한 장 찍어야 해! 현관에 걸어두고 싶어!”

그녀는 그 어느 때보다도 행복한 미소를 우리에게 지어보였다. 두 눈이 보석처럼 빛났다. 그녀는 몸을 돌려 미키와 그녀의 부모님이 다른 두 어른들과 함께 서 있는 곳으로 달려갔다.

빌리의 부모님이 활기차게 웃고 있었다. 알록달록한 앵무새 한 쌍처럼 사람들 사이에서 눈에 띄었다. 아빠는 하와이안 셔츠를 입고 있었고, 엄마는 곱슬머리에 아마존 부족이 선물한 매우 화려한 의식용 귀걸이를 하고 있었다. 빌리가 나를 부모님에게 소개했을 때, 그들은 내 친구의 눈에서 수없이 보았던 열정적인 눈빛으로 내 두 손을 덥석 잡았다. 나는 그들이 그날 거기에 있는 것이 빌리에게 얼마나 중요한지 알고 있었다. 하지만 빌리에 대한 그들의 애정을 지켜보면서, 나는 그들이 세상 무엇과도 그 사랑을 바꾸지 않을 거란 걸 알았다.

이제 그들은 열띤 이야기보따리를 풀었는데, 몸짓으로 보아 원숭이들의 추격을 묘사하는 것 같았다. 왕족처럼 고상하고 점잖은 미키의 부모님은 딸의 어깨에 가볍게 손을 얹고서 슬며시 미소 지으며 듣고 있었다.

모든 것이 좋았다.

내 삶에 빛이 비쳤다.

그날은 내게 한없이 행복한 날이었고 마냥 기쁘기만 했다. 그러다 아주 잠깐 엄마, 아빠 생각이 떠올랐다.

그들이 여기 있다면 좋을 텐데……

나를 볼 수 있으면 좋을 텐데.

내 기억 속에는 소중한 한 장면이 남아 있었다. 나는 부모님의 뒷모습을 다시 보았다. 그들은 앞서 걸어갔고, 나는 온갖 것을 구경하느라 멈춰 서곤 했다. 두 사람 중 아빠의 모습은 더 흐릿했고 시간이 지날수록 윤곽이 흐려졌지만, 엄마는 잊을 수 없는 빛처럼 기억되었다.

나는 세상에 대한 호기심이 많아 뒤처졌고, 한낮의 빛에 둘러싸인 엄마는 계속해서 나를 돌아보았다. 그녀는 미소를 지으며 나를 바라보았고, 햇빛 속에서 눈부신 손을 내밀었다.

"*니카?*" 그 소리만 기억났다. 세상에서 가장 감미로운 목소리였다. "*이리 와.*"

무언가가 내 얼굴을 스쳤다.

노먼이 내 모자의 술을 조심스럽게 정리해 주고 있었다. 그는 나와 눈을 마주치자 살며시 미소를 지었다. 그의 사려 깊은 행동이 내 마음을 달래주었다.

"그들이 왔어!"

갑자기 주위에서 흥분된 목소리가 일었다. 몇몇이 돌아보았다. 사람들 사이에서 여학생과 남학생 여럿이 짝을 지어 잔디밭으로 걸어오고 있었다. 그들의 팔에는 큰 바구니가 걸려 있었다.

"뭐지?" 안나가 기웃거리며 물었다.

"송별 행사예요." 나는 미소 띤 얼굴로 대답했다. "안 할 줄 알았는데……."

학생회는 해마다 졸업생들을 위한 작은 공연을 준비했지만, 이번에는 다르게 진행되었다. 가든 데이를 조직했던 위원회가 재미있는 기념행사를 기획했다.

졸업생의 사각모가 화관으로 대체되기 시작했다. 여자는 흰 백합이, 남자는 자줏빛의 작은 열매와 초록 잎사귀가 장식된 화관이었다.

참신한 발상이었고 이상하게 보일 수도 있지만, 모두가 머리에 꽃봉오리나 열매를 달고 자랑스럽게 돌아다니는 모습은 절로 미소가 지어졌다.

안나는 가슴에 한 손을 얹은 채 웃었다.

눈 깜짝할 사이에 누군가가 내 머리에도 화관을 씌웠다. 나는 즐겁게 깔깔거리는 빌리를 보고는 미키를 돌아보았다. 미키는 백합 왕관 아래로 내려온 검은 머리카락을 입에서 뱉어내고는 고개를 들어 빌리를 노려보았다.

그리고 바구니에서 화관을 집어 들고는 이글거리는 눈빛으로 달려들었다.

"널 붙잡으면……" 미키는 둔기처럼 화관을 휘두르며 그녀를 위협했다.

내가 말리려 해도 소용없었다. 미키는 빌리를 쫓아가서는 쓰러뜨리려는 듯이 그녀의 머리에다 화관을 꽂았다.

나는 안나와 노먼에게 반짝이는 눈빛을 던지고는, 신이 나서 남자 화관을 챙겨 사람들 사이로 걸어 나갔다. 행복한 얼굴들이 북적이는 가운데 꽃향기가 공중으로 퍼져 나갔다. 나는 내가 찾고 있던 사람을 발견하고 멈춰 섰다. 조금 떨어진 곳에서 매력적인 한 청년이 교장 선생님과 얘기하고 있었다. 그들 옆에는 한 남자와 한 여자도 있었는데, 그들은 그의 장래에 관한 대화를 나누고 있을 것이다.

리젤은 등을 지고 있었다. 가운이 열려 있었고 사각모를 팔 아래에 낀 채 주머니에 손을 넣고 있어 우아한 바지가 드러나 보였다. 나는 중요한 순간을 방해하고 싶지 않아 살며시 다가갔다. 그런데 그 순간 남자와 여자는 찬성의 뜻을 표하며 악수했다. 교장은 고개를 끄덕이고는 그들을 다른 장소로 안내했다. 그들이 다 같이 자리를 뜨자 나는 뒤따라갔다.

나는 리젤의 뒤로 가서 목청을 가다듬으며 주의를 끌었다.

그가 돌아섰다. 그리고 장난스러운 내 표정을 보자 살짝 불편해하며 말했다.

"사진은 더 이상 안 돼……"

나는 대답 대신 즐거워하며 그의 눈앞에다 왕관을 내밀었다. 그의 시선이 거기로 떨어지자 그는 눈썹을 치켜떴다.

"장난이겠지." 그는 단호하게 말했지만, 시간이 지나면서 내가 진지하다는 걸 그가 알게 된 것처럼 나는 그의 말투에서 주저하는 기색을 느꼈다.

“쓰지 않을래?” 그에게 물었다.

“*기꺼이* 사양할게.” 그는 뾰로통한 표정으로 쏘아붙였다.

그러나 나는 그를 이해하는 법을 배우고 있었다.

“자.” 나는 그에게 다가가 미소를 지으며 재촉했다. “다른 사람들은 다……”

“싫어……”

나는 그가 더 말할 틈을 주지 않았다. 깡충거리며 팔을 뻗어 그의 머리에 화관을 얹었다. 열매 두어 개가 떨어져 그의 가슴에서 튕겨 나갔다. 리젤은 방금 내가 한 행동을 믿을 수 없다는 듯 굳은 채로 눈을 깜박였다. 그러나 그가 미처 반응하기도 전에 나는 그의 얼굴을 잡고 발끝으로 서서 턱에다 뽀뽀했다.

그는 눈을 찌푸렸고, 나는 해맑은 미소를 지어 보였다.

“아주 잘 어울려.” 나는 그의 한쪽 손을 찾아 깍지를 끼며 몸을 가볍게 흔들었다. 리젤은 내가 자신을 달래려고 한다는 걸 느꼈고, 나는 그의 입꼬리가 살짝 올라간 것 같아 마음이 뿌듯했다.

벅찬 가슴으로 그에게 말하고 싶었다. *웃어도 돼, 웃어도 돼, 정말 아무 일도 일어나지 않아……*

“말하지 마.”

그는 천천히 우리의 깍지 낀 손을 내 뒤로 가져가며 나를 끌어당겼다. 내 허리 뒤에 손목을 갖다 대고는 속눈썹 아래로 나를 빤히 쳐다보았다.

화관은 그에게 정말 잘 어울렸다. 그는 숲의 왕자처럼 보였다.

“만족해?” 그는 중얼거렸다.

나는 환하게 웃으며 고개를 끄덕였고, 백합 꽃잎이 내 눈앞에서 흔들렸다. 내가 다른 한 손으로 그의 뺨을 어루만지자 그는 내 표정을 바라보았다.

“이날을 꿈꿨어.” 나의 나른한 눈빛이 그의 얼굴 위로 미끄러졌다.

"여기서 널 보는 꿈, 나와 함께 졸업하는 널 보고 싶었어."

내 목소리에 담긴 부드러움이 그의 눈빛을 더욱 깊게 했다. 리젤은 내가 그를 잃을까 봐 마음 졸이던 때를 언급한다는 걸 알고 있었다. 그는 입을 다문 채 내 손길을 허락하며 내 입술을 내려다보았다.

"이제 어떻게 될까?"

"우리가 원하는 대로." 나는 더 이상 두렵지 않았기 때문에 차분하게 대답했다. "이제 시작일 뿐이야."

나는 눈을 감고 친밀감을 즐기며 그의 목덜미에 머리를 기댔다. 나는 그의 온기에 몸을 맡겼고 내 마음을 흔드는 기쁨을 그가 느끼기를 바랐다. 나는 생기가 가득하고 행복했다. 머리에 화관을 쓴 그를 거기서 봐서 기뻤고, 새롭고 멋진 여행의 시작에 그와 함께 있어 기뻤다.

나는 준비가 되어 있었다.

"여기!"

빌리가 카메라를 흔들었다.

"다 같이 사진 찍어야지!"

다행히도, 그녀는 멀리 있었기에 리젤의 불평 소리를 듣지 못했다. 우리는 다른 사람들이 있는 곳으로 갔고, 셀 수 없이 많은 사진을 찍은 후 축하 행사를 계속했다.

하루가 끝날 무렵, 교정에는 꽃잎과 열매가 여기저기 흩어져 있었다. 리젤은 교장 선생님과 할 얘기가 남았기 때문에 자리를 떠야 했다. 나는 리젤에게 인사했고, 안뜰에는 우리만 남았다.

잊을 수 없는 하루였다.

누군가가 내 머리를 만지는 느낌이 들었다. 안나였다. 그녀는 내 이마에 있는 백합을 조심스럽게 정리하고는 다정하게 나를 쳐다보았다.

"네가 정말 자랑스러워." 그녀는 내 기억에 새겨진 애정으로 말했다. 감동과 진심이 담긴 그 말에 나는 그녀의 눈에서 시선을 떼지 못했다.

나는 안나에게 차마 꺼내지 못한 말이 있었다. 예전부터 생각은 하고 있었지만 용기가 나지 않았다. 그 순간, 거기 그녀 앞에서, 나는 더 지체하고 싶지 않았다.

"안나, 앨런을 만나러 가고 싶어요."

내 목소리는 부드러우면서도 단호하게 들렸다. 내 머리카락을 만지던 그녀의 손이 멈칫했다.

"더 일찍 말하고 싶었어요." 나는 조심스럽게 말했다. "그런데 적절한 때가 아닌 것 같았어요. 말하는 게 옳은지도 잘 몰랐고요. 하지만 정말…… 가고 싶어요." 나는 그녀의 시선을 붙잡으며 부드럽고 맑은 눈으로 그녀를 쳐다보았다. "가도 될까요?"

그녀의 얼굴에는 한 번도 본 적이 없는 감정이 서려 있었다.

나는 방해가 되거나 부적절하거나 무례한 언행을 할까 봐 항상 두려웠다. 애정은 늘 멀리서 바라보던 선물이었기에 과분한 것이 두려웠다.

시간이 지나서야 사랑은 간섭이 아니라 나눔이라는 것을 이해하게 되었다.

안나는 얼굴을 기울였고, 나는 그녀의 눈빛에서 말이 필요 없는 대답을 보았다.

우리는 그날 오후에 곧장 그곳으로 갔다.

나는 여전히 백합 화관을 쓰고 있었다.

늦은 시간이었고, 노을빛이 하얀 대리석을 물들였다. 묘지에는 아무도 없었다. 초여름의 따뜻하고 향기로운 공기와 어우러진 고요함이 비문 위에 맴돌고 있었다.

앨런은 뒤쪽, 자작나무 그늘에 있었다.

우리가 그리로 갔을 때 누군가가 놓고 간 꽃이 보였다. 아직 싱싱하고 풍성해서 하루도 채 지나지 않은 것 같았다.

"아시아." 안나는 슬픈 미소를 지으며 중얼거렸다.

비석은 이끼 하나 없이 깨끗했다. 그녀는 자주 이곳을 들러 잘 관리되고 있는지 확인했을 것이다.

노먼은 몸을 굽혀 비석 앞의 잔디에 파란 꽃다발을 내려놓았다. 그리고 한참 동안 꽃다발을 정리하며 종이가 구겨지지 않았는지 접힌 부분과 모서리가 말끔한지 구석구석 살폈다. 그가 다시 일어섰을 때 안나가 가까이 다가와 그의 어깨를 어루만졌다. 내가 앨런의 무덤을 바라보는 동안 그녀는 그에게 머리를 기대었다. 우리 주위로 바람 소리만 들렸다.

나는 그에게 많은 것을 말하고 싶었다.

나에 대해, 그에 대해, 그가 어떤 사람인지에 대해, 그리고 그의 목소리를 들어본 적이 없는데도, 터무니없고 이상하고 막연하지만 그가 가깝게 느껴진다고 고백하고 싶었다.

나는 그 침묵을 채우고 싶었고, 그에게 보답으로 무언가를 주고 싶었다. 내가 여기 있다는 건 그의 부재를 생각나게 하기 때문이었다.

나는 마음으로 그에게 말하는 방법을 찾고 싶었지만, 안나와 노먼이 발길을 돌렸다. 나는 고요 속에서 홀로 우두커니 그 앞에 서 있었다.

신발이 포장도로의 자갈과 부딪치며 천천히 걸어가는 소리가 들렸다.

나는 움직이지 않았다. 대리석에 새겨진 글자만 하염없이 바라보았다.

그러다 천천히 팔을 올려 머리의 화관을 벗었다. 나는 그 앞에 무릎을 꿇고 반창고가 가득한 손으로 잠시 화관을 들고 있다가 그의 이름 아래에 내려놓았다.

"내가 그들을 돌볼게." 나는 마음에서 우러나온 말을 속삭였다. "특별한 두 사람에 걸맞게 살도록 노력할 거야. 약속해."

바람이 주변의 꽃향기를 실어 날랐다.

나는 풀어진 머리카락을 흩날리며 자리에서 일어섰다. 그 약속은 내 영혼 깊은 곳에 자리 잡았다. 나는 그것을 매일, 가능한 한 오랫동안, 온 힘을 다해 지킬 것이다.

영원히.

"니카?" 나를 부르는 소리가 들렸다.

나는 돌아섰다. 따뜻한 햇살이 모든 것을 흠뻑 적셨다. 노먼과 안나가 길에서 나를 기다리고 있었다. 그녀는 빛에 둘러싸여 미소를 지었다. 그리고 내게 손을 내밀었다.

내 마음 깊은 곳에서, 세상에서 가장 부드러운 속삭임이 들렸다.

"*이리 와.*"

36
새로운 시작

모든 끝은 특별한 것의 시작이다.

3년 후

열린 창문으로 기분 좋은 온기가 들어왔다.

조용한 동네에서 나뭇잎 바스락거리는 소리와 참새들의 봄노래가 들렸다.

"그러니까…… 렙토스피라증은 이상성 경과를 보이는 감염병으로……" 나는 펜 꼭지를 깨물며 집중했다. 그러다 입술을 핥고는 종이에 정보를 적으며 다음 주까지 제출해야 하는 보고서를 작성했다.

클라우스는 꼬아 앉은 내 다리 위에서 졸고 있었다. 나는 무심코 그를 쓰다듬으며 전염병에 관한 책 부록 부분을 훑어보았다.

나는 수의학과 3학년에 재학 중이었다. 심혈을 기울여 선택한 학과였다. 모든 과목이 흥미로웠지만 힘든 길이었기에 특별한 날이더라도 공부를 쉴 수 없었다.

"니카! 도착했어!"

아래층에서 부르는 소리에 나는 갑자기 고개를 들었다. 나는 입가에 미소를 띠며 펜을 침대에 떨어뜨렸다.

"가요!"

내가 기뻐하며 소리치는 바람에 클라우스가 깜짝 놀라 잠에서 깼다. 내가 일어서는 순간 그는 화를 내며 내 무릎에서 뛰어내렸다. 나는 방문으로 달려가다가 멈칫하며 거울 앞에 멈춰 섰다. 내 상태를 살피고는 몸에 달라붙은 줄무늬 셔츠를 펴고 데님 반바지에 묻은 고양이털을 털어냈다.

나는 약간 흐트러진 모습이었지만 신경 쓰지 않았다. 거울 속의 나와 시선을 마주치자 풋풋하고 환한 젊은 여성의 얼굴이 보였다. 이제 나는 몇 년 전 처음으로 이 집의 문턱을 넘었던 마르고 희멀건 얼굴의 소녀가 아니었다. 나는 건강한 장밋빛 피부와 햇빛에 두드러진 주근깨, 갸름하지만 충만한 얼굴을 한 숙녀였다. 손목은 뼈가 앙상하지 않고 우아했고, 밝은 눈빛은 빛으로 이루어진 영혼을 투영했다. 그리고 더 부드럽고 뚜렷한 곡선이 스물한 살의 몸을 완성했다.

아, 뭐…… *갓* 스물한 살의……

나는 미소를 지으며 이마에 흘러내린 머리카락을 후후 불고는 서둘러 방에서 나갔다.

내 손가락에는 컬러 반창고가 세 개만 반짝였다. 나는 걸어가면서 그것들을 보았고, 시간이 지나면서 개수가 점점 줄어든다고 생각했다. 언젠가는 그것이 더는 필요하지 않을지 모른다. 그때의 나는 맨손을 보면서 내 안에 있는 색색의 반창고를 떠올릴 것이다. 나는 다시 미소를 지었다. *마음속으로만.*

복도에서 클라우스를 마주쳤다. 그는 아직도 기분이 상해 있었는데, 나는 그의 옆을 지나가면서 엉덩이를 토닥였다. 클라우스는 화들짝 놀라며 화냈고, 나는 그가 잠에서 덜 깬 틈을 이용해 달리기를 겨루었다. 이제 열세 살이 된 그는 잠자는 시간이 많아졌지만, 여전히 활력이 넘쳤고 날렵하게 뛰어다녔다.

클라우스가 계단 아래로 쫓아오는 것을 보며 나는 웃었고, 그 완전한 행복의 순간에 내 생각은 얼핏 그에게로 향했다.

그가 언제 전화할까? 잠시 문자할 틈도 없는 걸까?

나는 1층에 도착해 옆으로 홱 비켜섰다. 클라우스는 제때 나를 잡지 못하고 곧장 앞으로 달려갔다. 나는 웃으며 주방 식사실로 들어섰다.

"저 왔어요." 멀리서 클라우스의 성난 울음소리가 들렸다.

안나는 돌아서서 나에게 미소를 지었다. 그녀는 화사한 빛을 발했다. 퍼프소매가 달린 면 셔츠에 짙은 파란색 바지를 입고 있었다. 어렸을 때부터 원했던 밝은 꿈 그대로였다.

그게 다가 아니었다……

방에는 카네이션이 가득했다. 진한 꽃향기가 코끝으로 밀려들었다. 나는 바닥에 놓인 꽃 양동이들을 주의하면서 안나에게 다가갔다. 내가 빨간 꽃다발을 건너뛰자 그녀는 내게 꽃 한 송이를 건넸다. 나는 그것을 손에 들었고, 우리는 약속한 듯 시선을 주고받고는 꽃잎에 코를 갖다 댔다.

"빵 냄새!"

"세탁 세제……"

"빳빳한 종이!"

"사과껍질…… 아니, 그보다는…… 생강……"

"확실히 빵 냄새야. 갓 구운!"

"빵 냄새가 나는 꽃이라니!"

언제나 그랬듯 나는 웃지 않을 수 없었다. 나는 카네이션에 코를 묻고서 그녀와 함께 유쾌한 웃음을 터트렸다.

그것은 끝나지 않는 우리의 게임이었다.

그동안 많은 것들이 변했지만, 나와 안나는…… 항상 그렇게 서로를 바라보곤 했다.

그녀는 지난 몇 년간 사업적 성공을 거두어 매장을 크게 확장했을 뿐만 아니라 두 곳을 더 열게 되었다. 한 곳은 이미 2년 전부터 운영 중이고, 다른 한 곳은 곧 개장을 앞두고 있다. 도시 전역에서 꽃 장식을 독점하다시피 사업은 날로 번창하고 있었다.

이제 우리 거실에는 최신 텔레비전이 떡하니 자리 잡고 있었고, 소파는 아주 새것이었다. 천장은 말끔하게 다시 칠해졌고, 새로 단장한 진입로에는 아름다운 빨간 자동차가 주차되어 있었다. 하지만 우리는 여전히 그 집에서 살았고, 나는 세상 어떤 것과도 그것을 바꾸지 않았을 것이다. 나는 벽지와 좁은 계단, 클라우스가 미끄러지는 반들반들한 마룻바닥, 주방 조명 아래 반짝이는 구리 냄비들이 좋았다.

그리고 안나도…… 그녀는 세련된 옷을 입고 우아한 은 머리핀을 꽂고 있었지만, 그녀의 눈빛은 그날 아침 그레이브의 계단 아래서 처음 보았을 때와 변함이 없었다.

그녀는 나의 양어머니가 되었다. 1년의 위탁 과정을 거쳐 안나와 노먼은 내 입양을 확정했고 우리는 가족이 되었다. 이제 나는 니카 밀리건이었다.

처음에는 성을 바꾸는 것이 두려웠지만, 시간이 지나면서 내가 옳은 결정을 했다는 확신이 들었다. 내 서명을 쓰면서 나를 딸로 사랑했던 네 사람의 결합을 보는 것만큼 아름다운 일은 없었다.

"저녁 전에 치우는 게 좋겠어. 안 그러면 우리가 먹을 곳이 없을 거야." 안나가 대수롭지 않게 말했다.

"이 상태로도 먹을 수 있어요. 아델린과 칼은 괜찮을 거예요……" 나는 카네이션을 돌리면서 진지하게 물었다. "칼이 그녀에게 청혼할까요? 조금 이르다는 건 알지만, 그는 스물여덟 살이고…… 가끔 아델린에게 물어보려고 하면, 그녀는 얼굴을 잔뜩 붉히며 손으로 입을 가리고 웃기만 해요……"

"그 애는 우리에게 다 털어놓지 않아." 안나는 줄기를 다듬으며 킥킥 웃었다.

핸드폰이 울리는 소리가 들렸다. 나는 머리카락을 나풀거리며 휙 고개를 들었다.

그일 거야!

나는 안나에게 전화를 받아야 한다고 웅얼거리며 서둘러 방을 나왔다. 내 방으로 올라가려는데 전화벨 소리가 밖에서 나는 걸 알았다. 핸드폰을 거기다 두고 잊어버렸던 것이다. 야외에서 맨발로 햇빛과 맑은 공기를 쐬며 간식을 먹는 것은 이제 빠뜨릴 수 없는 습관이 되었다.

나는 급히 현관으로 나갔다가 누군가에 부딪혀 넘어질 뻔했다.

"아, 니카 조심해!"

"미안해요, 노먼." 나는 얼굴로 흘러내린 머리카락을 뒤로 넘기며 말했다.

그는 내가 정원의 연철 탁자에 두고 온 핸드폰을 건넸고, 나는 얼굴을 펴고 환하게 웃었다.

"고마워요."

그는 미소 짓고는 목을 길게 빼서 내 뺨에 뽀뽀했다. 그는 여전히 조금 쑥스러워했지만, 나는 그런 그의 순박한 면이 좋았다.

"다시 한번 축하해." 그는 아직 작업모를 쓰고 있었다. "저녁에 보는 거지?"

"그럼요." 나는 흡족한 표정으로 뒷짐을 진 채 발끝을 까닥이며 앞뒤로 몸을 흔들었다. "곧 준비될 거예요. 그리고…… 제발, 가엾은 생쥐들에게 자비를 베풀어 주세요……"

"쥐는 없고, 말벌 둥지가 또 있어……"

"글쎄요, 그들도 존재할 이유가 있어요." 나는 고개를 갸웃거리며 솔직하게 말했다. "그렇지 않아요?"

"그건 핀치 부인에게 설명하렴." 노먼은 내가 짓궂다는 표정을 드러내며 대꾸했다.

그의 작업에 대해 우리는 늘 서로 다른 견해를 갖고 있었고, 나는 기회가 있을 때마다 그에게 내 생각을 피력하곤 했다. 몇 년 전에는 상상할 수 없는 일이었지만, 나에게 성장은 세상에 적응하고, 내 확신을 키우고, 가족의 비판을 두려워하지 않는 걸 의미했다.

나는 머리를 살짝 기울여 그에게 인사한 뒤 여전히 울리는 핸드폰으로 초조한 시선을 던졌다.

그가 아니었다. 빌리였다.

조금은 실망스러웠다. 친구의 전화는 무척 반가운 일이지만, 화면에서 발신자가 그의 이름이 아닌 걸 확인한 순간 실망감을 감출 수 없었다.

잊어버린 걸까?

이렇게 중요한 날을 잊을 리가 없겠지?

나는 씁쓸한 마음을 누르며 얼른 전화를 받았다.

"여보세요?"

"*생일 축하해!*" 귓속 가득히 울리는 큰 소리에 나는 비틀거렸다.

"빌리!" 나는 어리둥절한 채 웃었다. "이미 축하해 줬잖아. 오늘 아침에 통화했잖아!"

"우리 선물 열어봤어?" 그녀가 궁금해하며 물었다. 빌리와 미키는 우리 집으로 소포를 보냈다.

"오, 그래." 나는 현관 테라스를 서성이며 대답했다. "근데 너희…… 미쳤어!"

"그래서 맘에 들어?"

"무척." 나는 진심으로 말했다. "하지만 그러지 말지. 돈이 많이 들었을 텐데……"

"아빠한테 조언을 구했어." 그녀는 흥분하며 내 말을 막았다. "시중에서 가장 좋은 것 중 하나라고 했어. 근사한 스냅숏을 찍고, 색상이 오래 유지돼! 한 번 찍어 봤니? 우리가 필름을 넣어뒀는데, 혹시 봤어?"

"응, 찍어봤어." 나는 청바지 주머니에서 사진 한 장을 꺼내 흐뭇하게 바라보았다. 거실에서 서로 팔짱을 낀 안나와 노먼이 웃고 있었다. "잘 나왔어." 나는 행복해하며 말했다. "정말…… 고마워."

"고맙긴 뭘!" 그녀가 기뻐하며 소리쳤다. "스물한 살이 되는 일이 매일 있는 건 아니잖아! 그건 중요한 지점이야…… 어쩌면 성년이 되는 것보다 더! 제대로 된 선물이 필요했어…… 그나저나 오늘 저녁은? 다 확인됐어? 너희 집으로 가면 돼?"

"응, 사라는 케이크를 가져오고, 미키는 와인을 가져오기로 했어."

"미키가 마음을 좀 누그러뜨리면 좋겠어." 그녀는 속내를 털어놨다. "적어도 오늘 저녁에는…… 빈센트는 어떻게든 그녀에게 잘 보이려고 최선을 다하지만…… 뭐, 미키는 미키니까……"

나는 이해한다는 듯 한숨을 내쉬었다. 나는 우리가 아직 청소년이었을 때를 떠올렸다. 그 사고 이후의 시간은 모두에게 새로운 시작이었다.

처음에는 순탄하지 않았다. 빌리는 미키가 자신 이외의 사람들과 시간을 보내는 것에 대해 질투심을 느꼈다. 그녀의 행동은 나를 혼란스럽게 했고, 그녀가 미키에게 너무 집착하는 것은 아닌지 하는 생각이 들기도 했다. 그러다 곧 그렇지 않다는 것을 알았다. 그녀의 삶에서 미키는 중요한 부분이었고, 시간이 지나면서 빌리는 비켜나는 것이 그녀를 잃는 게 아니란 걸 이해할 만큼 성숙해졌다. 애정으로 그녀를 구속해서는 안 된다는 것을 깨달았고, 미키의 삶에 사라가 들어왔을 때 그 누구보다도 기쁘게 반겨주었다.

미키는 2년 전 아이언 메이든 콘서트에서 사라를 만났다. 미키의 아버지는 두 사람이 사귀는 걸 보고 충격을 받았다. 남자를 집에 들이지 말라고 간섭했던 자신의 행동이 딸을 오히려 예상치 못한 방향으로 이끈 건 아닌지 자책하게 되었다.

"빈센트는 좋은 사람이야." 나는 그녀를 안심시키려고 했다. "미키는 시간이 필요할 뿐이야. 걔가 어떤 애인지 알잖아……"

"그래……" 그녀는 전화기 반대편에서 중얼거렸다.

빈센트는 사귄 지 몇 달이 된 빌리의 남자친구였다. 그는 꾸밈없고 수줍음이 많은 성격이었다. 아마 젊은 시절의 노먼을 봤다면 그 같은 모습이었을 것이다. 그는 두 사람의 관계가 돈독하다는 걸 알고서 미키를 챙기고 배려했다. 그녀를 위해 식탁의 가장 좋은 자리를 남겨두었고, 유쾌한 농담으로 즐겁게 해주려 최선을 다했다. 그녀가 인정해

주기를 바랐지만, 그 과정이 녹록하지는 않았다.

미키는 새로운 친구를 사귀는 일이 쉽지 않았다. 그녀의 마음속 특별한 자리는 이제 오로지 사라의 것이었지만, 가장 친한 친구에 대한 보호 본능 때문인지 미키는 계속 방어적인 태도를 보였다.

"그녀에게 시간을 줘. 오늘 저녁은 별일 없을 거야."

"난 그저…… 미키가 그를 좋아하길 바랄 뿐이야." 빌리는 한숨을 쉬었다. "정말 원해…… 내가 사랑하는 사람들이 그를 좋아하는 건 내게 중요한 일이야." 그녀가 중얼거렸고, 나는 공감하며 눈을 살짝 찡그렸다. 그런 점에서 우리는 매우 비슷했다.

"분명히 그녀는 그를 좋아할 거야. 그걸 드러내기까지 시간이 걸릴 뿐이지. 그리고 사라는 빈센트를 무척 맘에 들어 하잖아…… 그녀도 도와줄 거야. 걱정하지 마."

빌리는 다시 한숨을 쉬었지만, 이번에는 웃고 있는 것 같았다.

"와인이 효과가 있으면 좋겠다." 그녀의 농담에 나는 슬며시 미소 지었다.

우리는 잠시 더 이야기를 나누었고, 저녁 식사 시간을 정하기 위해 나중에 연락하기로 하고 인사했다.

전화를 끊었을 때, 허전하고 실망스러운 마음이 다시 올라왔다. 특별한 날이었고, 어렸을 때부터 기대를 품고 살지는 않았지만 지금은 상황이 달라졌다. 우리는 성인이 되었고, 내 스물한 번째 생일에 그의 축하 인사를 받는 것이 그리 터무니없는 기대는 아니라는 생각이 들었다. 내가 원한 건 부드럽게 귓가에 닿는 그의 목소리를 듣고, 내 마음에 간직한 그의 검은 눈을 마주 보는 것뿐이었다.

나는 그저, *그가 내 앞에 있기를 바랐다.* 시험 준비로 경황이 없다는 말을 내가 먼저 하긴 했지만, 그날 우리가 볼 수 없다는 사실은 받아들일 수 없었다.

하필 그날 그는 전화하지 않았다.

하필 그날 학교 일로 정신없이 바빴다.

우수한 성적으로 고등학교를 졸업한 리젤은 장학금을 받고 앨라배마 주립대학교에 입학했다. 나는 평소 그가 풍부한 지식을 가졌던 분야를 떠올렸을 때, 철학이나 문학과를 지원할 거로 생각했다. 예상과 달리 리젤은 공학을 공부하기로 했다. 그중에서도 항공우주공학을 선택했다. 전공 공부가 몹시 어렵고 복잡했기에 많은 학생들이 1학년도 마치지 못하고 포기했다.

그는 병원에서 줄곧 천체 역학에 관한 책만 읽었다. 내가 항성 운동학에 관한 책들을 가져다주었을 때는 그 법칙과 이론을 이해하느라 밤잠을 못 이루기도 했다. 솔직히 나는 그가 우주에 대한 관심이 그렇게 많으리라고는 전혀 생각지 못했다. 아마 그는 특이한 자신의 이름과 그 이름에서 고독한 별을 연상한 것 등에서 마음이 끌렸을 것이다. 그러다 별자리와 은하계, 그 비밀을 이해하려는 열망이 심오하고 무한한 흥미로 확장되어 전공으로 선택하게 되었을 것이다.

언젠가 책에서 *우리는 미지의 것만을 두려워한다*는 말을 읽은 적이 있다. 리젤은 자신을 특징짓는 것에 지배되지 않고, 그것을 이해하고 분석하고 자신의 것으로 만들 때까지 연구하기로 했다. 어쩌면 별들은 그날 밤 그레이브의 정문에서 바구니에 담겨 있던 그를 지켜주었을 때부터 그의 삶에 동반했을 것이다.

그는 학과 교수들에게 실력을 인정받고, 미래에 대한 기대를 모으고 있었다. 나는 그 사실이 기뻤지만, 그의 전공은 우리 학과보다 더 많은 시간을 들여 공부해야 했다. 게다가 리젤은 1학년 때부터 주변 학생들에게 개인 과외를 하기 시작했다. 많은 학생이 낙제를 면하기 위해 고군분투했고, 특히 그의 학부에서는 어려운 전공 시험 때문에 낙담하는 학생이 적지 않았다. 어떤 이들은 그에게 도움을 받기 위해 큰돈을 제안하기도 했고, 다른 이들은 졸업을 위한 고비를 넘기 위해 무엇이든 기꺼이 하려고 했다.

그래서 나는 최근에 그를 거의 볼 수 없었다. 그는 과제를 작성하느라 바빴고, 많은 시간을 과외 수업에 할애했는데…… 마치 어떤 목표가 있는 사람처럼 보였다. 리젤은 남을 돕기 위해 일부러 시간을 내는 사람은 아니었다. 그는 동기가 있을 때만 그렇게 했다. 나는 그가 돈을 가볍게 쓰지 않는 걸로 봐서 뭔가를 위해 돈을 모으고 있을 거로 짐작했다. 그렇지만 나에게 분명하게 밝히지 않는 것은 의문이었다.

시간이 흘렀어도 리젤은 여전히 비밀스러운 구석이 있었고, 그런 생각이 들 때마다 마음이 불편했다.

핸드폰이 다시 울렸다.

문자메시지가 도착했다.

그에게서 온 메시지……

나는 심장이 두근거렸지만, 열어본 순간 내가 기대했던 내용이 아니었다.

낯선 주소 한 줄, 그리고 그 밑에 '이리로 와.'

축하 인사 같은 그런 말은 없었다. 주소를 읽어보았다. 모르는 곳이었다. 시내 중심가 어딘가로 짐작되었지만, 생소한 거리였다. 그 메시지는 특별할 것도, 뭣도 없었다.

30분쯤 지나서 낯선 주소지에 도착했다. 그를 찾아 주위를 둘러보았는데 어디에서도 보이지 않자 아직 도착하지 않았다고 생각했다. 내가 그곳에 왔다는 걸 알리기 위해 재빨리 그에게 메시지를 보냈다.

내가 보도의 경계에 막 다다랐을 때 두 손이 내 허리를 잡았다.

리젤은 내가 비틀거릴 정도로 뒤에서 와락 끌어안았다. 피아노 건반 위를 매끄럽게 달리던 그의 손가락이 내 옆구리의 부드러운 살결로 파고들었고, 그의 남성적인 향기에 정신이 아득해졌다.

"내가 너무 바빠서 널 잊은 것 같아?"

그의 뜨거운 입술이 내 귓불을 스치자 나는 몸이 떨리고 숨결이 흔들렸다. 아래를 내려다보니 그의 신발이 보였다. 그의 존재는 내 뒤에서 타는 듯한 압박을 가했다.

"그렇게 생각한 거야?" 그는 쉰 목소리로 속삭였다. "오늘…… 내가 네 생각을 하지 않았다고?"

"아니야." 나는 목소리를 낮추며 대답했다. "근데 넌 항상 너무 바빠서……" 나는 말을 끝내지 못하고 시선을 돌릴 수밖에 없었다. 그에게 약점을 드러낸 것처럼, 그의 눈앞에서 바보같이 나약함을 느끼며 입술을 깨물었다.

그가 할 일이 있고, 그로 인해 시간적 여유가 없다는 걸 알았지만……

그 지루한 과외가 나와 함께 보내는 시간보다 중요할 수 있을까?

그런데 나는 왜 부끄러운 마음이 들었을까. 언뜻 스물한 살의 나이가 무색할 만큼 자신이 철없는 어린아이처럼 느껴졌다. 나는 그가 자신의 일과 계획이 있다는 것을 알고 있었고, 그와 그의 미래 사이에 내가 끼어드는 것은 결코 내가 원하던 바가 아니었기 때문이다.

나는 돌아서려고 했지만, 리젤은 나를 붙잡고 세게 끌어당겼다.

"그게 아니라면?" 그의 숨결이 내 목에 닿았다. "하루 종일 내가…… 드디어 널 만질 수 있는 순간만을 기다렸다면?"

그의 입술과 이가 내 목을 스쳤고, 내 구석구석이 그의 숨결 속에서 불타올랐다. 그는 내 허리를 잡고 있을 뿐이었지만, 나는 온몸의 신경이 곤두서 있었다. 그가 내 귀에 입을 댔을 때 심장이 덜컹 내려앉았다. 그는 나를 깨물고 싶은 충동을 억누르듯 은근하게 속삭였다.

"내가 네 향기를 맡고 싶고, 네 입맛을 느끼고 싶어 죽을 것 같다면? 매일 밤 잠들지 못한다면? 널 안는 상상을 하면서……" 그는 내 옆구리를 꽉 움켜쥐었다. "내 손으로."

나는 거의 숨을 쉴 수 없었다. 리젤은 나를 향해 몸을 굽혔다.

"넌 잔인해, *나방아*."

내 심장이 빠르게 뛰었고, 심장의 박동이 신경세포를 자극했다. 나는 그의 존재에 압도당한 자신을 숨기려는 듯 살며시 숨을 내쉬었다.

"나방?" 나는 조용히 되물었다. "네가 나를 또 그렇게 부를 거라곤 생각 못했는데……"

리젤이 내 뺨에 코를 비비고, 그의 손이 천천히 내 배로 미끄러지며 나를 끌어당겼다. 나는 거의 숨을 멈출 뻔했다.

"넌 *내* 나방이야." 그가 달콤함이 끓어오르는 목소리로 속삭였다. "나의…… 작은 나방."

나는 처음 듣는 그의 말투에 완전히 당황하여 휘청거렸고, 그는 때맞춰 유혹하듯 물었다. "내가 너에게 하려던 말을 듣고 싶니?"

하루 종일 갈망했던 것이기에, 나의 모든 부분이 '그래'라고 답하고 있었다. 나는 기대에 찬 침묵 속에서 가만히 있었고, 리젤은 말이 없어도 내 대답을 이해했다.

리젤은 재킷 주머니에 한 손을 넣었다. 옷감이 바스락거리는 소리가 들렸고, 그가 다시 내 얼굴을 향해 고개를 기울였다. 그의 부드러운 머리카락이 내 관자놀이를 스쳤고, 그가 내 귓가에 가만히 속삭였다.

"니카, 생일 축하해."

리젤은 내 목에 차가운 금속성 물질을 둘러주었다.

나는 놀라서 눈을 깜박이며 아래를 내려다보았다. 무엇인지 확인한 순간 나는 머리가 멍해졌다. 그것은 밝게 빛나는 은목걸이였다. 가느다란 줄 가운데에는 물방울 모양의 펜던트가 달려 있었다. 근사하게 조각된 수정이 하얀 별처럼 반짝거렸다.

그 순간 나는 이해했다.

그것은 그냥 방울이 아니었다. 눈물방울이었다.

'눈물을 만드는 사람의 눈물방울.'

"이제 내가 왜 여기로 오라 했는지 알고 싶니?"

나는 우리만의 깊은 뜻이 담긴 그 선물에 여전히 감격한 채 돌아섰다. 리젤은 나를 천천히 끌어당기며 조금 전에 그가 나왔던 현관문 쪽으로 데려갔다. 그의 시선이 인터폰의 한 지점으로 향했고, 나는 영문도 모른 채 그의 시선을 따라갔다.

세 번째 줄에 '와일드'라고 적힌 새 명패가 있었다.

나는 말을 잊은 채 어리둥절한 표정으로 얼굴을 들었다.

"내 아파트야."

"너의……"

리젤은 그 깊고 검은 눈으로 나를 바라보았다.

"대학에 입학한 이후로 돈을 모아왔어. 과외로…… 집을 구하게 되면 집세를 내야 하니까. 그리고 집을 하나 얻었어."

나는 심장이 너무 쿵쾅거려서 어지러울 정도였다. 그는 나직이 말을 이어갔다. "졸업시험을 통과 못하던 그 여자애 기억나니? 나와 함께 1년 동안 공부해서 최종 시험에 합격했어. 그리고 *좋은 선생님*이 되어줘서 감사하다며," 그가 입 한쪽을 올리며 웃었다. "도심에 있는 이 아파트를 파격적인 가격에 제안했어. 난 너에게 서프라이즈를 하고 싶었고."

나는 휘둥그런 눈과 떨리는 마음으로 그를 쳐다보았고, 그는 매력적인 얼굴을 기울이며 내 머리카락을 귀 뒤로 넘겨주었다.

"너에게 바라는 건 없어." 그가 내 눈을 똑바로 보며 속삭였다. "지금 네가 사는 곳이 네 집이란 걸 알아. 마침내 네가 가진 모든 것을 누리고 있다는 걸 알아. 하지만 가끔 오고 싶다면…… 이곳에 들러…… 나와 함께 있어……"

나는 더는 참을 수 없었다. 내 가슴이 터져 햇빛마저 가릴 정도의 열기가 뿜어져 나왔다. 나는 그의 목에 팔을 감고 온 힘을 다해 그를 끌어안았다.

"대단해!" 나는 그를 비틀거리게 하며 외쳤다. 그의 몸에 매달렸고, 그는 나를 붙들었다. "오, 리젤! 믿을 수 없어!"

나는 웃으며 그의 목에 얼굴을 묻었다. 그가 더 이상 시설에 있을 필요가 없고, 자신을 위한 장소, 자신의 집, 자유를 갖게 되어 기뻤다. 그가 너무나 독특하고 놀라운 사람이어서 기뻤고, 우리가 멀리 떨어져 있지 않아도 되어서 기뻤다. 나는 밤낮을 그와 함께 보내고 싶었다. 아침에 그의 얼굴 옆에서 일어나고, 일요일 아침에는 침대에서 커피를 마시며 주말을 함께 보내고 싶었다. 그건 나에게 최고의 선물이었다.

나는 그의 얼굴을 두 손으로 잡고 미친 듯이 기뻐하며 키스했고, 내 격정에 그가 신음할 때 나는 그의 입술에 대고 낄낄거렸다.

리젤은 그의 심장을 느낄 수 있게 나를 꽉 껴안았고, 나는 그의 심장이 나와 똑같이 격렬하게 고동치는 것을 느꼈다.

우리는 여전히 부서졌고, 그것은 변하지 않을 것이다.

우리는 망가졌고, 영원히 그러할 것이다.

하지만 우리의 영혼을 하나로 묶는 그 동화에는 적나라하고 파괴할 수 없는 것이 있었다.

강력하고 변하지 않는 것. 우리가 있었다.

그 동화의 마지막 장에서 나는 단 한 순간이라도 한없이 사랑하는 사람들에게는 영원이 *존재한다*는 것을 깨달았다.

모든 끝은 결코 끝이 아니기 때문이다.

모든 끝은…… 새로운 시작일 뿐이다.

37
아마란스처럼

너의 악마, 너의 결함이나 어둠이 없는
너를 원하지 않아.
우리의 그림자가 서로 닿을 수 없다면
우리의 영혼도 닿지 못할 거야.

리젤의 아파트는 건물 3층에 있었다.

엘리베이터는 없었지만, 진주처럼 반지르르하고 조명이 환한 계단길이 짙은 색의 큼지막한 목제 현관문과 이어졌다. 그 옆의 벽에는 그의 이름이 적힌 놋쇠 문패가 반짝거렸다.

적어도 그것은 그가 손으로 내 눈을 가리기 전에 내가 본 것이었다.

"보이니?" 그가 물었다.

"아니." 나는 어린아이처럼 진지하게 대답했다. 나는 흥분을 억제하고 싶었지만, 스프레이 화장수처럼 뿜어져 나왔다.

"샛눈 뜨지 마." 그는 전율케 하는 목소리로 내 귀에 속삭였다.

그가 간지럽히자 나는 얼굴을 기울이며 웃었다. 나는 그가 그처럼 솔직하고 장난스럽게 행동할 때가 좋았다. 그럴 때 리젤은 나를 미치게 만드는 자신의 또 다른 모습을 보여주었다.

나는 손을 더듬어 그의 도움 없이 열쇠 구멍을 찾았다. 그리고 그가 건네준 열쇠를 안으로 밀어 넣었다. 내가 문을 열자 그의 손가락 사이로 빛줄기가 스며들었다.

"준비됐어?"

나는 입술을 깨물며 고개를 끄덕였고, 그는 내 눈에서 손을 뗐다.

세련된 분위기의 아늑하고 밝은 공간이 내 앞에 펼쳐졌다. 가구는 현대적 스타일의 단순한 디자인으로, 크림색 색조가 반질거리는 짙은 나무 바닥과 매력적인 대조를 이루었다. 창틀부터 소파 쿠션까지 모든 것이 커피색 마룻바닥과 우아하면서도 대담하게 어울렸다. 나는 주위를 살피며 조심스럽게 들어갔다.

공기에서 새것의 신선한 냄새가 났다. 나는 작은 복도 끝에 있는 그의 침실 문을 힐끗 보고는, 집에서 내가 가장 좋아하는 장소인 주방으로 향했다. 나에게 그곳은 이야기와 손님과 따뜻함이 있는 나눔의 공간이었다. 리젤의 주방은 밝은 색상으로 꾸며져 아파트의 자연광이 더욱 두드러져 보였다. 넓은 조리대가 있었고, 스테인리스 재질의 싱크대와 레인지가 은은한 빛으로 반짝였다.

정말 멋졌다. 전혀 대학생 집처럼 보이지 않았다.

나는 환한 눈빛으로 리젤을 돌아보았고, 그제야 그가 그동안 말없이 나를 지켜보고 있었다는 것을 알아차렸다. 그는 자신만만하고 거침없고 사나웠지만, 그 순간은 내 평가만을 간절히 기대하는 것 같았다.

"놀라워, 리젤. 할 말을 잃었어. 너무너무 좋아." 나는 기쁨에 들떠 웃었고, 그는 묘한 감정이 담긴 눈빛으로 나를 바라보았다.

나는 행복감에 뺨이 따끔거렸고, 활기차고 호기심 가득한 마음으로 아파트의 나머지 부분을 탐색하기 시작했다. 그가 한 손에는 책을, 다른 손에는 커피잔을 들고 방안을 돌아다니는 모습을 벌써 상상할 수 있었다. 나는 창가에 있는 멋진 선반으로 다가가 챙겨온 종이 가방을 열었다. 거기에서 빨간 꽃송이가 달린 작은 식물을 꺼내 선반에 놓았다.

나는 리젤이 식물을 별로 좋아하지 않는다는 것을 알고 있었다. 그는 화분을 보자마자 눈살을 찌푸렸다.

"그게 뭐야?" 그가 불만스러운 표정으로 물었다.

나는 그의 반응을 예상했기에 슬며시 미소를 지었다.

"맘에 안 드니?"

그의 표정은 이미 '*그렇다*'고 단호하게 말했다.

"그걸 가꿀 시간이 없어." 그는 내 질문에 에둘러 대답했다. "곧 죽을 거야."

"죽지 않을 거야." 나는 웃으며 자신 있게 말했다. "날 믿어." 그리고 그에게 다가가 밝은 표정을 지었다. "이제…… 눈을 감아."

리젤은 얼굴을 갸웃거렸고, 호기심 어린 눈으로 내 움직임 하나하나를 주의 깊게 살폈다. 그는 그런 요구를 예상하지 못했고, 의심이 많은 성격 탓에 평소라면 누구의 요구도 받아들이지 않았을 것이다. 그러나 내가 그 앞에 멈춰 섰을 때 그는 내 말을 따르기로 했다.

나는 리젤의 손을 들어 비단 같은 손가락을 펼쳤다. 그리고 그가 나에게 했던 것처럼, 반짝이는 작은 물건을 그의 손에 쥐여 주었다.

이번에는 내 차례였다.

"좋아, 이제 봐도 돼."

리젤은 눈을 뜨고 아래를 내려다보았다.

그의 손에는 흑요석처럼 검게 빛나는 물질로 조각된 작은 늑대가 있었다. 무수한 단면들이 무지갯빛 돌처럼 빛을 반사해, 날렵하게 달리는 늑대의 형상에 야성적이고 특별한 느낌을 주었다. 정교하고 독특한 조각이었다. 나는 그것을 봤을 때 말 그대로 사랑에 빠졌다.

"이건 열쇠고리야. 아파트 열쇠에 필요할 거야."

"느…… 늑대?"

나는 그가 그것을 좋아하는지 아닌지 분간할 수 없었다.

"늑대는 거칠고 고독하고 밤과 연결돼 있어. 놀랍도록 신비스러운 힘을 지녔어. 네 생각이 나게 해."

리젤은 눈을 들어 나를 보았다. 나는 거침없이 말한 것이 부끄러워 뺨이 화끈거렸고, 내가 너무 순진하고 감상적인 태도를 보인 게 아닌가 하는 생각이 들었다. 하지만 그에게 어두운 이미지가 늘 따라붙더라도 나는 그가 존재하는 그대로 사랑한다는 것을 알아주길 바랐다.

나는 조금 당황한 채 가방을 열어 마지막으로 액자를 꺼냈다. 졸업식 날 우리 둘이 찍은 사진이었다. 사진에는 내가 환한 눈웃음을 지으며 그를 껴안고 있고, 그는 갑작스러운 내 행동에 놀라 카메라를 보는 대신 눈을 낮추어 나를 보고 있었다. 나는 그 사진이 너무 맘에 들어서 액자에 넣었다.

"내가 제일 좋아하는 사진이야." 나는 어린아이처럼 수줍게 얼굴을 붉히며 중얼거렸다. "하지만 원하지 않으면 걸지 않아도 돼. 이걸 보면서 네 마음이 즐거워졌으면 해서……"

"오늘 밤에 여기 있어."

그의 몸이 내 공간을 침범했고, 나는 그의 향기에 도취되었다. 나는 그늘에 가려졌고, 눈을 들어 뜨겁고 매혹적인 모습으로 다가선 그를 보았다.

"자고 가……" 그가 낮은 목소리로 속삭였다. "침대 시트를 네 향기로 채워줘." 그의 목소리가 깊어졌다. "욕실에 네 샤워 젤을 갖다 놔. 내가 깨어나면 거기서 널 찾고 싶어……"

그가 내 뒤에 있는 가구에 손을 얹고 나를 가두자 숨쉬기가 힘들었다. 시간이 지나도 나는 여전히 그가 새로웠다. 이제 그는 소년이 아니었고, 자연은 모든 점에서 그를 매혹적이고 초자연적인 천사로 만들려고 작정한 것 같았다. 때때로 나는 그가 세월을 비껴가기를 바랐다. 나이가 들수록 리젤은 어떤 여자라도 창백하게 만들 만큼 자신감과 지배력을 갖게 되었기 때문이다.

"오늘 집에서 저녁 식사하기로 안나와 약속했어……"

그가 천천히 내 턱 아래의 살을 깨물며 부드럽게 빨았고, 내 몸이 녹아내렸다. 나는 말을 잊은 채 한숨을 내쉬었고, 리젤은 내 목을 잡고 끌어당기며 더 깊게 입술을 묻었다. 그의 아파트에서 함께 있고 싶은 마음은 간절했지만, 가족과 한 약속을 깨뜨릴 수는 없었다.

"리젤……" 그가 더 바싹 파고들자 나는 입술을 오므렸다. 그의 입은 내 귀 뒤에서 느리고 뜨겁게 움직였고, 그의 손가락은 내 머리카락

속으로 미끄러져 들어가 마음대로 나를 구부렸다. 그는 그것에 능숙했다. 몸짓이나 목소리에서 매우 설득력이 있었다. 그리고 그것을 어떻게 사용해야 할지 너무나 잘 알고 있었다……

그 순간 핸드폰 벨소리가 들려서 나는 화들짝 놀랐다. 본능적으로 그의 가슴을 막았고, 리젤은 불만에 찬 거친 신음을 삼켰다.

그는 나를 천천히 삼키려는 자신의 계획을 누군가가 방해하는 것을 좋아하지 않았다.

"내 물건들을 가져올게." 나는 그의 목을 쓰다듬으며 달래듯이 말했다. 리젤은 내게서 떨어졌고, 나는 그에게 미소를 지었다. "하지만 시간을 좀 줘."

나는 액자를 그의 손에 건넸다. 리젤은 찡그린 얼굴로 나를 쳐다보다가 우리의 사진으로 시선을 옮겼다. 나는 전화를 받으러 달려가기 전에 그의 검은 눈이 그 사진을 조용히 응시하는 것을 보았다.

가방 속을 뒤적여 핸드폰을 찾았을 때쯤 벨소리가 멈췄다. 아델린에게서 온 부재중 전화가 연속으로 세 통이나 와 있었다. 나는 그녀가 평소와 다르게 왜 그렇게 집요하게 전화했는지 의아한 생각이 들었다. 그녀가 메시지를 보냈는지 확인해 보니 도착한 게 없어서 전화를 걸기로 했다.

나는 통화 버튼을 누르고 핸드폰을 귀에 갖다 댔다. 그런데 첫 발신음도 듣기 전에 요란한 소음이 저쪽 방에서 들려왔다. 가슴이 철렁 내려앉았다.

나는 엄청난 공포에 질렸다. 숨을 헐떡이며 핸드폰을 떨어뜨리곤 소리가 나는 방으로 달려갔다. 나는 눈이 휘둥그레졌다.

리젤이 근육을 덜덜 떨며 벽에 기대어 있었고, 창가에 있던 의자가 그의 발 옆에 뒤집혀 있었다. 그는 격렬하게 이를 악물었고, 걷잡을 수 없이 흔들리는 팔은 터질 듯 신경이 엉켜있었다.

나는 겁에 질린 채 숨죽이며 그를 쳐다보았다.

"리……" 나는 말을 잇지 못했다. 그는 주먹을 불끈 쥐고 손가락으로 격렬하게 액자를 움켜잡고 있었다. 그는 불타는 듯한 신경성 긴장감을 내뿜었고, 나는 숨이 막혔다.

그가 발작을 일으켰다.

리젤은 눈을 질끈 감았고, 그 보이지 않는 고통이 그를 끔찍한 광란으로 몰아갔다. 그는 무릎을 꿇었고 그의 손이 박살난 유리에 살을 베여 피가 흥건했다. 두 손으로 머리를 싸쥐며 검은 머리카락에 손톱 끝을 박았다. 나는 그 장면을 보면서 몸을 떨었다.

"리젤……"

"*가까이 오지 마!*" 그는 무섭도록 맹렬하게 고함을 질렀다.

나는 그 반응에 괴로워하며 마음을 졸인 채 그를 지켜보았다. 그의 동공이 확장되었고, 얼굴은 알아볼 수 없을 정도로 뒤틀렸다.

그는 나에게 그런 모습을 보이고 싶지 않았고, 그 누구도 보는 걸 원치 않았을 것이다. 하지만 나는 그를 절대 혼자 두지 않을 셈이었다. 한 걸음 더 다가가려고 했지만, 그가 다시 소리를 질렀다.

"오지 말라고!" 그가 짐승처럼 으르렁거렸다.

"리젤." 나는 진심을 담아 간절하게 말했다. "넌 나를 해치지 않을 거야."

맹수 같은 그의 눈이 헝클어진 머리카락 사이로 나를 뚫어져라 쳐다보았다. 나는 그 잔인한 눈빛 속에서 고통의 비명을 보며 마음이 찢어질 듯 아팠다.

나는 그의 공격적인 발작이 위험할 수 있다는 것을 알았지만 내 안전을 걱정하지는 않았다. 나는 짐짓 태연한 표정을 지으며 그에게 천천히 다가갔고, 그는 헐떡이며 나를 쳐다보았다. 내가 그를 놀라게 하여 더 폭력적인 반응을 불러일으킬까 봐 두려웠다. 그러나 그의 몸에서 경련은 서서히 잦아들었는데, 이는 발작이 지나가고 있다는 신호였다.

나는 이런 상황은 처음 겪었다. 나는 다가가서 그의 옆에 앉았고, 리젤은 내 시선을 피했다. 나는 그의 턱에 긴장된 신경과 관자놀이에 솟은 핏줄을 보고 그의 머리가 터지는 장면을 상상했다.

나는 조심스럽고 아주 가벼운 몸짓으로 그의 가슴에 손을 얹고 뒤에서 그를 껴안았다. 그의 심장이 미친 듯이 뛰고 있었다. 그는 여전히 떨고 있었다.

"괜찮아. 나 여기 있어." 나는 가능한 한 부드럽게 말했다. 그가 그런 목소리에 차분해지고 편안해진다는 것을 알고 있었다. 그가 머리를 다쳤을까 봐 걱정됐지만, 서둘러 확인하려고 하지 않았다. 그는 조용히 진정하는 시간이 필요했다.

바닥에는 피가 얼룩진 파편들 사이에 우리 사진이 놓여 있었다. 사진은 긁혀서 엉망이 되었다. 리젤은 부서진 액자와 깨진 유리 조각을 멍하니 한참 바라보았다.

"나는 재앙이야."

"괜찮은 재앙이야." 나는 맞받아쳤다.

그의 몸이 축 처졌지만, 나는 그를 놓지 않았다. 그의 등에 뺨을 대고 내 모든 온기를 전달했다.

"넌 잘못되지 않았어. 그렇지 않아…… 한순간도 그렇게 생각하지 마." 나는 다정한 목소리로 그에게 말했고, 그가 아무런 대답이 없자 말을 이어 나갔다. "내가 가져온 저 식물이 뭔지 아니? 아마란스. '시들지 않는 꽃'이라는 뜻이야. 불멸의 꽃이지. 너에 대한 내 감정도 그래." 나는 눈을 감으며 미소 지었다. "그 꽃도 다른 꽃들과 달라. 혼자 잘 자라고 특이하게 생겼고 오래가. 너처럼 강해. 그 자체로 특별해."

내 말이 그의 마음에 닿았는지 모르겠지만, 그 고통을 내가 느끼지는 못해도 어쩌면 우리가 함께 맞서면 견딜 수 있을 거란 걸 그가 알아주길 바랐다.

"뭔가 특별한 것처럼 만들려 하지 마. 나는 문제가 많아." 그는 절망하며 말했다.

그의 병은 정신적으로 큰 영향을 끼쳤을 것이다. 발작은 그의 육체를 지치게 했을 뿐만 아니라 그의 정신도 피폐하게 했다. 그의 정신을 뒤틀어서 분노와 울분을 일으키고 깊은 좌절감에 자신을 부정하게 만들었다.

"상관없어."

"아니야." 그는 원망스러운 말투로 중얼거렸다.

"문제가 안 돼. 왜 그런지 알아?" 나는 온화하게 물었다. "나한테 넌 그대로 완벽하니까. 나는 네 모든 부분을 원해, 리젤…… 네가 애써 숨기려고 하는 것들, 가장 연약하고 특이한 부분도. 넌 잘못되지 않았어. 나의 가장 사랑스럽고 가장 난해한 늑대야……"

나는 또다시 감정을 주체하지 못했지만, 한없이 무너져 내리는 그를 보니 보호하고 싶은 마음이 간절했다. 나는 열여덟 살 때, 사고로 그를 거의 잃을 뻔했던 때를 떠올렸다. 나는 그 상황을 감당하지 못해 좌절하며 무기력한 상태로 빠져들었다. 그때는 너무 어려서 그것이 얼마나 잘못되었는지 깨닫지 못했지만, 지금은 그를 위해 내 모든 걸 줄 각오가 돼 있었다.

"너를 위해 내가 여기 있어. 영원히 그럴 거야……" 나는 고개를 들어 그의 어깨에 입을 맞추었다. 그리고 그를 한 번 살펴본 뒤 욕실에 가서 필요한 것을 챙겨왔다.

이번에는 그의 앞에 앉았다. 나는 솜뭉치에 소독약을 적셔서 상처가 난 그의 손을 부드럽게 닦았다. 그가 아프지 않게 조심하면서 꼼꼼하게 닦았고, 그의 시선은 나의 모든 동작을 따랐다.

끝으로 검지의 상처를 소독하고는 주머니에서 반창고를 꺼내 그의 손가락에 붙였다. 나는 보라색을 골라서 붙였는데, 몇 년 전 그의 가슴에 붙였던 것과 같은 색이었다. 리젤은 그때 생각이 떠올랐는지 얼굴을 들어 나와 눈을 마주쳤다.

나는 그에게 다정한 미소를 지었다.

"넌 자신을 볼 줄 모르니까 내가 대신해서 볼게."

나는 그의 손에 입을 맞추었고, 그가 반응하기 전에 가까이 다가가 그의 가슴에 기댔다.

리젤은 나를 안지 않았다. 그의 손은 여전히 떨리고 있었다.

그러나 우리의 심장은 나란히 함께 있었다.

서로 맞닿으며 뛰었다.

깨진 유리조각 사이에서 우리의 영혼은 서로 손을 잡고 별빛 아래를 걸었다.

그날 밤 나는 그와 함께 있었다.

나는 안나에게 무슨 일이 있었는지 말했고, 그를 혼자 두고 싶지 않다고 고백했다. 나는 뜬눈으로 밤을 새우며 그의 머리를 쓰다듬고 두통이 가라앉기를 기다렸다. 그의 갑작스러운 발작은 지난 몇 달간의 스트레스 때문이 아닐까 하는 생각이 들었다. 리젤은 과외 수업과 학업, 여러 과제를 해내면서 건강을 해치는 무리한 압력을 받았을 것이다. 그 의혹은 아침까지 나를 괴롭혔고, 집에 돌아와서도 그에 대한 생각이 들끓었다.

나는 그가 손으로 머리를 싸쥐던 모습을 계속 떠올리며 점심으로 먹을 것을 준비했다. 그 순간을 곱씹으며 평생 고통을 견뎌온 그의 심정을 헤아려보려 했다.

초인종 소리에 나는 그 생각에서 빠져나왔다. 점심을 먹으러 집에 들른 노먼일 것이다. 문을 열었을 때 그가 아니란 걸 알았다.

아델린이었다. 나는 부재중 전화와 그녀에게 다시 전화하지 않았다는 사실이 떠올랐다.

그녀는 가쁜 숨을 내쉬며 나를 바라보았고, 나는 내 이마에 손을 얹었다.

"아, 아델린, 내가……"

나는 사과하려는데, 그녀의 얼굴에서 아주 오래전에 보았던 그 표정을 알아보았다. 한동안 잊고 있던 표정. 그녀가 말하기도 전에 내 안에서는 본능적이고 익숙한 느낌이 피어올랐다.

"니카, 마가렛이 돌아왔어."

나는 분명히 다른 차원에 있었을 것이다. 모든 것이 갑자기 존재하지 않는 것처럼 보였기 때문이다. 공기, 땅, 태양, 바람, 문손잡이를 잡은 내 손.

"…… 뭐라고?"

"그 여자가 돌아왔어." 아델린이 들어서며 문을 닫았다. "공항에서 체포됐어. 니카, 그녀가 여기 있어. 2주 전부터."

3년 전 피터가 마가렛을 고발했을 때, 그녀가 꽤 오래전에 이 나라를 떠났다는 사실이 드러났다. 더 정확하게는 당국이 그녀의 악행에 대해 조사하지 않고 그레이브에서 해고했을 때였다.

당시 우리는 그녀가 처벌을 면하게 될까 봐 걱정했지만, 아시아는 폭력을 비롯한 중범죄에 대해 앨라배마주에서 공소 시효를 두지 않았다고 장담했다. 마가렛은 끔찍한 범죄를 저질렀을 뿐만 아니라 극도의 잔인함으로 수년에 걸쳐 지속적으로 심리적 피해를 줬다. 그로부터 몇 년이 지났는지는 중요하지 않았다. 그녀는 자신이 돌봐야 할 아이들을 때리고 모욕하고 학대했으며, 시간이 지나도 그 행위는 지워지지 않았다.

"그녀는 아무 일도 없던 것처럼 돌아왔어. 자신이 고소되었다는 사실을 몰랐나 봐. 여기 도착하자마자 체포되었어."

아델린은 몹시 흥분해서 말했지만, 거기에는 나 또한 느끼고 있던 당혹감과 무력감, 복수심과 공포가 뒤섞인 감정이 있었다. 나는 너무 충격을 받아 어찌할 바를 몰랐기에 그녀의 말을 듣고만 있었다.

아델린은 방을 가로질러 걸어가다 심난한 눈빛으로 나를 돌아보았다.

"곧 재판이 열릴 거래."

나는 그 말이 실감 나지 않았다. 내가 그 자리에서, 그런 상황을 겪고 있다는 게 믿기지 않았다. 현실과 동떨어진 느낌이 들었다.

"가능한 한 많은 증인이 필요해. 안타깝게도, 시간이 흐른 탓에 모든 원생을 추적할 수 있는 건 아니야. 대부분 이제 성인이 되었어. 어떤 사람들은 찾을 수 없고, 또 오지 않는 사람들도 있을 거야."

아델린은 잠시 말을 멈췄고, 그 순간 나는 그녀가 내게 무엇을 바라는지 이해했다. 그녀는 크고 푸른 눈으로 나를 쳐다보더니 부드러우면서도 단호한 목소리로 말했다.

"니카, 재판에 참석해 줘. 나와 함께 증언하자."

그 요청은 나에게 터무니없는 공포감을 불러일으켰다. 나는 그 소식을 듣고 기뻐해야 했다. 정의가 실현되기를 바랐지만, *그녀*가 내 현실과 가까이 있다는 생각은 뼛속까지 나를 뒤흔들었다.

나는 그 이유를 알고 있었다. 지금까지도 나는 정신과 상담을 받고 있고, 내 두려움은 누그러졌지만 사라지지는 않았다. 나는 아직도 허리띠를 매지 못했다. 가죽이 닿기만 하면 진저리가 났다. 그리고 어떤 상황에서는 내 영혼을 갉아먹는 공포가 괴물처럼 되살아났다.

나는 치유되지 않았다. 때때로 나는 절대 떨어지지 않는 존재처럼 그녀가 있는 걸 느꼈고, 밤에는 내 귀에 대고 속삭이는 끔찍한 목소리가 들리는 것 같았다. '다른 사람에게 말하면 어떻게 되는지 알지?'

"나도 그 사람을 잊고 싶어, 니카." 아델린은 눈을 가늘게 뜨며 가냘픈 손을 주먹 쥐었다. "나도 그때…… 매일매일 마음속으로 빌었어. 다르게, 행복하게 살고 싶다고. *그녀*가 없는 곳에서. 하지만 때가 왔어, 니카…… 드디어 우리가 말할 때가 왔어. 이제 우리 차례야. 침묵하거나 회피할 수 없어. 지금은 아니야…… 나를 위해, 너를 위해, 피터와 다른 모두를 위해. 그녀는 자신이 저지른 일에 대한 대가를 치러야 해."

아델린은 가쁜 숨을 내쉬며 눈물이 그렁그렁한 눈으로 나를 쳐다보았지만, 결연한 표정을 짓고 있었다. 그리고 몹시 두려워하고 있었다. 그녀의 눈에서 그것을 볼 수 있었다.

우리는 그 사람을 다시 보고 싶지 않았다. 누구도 그 얼굴을 다시 마주하고 싶지 않았다. 그러나 우리는 같은 상처를 안고 있었다.

모두가 간절하게 소망했다. 그 악몽이 영원히 끝나기를.

나는 어렸을 때부터 내 일부로 여겼던 그녀를 바라보며, 멍투성이 두 소녀가 어떤 상황에서도 서로 의지하던 모습을 떠올렸다.

"증언할게."

나는 떨고 있는 모습을 보이지 않으려고 주먹을 꽉 쥐었다. 그녀의 눈에서 희미하지만 강력한 빛이 빛났다.

"한 가지만 약속해 줘." 나는 말을 이었다. "리젤은 아무것도 몰라야 해."

아델린은 가만히 있었다. 그녀의 눈에서 충격과 혼란의 빛이 스쳤지만, 나는 그 눈빛을 외면했다. 그녀는 내게 힘과 용기를 주기 위해 당연히 리젤도 참석할 거로 생각했을 것이다.

"어째서……"

"그가 거기 있는 걸 원치 않아." 나는 전에 없이 단호하게 그녀의 말을 끊었다. 두 주먹을 그러쥔 채 그녀를 올려다보았고, 내 생애 처음으로 그 어떤 이견도 허락하지 않았다. "그는 오면 안 돼."

운명적인 날, 나는 짙은 스키니 바지에 흰색 실크 블라우스, 그 위에 상체를 조이는 작은 회색 조끼를 입고 있었다. 긴 머리칼이 조끼 자락을 스쳤다. 그 작은 천 조각에 숨이 막혀 와서 나는 자꾸만 손으로 잡아당겼다. 안나는 블라우스 위에 그녀의 재킷을 걸치라고 권했지만, 내 손목에 무언가가 닿는다는 생각만으로도 속이 메슥거렸다.

법정 밖에서는 기품 있는 남성들과 전문직 여성들의 발소리가 장엄한 대리석 바닥에 울려 퍼졌다. 세련되고 엄숙한 분위기가 감돌았고, 나는 웅장한 천장의 위엄에 눌려 잔뜩 움츠러들었다.

"다 괜찮을 거야." 안나가 나지막하게 속삭였다.

그녀 옆의 아델린은 슬며시 침을 삼켰다. 그녀의 푸른 눈은 겨울 바다처럼 불안하고 흐릿하고 혼란스러웠다. 얼굴이 창백했고, 눈 아래 옅은 그늘은 그녀가 나처럼 잠 못 이룬 밤들을 보냈다는 것을 짐작하게 했다.

"나는 방청석에서 너희와 함께 있을게." 안나가 말을 이었다. "잘될 거니까, 걱정하지 마…… 아, 저기 오는구나."

나는 넓은 계단을 올라오는 사람에게로 몸을 돌렸다.

어두운 치마에 녹청색의 홀터넥 블라우스를 입은 아시아가 우리를 향해 다가왔다. 굽이 낮은 신발을 신어 발랄해 보였지만, 그녀의 단정한 용모는 그곳의 격식 있는 분위기와 아주 잘 어울렸다.

나는 아시아의 등장이 놀라웠다. 그녀가 법학을 전공하고 인권 변호사가 되고 싶어 한다는 것을 알았지만 여기서 그녀를 보게 될 줄은 몰랐다.

여기 어쩐 일로 왔을까?

"미안해." 그녀는 단호한 목소리로 말했다. "시간이 바뀐 걸 몰랐어."

그녀를 바라보는 아델린의 눈에서 밝은 빛이 깜빡거렸다. 나는 아시아를 부른 사람이 그녀라는 것을 깨달았다. 아시아가 그녀 옆으로 다가가 눈인사를 건넸고, 든든한 힘이 조용히 퍼져 나갔다.

그녀는 우리를 지원하기 위해 왔다. 나는 그 사실이 기뻤다.

"들어가야 해." 아시아가 진지한 태도로 말했다. "안나, 방청석에 가서 앉으세요. 그리고 두 사람은 부를 때까지 대기실에서 기다려야 해. 검사가 증인석에 나오라고 요청할 거야." 아시아는 단호한 얼굴로 우리를 보았다. "초조해하지 마. 긴장하는 건 도움이 안 돼. 변호인은 배심원단에게 너희들의 증언이 거짓이라고 주장할 수도 있어. 질문에 침착하게, 가능한 한 명확하게 대답해. 누구도 재촉하지 않을 거야."

나는 두 손을 비틀어가며 그녀의 말을 외우려고 했지만, 이미 모두 잊어버린 것 같은 기분이 들었다. 나는 사람들 앞에서, 시간이 흘렀어도 여전히 속이 뒤틀리는 무언가에 대해 분명하게 밝혀야 했다. 나는 내가 왜 거기 있는지, 왜 이런 일을 하고 있는지 되새기며 용기를 내려고 애썼다.

법정에 들어섰을 때, 많은 사람이 모였는데도 엄숙하고 조용한 분위기에 잠겨있는 것에 놀랐다. 한쪽에서는 기자들이 석간에 실을 특종을 기대하며 판사가 오길 기다리고 있었다.

안나는 우리를 바라보며 격려의 눈빛을 보냈고, 나는 온 마음을 다해 거기에 매달렸다. 그녀는 곧 방청석으로 향했고, 나는 그녀를 눈으로 좇으며 벽 앞에 놓인 증인석에 앉았다.

그 순간 나는 검은 눈의 그가 우뚝하니 내 옆에 있으면 안심이 될 거라는 생각이 들었다.

그만의 깊은 눈빛으로 나를 봐주고,

부드러운 손가락으로 내 손을 잡아주고,

긴장하고 겁에 질린 나를 모두의 시선에서 보호해 주고,

내 악몽이 얼마나 어두웠는지는 중요하지 않다고 알려주기를. 거기서 내가 별을 볼 수 있었으니까……

아니야, 내 영혼이 외쳤다. *안 돼, 그는 거기 있으면 안 돼.*

그는 멀리 있어야 해.

어둠 속에서.

안전하게.

직원이 판사의 입장을 알리자 우리는 모두 일어섰다. 판사가 들어오고 우리가 다시 자리에 앉았을 때 서기가 사건명을 발표했다. "앨라 배마주 대 마가렛 스토커."

문득 어떤 깨달음에 목이 메었다.

그녀가 여기 있다.

갑자기 나는 피부에서 이상이 느껴졌다. 땀을 흘리기 시작했다. 그리고 초조하게 검지로 손목을 긁어댔다. 피부가 빨개질 때까지 긁었고, 끈적거리고 뻣뻣하고 물이 뚝뚝 떨어지는 느낌이 들었다.

피가 날 때까지, 딱지가 생길 때까지, 또 그 딱지를 떼어내면서까지 긁고 싶었지만, 아시아가 긁고 있던 내 손을 잡아 자기 무릎으로 끌어당기고는 꽉 붙들었다. 나는 고개를 돌려 그녀를 쳐다볼 힘이 없었다. 아델린은 내게 바싹 붙으며 나머지 손을 잡았고, 나는 그녀의 손이 아플 정도로 세게 쥐었다.

"감사합니다. 재판장님, 배심원 여러분." 검사가 사건과 죄상을 진술한 뒤 발언을 이어갔다. "허락해 주시면 직접 신문을 시작하겠습니다."

"진행하세요."

그 남자는 고개를 끄덕이며 판사에게 인사한 뒤 청중을 향해 돌아섰다.

"첫 번째 증인으로 니카 밀리건을 채택합니다."

온몸에 전율이 흘렀다.

나였다. 내가 첫 번째였다.

나는 몸을 떨며 일어섰고, 내 것이 아닌 피부에 둘러싸인 기분으로 고요한 법정을 걸어갔다. 공기가 날카로운 모서리처럼 느껴졌다. 나는 주변의 시선들, 말 없는 마네킹처럼 나를 뒤좇는 얼굴들을 무시하려고 했지만, 청중은 내 머릿속에서 비명을 지르며 생각을 지배하는 것 같았다.

잠시 후 나는 방청석을 지나갔고, 선서를 한 다음 증인석으로 갔다. 배심원단의 시선이 내게 쏠렸다. 조끼가 숨 막히게 했고, 손에 땀이 났다.

나는 무릎을 모으고 뒤엉킨 신경세포처럼 손깍지를 낀 채 의자 끝에 앉아 있었다. 주위를 둘러볼 엄두도 내지 못했다.

"증인은 이름을 말씀해 주십시오." 검사가 신문을 시작했다.

"니카 밀리건입니다."

"버커리 스트리트 123번지에 살고 있나요?"

"네……"

"당신의 입양 절차는 2년 전에 끝났습니다. 맞나요?"

"그렇습니다." 나는 작은 목소리로 대답했다.

"이전에 쓰던 성은 도버였습니다. 그런가요?"

나는 확인해 주었고, 그는 몇 걸음 움직이더니 신문을 계속했다.

"그러면 당신은 니카 도버라는 이름으로 불리던 당시 서니크리크 홈 보육원에 맡겨진 어린이 중 한 명이었습니다."

"네." 나는 중얼거렸다.
"그 당시 보육원의 관리자가 여기 있는 스토커 부인인가요?"
나는 얼어붙었다. 시간이 멈췄다.
나는 본능적인 힘에 이끌려 눈을 들고 현실을 직시했다.
그리고 그녀를 보았다.
그녀는 오래된 사진처럼 피고인석에 앉아 있었다.
내 어린 시절의 꿈을 앗아간 그 여자를 쳐다보았다. 시간은 몇 년 전으로 돌아간 것 같았다. 그녀는 변하지 않았다. 여전히 그녀였다.
마가렛은 바늘처럼 뾰족한 눈으로 나를 쳐다보았다. 어깨까지 닿은 뻣뻣한 머리카락은 잿빛이었다. 그녀는 나이가 더 들었고 심술궂은 얼굴에는 담배와 술의 흔적이 묻어났다. 그 방치된 외모는 그녀의 시선이 더욱 퀭하고 사나워 보이게 했다. 그녀의 팔뚝은 여전히 건장했고, 내 갈비뼈에 여러 번 금을 냈던 크고 매서운 손도 그대로였다.
나는 그녀의 손을 보면서, 그 손이 내 살을 후려치던 느낌이 되살아났다. 나는 그녀에게서 눈을 떼지 못했고, 그녀는 나를 전혀 알아보지 못한 듯 깨끗한 옷과 건강하고 어른스러운 내 모습을 훑어보았다. 지저분한 얼굴에 손에는 반창고투성이였던 여자애가 세월이 흘러 단정하고 깔끔한 여성이 되었다는 사실을 믿지 못하는 것 같았다.
이상한 광기가 내 마음을 사로잡았다. 관자놀이가 욱신거리고, 심장 빠르게 뛰었다. 누군가가 내 영혼을 헤집는 것 같았다.
"밀리건 양?"
"네." 내 목소리는 너무 작아서 들리지 않았다. 손가락이 걷잡을 수 없이 떨렸지만, 드러내지 않으려고 노력했다. 검사가 뒷짐을 지었다.
"질문에 대답하세요."
"네. 그가 보육원을 운영했어요."
내 안의 무언가가 비명을 지르고, 꿈틀거리고, 내 숨통을 조이려 했다. 나는 그 감각에 맞서 현실의 끈을 놓치지 않으려고 했다. 정신과 상담을 받으며 노력한 모든 것을 물거품으로 만들고 싶지 않았다. 머릿속으로는 원장과 여러 번 마주했지만, 실제로 보는 것은 악몽이 다시 현실이 되는 것 같았다.

검사는 질문을 이어갔다. 나는 불안감과 싸우며 천천히 대답했고, 더듬거리고 목소리는 작았지만 멈추지 않고 말했다. 나는 그녀의 눈을 똑바로 보며 내가 어엿한 어른이 된 모습을 자랑스럽게 보여주고 싶었다. 어렸을 때 하늘의 구름을 따라다녔던 것처럼, 내 꿈을 좇아왔다는 걸 보여주고 싶었다. 절대 포기하지 않고.

나는 그녀가 있는 그대로의 내 모습을 보길 바랐다. 나방의 마음이 깃들어 있을지라도 내 눈에서 빛나는 힘과 집념을 보길 바랐다.

그러나 나는 그녀의 얼굴을 끝까지 직시할 수가 없었다.

"좋습니다. 질문은 여기까지입니다, 재판장님." 검사는 내 진술에 만족하며 자리에 앉았다. 이제 피고 측 변호인의 차례가 되었다.

그는 내 증언의 신빙성에 의문을 제기하며 반박했지만, 나는 미혹되지 않았다. 진술을 번복하거나 취소하지 않았다. 모든 기억은 내 머릿속과 피부에서 생생하게 살아있었기 때문이다. 나는 내 증언에 확고한 입장을 취하며 혐의를 가중했고, 그로 인해 어느 시점에서 변호인은 물러나기로 했다.

"그 정도면 됐어요, 밀리건 양." 그가 신문을 끝냈다.

나는 해냈다.

나는 고개를 들었다.

배심원단의 얼굴에는 냉정과 긴장, 불신 등 다양한 감정이 서려 있었다.

내가 자세한 이야기를 털어놓은 직후였다. 그녀가 나를 지하실에 묶어 가둔 일, 공포에 질려 홀로 몸부림친 일, 비명과 목마름으로 입술이 갈라진 일, 내 손목을 묶은 가죽 벨트를 긁자 그녀가 손톱을 뽑아버리겠다고 위협한 일……

나는 시선을 옮겨 마가렛을 쳐다보았다. 그녀는 마침내 나를 알아보기라도 한 듯 검고 예리한 눈빛을 번뜩였다.

그리고 그녀는 웃었다. 지하실 문을 닫을 때처럼 웃고 있었다. 내가 그녀의 치맛자락에 매달렸을 때처럼 웃었다. 일그러지고 역겨운 그 웃음은 의기양양한 히죽거림이었다.

뜨겁고 잔인한 감정이 목구멍에서 치밀었다.

나는 재빨리 일어나 판사의 요청에 따라 증인석을 떠났다. 몸이 젖어 축축하고 심하게 떨렸다. 관자놀이가 터질 듯한 아픔을 견디며 법정을 가로질러 구석으로 향했다. 그런데 다시 의자에 앉지 못하고 갑자기 문을 열고 밖으로 달려 나갔다. 담즙이 목구멍으로 차올랐다. 나는 간신히 화장실을 찾아 변기를 부여잡고는 내 영혼을 좀먹고 있던 모든 불편함을 토해냈다.

피부에 땀이 맺히고 속이 뒤틀렸다. 급기야 참고 있던 눈물이 터져 나왔다. 나는 그녀를 다시 보았다. 그녀는 조롱의 웃음을 지으며 나에게 준 모든 고통을 되살렸다. 그녀 앞에서 나는 스물한 살의 여자가 아니었다. '*잘할게요*'라고 빌어대던 지저분한 꼬마 아이였다.

그때 누군가가 내 손을 잡으려고 했다. 나는 이유 없는 반발심에 휩싸여 그 손길을 거부했다. 나를 도우려는 손가락을 밀어내자 익숙한 목소리가 나를 설득하려고 했다.

"신경 쓰지 마…… 안 돼. 그만해……"

아시아는 내가 완강히 밀치는데도 나를 진정시키려고 했다. 나는 제정신이 아니었고, 그녀가 아플 거라는 생각도 하지 못했다. 아시아가 내 어깨를 잡았고, 나는 몸을 떨었다.

"괜찮아. 넌 잘했어. 잘했어……"

나는 그녀를 떼어내려고 했지만, 그녀가 나를 막았다. 어색하고 뻣뻣한 손길로 나를 붙들었다. 그런데도 따뜻했다.

나는 벗어나려고 했지만, 결국 그녀의 손아귀가 내 저항을 이겨냈다.

그녀의 손은 안나의 손처럼 부드럽지도, 아델린의 손처럼 친숙하지도 않았다.

하지만 나를 붙잡아 주었다.

우리는 서로 다른 현실에서, 한 번도 닿지 않은 두 우주에서 왔지만, 나는 눈물을 쏟으며 누구에게도 보이고 싶지 않았던 그 어린아이의 마음을 그녀에게 내주었다.

* * *

그날 저녁 나는 한참 동안 샤워기 아래에 있었다. 피부에 들러붙은 땀과 괴로움, 전율을 씻어냈다. 공포의 냄새와 손목의 자국, 그날의 잔여물을 씻어냈다.

그리고 구겨진 영혼과 공허한 눈으로 리젤의 아파트로 갔다.

내 존재는 지우개로 문지른 것처럼 얼룩져 보였다. 그래서 나는 잠시만이라도 그와 함께 있어야 했다. 이따금 빠져들던 어둠 속에서 그는 위안이 되는 유일한 빛이었기 때문이다.

그런데 그는 알지 못했다. 나에게 얼마나 힘이 되는 사람인지.

리젤은 어둠을 가져다가 벨벳으로 바꾸었다. 그가 내 마음에 손대면 갑자기 모든 것이 다시 작동하는 것 같았다. 그는 마치 복잡한 톱니바퀴를 움직이는 비밀 멜로디를 알고 있는 듯했다. 그의 눈에는 천국이 있고, 입술에는 지옥이 있었다. 그는 다른 모든 것을 하찮게 만드는 유일한 현실이었다.

나는 열쇠로 문을 열었다. 노크라도 해야 했지만, 공기 중에 그의 냄새가 났을 때 그 생각을 못 한 채 조용히 안으로 들어갔다. 소파에 가방을 내려놓고 재킷을 벗었는데, 다른 방의 탁자에서 램프 불빛이 보였다. 예상과 달리 그는 거기에 없었다. 탁자 위에는 위성 운동에 관한 책이 펼쳐져 있고, 물 한 잔과 부스러기가 묻은 접시, 그의 우아한 글씨가 빼곡히 적힌 종이 몇 장이 있었다.

나는 책장 가운데 홈에 놓인 펜을 만지며 그가 공부하는 모습을 상상했다. 램프에 비친 그의 멋진 얼굴과 읽을 때마다 짓던 그 집중하는 표정을 떠올렸다.

그러다 내 뒤에 있는 조용한 존재가 느껴졌다. 어둠 속의 포식자처럼 움직이는 그의 습관을 알고 있었기에 나는 돌아섰다.

"*아마* 내게 설명하고 싶을 거야."

그는 웅장하고 무서운 모습으로 입구에 서 있었다. 어둠 속에서 그의 눈은 나를 여러 번 떨게 했던 매서운 빛을 발산했다. 그는 석간을 손에 들고 있었다. 신문은 말려 있었지만, 나는 어떤 기사가 실렸는지 알고 있었다.

서니크리크 아이들 사건 소식이 전국으로 퍼져나갔다.

그는 다가와 폭풍 같은 시선을 여전히 내게 고정한 채 신문을 탁자에 내리쳤다. 그의 익숙한 향기가 내 마음을 깨웠다. 그의 눈빛은 나를 밀어내며 블랙홀처럼 으깨고 있었지만, 나는 그 어느 때보다도 가까이 있는 그의 육체가 민감하게 느껴졌다.

"*왜?* 왜 말 안 했어?"

그는 화가 났다. 화가 많이 났다.

그는 그 자리에 있고 싶었다. 내 처신이 마음에 들지 않았고, 법정에 나와 함께 있지 않았다는 생각은 그의 마음에 꿈틀대는 원초적 본능에 어긋났다.

나는 그저 그의 품으로 뛰어들어 그의 팔에 안긴 채 안전하다고 느끼고 싶었다. 하지만 그 논쟁을 피할 수는 없었다. 리젤은 내 행동에 대한 설명을 당연히 들어야 했으니까.

"내가 말했다면 넌 거기 왔을 거야." 나는 속삭였다. "나는 그걸 막으려고 했어."

"그걸…… *막으려고* 했다고?" 그의 눈이 두 쪽의 예리한 번갯불처럼 가늘어졌다. "어떤 이유에서, 니카?"

그의 눈에 뭔가 깨달은 듯한 표정이 스치면서 나를 향한 파괴적이고 적대적인 감정을 터트렸다.

"뭐야, 내가 너무 *약해서* 못 갈 것 같았니?" 그는 분노와 고통을 발산하며 나에게 한 걸음 다가섰다. "저번에 본 것 때문에? 발작 때문에?"

"아니야."

"그럼, *뭣* 때문에?"

"그 여자가 널 보는 게 싫었어." 나는 솔직담백하게 말했다.

리젤은 움직이지 않았지만, 그의 눈동자에서 어떤 결정체가 맺혔다.

"그 사람이 그 눈으로 널 다시 보는 게 싫었어." 나는 고백했다. "널 보면 그녀 안에 있는 무언가가 깨어날 거야. 난 그걸 견딜 수 없었을 거야. 너에 대한 그녀의 끝없는 집착, 너에게 강요한 병든 애정이 너무 싫어. 숨이 막힐 지경이야. 그녀를 떼어내고 싶었어. 모든 일을 혼자 감당해야 할지라도 그 사람에게서 널 보호하고 싶었어!" 주먹이 떨리고 목이 타들어 갔다. 또다시 눈물이 쏟아질 것 같았다. 나는 한계에 다다랐고 울지 않을 수 없었다.

"또 그럴 거야." 나는 그 웃음과 그것에 무너져 내렸던 순간을 떠올리며 이를 악물고 흐느꼈다. "네게서 그녀를 떼어놓기 위해 수백 번도 더 그렇게 할 거야. 어리석다고 생각해도 상관없어. 네가 화를 내도 상관없어. 상관없어, 리젤, 뭐든 *다* 할 거야! 그녀가 널 다시 만나지 못하게!"

나는 눈을 질끈 감았고, 내게서 처절한 힘이 별처럼 폭발했다.

"그러니 화내, 나한테 으르렁거려!" 나는 그를 부추겼고, 그날의 충격이 내 신경을 덮쳤다. "내가 널 오지 못하게 한 건 잘못이라고 말해. 내가 실수했다고 말해! 무슨 말이든 다 해도 사과하라고는 하지 마. 그러지 마. 이 모든 혼란 속에서 위안이 되는 유일한 것은 내가 널 위해 뭔가 할 수 있었다는 거야. 단 한 번이라도 널 보호하기 위해……"

그의 손이 나를 붙잡아 끌어당겼다.

나는 그의 가슴에 부딪혔고 헐떡거리며 흐느꼈다. 그의 온기가 장갑처럼 나를 감쌌고, 세상은 보이지 않는 감미롭고 매우 강력한 힘으로 잠잠해지며 그의 품에서 진동했다.

나는 몸을 떨었다. 눈물에 가슴이 메고 온몸에서 기운이 빠져나갔다.

"바보야." 그가 내 귀에 부드럽게 속삭였다.

나는 지그시 눈을 감았다. 내가 듣고 싶었던 소리는 그것뿐이었다. 그의 깊디깊은 목소리로 마가렛이 영원히 지워지기를 바랐다.

그의 손이 내 목덜미를 쓰다듬었고, 나는 절박한 마음으로 그 몸짓에 매달렸다. 그가 그만의 방식으로 내 마음을 어루만지게 놔두었다. 리젤은 그렇게 나를 안아주면서 위로할 줄 알았기에 나는 그를 더욱 사랑했다.

"넌 그럴 필요가 없어." 그는 내 마음을 울리는 감미로운 목소리로 중얼거렸다. "넌 어떤 경우에도 날 보호할 필요가 없어. 그건…… 내 일이야."

나는 그의 깨끗하고 향기로운 스웨터에 얼굴을 묻었다. 그리고 고개를 저으며 그의 가슴에 대고 속삭였다.

"널 항상 지킬 거야." 나는 어찌할 바를 몰라 하며 어린아이처럼 수줍게 고백했다. "네가 필요 없다고 여겨도……"

리젤은 나를 더 세게 끌어안았고, 나는 그의 온기와 하나가 될 때까지 그가 나를 조금씩 완전히 흡수하게 놔두었다. 그는 내가 그렇다는 것을, 우리가 그렇다는 것을, 끝까지 고집스럽고 바꾸기가 불가능하다는 것을 알고 있었다.

우리는 서로를 위해 계속 자신을 희생할 것이다.

우리만의 방식으로 서로를 지킬 것이다. 말보다는 침묵으로, 그 무엇보다도 몸짓으로.

우리는 계속 이렇게 서로를 사랑할 것이다. 지나치고 불완전하고 실수투성이지만 태양처럼 진실하게.

나는 나른하고 지친 눈으로 그를 바라보았고, 그의 얼굴과 그가 내게 의미하는 모든 것에 다시 감동하여 심장이 두근거렸다. 리젤은 고개를 기울여 내 입술에 입을 맞추었다. 그의 부드러운 입술이 닿자 뱃속이 따뜻한 진동이 일었다. 나는 그의 어깨에 팔을 두르고 뜨거운 열망으로 그를 끌어당겼다. 우리의 혀가 서로 얽혔고, 리젤은 내 옆구리를 붙들며 서두르지 않으려고 했다. 그는 짐승처럼 나를 삼키려는 충동을 억제하려고 했지만, 나는 그의 어깨에 파고들며 그에게 몸을 밀착했다.

"네가 필요해." 나는 간청했다. "이게 필요해. 제발……"

리젤은 숨을 깊게 쉬었다. 가슴이 들썩이고, 머리카락이 눈앞으로 드리웠다. 나는 그의 얼굴을 잡고 달아오른 부드러운 입술을 그의 입술로 밀어 넣었다.

그의 근육이 긴장되고 숨이 차올랐다.

나는 그의 평정심이 흔들리는 것을 느꼈다. 나는 더 과감하게 자극했고, 내 작은 몸의 도발에 그는 마침내 굴복했다. 그는 내 목덜미를 움켜쥐며 불같은 키스로 나를 삼켰다. 그의 혀가 내 입을 파고들었고, 그의 자신감에 나는 척추를 타고 흐르는 강렬한 전율을 느꼈다. 나는 그의 머리카락 사이로 손을 집어넣고 열정에 휩싸여 그에게 키스했고, 그의 가슴에선 거친 신음이 흘러나왔다.

그의 호흡이 격렬하게 달아올랐다. 리젤은 탁자 가장자리에 부딪힐 때까지 나를 밀고는, 나를 눕히려고 급하게 팔로 탁자 위를 쓸었다. 유리컵과 접시가 깨지고 종잇장이 마룻바닥에서 흩날렸다. 내가 떨리는 손으로 그의 스웨터를 벗기려 하자 리젤은 맹렬한 불처럼 타오르며 셔츠와 함께 스웨터를 벗어 바닥에 던졌다. 그의 검은 머리카락이 탄탄한 어깨 위로 부드러운 후광처럼 떨어졌다. 나는 그의 모습을 감탄할 새도 없었다. 그는 내 바지의 지퍼를 열고 다급하게 골반을 들어 올리며 벗겨냈다. 나는 숨이 가쁘고 뺨이 화끈거렸다. 곧바로 그의 거친 손이 내 후드티를 찢을 듯이 끌어올리자 나는 팔을 치켜들었다.

침착함도 자제심도 없었다. 우리는 흥분한 짐승처럼 서로에게 몸을 던졌다. 공기가 내 피부를 마비시켜 차갑고도 뜨거운 느낌으로 가득 채웠다. 내 어깨뼈가 탁자에 부딪혔고, 리젤은 내 목의 곡선을 쥐어짜며 신경이 타오르게 했다. 나는 그의 손길에 몸을 뒤틀었다. 그의 손가락이 내 허벅지를 들쑤시며 가장 부드럽고 예민한 곳으로 파고들었을 때 심장이 미친 듯이 뛰었다. 나는 눈을 꼭 감았고, 몰아치는 흥분감에 탁자 끝을 힘껏 붙들었다.

몸이 떨리기 시작했고, 나는 리젤이 나를 완전히 지우고, 그가 나를 채우고 내 안의 모든 것을 가져가길 원했다.

그가 흔적을 남겨도 상관없었다.

그를 막지 않을 것이다.

나는 이것이 필요했다.

그의 불같은 손길, 그의 잇자국, 그의 검은 사랑.

나는 그의 영혼 속으로 빠져들어야 했다. 그곳은 내가 두렵지 않은 유일한 장소였기 때문이다.

손이 떨리고 근육이 긴장되었다. 리젤은 과감하게 내 팬티를 끌어내렸고, 고무줄이 피부에 가하는 압박에 나는 가쁜 숨을 내쉬었다. 그는 낚아채듯 내 발목을 잡고서 내 몸이 그의 사타구니에 부딪힐 때까지 끌어당겼다. 그의 육체는 긴장과 광란에 휩싸여 나를 맛보고 찢고 자기 것으로 만들고 싶은 욕구로 불타올랐다. 그리고 나는 있는 그대로의 그를 원했다. 그가 그 자신이 아닌 다른 사람이 되는 것을 원하지 않았기 때문이다.

아름다운 악마. 내 영혼의 어둠 속에 깃든 유일한 천사.

그의 갈망하는 손길이 내 피부를 태우자 나는 숨이 차올랐다. 그의 손가락이 내 허벅지를 타고 더듬다가 부드러운 살을 주물렀다. 손바닥에 꽉 들어차게, 내가 아플 정도로 움켜쥐었고, 나는 가늘게 헐떡거렸다.

내 숨소리에 그가 더 세게 그러쥐었다. 나는 눈을 찌그리며 발목을 구부렸고, 리젤은 몸을 구부려 뜨거운 입술로 내 은밀한 부위를 휘감으며 눌렀다. 나는 눈을 크게 뜬 채 거친 숨소리를 냈다.

나는 본능적으로 움찔거렸지만, 그는 내 엉덩이를 움켜잡고 강철처럼 단단한 손아귀에 나를 가두었다. 그는 깨물고 핥고 사정없이 빨아대며 입으로 고문하기 시작했다. 휘몰아치는 폭풍에 나는 눈을 감고 신음했다. 다리가 마비되고 아랫배가 심하게 일렁였다. 탐욕스러운 혀가 무자비하게 계속 나를 몰아댔고, 치아가 신경을 자극하며 피부에 전율을 일으켰다.

나는 호흡이 불규칙해지고, 몸이 떨리고, 빰이 타올랐다. 내가 그의 머리카락을 움켜쥐었지만, 리젤은 멈추지 않고 민감한 부위에 혀를 굴리며 더 세게 물고 빨았다. 나는 입술을 깨물었고, 그의 손가락은 내 살에 갈퀴질하며 나를 꼼짝달싹 못하게 했다. 그 뜨거운 공격이 달콤하고 잔인하게 나를 들쑤시며 근육을 으스러뜨렸다. 나는 말을 할 수 없었고 기진맥진한 채 떨고 있었다. 머릿속이 윙윙거렸다. 리젤은 붉게 부어오른 격렬한 입술을 핥고는 자신을 집어삼키는 충동적인 본능에 이끌려 황급히 바지를 내렸다.

순간 나는 피임약을 복용하고 있다는 사실을 얼핏 떠올렸다. 그가 내 골반을 움켜쥐고 들어 올렸다. 나는 크고 억센 그의 손아귀에 잡혀 숨이 막혔다.

그는 결코 섬세한 사람이 아니었지만, 나는 그에게 나를 위해 다른 모습을 요구하지 않았다. 그러나 리젤은 항상 나를 깨뜨리기라도 할까 봐 자신을 통제하고 억누르려고 했다. 그는 탐욕스럽고 거칠고 성급했지만, 그 순간 나는 그가 계속해서 내 영혼을 조각하기를 바랐다. 평소처럼 무례하게 세상을 내치고 저 멀리 던져버리기를 바랐다.

나는 그의 성기가 내 다리 사이로 들이치는 것을 느꼈고, 심장이 멎는 것 같았다. 피가 떨리고, 몸이 끓어오르고, 가슴이 터질 듯이 두근거렸다.

나는 고개를 기울여 그와 눈을 마주치고 싶었지만, 그는 거침없이 내 안으로 밀고 들어왔다. 그 감각이 너무나 갑작스럽고 강렬해서 발가락이 오그라들고 척추가 휘어졌다.

나는 그와 처음으로 관계를 가지는 것처럼 허벅지가 떨렸다. 나는 나무 탁자에 손톱을 박았고, 리젤은 자신을 감싼 유연하고 뜨거운 감각을 즐기며 거칠고 낮게 숨을 내쉬었다. 나는 입술을 깨물며 작은 몸을 떨었지만, 그는 더 나아가지 않고 내 뺨에 한 손을 대고는 나와 눈을 맞추었다.

시간이 멈췄다.

나는 그의 눈동자에 매달렸고, 내 가슴은 주체할 수 없는 감정으로 폭발했다. 나는 온 마음을 다해, 미친 듯이 사랑하고 내가 느낀 모든 것을 퍼부으며 그와 눈을 맞추었다.

거기서 우리의 영혼이 만났다.

거기서 두 영혼은 서로에게 모든 것을 내어주었다.

리젤은 내 눈에 시선을 고정한 채 내 안에서 움직이기 시작했다. 그는 탁자 표면에 나를 단단히 고정하고 뼈가 아플 정도로 내 옆구리를 움켜쥐면서 과감하고 깊게 전진했다.

그의 숨결이 공기를 가득 채웠다.

세상은 멀어졌다.

그것은 그의 눈이 되었다.

그의 피부가 되었고, 그의 향기가 되었고, 그의 활기와 힘이 되었다.

그가 되었다.

그리고 어둠은 벨벳으로 변했다.

그림자 사이로 별들이 피어났다.

리젤은 나를 향해 몸을 굽혔고, 나는 저린 다리와 떨리는 발목으로 그의 몸짓에 호응했다. 그가 쥔 골반이 아팠지만, 나는 그의 등에 손톱을 꽂고 내 몸에서 전율하는 모든 부드러움을 다해 그와 키스를 나누었다.

그와 나, 우리는 별들의 은하계였기 때문이다.

장엄한 혼돈.

찬란한 빛 무리.

그러나 우리는 함께여야만 빛날 수 있었다.

그리고 우리는 항상 그럴 것이다.

이해하기 어렵고,

불완전하고 특이하지만,

영원히 함께일 것이다.

아마란스처럼.

38

모든 것을 초월하여

별들로 옷을 입자.
그리고 꿈속을 걷자.
우리는 천상의 존재가 될 거야, 알지?
너는 영원 같은 내 사랑을 입을 거고.
어떤 달이라도 찬란한 네 모습을 보고서
자신을 빛나게 할 태양의 사랑을 원할 테지.

반지.

칼은 아델린에게 반지를 주었다.

그들의 약혼 소식에 모두가 놀라며 기쁨을 감추지 못했다. 안나는 벅찬 감동에 두 손을 가슴에 얹었고, 나는 소파에 함께 쓰러질 정도로 격렬하게 그녀를 껴안았다.

나는 말로 설명할 수 없이 기뻤다. 마음속에 음악이 가득 차고 빛이 넘쳐흘렀다. 나는 그녀를 깊이 사랑했고, 그녀는 행복할 자격이 있었다.

안나는 축하하기 위해 우리 집에서 작은 파티를 열기로 하고 친구들을 다 초대했다. 이미 아델린은 우리 가족이나 다름없으니까.

'제시간에 올 거지?' 나는 보도를 따라 걸어가 핸드폰에 문자를 입력했다.

어깨까지 내려온 머리카락을 바람에 나부끼며 활기차게 걷고 있었다.

"그래." 리젤은 언제나처럼 간결하게 답장했다. 그는 메시지를 쓸 때도 말을 낭비하는 법이 없었다.

나는 그가 공부와 다른 일들로 얼마나 바쁜지 알고 있었지만, 적어도 그날 저녁에는 늦지 않기를 바랐다.

'그럼 8시에 봐.' 나는 밝고 가벼운 마음으로 썼다.

그날은 다른 이유로 기분이 좋았다. 몇 주간 공부한 끝에 전염병 시험에 만점을 받고 합격했다. 쉬운 과목이 아니었고, 나는 즉시 리젤에게 전화해서 기쁜 소식을 알렸다. 그는 내가 학과 공부에 얼마나 열정적인지 알고 있었기 때문이다. 시험이 끝나면 내가 항상 가장 먼저 전화한 사람이 그였고, 그는 칭찬으로 내가 어린아이처럼 즐겁게 웃게 해주는 유일한 사람이었다.

'다른 사람들과 즐거운 시간 보내.' 그는 평소와 달리 다정한 태도를 보였다.

나는 저녁 식사 전에 학과 친구들을 만나러 가는 길이었다. 친구들은 중요한 시험을 치렀으니 맥주를 마시며 축하해야 한다고 말했고, 나는 흔쾌히 동의했다. 그리고 저녁에 집으로 오는 손님들을 바로 맞이하기 위해 옷을 미리 갈아입고 외출했다.

'고마워.' 나는 웃으며 답장을 보낸 뒤 서둘러 약속 장소로 향했다.

그곳은 밝고 세련되고 근사한 곳이었다. 유리창을 통해 천장에 수양버들 가지처럼 달린 조명등과 실내에 놓인 가죽 소파가 보였다. 여럿이 모여 휴식을 취하기에 좋은 분위기였다.

학과 친구들 몇몇이 이미 도착해 있었다.

"안녕! 오래 기다렸니?"

"어이, 아냐, 우리도 방금 왔어……"

그들이 나를 빤히 쳐다보았고, 나는 유리창에 비친 내 모습을 보며 이상한 구석이 있는지 확인했다.

나는 굽이 높은 발목부츠를 신고, 몸에 딱 붙는 바지와 허리까지 닿는 짧은 재킷을 입고 있었다. 그 안에는 내 눈에 어울리는 진주 회색 상의를 입었는데, 코르셋 탑에 오간디 소재의 길고 풍성한 소매가 달려 있어 세련되면서도 여성스러운 느낌을 주었다. 나는 머리카락을 풀어 늘어뜨렸고, 목에는 리젤이 생일 선물로 준 눈부신 눈물방울 목걸이를 둘렀다.

그리고 저녁에 있을 파티를 위해 가볍게 화장도 했다. 내 눈은 빛났고, 은은한 립스틱은 입술이 더 부드럽고 도톰해 보이면서 장밋빛 뺨을 돋보이게 했다.

몇 년 전 안나와 내가 막역한 사이가 되었을 때, 나는 항상 꿈꿔왔던 엄마와 딸의 한 장면을 그녀와 나눌 수 있었다. 우리는 함께 화장품을 샀고, 안나는 내게 화장하는 법을 가르쳐주었다. 천천히 침착하게, 세심하고 참을성 있게. 나에게 매우 친밀하고 소중한 시간이었고, 영원히 간직할 순간이었다.

한편 노먼은 내게 운전을 가르쳐 주었고, 그 덕분에 면허증을 딸 수 있었다. 그는 시험장에 같이 가주었고, 긴장하는 내게 평소의 차분한 태도로 안심시켜 주었다. 나는 시험에 통과한 후 합격증을 흔들며 건물에서 나왔고, 그는 두꺼운 안경 너머로 웃으며 부드럽고 자랑스럽고 어색한 포옹을 해주었다.

나는 경이로움이 가득한 보물 상자처럼 그 순간들을 내 기억 속에 간직하고 있었다.

"오늘 다들 수고 많았어." 우리는 서로를 격려했다.

"고마워. 너도. 처음에는 좀 긴장했는데…… 잘돼서 기뻐."

"이곳이 아주 근사하다는 얘길 들었어." 나는 행복한 미소를 지으며 말했다. "친한 친구 두 명이 여길 왔었는데, 수제 맥주가 굉장히 맛있댔어! 게다가 음료와 함께 특제 소스가 들어간 샌드위치와 감자튀김도 주는데……"

나는 말을 끝맺지 못했다. 누군가가 뒤로 와서는 내 얼굴을 끌어 올려 입을 맞추었다.

나는 숨이 막혔고, 리젤의 향기를 알아차리곤 가슴이 뛰었다. 그는 내 턱을 잡고서 예상치 못한 뜨거운 키스로 놀라게 했다. 내 입술을 집어삼키는 그의 맹렬한 기세에 몸이 휘청거렸다.

나는 리젤의 팔을 붙들었고, 내가 숨을 헐떡이며 그의 재킷 가죽을 부여잡자 리젤은 내게서 입을 뗐다

나는 발그레한 얼굴로 당황하며 머리를 정돈했고, 리젤은 내 어깨에 팔을 두르고는 말을 잃은 친구들을 향해 짐짓 태연한 표정으로 돌아섰다.

친구들이 모두 어리둥절한 표정으로 그를 바라보았다.

그의 등장은 분명히 극적이었지만, 나는 친구들이 그토록 놀란 이유가 그것 때문만은 아니란 걸 알고 있었다. 리젤은 길에서 만날 것 같은 남자가 아니었다. 그는 무시무시하고 매혹적이었다. 조각상 같은 체격에 타고난 포식자로 보이게 하는 위압적인 남성미를 발산했다.

"대체…… 이게 무슨 짓이야?" 나는 여전히 당황한 채 투덜거렸다.

"싫었다고는 하지 마, *나방*아." 그가 쉰 목소리로 짓궂게 내 귀에다 속삭이자 나는 뱃속이 화끈거렸다.

나는 여전히 토마토처럼 붉은 얼굴로 나무라듯 그에게 눈살을 찌푸렸다.

"네가 그 베일에 싸인 남자친구구나." 친구의 격려에 한 친구가 용기를 내어 말을 꺼냈다. 그녀들은 감탄하며 그를 쳐다보았고, 그는 빠르게 표정을 바꾸었다.

"나는 리젤이야." 그는 살짝 미소 띤 얼굴로 자신을 소개했다.

그는 외향적인 성격이 아니었고 그 본성을 버릴 수는 없었다. 그러나 누군가의 호감을 얻는 데는 탁월한 능력이 있었다. 나는 그런 그의 의도를 짐작했다.

"오, 니카는 너에 대해 너무 비밀스러워." 그녀가 나를 다정하게 질책했다. "절대 풀어놓지 않아! 네가 공학을 전공하고 피아노를 친다는 말만 했어. 그 외에는 한사코……"

"그럼 들어가 볼까?" 리젤은 섬뜩할 정도로 천진하게 말했다. 그는 그 상황이 아주 편안한 듯 여전히 내 어깨에 팔을 두르고 있었다. 나는

윌이 침을 삼키는 걸 본 것 같았다.

"그러니까…… 너도 같이 가려고?"

"아, 난 끼면 안 되는 거야? 그날 오후 영상 통화 때 한 말과는 다른데……" 리젤은 말끝을 흐리며 날카로운 시선을 그에게 던졌다.

"오래전부터 네 친구들을 소개해 주고 싶어 했잖아…… 아냐?"

나는 말문이 막혔다. 그에게 여러 번 그런 마음을 표현한 것은 사실이지만, 그가 갑작스러운 사교 욕구에서 여기 온 게 아니라는 것은 너무나 뻔했다.

리젤은 한 손으로 문을 막았다. 그는 얼굴을 기울여 깊고 부드러운 눈으로 나를 쳐다보았다.

"내가 여기 있는 게 넌 기쁘지 않니?" 그는 검은 홍채 속으로 내 의지를 빨아들이며 나지막하게 말했다.

나는 빛나는 눈으로 그를 쳐다보았다. 목이 막혔고 뺨이 화끈거렸다. 사실 그가 온 것이 너무나 좋았기 때문이다. 그는 내 눈과 입술을 응시했고, 내 마음은 한숨과 함께 녹아버렸다.

"점잖게 행동할 거지?" 나는 달래듯이 물었다.

그는 유쾌하게 눈썹을 치켜올리며 악동 같은 천사의 표정을 지었다.

"내가 늘 그러지 않나?"

나는 기가 막힌다는 표정을 지었고, 리젤은 서둘러 문을 밀며 나를 안으로 들여보냈다.

기분 좋은 온기가 얼굴로 훅 끼쳐왔다. 내부는 더 근사했다. 작은 조명들이 편안하고 흥겨운 크리스마스 분위기를 연출했다. 많은 젊은이가 여기저기 앉아 있었고, 대학생들 사이에서 유명한 곳이란 걸 알 수 있었다.

우리는 뒤편의 원형 탁자에 둘러앉은 일행을 발견하고는 그리로 가서 앉았다. 리젤은 가죽 재킷을 계속 걸치고 있었고, 나는 재킷을 벗어 소파에 내려놓았다. 그리고 상의를 가다듬으며 반짝이는 눈빛으로 홀린 듯이 주위를 둘러보았다.

나는 그곳의 독특한 분위기에 관해 이야기하는 친구들에게 미소 띤 얼굴로 고개를 끄덕였다.

내 옆에 있던 리젤은 내 뒤로 한 팔을 뻗은 채 등받이에 몸을 기대고 있었다. 그의 시선이 내 등에서 허리로 이어지는 작은 단추들을 훑는 것 같았지만, 나는 친구들과의 대화에 한창 빠져있었다.

나는 이상한 행복감에 젖어있었다. 아델린이 약혼하고, 대학 생활은 순조로웠고, 사랑스럽고 각별한 가족이 있었다. 그 기쁨의 감정들이 한데 어우러진 행복감에 내 얼굴과 눈이 환하게 빛났다.

다른 사람들이 산만하게 떠드는 사이, 리젤은 몸을 기울여 뜨거운 입술을 내 귀로 갖다 댔다.

"있잖아, 상상해 봤어……" 그는 갈라진 목소리로 은밀히 유혹하듯 속삭였다.

그 말은 비단처럼 그의 혀에서 흘러나왔고, 나는 살며시 그에게 더 다가가 미소를 지으며 물었다. "뭘?"

"내가 너랑 하고 싶은 것을."

숨이 턱 막혔다. 나는 눈을 크게 뜨며 얼굴을 붉혔고, 탁자 맞은편에서 친구들이 우리를 지켜보는 것을 보았다.

리젤이 내 머리카락에 얼굴을 묻고 숨결로 내 피부를 달구었다. 나는 그가 짓궂게 굴고 있다는 것을 알았다. 그렇지만 그가 가까이 있는 것으로도 감정을 통제하기가 힘든데, 그처럼 노골적이고 뻔뻔한 속삭임에 나는 어쩔 줄을 몰랐다.

그러다 갈비뼈에 닿는 그의 핸드폰 진동에 깜짝 놀랐다.

리젤은 떨떠름한 표정으로 내게서 몸을 떼더니 주머니에서 곧장 핸드폰을 꺼냈다. 나는 개인 과외를 문의하는 학생 중 한 명일 거로 짐작했다. 리젤은 조용한 곳에서 통화하기 위해 자리에서 일어났다.

나는 무의식적으로 그에게 길을 터주는 사람들 사이로 그가 사라지는 모습을 지켜보았다. 그리고 절대 섞일 수 없는 색깔처럼 그가 그곳에 있는 게 신기하게만 여겨졌다.

리젤은 항상 겉돌았다. 그의 옆에 있는 사람들은 다이아몬드 옆의 돌처럼 내게 모두가 똑같아 보였다. 물론 사람은 누구나 각자의 색채나 고유성을 지니지만, 리젤은 다른 사람들보다 더 다각적이고 다채로웠다. 별빛을 품고 있었다. 그는 예리한 성격과 단호한 마음을 지녔고, 그 같은 영혼은 소수에게만 빛을 발했다.

그리고 나는 그것을 붙잡을 것이다.

한껏……

나는 친구들의 대화에 합류했고, 우리는 강의와 오후의 실습 등 학교 얘기를 나누었다. 그러다 얼마 뒤 주문한 음료가 도착했는데도 리젤은 여전히 돌아오지 않았다.

나는 그를 찾아 주위를 둘러보았다. 나는 너무 불안해하거나 집착하고 싶지 않았지만, 그가 질병 때문에 발작을 일으키거나 아플까 봐 항상 걱정되었다. 그가 약을 먹도록 돕는 것 외에는 내가 할 수 있는 게 없었지만, 그에게 언제든 무슨 일이 일어날 수 있다는 생각이 나를 괴롭혔다.

나는 친구들에게 곧 돌아오겠다고 말한 뒤 그를 찾으러 갔다. 문밖을 살짝 내다보고 그가 괜찮은지만 확인하고 싶었다. 그런데 굳이 출구까지 갈 필요도 없었다. 놀랍게도 그는 카운터 근처에 서 있었고, 핸드폰을 손에 든 채 *몇 사람*의 무리에 끼어 있었다.

"리젤?"

내가 그의 손을 잡자 그는 홱 돌아섰고, 반창고가 붙여진 내 손가락을 보고서 마음을 놓았다. 시간이 흘렀어도 그는 자연스러운 몸짓에 여전히 익숙해지지 않았다.

내가 처음 보는 남자 셋과 여자 한 명이 그와 함께 있었다.

"저기." 나는 놀라고 당황한 채로 말했다. 그리고 그를 올려다보며 그의 눈을 찾았다. "네가 한참 오지 않아서……"

"우리 때문이야. 여기서 우연히 만났어." 그들 중 한 명이 잠바 주머니에 손을 넣은 채 유쾌하게 말했다.

나는 호기심 어린 눈으로 그를 쳐다보았다. 그리고 어리둥절한 내 표정을 본 여자가 살짝 웃으며 흡족한 표정으로 말했다. "우리는 같은 학과 동기들이야."

"오!" 나는 가슴에 차오르는 온기를 느끼며 탄성을 질렀다.

나는 그의 대학 친구들을 만나게 되어 정말 기뻤다.

"만나서 반가워! 나는 니카야."

"혹시 네가…… 여자친구니?" 한 명이 머뭇거리며 물었다. 아마 친밀한 관계를 꺼리는 리젤의 고독한 태도 때문에 확신이 없었을 것이다.

"맞아, 여자친구야." 나는 차분하게 대답했고, 그들은 놀라움을 감추지 못했다.

그들은 새로 알게 된 사실에 기뻐하며 내게 환한 미소를 지었다. 온화하고 활발한 내 존재로 인해 리젤이 한층 가깝게 느껴지는 듯이 보였다.

"오, 와우!" 아까 그 남자가 다른 사람들에게 눈을 찡긋하며 환호했다.

"누굴 사귄다는 말은 안 했잖아, 와일드." 여학생은 웃으며 나보고 들으라는 듯이 말했다. "한 번도, 단 한 번도……"

그녀는 그 말에 내가 언짢아할 거로 예상하며 나를 힐끗 쳐다보았지만, 내 얼굴은 맑고 고요했다.

나는 리젤이 말하지 않은 이유를 들을 필요가 없었다. 그는 신중하고 폐쇄적이고 내성적이었다. 다른 사람들에게 자신에 대해 말하는 성격이 아니었다. 나는 그가 어떤 사람인지 알고 있었기에 의혹을 품지 않았다.

우리가 서로 나눈 것은 한결같고 우리의 영혼을 초월하며 어떤 말보다도 강했다.

그러나 그녀는 내 침묵을 자신의 승리로 받아들이며 만족스러운 표정을 지었다. 나는 미소 띤 얼굴로 리젤을 올려다보았다.

"음료가 나왔다는 걸 알려주려고." 나는 자리로 돌아가려는 생각에 살며시 그에게 전했다. "네 건 흑맥주를 주문했어." 그리고 그의 친구들을 향해 상냥한 미소를 지었다. "만나서 기뻤어. 다들 즐거운 시간 보내."

남자들은 내게 또 보자고 말하며 인사했지만, 그녀는 아무 말도 하지 않고 빈정거리며 뺨 안쪽을 깨물었다. 그리고 내게 경멸의 시선을 던지고는 갈망하는 눈빛으로 리젤을 쳐다봤는데, 그것은 내가 돌아서기 전 마지막으로 본 장면이었다.

나는 자리를 뜨려다 퍼뜩 어떤 생각이 떠올라 갑자기 뒤돌아섰다. 과감하게 리젤의 얼굴을 잡고 재빠르게 내 입술을 댔다. 나는 그에게 달라붙어 머리카락에 손가락을 집어넣으며 숨 막히는 키스로 그를 덮었다.

나 자신도 놀랄 정도로 격렬하게 키스했다. 나는 그의 입과 힘, 마음, 모든 것을 앗았고, 마침내 요란한 마찰 소리를 내며 빨갛게 부어오른 그의 입술을 놔주었다.

고요함이 감돌았다.

모두가 놀란 눈으로 나를 쳐다보았다. 누군가는 눈썹을 치켜 올렸고 누군가는 조용히 흐뭇한 표정을 지었지만, 나는 고개를 돌리지 않았다.

리젤은 내 품에 안겨 눈을 크게 뜬 채 가만히 나를 쳐다보았다. 머리카락은 헝클어졌고, 검은 눈동자에서 얼떨떨해하는 기색이 느껴졌다. 나는 그 표정이 너무 특이하고 사랑스러워서 그에게 애정 어린 미소를 지었다.

"우리 자리에서 기다릴게."

나는 다시 그의 입술에 부드러운 입맞춤을 남기고는 평온한 마음으로 걸어갔고, 내 뒤로 그의 뜨거운 시선과 그녀의 당황한 시선이 느껴졌다.

리젤이 우리 자리로 돌아왔을 때, 나는 나만 알아챌 수 있는 미묘한 진동을 그의 몸짓에서 느꼈다.

친구들과 유쾌한 시간을 보내고, 우리가 집에서 열리는 파티에 가기 위해 다른 사람들과 헤어져 거리로 나섰을 때였다.

"그게 뭐였지?" 그는 내 어깨에 팔을 와락 두르며 은밀하게 속삭였다.

나는 조롱하는 듯한 그의 목소리에 그를 흘깃 쳐다보고는 고개를 돌렸다.

"*싫었다고는 하지 마……*" 나는 너무 부끄러워서 얼굴도 들지 못한 채 중얼거렸다.

리젤은 입술을 깨물더니, 그닥지 않게 낮고 거친 웃음을 가슴에서 터트렸다. 그 소리는 내 뼛속까지 울렸다. 내 시선은 부루퉁하게 상기된 그의 얼굴로 향했다. 나는 조금 당황한 채 그를 쳐다보았고, 갑자기 내 가슴은 뜨거운 사랑으로 가득 찼다.

나는 그가 웃고 있는 모습 그대로를 자연스럽게 받아들여야 했지만, 그러지 못했다. 생생한 색으로 빛나는 그런 그의 모습은…… 거의 이상하게 느껴졌다. 이상하지만 불쾌하지는 않았다. *아름답고* 놀랍고 숨이 막힐 정도로 경이로웠다. 밤하늘의 번갯불처럼 영혼과 마음을 홀리는 이상함이었다.

나에게 리젤은 그러했다.

어둠 속 나의 빛.

태양보다 더 밝게 빛나는 폭풍의 섬광.

"인정해……" 그는 여전히 치아를 드러내고 웃으며 느릿느릿 말했다.

내 영혼은 그의 웃음에 흠뻑 젖었다. 나는 그의 허리를 잡고 팔에 기대어 머리를 젖힌 채 빙그레 웃음 지었다.

우리의 평범함에는 항상 독특하고 특별한 것이 있었다.

그리고 그것은…… 절대 변하지 않을 것이다.

"축하해!" 나는 아델린을 껴안으며 소리쳤다.

그녀는 파스텔 색상의 화사한 드레스를 입고 있었고, 나는 그녀의 얼굴을 보지 않고도 발그레하게 물든 뺨의 온기가 느껴졌다. 그녀는 내게서 몸을 떼고 미소 지었다. 반짝이는 눈과 장밋빛 뺨, 진주 귀걸이를 한 아델린은 무척 아름다웠다. 그녀 옆에 있던 칼은 감격에 겨워 귀를 붉히며 내게 인사했다.

"그의 부모님도 오셨어." 아델린이 알려 주었다. 그녀는 가게의 단골 손님들과 친구들 사이에 있는 칼의 가족을 가리켰다. 그리고 나를 그쪽으로 데려가 자기 가족에게 가지는 은근한 자부심을 드러내며 나를 그들에게 소개했다.

나는 샴페인 잔을 든 달마와 조지에게 인사를 건넸다. 그들과 함께 아시아도 있었다. 나는 걸음을 멈추고 그녀에게 많은 의미가 담긴 미소를 설핏 지어 보였다. 그녀는 언젠가 우리가 많은 것을 쌓아 올릴 거라는 무언의 약속을 하며 깊은 눈으로 고개를 까닥 숙였다.

나는 그녀가 며칠 전 재판에서 나를 위해 한 일을 결코 잊지 못할 것이다.

갑자기 초인종이 울렸다. 손님들이 아직 오고 있었기에 나는 리젤을 올려다보며 그들을 맞이하러 가겠다고 말했다. 그는 고개를 끄덕였고, 그때 아시아의 부모님이 다가와 그에게 인사하고 이야기를 나눴다. 나는 그들을 떠나 문을 열러 갔다.

"파티가 여기야?"

장난기 가득한 얼굴에다 허리에 손을 얹은 젊은 여자가 내 눈앞에 나타났다.

"사라!" 내가 웃자, 그녀는 한 손을 얼굴에 대고 한껏 들뜬 표정을 지었다.

"정말 예쁜 동네야, 니카, 사랑스러워! 꽃들과 나무 울타리들……"

"비켜줄래?" 그녀 뒤에서 누군가가 투덜거렸다.

미키가 못마땅한 눈초리로 그녀에게 발꿈치를 부딪치며 들어섰다.

나는 매력적인 여성이 된 그녀의 외모에 감탄했다. 검은 머리카락이 길게 일렁거렸고, 도톰하고 예쁜 입술은 여전히 껌을 씹고 있었다. 그녀는 딱 붙는 검은색 바지와 밑창이 두꺼운 컴뱃 부츠, 체형을 가리는 밝은색 스웨터 차림이었다.

미키는 풍만한 몸매를 지녔지만, 그것을 드러내려 하지 않았다. 늘 헐렁하고 편안한 옷을 입었고, 세월이 흘러 성숙한 여성이 되었어도 그녀의 스타일은 변하지 않았다.

"너희가 와서 기뻐." 나는 미키에게 반갑게 인사했지만 그녀는 부루퉁한 시선을 던지고는 돌아서서 재킷을 벗었다. 나는 조금 놀란 표정으로 그녀를 쳐다보다가 사라 쪽으로 몸을 돌렸다.

"무슨 일이야? 왜 기분이 안 좋지?"

"우리가 주유소에서 휘발유를 넣을 때 어떤 놈팡이가 추파를 던졌어…… 얘가 그런 일을 얼마나 질색하는지 알잖아……"

미키는 그녀를 노려보았다.

"적어도 넌 거들지 말았어야지." 그녀가 쏘아붙이자 사라는 킥킥 웃었다.

"우린 그냥 감탄했을 뿐인데……"

그때 다행히도 누군가가 문을 두드렸다. 내가 문을 열자 강력한 빛이 번쩍였다.

"팡!" 빌리가 흥분해서 외쳤다. "아, 이거 진짜 멋지다…… '표범의 공격'이라고 부를게……" 그녀는 카메라 화면에 잡힌 미키의 사나운 눈을 보며 고개를 끄덕였다. 그러곤 행복한 미소를 지으며 고개를 들었다. "안녕!"

머리카락을 자른 빌리는 금발의 컬이 자연스럽게 이리저리 뻗쳐 그녀의 발랄한 성격과 잘 어울려 보였다.

"때마침 잘 왔어." 나는 그녀에게 인사하며 안으로 들여보냈다. "노먼이 샴페인을 따르고 있어."

그녀 뒤에서 키가 멀쑥하게 큰 남자가 수줍게 앞으로 나왔다. 그는 성당에 들어갈 때처럼 쓰고 있던 모자를 얼른 벗었다.

"안녕, 니카…… 초대해 줘서 고마워. 여기…… 와인 한 병을 가져왔어……"

"빈스!" 사라는 자신이 응원한 팀이 우승한 것처럼 웃는 얼굴로 두 팔을 벌리며 외쳤다.

"아, 안녕, 사라……"

"못 보던 근육이 생겼네? 믿을 수 없어! 이것 좀 봐!" 그녀는 그의 마른 팔을 잡으며 휘파람을 불었고, 으쓱해진 빈센트의 얼굴이 발그레 물들었다.

"음…… 그래, 보다시피 운동을 시작했는데…… 아, 안녕 미키!" 그가 갑자기 긴장하며 말을 더듬었다.

미키는 평소처럼 그를 쳐다보지도 않고 인사했고, 빈센트는 모자를 그러쥔 채 그녀를 흘깃거렸다. 그는 그녀에게 조금이라도 인정을 받으려고 최선을 다했지만, 별로 성공을 거둔 것 같지 않았다. 하지만 수줍음이 많고 어설픈 빈센트는 좋아하지 않을 수 없는 사람이었다. 나는 그를 차갑게만 대하는 미키도 그것을 알 것이라고 확신했다.

"자, 들어가자." 나는 친구들을 안내했다. "안나가 방금 전채 요리를 오븐에서 꺼냈어……"

그 파티는 아델린의 약혼을 축하하는 자리였지만, 나는 내 친구들도 자유롭게 초대할 수 있었다. 나는 내가 사랑하는 사람들과 함께 있는 것이 좋았다. 따뜻하고 쾌적하고 아늑한 거품 속에 있는 느낌이 들었다. 나는 그들이 항상 우리 집에 있기를 바랐다. 아마 어렸을 때 내 것을 가져본 적이 없었기 때문에 서로 나누는 것이 행복이라는 믿음이 생겼을 것이다.

사라는 술을 마시지 않았지만, 잠시 후 빈센트는 샴페인 두 잔을 들고 돌아왔다. 그는 곱슬머리 아래로 부드럽게 미소 짓는 빌리에게 한 잔을 건넸다.

"고마워, 자기야."

나는 다른 한 잔은 그의 것으로 생각했지만, 그는 그것을 미키에게 내밀었다. 그녀는 가만히 술잔을 쳐다보기만 했다.

"난 샴페인을 좋아하지 않아." 그녀가 시선을 돌리며 중얼거렸다.

"알아……" 빈센트가 쑥스러워하며 말했다. "그래서 화이트 와인을 가져왔어…… 네가 제일 좋아하는……"

미키는 그를 올려다보았고, 그녀의 뒤에서 사라가 손가락 키스를 날리고 엄지손가락을 치켜세우며 그를 응원했다. 빌리는 자신의 가장 친한 친구를 걱정스레 쳐다보았다. 그러다 미키가 손을 내밀자 안도의 한숨을 내쉬었다. 미키는 호의에 어떻게 반응해야 할지 몰라 뿌루퉁한 표정으로 잔을 받아서 들었고, 기대에 찬 빌리의 눈을 보고는 나지막하게 말했다. "고마워."

빈센트는 얼굴을 붉히며 한 걸음 뒤로 물러섰다. 그러곤 자신의 빈손을 보더니 마실 것을 가지러 갔다.

"그가 정말 좋아." 사라는 빈센트의 뒷모습을 보며 말했다. 그는 중간에 노먼을 만났고, 그 둘은 서로 수줍어하며 인사했다.

빌리는 사라에게 고마워하며 온화한 미소를 지었다. 그 말은 그녀가 듣고 싶었던 전부였기에 위안이 되었다.

얼마 후 파티가 한창일 때, 빈센트는 손짓을 해가며 열띤 대화를 나누고 있었다. 그의 옆에는 리젤이 있었다. 리젤은 한 손에 샴페인 잔을 들고 팔짱을 낀 채 어둠 속에서 얼굴을 살짝 숙이고 있었다. 예리한 눈썹 아래 두 눈은 옆에 있는 빈센트를 주목하고 있었다. 리젤은 그가 눈치채지 못하게 경계하는 태도를 띠고 있었다. 나는 슬며시 번지는 웃음을 감출 수 없었다.

빈센트는 우주와 우주론, 양자론에 관심이 있었고, 그 분야에 해박한 지식을 갖춘 리젤을 좋아했다. 리젤의 침묵과 경계의 눈초리가 미키의 냉대보다 어쩌면 더 거북할지라도 빈센트는 그를 만날 때마다 기뻐하는 것 같았다. 그리고 그들은 서로 달랐지만, 리젤은 그에게 친절해지려고 노력했다. 적어도 예의를 지키려고 했다.

그때 나는 멀지 않은 곳에서 안나가 그를 지켜보고 있다는 걸 알아챘다. 조금 슬퍼 보이는 그녀의 눈빛에는 리젤이 결코 보답할 수 없는 애정이 담겨 있었다.

"나는…… 애정이 없어." 언젠가 그가 나에게 고백했다.

우리는 저녁을 먹은 후 안나와 노먼과 함께 산책하고 있었다. 그의 덤덤한 고백이 침묵을 깨뜨렸고, 나는 그 말의 의미를 곧장 이해했다. 그가 진심으로 말할 때는 말투가 달라졌기 때문이다.

나는 그를 올려다보았다. 리젤은 잠바 주머니에 두 손을 넣은 채 얼굴을 옆으로 돌리고 있었고, 머리카락은 밤의 어둠에 섞여 있었다. 그런 순간에 내 눈을 쳐다보는 건 그에게 너무나 적나라한 태도였을 것이다.

리젤은 그들에게 애정을 느낄 수 없었다. 그는 누구에게도 애정을 느끼지 못했다. 이것이 진실이었다. 유기 불안증과 질병에 대한 심리적 부담으로 인해 그는 어린 시절부터 심각한 정서적 문제를 겪었다. 그리고 원장과의 관계는…… 상황을 더욱 악화시켰다. 어렸을 때 리젤은 애정을 간절히 원했지만, 그녀에게서 그것을 얻게 된 건 자신이 받은 유일한 사랑을 거부하게 만들었다.

마가렛은 괴물이었고, 그는 그것을 알고 있었다. 결국 그는 사랑의 감정을 거부하고 애착 관계를 모른 채 자라게 되었다. 그리고 고독과 좌절감, 안정적인 기준점의 부재는 정서적 유대감이 결핍되는 결과로 이어졌다.

그건 그의 잘못이 아니었다. 질병으로부터 자신을 보호한 것과 같았다. 병에 걸리지 않게 항체를 만들어 낸 것이었다.

거리의 어둠 속에서 나는 말없이 리젤의 손을 잡았다. 안나와 노먼이 그를 얼마나 사랑하는지 말할 수 없었지만, 나는 그가 그것을 알고 그들의 사랑에 보답하고 싶었을 것이라고 확신했다.

초인종이 다시 울렸다.

나는 잔을 내려놓고 다시 문 쪽으로 향했다. 가는 길에 클라우스가 내 다리 사이로 휙 지나갔다. 그는 멈춰 서더니 집에 손님들이 온 것이 못마땅해서 화난 눈으로 나를 노려보았다. 내가 그를 안아 들자 짜증스럽게 울어댔지만, 그의 머리에 입을 맞추고 귀 뒤를 긁어주니 기분이 좋아져서 골골 소리를 냈다. 나는 웃으며 그를 부드럽게 쓰다듬고는 계단 첫 칸에 내려놓았다. 그러자 내가 충분히 쓰다듬어 주지 않아서 기분이 상했는지 원망스러운 눈초리를 던졌다.

"잠시만요……" 나는 곧 문을 열었다.

그리고 얼어붙었다.

과거가 눈앞에 열리며 잠시 현재에서 나를 떼어놓았다.

내 앞에 있던 남자가 돌아섰다. 그의 얼굴을 보는 순간 가슴이 텅 비고 시간이 멈춘 것 같았다.

"…… 피터?" 나는 희미하게 속삭였다.

그는 내가 완벽하게 기억하는 그 눈으로 나를 쳐다보았다.

"니카……"

나는 숨이 막힐 정도로 가슴이 부풀어 오르는 것을 느꼈다. 나는 믿기지 않는다는 표정으로 팔을 내밀었다. 나는 그를 껴안았고, 그의 붉은 머리카락이 내 뺨에 닿았다. 피터는 뻣뻣하게 굳어서 떨고 있었지만, 나는 먹먹한 감정에 휩싸여 바로 알아차릴 수 없었다.

내가 기억하는 피터는 누구보다도 눈물이 많고 늘 사람들 뒤에 숨어 있던 아이였다. 깡마른 몸에 얼굴에는 눈 그늘이 짙게 드리웠다. 그는 학대를 견디지 못했다. 그처럼 온순한 영혼은 자신을 보호할 힘조차 없었다.

"나…… 난 믿을 수 없어……" 나는 숨을 내쉬며 그에게서 떨어졌다. 내 눈가가 촉촉해졌다. 그리고 그의 얼굴이 창백해지고 목 근육이 굳어진 것을 알아챘다. 내가 그에게 그런 반응을 일으켰다는 것을 나중에야 깨달았다.

"그래……" 피터는 웃으려고 했지만 입가에 이상한 경련이 일었다. 입꼬리가 계속해서 떨렸다. 나는 혼란스러워하다가 그가 나 때문에 겁에 질렸을지 모른다는 생각이 들었다.

나는 중요한 사실을 잊고 있었다. 피터도 나와 같았다. 나보다 훨씬 더했다. 그도 성장을 멈췄다. 얼마 전에 아델린이 말해 주었다. 그는 여전히 극복하지 못했다고.

"아델린이 나를 초대했어." 그가 침을 삼켰고 천천히 진정되는 듯이 보였다. "그녀는 내가 여기 있는 걸 알고 있었어. 재판 때문에…… 그날 너를 봤어. 너희 둘 다 봤어. 나도 거기 있었거든. 증인석에서 네가 한 말을 들었어. 인사하려고 했는데, 그 이후로 네가 보이지 않더라."

내가 뛰쳐나갔기 때문이었다.

나는 그에게 모든 것이 전달되기를 바라며 떨리는 미소를 지었다.

"네가 거기 있다는 걸 알았다면, 끝까지 힘을 내서 남아 있었을 거야."

피터의 눈이 경련을 일으키며 순간 옆으로 획 돌아갔고, 나는 그가 불편하고 당혹스러워한다는 것을 눈치챘다. 그래서 더 부드럽게 말했다.

"네가 한 일은 정말 용감했어. 네 덕분에…… 그녀가 유죄 판결을 받을 수 있었어."

마가렛은 이제 우리의 현실을 괴롭히지 못할 것이다. 다양한 증언과 압도적인 증거, 그녀가 일으킨 정신적 외상에 대한 의학 보고 등을 통해 법원은 마가렛에게 유죄를 선고했으며 그녀가 더는 누구에게도 해를 끼칠 수 없게 했다.

그녀는 우리의 미래를 해치지 못할 것이다. 과거일 뿐이다.

나는 그녀가 그 모든 일의 첫발을 내디딘 사람이 피터라는 것을 알았을 때 어떤 생각을 했을지 궁금했다. 예전에 그는 반응할 힘조차 없이 그녀를 두려워하기만 했던 너무나 작은 아이였다.

"들어와." 나는 따뜻한 목소리로 그에게 권하며 그가 지나갈 수 있게 옆으로 비켜섰다. 나는 그와 적당한 거리를 유지했고, 내가 그의 공간을 함부로 침범하지 않을 거란 걸 그가 알아주길 바랐다.

피터가 조심스럽게 들어와서는 재킷을 벗었다. 나는 현재 그곳에서 그를 보고 있는 것이 이상했지만, 안나와 노먼을 그에게 소개하고 싶다는 생각이 가장 먼저 떠올랐다. 나는 그를 소파에 앉게 한 뒤 마실 것을 원하는지 물었고 그는 사양했다. 피터는 왼쪽 눈꺼풀에 살짝 경련을 일으키며 초조하게 주위를 둘러보았다.

그는 예전과 똑같이 당근 색의 머리카락과 긴 코 위의 창백한 푸른 눈을 갖고 있었다. 얼굴에는 무엇보다 주근깨가 많았고, 어른이 되었어도 마른 체형은 전혀 변함이 없었다. 그는 여전히 작고 연약하고 겁이 많은 소년 같았다.

"그러면…… 여기가 네 집이야?"

"응." 나는 천천히 그의 옆에 앉으면서 다정하게 대답했다. "내가 열일곱 살 때 밀리건 부부를 만났어. 그들은 그레이브에 왔어…… 참 좋은 사람들이야. 네가 원하면 소개해 주고 싶어."

나는 무리하게 이끌고 싶지 않았다. 그는 방금 도착했고, 게다가 낯선 사람들에 몹시 불편을 느낄 수도 있었다. 아마도 아델린은 그에게 그렇게 많은 사람들이 있을 거라고 말하지 않았을 것이다. 그는 방에 있는 모든 손님을 일일이 눈여겨보듯이 계속해서 주위를 두리번거렸다.

"네가 성 요셉으로 옮겨진 뒤 입양됐다는 소식을 들었어." 나는 머리카락을 귀 뒤로 넘기며 그와 눈을 마주치려고 했고, 그는 고개를 끄덕였다. 피터는 아델린과 같은 곳으로 보내졌지만, 그곳에 오래 머물지 않았다. 곧 입양되었기 때문이다.

"클레이 가족." 그는 핸드폰의 사진을 보여주었다. 행복하게 웃는 한 쌍의 부부와 손가락을 V자로 든 소년이 있었다. 그들은 피부가 검었다. 피터는 평화로운 표정으로 소년의 어깨에 팔을 두르고 있었다.

그는 웃는 내 모습을 보며 긴장이 조금 풀리는 것 같았다.

"그들은 내가 열세 살 때 왔어. 그날…… 음, 나는 카펫에 걸려 넘어졌어. 좋은 인상을 주고 싶었는데, 현관의 화분을 넘어뜨리고 말았어.

그 바람에 그들은 내게 관심을 가졌고…… 내가 착하다고 생각했던 것 같아."

나는 입에 손을 대고 웃었고, 피터는 살짝 미소를 지었다. 그는 새 가족과 학교에 대해, 보육원을 떠나 가족의 환영을 받는 기분이 어땠는지에 대해 이야기했다. 나는 그의 말에 깊이 공감했고, 그의 삶의 일부를 알게 되어 기뻤다.

그런데 갑자기 피터가 말을 멈췄다. 그의 얼굴이 굳어졌고 놀란 눈은 한 곳을 뚫어지게 응시했다. 나는 갑작스러운 변화에 혼란스러워하며 본능적으로 그의 시선을 따라 몸을 돌렸다.

가슴이 철렁 내려앉았다.

리젤. 그는 방 건너편에 있는 리젤을 보았다.

아델린이 그에게 활발하게 이야기하고 있었고, 그의 창백한 입술은 평소의 비밀스러운 표정으로 닫혀 있었지만, 검은 눈은 그녀를 주목하고 있었다. 그녀는 장난스럽게 그를 팔꿈치로 쿡 찔렀고, 그는 그녀의 함박웃음을 터트린 어떤 말을 했다.

"쟤가……" 피터는 간신히 들리는 목소리로 말했다. "뭐 하는 거지…… 저 애가…… 여기서……"

"네가 생각하는 그런 게 아니야, 피터." 나는 서둘러 말했다.

나는 어린 시절 우리의 기억에서 리젤이 어땠는지 떠올렸다. 피터가 내게 경고했듯이, 그는 *폭력적이고 잔인한* 괴물이었다.

"네가 모르는 것들이 있어." 나는 조용히 말을 이었다. "리젤은 …… 원장과 아무 관계도 없어. 내 말을 믿어."

피터가 마가렛의 재판에서 그를 봤다면 상황은 달라졌을지 모르지만, 리젤은 그날 거기에 없었다.

"내가 조만간 재를 다시 만날 거란 걸 예상해야 했어. *재를 좀 봐.*" 피터가 울분을 토했다. 그의 눈앞에 있는 청년은 흠잡을 데 없이 멋진 모습이었지만, 그는 그 학대의 흔적을 영원히 지니고 살 것이기 때문이었다. "전혀 변하지 않았어."

“그는 네가 생각하는 그런 사람이 아니야.” 나는 씁쓸한 마음으로 말했다.

그의 몸은 긴장되었고, 압박감이 커지는지 눈꺼풀에 경련이 일었다. 나는 그의 손을 잡아주고 싶었지만, 좋은 생각이 아니라는 것을 알고 있었다.

“피터, 리젤은 네가 짐작했던 사람과 매우 달라……”

“그를 변호하는 거니?” 그는 믿을 수 없다는 표정을 지었다. “그런 일을 전부 겪고도?”

그는 내가 낯선 사람인 것처럼 쳐다보았다. 그러다 갑자기 음울하고 악의에 찬 기운이 그의 얼굴에 번졌다.

“그렇겠지. 그는 그런 일에는 천재였으니까. 사람들을 *조정하는 데는*…… 그러니 아델린이 그를 초대했겠지. 많은 시간이 흘렀어도……”

그들을 다시 쳐다보는 그의 눈에는 질투의 빛이 비쳤다. 나는 거기서 아델린을 향한 억누른 감정을 느꼈다. 그런데 피터가 리젤을 항상 경멸했다 하더라도, 그는 칼보다 리젤을 더 질투하는 것 같았다.

“네 생각이 틀렸어.” 나는 부드럽고 진지하게 말했다. “아델린은 그를 좋아해. 그를 형제처럼 소중히 여겨.”

“오, 그래? 저놈이 그녀와 붙어먹으며 물고 빨고 온갖 짓을 다했는데도?” 그가 신랄하게 쏘아붙였다.

나는 숨이 턱 막혔다.

심장이 멈춘 듯 꼼짝도 하지 못하고 피터를 쳐다보았다.

“…… 뭐라고?”

“왜 그래? 몰랐어?”

나는 얼어붙은 채 그를 바라보았고, 본능적으로 내 시선은 아델린에게로 향했다. 그녀는 거기서 웃고 있었고, 행복해 보였으며, 자신이 결혼할 남자에게 푹 빠져 있었다. 그럼에도 피터의 말은 내 뇌를 갉아먹었다.

“나는 리젤과 같은 방을 썼어.” 피터가 나에게 상기시켰다. “그녀가 방에 들어오면 나는 일어나서 나가야 했어…… *젠장*, 매번…… 그녀는 저놈만 바라봤어. 오로지 저 녀석만. 마치 자기 눈에만 보이는 것처럼!" 그는 증오의 눈빛으로 리젤을 쏘아보았다. "난 그가 여기 있는 게 놀랍지도 않아. 그는 자신이 끼친 영향을 그녀에게 다시 떠올려주고 싶을 거야. 아니면 아직도 그는……"

"리젤은 나와 사겨." 나는 거의 기계적으로 내뱉었다. 머릿속이 혼란하고 가슴에서 이상한 느낌이 들었지만, 그 말이 내 입술에서 흘러나왔다. "우리는…… 연인 사이야."

피터가 그런 반응을 보일 거라곤 예상하지 못했다. 그는 끔찍한 소리를 들은 것 같은 표정을 지었다. 경악에 찬 감정은 그의 얼굴에서 묘한 대조를 이루었다. 그의 눈은 어린아이 같았지만, 맹렬한 분노는 어른의 것이었다.

"너희가…… *사귄다고?*" 그는 기가 막힌다는 듯 허탈하게 되뇌었다. "*네*가 그와 사귄다고? 그 녀석이 널 어떻게 대했는지 잊은 거야? 널 미워했어, 니카!"

"그는 날 미워하지 않았어, 피터." 나는 조용히 반박했다. 리젤은 다른 사람들이 이해할 수 없는 존재였지만, 피터는 우리 과거의 일부였기에 나는 그의 생각을 바로잡아줘야 한다고 느꼈다. "그 반대야……"

"그렇군." 그가 빈정대며 대꾸했다. "그는 널 사랑했지만, 계속해서 *다른 여자와 놀아났*다는 거네."

나는 화들짝 놀랐다. 그 말은 정곡을 찌르듯이 내 가슴에 날아와 박혔다. 나는 입을 다물었고, 이제 피터는 안쓰러운 눈빛으로 고개를 가로저었다.

"니카, 넌 항상 너무 순진했어."

마음 깊은 곳에서 무언가가 꿈틀거리고 타오르고 그악스러워졌고, 나는 리젤에게서 눈을 뗄 수 없었다.

흑요석 같은 그의 시선이 방을 가로질렀다. 그의 옆에 있던 아델린은 보이지 않았고, 이제 그의 관심은 내 옆에 앉은 남자에게로 집중되었다. 그는 꿈쩍도 하지 않고 뚫어져라 피터를 쳐다보았다. 현관에서 내가 피터를 알아본 순간 스쳤던 인식의 빛이 그의 눈에서도 느껴졌다.

잠시 후 우리의 시선이 서로 마주쳤다.

그 순간 우리가 그랬던 것처럼 그와 아델린이 서로 만지고 숨결을 나눴다는 생각이 내 안을 잠식했다. 몇 년 전 그녀가 돌아왔을 때 그에게 입맞춤했던 일이 이제 이해가 되었다. 아델린과 리젤은 과거에 많은 것을 공유했다.

그 생각에 속이 뒤틀렸다. 나는 시선을 돌리며 일어섰고, 피터에게 변명을 둘러대고는 방을 나갔다. 나는 피터의 생각을 바꿀 수 없다는 것을 깨달았다. 모든 것을 재고하기에는 과거에 뿌리박힌 그의 믿음이 너무나 깊었다.

그는 마음은 변하지 않을 것이고, 나는 한시라도 빨리 그 자리를 벗어나고 싶었다. 아델린의 모습이 머리에서 떠나지 않고 감정이 들끓었지만, 그녀의 행복한 순간을 망치고 싶지 않았다.

나는 복도로 걸어가 시선과 소음을 피해 맨 끝에 있는 방으로 들어갔다. 누군가가 내 뒤에서 문을 닫는 소리가 들렸다. 나는 그가 누구인지 짐작하며 돌아섰다.

"아델린과 사귀었니?" 나는 그 말에 입술을 덴 것처럼 거침없이 내뱉었다.

리젤은 눈빛을 어둡게 만드는 조심스러운 표정으로 지그시 나를 내려다보았다.

"피터가 너한테 그래?"

"내 말에 대답해, 리젤."

내게 돌아온 대답은 침묵뿐이었고, 나는 그의 말보다 침묵을 오히려 더 잘 이해할 수 있었다.

나는 씁쓸하게 시선을 돌렸다가 다시 그에게로 향했다.

"내게 언제 말할 생각이었니?"

"*정확히*, 뭘 듣고 싶은 거야?"

"말 돌리지 마. 너희가 나한테 얼마나 중요한지 알잖아. 너희 둘이 그랬다는 생각은……" 괴로움에 목이 막혀 말이 나오지 않았다.

나는 개의치 않아야 했다. 리젤과 내가 연인 사이가 되기 전에 일어난 일인데, 우리 관계와 무슨 상관이란 말인가?

그러나 그 생각은 내 불안감을 들쑤시며 마음을 어지럽혔다.

아델린은 마가렛이 나를 벌할 때 내 손을 잡아준 사람이 리젤이었다고, 매번 나를 지켜준 사람은 그였다고, 처음부터 그의 행동은 유일하고 심오한 무언가에 의해 비롯된 것이라고 내게 말했다. 하지만 이제 그 말들은 모두 공허하고 멀게만 느껴졌다.

그녀가 거짓말을 한 걸까?

"그래서 내가 그녀와 과거 이야기를 할 때마다 네가 긴장했구나. 넌 내가 알게 될까 봐 두려웠어."

나는 이성적이어야 했지만, 그들이 나를 어둠 속에 가뒀다는 생각에 괴로웠다. 그동안 그들 사이에 뭔가가 있다는 두려움이 자주 엄습했고, 그들의 관계가 어떻게 시작됐는지 애써 기억을 더듬기도 했다. 그건 그들이 나에게 명확하게 밝힌 적이 없었기 때문이다.

왜 그들은 항상 나를 제쳐 놓고, 나를 보호하고, 나를 대신해 결정을 내려야 했을까? 왜 나에게 진실을 말할 수 없었을까?

"오래전에 일어난 일이야." 리젤은 중요한 발표를 하듯 큰 소리로 말했다. "아니, 네가 아는 걸 원치 않았을 뿐이야. 내가 뭘 어떡할 수 있었겠니?"

"넌 내게 말하지 않기로 했어." 나는 나지막하게 중얼거렸다.

그는 내 목소리에 담긴 괴로움을 감지하고서 눈썹을 움찔거렸다. 그러곤 억울해하는 눈빛으로 나를 향해 한 발짝 다가섰다.

"그런 거야? 피터가 나타나서 우리가 처음으로 다시 돌아간 거야?"

"피터는 들먹이지 마." 나는 단호하게 속삭였다. "그는 유일하게 솔직한 사람이야."

"피터는 *아무것도* 몰라." 그는 내 위로 우뚝 솟으며 화가 나서 으르렁거렸다. "이 모든 시간이 지나고도, 넌 그의 말에 흔들리는 거야?"

"그게 문제가 아니야……"

"하지만 나를 믿지 않잖아, 나에 대한 신뢰가 깨졌잖아!"

"난 평생 널 믿을 거야!" 나는 허탈한 표정으로 눈을 휘둥그레 뜨며 목소리를 높였다. "모르겠니? 나 자신을 믿듯 널 믿어. 그런데 넌 그런 일에 입을 다물기로 했잖아. 너와 아델린이 나에게 얼마나 중요한지 알잖아…… 내가 그녀를 자매로 여긴다는 걸 알잖아…… 나한테 말하지 않은 게 얼마나 더 있니?"

어쩌면 내가 너무 나간 것을 수도 있다. 그러지 말아야 했는지도 모른다. 하지만 그들이 나에게 말하지 않고 숨기기로 했다는 사실은 알 수 없는 실망감을 안겨주었다.

아마 지금 같은 상황에서 다른 여자들은 모르는 게 낫다고 여길 것이다. 어둠 속에서 행복하게, 아무것도 모른 채 살고 싶을 것이다.

하지만 나는 아니었다.

나는 리젤에게 숨기는 게 없었다. 나는 누구보다 그를 믿었고, 그도 나를 믿어주길 바랐다. 그런데 그는 나를 잃을까 봐 두려워서 그 사실을 비밀에 부쳤다. 나는 그를 떠나지 않을 것이고, 단지 진실을 원했다. 그는 정말로 내가 과거의 일 때문에 그를 떠나리라 생각한 걸까?

나는 조용히 한숨을 내쉬며 고개를 저었다. 그리고 슬픈 눈으로 그를 쳐다보며 나지막하게 말했다.

"내게 다 말해도 돼. 네가 입을 다물고 있는 게 날 아프게 하는 거야. 네가 아델린에 관해 얘기하지 않으면, 나는 둘 사이에 무슨 일이 있었는지 절대 알 수 없어. 그래, 좋아……" 나는 슬픈 마음을 억눌렀다. "하지만 가끔은…… 네가 느끼는 감정에 대해 털어놓으면 좋겠어. 나는 널 잘 알지만, 네 생각을 늘 다 알지는 못해." 나는 두 팔로 몸을 감싸고 고개를 떨어뜨린 채 허심탄회하게 말했다. "넌…… 나를 믿어도 돼. 내가 다칠까 봐 두려워하지 마. 그리고 네가 이것에 대해 말하고 싶지 않다면…… 만약…… 아델린에 관해 얘기하고 싶지 않다면…… 나는 묻지 않을 거야. 내게 말할 수 없는 둘의 관계가 무엇이었든…… 받아들일게." 나는 조용히 침을 삼켰다. "나는 널 의심하지 않을 거야…… 하지만 너도 그래 주면 좋겠어. 나한테 스스럼없이 말하고…… 솔직해지면 좋겠어. 난 너를 진심으로 사랑해." 나는 차분하게 인정했다. "그리고 그건 절대 변하지 않을 거야."

나는 고개를 들었다. 완전히 자신을 내려놓은 듯한 표정이었을 것이다. 웃으려고 했지만, 눈빛에 드러난 서운한 마음은 어쩔 수 없었다. 나는 시선을 돌리며 조용히 숨을 내쉬었다.

"이제 나가자." 나는 그를 지나쳐가며 중얼거렸다.

나는 방문을 열었다. 대화로 돌아가고, 파티로 돌아가고, 우리 밖에서 펼쳐지는 현실로 돌아갈 준비가 되어 있었다. 하지만 그럴 수 없었다.

리젤이 한 손으로 문을 잡고서 굳게 닫아버렸다.

그의 숨결이 내 목덜미에 닿았고, 따뜻한 가슴이 내 등을 눌렀다. 나는 그의 단단한 육체를 느끼며 그 자리에 멈춰 섰다. 그가 마치 나의 끝이자 시작인 것처럼 그의 온기에 갇혀 가만히 있었다.

나는 그 침묵의 순간을 영원히 잊지 못할 것이다.

"다섯 살 때부터 널 사랑했어."

리젤의 쉰 목소리는 거의 들리지 않는 속삭임이었다. 말할 수 없는 비밀을 고백하듯, 그의 입술이 내 귀에 살짝 닿았다. 나는 숨을 쉬지 않았다.

"나는 최대한 그걸 막으려고 했어." 그는 나지막한 목소리로 말을 이었다. "그러나 넌 내게 선택의 여지를 주지 않았어. 모든 것을 부숴버렸어. 내 전부를 가져갔고, 그래서 너를 미워했어. 나는 그녀와 함께 있었어. 다른 사람들에게서 너를 찾으려고…… 하지만 너의 주근깨와 머리카락, 그 맑은 눈동자를 대신할 사람은 아무도 없었어."

또다시 정적이 흘렀다. 그의 몸이 내게 바짝 붙어 있었고, 그의 뜨거운 숨결이 내 목에 닿았다. 그가 힘겹게 말하고 있다는 것이 느껴졌다.

"나는 사랑하는 법을 몰라." 그는 풀이 죽은 목소리로 씁쓸하게 고백했다. "나는 배려심도 없고 친절하지도 않아. 나는 감정을 믿지 않아. 누구에게도 애착할 수 없기 때문에…… 하지만 사랑이 존재한다면, 그것은 네 눈, 네 목소리, 그리고 손가락에 그 빌어먹을 반창고를 지니고 있어."

그는 내 손을 들어 올렸다. 그리고 내가 그의 집에 두고 온 반창고를 주머니에서 꺼내 포장을 뜯고는 내 손가락에 감았다.

반지처럼.

"이게 내가 너에게 줄 수 있는 전부야. 그리고 언젠가 네가 나와 결혼한다면, 니카…… 모두가 알게 될 거야. 네가 내 것이란 걸. 네가 처음부터 묵묵히 그랬던 것처럼."

나는 눈이 휘둥그레졌다. 뜨거운 눈물이 차올라 눈앞을 가렸다. 나는 방금 들은 말을 믿을 수 없었고, 그가 그런 말을 했다는 것도 믿기지 않았다. 그러나 누군가가 내게 극심한 상처를 준 것처럼 가슴이 두근거렸다. 나는 천천히 떨면서 그를 향해 몸을 돌렸다. 리젤은 내 눈을 마주쳤고, 모든 걸 다해 내 시선을 붙잡았다.

"넌 내게 눈물을 만드는 사람의 눈을 갖고 있어." 그가 중얼거렸다. "그리고 너는 영원히 그럴 거야."

뜨겁고 격렬한 파도가 가슴을 덮쳤다. 무한한 감정이 내 안에서 터져 나와 곳곳에서 타오르며 그 누구도 내게 줄 수 없는 빛으로 영혼을 가득 채웠다. 내 얼굴에 눈물이 흘러내렸다. 그가 내 뺨을 만지며 부드럽게 쓰다듬었고, 나는 늑대가 아닌 다른 것을 보았다.

그레이브의 정문에서 처음 나를 보았던 그 아이.

지하실에서 내 손을 꼭 잡아주었던 그 손.

내 밑에서 떠받치고 감싸며 나를 보호했던 그 팔.

나 대신 뺨을 맞았던 그 얼굴.

용기가 없어 나에게 전하지 못했던 그 마음.

하지만 그는 온 마음을 다해 내 이름을 외쳤다.

상처 입은 손으로 내게 그 마음을 건넸다. 부드럽게 사랑하는 법을 몰랐지만, 내게 자신의 가장 연약한 부분을 그대로 보여주었다.

리젤은 내가 수년 동안 나도 모르게 원했던 말을 평생 처음으로 고백했다. 내가 기다리고 바라고 은밀히 애원했던 그 말. 다시는 그 말을 듣지 못하더라도, 그가 눈으로만 말한대도, 내 마음은 영원히 그 사랑으로 가득 찰 것이다.

우리가 재앙이라는 건 사실이 아니었기 때문이다.

아니다. 우리는 걸작이었다.

가장 아름답고 눈부신 작품.

나는 그의 손에 내 손을 얹고 미소 지었다. 마음과 영혼으로, 눈물과 손가락의 반창고로 그에게 미소 지었다. 여자로, 영원한 소녀로 그에게 미소 지었다.

그리고 그는 깊은 눈빛으로 응답했다.

그 눈으로만.

내가 너무도 사랑하는 그 눈으로.

나는 한 번도 그런 적이 없는 것처럼 격렬하게 그의 품으로 파고들었다. 나는 온 힘을 다해 그에게 매달렸고, 리젤은 세상에서 가장 작고 연약하고 소중한 존재인 듯 나를 끌어안았다. 그의 팔이 나를 감쌌고, 나는 나비처럼 그의 가슴에 달라붙었다.

나는 얼굴을 들이밀며 그에게 키스를 퍼부었다. 또 한 번, 또 한 번, *계속해서.* 거듭된 입맞춤은 미소였고, 우리를 영원히 하나로 묶는 눈물이었다.

나는 동화의 마지막 장에서 그 이야기의 끝에 무엇이 남았는지 알 것 같았다.

그건 우리였다.

그래, 우리.

우리의 영혼은 천 개의 태양처럼 찬란하게 빛났기 때문이다.

천년의 별자리처럼, 우리의 이야기가 거기에 박혀 있었다.

그 무한한 하늘에서.

역경의 폭풍우와 유성우 가운데서.

영원히, 온전하게……

모든 것을 초월하여.

에필로그

크리스마스 조명이 반딧불처럼 반짝거렸다.

불이 켜진 근사한 나무는 거실의 가장 구석진 곳까지 황금빛 섬광을 뿌렸다. 나는 어스름한 가운데 장식물들의 빛을 받으며 살금살금 대리석 바닥을 걸어갔다.

벽난로 앞 소파에는 한 여자아이가 잠들어 있었다. 더할 나위 없이 행복한 모습이었다.

탄탄한 팔뚝이 아이를 살포시 안고 있었고, 아이의 작은 얼굴은 그 멋진 남자의 가슴에 뉘어 있었다. 리젤은 얼굴을 옆으로 숙인 채 눈을 감고 있었다.

서른네 살의 그는 그 어느 때보다 매력적이었다. 거뭇한 수염이 턱을 덮었고, 육체의 근육은 본질적이고 자연스러운 보호 본능에 반응하도록 빚어진 것 같았다. 넓은 어깨와 강인한 손목에서 풍기는 매혹적인 자신감은 방에 들어가자마자 느낄 수 있었다.

나는 아이가 깨지 않게 조심스럽게 받아서 내 품에 안았다.

그들은 온종일 함께 있었다.

5년 전 그 아이가 우리 삶에 들어왔을 때, 리젤은 나에게 두렵다고 고백했다. 다른 사람들이 그러하듯, 아이에게 애착을 갖지 못할까 봐 걱정했다. 하지만 나는 그와 똑같은 검은 머리의 작은 아기가 무방비 상태로 내 품에 안겨 있는 걸 본 순간 그 두려움은 사라질 것이라고 확신했다.

부드럽고, 소중하고, 순수하고…… 검은 장미 같은 생명체.

그날 오후 나는 문간에 기대어, 피아노 의자에 앉아 있는 그들을 지켜보았다. 벨벳 원피스를 입은 아이는 리젤의 품에 안겨 있었다.

"아빠, 내가 모르는 얘기를 들려줘." 아이는 언제나 그렇듯 그를 사랑스럽게 바라보며 말했다.

아이는 아빠를 너무나 좋아했고, 아빠가 우주로 위성을 보냈기 때문에 최고라고 자랑했다. 리젤은 생각에 잠겨 얼굴을 기울였고, 속눈썹이 우아한 광대뼈를 스쳤다. 그는 손바닥을 펼쳐 그녀의 작은 손을 잡았다.

그는 누구에게도 다정한 적이 없었다. 하지만 딸에게는……

"뼛속의 칼슘부터 핏속의 철분까지, 네 몸을 이루는 많은 원자는 수십억 년 전에 폭발한 별의 심장에서 만들어졌어."

그의 느리고 깊은 목소리는 감미로운 교향곡처럼 공기를 어루만졌다. 분명 아이는 그의 말을 이해하지 못했지만, 작은 동그라미 모양으로 입을 벌리며 들었다. 리젤은 그 표정이 나와 닮았다고 했다.

그때 현관 아치문에 기대있던 나는 인기척을 냈다.

"유치원 선생님한테 이상한 얘길 들었어. 우리 딸이 남자애들을 멀리 한다고. 그들이 병을 옮긴다고 누군가 말해 줬대. 뭐 아는 거 없어?"

리젤은 나를 쏘아보았고, 아이는 그의 셔츠 깃을 만지작거렸다. 그는 혀를 차며 강하게 부인했다.

"전혀 모르는 소리야."

아이는 얼굴을 찌푸리며 걱정스러운 표정으로 그를 보았다.

"아빠, 나는 남자들 병에 걸리고 싶지 않아. 아무도 못 오게 할 거야."

아이는 그를 껴안았고, 나는 팔짱을 끼고 눈썹을 치켜 올리며 그를 쳐다보았다.

리젤은 코웃음을 쳤다. "우리 딸은 똑똑해……" 그가 만족해하며 중얼거렸다.

그 일을 생각하면 나는 아직도 웃음이 났다.

문득 아이가 내 목에 대고 칭얼거리는 소리가 들렸다.

"엄마……?" 아이는 내 살에 눈을 비비며 중얼거렸다.

"얘야, 자야지."

그녀는 작은 손으로 내 목을 감았고, 그녀의 부드러운 머리카락이 내 턱을 간지럽혔다. 나는 아이의 체리 샤워젤 향을 들이마시며 계단을 오르면서 그녀를 꼭 껴안았다.

"엄마……" 아이가 다시 중얼거렸다. "아까 아빠가 아팠어? 또 머리가 아팠어?"

나는 얼굴을 기울이며 그녀를 어르고 꼭 안아주었다.

"가끔 그럴 때가 있어. 하지만 곧 지나가…… 항상 지나가. 그냥 좀 쉬면 돼. 네 아빠는 정말 강하잖아, 알지?"

"알아." 그녀는 작고 부드러운 목소리로 단호하게 대답했다.

나는 방으로 들어가 미소를 지으며 아이를 침대에 눕혔다. 천장에 별을 비추는 조명을 켰고, 그녀를 조심스럽게 이불로 감쌌다. 아이는 내가 그녀를 위해 다시 꿰매고 손본 작은 애벌레 인형을 가슴에 안으며 커다란 회색 눈으로 나를 쳐다보았다. 잠은 완전히 달아난 것 같았다.

"뭐야?" 나는 부드럽게 물었다.

"이야기해 줘."

나는 그녀의 검은 머리카락을 쓰다듬으며 얼굴 옆으로 정리했다.

"자야지, 로즈……"

"하지만 크리스마스잖아." 아이는 작은 목소리로 반박했다. "크리스마스 저녁에는 늘 아름다운 이야기를 들려줬잖아……"

작은 코와 인형처럼 하얀 피부의 아이는 기대하는 눈빛으로 나를 보았고, 나는 거절할 말이 생각나지 않았다.

"알았어." 나는 그녀의 옆에 앉았다.

로즈는 행복하게 웃었고, 그녀의 눈은 수천 개의 작은 별이 반사되어 빛났다.

"어떤 이야기가 듣고 싶니?"

"엄마와 아빠 이야기." 아이가 흥분해서 얼른 대답했고, 나는 그녀의 가슴에 담요를 덮어주었다.

"또 그거? 정말이야? 매년 들었는데……"

"그 이야기가 좋아." 아이는 더는 바랄 게 없다는 듯 선뜻 대답했다.

나는 미소를 지으며 그녀의 침대에서 더 편한 자세로 고쳐 앉았다.

"알겠어…… 어디서부터 시작할까?"

"아! 처음부터!"

나는 눈을 가늘게 뜨고 다정하게 그녀를 바라보았다. 그리고 손을 뻗어 베개를 바로잡아주면서 그녀가 편안하고 따뜻한지 확인했다.

"*처음부터?* 오케이……"

나는 한 팔을 뻗어 매트리스에 기댔다. 그리고 우리 위의 별들을 올려다보며 느긋한 목소리로 이야기를 시작했다……

"우리는 그레이브에서 많은 이야기를 들었어. 비밀 이야기, 잠자기 전의 동화…… 촛불 아래서 속닥이는 전설."

나는 그녀의 눈을 부드럽게 바라보며 미소 지었다.

"가장 많이 알려진 건 눈물을 만드는 사람의 이야기였어."

감사의 글

마침내,

우리의 여행은 끝났습니다……

이 이야기의 끝에 도달했다는 게 믿기지 않습니다.

여기까지 온 모든 분께 감사합니다.

멋진 기회를 준 프란체스카와 마르코에게 감사합니다.

이 기나긴 여정을 함께 한 편집자 일라리아 크레시에게 감사합니다. 그녀 덕분에 이 소설이 활기를 띠게 되었습니다. 그녀는 낮이든 밤이든, 괴롭거나 기쁜 순간에도 내 옆에 있으면서, 전문가의 진지함과 친구의 열정으로 프로젝트에 전념했습니다. 나는 그녀에게서 많은 것을 배웠고, 그에 대해 고마움을 느낍니다.

작지만 큰 꿈을 좇을 힘을 은연중에 준 가족들에게 감사합니다. 이 소식을 열렬히 환영하고, 깊은 믿음으로 애정을 보여 준 나의 소중한 친구들에게 고마움을 전합니다. 그들은 나의 힘입니다.

그리고 마지막으로 나와 함께 꿈꾸고, 날아다니고, 상상한 모든 독자 분들께 감사합니다. 그들은 처음부터 이 이야기를 믿었고, 매일 진득하게 기다려주었고, 모든 선택에서 나를 지지하며 여정의 동반자가 돼주었습니다. 이 모두는 여러분을 위한 것입니다. 여러분은 이 책의 본질이고, 이야기의 영혼이고, 이 프로젝트의 두근대는 심장이기 때문입니다.

여러분이 알았으면 좋겠습니다……

울음은 인간적이란 걸. 우는 것은 느끼는 것이고 잘못된 것이 아닙니다. 무너지고 발산하는 것에 잘못은 없습니다. 나약하다는 의미가 아니라 우리가 *살아 있고*, 우리의 심장이 뛰고, 감정을 살피며 타오른다는 의미입니다.

여러분이 알았으면 좋겠습니다……

완벽하지 않다고 두려워할 필요가 없습니다. 우리가 모두 그러하고, 동화는 자격이 없다고 믿는 사람에게도, 그걸 원하기엔 자신이 너무 다르고, 잘못되었다고 여기는 사람에게도 존재합니다.

동화를 찾아보세요.

그렇게 해보세요. 포기하지 마세요. 그걸 알아보는 게 항상 쉽지만은 않습니다. 때로는 사람이나 장소, 감정이나 여러분의 내면에 숨어 있습니다. 때로는 조금 손상되었지만, 여러분의 눈앞에서 발견되기를 기다리고 있습니다.

여러분이 알았으면 좋겠습니다.……

우리 모두에게는 눈물을 만드는 사람이 있습니다. 그리고 우리는 모두 누군가의 눈물을 만드는 사람입니다. 우리를 사랑하는 사람들에 대한 우리의 힘을 잊지 맙시다. 우리가 그들에게 상처를 줄 수 있고, 말 한마디나 행동 하나가 그들의 마음에 깊은 영향을 미친다는 것을 잊지 맙시다. 때로 약간의 부드러움이 변화를 불러올 수 있습니다.

슬픈 일이죠?

끝에 도달했다는 것은.

하지만 결국…… 모든 끝은 새로운 시작일 뿐입니다.

나는 여러분이 리젤을 통해 침묵 속에 우주의 깊이가 있다는 것을,

니카를 통해 우리의 모든 도전에는 반창고가 있다는 걸 알았으면 좋겠습니다. 우리는 손가락의 반창고를 자랑스럽게 여겨야 합니다. 상처를 입어도 포기하지 않고 계속해 나가는 사람은 존경스럽기 때문입니다.

당당하게 반창고를 붙이세요. 언제나.

그리고 도전을 멈추지 마세요. 절대로.

그렇게 하세요, 알겠죠?

나는…… 이제 가야 합니다.

우리의 시간은 끝났지만……

잊지 마세요. 눈물을 만드는 사람을 속일 수 없습니다.

그리고 동화는 존재하지 않는다고 말하는 사람이 있다면……

그에게 말해 주세요. 사람들이 모르는 동화가 하나 있다고.

들어본 적이 없을 거라고.

그건 우리만 들려줄 수 있다고.

그리고 그 이야기를 듣고 싶으면…… 여기로 돌아오세요.

손을 내미세요.

내 손을 꼭 잡고 따라오세요.

우리는 어두운 길을 걸어가겠지만, 나는 그 길을 잘 알고 있습니다.

여러분 준비됐나요?

그럼 자, *갑시다*……

〈끝〉

눈물을 만드는 사람

초판 1쇄 인쇄 | 2024년 12월 02일
초판 1쇄 발행 | 2024년 12월 10일
지은이 | 에린 둠
옮긴이 | 김희정
펴낸이 | 정성진
펴낸곳 | (주)눈코입(레드스톤)
주소 | 경기 고양시 일산동구 호수로 672, 대우메종 611호
전화 | 031-913-0650
팩스 | 02-6455-0285
이메일 | redstonekorea@gmail.com

ISBN 979-11-90872-59-1 (03880)

• 값은 뒤표지에 있습니다.
• 파본은 구입하신 서점에서 교환해드립니다.